U0023824

那年

革命年代的人性浮沉記

趙武陵 著

目次

引文 007
一 歷史 008
二 革命 019
三 婚姻 030
四 道路 042
五 頭菜 054
六 彗星 065
七 粉黨 076
八 世上 089
九 人民 101
十 夢境 112
十一 死狗 123
十二 研究 135
十三 林家 146

十四 辟穀 157
十五 泥路 169
十六 事情 180
十七 戶媽 191
十八 寂寞 203
十九 鹹菜 214
二十 春天 226
二十一 子曰 238
二十二 軍隊 249
二十三 性格 260
二十四 情節 272
二十五 日食 284
二十六 荒草 297
二十七 抗議 310
二十八 悖論 323

c o n t e n t

二十九 藕丸 335
三十 時局 347
三十一 學校 360
三十二 門前 373
三十三 分類 386
三十四 先兆 399
三十五 報紙 411
三十六 采薇 424
三十七 李荒 437
三十八 滴嘎 450

知我者，謂我心憂。不知我者，謂我何求。

——《詩經・黍離》

引文

那年，天一直陰沉沉的，不斷下雨。雨水從屋頂流下來，濺落在地上嘩嘩的響。細雨迷濛的日子，水珠懸在高處，時不時滴下來，一點兒聲音也沒有，像虛構的一樣。到處濕漉漉的，空氣中彌漫著腐味。牆角的泥灰脫落了，露出磚塊，生出黑乎乎的黴斑。苔蘚生了又死，死了又生，一層壓著一層，變成又黑又滑的黏液順著牆角一點兒一點兒向上浸染，一直染到窗沿，染到門楣，染到屋頂，把整個城市染成灰黑的世界。沮喪的人們木然地望著滿天翻滾的陰雲，忘卻了太陽的模樣，忘卻了陽光明媚的感受。那年，留在人們心裏的是一片永恆的憂愁，一百年揮之不去的憂愁。

一　歷史

歷史是不真實的，林樸用手摸著那塊刻畫著字跡的磚塊，望著房間裏的黑暗一遍又一遍地自語著，歷史是不真實的。他覺得自己的頭腦異常清晰。他有一種興奮，這是他人無法體驗的興奮，不是歡欣不是懊惱，是寧靜，思想的寧靜，輪廓分明的寧靜。思緒像一條清澈的溪水，平靜無聲地流淌著。這條思想的溪流，閃著星光，載著往事與思考，靜靜地流過林樸的世界。他有一種深深融進黑暗的感覺，沒有恐懼，沒有退卻，沒有亢奮。這是一種只有在黑暗中才能擁有的異樣的自豪感。他想著，並不去費勁地在心裏搜索什麼，只是讓往日的故事自己浮出來。他不關注故事的連繫，也不關注故事的遺漏，只是想著，輕輕的，如同隨手翻著一本書，彷彿這是一種思想的愉悅，自由的愉悅。當生命不再屬於軀體，人站在兩界之間，思想會變得如此有力。死亡，那是無法描述的感覺。這是一份慶幸，在生與死的分界線上，竟然有這份靜靜思考靜靜體驗的慶幸。從恐懼到寧靜，從寧靜中生出從容。這是人的凱旋，任何人無從剝奪的真實的勝利。

透過窗口，林樸覺得他總能聞到一陣陣街上湧來的潮氣，總能聽到大一陣小一陣的雨聲。他躺著，在黑暗中想像雨水淌過街面，垃圾被沖到牆角，一堆一堆的。天上定是奔騰著陰雲，一批一批的總也散不去。那陰雲的上面，接近天宇，是不是正有一輪明月，用它憂鬱的銀光照亮著這世間翻滾的黑雲呢？太陽，或許有一天會從天邊升起，散去的雲彩會在蔚藍的天空中飄蕩。對的，日月星辰是永恆的，不用擔心，不要失望，但要等待，耐心地等待，等待陽光照亮中國人的那一刻。

萬物皆有命。林樸想起邊步年少時說的話，林樸覺得自己在黑暗中微笑著。年少時，邊步自稱自己是個偉大的自學者，平日裏老想些玄而又玄的事情。打小便滔滔不絕地說話，常常語出驚人，讓人摸不著方向。命，不因大而永存，不因弱而早夭。這是我們文明的精髓所在。這是他年輕時代的悟世心得。專制強權者以為受命於天，其實不是，在強權下受苦才是這時代的命啊。中國人都知道有命，卻沒人清楚命是什麼。世間有些東西本沒有一個清晰的存在，它們到處飄蕩，它們就在你身邊，卻看不見抓不著。為何卑劣的人總能在民眾之上作威作福？為何民眾要忍氣吞聲任其奴役？謊言，林樸彷彿回到了年輕時代的那一刻，看著邊步用手指著天，謊言。但僅僅歸罪於謊言是不夠的。命，這是植根在每個中國人心中的永遠說不清的神祕。命，中國人悲哀的源泉。林樸你要記住，謊言與命，中國人的根本呢。

年少多麼有趣，總以為這世界很薄一眼就看穿了紛雜的外表。年少荒誕自以為是，可年少實在是美好的，激憤而無須承擔任何責任，哪怕是一點兒思想的責任呢。或許，林樸靜靜地想著，命，本質上是不該去揣摩的祕密。一生中為什麼非得遇見這些人這些事而不是另一些人另一些事呢？像在夢裏，你想跑卻邁不開腿，你想叫卻沒有聲音。仔細想想，命之於人實在是無奈的。希望的總是沒有發生，害怕出現的卻不期而遇。誰安排了這一切呢？或許從沒有誰，本來就是這樣。當你經歷了人生，回頭反省，真的就是這樣啊。邊步好像是對的，人唯一能做的只有順從。順從，這是多少先哲苦思冥想的結論啊。世界上只有中國人才理解順從的真實含義。燦爛的文明啊。

林樸撫摸著刻字的磚塊，他不再去想邊步是在多麼可怕的酷刑中告別生命的。他多次在黑暗中想像的那撕心裂肺的情景，還有邊步的哀嚎，此刻淡出了他平靜的心。他在黑暗中看見了邊步的父親，一個乾瘦的教書先生。在林樸記憶中很少聽見他說話。很多教書的人平日裏都是沉默寡言的，這不奇怪。不喝酒，說喝酒誤事兒，其實老先生也沒有什麼正經事好誤的呢，只是習慣謹慎而已。如果有人問他時事，他總是說，不知道，沒興趣，不關心之類的話。林樸小時候常見老先生一個人沒完沒了的看書。書就那麼好看嗎？可惜沒等邊步成人老先生就病故了。如果人真有遊靈，他一定會為性格截然不同的兒子無可奈何地操心著急吧。這或許就是命。如果邊步長大後，並不承接他父親好書的品性，不識幾個字，也許會是一個街頭的小混混，然後呢，趁亂跟著一撥撥叫喊革命的人瞎起鬨，誰也說不準哪天他不會成為前呼後擁的將軍或者腆著大肚子的官員，他那雙鏡片後面的小眼睛一定閃爍著莊嚴而又慈祥的光芒。

林樸覺得有一群老鼠在雨中匆匆溜過街面，聚在附近的角落裏嘰嘰地叫著。牠們在議論什麼呢？是不是在暗地裏討論什麼鬼主意呢？好長一段時間林樸靜靜地躺著，睜著眼睛凝視著黑暗中那塊思想的銀幕。黑夜似乎沒有盡頭，把一切都收藏起來，掩蓋起來，像雪，當雪鋪滿大地時，那景致一片白，無盡地伸向天邊，世間的一切變得簡單而不可信。當雪融化的時候，世間又回復到本來的骯髒與猥瑣，雪掩飾著一切啊。

一百年，一百年如此，還要有幾個一百年呢？時間對於中國人還有意義嗎？思考吧，中國人，認真地想一想未來，中國的未來吧。林樸心裏突然掠過一絲激憤，很快便平靜下來，像是對他自己對黑暗中的無夢的所有沉睡的中國人的輕輕呼喚。歷史是不真實的，這是個結論還是個問題呢？在不真實的歷史中，人活著還有什麼意義呢？空虛與灰燼，偽善與可恥，無休無止地輪迴著，一千年，一萬年。醒醒吧黑暗中的人們，如果永遠這樣絕不會等到天明的那一刻啊。

在這漫長的黑夜裏，曾經的憤怒，恐懼和絕望的痛苦，那種深刻的憂愁，現在都淡去，一切都安靜下來。平靜的思索，平靜的憤怒，平靜的恐懼。生命正在遠離，一點兒一點兒地從身體中剝離出來。林樸越來越清楚地意識到生命漸漸接近終點。他覺得自己像一個帶有職業冷漠的醫生無關痛癢地注視著垂死的病人一樣靜靜地注視著自己生命的最後時刻。安詳，安詳是一種自在的狀態，還是一種深潛於心的高貴品質呢？或許就是一個勝利，一個自我的勝利，一個在人世間活過的人的勝利吧。這人間，我曾是其中的一員，這是無法抹去的我的曾經的存在。逝去的親人與世間掛念的親人這一刻彷彿都聚在一起，在這黑黑的空間裏飄動著，凝視著。一個靜靜的聚會。空中蕩漾著聽不見的音樂，那樣舒緩，像一隻慈祥的手，輕柔地撫摸著每個人的臉龐。呵，安詳，崇高的安詳，一個真的境界啊。

林樸覺得外面的雨聲小了，他傾聽著他以為有些稀疏的雨聲。雨滴在黑暗中輕盈地落下來，沒有聲音猶如這一刻思緒的平緩。他看到腦海中飄過來的父親二字。父親，對他來說只是一個概念，一個含混的概念。他不知道父母是個什麼模樣，回憶不起一點兒被父母撫慰的感覺。那是極遠極遠的日子，遠出了他的記憶。雙親去世時他還什麼也不懂，什麼也不能記憶，他甚至沒有見過父母的照片或者可能的畫像。姐說過，抓父親的那天把家裏抄了個遍，凡是有字的紙都裝進麻袋拿走了，家裏什麼也沒剩。林樸回憶著。姐說我像父親，非常像，其實姐未必記得那麼真切呢。父親是怎樣涉及到造反的事的，姐也不清楚。她不記得父親是如何帶著全家逃到這個城市來的。那時還沒有你，姐是這樣說的。那是一段長長的隱居的日子，顫慄而平靜。父親被朝廷處死後，母親也去世了。姐常說，林樸呵，那是多麼艱難的日子，全靠但叔把我們拉扯大呀。

那年，但叔家鄉大旱。整村整村的老少棄家逃荒。但叔拉著輛木車載著乾瘦的兒子和浮腫的老婆背井離鄉，一路乞討。那天，走了好長的路沒有碰上一戶人家。餓得實在走不動了，便停下來去尋野菜充饑。等他回來時木車和兒子不見了，老婆被扔在路邊睜著絕望的眼睛死了。到處尋找，什麼也沒有，連個打聽的路人也沒有碰上呀。他埋葬了老婆，哭了又哭，直到把人哭成個呆子。後來呢，流落到這城市。可憐的人呀，常常呆呆地蹲在家門邊的牆角。姐說，父親很同情但叔，常給他吃的穿的。看但叔露宿街頭，叫他到家裏來，但叔不肯呢。母親生你的那會兒，父親高興加之家務事又多，便收拾出雜屋讓但叔住進來幫幫家裏的忙。日子一長但叔便成了家裏的人。父親喜歡但叔，說他是真正的中國人，貧窮的中國人。要我們長大後尊重他愛他。姐說，記得父親問但叔的名字，但樂土，父親笑了，一定是鄉下教書先生給取的吧。那時代，不識字的人多，正式的名字往往請教書先生幫忙取呢。父母去世後，但叔安排了父母後事，在河邊的荒地上建了墳頭。誰知後來發大水把河邊的荒地沖走了大半邊，父母的墳也不見了。姐記得很清楚，大水退後，但叔領著我們跪在河邊，燒了些紙，但叔哭了很久，說了好多對不起的話。但叔四處打短工，姐拾破爛，三個人總算活了下來。那幾年，外面總是傳來好多驚人的消息。大街上曾經走過各種隊伍，但叔總是關上門不讓看。他說，總會有人作官的，什麼人作官都一樣，殺人的心沒變。但叔說得很對。幾年後，那是個冬天，挺冷的，來了幾個年輕人硬要租房子，給的租金多，但叔考慮再三還是同意了。有了房租，日子好了很多。這幫年輕人總是很忙碌，悄悄出去，悄悄回來，常和姐弟倆說話，講故事。在林樸記憶裏，他們是認真嚴格的老師，教他們識字，念書。啟蒙教育就是從那時開始的。

有一天，但叔突然提到父親，說是被砍頭的。這話十分沉重。但叔為什麼會突然這樣說呢？平日裏寡言的但叔定是時時在心裏痛苦地想著父母親的悲慘遭遇。林樸那時年幼，這話卻深深烙印在心底，滋生出難言的恐懼。這幼年時滋生的恐懼像塊大石頭一直擋在人生的道路上，怎麼繞也繞不過去呵。黑暗中，林樸緩緩地舒了口氣。他在一片平和的感覺中注視著記憶裏浮出來的往事。失去父母的悲痛不再像以前那樣壓抑他，他覺得自己快要見到父母了。是呵，或許這是一種真實的快樂，或許這正是生命之淡吧。林樸覺得他聽到了窗外水珠滴落下來的聲音，滴答滴答的。林樸想雨還在下呢，很小了。

完整的人生是由兩部分組成的。前一部分是你活在這世上，後一部分是活在兒女和親友的心裏，在兒女和親友往來的細微回憶中你鮮明地存在著，孫輩們也記得起你的慈祥。只有當兒女親友孫輩們離世時，你才真正走完一生。林樸感到父母的人生竟然這樣人為地被截斷了，無論怎麼說都是一種殘忍吧。哪年哪月，才會有這樣一個新的中國讓所有人有個完整的人生呢？

林樸想起小時候的情景，像所有人一樣，兒時不知憂愁的心情又回到心間。那時，常到河邊玩耍。林樸喜歡這條貼著城市流過的河。漲水時河水泛著黃泥，很混濁。大多數時候河裏平緩地淌著灰藍的清水。河邊靠著木船，有時很多。船帆落下來，人們把各種貨物搬上搬下，河水從船邊流過，流到天邊，流向令人困惑的遠方。想不出河水從哪裏來，是不是從極遠的地方繞過好多高山一路疲倦地流淌著，經過無數的日子才從眼前默默經過呢？那些在陽光下閃著光芒的波浪，也許它們記得沿途的風光和為生活奔忙的人們吧。

那是一個炎熱的季節，河岸上堆著些鼓鼓的麻袋，一股藥材的土腥味。有個人坐在旁邊，很瘦，戴眼鏡。林樸記得那眼鏡框是銅做的，黃黃的顏色。叫著林樸。孩子，幫個忙，去街上看看有沒有馬車過來。林樸去街上張望了一會兒，回來說沒有。那人便叫林樸也坐下，講講話。姓啥？姓林？是街那邊的林家嗎？噢，這一帶姓林的可不多呀。那人好像想了會兒又說，你父母不在了吧？你看，我說就是你們林家了。那天的情景林樸永遠記得，因為那人講起了父親。那人說，他是在別的城市聽來的，應該是真事吧。這事牽涉到造反的十二義士。造反的事情不幸敗露了。後來呢，讓朝廷抓去殺了。你父親，林先生，也是造反的，要推翻朝廷。贊助懂不懂？就是出錢出力的人。

你父親就是十二義士的贊助人。當然不止你父親一個，還有很多人呢。傳說你父親組織人做炸彈，不過這只是傳說，未必可靠，有學問的人好像不會這樣的，當然也難說。你要記住你父親在傳說中很有名氣的。朝廷追查了好長時間，最後在這裏查到了。是欽犯，你父親。欽犯就是皇上親自點名要抓的人。那人還要說什麼呢，街那邊馬車來了，大聲吆喝，便起來去忙他的事兒。林樸記得自己在河邊站了很久，直到那人把麻袋全拉走，到街口時還回頭向他招招手。

就這樣吧，這就是歷史，人的歷史。在這片被謊言，欺詐和血腥籠罩的土地上，只有親情是至真至誠的，只有親情才能撫慰哭泣的心，只有親情才能照亮人生的道路。想到這裏，淚珠從林樸眼角滑落下來。世界的本質其實是很單純的。為什麼人們總要撇開親情的感召去損害他人剝奪他人壓迫他人呢？為什麼總是把邪惡的欲念裝扮得花枝招展呢？為什麼不從親情裏造就一個世間的善良和感恩呢？那些用無數人的生命堆砌的所謂豐功偉業，那些堂皇的說辭掩蓋著猙獰的面目和卑劣的貪欲。永遠輪迴著無恥和殘暴，一百年，還會有多少個一百年呢？哪一天，現代文明的光芒才能照亮黑暗裏的中國呢？哪一天，這世上才會有一個真正的新中國呢？

好一會兒，林樸躺在黑暗中，靜靜體會窗外的雨。雨是不是越來越小變得像霧珠一樣輕柔地在黑夜裏遊動飄舞著？稀疏的雨滴似乎慢慢地聚集著，聚成小水珠一滴一滴落下來，像一支歌曲最後的延長音，舒緩而又清晰。外面濕漉漉的街面上應該有竄來竄去的老鼠吧。嘰嘰地叫著，有些吵。林樸感到枯竭的身體離自己越來越遠，而思想卻這樣鮮活有力。人的一生其實不在於做了什麼，而在於你的心裏最終會留下什麼。無論是聖潔，是虛偽，是卑劣，是平凡，最終在你的心中都只是一種情緒。你可以把邪惡說成偉大，把殘忍說成慈悲，可你無法在心的深處改變真實的情緒。當喧囂的一切最終靜下來，當財富與權勢不再伴隨醜陋，你心中湧現的那份情緒才是真實的你。如果你一生平凡而謹慎，心懷仁愛，回首一生心中會因凸現的溫柔親情而充滿神聖的感恩。這是多麼聖潔的感覺啊。如果你一生有太多的較量，太多的欺詐，太多的殘忍，當生命垂暮之際你將無法驅散心中那種害怕掘墳鞭屍的恐懼。身後的世界或許就是一個清算的世界吧。

母親，林樸心中呼喚著，母親，當我們相會時，不會因為陌生而驚訝吧。記不起兒時躺在母親懷裏的溫暖，記憶裏也沒有母親倚門期盼的那份擔心的目光，甚至也沒有母親眼角晶瑩的淚光。她該是多麼希望自己的雙手能扶著兒女成長，但她沒能做到啊。遺憾的母親，一個永遠淌著淚水的母親啊。十二義士，那是多麼遙遠的故事，遠遠的退到歷史的深處。沒人再提起他們曾經閃著光芒的崇高理想，沒人再為他們的犧牲而感動，更沒人知道默默的母親也為中國的總是那麼遙不可及的未來貢獻了自己的生命。那些後來的喧囂的人們，他們究竟要推翻什麼呢？崇高的理想成了骯髒的謊言，成了兇殘和壓迫的遮羞布。他們真的什麼也沒有推翻過，一點兒也沒有呵。革命變成了通向富貴的邪惡之路。母親呵，這或許就是我們的命吧。沒法逃避，只能默默忍受。忍受，這是祖先遺存下來的中國人的德性。忍受，永無止境的忍受，永無止境啊。

一切都過去了，過去了。曾經的掙扎和呼號都退得遠遠的，像扔進無底深淵的石塊，瞬間變成一個小黑點，沒有回聲，沒有。

林樸覺得在黑暗中看見了那位老人，依舊是穿著寬大的灰袍從眼前走過。涵伯，一生飄來飄去，真像歷史的魂魄。林樸又聽見了涵伯的聲音，人只是一個永遠的行者，他說，生是為了死，生的目的是死，沒有生就沒有死。是呵，涵伯，不經歷人生的蒼涼是悟不出這些道理的。那不是輕視生，不是厭世，那是熾熱的愛呵。世間又有幾個人能站在生死之上俯視人生呢？沒人會把涵伯寫進歷史。涵伯不是謊言，他是房屋的柱子。姐夫也是。可惜，命運之手把智慧投向了一個錯誤的時代。姐夫屬於未來，未來的中國需要姐夫那樣的智慧支撐。林樸在黑暗中清楚地看見了姐夫睿智而有些沮喪的臉，看見了孩子小好音在笑著。在這黑暗中小好音依舊還是那個模樣。他無法設想這麼多日子過去了，他會變成什麼樣子。孩子，孩子啊。林樸的眼睛又濕潤了，他閉上眼睛讓淚水滴落到枕頭上。他彷彿聽到水之湄在叫他，林樸，林樸，林樸，一聲比一聲響。他張開嘴哽咽地說，之湄，你在這裏嗎？當他睜開眼睛時，他看見了空中飄忽的水之湄，聽見水之湄正輕柔地安慰他，林樸，別難過，孩子在這邊的世界裏正長大呢。他感到自己握住了水之湄的手，那手依舊是那樣溫暖柔弱。他說，之湄，天沒下雨啦，雨差不多停了，之湄，我們不再撐傘好嗎？水之湄在說話，聲音很小，好像收音機裏的電波忽強忽弱一樣，林樸呀，不用傘啦，這裏，沒雨呢，撐著傘，累呀。過了一會兒，水之湄又說，林樸呀，心結他們問你好呢。林樸心裏一驚，他似乎意識到自己頭腦要亂了。心結他們怎會和之湄在一起呢？他閉上眼睛，心中默默地叨念著，讓我思緒清晰吧，求求上天，讓我正常地想事吧。生命就要結束了，請給我最後一份清晰吧。

林樸努力使頭腦靜下來，他想讓思想平穩地運行。是呵，這是一份別人體驗不到的悄悄的像彌漫著的晨霧一樣的害怕。但是，他做不到，他聽到這空中到處都是聲音，很多很多人在說話。有一個人聲音很特別，仔細聽，那是米老闆在說什麼呢。林樸睜開眼，在黑暗中卻沒有看見米老闆的身影，只見米老闆的岳父岳母，那對慈祥的老人在一旁爽朗地笑著。兩位老人指指四周讓林樸看。水之湄領著學生和工人們擠過來。水之湄說，林樸，工人們都來了，來看望你。你看，大家都想念你呢。林樸在黑暗中抬起雙手，他想擁抱每一個人，雖然他並不習慣這樣。他覺得自己笑起來，心情突然很好。他大聲說，你們都在呀，你們都這麼好呀。林樸驚訝自己的聲音怎麼這麼大這麼響，好像在聽另外一個林樸高聲說著話。工人們嚷嚷地說，林老師，我們表決吧。林樸覺得很奇怪，問有什麼事要表決呢？現在是在開大會嗎？當然開大會呀，工人繼續爭著說，怎麼沒事表決呀，大事呢。林樸問什麼大事？林老師，你怎麼又忘了，建立我們工廠的制度，這是最大最大的事呀。林樸正想道歉，看見有人跪著，是見師傅。老見不斷地說，對不起，林老師，對不起，林老師。林樸歎了口氣，老見啊，是你的錯，更是我的錯。我們都對不起工廠的每個人。我真是愚鈍啊，為什麼沒有及時和大家一起建立完善的民主制度呢？林樸這樣想著，聽見工人們都低聲說，是啊是啊，林老師，我們都把這大事給忘了。林老師，現在還來得及嗎？正說著，林樸看見電影院的職工們抬著放映機過來。林老師，還是先放場電影吧。有什麼事兒，看完電影再說吧。

林樸在黑暗中聽見放映機嘎嘎地響起來，眼前出現了一個小銀幕。這小銀幕被投射在上面的光影照得越來越大，一直鋪滿整個房間。聲音很吵，最後變成無數的叫喊聲和轟隆隆的巨響。人們奔跑著，坦克，巨大的坦克從頭上軋過去，一輛接著一輛沒個完。到處都是士兵，槍聲一片。坦克在血肉中翻滾著鋼鐵履帶，四周濺起鮮紅的血。林樸雙手緊緊抓住被子，大聲叫道，別放了別放了。可放映機停不下來，怎麼也停不下來。職工們把放映機的電線扯斷，把放映機扔在地上，可就是停不下來，一直放著，放著種種嚇人的場面。城市燃起大火，人們在火中慘叫著。林樸閉上眼睛，但還是看得見。那大火烤得林樸臉上直痛。大火燒呀燒呀，直到把一切都燒成灰燼才平息下來。一片冒著餘煙的焦土，焦土之上站滿燒死的人，沒有眼睛沒有頭髮沒有衣服，血從焦黑的身體裏滲出來，一滴一滴地滴落在灰燼裏。

放影機的最後一束光熄滅了。好久好久，林樸睜開眼睛，一切又是靜靜的黑暗。沒有哭泣，沒有恐懼，一切慢慢地被拉得很長很長，一切變得很慢很慢。林樸意識到，很緩很緩地意識到身體裏感動的力量正一點兒一點兒消散在黑暗中，一去不返，留下的只有寧靜，心的寧靜，情感的寧靜，思想最後的寧靜。人的一生是由親友組成的。這是一個與親友互生互存的過程。越過生與死的界限，伸出雙手擁抱兩界的親人，那是何等聖潔的依念啊。林樸心裏鋪陳著一種平靜的輕鬆，淡淡的，像冬天裏田野上的薄霧，輕柔虛幻而有一絲寒意。這晨霧般的愉悅像遠處飄過來的若斷若續的童聲合唱。林樸凝神聽著，那是從外而來又由內而發的生與死的安慰。林樸覺得自己的眼睛在發光。黑暗變得親切起來。這世界多麼靜啊，靜得連一絲灰塵也沒有。

雨停了，那永遠的陰雨。晨光從窗口從門縫從房間所有的空隙擠進來。黑夜消退了，林樸的黑夜不再存在。房間越來越亮，空氣泛著螢光。在這美麗的螢光中，林樸看見姐和但叔的身影在飄動著。他在等，等待他們的到來。這是他生命中時刻依偎的人。他多想看著他們的臉，輕輕叫他們一聲。林樸覺得自己變得越來越輕盈，漸漸從床上從衣服裏從被子中飄浮起來。他升騰在空中，渾身閃著奇異的光芒。他看見房門開了，姐和但叔走進來，和他們倆一起俯視自己蒼白的身體。他看見姐和但叔的眼睛裏淚珠在晨光中閃爍。他在空中叫了聲姐但叔，聽不見，連他自己也聽不見。他想安慰他們，可自己卻順著一個旋轉的長長的洞滑走了，融進長洞那端耀眼的光芒中。

林樸去世了，靜靜地離開了人間。在這生與死混成一團的年月，在這沉默吞噬心靈的土地上，死亡顯得多麼平淡無奇。林貽椒和但叔沒有放聲痛哭，他們把林樸的身體擦洗乾淨換上衣服。但叔把林樸截下來的那條腿套進林樸的褲管裏，也穿上鞋。看著這棕黑色的斷腿，林貽椒既詫異又難過。那是軍醫截下林樸的壞腿後，但叔悄悄包起來拿回家，用鹽醃上，後來又曬又用油抹，背著林貽椒偷偷藏著的。但叔不讓林貽椒知道，是怕她傷心呀。死，有個全屍吧，能做的就是這些了。

林樸去世的消息很快傳到大街小巷，傳到四鄉八里。中國革命大廈裏裏外外擠滿了守靈的人，直到夜裏外地還有人陸陸續續地趕過來。人們燃起蠟燭，點著香，坐在大廈的空地上，坐在大廈附近的街上。入夜時分，中國革命大廈被燭光照得通亮。這座殘缺的大廈似乎被人們悲哀的火焰燃燒著。夜裏有人唱起了民歌。那是外地人，鄉下的。只有鄉下還遺存著那麼一點點兒古風，那麼一點點兒真誠無邪的情感表達方式。悽婉的歌聲滲進人們心裏，繞著中國革命大廈飄忽著。有人在輕輕地哭泣。

哎喲，河邊密密那個樹兒林，飛來只黃鶯叫不停。小哥哥呀小妹妹，交交黃鶯好傷心。維維喲那個蒼天，不顧喲人世情。帶走個好人，叫我淚不盡。哎喲，河邊茂茂那個桑兒林，飛來只黃鶯正悲鳴。小哥哥喲小妹妹，交交黃鶯好可憐。皇皇喲那個蒼天，不理喲人的心。送走個善人，叫我淚難禁。哎喲，河邊那個荊兒林，飛來只黃鶯靜一靜。小哥哥呀小妹妹，交交黃鶯歌且寧。渾渾喲那個蒼天，不變喲勞苦行。還我個良人，造我個世間平。

守靈的第二天，來了很多國內外的記者。現場報導的，採訪的，在坐著的人群裏來來回回地忙碌著。這場面人們很熟悉，看見那些記者們，讓人們心裏回憶起那些灰飛煙滅的悲慘往事。那是人們心頭永遠無法癒合的傷口，那是為了心底曾經的那麼一絲神聖的希望與抗爭而招致的災難。這就是命，中國人的命，註定要忍受的苦命啊。請把這一切記錄下來吧，去告訴天下所有的人，也告訴後世的人，我們這些活著，我們這些活過的人，我們是多麼不願把這世世代代的悲傷和苦難留給未來的人們啊。我們掙扎過，奮鬥過，可我們是多麼脆弱多麼無力啊。對不起，未來的人啊。夜裏，到處閃著照相機的鎂光燈。攝影的機器架得高高的。拍攝的燈光投射在守靈的中國革命大廈上，那佈滿灰塵的磚牆，粗糙而浸著鐵銹的水泥柱，在黑夜的映襯下像個不可理喻的骯髒的怪物，一個龐大醜陋的東西。

林樸的後事是依據他的遺願安排的。火葬。在曾埋葬他父母的那片河邊的荒地上，人們把木塊和樹枝堆得高高的。林樸的遺體裹著白布放在柴堆上。那是中午時分，沿著河岸全是送行的人，全是。當一股青煙升上燦燦的晴空時，沿著河岸傳來人們哭泣的聲音。有一位記者後來寫道，那火堆燃燒著，燃燒著林樸的遺體，燃燒著人們的希望與渴求。如果你置身於哭泣的人群中，你的心一定會顫慄。這是一個民族在訴說心中千年的苦難。這是一個在為渺茫的希望哭泣的民族啊。

林樸的骨灰分成三份。一份撒在河裏。這河水吞噬了他的父母，妻兒和無數不幸的人們。一份撒在曾是工廠的荒草叢中。那片荒草叢裏有過令人難忘的真摯笑語和友愛，那裏曾是貧困人的家，心靈的家。一份撒在北郊，那是埋葬過水媽媽，三姐和數不盡的受苦人的地方。戰爭的炮火轟平了幾乎所有的墳頭，像洪水沖過一樣，一切歸於荒草歸於虛無。很多很多年過去後，當那些曾有著鮮活記憶的人們都化為塵土後，人們對林樸對那些不凡往事的悼念，從每年清明的祭祀變成了書案上故紙堆裏的沉思。是的，是沉思，無奈的沉思。

林樸學的第一部文學作品是赫赫詩經。那是李荒他們幾個教的。很多年後，他還不時想起他們為詩的釋讀爭執不休的樣子。素冠素衣究竟是平日的衣裳，還是喪服或者囚服呢，不知道。

庶見素冠兮，棘人欒欒兮，勞心慱慱兮。庶見素衣兮，我心傷悲兮，聊與子同歸兮。庶見素韠兮，我心蘊結兮，聊與子如一兮。

二　革命

革命在中國只有過一次。這話是邊步說的。當時時局很亂，朝廷被推翻了，各路人馬都打著革命的旗子徵兵徵糧，一般民眾也分不清誰是真革命誰是假革命，何況這是一個離京城很遠的小城市。那時候外地學著外國人開始辦起了報紙。這城市小得連報紙也沒有，所有的消息都是從河上跑船的人那裏傳來的。靠碼頭的一家茶館多有跑船的人在那裏閒坐，聊些外面的時事傳聞。於是呢，這家茶館便成了這城市的新聞社。消息從這裏傳出去，你講給我聽，我講給他聽，傳來傳去，傳到街的另一頭就走了樣，往往把一撥人的首領與另一撥人的首領搞混了，以至隊伍過來時，人們不知是歡迎呢還是藏起來的好。人們心裏很亂，議論來議論去也沒個準。不管怎麼說，還是把值錢的東西收拾到牢靠的地方放心些。

邊步還不到二十歲，正值年少讀書時。他對中國古代的事特別有興趣，能弄到的書讀了不少。偶有心得也寫上些筆記，這對年輕人來說很是難能可貴。不過人呢，最怕有心得，尤其是年輕時代，一旦有了心得便會牽出更多的心得來。沒有經歷生活的磨礪，心得一多人就容易走偏，奇怪的是越偏越是自己察覺不出來。心得一多人就很激憤，便很想說話。天下哪個讀歷史的不愛胡說八道呢？

石頭市很小。街上的孩子總在一起玩耍。有時也打群架。即使不認識的大街那頭的孩子，面相也不陌生。邊步孩子時，常找林樸玩耍，也常到林樸家去。孩子呢，到處亂竄像小狗，看不住。況且邊步父親不在世了，母親忙裏忙外的，也顧不上他，很散蕩的。像他這種孩子成人後多半不成器，要麼就是極特別的。邊步似乎屬於極特別的那類。三字經裏講，昔孟母，擇鄰處，子不學，斷機杼。很有道理。他母親沒有擇鄰處，倒是他常去林樸家。林家那幫房客愛討論些事，孩子聽不懂但覺得新鮮。有時幫著跑個小腿做點兒什麼，有時聽他們講歷史故事，外國童話等等。這樣潛移默化地觸發了他讀歷史書的興趣。開始很難，不懂就過來問問。後來呢，讀多了漸漸有點兒明白，也漸漸有了心得。讀書有很多方式很多習慣。很多人只是讀讀，僅僅把讀書當作閒來無事的活動，並不當真。林家那幫房客凡事愛議論，無形中讓邊步養成了讀而思的習慣。邊步不知道，讀而思之，在中國，未必是件好事呢。

革命一詞從字面上講，革是改變的意思。命，不是指性命，也不是指一般人的命運，是特指朝廷的命，天命。皇權為天所賜，或者說統治權來源於天，是上天安排的，與民眾無關。革命則是要改變這種安排，一班人把另一班人的富貴奪過來。所謂改朝換代，在中國只是一個常態而已。不過呢，這裏有點兒說不通，既然統治權是上天安排的，為何人又能改變天命呢？如果是上天令人去改變的，那麼上天為何要選擇如此麻煩的方式，讓那麼多人丟了性命呢？想不通。詩經有云，周雖舊邦，其命維新。所謂維新便是革命。這是維新一詞的原意。後來呢，維新的意思變成了改革，猶如男人成了閹人一樣，得蹲著撒尿呢。

邊步對世俗的說道不以為然。革命應該是社會精神的徹底改變，社會制度的根本改變，改朝換代不是革命。這是邊步的想法。與眾不同的理論總是顯得古怪而又漏洞百出，這不奇怪。年輕時是想到了就說而不是想好了再說，慎行訥言很難受的。那時，離推翻朝廷沒多久。對民眾而言，朝廷是如何消失的，為什麼消失，本是一頭霧水，弄不清究竟是怎麼回事兒。突然沒有了朝廷的統治，人們一下子適應不了，心裏沒底，整天誠惶誠恐的，中國人就這樣。正經的中國人要的是秩序，卻不去想這秩序的代價有多大呢。

沒有了朝廷，舊的官員也溜走了。城市沒人管理。沒有人管，有些傢伙就亂來，鄰里糾紛也動起手來。弄得人們開始懷念起朝廷時代的種種好處，淡忘了朝廷渾身的劣跡而念叨什麼皇恩浩蕩之類的舊話。後來呢，人們推舉些上年歲的人組成個治安會暫時管理。這個治安會實際上應叫等待會，等待新的權勢來統治這個城市。

治安會的人多是些家境殷實且守舊的人。守舊並不是一個壞詞。守舊就是守傳統，守世代相承的種種習慣，防止胡來。治安會能直接調動的是各街坊的水炮隊。水炮隊就是救火隊，民間組織，歷來如此。官辦的消防隊那是後來的新事物。水炮隊的人都是各街坊的自願者，一夥青壯年。那時城市的大部分房子都是木房子，城市邊上的房子大多用茅草鋪頂。時不時就有個火警火災的。有人一旦沿街跑著敲鑼，各街坊的水炮隊就推著水炮趕去滅火，場面很壯觀。水炮是個有輪子的大木箱，上面橫著根長長的槓桿。七八個人分兩頭握著槓桿上下搖，中間一根銅管噴水，噴得很高很遠。滅火時好多人擔著水往水箱裏倒，前呼後擁的像個嘉年華。

那年冬天，市北面一位老太太在家裏生火取暖，睡著了。火星濺出來點著了房子。那一片都是貧寒人家的茅草屋，一下子燒了好幾家。那火柱升得真高，老遠便把人烤得燙燙的。茅草帶著火沖上去，落下來到處都是火星和黑灰。全市的水炮隊用了整整一夜才把火撲滅。天亮後觀看火場的人很多，幾乎全市的人都去了。沒了安身之所的人哭呀叫呀，很淒慘。原來的房子變成了一片黑黑的木炭。隔不遠的一戶人家也不知是怎麼想的，圖個小便宜，趁人少的時候把火場的木炭撿回來堆在家裏，想是日後生火用吧。結果呢，還不到晚飯的時候，木炭自己燃起來了。那家人不知道滅火，嚇得抱了床被子逃了出來。這下可釀成了更大的火災，連著燒了幾十家房子。第二天太陽升起來的時候，火勢總算控制住了。水炮隊的人累得只想倒在地上睡一覺。

晚上，治安會出面由各商鋪攤點兒錢設酒飯犒勞大家。邊步，林樸這些年輕人出了不少力，自然也參加了酒宴。很熱鬧，像過節似的，半條街都飄著一股酒味。喝了些酒，大家開始談些閒話，當然難免不提到時事。年紀大的人都知道亂世應該閉嘴，當然不是亂世也應該閉嘴，不過呢，亂世不閉嘴危險更大。年輕人不管這些，不知道閉嘴對中國人多麼重要。邊步喝了點兒酒，滿臉通紅的，尖著嗓子呀呀地叫喊著。他說，革命，現在哪是什麼革命呢，那些人，爭富貴而已。雖然邊步的話在很多很多年後證明是對的，可當時邊步並沒有把這個問題想清楚。有人說，邊步，別人是革命還是強盜干你什麼事呀？像個剛生蛋的雞咯咯叫，喝酒。林樸坐在一旁只是笑。喝酒說說熱鬧話只是助興，在中國，思想從來不屬於民眾，這個都不懂呢，喝酒吧。一場大火災，在這小城市倒成了熱鬧的盛會。

說來還真是個想不明白的問題。人類進入文明時代也有好幾千年啦，人的頭腦在這幾千年裏到底在幹什麼呢？是不是把腦力都花在相互傾軋上了？這幾年，人的智慧好像炸藥突然點爆了，各種稀奇的發明一個接一個，智慧像山洪一樣嘩嘩地沖了過來。大火災的前一年，河裏漲滿了春水。從河下游開來了一艘轟轟響的輪船。那是真正的輪船，有木船兩個長，兩邊船舷各有一個巨大的輪子，輪子上裝著槳片浸在河水裏。船中央的大煙囪冒著黑煙，很威武的樣子。船上的工人往火爐裏扔木材，爐火燒得很旺。爐裏的蒸氣推動機器，機器帶動大輪子，輪子撥著河水船就前進了，非常好看。岸上擠滿了人嘖嘖地議論著，既興奮又熱烈。要說家裏的鍋呀勺呀也是鐵做的，可就是沒有機器呀齒輪呀還有這大輪子有金屬的感覺，力量的感覺。當輪船從遠處開過來，老遠就看見了高高的黑煙，輪子撥著河水很有氣勢。你會覺得這開過來的簡直就是智慧呢。

輪船靠岸後，搭上跳板，乘客從船上走下來。魚老師就是其中的一個。魚老師個不高，剪著短短的平頭，有眼袋，留著特別的鬍子。下巴刮得很乾淨，上唇的鬍子兩邊刮了中間卻留著，與鼻子一樣寬，猛地一看像是淌著的黑鼻涕。後來就有人叫它鼻涕鬍。這種鬍式好像叫衛生鬍吧。那陣子好些出過國的人都時興這種鬍式，成了漂洋過海的標誌。魚老師應當穿身外國服裝的，可他卻穿著長衫扣著布紐。腳上是雙擦得很亮的皮鞋，拎著只皮箱。魚老師有名氣，準確地說很有名氣。他在朝廷沒有職務，也不是舉人什麼的，不知為什麼卻拿著朝廷的俸祿，日子過得很寬裕。在國外時，常在國內剛剛創辦的報紙上發表一些豆腐塊大小的文章，措詞很激烈，讀來讓人激動。仔細想想又不知他到底在批判什麼。很多時尚青年十分崇拜他。他喜歡演講，也不分場合。站在一個凳子上，左一句右一句，就有很多人圍過來聽，邊聽邊鼓掌。朝廷沒有了，可俸祿卻沒有消失，當權的不當權的各派勢力都給錢。他呢，今天評評這派後天說說那撥，不和哪夥靠得太近，過得依舊衣食無憂。這不能不說是一件十分奇怪的事呀。

外國人把煙葉用紙裹上，運到中國推銷。北面的人稱為煙捲兒，南面的人稱為紙煙。叫香煙是後來的事兒。魚老師煙癮很大，看見他時總在抽煙。從這城市回去後沒幾年就死於肺癌。據說葬禮很隆重，街上圍滿了送別的人或者說看熱鬧的人。

魚老師叫魚行之。去世後報紙上稱他為泰斗。泰斗這稱呼多少有點兒霸氣。有人仔細研究了他的種種作品和演講。把魚老師稱為文學泰斗吧似乎理由不充分，稱為歷史學泰斗吧又有點勉強，稱為語言學泰斗吧贊同的人不多。於是便創造了一個新稱號，學術泰斗。治安會的人聽說魚老師是個名人，便請他吃了個便飯。為了顯得不落伍，追求個時尚，治安會邀請魚老師為市民發表演講。演講那天去了很多人。歷來朝廷很討厭人們聚在一起說事兒，因此演講會對人們來說很新鮮。魚老師站在高處，手裏夾根煙。講了些什麼我們的祖先的人們，什麼婆媳的關係的重要的改變，什麼喝的中藥的小心等等。當然講到邊步提起的周革商命之類的，東一句西一句。小城市的人沒多少見識，自然聽不懂魚老師講了什麼，只是一個勁兒地鼓掌呢，場面很熱烈。

輪船到的那天，林樸也去看輪船了。沒想到輪船上下來的魚老師竟是專程來他們家的。當魚老師找到林家時，把姐弟倆吃驚得不知如何是好。魚老師說，你們的父親我是認識的，過去的事我也聽說了，往事真讓人傷心呵。這些年，一直不知道林先生的後人怎樣了，後來聽住過你們家的人提起，我這才抽空過來看看。問過姐弟的近況，環顧家裏的清寒，魚老師很是感慨，日子艱難，虧你們姐弟倆熬了過來。可惜我想幫你們卻一直不知道你們的下落，加上國內國外的忙些事兒，沒能早日顧及你們，真是慚愧。聽了這些話，林貽椒感動得眼眶都紅了，趕緊跑出去討了些茶葉，燒上水，給魚老師泡上。林貽椒把但叔也叫過來，介紹給魚老師認識。但叔見過魚老師也沒多話，只是悻悻地說魚老師能多住幾天嗎之類的客套話。魚老師住在客棧裏，當然也不能久住。輪船向上游開不了多遠，三天後就回來，得趕輪船回去，家裏還有好多事等著辦呢。三人相依為命，相濡以沫，令魚老師唏噓不已。財富固然有則更好，但財富不是真正的幸福。人之間的平等，相互幫助，相互尊重才是幸福的所在。例如你們從財富上看是不幸福的，但你們的心裏因家人的關愛而充實，你們又是極幸福的。孟子說有恆產方有恆心，是錯誤的。林樸讀過孟子嗎？知道一點？不要讀它，有害的。有害的文章會吃人的。魚老師講起話來很慢，言語裏充滿了權威的力量。但叔聽不明白只是與姐弟倆在一旁很恭敬的點著頭。魚老師也講到國外。國外有些貧苦人在一起幹活，一起管理工廠，既是工人又是工廠的所有者，大家過著平等的生活。沒有權勢壓迫，沒有貪污腐敗，沒有剝削，沒有道德淪喪的事情。這是人類的希望。當然這些是國人不能理解的。

名人有時隨口說幾句話，可能就會改變一些人的一生。這裏面除了景仰導致的盲從外，人的精神世界裏肯定還有什麼不為我們所知的潛在東西在起著至關重要的作用，特別是中國人。林樸聽了這些聞所未聞的事情，深深銘刻在心裏。準確地說，這些話開啟了林樸一個全新的夢想，一個善良的嚮往，使他時常在心裏琢磨一個念頭，描繪一幅圖畫。若干年後他還真幹了一件類似的事情。只能說是類似，想的和能做的之間有差距呢。

歷史總是一段一段組成的，一段裏面又有很多小段。每個小段又總是為某個觀念所籠罩，以至人在其中不知還有不同的存在。當這段過去後人們往往自持新冒出來的觀念為榮而嘲笑過去的觀念以為過去曾是如此愚蠢，如此可笑。後來者總是顯得比往者聰明乖巧，殊不知這一切只是時間的漩渦而已。縱觀以往，實在是沒有誰比誰更明智，當局者迷呀。我們每個人都是當局者，對以往我們又是旁觀者。當我們嘲笑以往時，絕不願想到我們終會被嘲笑。這大概是人性的弱點吧。

林貽椒過了二十。雖說相貌平常加之家境貧寒常做些粗活，但看上去總有一點兒大戶人家小姐的影子。氣質這東西是最沒準的，完全在於你怎麼看。如果你知道點兒人家的身世，往往會觸發你的想像而看出人的氣質來。也有人過來說媒，都覺得不合適，沒有成。覺得不合適便委婉地謝過，林貽椒從不在背後尖刻地評價別人，這點與大多數人很不一樣。魚老師問過後說，我有一個學生，人挺好的，愛讀書學習，特別有數學才能。姓尚名無庸。讓他過來和你見見面吧。他父母去世後留下了一點兒財產，不多，夠過生活的。林貽椒沒說同意還是不同意，父母不在了，這婚事直截了當地當面提起，一下子沒法答上來，只是很客氣地說真是謝謝魚老師的關心。沒想到過了一年吧，就是大火災後尚無庸還真找上門來了。

魚老師給姐弟倆留了些錢。林貽椒怎麼也不肯收下。魚老師可不習慣這樣推來推去，把錢放在桌上，叫姐弟倆別再推辭了。這些錢對姐弟倆來說可是很多錢，要做多少活才能掙到這些錢啦。臨別時，魚老師突然問林貽椒，父親生前有沒有什麼特別重要的文件，筆記或者書信之類的保存下來，要是有的話我想看看。林貽椒把當時抄家的情況仔細地給魚老師講了。魚老師有點兒不放心，但還是算了。後來呢，魚老師去世後有些閒散的研究者一直在追究他與林家與十二義士之間的關係，希望能翻出些證據來，好把魚老師留在世上的臉面撕破。許多事就是這樣了，真相不在歷史裏，真相在時間裏，但時間已經過去了，過去的時間追不回來。所謂，子在川上曰逝者如斯夫。正是。

魚老師的到訪使人們對林家多了些關注。有時治安會的人也會過來噓寒問暖。一家藥鋪請林貽椒過去幫忙，做些切藥搓藥丸的活。活不重，報酬卻很好。林樸則在小學校教孩子識字。雖說是代課，畢竟是份文化事，很滿意。林貽椒不讓但叔再去打短工，更不讓他到河邊去搬貨物。艱苦的生活使但叔顯得很老。但叔只好在家做做家務。三個人日子過得平穩多了，因此林貽椒常念叨魚老師，情感裏總有一份感恩，背地裏對那份婚事也有點兒憧憬。大姑娘了能不考慮這些嗎？要是錯過了女人一生中最好的時光，以後就難了。摽有梅，其實七兮，求我庶士，迨其吉兮。詩經裏就是這樣唱的，古人也是人呢。

林樸個子不高，也瘦。生著一張平常相。也許是家中的不幸造成的，有點兒怕事，平日裏話不多，但愛在心裏想些事兒。教上小學生後那種師道尊嚴使林樸很快成熟起來。邊步為人張揚，喜歡在外面議論各種事兒，當然不是那些不屑的市井瑣事。有時上林家來，有時到小學校找林樸聊天。多半是邊步講，講些傳聞，講些心得什麼的。人在年輕的時候思想有很大的可塑性，他們倆常不自覺地相互影響著。邊步對古代的事很有興趣，先讀演義後讀正史。懂與不懂倒是其次，重要的是有感悟。古人是面鏡子能幫助理解當下時局的脈絡，同時古人又是把鎖，對新奇事物有種隱隱的排斥。讀古人本質上是在讀人，讀所有的人，但這是一個尤其難的事兒。大凡好讀古人的人對時局政治興趣濃厚，這種興趣又多有批判詆毀時局的傾向，因此一說到時局邊步總是有些亢奮。這也影響了林樸的思維方向，使他精神上漸漸混上了對新事物的嚮往，對社會正義的渴求和對一切都懷著莫名恐懼的種種相互衝突的因素。中國人不信教，有時呢，未必是件好事兒。

邊步從白蓮教談起，說世上有很多宗教，不論正邪，幾乎都是政治組織，用宗教把人們組織起來達到政治目的。林樸插話說，佛教好像不是這樣。邊步想了想說這個不重要，不說它。那麼反過來講，政治組織往往也用宗教的東西來維持自已。什麼叫宗教的東西？就是它的教義是不能議論不能懷疑的。你把這弄明白了，就知道為什麼中國只有一次革命了。這話聽來怎麼也有點兒牽強吧。林樸當然沒有弄明白，宗教怎麼跟革命綁到一起了。不過他不會去深究這事兒，他對這些興趣不大。對林樸來說，革命就是推翻什麼，就是一排排扛著槍的隊伍。林樸只有十幾歲呢。槍響和鞭炮響是不同的，聽見鞭炮響幾乎都是吉慶，聽見槍響人們臉就發白，很不一樣。子彈射出來是一條線，要是擋在這條線上你就死了，很快。儘管邊步還在自圓其談地講著。提到槍，林樸的思路又到一邊去了，所幸的是還沒有人在這城市開過一槍呢。

不論時局多麼紛亂，時代無聲的改變卻超越了人們的想像。大火災前不久，也就是魚老師走後大半年的樣子，藥鋪老闆從外面買來一部機器，能發電。機器裝在藥鋪後院裏發起電來。先是給出得起錢的商鋪拉上電線，在鋪面裏安上個電燈泡。沒有開關。每天晚上七點到九點半發電。按月收錢，叫做點包燈。這是城市的一件大事，人們的新奇自然不在話下。有人去吹，怎麼也吹不滅，很是讚歎。後來沿街也有住家人裝了包燈，電燈很快就溶進了日常生活。藥鋪老闆掙了不少錢，後來資金充足些了，拉上一些人合股辦個發電廠，請來工程師和工人。市裏好多人家都裝上了電燈。依舊包月，依舊沒有開關。不過發電的時間延長了，從晚上七點到十一點。大街上還安裝些街燈，這是前所未有的。夜裏城市裏顯得亮堂，也熱鬧多了。

林家是最後裝上的。林貽椒持家節儉，不肯亂花錢，只是大勢所趨，加上算帳下來比煤油燈貴不了多少也就請人裝上了。儘管電廠貼了很多有關用電安全的知識傳單，但還是有人觸電死了。有一次連死了三個。第一個被電倒的人從牆上滾下來，躺在地上抽搐手裏死死地拽著扯斷的電線。第二個人跑過來拉他，一下子也倒在地上，第三個人也是。圍觀的人嘩地一下退得遠遠的。直到電廠的人趕過來用竹竿挑開電線才把三個人抬走。科學的發展沒有和科學的教育同步，難免會有悲劇發生。多年之後，當人們把電用於迫使人屈服的刑訊中時，人們對電的性質才有了透徹的瞭解。新知識的認識顯然有一個過程。

大火災前後的日子，大約兩年時間吧，城市裏相對很平靜。不像前段日子裏隔三差五的有隊伍過來，要錢要物，搞得人心惶惶。這段時間外面的形勢逐漸明朗起來。小股的勢力要麼被打散要麼被吞併，最後形成了兩個大的陣營，各自叫著繞口的名稱。兩邊打的旗幟顏色不一樣。一邊的旗幟是粉紅色的，旗幟中間有一圈大紅的星。另一邊的旗幟是紫色的，中間有一顆黃色的大星。根據旗幟顏色的不同，人們叫他們為粉黨和紫黨。叫習慣了，後來連他們自己也叫上了粉黨紫黨。粉黨的旗幟鮮亮，打著旗幟唱著歌，熱熱鬧鬧的。不過單就粉旗來說難免有點兒胭脂氣。紫黨的旗幟很有氣勢，大隊伍開拔起來一片紫雲，大有力拔山兮氣蓋世的味道。

一個城市不論有多小，哪怕就是一個不起眼的小村莊，倘若處在鬥爭的漩渦中就會被擠得粉碎。鬥爭的漩渦常常在重要的戰略要地交通樞紐之間變幻莫測的移動著，輪到誰，誰遭殃。粉黨和紫黨的人都說這是革命的代價。確實，做任何事都是要付出代價的，這是常理，不過這個代價好像應由當事人來付吧。

林樸生活的這個城市，古代叫石頭津，渡口的意思，後來改稱為石頭市。這名字很令人想不通，方圓數百里都是平原，不產一塊石頭。不過街面上倒是全鋪的石板，年代久遠了，鋪街的石板被腳磨得光光的。河邊碼頭也砌著石塊，一直向上和街面接到一起。據說河邊碼頭的石塊年代更久遠，有些石塊被河水沖得沒有了棱角，石頭津的稱謂或許就是由此而來的。這條河一直往上游走，沿途的小鎮都沒有在河邊砌石頭的，因此叫石頭津很有道理。石頭市的地理位置剛好處在政治鬥爭的邊緣，或者說處在時局的邊緣，既不太閉塞又絲毫不重要，這樣在動盪的年代裏就有了一份難得的安寧，至少目前是如此。

石頭市大部分時間都處在粉黨的勢力範圍內。市裏貧寒人家的子女跑出去的大多投了粉黨，投紫黨的很少。這些跟著起鬨的年輕人一般去了沒兩年就死了，有的杳無音訊跟死了差不多。開始時粉黨還派幾個人過來辦辦公，主要是徵錢徵物，也運走了些藥材。其他的事不管，沒多久就突然撤走了。以後呢，一年裏總有幾次來人找治安會要錢要棉布等等。逢著數量少，治安會就找來商鋪的人，大家商量著攤點兒。如果要的數量大，治安會又不敢討價還價，只好讓各家各戶都出點兒，弄得大家怨聲載道，卻又敢怒不敢言。有一次紫黨的人突然跑來要錢，治安會沒給，說粉黨剛把錢收去了，沒辦法。那天晚上一隊騎兵就過來了，馬蹄踏得街上的石板直冒火星，把治安會的人嚇得不敢出大氣，趕快四處籌錢，才把紫黨的人打發走。過了一段時間粉黨又派人過來，把治安會的人臭罵了一頓，一群沒有革命氣節的東西。然後呢，一切又平靜下來。仔細想想，也是，革命是生不出錢來的，還得由民眾出，這是亙古不變的道理。

石頭市顯然是從渡口的幾間房子發展起來的。歷史上幾經沒落和復興。在郊野的田間偶然會掘出一些磚塊來。說明在歷史的某個時期石頭市曾經很興旺，城區也比現在大得多。當林家來到石頭市時，市裏只有一條大街，馬車對過有餘。大街與河道平行，街的南邊離河邊近，街的北面比南面巷子多，順著小巷走到盡頭就是些茅草房子，大火災時燒的就是這片。再往前走就是荒草，田塊和大大小小的水塘。大街的兩旁盡是商鋪，在林樸幼年的印象中似乎天下的好東西這裏都有賣的。有客棧、藥鋪、布鋪、雜貨鋪等等，也有一些出賣手工活的，像做竹活的篾鋪，還有鐵匠鋪。有的鋪面裏還燃著爐子熔化些銅鉛往模子裏澆鑄。這是一個做買賣過活的城市。由於商鋪大多集中在大街，因此這條街叫九十鋪大街，平日裏簡稱九十鋪。九是大數代表多的意思。市裏人從不叫九十鋪或九十鋪大街，說聲到街上去了，或者說我剛從街上回來，這街上就是指的九十鋪大街。後來粉黨正式管理石頭市時被改稱勝利大街，雖然城市經歷了很多折騰，可沒有人想到把大街的名字再改回去。勝利大街的名字一直沿用下來，可能是因為不管誰佔有這城市都是勝利者的緣故吧。本市的人只有在寫信時才提到勝利大街幾個字，平日裏依舊順口說街上。石頭市大約有十來萬人口，不算那些漂來漂去的外來人口，當然不算，歷史上只有當外族入主的時候才算，因為入侵者就是外來人口。

沿著河邊生活的人，往往不分東西，只說上下。西頭為上，東頭為下。河是從西向東流的。大街的盡上頭靠河邊有一座磚塔，本是這平淡城市的一處風景，可小孩愛在塔裏拉屎拉尿，一陣騷臭，外地流浪來的人有時也蜷縮在塔裏避風雨。因此，人們幾乎都不去那裏，只有外地人好奇地打聽打聽。哦，那破塔，沒什麼好考究的，管它誰建的呢。林樸家在街下頭的南邊，當年林樸父親買下這房子時很便宜。聽說這房子以前住著一戶人家，女人天天唆使孩子虐待她男人，後來逼得這老實人一狠心在飯裏下毒，全家都死了。年齡大的老街坊說起這陳年故事總要加上一句評語，世間最毒婦人心啊。以後又有人住這房子得上了莫名的怪病，喝什麼藥都治不好，死了。這些故事把房子的價錢壓下來。林樸父親被朝廷殺了，是否與這房子有關呢？街坊們恐怕是有聯想的。這事也很觸動邊步，這也是他逐漸堅信萬物皆有命的一個重要的思想依據。

林樸小時候一直穿著草鞋，是但叔打的。但叔和大多數幹力氣活的人一樣都穿草鞋。晚上空閒下來就弄些禾草打上些草鞋，白天掛在門外賣。買的人總是要多買一兩雙。草鞋不經磨，容易破，尤其是趕長路的人。但草鞋穿起來非常舒服。林樸上學時，林貽椒給他作了雙布鞋，一針一針地納鞋底，把舊布一層一層地糊在門上，乾了揭下來剪成馬蹄形縫在鞋底上，很辛苦的。有時林樸在外面玩耍把鞋弄得盡是泥，林貽椒就責怪他，千針萬線的容易嗎？就不知道心疼人。當中國人抬頭張望飛機扔炸彈時，腳上卻穿著草鞋。你說這是很自然呢，還是一點兒也不自然？飛機扔炸彈是在輪船的大輪子改為螺旋槳後的事兒。螺旋槳的發明無疑具有科學技術跳躍發展的深刻意義，不過螺旋槳一直埋在河水裏，外面看不見，因此沒有輪船的大輪子那種轟動的社會效應。

邊步比林樸大，愛到處亂竄，見識比林樸多。一天晚上剛吃過晚飯還沒有來得及收拾，邊步就煞有介事地到林家來，夾著本破舊的畫報。林樸，你看這是什麼，指著畫報上的一幅畫問林樸。什麼呀，外國人。什麼外國人，古羅馬軍團。你看士兵腳上穿的是什麼鞋。林樸仔細瞧著，對呀，還真是草鞋呢，好像是皮革作的草鞋。怎麼和我們一樣呢？

鞋，是人類文明的重要標誌。重要的文明族群在開化的初期就穿著草鞋，只不過中國人穿草鞋的時間更長久些，一直穿到飛機扔炸彈的時候。客觀地說草鞋很養腳，布鞋次之，最差的是皮鞋。非洲人呢，是個例外。從畫報上看非洲人愛赤腳，連草鞋也不穿。這可能是文明發展的一條岔道吧。

詩經裏有，糾糾葛屨，可以履霜。摻摻女手，可以縫裳。這個葛屨是古人夏日的鞋，不知是不是草鞋。

三　婚姻

婚姻乃是人生大事，這是一句成語。即使是在媒妁之言父母之命的年代，幾乎所有的年輕人都在私下裏討論過這個問題。什麼才是完美的婚姻呢？是門戶、是錢、是相貌、是性格？也許都不是，也許正是，沒人說得清楚。如果剝去外在不同的具體形態，實質上是你撞上什麼人你就結婚了，然後呢，就是一輩子。好，你自己知道。不好，你忍著點兒。婚姻實在是最偶然的一件事呢。如果有一個機構能把所有婚配人的特點和條件都統計起來，然後進行最合理的搭配，那麼天下一定充滿著幸福的家庭，至少呢是可以過下去的家庭。到那時，人們就不在乎什麼人用什麼方式來統治他們了。兩下相安無事，這樣活著該多好呀。

邊步非常反對林樸關於偶然的觀念，萬物都沿著一個既定的路走下去，叫有命。有命，才會使歷史上的朝代走向腐敗歸於滅亡。哪個末代皇帝不想振興呢？該亡的一定亡。林樸說，一件事可能是這樣也可能是那樣，全靠偶然。想舉個例子吧，林樸一時想不起來。邊步拿著盒火柴講開了。為什麼火柴一擦就著，這是因為火柴一定要著，不然就不叫火柴。林樸笑起來了，火柴有時要擦幾下才著，有時擦斷了也不著。什麼原因？火柴受潮了，偶然的。林樸呀，這你就不懂了，必然的東西一定是可能的東西，也是最大可能的東西。火柴就是最大可能擦得著才特意造出來的。你拿根木棍擦擦看。林樸插嘴說，老擦也著。要是你擦著擦著突然上廁所，就擦不著了。年輕時代很有意思。

也許世上一切都是必然的，也許世上一切都是偶然的，沒人真弄明白了。所謂哲學專愛爭論這類兩可之間的問題。討論玄虛的問題時，討論者往往有一種高人一等的感覺，很是可笑。世上沒有比哲學更糊塗更無聊的了。哲學著作那麼厚，繞來繞去大概把作者自己也繞進去了。真正偉大的理論都是極簡潔的，可是，當你泛泛地談論事物時，你就很容易掉進哲學的泥沼。

大火災後的夏天，天氣很熱。那天晚上林樸在家裏電燈下看書，搖著蒲扇。但叔、林貽椒在後院納涼。但叔藉著門裏的燈光打草鞋。林貽椒忙完家務後，正歇著和但叔說著家常話，聽見敲門，有人在門外叫著，是林家嗎？林樸看書正入神沒動。林貽椒以為是來找林樸的，見林樸還沒動，說，林樸，開門去看看，免得人家老敲門。林樸開門見是一位陌生人，身邊放著行李，臉上淌著汗。對，是林家。請問你是？我叫尚無庸，還記得魚老師吧，是魚老師叫我來的。林樸想起來了，忙著叫尚無庸進屋裏來。一邊幫著安頓行李一邊叫著姐。但叔和林貽椒進屋，聽說是尚無庸，林貽椒一下子懵了頭，只顧打量來人。但叔說，貽椒，去打點兒水讓他擦把臉吧，林貽椒這才緩過神來。魚老師從你們這兒回去後就跟我說了，尚無庸看著他們三人，急急地搖著扇子，說，魚老師生病了，在醫院裏特地托人叫我到你們家來。說你就放心地過去吧。我這就急忙趕來了，事先也沒有給你們打招呼，請原諒。最近外面的情況不太好，仗打得厲害，你們這兒很好，很安靜。夜裏尚無庸和林樸睡一起，不過林貽椒可沒睡好，不知該高興呢，還是該平靜一些好。人，看上去還真不錯呢。雖說平日裏也琢磨這事兒，可人一旦來了，這麼突然，一點兒準備也沒有，真是不知如何是好。也沒稍稍打扮一下，不知人家怎麼看呢？

第二天，林樸領著尚無庸在市裏到處逛，也去了他教書的小學校，那學校是一所舊大宅改用的，設施有些簡陋。林貽椒早上起來打扮了一下。頭髮梳得光光的，滿身的衣服一股樟腦味，看起來使人覺得很舒服，和但叔一起張羅飯菜，但叔殺雞拔毛，林貽椒切肉整魚。只是忙著，不提什麼事兒，很興奮。平時林家很少吃肉，偶爾有葷也是便宜的小魚。一般中國人本來就很少吃肉。肉好吃，買不起，幾千年來一直如此，不然就不會有肉食者謀之這句話了。中國人個子不高，體格偏弱，少吃肉可能是主要原因。詩經有道，羔羊之皮，素絲五紽。退食自公，委蛇，委蛇。說的就是肉食者在公所吃飯的事情。如果所有的人都到公所去吃肉，那是不可想像的，也是不對的，社會總得有個秩序有個等級吧。

幾天過去了，誰也沒有說什麼。尚無庸習慣了這裏的環境，變得跟家人一樣，不再客套來客套去。吃過晚飯後，尚無庸對林貽椒說我們到江邊走走吧。林貽椒臉一下子紅了，只是望著但叔。但叔輕輕地說，河邊涼快。但叔在家裏搖著扇子，一言不發地等著，倆人回來後，林貽椒和但叔商量起婚事來。但叔說既然魚老師說媒，你覺得人可以就行。婚事就這樣定下來了。林樸和但叔住一起，騰出間房來作新房。也沒添什麼新東西，床上房裏收拾得很乾淨整潔。拜訪了治安會，請了街坊和熟人吃飯，就把婚事辦了。那年頭，不需要登記，也沒有地方登記。這婚事，街坊鄰居認可了，社會就認可了，就是合法夫妻。既簡潔又有人情味。

婚後的日子很恬靜。兩人常到郊外，河邊散散步。林貽椒堅持要在藥鋪繼續做工。反正活不累，也做慣了，閒在家裏可不好。尚無庸倒覺得不好意思，通過治安會，便到市裏一所中學教數學課，課不多，工資也不計較，不過水平卻是學校中最高的。沒課的時候就在家裏看書，或研究一些數學問題。

林貽椒之所以很快就答應了婚事，除了尚無庸是魚老師做的媒外，一個重要的原因是尚無庸在河邊與林貽椒散步時講了自己的身世。尚無庸生在一個富裕家庭，父親早年在海外讀書，學習工程技術，一些很先進的科學知識，當然也接受了一些很激進的思想。中國後期的朝廷往往傾向閉關鎖國，杜絕世界之雜念。從維持朝廷傳統統治和社會秩序的安定上講，無疑是極其正確的國策。對於朝廷來說先進的技術以及從中派生的種種紛雜的思想，對國家的傳統政治體系有害無益。對於民眾來說紛雜的思想只會招致殺身之禍。中國真的不需要世界，中國本身就是一個完美的世界，一個可以延續萬世萬代的世界。中國人一出國往往會受到種種不良影響，即使像尚無庸父親這樣致力於工程技術的專門人才也是如此。回國後本來是要參加中國首條鐵路的設計，想不到卻和十二義士拉上了關係。十二義士被殺後，趁朝廷沒有顧及過來，急忙帶著一家人逃到了國外。本是保住了性命和大部分財產，卻在外國得了非常奇特的疾病，一激動兩眼就淌血，身體一天天壞下去。外國醫生既治不好也無法解釋病因，束手無策。倘若是在中國，即使治不好，至少能用五行陰陽和氣的道理解釋個透徹，讓病人死得明白。中國的醫學傳統比國外的顯然更具人性的柔情，而不是僅僅把人看成是一副骨架和一堆肉。父親去世後，尚無庸在國外念書。命運再不濟，人也得活下去。父親去世前曾把家人託付給當時也在國外的魚老師。一年後母親也去世了，妹妹嫁給了外國的中國人。朝廷被稀里糊塗地推翻後，就跟著魚老師回到中國。

研究專門技術學問的人，雖然在人文知識方面顯得很愚蠢，但在亂世之中你研究的領域就是一片淨土，在那裏你的靈魂很聖潔，當然，前提是你得有靈魂。尚無庸回國後一般不與外界往來。小有財產夠吃穿，不用出去尋活幹，整天在家讀書，研究他十分熱愛的數學。尚無庸有一點兒輕微的口吃，話不多，滿腦子裝的都是運算和解決運算的種種嘗試。要把這興趣說與人聽，聽者一定會打哈欠。這與研究歷史、經濟和政治的人不一樣，如果逮住機會，那些人就會滔滔不絕地瞎講，直到魂都飛了出來。尚無庸的興趣是個近乎瘋狂的數學設想。他研究的是數學領域裏一個全新的方向。當他在國外讀書時，突然產生了一個想法，所有的數學思維以及數學演算都是沿著一條線推進的，一個數跟著一個數，能不能把相關的數集中起來，一堆一堆的計算呢？於是他想出了一個新的概念，數堆。數堆理論的基本內容是把關聯的數集聚為一個個開放的數堆，數堆與數堆有著互動，在互動中又引起數堆本身性質的變化。把數堆之間的相互關係，性質變化，派生演進等等理清楚，然後用一些動態的公式表達出來。有了這種高層的把握就可以用來解決一些極複雜和計算量極大的問題，就可以用定量的方法對複雜的事物進行定性的分析。這樣就能使數學的運用範圍一下子擴展到人類生活的所有領域。尚無庸認為自然界或許早就存在數堆的實際運用。一個小胚胎發展成一個完整的個體，胚胎的發展過程絕不是一個線性的過程。物理學裏弱力與物質的關係一定可以用數堆描述。人的大腦活動顯然就是數堆運算的結果。

人有理想有目標，人生就很充實，即使是一個看起來荒唐的目標，人生也快樂。這是老生常談的話。如果你有理想，你就會覺得比周圍的人站得高些，甚至會生出憐憫心來。一定要記住這個誰都知道的道理，生命於人只有一次，唯一的一次。

直到死尚無庸最終沒有完成哪怕是最基礎的工作。這很正常不可惜。在石頭市，他把關於數堆的設想寫成小文章寄到外國發表過，沒有引起多少注意。後世的人經常提到時光機器，如果尚無庸坐在時光機器裏向未來飛很遠，他或許會看到人們已經把數堆變成了相當成熟的數學理論。其中最重要的成就就是人類破解了宇宙深處傳來的訊號。那訊息在太空中走了一億年，是另類智慧生物生活的圖畫，震撼人心。人們剛收到這些訊息時，只是一些不連續的點。把這些點直排橫排斜排都不成形狀，很困惑。有了數堆理論人們才知道，那是訊息傳遞的高級形式，一些類公式，極簡捷，在數堆下還原成立體的可動的圖畫。誰能說現在看似荒謬的東西，未來就不會改變世界呢？很多中國人不懂這個道理呢。

到了冬季，林貽椒懷了幾個月身孕，便不再到藥鋪幹活了，呆在家裏除了做飯洗衣外就是準備未來孩子的小衣服小褲子，整天都有事做。只要尚無庸在家看書或搞數學研究，大家就靜悄悄的。生怕打擾了尚無庸的用功。林樸很尊重姐夫，覺得這是一個真正值得尊重的人。尚無庸學習研究也有一定的時間，不想成為大家的負擔。從不說什麼別吵了，我無法看書之類的話。不做他自己的事時，就和大家一起談笑，也做些家務活，和林樸講講國外的事情。但叔覺得心裏很舒坦。

就在這個冬季，街上頭河邊那座磚塔的塔頂突然倒了半邊。掉下來的磚塊把從塔裏出來的一個乞丐給砸死了。那乞丐死在一堆磚塊裏一點兒血也沒流，很怪異。這事使全城的人都很震驚。這可不是好徵兆。人們對徵兆的認識，至少可以追溯到商朝以前。帝命玄鳥，降而生商，可以說玄鳥的出現是商成為天下霸主的徵兆。易，始於商而成於周，講的就是徵兆的學問，與所謂哲學扯不上關係。甲骨卜問求的也是徵兆。徵兆絕不能簡單地歸類於巫文化。深入人心的東西也是民族性格的東西，談不出科學道理卻有著深邃的人文意義。人文的東西中國人最精通，最精通的東西就不能說是沒有道理的東西。任何大的變故都是有徵兆的，歷朝歷代皆是如此。

人們很少光顧的磚塔一下子聚集了很多人，敬香的煙霧遠看像是餘煙未盡的火災。人們籌集些善款，請人把垮掉的塔頂修補好。完工的那天還請了僧人作法事，恭恭敬敬的。當大家以為沒事了，剛鬆了一口氣，塔頂修補上去的那些磚塊又轟的一聲全倒了下來。這對全市的人是一個沉重的打擊，人家垂頭喪氣了好久。該來的噩運，也躲不掉，總不能全市的人都逃走吧，況且已經有越來越多的外地人流落到石頭市，天下還有你逃的地方嗎？

還沒到春天，石頭市不平靜起來。小偷小摸的事以前也有但不多。現在夜裏常聽到撲通撲通一陣腳步聲，接著就有人喊著抓賊呀，快攔住他，或者突然有人大聲呼救，搶劫呀搶劫呀，快來人啦。一出事各家的男人都披著衣服跑到門口張望著。世道怎麼變成這樣了？人們回到家裏覺得怎麼防範都不放心。夜裏街燈熄滅後，街上的人也少了，怕出事兒。治安會安排更多的人巡夜打更，還是防不住賊人，一不留神反而被賊打傷了。大約在五月初，那天夜裏沒有月亮。一條小巷叫青楊巷。巷裏有戶人家，半夜男人聽見屋裏有動靜，忙起身點燈查看，結果被賊捅了一刀。老婆在裏屋看見了大叫起來，賊把她也殺了，床上地上盡是血。第二天邊步去看了，氣憤得很，回來跟林樸他們講，說是一定要去治安會說說，總得想辦法治治這局面。

治安會設在原來的衙門裏，是個三進的大宅子。邊步和林樸去那裏一看來了好多人，吵吵嚷嚷的。治安會的會長是個七十多歲的老人，叫告甫田，以前在衙門做過文書，大家曾稱他告文書。家裏開著米鋪。告會長叫大家靜一下，說，現在也沒有什麼好辦法。水炮隊的，每人準備一根木棒，各個水炮隊負責本街坊那一塊。遇事相鄰的水炮隊相互協助。夜裏白天有空的人各自安排巡街，一旦發現壞人就敲鑼。聽見鑼聲水炮隊的人帶上木棒集合。該堵該圍的各水炮隊當機立斷。各街坊各商鋪對外鄉人多留點兒神。抓住壞人送治安會來。大家回去準備吧。事情呢，只能這樣辦了。沒槍沒炮，也沒有專門的偵破機構，更沒有戶籍管理和相關的法律，對流落到本市的各色落魄人大家心裏滿是敵意。林樸倒有個想法，能不能在大火災的那塊空地上設個粥棚，接濟一下落魄在本市的窮人呢？一天在街上碰見告會長到各街坊看看情況，就生怯怯地提起這主意。告會長看了他一眼，施義粥，當然是善事。不過開了粥棚他們更不肯走了。這麼多人，負擔得起嗎？林樸覺得很沒趣，以後就不再提起。

街上到處遊蕩著乞討的人。有些人就坐在商鋪門口，不給錢不給吃的就不走。顧客來了也圍上去討錢。弄得商鋪沒法經營。夜裏，街角上，屋簷下這裏躺一個那裏躺一個。怪可憐的，也叫人心裏不踏實。革命的戰車把許多人的棲身之所和生計軋碎了。不逃吧，怕是沒命了。逃吧，逃到哪兒也就是一條苦命，天不憐人。有朝廷在何至如此，年紀大的人很是懷念朝廷。

流落到石頭市的人群裏有個人稱坎兒的，姓路。事情就出在這人身上。坎兒二十幾歲的樣子，有點兒壯實，糾集了一幫人。平日沒見他乞討過，也不知他在哪裏棲身。那些街頭乞討的人很怕他，說他常在郊外殺人。那年初夏坎兒帶了一大群人趁天剛黑時，突然衝到街上把幾家相鄰的商鋪搶了。被搶的商鋪裏有告會長的米鋪，米鋪的夥計抱著錢箱不撒手，被連頭帶手一起砍了下來。事情來得很突然，顯然是路坎兒預先謀劃好的。街上的人嚇得亂跑。一會兒到處響起了鑼聲，各街坊的水炮隊拎著木棒匆匆地趕到出事的地方。一看一個人影都沒有，被搶的商鋪一片狼藉。於是吵吵嚷嚷地遁著小巷往郊外追去，直到半夜才回來。抓了兩個落單的，帶到治安會綁在柱子上。等大家歇過氣來，點上油燈，連夜就開始審問。這兩人嚇得要死，只是說坎兒叫他們來的，也不知道他們到哪裏去了，更不知道坎兒他們住在哪裏。審問的人氣得很，就用鞭子抽，抽得兩人渾身是血。到天亮的時候，人就死了。什麼也沒問明白。只好把屍體埋在北郊的荒地裏。

被搶商鋪的家人哭哭啼啼地聚在治安會。告會長更是氣得手足無措。大家在氣頭上說了好些激憤的話，出了些極端的主意，都不管用。告會長最後說，既然粉黨一直徵我們的錢，想必應該幫幫本市吧。大家覺得這是最可行的辦法，於是馬上派人去聯絡粉黨。過了兩天派出去的人回來說找到粉黨了，說是現在形勢吃緊抽不出人手來。還沒有過一天，街西頭林家斜對面一家商鋪又被搶了。殺了人還放了把火。水炮隊救得及時，很快把火撲滅了，沒有釀成大火災。搶劫的人趁著火起混亂之際，溜得一乾二淨。這一下全市的人忍無可忍，於是趕緊派人又去找粉黨求助。臨走時告會長再三交待無論如何要粉黨派人來，不然沒法再給粉黨錢了。

那天，黃昏時，一支隊伍開了過來，駐紮在治安會裏。當晚告會長命人好酒好肉款待士兵，另外給隊長塞了些錢。第二天一早隊伍出發了。隊長對告會長說，對付幾個蟊賊應該不會太難。治安會派了好些人擔著糧食補給跟著隊伍一塊走。七八天後隊伍回來了，人們夾道迎接。隊伍中路坎兒被五花大綁捆著，一臉血漿。到了治安會，把坎兒交給了告會長，扔進一間小屋用人看守著。隊長說，幾十號人被包圍起來全殺光了，怕你們不放心，留著匪首活口帶回來。第二天清早隊伍帶了些錢財匆匆地開走了。治安會真正鬆了一口氣，不管怎麼說事情辦得很順利，除掉了全市人心頭的大患。接下來就討論怎樣處置這個路坎兒。要說解恨千刀萬剮也不為過呢，最後決定明天先遊街，起點震懾作用，然後拉到河邊的樹上吊死。晚上告會長不放心，又去治安會查看一番，叮囑看守的人不可大意，可沒想到等天一亮，發現人跑了，牆上給掏了一個洞。把告會長氣得直跳，馬上派人四處追查，結果一點兒消息也沒有。

窮到絕境，難免就有人起歹心。所謂貧賤不能移，那只是一幅悲壯的圖畫，並沒有普適性。再則強盜這個概念要看人怎麼去理解，單從奪去別人財產這個核心意義上講，天下的強盜真是太多了。事實上人們一直和各種強盜生活在一起，只是不同的強盜名份不同，服裝不同，社會地位不同罷了。

石頭市平靜了許多，到了夏天林貽椒生了個男孩，平平安安的，大家真的很高興。特別是但叔，人一上年歲就愛動感情，看見孩子眼淚都出來了。嬰兒生出來，按理是要哭的，從生理上講那是必要的運動，好讓嬰兒的肺更好地呼吸。從人文上講孩子到世上來就意味著艱難的人生開始了，既然人生的艱難等著他，就應該哭。可這孩子一直笑著，好像見誰都高興。是不是他冥冥中知道成人後一個真正自由平等的新中國在等著他呢？鄰居說這可不好，得讓孩子哭。第二天林貽椒在孩子紫紅的小屁股上來一巴掌，這屋裏才充滿孩子的哭聲。看見孩子哭了，林貽椒又心疼得不得了。沒有小孩的家，就沒有家的感覺，就不是一個家，這點，林樸突然有了領悟。聽見孩子哭，全家人都忙亂起來。林樸覺得這屋裏充滿了一種難言的溫情。

孩子很健康，滿月的時候小臉蛋就長得鼓鼓的。睜著亮亮的大眼睛，嘴角淌著晶瑩透明的口水，小手在空中笨拙地揮動著。這麼小的一個小人，抱在懷裏尚無庸很不習慣，生怕傷著孩子。該給你取個什麼名字呢？看著心愛的孩子尚無庸自語地說著。翻字典找冷僻字的父親多半是些俗夫。浩，偉，強之類有附勢的味道，華，明，富之類過於俗，難表疼愛之心。這樣吧，就叫尚好音，就取這個名字吧。大家一臉茫然。林貽椒說你取的名字能不好嗎？接過孩子就好音好音地叫不停。邊步過來看望孩子，聽說取名好音，大加讚賞，好。知道音的意思嗎？音是名聲的意思。我們的好音將來定是個賢者呢。要是信洋教，我來做孩子的教父。說得大家都笑了，什麼教父呀盡瞎扯。在中國，宗教常被人嘲笑。當然嘲笑者大多並不知道宗教為何物。當人們對某些社會事物深入瞭解後，往往會變得很嚴肅很痛苦。宗教或類宗教何不如此呢？

石頭市雖說是一個歷史極悠久的小城市，但市民真正世代相繼一直生活在石頭市的很少。族有族譜，縣有縣誌。唯獨石頭市沒有地方誌。石頭市的歷史只是隱約閃現在鄰近的縣誌裏，看不見全貌。有人說是戰亂的原因，有人說做生意的城市人口具有流動性，都是些推測。在中國一個沒有史志的地方，要麼微不足道，要麼就不是個正經地方，要麼就是一個鬼魅之鄉，禍福不定之地。市裏有點兒名氣的商鋪人家，稍一考究，祖輩都是各地遷來的，東西南北來的都有。為什麼祖輩們會最終落腳在這個小城市呢？為什麼以前的人們就沒有一直紮根於此呢？這或許就是一個自尋煩惱的問題，不可能有答案。對人們來說其實道理很簡單，什麼地方能找到一口飯吃，就在什麼地方停留下來，天下都一樣，能生存下去這就是最重要的法則。也許這個小城市歷史上頻繁地起起伏伏，活不下去的人走了，別地尋活路的人又來了，久而久之，這城市形成了一種特別的方言，與四周鄉里一點兒語言的親緣性都沒有。同樣一個字在不同的語境裏會有不同的讀法。例如：行也讀作寒，家也讀作嘎，閑也讀作含，也雜夾著一些古音。您讀作忍，且沒有前後鼻音之分。這個特殊的方言最大的特殊之處就是南來北往的人都聽得懂。只要在這城市住上幾年就不自覺地能說本市方言，離開這城市你又會很快忘掉。生活在這城市的人沒人會想到有一天會離開這個城市，因為沒有紙載的歷史提醒大家這是一個命運多舛的地方。

石頭市的人相貌身材各種各樣，不像其他地方的人一看就知道是哪兒的。鼻翼寬窄，鼻樑高低，長臉圓臉都有。當然，所謂漢族，本不是一個單一血緣的民族，只是一個多民族的混合體而已。從血緣上講，所謂華夏後代炎黃子孫未必正確。如果民族定義為文化的同一性，那麼絕大多數中國人就可以稱之為漢族，不過這個定義用在世界其他地方就會造成混亂。

治安會的告會長有個遠親，姻親一支的，不姓告，姓涵，涵鄉農。雖說是親戚，並不親也不來往。只是偶爾拜訪一下而已，互不相干。沒人知道他確切的年歲，他自己一會兒說七十，一會兒說八十。高高的個子，一雙略帶灰色的眼睛，很特別。幸好眼睛很小，不然挺嚇人的。灰白的頭髮披著，有時也用帶子束起來。一身灰色的粗布長袍，一雙草鞋，挎上一個大布袋。從遠古的時代起中國人一直留著全髮，梳著各種髮式，盤在頭上。頭髮授之於父母，不能隨意截剪，斷髮如斬首。父母不幸過世便披髮撒土，以示極度悲傷。蠻夷之族才削髮截髮，不過這是歷史故事。朝廷垮掉後，各派革命勢力都留短髮，可能是學外國人吧。石頭市的人也漸漸剪去長髮留起短髮來。潮流很厲害不敢不合。

涵鄉晨自稱行者，但人們都叫他涵伯。沒有家室，四處遊蕩，不知道他是怎麼生活下來的。大布袋裏常有些歷史久遠的小東西。小眼睛有兩種，一種是小圓眼。年齡大的人常說對這種人要防著點兒。一種小眼睛是睜不開的那種，像做泥人時用竹片劃過似的。有時會給人一種模糊的親切感。涵伯屬於後一種。常常很長時間不見他，當人們忘了他時，他又會突然出現在街上。有人跟他打招呼聊上幾句，最後他總忘不了說，如果你施捨點兒錢財，我會感謝你的。他不討厭，常有人給他些小錢。有時在街上走，有些孩子跟在後面叫，行者，行者，他不生氣，還會給孩子們一些小玩意，例如子彈殼，望遠鏡裏面的一塊破鏡片等等。孩子們都很喜歡他。

石頭市的麵條做得很好吃，遠近有點兒名氣。麵館的師傅在麵粉裏放上鹼和水。水放得很少，手揉不了。麵團放在低低的麵案上，麵案靠牆，牆上開個洞，一根很粗的竹竿插在洞裏，人騎在竹竿上一遍一遍地壓。最後呢，切成細細的麵條。因為麵條有鹼是黃色的，放在大鍋裏煮，鍋裏的水也發黃，一股鹼味。麵條煮到七成熟撈起來用水沖，然後又放進一盆清水中泡著。大塊的肉放在鍋裏熬湯。湯很稠，白白的。把煮過的肉切成薄片，碎的肉和皮剁爛放上各種佐料熬成肉醬。客人來了，抓把泡著的麵條在滾開的水中過熱，放在碗裏，用大筷子抄起來疊著放好，整整齊齊的，然後添上湯，放上肉醬和肉片。真正的美味不在山珍海鮮，在功夫。大大的青磁敞口碗放在你面前，頓時香氣撲鼻，喝上一口湯令人終生不忘。外鄉人提起石頭市就會想起這碗麵條來。好吃的東西不在多，留在記憶裏會成為人生中難得精彩的一個組成部分。

石頭市裏麵條做得最好的是好公道，一家有歷史的麵館。麵館的老闆娘很肥大，一付袋子奶快到肚臍。大熱天的時候常光著上身乘涼，很是不雅。人們瞧慣了也不把她當成一個女人。提起自家的麵條，她總是不屑地說，這叫霸王麵，楚霸王當年吃過的，一聽就是附會。周邊四鄉的人則稱其為石頭麵。

林樸二十歲生日。林貽椒說，你去好公道吃碗麵條吧。給他點兒錢，自個兒去了。這麵條不是經常可以去吃的，況且是有肉的。很多年以後，時過境遷，當孩子們好奇地說，過生日就吃碗麵條完了？是呵，那是到麵館裏吃碗麵條呀。想想你還真沒法向孩子們復述當時興奮的心情呢。那年頭，好多人家都如此，自然是些貧寒人家。

在街上林樸遇上邊步，兩人一起去了好公道。麵館裏有些客人，兩人一邊等著師傅忙，一邊聊天。一抬頭，邊步看見了街上走過去的涵伯。出去追上他，請到麵館來一起坐下，吩咐師傅再加一碗，他請客。涵伯並不推辭，大大方方地坐下，一副前輩親切的樣子。對林樸說了些祝福生日的客套話，然後話路一轉，談起人生的感悟來。人不知生為何物，以為生是為了追尋富貴。到處打打殺殺，甚囂塵上，求的就是富貴。看多了社會覺得人心險惡。富貴再多也難免一死，何苦呢。人從出生起就是一個行者，一生都在尋找自己的歸宿。沒有生便談不上死，生是為了死而生，死是因生而死。悟透這道理人才能活得坦蕩蕩的。財富與權貴死後帶不走，無非是有生之年驅使他人，敗壞自己而已。誰死後都是一堆泥。行者之行要善待他人，可惜人迷於富貴之夢不醒。有云，德輕如毛，民鮮克舉之。一個人對死無知，就是枉生一世。人常說死的事到死再說，活著便可膽人妄為，殊不知人無前世也無來生。所以人要好好地活，有德行的活。林樸聽了直覺得至哲至理，內心感動，一直默默地點著頭。邊步則熱烈地附和著，涵伯說得對，涵伯說得好。

麵條來了，確實很美味。吃了美食，人的興致很好。看得出涵伯也很高興，面有紅顏，可謂美食誘人。打開大布袋掏出一件東西給邊步，送給你。邊步林樸一看是塊發黃的骨頭，上面有字。甲骨文，邊步說，太好了。哪來的？涵伯笑著說，非盜非搶，喜歡就行。他的小玩意從不說來處，你問他，他會不高興的，問這幹嘛。這是一塊殘片，牛肩甲骨的根部。兩面有字，可惜不多。幾千年了，一眼看上去覺得有一種親切感。細看呢，又看不懂。邊步請涵伯講解，涵伯接過甲骨。指著上面的字說，這幾個字是甲骨文中常有的，王占曰，吉。意思是講商王看了占卜的結果說很吉利。反面幾個字是辛卯卜賓貞，另二字不知何義。辛卯是時間，卜是作占卜，賓是占卜的人的稱謂，貞是貞問，占卜什麼事。貞這個字像門但不是門，甲骨文的門字與現在的門字是一樣的，都是兩扇。邊步的興致比林樸濃，一定要涵伯講講甲骨文的事兒。麵館的夥計拿走碗筷擦著桌子，他也不顧及。涵伯呢，有人熱心討教很高興也有幾份自得。

言語在先，文字其後，有些蠻族至今也無文字。中國的文字始於商，就是用刀筆刻在骨頭上的字，這是中國字之祖。更早陶器上畫的東西不是文字只是標記而已。商的文字不像現在人人可學，它是管占卜祭祀的人造出來專用的，世襲，口耳相傳，也可以說是一種密碼。不同師傅教的或時代不同，刻法上就有差異，多一筆少一筆的事常有，還有簡繁之分。加上刻字時省字，流傳下來形成了專門的書面語，即所謂文言文，與口語有了很大的區別。甲骨文說難也不難，畢竟與現在的字一脈相承。說不難又很難，時過境遷，好多字已是死字，早就不用了。還有些字隨意衍生，相互假借，更有些字是占卜者個人專用的，只有他自己才懂。你們呢，知道有這回事，知道中國字的來由就可以了，大可不必深究。邊步問，為何商代重占卜呢？您說王占曰是常有的，證明商王有事就占卜，對嗎？涵伯說，夏商談不上帝國之類，只是霸主之邦而已，就是稱霸的部族。部落時代的遺風很重。凡事問天，尤信鬼神，因而文字與占卜有關很自然。真正的國家，始於周。周之禮樂就是要根除部族遺風，擺脫愚昧。這樣才能建立有制度的國家。這話可說到邊步的心坎裏去了，讓他興奮不已。他急切地說，對呀對呀，真正的革命是周的革命。涵伯笑了笑，沒接邊步的話。只是說，亂世之中好自為之。說完挎上大布袋，起身說，好，走了。林樸邊步忙送到街上。涵伯頭也不回頭，自語道，石頭市有事了。揚長而去。

四　道路

道路，通常指連接兩地可通車馬的大路。城市裏的路則稱為街巷，胡同不是正經稱謂。石頭市南面靠河，或者說位於河北岸。九十鋪大街上下各接著一條道路。街西頭過了磚塔，向北拐過去，一直向北延伸，本市人稱這拐彎處叫大彎。這條向北的道路應該是條古道，與河南岸的道路是一個整體，由石頭市的渡口連接起來。多少古人曾在這條道路上奔忙著。朝廷的官員從北面沿著這條道路派下來，一茬一茬的。地方的稅金沿著這條道路向北運往京城。可以想像，歷代朝廷的軍隊曾沿著這條道路從北面衝過來去屠殺心懷不滿的暴民。求富貴的暴民則打著造反的旗幟，從這條道路蜂湧而上去推翻朝廷，取而代之。沒有什麼古跡比道路更讓人浮想聯翩，剝奪者與被剝奪者都在這條道路上耗費著各自的人生。粉黨派人來徵錢物，都是從北面過來的。街東頭接著一條道路，是條泥道，比街西頭北上的道路歷史要短得多。這條道路與河流的方向大致相同，但不全靠著河走，有時離河很遠。彎彎曲曲的，也有些坑坑窪窪。幾年前紫黨的騎兵隊就是從這條道路過來的。行動很迅速，很隱蔽。

在遠古的時候，人們把大路叫做行，周行，也稱周道。詩經有云，采采卷耳，不盈頃筐，嗟我懷人，寘彼周行。詩裏說的就是大路，國道。大路旁的水塘叫做行潦，是專為車馬行人汲水準備的設施。後世有些做學問的蠢貨，把行潦解釋成路邊的積水。難道古人用路邊的積水作飯嗎？古人就不是人嗎？真是的。說到水塘，東去的泥路水塘較多。城市的北郊大小水塘與田塊荒地相間，從市裏小巷引出的小路貫穿其間。

轉眼間，林貽椒的孩子小好音滿周歲了。小孩很有趣，很少哭鬧，呀呀地能叫爸爸，媽媽。過周歲的一項很重要的儀式叫抓周，在孩子面前擺上很多象徵職業的小物品，讓孩子抓。抓到什麼就意味著未來一生幹哪一行。小好音抓周那天全家人熱熱鬧鬧地圍在一起。與其說是孩子人生的重要儀式，還不如說是全家人的遊戲。滿床放些雜七雜八的東西。小好音在床上爬，摸摸這個，擺擺那個，叉襠褲裏露出的小屁股挺招人喜歡的。最後抓住他爸爸的一支鋼筆不放。林樸說，快把他抱起來，免得換了。尚無庸一把將孩子抱在懷裏說，好，長大後努力學習，做有學問的人。小好音只管玩手中的鋼筆，把鋼筆舉在空中搖擺著，嘴裏叫著打，打。大家笑得前仰後合。林貽椒忙說，好音，做學問的人可不能口口聲聲喊打呀。這孩子大概是通靈吧，他不可能知道，歷史上殺人最多的就是看起來斯斯文文像有學問的人呢。這孩子。

儘管有了孩子，挺可愛，尚無庸依舊用功做他的研究，平靜而有節制。偶爾收到國外妹妹寄來的信，信裏很為一家人擔心。囑咐哥哥多聽聽無線電廣播，瞭解一下時局變化，不要像個書呆子。萬事都要有個提前的準備，如果不安全是否考慮離開此地，等等。有時還寄點兒錢過來。那段時間，無線電的應用已經民用化了，很多人都把聽廣播當成日常生活中不可或缺的組成部分。科學技術飛速的發展已成常態，人們不再大驚小怪。那時石頭市還沒有電話，只是電廠改為日夜發電，各家都裝上了開關。半夜起床只要一按開關，電燈泡就亮了，省去了點煤油燈的麻煩。

石頭市的市民第一次見到汽車就是在這年夏天的一個炎熱的夜裏。那天夜裏納涼的人們已經回房裏躺下了，街上亮著街燈，打更和巡防的人在街上轉悠著。那一夜正好輪到邊步巡夜。邊步戴副眼鏡提根木棒和幾個巡防的同夥在街角坐著，就聽邊步一個人的尖嗓門說個不停。大夥兒歇得差不多了，起身繞進一條小巷。剛進巷口就聽見轟轟的聲音。大家忙跑到街上一看，從街東頭開過一長列大汽車，足有十幾輛。汽車上全是士兵，汽車頂上架著機槍，汽車後拖著火炮。車隊後面跟著隊伍扛著槍，足足有一兩千人。大家嚇呆了，木木地看著。街兩邊頓時出來很多人，都是給這聲音吵醒的。汽車隊開得很慢。到了街中段，一個打更的老頭不知是嚇懵了，還是膽大，忽然敲起鑼來。還沒敲幾下汽車上就對天啪的一槍。這可是石頭市有史以來的第一槍。槍聲那麼響簡直和開山放炮一樣，嘩嘩地震得耳裏嗡嗡直響。整個石頭市都聽見了。那敲鑼人被這突如其來的槍聲嚇傻了，一撒手把鑼扔了，自己一屁股癱坐在街上。街邊伸頭觀望的人沒命似的往屋裏跑，劈哩啪啦地關上門。街上一眨眼就空空的。

林樸和尚無庸貼著門縫朝街上看。怎麼這麼多隊伍呀？林樸說，怎麼看不出是哪個黨的？尚無庸認真地張望，突然拍了林樸一下，快看，旗幟，是紫黨的軍隊。林貽椒把孩子抱在懷裏坐在床上，不知如何是好，喃喃地說別出去，千萬別開門。但叔在屋裏來回走著，手足無措，無意識地把家的東西這個摸摸那個摸摸。顫巍巍地找個茶杯像似要倒點兒水喝，愣愣地對著茶杯看，一會兒又放下了。

紫黨的人肯定是早派人暗中摸清了石頭市的情況。車隊直接開到了治安會。士兵則分頭去了幾所小學和中學。門口設了崗，桌椅都扔在操場上，在孩子們上課的教室裏駐紮下來。不多一會兒，街上就有了巡邏隊，端著槍，把巡防員和打更的全趕了回去。碼頭上的那家茶館，門被叫開了，領隊的就一句話，這裏被徵用了。一隊士兵進了茶館，把靠河一邊的窗子全打開，桌子拖過來，機槍往桌子上一架對著碼頭的方面。也不知道軍隊還在市裏其他什麼地方布了工事。街上除了遠處時時傳來整齊的腳步聲和偶爾的吆喝，就聽不到人出大氣的聲音，異常的靜。石頭市，可謂今夜無人入眠，當然與情愛無關。

指揮部設在治安會，過了穿堂是個院子，再裏面是正屋三重，大大小小幾十間屋子。電燈全開著。院子，穿堂，大門口又添了電燈，亮堂堂的。很多士兵軍官忙碌著。治安會的人都給叫來了。站在院子裏，忐忑不安的望著走來走去的士兵，不敢瞎說話。站了不知有多久，有士兵過來說，將軍有請，於是跟著士兵進了正屋大堂。大堂裏幾張八仙桌拼在一起組成一個長案，上面放些東西和地圖。軍官們站在桌案後面等著。大家都是治安會的，一個站在中間的軍官，戴著眼鏡，四十來歲，很斯文的聲音，深夜把大家請來，很抱歉。我知道你們和粉黨有來往，這個不能怨你們，請放心。我黨的軍隊現在正式佔領石頭市。石頭市從今夜起成為革命的城市，這是石頭市應該自豪的。舊的治安會目前暫不解散，大家各負其責。要協助我軍，支持我軍，管理城市，打擊一切反動勢力。有人突然插話，語氣短促，兇狠，如果與反動勢力勾結，嚴懲不貸。大家扭頭一看，全嚇壞了。告會長面色土灰，滿臉一下滲出冷汗來。這個軍官不是別人，路坎兒。至於戴眼鏡的軍官佈置了哪些具體事，一句也沒有聽明白，只是不斷彎腰說，是，是。離開治安會或者說離開指揮部時，其他人扶著告會長，快步走在街上。老遠，告會長才囉囉嗦嗦地說了句，這下可完了。

軍隊的將軍姓李，李荒。詩經頌裏有一首讚美周之先祖的歌，裏面有句，天作高山，大王荒之。荒是開拓，治理的意思。李荒是將軍，大家都叫他李將軍。李將軍從不帶槍，腰間也沒束皮帶，瀟瀟脫脫的樣子。不胖，看起來像是南邊的人。過了幾天，林樸偶然瞧見了李將軍，總覺得怎麼很面熟。回家跟林貽椒說。林貽椒說，戴眼鏡，叫李荒對嗎？那人在我們家住過，不記得了？但叔也說，正是，正是。這可怎麼辦呢？林貽椒犯起愁來。尚無庸倒不覺得有什麼大不了的，說，就裝作不知道，沒事的。林貽椒擔心的是萬一哪天粉黨來了，說與紫黨有關係就麻煩了。

第二天一早，治安會的人沿街敲門，叫商鋪繼續開門做生意，不要怕。這當然是執行李將軍的命令。商鋪開門後，街上也有了人，人們上街想看個究竟。街上的氣氛很異樣，彷彿空氣裏缺少了什麼，必須扇動鼻翼才能呼吸。街上流落各處的外鄉人一個也沒有了。有的小巷裏有血，大家看著，不敢議論。有些士兵在街燈柱上裝電話線，把各重要工事連接起來。這也是石頭市第一次出現電話。可惜是在非常狀態下出現的，而且也不是民用。人們遠遠地觀看士兵用電話機測試新裝的電話線，畢竟是新奇的東西，忍不住不看。士兵搖著盒子上的一個搖把，對著話筒喂喂地叫。對著機器說話沿著電線遠處的人就能聽見，省得兩地來回跑，真是很神奇。不知是誰發明的，可能又是外國人吧。

治安會的人在各商鋪徵集了大量的麻袋。領了很多水炮隊的人把土裝進麻袋修工事。據回來的人說，磚塔四周壘了圈麻袋，磚塔上架了機槍。磚塔下面大彎那裏還挖了壕溝修了工事。東頭泥路那邊也有工事。唯獨北郊沒有。不知為什麼。人們私下裏談論著，或許是水塘多，又是小路，粉黨不可能從北郊過來吧。下午，街上貼了公告，大張紙用毛筆寫的，大意是紫黨的軍隊是人民的革命力量，保護民眾，推翻黑暗勢力，號召市民支持協助軍隊等等。當然也有嚴厲的話。不得通敵，破壞治安，否則嚴懲。公告裏還稱粉黨為匪徒，禍國殃民。林樸不能去學校上課，呆在家裏，閒著無事，下午到街上看了公告，回家跟尚無庸議論，看來是要打一仗了，不知粉黨什麼時候動手。尚無庸在家裏哄孩子。林貽椒想得多些，給了些錢叫林樸尚無庸去買糧食，盡量多買些，做個防備吧。她再三叮囑但叔，可不能出門啦，就呆在家好了，兵荒馬亂的，上年歲的人了，就不要管外面的事，好嗎？

夜裏街上靜悄悄的，只有巡邏的士兵偶爾走過。告會長米鋪的夥計，叫丁三哥的，四十來歲。打小就一直在米鋪幹活。不知為什麼夜裏一個人從小巷溜到北郊，結果被埋伏在草叢裏的士兵一把給按在地上。拖到指揮部時已滿臉是血，綁在大院的柱子上。士兵下手很重，沒幾下丁三哥就招了，說自己是米鋪的夥計。誰叫你跑出去的？告會長。半夜出去幹嘛？投親戚。是投粉匪吧？丁三哥不吱聲。幾皮帶抽下去，丁三哥又哭又嚎，別打了，別打了，是找粉黨。路坎兒立刻帶上一隊士兵把告會長一家連同店員一起抓了來。又派去汽車把米鋪的糧食全搜走了。路坎兒將告會長一家大小押進指揮部大院時，丁三哥已經死了。卸下丁三哥的屍體扔在一邊，把告會長綁上去。李將軍從正屋出來，看了看早已魂飛魄散的告甫田，輕輕地說，老人家，這就是您的不對了。唉，前朝遺老。然後轉身環顧身旁的士兵和告甫田的家人，斬釘截鐵地說，江山易改，反動勢力的本性難改，這就是革命教給我們的道理。說完回屋裏去了。

路坎兒手腳麻利，似乎給老人家面子，沒打，連一句審問的話也沒說，接過士兵手中上了刺刀的步槍，就一下，從告甫田的胸部捅進去深深紮進背後的柱子裏。告甫田的腦袋像斷線的木偶一樣一下搭拉下來。路坎兒把槍上下搖了好幾下才拔出來。士兵們把告甫田的家人和夥計拖到牆邊對牆跪著，背後一人一刺刀，乾脆利索，全殺了，沒聽見大呼小叫的，士兵們和路坎兒像辦著例常的小事兒。屍體用汽車拉到河邊扔進河裏。大院的血用水沖得乾乾淨淨。除了柱子上有刺刀紮過的痕跡，一切又恢復了原樣。

可以想像這一整天，告甫田老人是如何在家頓足捶胸，後悔當初拖拖拉拉沒有把這個要命的坎兒一刀宰了，如今只好搭上性命。人可以犯錯，改了就好，所謂，過而不改是謂過矣。但是不能犯致命的過錯，致命的過錯沒辦法改的。記住了。

天亮以後，告甫田家米鋪大門上貼上了公告，宣佈了處決的事。公告裏只提到告甫田和丁三哥。市民很長時間都不知道告會長的家人怎樣了。公告的社會效果是可想而知的。有云，民不畏死，何以死懼之。說得很是帶有情緒色彩。實際上，這句話從古到今就沒有人當真過。

過後幾天，全石頭市的人都很忙。按照李將軍的呼籲，當然實質上是非執行不可的命令，各家各戶都在製作紫黨的旗幟。大家把能找到的紫色布都拿出來，縫上黃色的星，用竹竿插在各家大門的門框上。一時間市裏到處都是紫色的旗幟，大大小小的不一致，旗幟上的黃星也各式各樣。風一吹過來，滿街旗幟飄動著，一片紫雲閃著金星。如果不留意人們臉上的恐懼，一定會覺得這城市的人生活得多麼興高采烈呀。

按照舊有街坊劃分，每個街坊組成一支後勤支持隊，簡稱後支隊。後支隊得準備擔架，做飯的炊具，運輸工具。一旦有命令就會有兩名士兵過來帶隊。被挑去參加後支隊的人開始很害怕，演習了幾次後，成了紫黨軍隊的一個角色，慢慢習慣了也沒有開始那麼害怕了。按理說，林樸，尚無庸都要去後支隊的，但一直沒人上門來，像是被人遺忘了，躲過了這凶多吉少的差事。邊步沒躲過，不過還好，沒叫他幹力氣活，只是跑跑各後支隊之間的聯絡。這差事使邊步有機會接觸一些軍官，聽到了一些有關軍事上的事。

好些日子邊步沒到林家來了。這一天有空，路過林家敲門進來了。進門就說，你們倒好，閒著沒事。進屋裏坐下，林貽椒給他倒水，大家都圍過來，聽聽他講外面的事。邊步喜歡到外面跑，聽的消息多，加之也是個愛動腦筋思考的人，他講的事比街上的流言靠譜些。大家問這問那說了好一會兒。最後邊步說，看來仗是要打的，就不知怎麼個打法。這幾天我一直分析，覺得有些不對勁。聽軍官講，紫黨佔領石頭市是要在敵人的側面插上一把刀，形成兩翼合圍之勢，徹底打垮粉黨。但我聽到的消息好像紫黨形勢不太妙。再者，軍事祕密也不應隨意講出來，叫人想不通。我看很可能是調虎離山，吸引粉軍的主力，減輕主戰場的壓力吧。如果粉黨不理采，任由紫黨佔領石頭市，李將軍就會從石頭市出發北上從背後襲擊粉黨。林樸說，有道理，我也覺得紫黨怎麼突然跑到石頭市來了。有道理。尚無庸只是聽，說不上什麼，對打仗的事，他好像連觀眾都不是呢。林貽椒對邊步說，你這話可不能對別人講呵，你可一定要留點兒神，邊步。邊步忙說，放心吧，我又不屬於哪一邊的，沒什麼好擔心的。沒過兩天，就聽說邊步被一個軍官叫去狠狠地抽了兩耳光，打得嘴角直淌血。聽了這事林貽椒很無奈地說，嗨，這個邊步呀。

好公道的麵條，引來了大批軍人。師傅們忙得不可開交。走出來的軍人看得出個個很滿意。吃飯要給錢，這是紀律。給多給少則因人而異。幾天算下來，老闆娘虧得很厲害。自已在家裏喘著粗氣大罵，不敢指名道姓。後來，在大門外貼了張告示，說由於近來無法購進肉，本館只得改賣素湯麵條，敬請諒解。結果一下子就沒人上門了。門是不能關的，怕有暗中對抗紫黨之嫌。有人私下給老闆娘出主意，讓老闆娘在大門兩邊都插上紫黨的旗幟，以示對紫黨熱情。老闆娘板著個臉到裁縫鋪做了兩面大大的旗幟，做工不錯。拿回好公道插在大門兩邊。一片誠意，連李將軍看見了也很滿意呢。

指揮部所設的治安會，其前身是朝廷的衙門。大門寬大，兩邊各有一個很大的石頭獅子。這幾天在兩邊石頭獅子周圍，用麻袋壘起了工事，架上機槍。老遠就不讓人靠近，氣氛有些異乎尋常。這氣氛就像流行病一樣很快傳遍全市。人們揣摸著是不是要開仗了，很緊張很害怕。說到石頭獅子，這可是地道的中國情結，各地大小衙門幾乎都有。大圓頭，張牙咧嘴，一付兇殘威嚴的模樣。外出的中國人一旦看見石頭獅子，心中就會頓生莫名的親切感，以為到家了，以為自己就屬於石頭獅子守望的家。後世的藝術家對中國的石頭獅子讚賞有加，說是石頭獅子的造型充分表明中國藝術思想的發達，從寫實走向抽象，這是一個藝術認知上的飛躍，藝術從單純對自然的真實描繪提升到藝術作品中表現人的內在情感。如果你並不深究這事兒，聽了這評論心中的民族自豪感一定在蕩漾。事實上，中國並不產獅子。古人是聽說越過大洋的西邊才有真正的獅子。刻石頭獅子的工匠根本就沒有見過獅子，多半是比照著肥貓胡謅出來的。大家喜歡就一代代傳下來。最後把佛像頭上的小捲髮也搬到石頭獅子頭上去了，非常可笑。荒謬不在工匠，在於喜歡的人呢。

石頭市北郊有些貧困人家，沒有插紫黨的旗幟，多是家裏沒有紫色布，也沒有錢去買，加上家裏的孩子投了粉黨死在戰場上。這些家的男人被士兵用繩子串成一長串遊街，並沒有打他們，只是羞辱。街上很多人圍觀，不吱聲。在街上轉了一圈把人放了。事情很簡單，意義卻很深遠。聰明的統治者，總是把一小部分人從人群中分離出來，加上負面的稱謂，把他們壓在社會的最下層。他們不是罪犯，卻有比其他人差得多的境遇。他們存在的政治意義就是時刻提醒民眾，忠誠和擁護是十分現實的事情呢。

大約十來天後，街東頭的泥路上又開了大批部隊。河邊碼頭不分晝夜不斷有輪船靠岸，很多士兵從輪船上岸。街上到處都是著灰色軍裝的士兵，整個石頭市熱鬧非凡。但叔打的草鞋掛在門外，一不留神就讓士兵給拎走了。但叔也不生氣，只要打出了草鞋依舊掛在門外，任由士兵來取。林樸叫但叔別做了，但叔說，讓他們拿吧，都是些窮人的孩子。當時不論粉黨紫黨的軍隊都有很多士兵穿草鞋。和中國歷史上所有的軍隊一樣，兩邊的士兵都是貧窮人家的孩子。在戰場上士兵們總不忘從被打死的人的腳上把珍貴的布鞋或者皮鞋扒下來套在自己的腳上。

士兵多了，到市民家裏拿點兒財物的事也多起來。不能稱為搶，因為搶劫是很暴力的。士兵進屋拿點兒東西就走，沒人說不行，沒人不答應，很平靜，很平常。偶爾也有男女之事，沒人哭訴，可以理解為兩廂情願。秋毫不犯的軍隊，傳說中有過，事實上沒有。除非那支軍隊處境不好，不敢得罪當地民眾。這是例外。

很多民房被徵用了，特別是靠近各重要工事附近的民房，駐進了軍隊。士兵們在院子裏或在後門撒尿，弄得臭氣熏天。邊步家離碼頭較近，是家小雜貨鋪，賣些日用的小東西。他母親帶著兩個店員經營著。邊步也幹活但不管事，不操心生意。他家的正屋駐進了十多個士兵，都是些二十歲左右的年輕人，幾乎沒有什麼文化。邊步和母親還有店員都搬進閣樓上住。有士兵在鋪面上拿毛巾、肥皂之類，店員不敢作主便告訴他母親。邊步知道了，乾脆到鋪面上拿些毛巾、肥皂、水杯給士兵每人發一套。給不給都一樣，主動給還討了個情面，不是嗎？人間很多事都是這樣的，想通了就好，這就是順應一詞的本意。

邊步閒著時就跟這些士兵講講話，東拉西扯。問他們為何參軍，當然是為了革命。革命幹嘛？不知道。就知道要消滅粉黨。士兵中有一個叫盧令令的，十七八歲，一副娃娃臉。平時不大說話，總是被其他士兵支使做些雜活。邊步和他混熟後，他對邊步說，自己家在河上游很遠的地方，是山區。家裏的地很少，很窮。父親打發他參加紫黨的軍隊混口飯吃。家鄉裏一起參軍的大多都死了。剛參軍打仗時很害怕，現在好多了。邊步問他想不想回家。盧令令想了想沒有正面回答，只是說家裏收的糧食只夠吃半年，剩下的日子什麼都找來吃，捕魚抓鳥，豆子蘿蔔混到來年收莊稼。現在在軍隊裏雖說不知哪天會怎樣至少日日有米飯吃，比家裏強好多。邊步聽了很有感慨，反倒不知說些什麼好。天下，無論土匪、軍隊或諸如此類的，其實說到底都是窮人組成的，戰爭就是窮人和窮人相互屠殺。戰爭決定著少數人的利益卻送了窮人的性命。邊步把這些寫在他的心得裏作為讀史書的一個注腳。

近些天來，石頭市有很多人乘渡船走了，投奔親戚避戰難。女人孩子走得多，有的人家反正家裏也沒什麼值錢的東西，鎖上門全家走了。有些人家是因為斷了生計，不得不暫時出走謀口飯吃。唯有尚無庸能夠了沉下心來繼續做他的數學研究，顯得與形勢格格不入。但叔也和林貽椒商量過，你們到外面去避一下，我留下看家。林貽椒說，能上哪兒去呢？又沒有個親戚什麼的。要到好音姑姑家去，又在外國，不可能去呀。但願這仗早早結束，不打最好，等軍隊撤走了一切就沒事了。但叔想想，沒什麼好說的，歎口氣，老人家心裏特別擔心著孩子。家裏的用度比以前更省，大家心裏沒底不知道這局面到底持續多久。

下了一天大雨。第二天，天放晴。路坎兒帶著一隊士兵押著幾個人從大彎那頭過來，到指揮部去，很多人圍觀。那幾個人穿軍裝，一身泥，一看就是粉黨的人。腿直哆嗦，跌跌撞撞的走著。路坎兒對周邊一帶很熟，是他帶兵抓來的。交戰雙方來回抓人瞭解情況是常有的事，不知道粉黨是否暗中也派人抓了紫黨的人。人押到指揮部也是綁在大院的柱子上，打了問，問了再打。最後，事辦完了，也用刺刀捅死在柱子上。以後這類事做得多了，柱子被刺刀紮得凹進去一塊。當粉黨回來後，曾把這幾根柱子取下來立在街邊，旁邊豎一塊牌子，上面寫著，刺柱，反動勢力殘殺革命者的見證。一段時間裏成了石頭市的一個景點，觀看的人心裏發毛，看著那些刺刀印不敢往深處想的。歷史遺跡經文人詠歎使人心裏充滿豪情。例如赤壁懷古，當年將軍們英姿勃發，讓後人讚歎不已，忘卻了戰場上千萬個斷肢殘體的士兵血染江水，多少個家庭哀嚎連天。時間真像水一樣把什麼都洗得乾乾淨淨啊。你若遊赤壁故地，一輪明月映著奔流的江水，再喝上點兒酒，那實在是唯美的享受。不過，把所謂刺柱立在街邊，確實有些不雅。何苦呢，況且大家都這樣幹過。

這幾天夜裏從郊外時常會傳來零星的槍聲，偶爾槍聲也很密集。人們議論大概是粉黨的小股部隊在試探性地偷襲。路坎兒帶著部隊出去襲擊粉黨的軍隊，回來時還用汽車拖來些糧食、衣物和武器什麼的。抓些粉黨的人，軍人和文職人員都有。也有受傷的士兵被抬回來。

邊步家的士兵盧令令他們十幾個人跟著路坎兒執行過一次任務。出去了二三天，回來時少了人，在外面被打死了兩個，屍體沒帶回來。所幸的是盧令令連傷也沒有，只是很累。別看盧令令平日裏挺呆的，打仗時很機靈，從不蠻幹，能躲就躲。仗著年齡小，其他士兵也沒有拿他怎麼樣。只要他能跟著跑，別拖後腿就行。叫他開槍他就開，打著沒打著他不管。這些話是盧令令跟邊步私下講的。他還提到路坎兒，說路隊長是李將軍手下的悍將，心狠手辣，打仗時很有心計。這次路隊長一共帶了二百多人，乘汽車往北走了很遠。後來下車步行十幾里路在一片林子裏藏著，等天黑。林子外面幾里地有個村子，裏面駐著粉黨軍隊，有三四百人。村東面有一條小河，河上有座橋，有人把守，有工事。天黑後，路隊長派了一隊人潛伏在橋附近。大部分人隨路隊長繞到村子邊的高粱地裏等著。下半夜時橋那邊打了起來，村子裏亂了。看得見了村裏的部隊集合往橋那裏趕。等村裏的部隊走後，我們就沿著小路衝進村子，把留守的士兵打死了，還放火燒了村子。大火一起，就撤，往大路方向撤，與汽車匯合。本來一切都很順手，結果半路被粉黨伏擊了。一直打到中午才穩住陣腳。死了些人。下午雙方歇著沒打。我們走不了，粉黨也沒攻，看樣子像在等援兵。天一黑，路隊長領著我們抄小路繞到粉黨後面突然一陣猛打，把他們打亂了，只好撤。等他們一撤我們就掉頭往大路跑。直到我們找到汽車時，粉黨才追過來。汽車跑得快，他們沒追上。

盧令令講得很簡單，也沒有什麼細節。邊步沒見過打仗，聽得很認真，想像著相互廝殺的場面。他很想知道沒法跟著往回跑的那些受傷的士兵，後來會怎樣。他說，受傷的都扔下了？盧令令點點頭。至於路坎兒為什麼對周邊的小道那樣熟悉，他沒敢對盧令令講。他也想問問為什麼要燒村子？是不是把村民也殺了？但忍住了，上次挨的兩耳光還是有點作用。

這種偷襲騷擾，對因此而送命的人來說是大事，生命消失了。但於李將軍來講在戰略上只是小事，小動作而已。至於死了幾個士兵，他連問都沒問。石頭市設的招兵站，已招了不少人，都補充到缺員的部隊中。這些投軍的年輕人大多和盧令令有著相似的情況，多是城郊草屋人家的孩子。一場仗打下來，死傷的士兵統計時叫損失。李將軍兩年前攻打北面的一個城市，在軍事會議上他說這次攻城準備損失五萬。後來攻下城市後粗略一統計正好死傷五萬。李將軍的計畫很準確，雖然一年後城市又掉了。如果一個士兵琢磨自己有一天也會被統計報告稱為損失，不知心中有何感慨。從石頭縫裏蹦出來的是猴子，人是父母生父母養，一口一口母乳，一勺一勺飯菜餵大的呀。詩經有云，哀哀父母，生我劬勞。當你成為損失後，可知道父母該是多麼傷心啊。

紫黨佔領石頭市一下子切斷了粉黨南邊的供應。打仗對於將軍們來說就像下棋一樣，紫黨的這一著棋很是讓粉黨難受。人員和物資的供應受損不說，這種腹背受敵的威脅是實實在在的，你不得不認真對待，不得不抽調兵力來對付這種局面。將軍們都是行家，戰略意圖一看就清楚。事情的關鍵是誰掌握主動權，誰調著誰走。主動出招的一方贏面就大些，猶如賭博。

指揮部裏很繁忙。正屋大堂的長案前，李將軍一邊看著地圖一邊聽著其他軍官報告最新獲得的粉黨軍隊的情報。顯然粉黨已從主戰場上抽調了大批軍隊趕赴石頭市。李將軍的戰略部署產生了效果，目前看來不用傾巢出動去攻擊粉黨了。從戰略上講石頭市吸引的粉黨軍隊越多越好。最近瞭解的情況表明，粉黨這次抽調的兵力似乎不足以一舉圍殲石頭市。可能只想把石頭市的紫黨軍隊趕走而已。對於李將軍來說這一仗就有一個怎樣打的決擇，不是一個僅僅守住石頭市打退粉黨的戰術問題，是怎樣打才能更好地實現戰略目的。

李將軍在地圖前考慮了好一會兒，其他軍官都圍著地圖看。李將軍端上茶杯坐到牆邊的太師椅上，右腿搭在左腿上，背靠著。看了看其他軍官，慢慢地說，你們談談看法，粉黨會怎樣打。軍官們議論起來，有的說粉黨可能圍而不攻，有的說可能會兩頭進攻形成鉗形之勢，有的說可能會分三路全面進攻試圖把我軍往河裏擠。至於如何打退粉黨，想法就更多。全面固守，反抄後背，阻截在郊外，兩翼出擊，全面撤出去再反過來包圍等等。說著說著爭論起來。

軍官的作戰風格跟個性有關。脾氣剛烈的往往主張硬打硬衝，多疑的往往取巧。至於李將軍，作戰是做學問，玩味藝術，不僅要有根有據更要有創見有品味。李將軍抬手示意，軍官們立刻靜了下來。他走到地圖前，雙手支著長案，很清楚地說，從粉黨抽調的兵力和裝備看，其意圖是想把我軍從石頭市趕走。因此我斷定他們不會切斷東頭泥路，會給我們敞開一個口子，讓我軍撤退。他們的主攻方向是街西頭大彎和磚塔，在北郊輔攻。造成將石頭市中間截斷的假像，迫使我軍往市東頭撤，然後把我軍從泥路上攆走。我呢，反其道而行之，火炮和重武器佈置在磚塔和大彎附近，堅守陣地。主力則埋伏在北郊，迅速消滅進攻北郊的敵軍，然後攻擊敵軍主力的側翼。再用一支部隊在河上游隱蔽起來，等北郊的敵人解決後從背後襲擊敵軍，敵軍撤退後則負責追擊，盡可能給粉黨造成重大損失。軍官們認真聽著，用心領會李將軍的話。具體任務佈置下去，大家悄悄地準備，怕走漏風聲。粉黨的情報人員石頭市裏肯定會有的。粉黨的軍隊離石頭市也就一兩天的路程。石頭市的戰爭就要開始了。

石頭市呢，如詩經所言，予室翹翹，風雨所漂搖，予維音嘵嘵。

五　頭菜

頭菜，在石頭市也叫頭子，是七星健的主菜。因為是酒席首先上的菜，所以叫頭菜。七星健是石頭市歷史悠久的酒宴標準菜式。這菜式據說在石頭市流行了上千年，非常有特色。這道頭菜，盛在很大一個湯盆裏，粉彩瓷的，富富貴貴的模樣。盆裏高高堆著整齊的魚糕，香氣四溢。天下只有石頭市作魚糕，其他地方連模仿的人都沒有。廚師把大魚剔下魚脯，用刀刮成魚絨，細細地剁碎，然後放上蛋清，生粉，鹽，用手順著一個方向攪拌。這是最要力氣也是最關鍵的一道工序。這攪拌，業內稱為打。因而做魚糕也叫打魚糕。打得好，做出的魚糕就好。打魚糕的廚師往往滿頭大汗。當手輕輕一拍魚絨整盆的都跟著動起來就算打好了，這是經驗。放上些薑粒和肥膘肉粒，和勻後倒在籠屜裏鋪好在紗布上，用旺火蒸。蒸好後揭開蓋子把蛋黃抹在上面，再蒸一小會兒，便出鍋了。一片黃金，放在案子上，兩寸多厚像個大饃。然後，裁成條，四寸寬，再切成片。把魚糕片整齊的排在大湯碗裏，有蛋黃的一面向下。在魚糕上面放上些魚丸子再上蒸籠蒸。要上桌了，取出來扣在湯盆裏，用肉絲，黃花，木耳，腰花在油鍋裏爆炒，上芡，澆在魚糕上。幾個小時的功夫，這道菜才能做出來。

這是一道很大氣的菜，頗有君子之氣。用筷子一夾，魚糕兩頭垂下來，既白又柔。放在口裏，既香又美，既爽又滑。鮮這個字，從字源上講指的就是魚。石頭市的魚糕最完美的詮釋著鮮的本義。李將軍對石頭市的頭菜魚糕有著難忘的記憶。再美味的食物也不過是一吃吧，其實不然，真的。其他六道菜是入口即化的扣肉，那是抹了蜂蜜炸過的。響鈴丸子，很有趣的菜，用筷子夾一個搖一搖像個鈴似的裏面有響聲。可惜很多年後失傳了。油酥雞，很平常，做好卻很難。松鼠桂魚，酸甜味，趴在盤子上好看，很生動。肉丸子，帶著湯，咬一口，丸子裏面一層一層的，全靠製作的功夫。最後一道是炒什錦，豬肝，豬肚，豬腸，炸過的蹄筋等等，堆得高高的一大盤，非常好吃。

七星健擺在桌上，很像六星拱月。健是何意呢？是取自易經的天行健吧，不知道，無從考證。或許是取意於北斗七星，如果真是那樣，則意味深遠。李將軍講，有個外國人說過，人生沒有宴飲就像一條長路沒有客棧。當然，人老在客棧裏呆著，就會失去鬥志。

指揮部位於街上頭，也就是街的西段。對面不太遠有一家酒樓，是全市最好的。酒樓鋪號叫聚珍園，數代傳承，手藝精湛。聚珍園的老闆姓站，瘦個，辦事認真，苟求。也許是家風使然，很少看見站老闆笑。聽說他家的學徒常挨打，可出師後個個都是頂尖的大廚。看來有些打是值得挨的，所謂不打不成器。師傅打徒弟，教師打學生，少說也有二千年的傳承，沒什麼不好的。家族裏，俗話說棍棒底下出孝子，也是這個道理。這是中國的文明。要說有什麼不好呢，就是這個打吧，在我們的文明裏添加了那麼一點兒暴力的傾向，僅此而已。

軍事佈署安排下去後，李將軍派人去聚珍園特意訂了一桌七星健。站老闆親自動手忙了一下午。晚上李將軍帶上軍官去了。聚珍園大堂正中擺了一張大圓桌，酒樓裏沒有其他客人，門口有士兵把守著。李將軍一行剛一入座，店裏的夥計就一聲叫起，上頭菜了。熱騰騰的頭菜往桌子中間一放，可以用輝煌一詞來形容。軍官們大多沒見過這種菜，很好奇。李將軍揮揮手，大家嘗嘗魚糕，這是本地特色菜。大家一嘗都說好。李將軍說，魚呢，平常的做法也好吃，但做成魚糕就是藝術了。天下的事就看我們怎麼想，怎麼做，身為軍官作戰時要多動腦，多思考，希望各位從魚糕中品出些進步來。軍官們挺直腰連聲說是是。好了，李將軍端起酒杯，為打好一場漂亮仗乾杯。

菜都上來了，普通的原料做得如此精美，令軍官們大為讚歎。這些軍官跟著李將軍走南闖北，都見過世面，可見聚珍園的菜是多麼地道。站老闆並不出來跟這些客人應酬，他不是一個見權貴就哆嗦的人。他只專注酒樓生意，歷來如此，更何況路坎兒也在桌子上。李將軍很認真的品嘗著。菜的美味勾起了他的回憶，有些淡忘的情感慢慢地在心底漂浮著。當年在石頭市時他們一夥人曾經在聚珍園吃過一次七星健大餐，打著生日宴的名，其實是全國舉事前夕的慶賀。大家個個興奮之極，激動得眼睛不敢正面看人。祕密的狀態結束了，他們將在偌大的舞臺上演出驚人的壯舉，真是令人熱血沸騰。還沒等上頭菜，大家就滿含熱淚相互擁抱，鄰座的客人還以為他們兄弟情深呢。豐盛的七星健竟為歷史翻開了新的一頁。與舊歌曲一樣，美食的回憶裏總是伴隨著當時的場景，當時的人當時的心情與美味一起湧現出來。命運莫測，李將軍看著軍官們喝酒聊天，心裏十分感慨。明天就要捉對搏殺的人，當年曾一起品味魚糕的鮮美。七星健，多麼意味深長的宴名啊。

有軍官匆匆忙忙跑進來報告說，幾里地外發現有粉黨的軍隊活動。來得倒挺快，李將軍淡淡地說著，示意站起來的軍官們坐下，大家繼續喝酒吧，天大的事飯得吃完吃好。遠處傳來低沉的炮彈爆炸聲，李將軍像沒聽見似的，對大家說，誰來講個笑話助助興？路坎兒接過話說，葷笑話可不可以？李將軍端起酒杯喝了一口，沒看路坎兒，看著手中的酒杯說，你留著晚上在被子裏對自己講吧。軍官們哈哈大笑起來。有個參謀，喝酒後臉很紅，他說，我來講個笑話。這樣的，有只狼，想把豬吃啦，但又嫌豬髒。一天夜裏，狼摸到豬圈旁，跟豬聊天，說，豬呀，你就不能改改壞習慣，講點兒衛生，把身上弄乾淨點兒？現在全國都在搞講文明講衛生的新文化運動，你怎麼一點兒行動都沒有呢？豬說，參謀剛講到這裏，又有人進來向李將軍報告敵情。郊外粉黨的軍隊動靜很大，看來是想早早解決石頭市的問題。李將軍聽完後讓來人走了，對參謀說，請繼續，豬說。軍官們聽了哄堂大笑。參謀繼續講他的笑話。豬說，參謀咧著嘴別著娘娘腔，我偏要弄得髒髒的，氣死你。你以為我是個豬？你才是個豬呢。狼說，我要是個豬，你不早把我吃了？完了。參謀看看李將軍，李將軍和軍官們笑得前仰後合，很開心。李將軍笑完了，說，明天就看粉黨和我誰是豬了。

第二天大清早，全市戒嚴了，市民不得上街走動。整隊整隊的士兵來回調動著。氣氛很緊張。後支隊按命令集合起來，被安排在各個工事附近。後支隊裏好多人腿肚子不由自主地抖，嘴唇烏烏的沒有血色。邊步也去了，他母親就這一個獨苗，愁得一點兒力氣也沒有，躺在床上唉聲歎氣。不過邊步倒有幾分莫名的興奮，像似一個帶情緒的觀眾。他母親一早就不停地嘮叨要他放機靈點，別亂跑，別搶在人前，別充硬漢，能躲就躲，哎呀，這可怎麼得了呵，等等。邊步只是說，知道了，別老說行嗎？我又不是個豬，說完就跟著後支隊跑了。大家心裏都明白，不去是不可以的。

盧令令他們十來個士兵昨夜就接到命令走了，夜裏沒有在邊步家住。不知道他是在工事裏蹲著，還是趴在草叢裏。他們中的一些人今生今世再也沒有可能去補昨夜的覺了。這就是戰爭，一粒子彈就使一個人生嘎然而止。

所有的商鋪都關著大門，空蕩蕩的大街只有士兵的身影。滿街紫黨的大小旗幟在晨風中小心翼翼的飄動著。林樸一家早早地起床，後果難料的一天在默默的忙碌中開始了。尚無庸和林貽椒一早忙著料理孩子。這孩子天沒亮就不睡了，也不鬧，看著母親一個勁兒地笑。林貽椒一摸，孩子拉了一褲子，於是呢，又是洗又是換。孩子任由人折騰，只管玩自己的。尚無庸拎著孩子滿是屎的髒褲子到院子裏去。屋前屋後都是屎臭。林貽椒在房裏高聲說，放在盆裏吧，我來洗。但叔一個人在屋裏坐在椅子上呆著。

昨夜時斷時續的槍炮聲，今天沒有了，令人覺得太靜，靜得有點兒過分。粉黨的進攻是在接近中午時開始的。按說，陣地進攻一般選在天亮前，趁著天將明之際，打個措手不及。可能是粉黨軍隊來得倉促，士兵進入進攻出發地，還有後勤都需要時間。也有可能是在和李將軍鬥心眼。你以為我會進攻，我不來，等你鬆懈下來我突然就開始了。守了一夜的紫黨軍隊，夜裏吃的飯，沒打算做早飯。熬到快中午正要往前面送飯，粉黨的進攻開始了。街西頭那邊傳來了密集的槍聲。李將軍的火炮在磚塔那邊轟轟地響著。粉黨軍隊沿著大路兩側向李將軍的大彎陣地進攻，一波一波地向前推進。迫擊炮搬了上來，炮彈落在工事裏，士兵死傷很多。後支隊被吆喝著，抬著傷員往軍隊救護站送。

正午的時候有些前沿陣地被突破了，雙方的士兵在戰壕裏相互用刺刀捅。一會兒奪過來一會兒又掉了。西頭陣地受到了巨大的壓力，前線的軍官不斷打電話過來，請求增援。指揮部的參謀們也動搖起來，試探地問李將軍是否能把北郊的部隊抽調一部分過去。李將軍平時不喝茶，因昨晚喝了酒，今天特地泡了杯綠茶，端在手裏慢慢地喝著，看看地圖，說，不用。前線的軍官又來電話了，參謀拿起電話看著李將軍，李將軍一招手，參謀把電話遞過來，你不會反衝鋒嗎？李將軍說話的聲音並不大。要我再教你一次？說完便放下電話，沒事一樣喝著他的綠茶，房間裏的其他軍官不敢吱聲。前線的軍官橫了心，組織兵力反突擊，死傷了不少士兵。幾次衝鋒下來終於把粉黨的軍隊趕回去了，粉黨的進攻也停了下來。兩軍之間的地面上躺著好多屍體，受傷的士兵嚎天哭地叫喚著，沒有人敢去救，誰去，兩邊的機槍都打，只好讓他們躺在那裏等死。

乘著戰事暫停的檔口，後支隊把飯菜送上去，焦急地蹲在一邊，盼著士兵們快點兒吃完好趕緊收拾了回去。從工事裏望過去，粉黨軍隊好像也在開飯。聽說古代打仗，雙方還會約好時間吃飯，吃完飯再列隊對攻。不知這傳聞是真是假，正史上沒有記載。盧令令跟著大部隊從半夜起就趴在北郊的草叢裏，臉被蟲子咬得東一塊西一塊的腫。都帶著乾糧，靜靜地等著。北郊邊上的草屋把屋裏的人趕走了，屋裏架上小步炮。北邊的牆開了大洞外面用高粱桿遮著看不出來。

下午大約二點鐘左右，李將軍不再喝茶，站在長案前盯著地圖看，所有的情報他都仔細聽著。他把為數不多的預備隊全部調到大彎陣地去，成敗在此一搏。自古以來，守軍就靠一搏。攻城的攻不了就撤，守城的守不了就死，因此將軍們往往盡量避免守城，除非迫不得已或者出於戰略的考慮才行此下策。李將軍正在揣摸著對方的下一步意圖時，北郊的軍官電話打過來了，說敵軍從水塘之間的幾條小路摸過來了，是不是就動手？李將軍立刻命令道，把他們放近點兒，先用少量火力把敵人控制住，主力不要暴露，等我的命令。李將軍堅信自己的判斷。指揮部的其他軍官很緊張，大家忐忑不安。如果敵人的主攻方向對著北郊，大彎戰場只是佯攻，再從東面突襲包抄，唯一的退路只有跳到河裏去了。

北郊打了起來，整個石頭市槍聲一片。流彈從屋上飛過去，嗖嗖的聲音挺嚇人的。林樸一家人都靠著牆角坐著，等著這一天快快結束。盧令令趴在草叢裏一動不動，把臉緊緊地貼在地上。他急促地呼吸著，鼻子裏充滿了泥土和雜草的氣味。敵軍一駁一駁地從水塘間的小路衝了過來。雙方相互射擊著。冷兵器時代，戰場吶喊聲震天動地，那是氣勢，給自己壯膽也想嚇唬敵人。火器時代打仗不喊叫，誰叫喊誰就成了射擊目標，那是傻瓜。如果槍炮都是無聲的，那麼戰場除了子彈劃過空氣的聲音，必定是極安靜的，中了彈都不知道是哪裏開的槍呢。邊步他們那個後支隊抬著傷員從小巷經過，前面的人突然一頭紮在地上，把擔架上的受傷士兵摺翻在地。跑在後面的人一下愣住了，大家趴在地上不明白怎麼回事。後來把他扶起來，血從他的衣襟下直流，把褲子染紅了。一顆流彈從後面打穿了他的肚子，天將黑時，死了。他是碼頭那家茶館的夥計，是老闆的鄉下親戚，二十來歲。平日裏手腳勤快，勤快的人眼裏有事，總是做東做西的忙個不停。老闆很喜歡他，還琢磨著給他物色一門親事。現在一下子就死了，跟沒生一樣。

大約下午不到三點鐘，大彎那邊槍炮齊鳴。迫擊炮彈落在工事裏，倒下了不少士兵。紫黨的火炮幾乎是平射，一炮接一炮往進攻的敵人堆裏打，轟隆聲震得整個石頭市跟著顫抖著。磚塔上好幾挺機槍嗒嗒地射著，一直打沒停過。磚塔附近的人家，膽大的在後院看見磚塔中了炮彈。一團火光一閃接著就是一聲巨響，碎磚塊飛了起來，明明白白地看見磚塔來回搖晃。磚塔上的機槍還是不停地開火。粉黨帶來的只是小步炮，炮彈也就比手榴彈大點兒，連這座岌岌可危的磚塔也轟不垮，只是在塔上留下了一些彈洞而已。粉黨的進攻很兇猛，不間斷地衝鋒。最前沿的陣地丟掉了，怎麼努力也奪不回來，只好向後收縮防守。前面的軍官氣急敗壞地在電話說，最多還能挺一小時，所有的兵力都投進去了，最多一小時。李將軍從地圖前直起身來對身邊焦急的參謀說，發信號。信號彈是紅色的，石頭市很多市民在院子裏看見了，好幾顆升上天空像焰火一樣。北郊那些藏著的步炮一下子露出來，槍聲炮聲大作，那些一直潛伏在草叢裏莊稼地裏的士兵突然衝了出來。粉黨衝過水塘的士兵頓時傻了眼，想撤已經來不及了，水塘擋住了退路，不一會兒幾乎全部被打死。沒過水塘的拼命往後撤，紫黨的軍隊則追著打，向西推進得很快。粉黨軍隊的後面也響起了槍聲。戰場的形勢突然發生了大逆轉。粉黨軍隊從佔領的陣地上往回撤，突如其來的打擊令他們亂了陣腳。沒多久磚塔那邊槍聲沉寂下來。進攻的粉黨軍隊頃刻變成了防守的一方，臨時建立的防線不多一會兒就被突破了，只好再次往回退。組織的側翼迂回，兵力不足沒有效果，只好一撤再撤。

天黑以後槍聲才停下來。有些人從家裏出來到街上張望。相識不相識的人互相打聽著，不知道這場惡夢是不是快結束了。後支隊沒有回來。家裏有人在後支隊的，更是著急，四處打聽後支隊的去向。邊步的母親在家燒香叩頭，著急得犯了糊塗，一時不知該拜哪路神仙來得靈驗。指揮部氣氛大不一樣，軍官們真正鬆了一口氣，對李將軍心裏滿是敬畏。李將軍不動聲色，繼續聽著前方的彙報，時而看看地圖。其實，李荒也大大地鬆了口氣，只是設法不表現出來，這是做領袖人物的基本素質。在戰爭中，沒有一個將軍有絕對的把握能只勝不敗。畢竟打仗是殘酷的博弈，精心的策劃難免會受到莫測因素的影響。

第二天天剛亮，夜色還未完全退去，前方傳來了消息，粉黨的軍隊撤走了，沿著大道扔下了不少裝備，部隊正在全速追擊。聽了情報，剛起床的李將軍走到地圖前思考良久，然後下了命令，命令主力部隊只追一天路程，夜間築壕等待。路坎兒帶的襲擊部隊則再追一天路程，有無接觸都撤回到主力陣地。沒想到粉黨撤得如此乾淨，李將軍多少有些意外。考慮再三還是不敢讓部隊追得太遠，怕中埋伏。一來雖然狠狠地將粉黨揍跑了，但粉黨的軍隊並沒有大喪元氣。再者，會不會設個圈套把自己套進去呢？也難說，還是謹慎為上。第四天，部隊都撤了回來。路坎兒在追擊中打垮了幾支落單的小隊伍。自己受了點兒傷，一顆手榴彈落在不遠處，身上炸進些碎鐵渣，到處是血。後來抓住了那個扔手榴彈的士兵，路坎兒親手把那士兵剁成肉塊。他帶去的隊伍回來時只有一半人，另一半人都死了。

盧令令受了傷，不能走路被後支隊用擔架抬了回來。受傷的部位很特殊，一顆子彈從屁股左邊打進，從屁股右邊鑽出來，屁股上一共有四個洞。按說子彈在飛行中是旋轉的，打進人的身體，進去的洞小出來的洞大。如果子彈在人體內撞上骨頭就會翻滾，出來的洞更大。有中彈身亡的士兵前額一個小洞，後腦勺半邊都沒有了。翻過來一看就像個真人做的面具，很恐怖。盧令令屁股上的洞幾乎一樣大，不知是什麼槍打的。當時他是什麼姿勢撞上這一槍的呢？如果敵人是側面開的槍，他只有站著，子彈才會同時穿過兩個屁股尖。另一種情況是在前線橫向爬著，屁股剛一撅起來就挨了一槍。當然最有可能是準備往回爬剛轉過身，屁股尖被敵人看見了，打了一槍，便一動不動地趴著裝死，免得招來第二槍。盧令令回來後，簡單包紮了一下，就送到邊步家養傷。整天趴在床上，不能起來坐。後來邊步回來挺關心盧令令的傷勢，瞭解情況後兩個人把眼淚都笑出來了。不幸中常有大幸，比起那些永遠躺在戰場上的士兵強多了。屁股算什麼東西呢？

後支隊隨軍隊回來後，被派去處理戰場上的屍體。好幾百具屍體都集中在北郊，在一個大水塘邊的荒地上挖坑埋了。天氣熱，屍體在地上躺了幾天，變得腫脹，惡臭難聞。撒上生石灰也不管用。按指揮部的命令，治安會的幾個老頭通知各商鋪開門經營，並且按命令燃放鞭炮以示對勝利的祝賀。同時通知全市各戶人家，每家自願做十雙布鞋慰勞部隊。既然軍隊占著城市，李將軍不想讓他的軍隊再穿草鞋，城市有能力解決這事兒，倒不是，豈曰無衣與子同袍。為了十雙鞋，林樸他們一家人都忙起來。林貽椒把破衣服舊布塊找出來，但叔打了漿糊和林樸一起在門上一層層貼布片，準備做鞋面。尚無庸按照規定的尺寸裁剪做鞋底的布，林貽椒納鞋底。一家人忙了好幾天才匆匆地交上十雙鞋。有些人家做不了就花錢請人代做。邊步家就是這樣的，他母親沒那份做鞋的心情，破費點兒算了。窮人家做鞋的功夫是有的，但能拿出來做鞋的舊衣服不多，又沒錢買布，很犯愁。

這場仗，紫黨稱為石頭市大捷，粉黨稱為石頭市戰役。大捷是有傾向性的詞，明顯含有洋洋得意的情感因素。戰役是個中性詞，誰勝誰敗沒說，似乎心平氣和，不帶情緒。很多年後，有人分析了這場仗成敗的雙方決策，說是粉黨判斷上有問題，認為李荒孤軍突進，應該是敲一敲就會把他趕跑，因而沒有投入足夠的力量。戰鬥佈署上在圍殲和驅趕之間游離，沒能把主攻方向放在北郊，導致進攻頃刻瓦解。而李荒呢，正好猜準對方的意圖，成功取得了勝利。是啊，真是一場拿人命玩的遊戲，這點卻是後來的軍事分析中不曾提到的。

這場仗打下來，石頭市的建築沒有受什麼損失。只是磚塔那邊的房子被炮彈炸垮了幾間，還好，沒起火。磚塔上有不少炮彈打的坑，塔頂也禿了，不過塔身還在。防守東頭泥路和碼頭的士兵最合算，一槍也沒放，平平安安的。街上多了傷兵，纏著繃帶，有的拄著棍子，脾氣很大，一群一群的強吃惡要，有時還相互鬥毆。李將軍不得不派憲兵隊上街，殺了一兩個才把秩序恢復起來。盧令令的傷好得很快，十多天就能活動了，雖然還包紮著，但早就不疼了。邊步說，你的傷最好慢慢養。盧令令自然心領神會，誰要是不小心碰了他的屁股，他就大呼小叫，這樣省了他不少差事。

一個多月過去後，天氣開始涼爽起來。夏天進入尾聲。蟋蟀蛻掉了翅膀，藏在草叢或牆角磚縫裏吱吱的叫著。

蟋蟀不咬人，每年入秋叫個不停卻很少有人留意。石頭市沒有鬥蟋蟀的習慣，這是一個忙碌的，為生存操心的城市。有人說歷史悠久的城市往往有鬥蟋蟀賭博的傳統。這話看怎樣講，如果一個城市有大批權貴世家，既有錢又有閒，鬥蟋蟀自然是個順應時令消遣人生的好遊樂。石頭市缺少這些階層，因而沒有人理會這玩物。孩子們偶爾抓一兩隻玩玩，成人後絕不再染指。邊步小時候也玩蟋蟀，曾抓住只麻頭將軍，很厲害。帶著看熱鬧的林樸到別的街坊鬥蟋蟀。後來和那街坊的孩子打起架來。麻頭將軍贏了，人卻打輸了，逃了回來。從此以後不提蟋蟀二字。蟋蟀不就是個小蟲，無聊。

這段時間裏，李將軍並沒有閑著，總是隔三差五派人去襲擊粉黨。有時候時機合適，甚至派上成千人長途奔襲，策應主戰場的意圖十分明顯，他要讓粉黨充分重視他的存在。詩經有云，七月流火，九月授衣。趁著這段時間李將軍命令全市所有的裁縫集中起來，趕制秋後的軍服。買布料的錢是各家各戶攤的，占著城市便占著好處。好幾千套軍服做起來不容易，大約花了一個半月才做完。時間拿捏得很準，軍服剛做完，就有情報顯示，粉黨抽調了大部隊和重型裝備集結待發。不用說，李荒心裏明白，這次粉黨真正動用了主力來解決石頭市的問題。按照李將軍的命令，整個石頭市大張旗鼓地備起戰來。後支隊都被派去挖戰壕，修工事。整隊的士兵不斷在街上調來調去，石頭市的氣氛又緊張起來。市民們私下裏憂心忡忡，估計這下石頭市難逃噩運。粉黨上次吃了虧，這下不把石頭市捶個稀巴爛，難解心頭之恨。不少商鋪老闆把商鋪的生意交給夥計，自己帶上全家乘渡船過河避戰亂去了。避難的人多了，渡船加了價還是整天忙個不停。軍隊並不阻攔，想走就走。

一天夜裏約摸八九點鐘，天黑了有一會兒。林家突然有人敲門，門一開，進來了一隊士兵，屋前屋後查了一遍。一家人緊張得不敢說話。不一會兒，進來一個軍官，站在堂屋正中環視。林貽椒一眼就認出來是李荒，李將軍。想叫李叔，李先生，李將軍，心裏拿不準，沒吱聲，只是和家人一起緊張地望著他。李將軍仔細把林家人一個個看了看，然後說，大家坐下吧，林貽椒趕快張羅椅子，讓李將軍坐下，大家依舊站著不敢坐。你是貽椒？李將軍親切地對林貽椒說，林樸，老但呢？呵，成人啦，一下看不出來。老但也老了。李將軍想起了詩經裏的一句，輕輕地背誦著，婉兮孌兮，總角丱兮，未幾見兮，突而弁兮。李將軍從從容容，口裏吟著詩句，卻沒有相應的歎息與人生苦短的感慨表情。轉身對尚無庸說，你就是尚無庸，還在數學上下功夫嗎？大家驚訝不已，到底是將軍，什麼都知道呀。李將軍繼續說，你們是民族強大的基礎，國家需要知識，革命事業需要你們這樣的人才，不過待在這裏恐怕對研究幫助不大。今後如有意願可以來找我，我會盡力支持你的數學研究。然後呢，李將軍逗逗孩子，屋裏後院看了看，也沒說什麼，心裏的感受別人不好揣摸。大凡人佔據了一定的高度，就會有一種孤獨感，這是崇高一詞的代價。林貽椒他們站在堂屋沒動，只是擰著脖子，眼睛跟著李將軍轉。這個意想不到的會面很短暫，李將軍臨走時送給林貽椒一件禮物，一個木匣子的收音機，是個舶來品。收下吧，李將軍說，留個紀念。然後出門上車走了。

李將軍走後，大家心情難以平靜，以前的房客，年輕斯文，如今卻掌控著眾人的性命，要你生要你死不過是一句話而已。至於禮物，是個稀奇東西，林樸想試試，林貽椒不讓，說，現在別招惹是非，過段時間再說。找塊布把收音機包起來放在箱子裏用被子壓著。這幾天街上部隊來來往往，加上又是夜裏，李將軍的來訪，街坊鄰居並不知道。看著沒事了，林貽椒才讓尚無庸搬出收音機。晚上，林樸和尚無庸在屋裏悄悄地打開收音機聽無線電廣播。一個新的世界在空中飄來，令人如癡如醉，初聽無線電的人幾乎都有這樣的感受。後來收音機多了，成了普通的家具，白天人們打著音量，播放著愉快的歌曲，夜裏則把音量擰得很小，耳朵貼著收音機偷偷地聽著各種廣播。聽了很多消息，白天裏卻裝作什麼也不知道。這是中國人一段重要的經歷，別忘了。

沒幾天，粉黨的大部隊逼近了，在距離石頭市不到一天的路程停下來，進攻迫在眉睫。石頭市按照李將軍的命令又戒嚴了，市民們被命令呆在家裏，白天上街要盤查。天不黑，街上就不准走人，比上次戒嚴更嚴格。後支隊的安排與上次不同，也被命令呆在各自的家裏等著調遣。石頭市一下變成了軍人的城市。空氣變得很沉重讓人喘不過氣來，連市民也知道粉黨這次來勢洶洶，人們不知道該不該為李將軍當心。有些人家夜裏悄悄地把插在門旁的紫黨的旗子收起來，軍隊好像沒注意這事兒，沒管。夜裏聽得見郊外隱約傳來的槍炮聲。那天是陰曆初一，夜裏黑，沒月亮，大彎陣地的火炮緊一陣慢一陣的響著。有人說看見粉黨的炮彈飛過磚塔落在河裏，炸起很高的水柱，看來粉黨調來了真正的大炮。不過說看見炮彈飛過磚塔有些誇張，炮彈在天上飛是看不見的。粉黨的軍隊已經進入陣地就等什麼時候開始進攻了。天快黑時，紫黨的火炮轟得更頻繁，機槍聲市裏都聽得見，嗒嗒，嗒嗒嗒，有節奏地響著。所有的街燈都沒開，街上到處閃著軍隊的手電筒。軍車的轟轟聲，士兵的跑步聲折騰了一夜。有人在門縫和當街的窗扇旁瞧著，鬧不清軍隊在忙什麼。明天石頭市將會變成什麼樣子呢？明天會死多少人呢？幾乎每家每戶都在議論同樣的話題。

下半夜，一切聲音都沉寂下來。很多人整夜未眠，等著天亮時的大搏殺。天快亮的時候，突然整個石頭市顫抖起來。無數炮彈在城市四周爆炸著。磚塔被轟去了一截。北郊有些房子挨了炮彈，房子裏的人被炸成碎塊。天空中映著炮彈爆炸的閃光。等炮火平息下來，在機槍聲中大街兩頭同時衝進了坦克。坦克開在大街上實在是太龐大了，轟隆聲震得兩邊的房子直落灰塵。坦克的履帶在街石上啃出一道道白印。石頭市的人沒見過坦克，不知道這轟轟響的東西是個什麼樣子。膽大的伸頭瞧瞧，坦克上的機槍到處亂掃，只好趕快把頭縮回來。

從軍事意義上講，石頭市竟是一座空城。粉黨軍隊沒有遇到任何抵抗，連一個紫黨的士兵也沒有看見。李將軍出人意料地跑了，把粉黨的軍隊狠狠地騙了一次。這麼多軍隊還有裝備怎麼一下就跑光了呢？從陸路水路還是渡河跑掉呢？粉黨軍隊的將軍們非常惱火。看來李將軍壓根就沒準備與粉黨在石頭市再打一次，心裏早就盤算好了，各種撤退的準備佈置得很巧妙，表面上卻擺出一副決戰的架式，讓粉黨上了個大當。不管怎麼說，雖然沒能消滅李荒，很遺憾，但重新奪回石頭市也是個勝利。粉黨從此在石頭市正式駐紮下來。不能再讓李荒重演故技。

李荒呢，正所謂，鴻飛遵陸，公歸不復呢。

六　彗星

彗星是天文現象，同時又是中國文化的一個重要組成部分。彗星不是流星，流星一劃而過，每天夜裏都有，也不是那種幾天就消失的小彗星。彗星作為一種文化現象是專指那種難得一見的大彗星，在星空中拖著長長的尾巴，每天在星宿中移動位置，叫人不得不看，不得不想。彗星一出現，全國上下議論紛紛，自然是有人興高采烈，有人憂心忡忡。通俗地講彗星是徵兆裏最厲害的一種，有強烈的傾朝意味，其次才是大地震。大地震時，江山崩裂，萬民哀號。江山指代政權，改朝換代叫打江山。地震毀了江山，不論從精神層面還是物質層面上講都危及統治，政治意義重大。大地震雖然可怕，但還存在人努力的空間，例如開倉放糧，皇上下罪己詔自責等等，折騰得好也能渡過危難關頭。皇上要是因此而猛醒，由昏庸一變為英明，反而壞事變成好事，朝廷猶可中興。彗星則不然，彗星一旦乍現夜空，呼爹喚娘也是個亡。

中外大學堂是個奇怪的學校，不同於中國傳統的學校，也不同於後來正規的教育體系。當時對外的宣傳稱之為新學。後世的研究者稱中外大學堂的倡導者和創辦者是十二義士，更有人稱林樸的父親，尚無庸的父親也是中外大學堂的贊助人之一，不過都是些推測與猜度，沒有文字的根據。被認為與之有關的人士幾乎都死與非命，沒有人能親自證實中外大學堂的由來及有關事情。朝廷出過鉅資，從後來的事情演變推測，顯然朝廷是上了個大當。朝廷趕時尚，支持了中外大學堂的創辦，這是個教訓。歷史告訴我們有些時尚是趕不得的，趕錯了時尚會要了自己的命。不過，當初何嘗知道哪些時尚是有毒的呢？

中外大學堂招收的學生都是傳統教育中的才能突出者，這是原則。實質上招收的學員中對朝廷不滿者占大多數。教師無一不是在海外溜達過的。大學堂不講授傳統學問，這些學問學員們都懂，教師們主要講授自然科學，可私下裏卻大談各種主義。最讓教師們興奮的是一種稱為無政府的主義。後世的人一直不清楚這種無政府的主義是否是一種哲學。主義不一定必是哲學。人們為滿足某種社會欲望而編造的為了說服自己的理由，這理由就是哲學。不知道無政府的主義是否符合哲學的定義，但可以肯定的是，從大學堂出來的人後來的行為表明他們所誇誇其談的主義只是胡扯而已。真正的欲望寫在他們的心裏，欲望的理由則是中國人自古的傳承。

李荒，朱右序，劉鑒殷是最早一批進入中外大學堂的，第二年孫來牟，楊阿，周之庭招入大學堂。學堂的學士不多，二百來人，來自各地。每個學員來的途徑不盡相同，並不是通過什麼統一的考試。學員年齡也參差不齊。推薦他們的都是當時社會名流。這些名流們心裏揣著一個新中國的夢想，卻完全不知道所謂新中國是個什麼樣子。中國人與外國人是不同的。

中外大學堂創辦後的第二年就出了十二義士的事情，還好，學堂裏沒有一個人是義士，只是有兩名教師消失了，從此以後再沒見過他們。是不是被朝廷暗中殺害了？沒有證據，不敢瞎說。自從十二義士的事情發生後，朝廷加強了對中外大學堂的監管，這是令人渾身不舒服的狀態。朝廷派來的監管官什麼事情都要貼著耳朵聽一聽，很像夏夜裏圍著你飛的麻腿蚊子。第三年夏天，星空中出現了一個大大的彗星，不知道外國人看不看得見，中國人幾乎一到夜裏都出來看，竊竊私語著。剛好這一年又遇上了伏旱，赤地千里，真是天地呼應。有人說一到夜裏，滿世界聽得見霍霍磨刀聲，似乎有點兒誇張，但至少說明傳言者心裏在磨刀吧。不過白天人們依舊是恭恭敬敬的樣子，很和順。中國人從來就是如此。中國是個自然災害頻發的國度，大的災害來臨時，莊稼欠收，稅賦難徵從而影響了權貴們的生活質量。對平民而言則是生存還是死亡的問題，當然這是一個嚴重的問題。如果單有彗星而無伏旱，絕大多數中國人吃完晚飯後會坐在院子裏對著星空看熱鬧。旱災引發的絕望使人們把天兆的啟示連繫起來。兇險的年頭啊。

這年夏天，中外大學堂的師生組織了一個學術會，叫做彗星研究會。不管如何改朝換代，自古朝廷就有一個不學自通的基本準則，就是平民不得結社，除非是朝廷自己組織的。朝廷不怕作亂的單個人，也不怕一群烏合之眾，怕的是結社的組織。單個人因組織而變得強大，組織因協同而變得難以對付，這個道理任何朝廷都懂。監管官聽說組織彗星研究會，很緊張。彗星研究會第一次開會監管官和朝廷緊急派來的特使神情嚴肅地坐在會場後面。彗星研究會打的旗號是學術研究，又是在大學堂內，朝廷開始時有些猶豫，於是呢，派官吏探個究竟。其實，第一次開會很簡單，就是一位叫王中露的教師講解彗星是什麼。王中露曾在外國一個叫作格靈威治的天文臺實習過，對天文有些新知識。這是就彗星講彗星，沒有別的意思。王中露在黑板上畫了一個小圓圈，轉身對大家說，這是太陽。然後在太陽旁邊標示了地球的位置。他說，彗星是一種類型的天體，它是由冰、塵埃和石塊組成的，比較鬆軟。彗星沿著一個巨大的橢圓軌道圍繞太陽運行。當它靠近太陽時，太陽的溫度使彗星體的物質揮發，太陽的輻射又把這些揮發的物質吹到一邊形成彗尾。如果地球正好穿過彗尾，彗尾裏的碎石塊就會落在地球上，形成我們看得見的流星，如此而已。監視的官吏們聽了很是稀奇。想一想，原來彗星跟流星有關係，嗅不出政治的氣味，便悻悻地走了。據後來的史料稱這是中國有史以來政府官員首次對現代科學進行的政治審查，很有標誌性意義。

彗星研究會後來又召集了一系列活動。這些活動已從彗星的物質層面延伸到了彗星與人的相互關係上來。道理很簡單，一種天文現象全國上下都關心就變成了社會現象，這就值得研究，值得討論。彗星研究會的活動也從教師的演講變為會員的討論會。每次討論都有主題，諸如，彗星與人，彗星與社會，彗星影響之歷史等等。會員們旁徵博引，說到興奮處便慷而慨之，借古喻今，言論漸漸超出了界限。應當說朝廷對現代科學進行政治審查還是有一定的道理，尤其是討論，讓民眾討論超出他們日常生活的事情從來就是有害的。中國很大，人口眾多，成份複雜，因而需要用一個思想來統一人心的紛亂，否則什麼事情都有可能發生，國家就會亂，社會就會不穩定。很自然，彗星研究會沒研究幾次就被監管官給解散了。好在只是警告，沒動任何人。彗星在天上遲遲不肯消失，朝廷的焦慮是可想而知的。朝廷的軍隊都處在後世稱之為一級戰備的狀態，劍拔弩張，隨時準備出動。出動去殺誰呢？暫時還不清楚。

無論是什麼樣的朝廷從來都是依靠兩套體系來維繫統治的。一套是官僚體系，這是管民眾的。另一套是軍隊，這是殺民眾之不滿者的。猶如兩隻手，一隻手把你按在地上，另一隻手則舉著刀，按不住了就給你一刀。一刀沒砍死，刀反被奪了下來，便是改朝換代。這兩套體系中，官僚是既得利益者，應當擁戴朝廷。至於欺壓民眾，這點不能完全歸罪當官的人。因為作為人大多有一種潛在的欺壓他人的心理傾向，只是不當官沒有機會表現出來而已。至於軍隊則是一個悖論。林樸和邊步在粉黨佔領石頭市後，常談論這個話題，連常常自以為是的邊步也想不透這個問題。邊步說，如果軍隊都是路坎兒之流，倒也說得通。你看看盧令令，真是想不通。林樸說，是呵，中國歷史上好像還沒有人把軍隊叫做國家的軍隊。人們總是說朝廷的軍隊來了，朝廷的軍隊走了，朝廷的軍隊如何如何。是不是參加軍隊就成了朝廷的人呢？邊步說，你要騙自己，這樣想也無妨。

彗星研究會解散後，全國到處出現了一種手掌大小的紙片，叫傳單。紙片上沒有任何文字，只是印著一個圖案化的彗星。牆上，柱子上一不留神就會看見這種傳單。雖然傳單小卻很刺眼。晚上在街上走，有時會有人在你手上塞上一張，轉眼就跑掉了。人們都知道傳單的意思。朝廷到處抓人，抓了就殺。老帳新帳都翻出來，有問題的殺了再說。殺人多了，朝廷有些喪失理智，話反過來說，朝廷處在生死關頭，理智與否已經不重要了。旱災嚴重的地區有膽大的挑頭放火燒了衙門。朝廷的軍隊開過去鎮壓，這邊剛鎮壓下去，那邊又有人鬧事，軍隊四處出動，沒抓住的往往跑進山裏成了綠林中人。綠林中人也要吃喝，於是打劫，強徵，什麼事都有了。日子一長，形成各種各樣的隊伍，各占各的山頭。各色的旗幟打了出來。有一支隊伍沒占山倒是占了一個大湖，劃著小船在湖中蘆葦裏穿行。他們的旗幟很特別，高高的竹竿上系著一條褲子，不知是何寓意，人們稱之為褲子軍。神出鬼沒的，朝廷的軍隊拿他們沒辦法，後來被粉黨收編了。

彗星在夜空中足足呆了兩個月，好像覺得呆夠了，便悄悄地消失在宇宙深處。彗星走了，人間的事才開始呢。傳單的事朝廷四處追查，幾個月過去了，雖然殺了些人，但始終沒有挖到根，也不知道是誰暗中使的壞。一天上午，一隊士兵突然衝進中外大學堂要把王中露抓走。全體師生情緒激憤，把士兵圍住，要軍隊講出抓人的理由來。不多久增援的軍隊趕來把圍困士兵的師生打得頭破血流，人呢，還是抓走了。第二天，通宵未眠的學員打著橫幅標語上街遊行抗議。每人手裏拿一面紙作的小旗幟，上面寫著，學術無罪，或者還我正義，或者抓人無理等等，順著大街一路喊著口號朝衙門走去。遊行的主意是出過國的教師提出來的，國外時興這種表達意見的方式，在中國卻是破天荒的事兒。圍觀的人很多，人山人海，社會影響非常大。本來二百人的行列，後面卻跟上了幾千人，走到衙門時隊伍已經十分浩蕩。衙門那裏早已佈署了很多軍隊。遊行的隊伍來了停在軍隊前要求遞上請願書，結果招來的是暴打。軍隊衝過來不分青紅皂白，見人就打。人們四處逃散，滿地都是掉的鞋。中外大學堂的師生首當其衝，大多數都被打傷了，有人還傷得很厲害。在大學堂裏，到處都是包著繃帶的人，那些傷得重的躺在宿舍裏滿臉的悲壯。

第三天，衙門貼出大佈告，在欽犯王中露的名字上用紅筆打了一個大勾，大約是立斬無赦的意思。佈告說王中露妖言惑眾，顛覆社稷，正午問斬。欽犯二字說明是皇上指名要殺的。民眾中有人對這點有看法，堂堂天子跟一個教師較什麼勁呢？一個教師沒刀沒槍的，天大的本領又能如何呢？要是朝廷惱火，抓到衙門打一頓不就可以了嗎？民眾哪裏能理解站在皇上的政治高度殺一個代表性的人物對社會的震攝作用是何等巨大呀，而代表人物是可以按形勢需要製造出來的。王中露真是倒楣，但從另一角度想，王中露也因此名留歷史。不過不是名垂青史。青史是正史，正史是官方的，不會記載王中露之流。消息傳到中外大學堂，大家氣得連說話的力氣都沒有了。尤其是佈告所列罪狀，什麼妖言惑眾，講講科學知識就是妖言嗎？這天下有理沒理？惑眾更是荒唐，幾個會員一起講講，就叫惑眾嗎？退一步講是不是妖言，如何惑眾總要審理審理弄清楚了再說吧，不能這樣說殺就殺，如此焉能服眾？其實朝廷要的不是服眾而是眾服。因言獲罪，自古至今以至以後都通行，這是中華民族的一大傳統，不知是否稱得上優秀傳統，但至少是中華民族的正經傳統。幾千年的傳承，無數代的中國人都如此過來了，難道有錯嗎？再者，防民之口甚於防川這句話，中國人都知道，且沒有絲毫貶意。水必須沿著河道流，沿著河道流的水稱為主流。有些水不想沿河道流，就必須築堤，這叫防川。同樣的道理用之於民眾思想，民眾中總會有人冒出些偏狹危險的念頭，那些越過堤防的言論一定得清除掉，不然小害就會演為大患。順理成章的結果就是一定會有因言獲罪的處罰。任何人當權都會這樣做，不得不這樣做，因為這樣做有道理，不這樣做違背道理，違背道理的事兒是不對的。

行刑就在衙門前的空地上。中午時分，衙門兩側重兵把守，正面敞開讓民眾看。不讓民眾看就殺了，社會意義不大。來的人很多，相互推擠著，人們的低語彙集成巨大的嗡嗡聲和揚起的灰塵一起在當頭的太陽下升騰著。最前排的是中外大學堂的師生，除了傷重躺在床上的全來了。腰裏紮著白布條，齊齊地跪在地上一聲不吭，讀書人能做的僅此而已。正午一到，衙門的大門打開了，王中露被押了出來，五花大綁，背上插了支巨大的死刑標，形狀像武戲裏的令箭，上面寫個大大的斬字用紅筆劃上圈把斬字套上，踉踉蹌蹌地被推到空地上，從背後對著膝彎就是一腳給踢跪下。監斬官以及驗明正身之類的程式全省了，地道的特殊情況特殊處理。拔掉死刑標，行刑的刀手一刀下去王中露的頭便滾落在地上。心臟來不及反應，照樣在輸血。血從斬斷的頸動脈中噴了出來，噴出很遠。一下子地上就是一大片。手一鬆，王中露沒有頭的身體撲通栽倒在地。砍下來的頭壓在身體邊上，眼皮還眨了好幾下。可以推測王中露砍離身體的頭還活了一小會兒。不知道這一小會兒他的頭在想些什麼。據說，死亡來臨的那一刻，人想的不是關於死亡的恐懼而是別的什麼，不過從來沒有人證實過這點。

行刑的人撤走後，中外大學堂的學員立刻上去用白布把王中露的屍體包裹起來，抬到大學堂。一支軍隊尾隨著，走到大學堂門外把門封住，除了大學堂的人，任何人不得靠近。大學堂內設了簡易的靈堂，王中露的頭和身子用針線縫上，洗淨後換上乾淨的衣服蓋上白布擺在靈堂上。三日的悼念，大家換班守靈，默不作聲，整個大學堂一片死寂。監管官四處巡查，一點兒事都沒有發生。第三天出殯，軍隊不讓大家跟著去，只讓幾個人跟著運棺木的馬車在郊外墳地下葬。

監管官看不出事來，真是愚鈍。對於中外大學堂來說，教師王中露之死是震撼心靈的大事。既是大事必有下文。就在三日守靈之際，師生們暗中串聯著，私下裏進行了激烈的意見交換和討論。天下興亡之責非我輩莫屬，這是最終達成的共識。既然有了責任，就要付之行動。密謀之後決定成立組織，命名為中國星會。以星發難，上應乎天理，下順乎民意。至於星會的主旨思想，爭論得尤為激烈。無政府的主義在大學堂一直是熱門話題，但能否成為星會的主義，大家看法相左。說到底，無政府的主義大家並不真正理解其精髓，爭來爭去只是附會著各自的社會希冀而已。最後，孫來牟說了句有代表性的話，他說，無政府的主義是個夢，一個美麗的夢，實行起來社會效果如何，世界沒有先例，大家心裏也沒有準數，再則與中國傳統相去甚遠，無法使民眾理解。請大家認真考慮能否先擱置主義，以具體行動綱要替代之。最後大家達成一致，暫不提主義，這是一個需要行動的時刻，十個字，推翻舊王朝，建立新中華，這就是綱領。新中華的新是什麼呢？當然是歷史上提不厭的耕者有其田，住者有其屋，公正廉潔之類的舊話，但話不怕舊，常說常新，有如詩經所謂，錙衣之宜兮，敝，予又改為兮。對吧？

中國星會是祕密結社，結社的目的就是要革命，造反。在中國，一個人可以喪盡天良，但不可以造反，因為造反在歷朝歷代一定是最大的罪過，其中的道理得靠自己去琢磨。既然是造反，就得把性命預支在組織裏，因此大家很嚴肅很謹慎。祕密結社以圖革命大業，不同於揭竿而起的災民。組織結構，內部分工，籌措經費，鼓動宣傳，收集武器，組織武裝，制訂具體的行動計畫等等，非常複雜又非常必要。中國星會，不是義士之舉，不是一時衝動，是要把民眾動員起來造反，是要建立一個新國家，建立一個與世界的進步並行的國家。這是大家一致的看法，也是捨命加入中國星會的意義所在。

並不是中外大學堂的所有人都加入了中國星會。有意願且人可靠，相互保薦才能宣誓入會。不是局中人，一點兒也看不出大學堂裏正醞釀著巨大的陰謀。因為有陰謀，學員們反而顯得十分和順，沒有人表面上再為王中露之死憤憤不平。這種突然的氣氛轉變，讓監管官起初有些詫異，明察暗訪也沒有聽到什麼消息。也許這些讀書人知道朝廷的規矩了，安了本份。不過朝廷始終耿耿於懷，放心不下，到了年底正式宣佈撤銷中外大學堂，以為一了百了，少了禍根。實際上這段時間裏中國星會已經在各地積極地開展活動，透過一層一層的人際關係在全國建立分支，四處籌集資金，一下子就到了不可逆轉的程度。說來也怪，最該死的朝廷主導舉辦的中外大學堂倒是最正宗的，因為朝廷不懂新文化，反而少了思想的桎梏。那三年從中外大學堂出來的學員，大多數都攪動過歷史的波瀾，而後來各色政治勢力續弦的中外大學堂，培養出的學員大多是媚上欺下之徒，一群群的馬屁精，一個個竟然還厚著臉皮擺著煞有介事的樣子，可笑可歎。

與歷史上任何一次改朝換代都不同，中國星會並沒有組織一次全國性的總起義。在中外大學堂解散後的三四年時間裏，各地的分支分部總共舉行了三十六次起義，這還不算那些事情敗露胎死腹中的起義呢。按照歷史慣例，總是某地起義發難，然後攻城掠地，然後與朝廷軍隊對決，然後攻入京城，然後殺了皇上。這次很是前所未有，各地不斷地起義，朝廷派去鎮壓的軍隊最終被弄得四分五裂，或者被擊潰，或者投了降，或者乾脆自立為寇。朝廷的官僚體系同樣四分五裂，跑的跑散的散。朝廷如此稀里糊塗地被推翻了，真是死也不甘心。想找個人罵也不知罵誰好，都是混蛋，但不知誰是總混蛋。這就是彗星之兆呢。

李荒，劉鑒殷，朱右序，孫來牟，楊阿，周之庭六人自中外大學堂解散後，被中國星會安排藏匿到石頭市。石頭市既有交通的便利，又不顯眼。租下林家房子，看上去是隨意找的，實際上中國星會多次派人暗中調查過。因為林樸父親的緣故，政治上的可靠自不在話下。林家兩個小孩，生活也困難，租林家的屋子，正好接濟林先生遺孤，可謂一舉兩得。這六個人是中國星會的一個重要組織。他們負責協同各地活動，為各地的舉事安排人員，物質和經費，很像是中國星會的內閣。他們隱藏在此起彼伏的政治動亂背後，不為朝廷所知曉。幾年時間裏，中國星會的各重要領袖人物相繼犧牲，或被抓處死，或戰死，或脫離中國星會跟死了一樣。朝廷垮掉後，他們漸漸成了中國星會的核心。這是一個紛亂和複雜的過程。很多年以後，這段歷史被描繪成幾個截然不同的版本。同樣一個人在這個版本裏是英雄，在另一個版本裏卻成了壞蛋。如果人們通過這些版本來瞭解歷史，就會覺得歷史像個娼婦。人世間有三種學問是不可以冠以科學二字的，它們實質上是鬼話大彙編。第一是哲學，第二是的經濟學，第三是歷史學。這三門學問反映了人類可恥的一面。

六人中孫來牟年齡最大，進入中外大學堂時已三十出頭，在國外呆過，中醫世家，祖上當過御醫。不過他不從祖業，他對中醫的那一套理論十分反感。中醫明明是純經驗的產物，卻要附會什麼陰陽五行之類的偽道理。什麼天人合一，如果是指人是自然的一部分，如同說一滴水也是水一樣，廢話。他不學中醫，但不否認中醫也能治些病。當他第一次聽到人權這個詞時，他自稱靈魂為之震顫，因為這是中國人不知道的全新的關於人的概念。這個概念把人從自古的依附關係中剝離出來，人是社會的人，更是有獨立人格和權力的人。他在心裏確定了一種奮鬥目標，他要讓中國人成為人，為了這個目標進了中外大學堂。孫來牟是中國星會的發起人之一。他有理想，能言，但不是所謂的理想主義者，這或許是性格使然，辦起事來該怎樣辦就怎樣辦。李荒加入中國星會，孫來牟是保薦人。兩人平時很投機，相互欣賞。李荒可說是個寒士。家居鄉里，少年苦讀，一方鄉里小有名氣。為人處事斯文達理，內心卻裝有一腔抱負，屬於有鴻鵠之志常思取而代之，一旦有機會便能成為歷史人物之類的人。後來有人說他是為主義而獻身的真正革命家，其實他靈魂深處連任何主義的影子都沒有，對他而言任何主義只是一件衣服，歷史機會才是他最為關心的事情。他這類人物中國歷史上滿目皆是，當然這些只有他自己最清楚，旁人是看不出來的。

朝廷垮掉後，中國星會各支的代表彙集京城。作為中國星會的核心人物這六人自然也離開了石頭市到京城組織召開中國星會的全國代表大會。這是一次勝利的大會，準確地講，應是勝利後的大會。關於這次大會，後來各派人物都有自己的說法，但不管怎樣解讀這次會議，它都是具有重要歷史意義的。它是這段歷史的關節點，把前段的種種壯舉與以後發生的事件截然分開。這不是一次團結的大會。當歷史上講某某會議是團結的大會時，一定是把異己的力量解決掉了。如果誰也解決不了誰，結果就是分裂的大會。中國星會唯一的一次全國代表大會便是一次徹底的分裂大會。據說在國外，妥協是一條基本的政治原則，可惜中國人不具備這樣的性格基礎。凡事講的就是你死我活，不把意見相左者滅掉誓不甘休。這也是理解中國悠久歷史的一把鎖匙，很多鑰匙中的一把。

中國星會的全國代表大會極其盛大。各地來的代表，什麼人物都有。這些初嘗權力的人多少有些按捺不住內心升騰的豪氣。從哀怨者變為俯視天下的掌權人，這需要多麼大的道德力量才能把持住自己心中壓抑已久的欲望啊。人們常說人非聖賢，說的是聖賢雖有但很少，少到可以忽略不計。雖說中國理應是個出產聖賢的國度，但好幾千年了，平均一千年才出現了一個，產出率實在是太低，竟然低於世界平均水平呢，令人想不通。代表們在京城四處走動，前呼後擁的，新貴的架式藏也藏不住呀。人們滿懷敬畏的圍觀，心中充滿了羨慕與好奇。

會議開得很熱烈，或者說開得很吵鬧，整整開了三個月。從建立什麼樣的新國家，新國家設多少權力部門，省份是否要重新劃分，是邦聯還是聯邦，是立憲還是共和，國家設總統還是設主席等等，扯來扯去。甚至有人提出是否在全國設立統一標準的公共衛生設施，也就是公共廁所，這樣的事兒也爭論了好幾天。因為上廁所有蹲坐之分，外國人都是坐廁如古羅馬。在中國則不同，男人蹲茅坑，皇上和女人坐便桶，因而建立公共廁所就有蹲坐之爭。所有的事項沒有一項達成統一。用投票來表決也是行不通的，知道不占上風的就吵鬧著離場，搞得投票沒法進行。一件事兒，贊成的四處鼓動，反對的暗中破壞。其實大家心裏都明白，所有的事兒都是表面的，核心只是一個字，權。

這樣爭來吵去，到了會議的後期，焦點集中在旗幟上。紫旗是孫來牟提出的。李荒，周之庭連繫了一大批代表支持紫旗。粉旗是朱右序，劉鑒殷，楊阿提出的，同樣聯絡了一大批代表支持。各派力量通過整合最後形成了兩大陣營。紫旗的人數占優，想通過投票表決贏得控制權。粉旗的人則相反，不但堅決反對而且在朱右序的主導下宣佈成立中國人民進步與發展革命事業奮鬥黨，即粉黨。粉旗派因成立了黨，一下子有了明顯的協同能力，這就迫使紫旗派不得不宣佈成立黨，叫中國偉大革命不斷進步解放人民黨，即紫黨，中國星會則壽終正寢。兩黨的人根據各自的政治人脈在全國迅速地瓜分政治地盤。沒人宣佈會議結束，會議就結束了。

兩黨成立不久，地方上立刻有了武裝衝突。粉黨決定撤離京城全面鞏固政治地盤，以實力說話。紫黨雖然占著京城，在全國各地也做著同樣的事情。兩派只要手夠得著，盡其所能吸收各種社會力量壯大自己。各地雜亂的勢力最終整合到兩黨中去。這很符合從無序到有序的社會規律或自然規律。分裂後的粉黨和紫黨在輿論上相互抵毀，各自都稱自己代表人民，做所有的事都要冠以人民二字。一時間，人民二字成了世間最賤的詞。

戰爭是一門可以不學自通的行當。幾仗下來，粉紫兩黨的領袖人物們都成了打仗的專家。從小打演變成大打，動輒數萬人。這裏吃了虧，來日換個地方又撈回來。人死得越來越多，兩邊的軍隊卻越來越龐大。讓人弄不明白，究竟是軍隊導致戰爭，還是戰爭養肥了軍隊？

朱右序與劉鑒殷是同鄉，不過兩家相距二三百里並不在同一鄉里，同省而已。劉鑒殷是世家子弟，祖上曾為官。矮個身材，平日裏話不多，一副謙和的樣子。朱右序則是一個非常有心計的人，處事總比別人想得遠想得早。高個長臉，講起話來配著手勢很有感召力。當了粉黨的領袖後，人們便說他是天生做領袖的材料，其實也未必，如果不是處在亂世，很有可能繼承家業做一輩子糧食買賣的生意。他父親出了好多錢疏通關係讓他上了中外大學堂，目的只是為家族未來的生意鍍鍍金。到了大學堂他才發現這是一片可以有作為的天地，尤其是王中露事件使他覺得一個難得的機會突然展現在眼前，錯過這機會將是終生憾事，於是十分熱心地關注起各種主義等等的政治事情來。

中國星會分裂後，家族遺傳的賤買貴賣的本能使他為自己和粉黨撈取了很多政治好處。做生意是要本錢的，粉黨的本錢不是有多少人擁護而是有多少軍隊。這點是他最先認識到的，並努力使之成為粉黨主導原則。當然他在整合軍隊的過程中安插效忠自己的人，從而控制軍隊是最自然不過的事了。他寫了一些小文章宣傳粉黨。文章雖然胡說八道卻很有影響力，粉黨內很多人敬佩他，有人甚至說他給粉黨以靈魂。對他而言，其實這些文章只是作生意的廣告，他自己心裏並不在意。有一次他父親到粉黨總部來看望他，私下對他說，如果中國星會不散，也許可以避免冒險打仗，家裏也不會因此為你擔心。他說，天不早糧價起不來。如果中國星會還在，我就什麼都不是。這話說得真是精準。可惜除了他父親沒人知道，不然後來的歷史研究一定會找出中國星會分裂的禍根來。

粉黨與紫黨有著明顯的區別。粉黨退出京城後，在各地整合了不少綠林中人，因此粉黨的構成上社會下層人士的比重要多一些，從而導致粉黨在處理各種問題時，平民的味道濃些，或者說野一些。紫黨則整合了不少朝廷的軍隊和各地上層勢力，因而紫黨各方面看起來更有板有眼，但內部的暗中較勁兒往往拖了紫黨的後腿。這種差異反映在兩黨的軍事對抗上則是開始占優的紫黨後來處於下風，地盤一點兒一點兒地被粉黨奪去，即使有李荒的軍事努力也未能改變總的形勢，但粉黨也沒有能力吃掉紫黨。經過數年的爭鬥兩派都有些筋疲力盡，於是坐下來達成了各守其土的臨時協定。雙方誰也沒有把臨時協議當真，但接下來的日子裏臨時協議還真起了作用，小打小鬧沒斷過，但在這段時間裏卻沒有發展成大的戰爭。可以肯定的是這種局面的形成與政治道德無關，也許是誰都還沒有到一下子能咬死對方時候吧。

詩經有云，兄弟鬩于牆。鬩，爭吵。此詩用在中國政治上應為，黨派鬩于國。鬩，殘殺。

七　粉黨

粉黨重新奪回石頭市，可說是一個戰略勝利。對放棄石頭市的紫黨來說同樣也是一個戰略勝利。這是導致雙方休戰的一個標誌事件。石頭市的戰爭規模不大，稱不上什麼戰役，但意義卻重大。當粉黨抽調重兵解決石頭市的李將軍時，主戰場的戰事就基本停了下來。佔優勢的粉黨沒有能力再去進攻紫黨，於是出現了一種平衡的局面，為雙方坐下來談判奠定了基礎。談判是在秋天進行的，因此談判的結果叫做金秋協議。金秋協議的維持依靠的是雙方力量的平衡狀況，而不是道德，這點非常重要。人們常提起道德的力量這句話，其實所謂道德從來就沒有什麼力量可言，刀槍才是力量。讀歷史的人經常為正史所誤導，真以為某某歷史人物最終因道德力量而取得了勝利。於其說正史是編正史的人在鼓吹什麼，還不如說正史就是一個精心佈置的大騙局。騙局之謂大，是因為它騙的不是一群人而是往後的一代一代人，而且越往後，人們信得越真。

石頭市的人要到外地去，說起自己是石頭市的，一定要向人解釋石頭市是哪個省份的，離省城有多遠，在省城的哪個方位，不然人家弄不明白，怎麼中國還有個石頭市呀？沒聽說過。現在因關節點上的戰爭而出了名，遠近的人都知道這個小城市。在戰略上毫無價值的石頭市，李荒把它變成為一個戰略要地。粉黨也因此重視起石頭市來，在石頭市正式設置了管理機構。辦公地點依舊是舊衙門，也是李將軍曾經的指揮部。衙門大門雙邊分別掛上兩塊大木牌。一邊木牌寫著石頭市政府，一邊寫著中國人民進步與發展革命事業奮鬥黨石頭市分部。石頭市有了新的政府。這個新，第一個體現，就是各家各戶都得在門旁插上粉黨的旗幟，原來紫黨的旗幟一律消毀。於是呢，各家各戶又去找粉色的布做粉旗。大多數人家把紫旗的紫布充當紅布剪成小星星縫在粉旗上。粉旗是一圈星縫起來很煩人。有些人家女紅不好，做的粉旗，那一圈星星像圍著圈唱情歌的小蛤蟆，叫人哭笑不得。商鋪的旗幟照例是裁縫鋪做的既大又規整。整個石頭市一下子換了顏貌，滿街的粉旗隨風飄動，像在那桃花盛開的地方。有人打趣說，石頭市要走桃花運了。不好笑。

既是勝利，就得紀念，因此市政府宣佈九十鋪大街改名為勝利大街。中國的地名大多數是約定俗成的，也可以說是自然形成的。例如王家在河灣居住，時間一長這地方就叫王家灣。街名也是，一條街曾經有大梧桐樹，人們便習慣叫這條街為梧桐街。即使若干年後早就沒有梧桐樹了，人們依舊稱之為梧桐街，以至後世的人弄不懂為何要稱之為梧桐街，石頭市的青楊巷就是如此。習慣成自然，沒有什麼不好，這是傳統。自朝廷推翻後，那些初嘗權力的人不知何故突然對地名街名產生了濃厚的興趣，並且各地都時興起來，準確地說是政治人物們時興起來，與民眾無關。如果把石頭市改稱為革命市，主義市，勝利市，粉黨市也沒有什麼說不過去的，還好只是改了街名。九十鋪大街改為勝利大街讓石頭市的人很長一段時間習慣不過來。市政府為了強化新街名，特地作了一批小木牌，從東到西把整條街各家各戶都編了號，寫在木牌上，然後發到各家各戶釘在門楣上。當然木牌不是白送的，要交錢。價錢比成本多出了好大一截，木牌釘上後人們雖然覺得價錢太貴但不敢說。畢竟是新鮮事，人們相互打量各家的號牌，你家是幾號我家是幾號，沒事聊著，私下裏依然叫著九十鋪大街。

石頭市一直屬於粉黨的勢力範圍，新政府管理起來心理上覺得自然，順當，暫時不用砍誰的頭來樹立威望。市長是朱右序的一個遠親，沒受過什麼教育。那些年跟著一幫綠林中人鬧事，後來因朱右序的關係參加了粉黨，把一幫自立山頭的兄弟也帶進了粉黨。這個人粗鄙同時又是一個反復無常的人。個不高，初來石頭市時很瘦，後來突然發福了，石頭市的人背地裏稱他為朱胖子，或者更省事只呼胖子二字。小城市，市長的一舉一動人們大多清楚。人們聊天時說胖子這樣了胖子那樣了，大家都知道指的是市長。到了石頭市一下子生活安穩下來，不用整天四處奔波，加上好多酒宴推辭不掉，既然管著城市就得親民，於是很快便長胖了。在中國，肥胖一定是權貴的象徵或者說是權貴必然的結果。如果某個高官一直很瘦，人們就會說他可能是個奸臣，肯定是整天琢磨壞心思才瘦的，不然吃那麼多好東西怎麼不胖呢？人們的看法反映的是一種文化觀念。既然是權貴一定得腆著大肚子，臉上泛著油光，會見民眾時，揮揮手，說句大家好，人們必定很感動。據說國外的情況剛好相反。沒什麼財產的人瞎吃，能吃的都往肚子裏塞，因而長得胖。富貴人家則講究營養平衡，身材保養得很好。這是文化之間的差異呢。

石頭市的生活平靜下來，商鋪正常經營，學校恢復上課。林樸，尚無庸又去學校教書，所不同的是，市政府在學校安排了粉黨的人，稱為黨教。每週都要集中全體師生由黨教宣講粉黨的主義。其實所謂主義只是胡謅而已，無非周而復始地講粉黨如何好紫黨如何壞之類的話。這種每週的例事稱為大週會。逢到大週會，林樸，尚無庸就覺得挺沒勁兒，又不得不參加，浪費時間。更有甚者，沒多久市長突然命令學校裏要組織少年粉黨團。少年粉黨團的學生每人一個粉旗袖章套在右胳膊袖子上。每天下操，有時還整隊到街上遊行，舉著粉黨的旗子敲著小鼓，一群娃娃有模有樣的。在學校裏，這些少年粉黨團的學生欺負別的學生，家長去評理，反被黨教罵了一頓。有些家長只好認了，反過來請客，送禮，塞錢希望自家的孩子能加入少年粉黨團。尚無庸覺得實在是無聊之極，不想幹了。在家裏和林貽椒商量了好幾次。林樸很能理解尚無庸的心情，自己在小學教書，那些折騰的事在小學生裏只能算是遊戲，影響不大。不教書能幹些什麼其他事呢？林貽椒雖然同意尚無庸的想法，但一時也沒有什麼好主意，還是幹到過年再說吧。

有了收音機他們比別人更瞭解目前的形勢。兩黨裂土而治，看來還得維持一段時間。兩黨在各自的地盤裏正努力鞏固自己的勢力，新的花樣誰也不比誰差，本質卻是一樣的。如果你不喜歡這一切，你會覺得沒地方可去，所謂天下之大難有立錐之地。尚無庸不是沒考慮過去國外妹妹那裏。但他現在不是一個人，不能說走就走。如果他和林貽椒還有孩子一走，家裏就只剩林樸和但叔，沒人照顧怎麼辦？想來想去也只好呆一段時間再說。

隔三差五，市政府總有新的規定公佈。市政府說私家不得做糧食生意，必須由政府專營。這是關係到每一個家庭的大變化。糧價一下子就漲了起來。林樸從收音機裏聽了紫黨的廣播才知道，政府糧食專營是與朱右序家族的糧食生意有關聯的，凡是粉黨佔領區都是如此，革命確實有直接的好處。有專營就必然有黑市，私下裏糧食買賣越來越熱鬧，到後來不少糧販子拉著車在大街上公然叫賣。朱市長到街上一看，臉就沉下來，對隨行的人說，給我抓。

頓時街上的人亂跑起來。不明事由的人看見街上人到處亂竄，也跟著往家裏跑，以為又打仗了。抓住的糧販子當街被打得頭破血流，哭爹喊娘地跪在地上求饒。打完了也是用繩子串成一串從上街遊到下街，個個滿身是血。這是石頭市的人初嘗市政府的厲害。政令不通豈是政府。被抓的家人交了錢才把人贖出來，可是暗地裏的糧食交易依然進行著只是更隱蔽些。道理很簡單，專營糧食不但貴，而且大米裏明顯摻了砂子。淘米時得慢慢羅著把砂子羅出來，不然沒法吃。

至於以前的徵錢徵物改為按人頭納稅則是順理成章的事情。還有，全市分成三個區，區下分成里，里相當於以前的街坊，派上粉黨的人管理著。以前的治安會現在改稱為協助會，依舊是那班人。三天兩頭，協助會就得去開會。朱市長的政令在會上公佈，大家弄懂了就得協助政令實施。例如做生意的得收經營稅哪家多收哪家少收，由協助會討論，最後怎樣收則是政府的事。不管怎麼說，協助會畢竟是朝廷推翻後的新事物。在中國，春秋時期的國人議事算是遙遠的回憶。幾千年了，民眾哪裏還會知道歷史上曾有過議政這一古老的傳統呢？

這年中秋節後，邊步的母親為邊步張羅了一門親事。女方家是北郊很遠的農戶，姓全，有幾十畝地，種菜。家裏三兄弟二姐妹，都忙農活，人手不夠還請了幾個人幫工。三兄弟成了家但沒分家，和父母一起過。大姐出嫁了，嫁給了一個外地小工廠老闆的兒子。她丈夫參加了紫黨，打仗時是個小軍官。給邊步說親的女兒是那家的老小，叫全玖兒，快二十了。人跟名一樣有點兒黑，苗條健康的樣子，眼睛亮亮的，雖然出生農家卻一點兒也不粗。邊步對婚事沒有更多的心思，隨著母親的意，只要能作老婆就行，沒什麼挑這挑那的。說是現在不打仗了，總算安定下來，就商量個日子成婚吧。邊步的母親為兒子的婚事忙前忙後，心裏很高興。

正在邊步的母親忙兒子婚事的檔口，粉黨的重要領導人劉鑒殷到石頭市來視察。劉鑒殷是專門負責粉黨政治事務的。劉鑒殷蒞臨石頭市的那天，豔陽高照。朱市長命令全市的人把街道打掃得乾乾淨淨。街上不准走車，行人靠兩邊走，大街當中空著。石頭市的人沒經過這種排場，很稀奇，很想看看來的是何方神聖。也有人在背地裏議論，邊步就是，說當官圖的是人上的感覺呢，不然繡衣夜行可惜了。少年粉黨團全體出動，在勝利大街的兩旁列隊，臂上戴著袖章手裏拿著紙作的小粉旗。一大早就等候著，在黨教的指揮下反復演練。黨教手一揮，少年粉黨團就敲起小鼓，一邊蹦著一邊搖著手中的小旗，齊聲叫著，歡迎，歡迎，熱烈歡迎。那場面熱鬧極了，怕是歷朝的皇上南巡也未曾見過。

直到中午，劉鑒殷才來。從大彎那邊一轉過來是一溜長長的車隊，全是黑色的小汽車。小汽車的樣子像烏龜，在陽光下閃閃發光。車隊一出現，頓時鞭炮聲大作，熱烈歡迎的喊聲震耳欲聾。全市的民眾都放下手中的活計擠到街邊看熱鬧。一切既感人又完美，一個人能活到這個份上真是沒有枉做一場人呢。不過當車隊快到市政府時，出了一點兒意外。一個鄉下人牽著一頭驢，本來在巷子裏等著，等歡迎的事完了，買些東西就回去的，可車隊一到，巷裏的人都往街上湧。那人忍不住也想看看熱鬧，便下意識的牽著驢往街上湊，結果驢受驚了。本來驢是十分老實的畜牲，很有中國民眾的稟性，不知是初見小汽車的原故，還是少年粉黨團的喊聲，也可能是擁擠的人群中有人嫌驢礙事，暗中給驢屁股一拳吧，那驢衝開人群跑到大街中間站著沒命的狂叫。那鄉下人拼命去拉驢卻被瘋狂的驢一蹶撂倒在車隊前，突如其來的驢一下子把場面攪亂了。等粉黨的人恍過神來，才一湧而上把驢給控制住。那鄉下人也被按在地上，肚子上頭上被重重踢幾腳，給拖了下去。坐在車裏的劉鑒殷有些不高興，一直掛在臉上的慈祥笑容變得有點兒陰沈。過了一會兒才說，這事要查一查，又說看來還有許多工作要作好。

盛大的歡迎晚宴安排在聚珍園酒樓，與李荒時一樣，酒樓整個包了下來。依舊是大圓桌擺在大堂正中，不同的是四周擺滿了八仙桌，坐滿了粉黨的頭頭腦腦。當朱能穀引導劉鑒殷入席時，全場起立熱情地鼓掌。酒菜早已上桌了，整個大堂裏彌漫著熱氣和濃濃的菜香。這場面這氣氛真讓人熱血沸騰，不由得在心底生出一股誓將革命進行到底的豪氣來。入席後，劉鑒殷示意大家坐下，自己仍然站著。大堂一下靜悄悄的，劉鑒殷發表了演講。句子簡短，語速很慢，常有停頓。說話時總是舉著手指數著第一點，第二點。平常這樣講話很容易引人討厭，可有地位的人這樣講話卻使人覺得好似口吐蓮花，極有風度和權威感。

第一點，劉鑒殷舉起右手食指，停頓了好一會兒，我們的勝利，是黨英明決策的勝利。是全黨英勇奮鬥的勝利，也是人民的勝利。大堂裏掌聲一片，鼓了好長一段時間。劉鑒殷伸在空中的手指頭一直舉著。等掌聲平息後，劉鑒殷又伸出中指，停了一會兒才說，第二點，在勝利的情況下，我們要有，清醒的認識。這就是，不能因為勝利，而，忘記鬥爭的現實。紫黨，及其匪幫，是不會甘心他們的失敗的。今天我到石頭市來，就是要向大家，強調，這個問題。我們，始終要有，鬥爭的觀念。不要以為，停戰了，天下太平了，可以睡大覺了。敵人，是瘋狂的，不甘心的，處心積慮的。對這個問題不能糊塗。對於，任何敵對勢力，決不能手軟。要把潛在的，隱蔽的，敵人挖出來。石頭市，難道就沒有敵人嗎？第三點，劉鑒殷又伸出了無名指。要把石頭市，變成為，我黨的石頭市，要讓石頭市人民忠於我黨。劉鑒殷講到這裏停頓片刻，然後把舉在空中的手一抖，敬畏我黨。又是一片掌聲。這裏，他接著說，有很多工作，要作的。打石頭市，我們犧牲了許多人。要盡快建立英雄墓園，這很重要。要讓石頭市的人民紀念這些英雄。要努力發展黨員，壯大我黨的力量。又是一個停頓，劉鑒殷伸出小指，作出一個向前推的姿勢。第四點，要積聚財力，物力，為奪得最後的，全面的勝利作準備。這是我黨的偉大目標。大家要同心同德，盡心盡力。劉鑒殷把空中的手收回來，想引用一句詩來結束講話，但一時想不起合適的。停了一會兒說，我祝大家，君子萬年。說完后在熱情地掌聲中坐了下來。

等掌聲一平息，朱能穀馬上站起來，舉著酒杯，高聲說，諸位，為我黨領袖劉公的身體健康乾杯。全場人嘩地站起來，高舉酒杯齊聲說，萬歲，萬歲，萬萬歲。這情景雖然令人興奮，但一看就知道是事先排練過的，不過從劉鑒殷的表情看，還是十分地受用。

要知道天下沒有什麼習慣是沒有來由的。一個人們都不臉紅的習慣，一定有著悠遠的歷史淵源。這也是許多外國人看不懂，以為中國神祕的所在。譬如說，有些好看的石頭，在中國稱為玉，這習慣，外國人覺得挺怪。其實，所謂玉，只是石器時代的遺風而已，它既表明了一種連續不斷的傳承，同時也揭示了文化發展緩滯的特徵。

酒宴的主菜式依舊是七星健。但前頭開路的是八道涼菜，主菜後面呼應是八道炒菜。兩道湯收尾，一甜一鹹。

八道涼菜圍成一圈，每道涼菜各是各的顏色。都是充分利用原料本身的色彩和製作的工夫。擺在盤子裏整整齊齊，又各有各的姿態。真似一道彩虹剪於天邊，讓人不忍心下箸。涼菜裏有一道腱子，原料普通，就是豬肘子肉。除去骨頭抹上香料，皮在外卷成卷用麻繩紮牢實，然後放在鹵水裏文火慢烹。半天工夫就好了，撈起來放涼，解開麻繩切成薄片。圓圓的薄片真好看，外面一圈皮醬紅色半透明，中間的瘦肉紅紅的，裏面的腱則是透明的，形似瑪瑙而勝於瑪瑙。非常香，咬在嘴裏帶點勁，嚼著嚼著就在口裏化了，化成越來越強烈的鮮美。腱子這道菜說起來普通，很多人都吃過或者見過。敢於在如此重要的酒宴中拿出這道菜，可以想像廚師必有過人的本領。吃過人都說，能做出這樣好的腱子的廚師天下不會超過三人吧。

炒菜裏面特別引人注目的是鱉裙和豆芽，豆芽這道菜端上桌子很不起眼，白白的豆芽擺在盤子裏，像微型的伐木場堆放圓木那樣，沒有任何其他的裝飾。如果沒有人事先給你介紹介紹，你會很隨意地夾一筷子放在嘴裏，但只要你牙一動，你就會呆住。如果你有點兒情調，就會立刻想到何為素面朝天了。這是一道極要真功夫的菜。豆芽是專門培育的，又白又粗又嫩，挑整齊的，頭尾去掉剪成一般長，用水焯過。里肌肉切得跟線一樣細，穿在一根特別的針上，然後從豆芽的一端慢慢捅過去，把肉絲留在豆芽裏。至於準備好的豆芽是怎樣下鍋炒的，外人不知道，下鍋時，連徒弟也不許看呢。鱉裙是很少人能見識的一道菜。鱉和狗肉一樣是不上正席的。鱉裙，顧名思義，只是取大鱉背甲四周的部分。過程也是很複雜的。最後切成細細的絲，透明晶亮。吃起來軟而滑，回味特別長。這道菜上桌，猛一看有點兒像魚翅，但吃過的人都說，比起來，魚翅呢徒有虛名。

兩道湯上來，風格為之一變。一道甜湯叫做六月雪。不知是怎樣做成的，湯面上堆滿了雪白的泡泡，像個小山丘。舀一勺放在口裏，酸甜可口，十分怡人。往下一咽，卻什麼都沒有，好似夢一般呀。最後上的是一道清湯。所謂清湯斷路，表示菜上完了，多雅。這清湯是真正的清，一個大的純白的湯盆，一弘清水，盆底薄薄一層蓮仁，同樣是雪白的。這道湯俗稱龜湯。龜歸諧音，寓意結束，如詩經中的，不醉無歸一句中的歸。正式的稱謂則叫清蓮，押的是清廉的諧音。可謂大雅與譏諷之極致。這湯看似清水，如果你嘗一嘗，一定會驚呼道此等清水莫非汲於天堂之井呀。做這道湯耗時特別長，前一天晚上就得準備。龜肉，鴿肉，雞肉和其他的配料，加上秘而不宣的各種藥材，放在一個特製的瓦罐裏。加上清水蓋上蓋，用濕紙封好，再糊上泥。架上木柴，明火過後拔開燃著的木炭把瓦罐埋在中間，上面再用灰燼蓋上，讓炭火捂著，緩緩地燃。第二天把瓦罐取出來。只取其中的湯汁，用紗布反復過濾臻至湯汁清澈透亮沒有一點兒雜物。蓮仁則是用雞湯蒸出來的。一個上午時間，蒸得透透的。蒸好後蓮仁不能用力碰，一碰就散了，很像小小的湯圓。小心地放入湯盆，然後呢，緩緩地注入準備好的清湯。一道湯多少心血呀，充分體現著食不厭精的古訓或者說子曰。

精美的酒菜和滿堂人臉上堆砌的恭敬笑容，怎不讓人心裏充滿難言的愉悅。同樣的聚珍園酒樓，而時過境遷，與李荒一樣，劉鑒殷心中閃過許多往事。人生多感慨，至情至理。是呵，將相寧有種乎？沒有。換個角度想，也有。不管怎樣說，歸納起來就是一句話，革命真好。

牽驢的鄉下人被關在市政府的一間小屋裏，審問了一下午，也打了一下午。審問的人重複地問，是誰指使的，那鄉下人甚至聽不懂問的是什麼意思，只是不斷地說，大人饒命，冤枉啦之類的話。那鄉下人三十多歲，看起來四五十了，又黑又瘦。審問的人聽見他叫冤枉就上火，你還嘴硬，於是又打。打得那鄉下人哭著叫著，市政府後院牆外都聽得見，那聲音傳出來很慘，在外面聽見的人的臉都嚇白了。要說嘴硬，實在是談不上，鄉下人只知道種地，哪知道政治。如果一邊打一邊問他莊稼的事兒，一定會供出許多細節來。不過審問的人，不能掉以輕心，人不能看外表，如果是個紫黨的奸細呢？到了晚上，打的和被打的都累了。給了那鄉下人一碗水一個饅頭。那人哪裏吃得下，只是流了好些血，口渴，把水喝了。另外一隊人找到那鄉下人幾十里以外的家，把老少審了個遍。這家人很貧寒，就靠十幾畝薄田維持生計。祖祖輩輩守著土地，沒有什麼複雜的社會關係。

第二天家裏人把田押出去借了些錢，交給市政府才把人贖出去。那人的父親耷拉著頭和他那淌著眼淚的老婆把他用驢馱了回去。那鄉下人的父親前不久還找串鄉的算命先生算過命，明明算的是平平安安的時運，怎麼會突然冒出個牢獄之災呢？那算命的瞎子把人騙得真慘。朱市長同意放人，是因為他以前跟那些鬧事的災民混過，他瞭解那些老實的鄉下呆子。再打下去沒什麼用，白費精力，還不如弄幾個錢。當然這是他心裏話，沒對手下人說。如果從壞處想，這驢的事情如果真是政治陰謀，也只可能是混在人群裏的紫黨奸細幹的，目的是要破壞領袖的政治形象，給粉黨抹黑。不過這事情應當是個意外吧。防範不夠，下次得留神點兒。

驢的事情在石頭市傳得沸沸揚揚，說什麼的都有。沒多久，林樸就在收音機裏聽到紫黨提到此事。紫黨的廣播裏用驢的事情攻擊粉黨，還點了劉鑒殷，朱能穀的名。說他們生性暴戾，殘害無辜的農民，表明粉黨違背人性，是一股黑暗勢力。號召人民起來與粉黨這股惡勢力鬥爭。林樸和尚無庸議論著，說紫黨的宣傳遲早會讓劉鑒殷知道，想必劉鑒殷對朱能穀是十分惱火的。不過劉鑒殷也許會反過來宣傳，說是紫黨暗中強迫無辜農民搞破壞，當沒這件事兒。尚無庸點點頭，就是，就是。不過劉鑒殷一定拿朱能穀沒辦法，朱能穀是朱右序的親戚，看來只好算了，只用心極其險惡。粉黨在打擊破壞活動的同時，十分注意區分無辜民眾與邪惡勢力的界限。釋放無辜農民就體現了粉黨對人民的愛護。後來粉黨的廣播裏果然和尚無庸說的一模一樣。聽到粉黨的廣播後，兩人忍不住笑了，有趣。說到驢的事情，林貽椒感到很茫然。她認為一定是朱能穀幹的，劉鑒殷不會指使打那鄉下人的。以前劉鑒殷在家裏住的時候，人非常好，平時話又不多，胖胖的，還經常教林樸讀古詩呢。朱能穀是亂世中混出來的，打個鄉下人是再自然不過的事兒。那鄉下人也真是，為何偏偏在這個時候牽頭驢到街上來呢？林樸不贊同姐姐的話，為什麼不說劉鑒殷偏偏在鄉下人牽驢上街的時候來石頭市呢？尚無庸沒見過劉鑒殷，說，以前怎樣是以前，地位變了人也會變的。地位的變化與人品的變化成反比。總之，那鄉下人夠倒楣的。貽椒呀，你以後一定要注意，別牽驢上街。林貽椒說，要牽就牽你們兩個上街吧。

第二天下午，劉鑒殷的車隊就離開了石頭市。這小城市說實在的也沒什麼好視察的。開個車，不用半小時就可以把街頭巷尾看個遍。在石頭市住過幾年，劉鑒殷對石頭市再熟悉不過了。況且這些年來石頭市也沒有什麼變化。按理說劉鑒殷應該像李荒一樣來林樸家看看，可他沒來，人和人不一樣。誰知道劉鑒殷心裏是怎麼想的呢？歡送的場面和歡迎的場面一樣十分隆重熱烈。許多人都看見了，在市政府門前，朱能穀市長哈著腰雙手緊握劉鑒殷的手，然後送劉鑒殷上車。一個胖一個剛開始發胖的準胖子，兩個富貴之人在一片歡呼之聲中告別。圍觀的市民看見大人物就覺得很不一樣，很感動。林樸沒去湊熱鬧，邊步去了。擠在人群裏看看劉鑒殷。劉鑒殷，邊步是知道的，那時候和林樸一起與劉鑒殷有過接觸。後來到林樸家，邊步談起劉鑒殷，感覺上這個劉鑒殷與以前的劉鑒殷很不一樣。是人的眼睛變了還是人變了，說不清，可能兩者都有吧。

尚無庸懶得去看熱鬧，在家無事抱著孩子。那天邊步說起此事，他一邊哄著孩子，一邊泛泛地說，事物一般具有固有的性質，像一個數的集合體。本身固有的性質分顯性和隱性兩種表現形式。當隱性的一面在適當的條件下表現出來時，會給人以性質發生改變的錯覺。科學研究主要的目的就是要尋找事物隱性的一面，這樣才能對事物有全面的瞭解和把握。一個人在特殊的環境下變壞了，只能說明這個人隱性的一面在適當條件下表現出來而不是這個人改變了。如果一個人當官以後就變得很壞，這說明政治環境讓人性中壞的一面展現出來。要使官員不變壞，就得改變政治環境。政治環境就是政治制度。好的制度使官員壞的一面沒有表現的條件，壞的制度促使官員壞的一面充分表現出來。說到這裏，林貽椒過來接過孩子，說，你又不研究政治，瞎扯這些幹嗎？尚無庸笑了起來，說，其實這是在國外時聽些朋友議論的話題。不過我認為事物具有固有的性質，這點應當是對的。有人說量變了質也會變，這觀點很荒謬。所以說，使官員變壞的制度肯定是壞的制度。尚無庸停了停，又重複道，國外的朋友經常談這些事，聽起來挺有意思的。這叫政治學，有人專門研究這個呢。林樸和邊步不知道世上還有個政治學。兩人聽著點點頭，口裏說，對，對，心裏卻十分茫然。他們和大多數中國人一樣，只知道有好官和壞官，清官和貪官的區別，從沒想過政治制度在其中起著重要的作用。

過了幾天，全玖兒到市裏來見過邊步的母親後，邊步陪著全玖兒在街上逛逛。時代變了，習俗也變得很快，以前婚嫁的那些規矩現在也沒那麼多講究。下午邊步領著全玖兒到林樸家來拜訪，讓林家見見自己未來的老婆。林貽椒很高興，覺得全玖兒很好，一看就知道全玖兒是那種能執家過日子的女人。忙前忙後，端茶倒水，就像對待自己的家人一樣。全玖兒不好意思，也不習慣別人待候自己。老是說，大姐，不用了，大姐我自己來，大姐謝謝了等等。這場面邊步也彆扭起來，後來呢，乾脆不管女人，只顧和林樸，尚無庸聊天。聊到劉鑒殷，邊步說，劉鑒殷在林家住了那麼久，也不來林家看看，真是官作大了，架子大。要是哪一天打敗了，會不會又跑到你們家來避風呢？林樸接話說，哪裏會呢。萬一有不測要避也會避到富貴人家或者國外去。以前是無名之輩在哪兒都是一避，如今是重要人物，要避也不可能再來我們家，就是再來恐怕也避不了什麼風吧。尚無庸在一旁點點頭，心裏想，要是打敗了，恐怕是死路一條，到哪兒也避不了。搞政治的人就是這樣熱熱鬧鬧的，贏了，風光無限，輸了，亡命天涯。

邊步又提到朱市長最近要建英雄墓園的事兒，說，還什麼英雄呢，連為何而死都沒弄清楚。邊步在後支隊的經歷，覺得自己對這些打死的士兵最瞭解，一點兒也不覺得這些相互殘殺的人有什麼英雄之處。在他看來，雙方打死沒打死的士兵，既是一群可憐人又是一群混蛋，傻瓜。尚無庸說，我看，英雄墓園不是為死人建的，是建給活人看的，這叫政治意義。尚無庸的話是邊步沒想到的，兩人閱歷不同，看問題的角度也不同。邊步正想說什麼，這時聽到全玖兒連聲說大姐多謝了，不用了不用了。問林貽椒什麼事。林貽椒說，你們倆就在這兒吃個晚飯吧，也不麻煩。看玖兒，太多禮了。邊步說，林姐真多謝好意，我媽在家準備著呢，以後有的是機會。

邊步全玖兒告辭後，全家人都出來送。但叔也送到門口，看見他們走遠了，才對林貽椒說，邊步成家了，以後該會呆在家裏吧？停了停又說，貽椒呀，林樸的婚事也該操操心了。林貽椒看著林樸進屋的背影，若有所思地說，是該托人說說了。她心裏歎了口氣，心想，誰家看得上我們呢？父母在，操辦這事多好呵。

邊步和全玖兒快到家時，邊步看見前面有個老人挎著大布袋。趕快追上去，一看果然是涵伯。涵伯涵伯您來了。邊步見到涵伯挺興奮的。涵伯停下來恍神打量著邊步，好像想起了什麼，含糊地說，哦哦是你呀。邊步熱情地問寒問暖，說好久沒見到涵伯了，都去哪裏了？這會兒在石頭市呆多久呢？涵伯依舊是哦哦地應著，看見旁邊一臉好奇的全玖兒說，成家了，這是你老婆嗎？說得全玖兒臉紅了起來。邊步忙說，托您老的福，還沒過門呢。然後把話題扯到甲骨文上。

自從上次涵伯給了他一片甲骨後，他對甲骨文濃厚的興趣一直未滅。可惜，石頭市沒有任何可以研究學習的相關資料，更沒有可以在一起討論的愛好者。只好不斷地把那塊甲骨拿出來，翻來覆去地看，想像著，這塊甲骨刻寫時進行的那些神祕的儀式。如果能穿越時空飛到商代去看看商王武丁那些神聖的儀式多好。也許會覺得那些儀式可笑有趣吧，但文化就是這樣發展下來的。邊步說，涵伯，您老還記得上次給我的甲骨嗎？哦，那個小玩意。涵伯淡淡地說，記得，記得。邊步急切又不好意思地說，那個，涵伯，這，還有沒有？您老一定弄得到吧。我想多見識見識。涵伯似乎沒有體會邊步的心情，只是緩緩地說，沒有，就那一塊，給你了。這甲骨，外國人弄走了不少。藥鋪收了些，磨碎了當一味中藥。吃藥的說這藥很靈。邊步插話說，可惜可惜。涵伯不以為然，依舊緩緩地說，可惜不可惜，難說。說完轉身就走。邊步忙說，涵伯，在哪兒能請教您老？涵伯邊走邊說，明天下午碼頭茶館。

第二天下午，涵伯在茶館靠窗的桌子旁坐著喝茶。大布袋掛在窗邊的牆上，悠閒地望著碼頭上忙碌的人們。下午茶館裏的客人不多，顯得有些冷清。茶館的夥計沒什麼活可幹，懶洋洋的。邊步過來帶了些禮物，毛巾，小百貨和一些點心。看見邊步，涵伯點點頭，說坐吧。至於邊步的禮物，只是說不必如此，也沒推辭收下了。

邊步話多，從甲骨文談到歷史，談了些自己的看法。邊步在讀書思考上是個認真的人，有想法有見地的地方就作筆記。因此談起來有深度。歷史細節的考證當然是門學問。但讀歷史的意義卻不在細節的考證，而在於理解歷史事件的意義和對後世的影響。邊步斷斷續續地講著，既不囉嗦也不張揚。涵伯靜靜聽著也不插話。我總覺得，邊步說到周的事，真正的中國文明應當是周開始的，沒有周的基礎就不可能有秦漢的政治制度。周融合異族，打造了中華民族，樹立了天下這個觀念。有了天下的觀念，後世才有一統天下的行為。

涵伯很認真地點點頭，你說得很有道理。邊步靜靜地注視著涵伯，以為老人家會分析點評他的看法。可涵伯沒有再說什麼，只是抬頭默默地望著窗外的河面。

下午時分，河面，那些陽光下的水波，對岸臨冬衰黃的景色，人影在這景色中移動像在無聲地滑行。多少個世代，多少生生死死，這大地像沒事一樣。好一個局外之人。過了好一會兒，涵伯才回過頭來，喝了一口茶，自言自語地說，中國人不知道未來。邊步聽後，一時回不過味兒來，不知老人家意欲何指。仔細琢磨這句話，應有多重含義吧。涵伯說得至理，邊步恭敬地附和了一句。其實他真把不準涵伯的意思，或許只是老人家淡淡的刺世之語吧。不過邊步想起上次涵伯臨走時說的話，好奇心頓生，於是向涵伯傾過身體，輕聲說，涵伯，您老上次說石頭市有事，後來果然如此。您老真是未卜先知呀。涵伯聽後搖搖頭，什麼先知，只是四處走走，知道些傳聞，猜測而已，不必當真。邊步忙說，涵伯，不當真不行，它可是真的呀。涵伯只是哦了一聲，沒再說話。

邊步覺得從涵伯的眉際間感到了一絲憂傷。好一會兒兩人都沒有說話。邊步覺得該告辭了，於是起身付了兩人的茶錢，說，涵伯，您老要在石頭市長住嗎？涵伯抬頭望著邊步，似乎沒聽見邊步問什麼。過了一會兒，說，讀歷史，當為樂趣，較真有害。邊步忙點頭。告辭後，走在街上直覺得有些恍惚，他弄不懂涵伯，也許涵伯就是一個模糊的概念，把握不住。當然大多數人連個概念都不是呢。

正所謂，泛泛楊舟，載沉載浮。既見君子，我心則休。

八　世上

世上的人大致可以分為兩類。一類是默默無聞的人，這是極大多數，稱為民眾。一類是有作為的人。有作為的人又分為正面的人和負面的人。仔細想想，所謂正面負面之分，其實在很大程度上是含混不清的。有作為的人正面與否，要看人們怎麼說，什麼時候說。人幾乎都是功利之屬，此一時彼一時，世間哪來恆定的標準。偉大的好人可能做的是禍害民族百年的惡事。讀書的人常常內心彌漫著難言的悲傷之情，忿怨之餘會生出極端的想法。善惡之責又何在有作為的人，禍根確實在民眾呀。今日山呼萬歲，明日如履糞土。民眾善惡不分才是禍中之禍呢。

見過涵伯，邊步一直在琢磨涵伯的話，想著想著就岔到一邊去了。幾天後沒事，下午小學放學後到學校找林樸聊天，兩個人坐在教室裏學生的課桌上東一句西一句的閒聊。開始談邊步的婚事，後來講到了涵伯，然後又扯到民眾之善惡觀。林樸喜歡聽邊步發議論。林樸覺得邊步的議論雖然有時激憤有餘，但確實能給人的精神添色彩。既然是聊天，不是演講，也不講究完整性，想到哪兒談到哪兒，能講講自己的想法，不失是件開心的事兒。

邊步把腳抬起來放在對面的課桌上，說，一個人又有多大能耐？還不是民眾跟著瞎起鬨。有作為的人就是能哄著民眾起鬨的人。你說呢？仔細想想是不是這麼回事兒？石頭市打的這場仗我是有閱後感的。還記得住我家的盧令令吧，紫黨軍隊的那個盧令令？林樸說，怎麼不記得，不知他現在是死是活呢，當然多半活著。說完兩人大笑起來，兩人都想起了盧令令屁股上的槍傷。邊步說，就是盧令令這樣的人跟著起鬨。林樸不贊同邊步的話。盧令令是為了吃口飯為了活命才參加紫黨軍隊的。邊步馬上反駁，為了活命去送命，說不通吧。林樸說，你不是後支隊的嗎？邊步歎口氣說，我和你不同，我是被逼的，被逼著起鬨的，說完兩人又大笑起來。

兩人坐的課桌吱吱響，林樸有些心疼。別把課桌搖垮了，邊步。邊步把腳放下來。教室裏的那些課桌，大小高低各不一樣，與其說是課桌還不如說是一些叫做課桌的舊木頭，很舊的木頭。桌面多數都裂了很大的縫，真是什麼東西都有老的時候呀。上次紫黨的軍隊駐在學校裏，課桌搬來搬去，不少桌腿都斷了，現在貼上木條用釘子釘著。看著教室裏的這些破舊，林樸有點兒感慨。能有真正的學校就好了。對於邊步來說，這一切是生來就熟悉，不以為然。對林樸說，什麼叫真正的學校？能讀書教課的地方就叫真正的學校。古代學生圍著老師席地而坐，照樣出人才呢。林樸笑起來說，那要看古到什麼時候吧。很古的古代學生的屁股一定是坐在泥地上的，不太古的古代學生是坐在課桌旁的。如果坐在泥地上出人才，幹嗎還要做課桌呢？不會是後世人多事吧？邊步很正經地說，可能是後世木頭突然多了起來，不然在道理上是說不過去的。既然坐在泥地上一樣傳道授業為什麼還要改進它呢？多此一舉。兩人又大笑起來。課桌又吱吱響了。林樸站起來說，我們到外面坐吧，別把課桌坐垮了。

走到教室外，那是一個天井，邊上有石臺階。兩人就坐在石臺階上。對面教室外有個年輕女教師，順著教室往過道走，扭頭給他們打招呼，還沒回去呀？林樸舉手應著，聊完就走。等那女教師走過後，邊步說，這女孩子還可以。林樸說，你快結婚了，還瞎想呢。邊步忙說，我是說你，叫你姐來提提親呢。林樸無所謂的樣子，說，我可沒什麼想法。你不提我還沒有注意過她是個女的呢。邊步一個人笑了好一會兒，說，林樸呀，看來你不可能是個聖人。聖人是知而不為，你是不知何為，糊塗蛋一個吧。

等邊步說完了，林樸突然岔到別的話題上，對邊步輕輕地說，你知道收音機嗎？邊步覺得奇怪。知道，怎麼不知道。市政府裏就有，我見過。你問這幹嗎？林樸湊過來輕聲說，我們家就有一台，李荒送的。邊步輕聲說，怎麼現在才告訴我？林樸坐正了說，我姐怕事兒，不讓講。邊步湊過來輕聲說，你聽收音機，紫黨那邊怎樣？林樸想了想，說，也沒什麼，就是雙方互相罵紫匪粉匪的，聽多了沒什麼意思。邊步說，晚上去你家聽聽。林樸忙說，別去了，我姐會擔心的，你可別提這事兒。我跟你說這事兒是學校裏有教師說外地有收音機賣。我想你家可以從外地進點兒貨，石頭市還沒人賣收音機呢，一定好賣。邊步一聽直點頭，對，對，這是個好主意。不過，你怎麼想到生意上的事了？林樸說，那倒不是，是學校有人這麼講著。我家有收音機自然就留神別人的話，我哪懂什麼生意呀。

邊步回家後，跟他母親談起了收音機的生意。他母親心裏正裝著兒子的婚事，對邊步說，你自己的大事兒，一點兒也不放在心上，三天兩頭的總是有怪念頭。收音機是個什麼東西，不說我啦，好多人都沒見過。這不是拿錢出氣嗎？他母親不同意，反而跟邊步嘮叨婚事這個婚事那個。把人家全玖兒接過來，總得把房間整成個新房的樣子吧？你總得操操心吧？女方家那邊你總得過去走走，送點兒禮物過去吧？人家撫養個女兒也不容易，好像人家求著你似的，你以為自己是個貴人嗎？真是的。邊步從不跟他母親鬥氣，一來母親把他拉扯大不容易，孤兒寡母的。二來即使是自己母親也畢竟是女人，跟女人頂個什麼真呢？邊步不吱聲，聽他母親嘮叨。

接下來幾天，邊步也不出門，整天跟他母親提收音機的事兒。最後呢，他母親只好同意了，但只同意購進一點兒收音機，越少越好，別把家底砸進去了。邊步家長年做小雜貨生意，自然有現成的進貨門路。於是邊步托人從外地大城市進幾台收音機，要便宜點兒的，當然要能收到音的。

沒幾天，貨到了，走水路從輪船上運來的。一共四台，四個紙箱。貨搬到家裏，邊步很興奮，忙把林樸叫來。兩人打開一個紙箱取出收音機，放在店鋪的櫃檯上。這收音機是個木頭匣子，做得很精美。前面有兩個鈕，金色的，中間是個圓盤有指針。林樸用過收音機，便忙著連上電源，打開開關，轉動右邊的鈕，圓盤上的指針就動了。林樸對邊步說這叫調台，調準了就可以收音。林樸轉著鈕，一會兒就有了聲音，是在唱歌，進行曲之類的。聽不明白唱的是些什麼，能分辨的只有打倒兩個字。林樸把聲音開大，聲音一下子傳遍了大半條街。街上的人很是驚奇，怎麼唱起歌來了？於是小孩大人尋著聲音都圍了過來。邊步家店鋪前一下子擠滿了人。後面的人伸著脖子朝店鋪裏瞅，想知道這唱歌的東西是個什麼樣子。這熱鬧的場面連從裏屋出來的邊步母親也興奮不已。人一多就前後推著朝店鋪擠，前面的小孩給擠到櫃檯前抬不起頭來。邊步忙說，關了關了。林樸把收音機一關，店鋪外的人群也像關了電源一樣突然安靜得不知所措。好一會兒才悻悻地散去。

得寫個廣告貼在店面。等人群散去後，邊步琢磨著推銷的事兒。有這麼多好奇的圍觀者，邊步的信心十足。林樸說，掛塊牌子寫上收音機三個字就行。邊步搖搖頭，搬著紙箱看見上面寫著內裝電器小心輕放。對林樸說，咱們來點兒新鮮的，就寫售電器收音機，或者電器寫在上面下面寫售收音機，或者電器收音機有售。怎麼樣？林樸想想，說新鮮是新鮮，就是有點兒彆扭，不過新鮮東西都彆扭，就這樣吧。邊步把現成的牌子拿進來重新貼上紙，寫上電器售收音機幾個字，掛在店門外。過往的人都扭頭看這牌子上的字，估計心裏疑惑著，電器，是通電的器嗎？

器這個字，原意是指盛具。最初是瓦罐，後來是青銅。供奉列祖列宗是國之大事兒，就用青銅鑄成大的盛具，用來煮肉盛肉。青銅盛具很珍貴，加上隆重的祭祀儀式上才使用，因而具有國之象徵意義，這些盛具也被稱之為國之重器。器有大有小，盛的東西有多有少，古人因而比之喻人。胸懷小的稱之小器，氣魄大的稱之大器。在古代，小的青銅盛具一次澆鑄即成。大的青銅器的製作過程既繁又長。先將部件如耳，環以及裝飾的獸形分別鑄好，然後再嵌進主體的模型裏，澆鑄主體時讓這些部件和主體結合在一起，正所謂大器晚成。用之喻人，例如一部書數年以至數十年才完成，人稱這作品為大器晚成。倒不是人的年齡大了做了一點兒事而謂之大器晚成的。至於器這個字從什麼時候起不再指盛具了，這可沒人仔細研究過。在中國，許多事物便是如此。從一點沿著直線走，不知是左腿長些還是右腿長些，走著走著就走歪了，一直歪到沒有了方向，以至不知從哪點來，要到哪點去，很可悲的。

沒過幾天，邊步的收音機就賣光了，賣了三台，自己留下一台。這留下的一台是純賺的，很合算。買收音機的是店鋪的人。買了收音機擺在店鋪裏放著各樣的進行曲，有時是新聞還有評論什麼的，多數是粉飾粉黨，抨擊紫黨的內容。有了收音機這三家店鋪自然人氣很旺，生意也比以前好，於是就不斷有人來問還有沒有收音機賣。邊步很高興，跟他母親商量再進些貨。這次他母親二話沒說就同意了。可是托人進貨，好久沒消息。後來捎話說現在沒貨，要等段時間。邊步也沒法，只好等著。

一天晚上沒事，邊步到林樸家來坐坐。大家坐在一起自然是談收音機的事兒。自從邊步賣收音機後，林樸就跟林貽椒談起告訴過邊步家裏有收音機的事了。林貽椒說，怪不得邊步家裏怎麼突然賣收音機了，原來是你多嘴。林貽椒說過後也沒再提這事兒，估計是別人也有了收音機，無形中就放下心來了，真是很奇怪的一種心理呢。邊步不待人問就興致勃勃地談起收音機的生意，聽的人也很有興致。

邊步問林樸，聲音放得輕輕的，我的收音機怎麼收不到紫黨的廣播呢？林樸說，你的收音機小些，我們家的大些，於是他們就到林貽椒的房間裏把收音機搬出來仔細瞅。尚無庸呢，給邊步講解電磁波，長波中波短波什麼的，邊步聽不懂，說，你能不能簡單講一下，你說的波我聽不懂也記不住。做的人要懂，用的人就不必懂了，不能說用個收音機還要出國留學吧。林貽椒抱著孩子，在一旁聽了直笑，說，不懂得種菜，照樣能吃菜，用不著非要上你岳父家學種菜吧。邊步眼鏡後的小眼睛笑得眯縫起來。尚無庸說，簡單說，你的收音機是三燈的，這收音機是五燈的，所以你收不到。邊步仔細看看收音機後蓋。後蓋上有散熱孔，穿過孔數著，果然是五個燈。那時的收音機裏關鍵部件是玻璃電子管。打開收音機，電子管通電後就是亮的，像暗紅的小電燈，所以人們也把電子管簡稱為燈。燈越多，收音機的功能就越強，收的廣播也越多。邊步有點兒喪氣，原來如此，這就沒辦法了。辦法還是有的，尚無庸拿張紙在上面畫著，對邊步說，你得做個天線。這樣紮個十字形，把金屬絲或者鐵絲像蛛網一樣繞著，然後用電線接下來插在收音機上。邊說著又把收音機背後的那個插天線的小孔指給邊步看。邊步仔細看著，果然那小孔旁還有個天線樣子的圖示，這下明白了。

當晚回家後，邊步就在家裏找材料，做天線。他母親問他忙什麼呢？見他不搭理就自個睡去了。到深夜時天線做好了，豎在屋頂上，電線一直拉到他的房間裏。把收音機搬過來插上天線，一個人把收音機的聲音開得低低的，耐心的旋著鈕調台，果然收到了紫黨的廣播。雖然效果不太好，但也能聽得清。這讓邊步一點兒睡意也沒有，直到後半夜什麼也收不到了，才餘興未已的關了收音機。聽聽紫黨的廣播，總給人一種類似祕密的體驗。知道平日裏不敢冒犯分毫的權勢赤裸裸地被人罵著數落著，心裏會有那麼點兒不太正經的舒坦，感覺怪怪的。

第二天快到放學時，邊步又去找林樸。在學校門口等了會兒，學生都陸陸續續走光了，才進學校去。穿過過道就看見林樸手裏拿著課本正和那女教師在教室門口講話，很開心的樣子。沒等邊步開口，林樸看見邊步了，喂，邊步。邊步沒吱聲，眼睛看著那女教師像在分析什麼似的。那女教師忙對林樸說，你們聊吧，轉身就走了。邊步的小眼睛還一直追著人家的背影，說，日久生情，算不算古訓呢？林樸說，生什麼情啦，剛才正談學生的事兒。她班的學生和我班的學生打架了。邊步點點頭說，唔，這樣的。不過談什麼並不重要，重要的是談，談著談著就有意思了。林樸既沒笑也沒反駁，只是望著邊步說，也許吧。然後突然回過神來說，不，不，沒那意思。

兩人坐在天井的石臺階上，邊步低聲對林樸說了昨晚聽收音機的事兒。林樸叮囑邊步，聽了放在心裏，千萬別在外面瞎議論，就當不知道一樣，別再討個耳光。說著盯著邊步看。邊步說，這個能不清楚嗎？我知道的。停了一會兒，兩人還是低聲議論起粉紫兩黨的事來。兩黨相互謾罵，聽多了也就這麼回事。小孩相互吵嘴可不是好孩子，大人相互謾罵叫人噁心，不是嗎？什麼事都是自己對，沒理硬造個理來。兩邊的話聽多了就覺得這世上怎麼突然沒了道德。這收音機雖是一下子豐富了生活，可也敗壞了人們的道德品味。在這年月造出了個收音機未必是件好事吧。

又過了十來天，當邊步家正式籌辦婚事時，貨到了。這次是八台收音機，比第一次的翻一倍。沒幾天就賣了七台，留下一台邊步當作禮物送到全玖兒家。全玖兒家在郊外農村，沒電，收音機用不了。全玖兒家看見收音機這新鮮東西，還是很高興，欣賞完了便把收音機好好收藏起來，等著有電的那一天，再拿出來用。

婚禮那天，下了這冬的第一場雪。雪不大，零星的飄著小雪粒，傍晚時分路燈一照，很有喜氣。邊步家在自家後院擺了幾張桌子。鍋盤碗灶都擠在一起。客人們來了背靠背的坐在長凳上相互敬酒。鍋灶的熱氣，人們的嘈雜聲，菜香和酒味，在飄落的雪粒中喜迎迎的擴散開，那景致很美，很溫暖，很有人情味。林樸一家人都去了，興高采烈地擠在桌子旁。邊步和全玖兒擠來擠去給大家敬酒。到林樸這邊時，邊步對林貽椒抱著的孩子說，小好音，叔叔的喜酒你一定要嘗嘗的。說著就用筷子蘸了一點兒酒輕輕點在孩子的嘴裏。孩子見到有食物喂過來，向前伸著嫩嫩的小嘴。酒很辣，小好音的臉一下子擠在一起，一個大醜像，把大家逗得哈哈大笑。全玖兒是中午接過來的。全玖兒的家人知情知禮，兄弟們送了好一程才回去，喜洋洋的，但總有一股難捨之情，不由得使人憶起詩經裏的句子，燕燕於飛，下上其音。之子于歸，遠送于南。瞻望弗及，實勞我心。

婚姻呢，如果你喜歡奇想或者你喜歡往大處深想，你會覺得婚姻正把生與死連接在一起。人要是個個而不是個別人都萬壽無疆自然就不需要後代了，當然也不會有婚姻。人的生命有限，因而需要後代延續族群便有了婚姻。婚姻意味生，所以婚姻喜。沒錯吧？

雪後易晴，這句話是古諺。易晴不是一定晴。第二天早上雪沒下了，天還是陰陰的，街上，屋頂上鋪著一層薄薄的雪。天氣不是太冷，但雪一點兒也沒融。牆角的雪堆得厚些，孩子們在牆邊踩來踩去，玩雪。

大街的中央慢悠悠地走著一班人，打頭的是朱能穀市長。朱市長沒一個寒暑來回肚子就挺了起來。石頭市的人背地裏閒話，說，朱市長的肚子比女人懷孩子還來得快呢。街上的人奇怪朱市長怎麼突然有了巡視領地的興趣？也許是石頭市頭場雪的緣故吧。朱市長一邊搖搖擺擺地走著，一邊與街邊恭順的店主和市民擺手打招呼。買了收音機的店鋪一早就在店鋪裏開了收音機，聲音也放得很大。收音機裏在唱歌，什麼萬歲，打倒，熱愛等等歌詞，一會兒聽得清一會兒聲音又模糊下來。

朱市長聽到收音機傳到滿街的歌聲，覺得奇怪，怎麼石頭市一夜之間變熱鬧了？問身邊的書記長。書記長叫于幹祿，生於貧寒人家，請人取了個求富貴的名字。後來趁亂投了山頭，知道朱能穀親戚是黨首後，跟朱能穀跟得特別緊，一起入了粉黨。朱能穀當上市長，免不了要把他的一班兄弟也帶過來。于幹祿被委任為市政府書記長。這個書記長是個既當參謀又辦實事的職務，很肥。這也是朱市長對貼身兄弟的回報。于幹祿見朱能穀問，忙向朱能穀說了收音機的事兒。于幹祿的耳目比朱能穀靈，市裏的瑣事知道得多一些。于幹祿看了一下左右，湊在朱能穀的耳邊說，這玩意賺錢，得我們做。朱能穀市長點點頭，你去辦吧。

朱市長一行人快走到碼頭時，有人過來報告說，磚塔裏，昨夜凍死了好幾個人，都是些外地的流民。朱市長不解地說，天不怎麼冷，怎麼就凍死了？埋遠一點兒，別往北郊去，那裏馬上要建英雄墓園。來人匆匆地走了。冬天凍死人的事並不稀奇，特別是下雪時，早上起來常看見街角躺著個人，身上堆滿了厚厚的雪。好心的人拿床草席裹上拉到北郊埋了。人說，瑞雪兆豐年，說這話時真得看人處在何種境遇中。下了瑞雪，不是所有人都能看得見來年豐收的。

野鴨的味道比家鴨強過數倍，一點兒鴨騷味都沒有。紅燒野鴨有一股特別的香味且肉質細密。野鴨整天在天上飛，肥油很少，吃起來不油膩，回味長。放上蒜瓣，乾辣椒紅燒，尤其佐酒。家鴨整天撅著屁股搖搖擺擺地在院子裏亂叫，燉起來一層油，令人無法下箸。上天安排多周到，一到冬天野鴨就成群的飛過來，冬天又特別適合吃野鴨喝酒。想像一下，窗外一片潔白，天空中飄著柔情的雪花，小火爐上燉著野鴨，友朋圍坐，舉杯暢飲，能不是一種境界嗎？正如詩經所云，樂酒今夕，君子維宴。享受人生不實為一種高尚的衝動。于幹祿書記長，一大早就使人在聚珍園酒樓訂了紅燒野鴨，不過酒宴擺在臨近河邊的一家酒館裏。酒館不大，但能看到雪景，于幹祿書記長辦事很有創造性。朱市長一行人在大街上走了一圈便直奔河邊酒館去了。朱能穀市長從窗子望過去，河對岸一片枯敗的景色，不是白茫茫的一片，雪下得薄，一塊一塊的，顯得有些灰暗。從窗角望得見遠遠的磚塔。殘破的塔頂積著些雪。整個景色蕩漾著山河殘缺之美，有如宋朝。

聚珍園酒樓的野鴨送過來了。紅燒野鴨這道主菜做得很好，不是野味製作得往名肴大餐上靠，而是充足展示一個野字，匠心獨到，難能可貴。來到石頭市，第一場雪，吃個工作午餐，大家都很開心。建墓園的事兒不能再拖了，吃野鴨時就把這事兒給定下來。每家每戶派錢，召集協助會公佈一下，具體事兒朱市長責成于幹祿去處理。

第二天，天依舊沒有晴，反而下起了細雨。到晚上，北面的寒氣過來，細雨落在地上結了冰。今冬冷得這麼早有點兒反常。雨水在街面上結了一層冰，很滑。人們把稻草紮在腳上，雖然有點兒笨卻可以防滑。滿街飄揚的粉黨旗幟滲透了雨水，凍得硬硬的，懸在旗竿上，風一吹，滿街旗幟咯咯地響，別有一番情趣。

邊步呢，新婚幾天，家裏也忙。新媳婦進屋，這個那個的，沒事也張羅出事來。天凍地滑，邊步和全玖兒還是拎了袋米送到林家去。米是全玖兒家帶過來的，這是地道的米，裏面什麼也沒有摻。走到半路上被政府的人攔住了。口袋裝的是什麼東西？米呀。倒賣糧食，對吧？不是。自己家裏種的一點兒給孩子煮粥吃的。自己家裏種的？是在裏屋種的還是在堂屋種的？不是，老婆在鄉下自己家種了一點兒，這可以查對的，都是真話。政府的人把口袋翻了一下，看來是沒什麼。邊步那樣子也不太像倒賣糧食的。不准倒賣糧食，知道嗎？能不知道嗎？想不知道都難啦。政府的人瞪了邊步一眼，走了。石頭市的事兒，邊步很習慣，無所謂，全玖兒可緊張得不行，呀呀的在一旁結巴了。邊步說，玖兒，沒事兒，走吧。又突然問全玖兒，你怕狗嗎？有一點兒。那就對了。狗是要怕的，但不能太怕，最好別惹狗。地上滑，全玖兒挪著碎步緊跟著邊步，接著話說，要是拎根棒子就不怕狗。要飯的都拎打狗棒。邊步站住哈哈大笑，說，玖兒玖兒，拎根棒子有什麼用，除非你能打過狗主人。

這天，因為下凍，林貽椒不讓但叔上街，自己到肉鋪買了些剃下來的豬骨頭，煮了一大鍋蘿蔔骨頭湯。剛煮得香香的，邊步兩口子就來了。大家熱熱鬧鬧地推辭了一番，便圍著桌子喝起熱騰騰的蘿蔔湯來。剛喝著湯，林貽椒放下碗說，還缺樣東西。把林樸叫到一邊，給了點兒錢，林樸匆匆地出了門。邊步說，貽椒姐，千萬別再買什麼。林貽椒揮揮手，沒事兒，慢慢喝湯吧，別燙著。一會兒功夫，林樸就回來了，抱了幾個糯米包油條，跑了進來。看見這小吃邊步也不客套了，高興地說，太好了，糯米包油條正配骨頭蘿蔔湯，貽椒姐想得周到，說完就自顧自地吃起來。

這糯米包油條可是石頭市人人都喜歡的小吃，在外地沒聽說過，大概是石頭市特有的小吃吧。糯米蒸好後抓一把放在一塊濕布上，攤平，油條放在上面，連布一起卷過去，用力擠，然後展開布就成了。糯米和油條本是平常的食物，可配在一起，再就碗熱湯，怎麼就這麼好吃呢？有如簡單的音符，配合得好就是一首美妙的歌。可惜，居家過日子，不能常吃。雖說是小吃，還是覺得有點兒貴。

過日子，分為大日子小日子。大日子是什麼人過的不清楚，平常人家過的日子叫小日子。小日子過得好，也對得起忙碌而拮据的一生。喝完湯，林貽椒抱著正鬧的孩子。全玖兒要收拾碗筷，但叔不讓，但叔要收拾，林貽椒又不讓。林貽椒說，林樸無庸你們就不知道動動手嗎？挺忙亂挺親切的場面。

收拾完碗筷後，林樸他們又談起收音機的事兒，邊步想等天氣好了再進點兒收音機賣。尚無庸說，你家乾脆改行專賣電器，國外就有這樣的店。邊步說，除了收音機還要什麼是電器呢？電燈電線算不算？算。電話機也算？對。你見過電風扇嗎？聽人說起過。電風扇也是電器，尚無庸說，一切跟用電有關的都算。你可以托人去瞭解一下，應該有不少品種吧。他們三個人你一句我一句設計著未來的電器商店。邊步真的動了心，非常認真地討論著。

進貨，賣貨，做廣告，雇專業人員，還有維修，維修也能掙錢的等等。愛好讀點兒古籍學些歷史的邊步，受了收音機的刺激，對電器行當突然熱情高漲，有點兒滑稽。本來大家還有邊步自己，都認為全玫兒嫁過來會與他母親一起經營店鋪，邊步正好省得為店鋪操心呢。正如林貽椒說的，什麼電器商店，就個新鮮勁兒。

幾天後，天才放晴，依舊很冷。每天都有流落街頭的外鄉人凍死在街尾巷角。很可憐的人。為了活命流浪他鄉，結果卻踏上了不歸路。當他們在寒冷的夜裏蜷縮在街角，饑餓和寒冷一點兒一點兒痛苦地吞噬他們的生命，一點兒一點兒掐滅他們最後生的渴望時，那情景是何等悲慘。沒有申訴，沒有呼喚，沒有一滴淚水，從遙遠的家鄉一步一步走到這異鄉的街角，狗一樣的蜷曲著，直到死亡輕輕地吹滅生之燭光。上蒼呵，為何創造出這些可悲的生命，讓他們遭受如此折磨？為何要給這個本就不公的人間增添如此沉甸甸的歎息？人說天堂豐衣足食，可天堂在哪兒呢？什麼人活在天堂呢？為何痛苦都在人間呢？有誰能拯救饑寒的民眾呢？這世上除了招搖過市的騙子，真就沒有救民眾於苦海的聖人嗎？

林樸家附近的小巷夜裏有個流浪的人凍死了。土灰煞白的臉上睜著一雙嚇人的眼睛。整個人凍得硬梆梆的。有人忙著把死者搬到木車上。但叔，林樸聽門外有人嚷嚷，也去看了。但叔看著看著便淌下了眼淚。林樸知道但叔深埋心底的那份悲涼，觸景而情生，於是扶著但叔回家。自己心裏默默生了很多憤世之情，覺得自己很弱很小，無力去幫助苦難的人。有時真感到人活著又有什麼意義呢？什麼事兒都做不了，什麼事兒都沒能力去做。人的勇氣哪兒去了？為什麼連幫這些窮途末路的人呼喊一聲的膽量都沒有呢？想到這裏，覺得自己其實也是一個可憐的人，一個於世無用的人。是呵，有些思想有些情感潛在人的靈魂深處，不知什麼時候會突現在你的思緒中，你被一種超然的力量推動著，人生默默地被改變了，不知不覺地被改變了，直到這一切又沉回到靈魂的隱秘之處，那是多少有些無可奈何的思想收藏之處呵。

那天下午，林樸從學校回家，走到街上碰到了邊步。邊步找人談收音機進貨的事兒，人沒找到，說是下雪在外地沒回來，正好回家去。兩人一邊走一邊聊起流浪人凍死的事兒。邊步說這是個兩難的事情。外地的流民總是一駁駁地來，一駁駁地走，市裏的治安總是不好，偷搶的事大多是這些人幹的。所謂無恆產則無恆心，這句話是對的。肚子吃不飽怎麼能去追求仁義呢？抓住偷東西的就打，見到凍死的心中又不忍。你說走這麼遠就為了討口飯，最後還不知是死是活。死在市裏還有人幫著埋，死在郊外還不是被野狗吃了。既然都是一死又何苦流落他鄉遭罪呢？在家鄉死了一把骨頭還能還給父母，死在他鄉祖宗在天之靈也不悅吧。那些地方的官員為什麼如此混帳，自己的子民投奔他鄉臉上光彩嗎？中國呢，歷朝歷代大多如此吧。混帳官員總是多，只有在開明之君治世時，民眾才能安居樂業。豐衣足食呢，未必做得到，但饑饉之際，開倉救世，在開明之君看來應是起碼要做的事了。人民都跑光了死光了，混帳官想幹混帳事也沒有施展的餘地，你說對吧？林樸點點頭，聽著邊步一路議論，覺得邊步講得很有道理。瞭解歷史就是了解現在。中國人的天怎麼變都是那片天啊。

邊布快到家了，剛分手，街那邊就有人叫邊步，邊步沒聽見，那人又叫，邊步聽見了，扭頭一看是以前水炮隊的熟人。那人也沒過來，隔著街說，那邊市政府貼了佈告，你最好去看一下，說完擺擺手就走了。

市政府常貼佈告，這不准那不讓的，邊步開始很留心，一有佈告就去看明白。後來呢，煩了，反正石頭市都是他們的，人家想怎麼辦就怎麼辦，與民何干？以後就不關心佈告了。聽那人說，邊步遲疑了一下，還是轉身去市政府常貼佈告的地方。這一看才知道，確實是最好看一下。佈告說，電器什麼的，特別是收音機之類是革命的武器，任何私人未經市政府批准不得私下買賣。這是什麼道理？邊步既生氣又摸不著頭腦，怎麼成了革命的武器，真想得出來。收音機一通電，把旋鈕一拧，就把敵人炸死了？這也是人說的話？石頭市就我賣了收音機，這不是衝我來的嗎？外地大城市不就隨便賣嗎？我又沒得罪市政府的人？

邊步往回走的路上，越想越生氣，剛剛憧憬一點兒小事業，就撞上了牆。回到家裏半天不吱聲，他母親全玖兒覺得不對勁，圍著他問，怎麼回事兒？邊步沒好氣地把佈告的事講了。他母親全玖兒聽了倒放了心。哦，這麼回事兒，還以為什麼大不了的事呢。不讓賣就不賣唄，本來咱們就不是賣這東西的。好了好了，一起吃飯吧。

晚上邊步到林樸家把林樸約出來，家裏尚無庸要鑽研他的數學，不好打攪。兩人站在街上談起佈告的事來。林樸也不好說什麼，算了吧，只當做了場夢。市政府的人自有他們的打算，我們也不清楚人家是怎麼想的。回家後，林貽椒問林樸，晚上叫你出去有事吧？林樸平淡地說，市政府不讓私人賣收音機了。這個朱能穀，確實有點兒匪氣。紫黨的廣播裏曾提到朱能穀，說他土匪出生，不是個好東西，所以林樸才這樣說。林貽椒雖然不看好邊步辦什麼電器商店，不過聽了佈告的事兒，還是有點兒替邊步惋惜，說，邊步難得關心生意，他一定很生氣，勸勸他吧。

九　人民

人民，這個詞一般認為指所有的人，其實這個詞的含義非常不明確。有人認為，當然是一些學者認為是指勞苦大眾。看似有道理，實則更加攪混了這個詞的含義。不是勞苦大眾的人就不是一國之人民了嗎？有時學者的愚鈍真勝於他們稱之為人民的人。人民這個詞在不同人的心裏含義是不同的，在不同的時代不同的環境下也有區別。如果你居廟堂之高俯視你治下的生民，這時你心裏的人民的含義和百姓一詞是等義的。百姓或老百姓是以姓氏指代下層生民。這個百姓裏面並不包括自己的姓和貴族的姓，除非哪一天廟堂傾覆，你的姓便會成為百姓之一姓。如果你立於某個政治集團，那麼順者則稱為人民，不順者則稱為敵人。敵人一定不是人民。既不是人民又不是敵人的人則稱為刁民。刁民就是民眾之中別有用心者。別有用心者哪裏都有，因而刁民是普遍存在的。對待刁民就一個字，打。對待敵人也是一個字，殺。對立的政治集團治下的民眾是不被稱為人民的，道理很簡單，那是敵人。除非你自作多情地認為敵人的民眾正痛恨他們的統治者，他們將是自已未來的順民。總之，當你說人民這個人民那個時，你心裏就有一種高高在上的良好感覺。

這段時間，石頭市進入深冬，時不時有寒潮來襲，有時會下起大雪。這個冬季，石頭市的一些政府機構陸陸續續成立了。人民巡捕所，是管治安抓人打人監視民眾的機構。人民裁決所，是專司刑罰的機構。人民郵驛所，大致相當於以前朝廷的驛站。人民賦稅所，是徵錢徵物的機構。看起來眼花繚亂，不過石頭市的民眾並不關心。上門徵稅的，你稱什麼都一樣，反正都是要錢。

這些機構的主事人大多是朱能穀帶來的親信。這幫人辦起事來也沒有章法，加上識字不多，常常是隨心所欲。高興了什麼事都好說，不高興了什麼事都難上加難。伸手要錢也不知道遮擋一下。邊步評價時多少帶點嘲諷，說，有比沒有好，以前石頭市哪有這麼多機構，這是一個進步。學國外的，學得有點兒不像，以後慢慢會正規起來的。

有人說，多了這麼多當官的，還得靠我們供養著。邊步說，他們不掛這個名，我們照樣供養著。那天，邊步和幾個朋友在茶館聊起了這些事兒。茶館不是個討人喜歡的地方，人們在那裏喝茶閒聊，聊著聊著就成了說當權者壞話的地方，冷一句熱一句的。從古至今，還沒聽說過人們在茶館閒聊時歌頌當權者的。有人說，邊步，你知道朱能穀的電器商店要開張了嗎？邊步說，知道，革命的武器自然是由革命者來賣囉。

朱能穀的電器商店，招牌上寫著人民專營電器商店幾個大字。把邊步廣告牌上的電器二字直接拿了過去。這人民二字也很有意思，什麼事只要冠以人民二字就有了政府的身影，可笑吧。開業那天搞得熱熱鬧鬧的，店鋪四周插了好多粉黨的粉旗，把少年粉黨團也派過來，圍著店鋪敲小鼓。邊步自然沒去看，林樸也沒去湊熱鬧。看見這幫學生不務正業，心裏很煩。有一次開大週會時，林樸對黨教說學生參加活動是不是太多了點兒，影響孩子的學業。那黨教以前在粉黨的軍隊裏幹，脾氣很不好。瞪著眼睛沒好氣地說，什麼話？參加革命活動正是學生的主業，胡說八道。林樸不敢回嘴，只當自己走路分了神，頭撞上了門框。不過電器商店開業雖然排場，但收音機卻賣得不好。同樣是三燈的收音機，價格卻比邊步賣的貴了許多。邊步想，我賣收音機就夠賺錢的了，沒想到這個朱能穀心真黑。過段時間，人民專營電器商店貼了個佈告，說凡買收音機者，英雄墓園徵款打折。這可是個大優惠政策，於是各店鋪都去買。因為店鋪被徵的款多，這一打折，多好。雖然加起來算花錢並不少，但畢竟還落了個收音機，比白出錢什麼都沒有強。

估計石頭市自古以來除了上次打仗的槍炮聲外，就數現在聲響最大了，滿街的收音機都擺在店鋪裏放著歌曲。要是收音機裏講些什麼你從街頭走到街尾都會一字不漏的聽個完全。收音機，實在地講，於其說是革命的武器不如說是精神勃起之興奮器。漫步在街頭，滿耳是那些齊唱的進行曲，滿目是街上低垂的粉黨旗幟，你的神精不由自主地顫抖起來。你會奇怪這個只會做點兒生意的小城市怎麼突然站到了時代的前列，彷彿一夜之間成了中國革命之都。熟悉石頭市的人，以及那些來石頭市買東西的外地人鄉下人，一到石頭市心裏就有一股詫異，這石頭市是著涼發高燒呢，還是吃錯了藥拉肚子？打一仗，還打出個新鮮來，有意思，很有趣。人們並不知道，國外曾經有個愛多嘴的人說過，和平導致戰爭，戰爭改變世界。至於把世界變好變壞則另當別論。改變這個詞具有極大的不確定性。

以前買邊步收音機的店鋪有人找邊步，說你家收音機收的聲音這麼好，怎麼賣給我們的就差一些呢？邊步說收音機一批貨都是一樣，我家的收音機聲音好是因為我裝了天線。來人仔細考察了一番，哦，原來是這樣的，你賣的時候怎麼不告訴我們呢？你這人啦，是不是還想掙二道錢？那倒不是，邊步說，我也是後來才弄明白的。這是科學知識，知道嗎？電波，天上傳過來的電波，有了天線就能收到更多的電波。說實在的，電波這東西看不見摸不著，但又確實像有這東西。它是存在與不存在之間的一個想像，完全依據你是否有足夠的知識來支撐你的想像。你可以想像電波從天上傳來，一波一波的，每一波就是一句話或者一段歌曲。那人回去後，照著邊步給的樣子做了天線，果然效果很好。這事兒傳到人民專營電器，於是給買收音機的人家都介紹天線。不多久，石頭市到處樹起了形態各異，大小不一的天線。有的人家，天線做得特別大，以為能收到更多電波。天線像一張張網伸向天空，彷彿石頭市要在空中撈取誰也不知道的東西呢。

誰也沒有想到的，自從收音機有了天線後，石頭市的人開始有了交頭接耳的習慣。時常看見人們在背地裏悄悄說些什麼。你問談些什麼啊？回答一定是，沒談什麼，瞎聊啦。邊步心裏明白，這些傢伙准是夜裏發現收音機能收到紫黨的廣播，知道了些不該知道的事兒。在沒有收音機的時代裏，對朝廷不利的事情，都是口耳相傳，從一地傳到另一地，需要很長時間。這個傳播的過程也是一個消息變樣的過程，特別是對朝廷不利的事兒只會越傳越不利，估計是口耳相傳之間都加進了個人的情緒。朝廷的一份醜事兒傳到最後就變成了對朝廷的十分不滿。詩經裏說，民之訛言，亦孔之將。正是。有了收音機，特別是敵對的廣播，真的假的，天天揭你的醜事兒，讓人生氣但又沒有辦法。不久，石頭市的人都知道粉黨領袖朱右序的父親是個糧食販子，往米裏摻砂子就是這混帳東西幹的。還有呢，原來朱能穀是土匪出身，怪不得怎麼看都不是個正路貨啊。好在石頭市是個做生意的城市，做生意的城市，人們的性格比較謹慎，私下裏悄悄講著，也沒弄出什麼事兒來。

石頭市的人知道敵臺這個名詞以及收聽敵臺是罪過，是在出了件有關收音機的事兒之後。離市政府不太遠，有一家買布的店鋪，叫恆遠祥綢緞鋪。老闆姓皮，皮景福。店裏請了幾個夥計。平日裏皮景福多半在店鋪裏屋或出外地進點兒貨，鋪裏的生意都是夥計們忙著。有些跟老闆熟悉的人到店裏來就喚著，老闆呢？皮景福出來和來人打招呼。怎麼有空過來？裏屋坐會吧。不坐了，皮老闆，來你這兒能有別的事兒嗎？還不是要給孩子換張皮。皮老闆你得便宜點。那自然那自然。你先挑吧，價錢好說。每次有熟人過來幾乎都把買布做衣服說成換皮，就為了押皮老闆的皮字。很多年了成了固定的誰都不笑的調皮話。這年冬天皮老闆也買了收音機放在店鋪裏，平時開著，只是為了弄些響聲，招徠顧客。快過年的時候，買布做衣服的人特別多，幾乎都是給孩子做件新衣服過年的。那年代，只有過年才做新衣服。大多數人的衣服舊了打著補丁照常穿。民間常說衣服笑破不笑補。衣服破了，破著穿，別人會說你是個懶東西。衣服破了找塊布頭，細心地補上，洗得乾乾淨淨的穿上，在人家眼裏就會有股敬意，家有賢妻。所謂，不看男人妻，只看男人衣，就是這道理。

事情就出在這忙的檔口。忙中出錯亦可謂忙中出亂。一大早夥計把店鋪門打開，街面的門板都卸下來。剛收拾好就有人來買布。一會兒客人多起來，都是些鄉下人趕早過來的。幾個夥計忙著接待顧客。一個夥計突然想起收音機還沒開呢，伸手把擺在貨架上的收音機打開。匆匆地調台，一會兒有了，在唱歌，就把聲音開大，然後又去忙生意。

鄉下人平時日子苦，掙點兒錢不容易，所以買點兒東西總是挑挑揀揀的，遲遲不肯把那點兒血汗錢掏出來。夥計們耐著性子，搬了這匹布又搬那匹布，只顧得跟客人解釋這個解釋那個的，誰也沒留神店鋪外面漸漸圍了好多人。那些人都不吱聲，原來在聽收音機廣播。收音機裏歌曲唱完後是講話，一個男的，一個女的，你一句我一句，講些什麼，夥計們也沒留意。外面的人聽著聽著就議論開了，說什麼原來是這樣，會不會相互打起來等等。皮老闆從裏屋出來照顧生意，一看不對，外面怎麼有這麼多人？有人叫著皮老闆，然後指指貨架上的收音機。皮景福注意一聽，什麼朱右序，劉鑒殷如何，粉黨內部如何爭權奪利。聽了好一會兒才恍過神來，原來不是粉黨廣播，趕快過來手忙腳亂地把收音機的電線拔了。夥計一聽收音機沒聲音了，扭頭一看老闆驚慌的樣子覺得奇怪，問怎麼回事？皮老闆沒好氣地說，怎麼回事？你們是要害死我吧。說完就進裏屋去了。店鋪外的人群，站在那裏議論了一會兒才散去。作為圍觀者，沒責任，還知道了不應該知道的事兒，因此大家輕鬆地走了。

本來吧，這事兒也不大，大夥散了也就散了，各人忙各人的，可沒想到後來事情卻傳開了。估計是那些家裏沒有收音機的人，首次聽了紫黨的廣播覺得新奇，於是乘著興奮到處講吧。也可能是圍觀的人裏有人向政府告了密。邊步知道這事兒後，就是這樣認為的。因為從歷史上看，中國是個出奸細的地方。有人向朱能穀報告了這事兒。當時朱能穀市長正在聚珍園酒樓款待粉黨總部來的人。按理講，這事兒不管大小，只要不是急事兒，是不應該在酒桌上報告給朱市長的。朱能穀帶的那班人，可沒這眼色，以為及時報告了說明自己有責任心，同時在總部來人面前表明石頭市政府工作認真。朱能穀聽了後只是嗯嗯二聲也沒再說什麼。收音機是他賣的，再說這也是個新鮮東西，懂的人不多，瞎開的。過了幾天沒事，好像朱能穀沒把這事兒放在心上。其實，他是怕影響收音機的生意，快過年了，收音機賣得不錯，附近沒有收音機賣的小城鎮也有人過來買。有些好事的人，看看沒事兒，膽子也大了起來，漸漸公開談論起紫黨的廣播。

石頭市這地方，年前總是有場大雪，要不就是場凍雨，天氣很冷。這時呢，各家各戶都忙著過年。有錢的人家準備豐盛，充足。沒錢的人家，也各有各的辦法，把蘿蔔切成絲拌上點兒麵粉，炸成丸子，看上去跟肉丸子沒什麼區別。幾斤蘿蔔就可以炸成一大堆丸子，天冷也不壞，放著過年時慢慢吃，不能因為沒錢就不過年了。林樸家也忙著年事。學校放假了，林樸，尚無庸都呆在家裏。尚無庸不會做家務活，抱著孩子在屋裏看書。但叔，林樸，林貽椒三人忙著，炸了一些蘿蔔丸子，豆腐角。過年時放上些青菜煮著吃，很好吃。也準備了些魚和肉，做成了一碗碗現成的菜，吃的時候熱一下就行了。邊步家日子寬裕得多。全玖兒和他母親忙著，他不插手。這幾天天冷在家看書也沒出門。

林樸和林貽椒炸蘿蔔丸子，邊幹邊閒聊。林貽椒說，很久沒見邊步了。最近你見到他了嗎？沒有。成家了，不知過年會不會幫著做點兒家務。林樸說，他才不會呢。以前不幹，娶了老婆更不會幹。不然娶老婆幹嘛？又不是為了討論歷史才娶老婆。正說著，邊步推門進來了。打過招呼，尋把竹椅坐在爐子旁看林樸炸蘿蔔丸子，說，這玩意過年？林樸夾了一個炸好的丸子遞給邊步，你嘗嘗吧。邊步一嘗說，還行，還有點兒蘿蔔的香味。最近在家裏幹嗎？幹嗎？拆天線。林樸奇怪了，拆天線？為什麼拆天線？市政府出了佈告你不知道？林樸更奇怪了，市政府出拆天線的佈告？林樸以為是玩笑話。人民專營電器商店讓還教人裝天線呢，就對邊步說，歷朝歷代，朝廷從沒有出過拆天線的佈告，對吧？邊步說，皇上沒聽過收音機，不知道收音機裏有敵臺。林樸說，什麼臺？敵臺？邊步站起來，拿了個炸好的丸子放在嘴裏一邊吃一邊在竹椅後面來回走著說，敵臺，就是敵人的臺，敵人的廣播臺。林樸你想想，要是皇上知道收音機裏有敵臺，是殺敵臺呢，還是殺收敵臺的人，或者殺收音機？林樸和林貽椒都笑了起來。邊步繼續說，市政府是粉黨革命後建立的政府，與朝廷不同，市政府決定殺天線。

市政府的佈告，與往日不同，頭一句話就是接黨總部命令，顯然這事兒黨總部知道了。黨總部站的高度不同，看事情的深度也不一樣。你以為是小事兒人家領袖們想得遠。再說粉黨治下的城市大大小小也不少，唯獨石頭市這個小地方與眾不同，突然掀起了收音機的熱潮。如果其他城鎮也像石頭市一樣到處擺收音機，控制輿論就成了大問題。事情如果不搶在頭裏，往後會難以駕馭。

佈告裏列舉了兩條理由說明為什麼不准架天線。其一是收音機的天線嚴重影響了粉黨廣播的電波。這是個技術性的理由，趁著民眾誰也不懂電波什麼的，列舉成理由很有說服力，就如以後政府放風出來說的，誰收敵臺政府有儀器能偵測到一樣，很嚇唬人的。第二條理由是收音機裝了天線，會把不健康的電波，醜陋惡毒的電波也收進來，尤其是敵臺會散佈謠言，擾亂社會秩序，對人民的生命和財產造成重大破壞。因此，所有天線必須三天內拆除，否則以收聽敵臺罪論處。看佈告的人對收聽敵臺罪不太明白，因為這是一個亙古未有的新罪名。想一想，好像想不通，敵人在說些什麼，我在旁邊聽了一下就有罪？是說的人有罪還是聽的人有罪呢？是不是說的人對付不了就對付聽的人呢？

恆遠祥綢緞鋪的老闆皮景福這次吃了大虧。人民巡捕所來人把皮老闆抓了，關在所裏，天天打，問跟紫黨是什麼關係。沒關係，打。真的沒關係，還是打。沒關係還播放敵臺，滿街的人都不敢播敵臺，就你膽大敢播，是有紫匪給你撐腰對吧？又是打，皮景福就是長一身嘴也說不清，只好苦苦地哀求別打了，我錯了，看在革命的份上別打了。我真的跟紫匪沒關係。如果你是硬漢，占著自己沒有大錯不肯求饒就更壞了，打的人會認為你真有問題，以為逮住條大魚了，非整出個實情來不可。後來，家裏人托人找于幹祿書記長，送了不少錢，希望書記長能跟朱市長通融一下，說是店裏的夥計是鄉下人，沒念過書，不懂事兒，不是皮老闆有意幹的。再說皮老闆做生意多少年頭了，市裏許多人都知道皮景福是個什麼人。希望市長高抬貴手。拜託了。

臘月三十，皮老闆放了出來。家裏人把他抬回來，看見皮老闆滿身是乾的血漬，不省人事。一家人還有夥計們哀天嚎地地大哭。很多人聽見了哭聲都不敢往恆遠祥綢緞鋪的門前過。那天開收音機的夥計，是皮老闆收留的一個孤兒，姓兼，大家叫他小兼子，不到十七歲。前幾年打仗，他老家是一個小村子，正好處於兩軍之間，一仗打下來，村裏沒逃的都死了。小兼子剛好牽頭驢幫別人馱點兒貨趕在外地，結果成了孤兒。貨主看這孩子可憐就帶在身邊，後來來到石頭市便把小兼子介紹給皮老闆，皮老闆收留了小兼子。小兼子這孩子知恩圖報，雖然一字不識，但很勤快。平日裏沒有多話，也很有眼色，有事不用吩咐，自己找著做。大家很喜歡他。

皮老闆抬回家後，小兼子自知禍是他闖的，跪在皮老闆的房門外，一直哭，拉他也不起來，只是一個勁兒地哭著說，我對不起皮伯，我對不起皮伯。到半夜時，有人看見他對著皮老闆的房間叩了三個頭，一個人站起來就走了。到了第二天，大年初一，沒人見到小兼子，四處找不到，大家開始擔心起來。這孩子平時話不多，不會幹出什麼傻事吧？直到初七這天，人生日，有人匆匆到店裏來送信，說找到小兼子了，在河下游不遠，屍體飄著啦。小兼子是臘月三十夜裏投的河，冬天裏河水流得很緩，小兼子沉在河底沒有被河水沖走，直到屍體泡腫了慢慢浮上來才漸漸漂到河下游。店裏的夥計們還有幾個幫忙的人一起把小兼子撈起來，悄悄埋在了北郊，也就是要建英雄墓園的地方。說不封不樹有點兒過，是怕政府的人知道惹麻煩，沒給小兼子堆墳頭，看過去只是一片新土。

本來嗎，大過年的，人們不好講這些不吉利的事兒，但皮家的事兒還是傳得全市都知道。說來說去，都是天線惹的禍。人們很同情小兼子，有人說這孩子義，有人說這孩子迂，但沒人責備小兼子。邊步在家和全玖兒談起這事兒引用了佈告上的話說，看來天線或者說敵臺吧，確實給人民的生命和財產造成了重大破壞。全玖兒不知邊步說的什麼意思，只是說這孩子真可憐，聽老人們說年尾走的人命不好，是催命吧。邊步說，催什麼命？你不懂。鳳鳥不至，河不出圖，石頭市已矣夫。全玖兒抬頭望著邊步，聽不懂邊步說的話。邊步正想解釋，突然又泄了氣，揮下手，喃喃地自語，算了。停了一會兒，說，玖兒，我餓了，做點兒吃的吧。全玖兒站起身說，怎麼這麼快就餓了，不是說年飽年飽嗎？給你烤點兒糍粑吧。全玖兒忙去了。邊步一個人呆坐著，還想著小兼子的事情，心裏像憋著什麼東西，真想找人聊聊。

小兼子的事兒，給石頭市的人心裏留下了一片陰影。有些店鋪不再把收音機放在鋪面裏，那些仍舊開著收音機的店鋪，在調台時反復確認了是粉黨的廣播才敢把聲音開大。其實拆了天線後也只能收到粉黨的廣播。也有好奇的人，夜裏把以前天線的引線插在收音機上，偷偷地試著找紫黨的台。有時竟也收得到，只是斷斷續續的，效果很差。連聽帶猜的，能聽出個大意來。對於大膽的人來講偷偷犯禁忌很有刺激。這辦法不知道是怎麼樣在暗地裏傳開的，後來有不少人夜裏關上房門把頭貼在收音機上聽紫黨的廣播。並不是說紫黨的廣播在傳送真理福音，而是人們想知道點兒事。誰心裏都明白，兩黨的所謂金秋協議，只是暫時的，說不準哪天會打起來。只要一方不吃掉另一方，天下就不會太平，民眾的心就是懸著的。對大多數民眾來說，改朝換代，行，就是千萬別拖著，拖著就是打去打來。

這個年過得很快，一轉眼就是正月十五了。十五觀燈，年年如此。到處掛著各式各樣的燈籠。十五晚上人們都擠在街上興高采烈地逛著，然後回家煮上元宵圍在一起吃。這個年十五，石頭市的人好像突然忘了什麼，街上有些冷清，燈籠也有但不多。街上的遊人也沒有多大的興致，走一走就匆匆地回家了。或許是時代變了，人們有些不知所措，或者是人們對未來在心底隱隱地缺少了應有的信心。很多人納悶，往日大年的喜氣哪兒去了呢？朱能穀市長和他的一班人喝完酒後也到街上看了一下，覺得沒什麼意思便走了。節日，尤其是大年，對民眾對統治者其實都是十分重要的事情。朱能穀市長和他的一班人不懂。節日之於民眾既是親情團聚又是點燃希望祈盼好日子的人生節點。統治者呢，則正好利用節日來粉飾太平。因此總是想方設法把節日搞得隆重花俏，以搏得民心。所謂與民同樂實質上是句不堪剖析的醜話，真不知道有什麼樂可同的。狼和羊都乞盼草兒長得好，羊是為了充饑，狼是為了吃肥羊呢。

林樸過年大多時候在家看書，與尚無庸不同，尚無庸哪兒也不去，一頭埋在他的數學研究裏。最近的一篇論文，是用外文寫的，談的是數堆理論下數團的性質和相互關係。這只是他研究目標的一個角。研究工作就是一個尋找的過程，這個過程裏充滿了創意和迷惑，是一個既快樂又痛苦的事情。這篇論文輾轉寄到外國，在一所知名大學的學報上發表了。至於學術界怎樣評價，尚無庸一點兒情況也不知道。論文發表的事兒還是他妹妹給他來信才知道的。不過這一切絲毫沒有影響他繼續研究的熱情。他很希望中國有更多的人像他這樣投入到科學研究中去。科學才能真正改變中國，改變人類。他時常感到他父親的精神在他血液裏沸騰在他血管裏奔流著。科學是實實在在的東西，科學不是政治。政治無論打著什麼旗幟都只是一群偽善者的遊戲。從他小時候起，那些社會的動盪直到現在他看到的經歷的中國的一切，雖難免會有所感慨，但從不往心裏去。他深信他所致力的事業不論成功與否，才是中國真正需要的東西。

不知是什麼原因，小學的教師之間比起中學的教師關係更加親密些。中學教師相互很禮讓，可私下裏很少來往。小學的教師，尤其是年輕的教師就像兄弟姐妹一樣。可能是小學的孩子更需要教師呵護，關懷，而中學的學生大了，教師需要更多的尊嚴把住學生成長的方向吧，久而久之教師們之間也就少了親昵。過年放假，林樸的同事們都輕鬆，放假不用開大週會，不用聽學校的黨教周而復始地念他們的那本經。過年時，幾個年輕教師湊在一起串門拜年，林樸也去。大家的家境差不多，有口飯吃，口袋裏沒幾個錢。一夥人走到哪家，哪家就充滿了生氣，歡聲笑語，又有禮貌。在林樸家，大家坐在一起聊天，吃花生。林貽椒很高興，生一個火爐放在堂屋裏大家圍著坐，喝茶。

人們聊天時話題散漫，想到哪兒聊到哪兒，一個話題引出另一個話題，順著聊下去，也不知道最後會聊到什麼東西上去呢。林樸他們從今冬好像特別冷，聊到棉衣禦寒些還是皮袍禦寒些。說是年輕人火氣旺要是穿皮袍會流鼻血，只有老年人穿才可以。那朱市長也不老，怎麼穿皮袍呢？人家是市長，應該不會流鼻血吧。見過壓寨夫人沒有？什麼壓寨夫人？就是朱市長的老婆。那女人，耳朵上手指上手腕上全是金的。聽說是商鋪老闆送的，誰知道是送的還是要的。聽說市長老婆要在石頭市開家電影院。有人在外地看過電影，特別好看。是用機器把圖畫人物投放在一塊大白布上。那大白布叫銀幕。又不是銀子做的幹嘛叫銀幕？銀就是白的意思，不是說白花花的銀子嗎？估計是叫白幕不好聽，叫銀幕雅一些。石頭市要是放電影，一定要帶學生們去開眼界。朱市長會不會免費給學生放電影呀？要不然請黨教跟市長說說。不用說了，電影院還沒影兒啦。我看啦，修電影院還不如把教室裏的課桌換了。課桌實在是太破了。要不然建個新學校，乾脆把學校換了。恐怕換了新學校連我們也給換了。我們可以帶學生上街募捐，怎麼樣？募捐幹嗎？建新學校？那是不可能的。募捐些錢買新的課桌，總行吧。黨教會同意嗎？我看不會同意。你們不知道吧，粉黨總部經常來人要市政府把錢款交上去。天下未定，不知哪一天又打起來，準備打仗要的是錢。我們募捐跟他們有什麼關係？不信你瞧著，等我們募到錢時，他們一定會說，交政府統一辦理，然後把錢收走，哪一天換課桌，就難說了。街上的人不明白還以為我們把募捐的錢私分了，你能解釋清楚嗎？是呵，說建英雄墓園，說了多久了，錢也收了，一點兒動靜也沒有，沒人敢問。那些英雄又不能從土裏鑽出來催朱市長，真是的。

大家你一句我一句，一邊喝茶吃花生，一邊閒散地談著，很輕鬆。過年呢，生活的沉重再現實也會放一放。誰都年輕過，為什麼一定要那麼壓抑的過日子呢？說到募捐，林樸腦裏突然閃過一個念頭，募捐辦個粥棚怎麼樣？開春後一定會有逃春荒的饑民。救人命比救課桌更重要吧。春荒，青黃不接是一年中常規的艱難日子，歷朝歷代都是如此。總得有個解決的辦法吧。要是整個社會的人團結起來，幫助艱難的人們渡過困難時期，那樣妻離子散客死他鄉的事兒就一定會少些。聽說石頭市很久以前也曾辦過粥棚的。林樸一邊聽同事們閒聊心裏一邊斷斷續續地想著。或許只是一個願望吧，以前辦粥棚的人心裏肯定也存有這樣的願望。想到這裏，林樸抬頭望了望但叔，是下意識的。但叔坐在邊上一直默默地聽年輕人談天。辦粥棚，哪兒去籌錢呢？一定需要不少錢買糧食。還有大鍋大灶，碗筷什麼的。以前辦粥棚的人是怎麼做的呢？還需要找地方搭棚子，粥棚當然是大棚子囉。不知道姐夫在國外見過粥棚沒有。國外也應該有人辦粥棚吧。國外人喝不喝粥呢？如果不喝粥，就不能叫粥棚。或者叫湯棚，或者叫麵包棚。國外一定也有過得艱難的人，也一定會有幫助他們的人，對的，一定會有的。怎麼現在大家都這麼冷漠呢？是因為打仗的原因吧。按理說不應該是革命的原因，不然推翻朝廷還有什麼意義呢？是不是我們這代人的人性發生了變化，變得大家只顧自己，忘記了還有那些絕望的人需要我們去幫助呢？嗨，什麼時候能有錢就好了，能像父親幫助革命黨一樣去幫助困難的人。人生在世總得做點兒有益的事吧。不是圖感恩，人都有困難的時候，相互幫助應是人最基本的道德呀。嗨，有時候想做點兒什麼，沒錢可真是不行啊。沒錢的人怎麼幫助沒錢的人呢？難道要去求有錢的人嗎？一定會有辦法的，肯定有人知道辦法，只是我想不出而已。天下哪有走不通的路呢。

林樸想著想著就走神了，沒留意同事們要起身告辭。這班年輕人嚷嚷起來。林樸呀，你是在想美事呢，還是睜著眼睛睡著了？要是睡著了我們幫你鋪被子，千萬別著涼。要是想美事呢，說出來大家分享怎麼樣。林樸笑嘻嘻地說，美事呢，不可能。睡著了呢，不可能。同事們七嘴八舌地接過話說，沒睡著呢，也不可能。反正一個字，不可能，三個字，對，三個字，還是不可能。大家高高興興地告辭了林家。林樸把同事們送到街上。一夥人站在街上又聊了會兒，等同事們走了林樸才回家。家裏林貽椒和但叔已經將堂屋收拾好了。林樸有點兒不好意思。林貽椒說，同事們來坐坐，多好，就怕人家不來呢。大家關係好，工作起來也舒心。尚無庸抱著孩子從屋裏出來，說，林樸，你的同事很有朝氣。林樸說，在學校裏朝氣要少一些。你沒看見他們開大週會時個個愁眉苦臉的。尚無庸笑起來說，都一樣啊。

年過完了，好像長途跋涉的人休息了一會兒現在又要起身趕路。這過年，到底是一年的結束還是一年的開始呢？或者都是，或者都不是。年就這樣過完了，好像很有意思，回頭想想，其實一點兒意思也沒有，真的。

詩經河廣有云，誰謂河廣？一葦杭之。誰謂宋遠？跂予望之。只有民歌裏才會有如此奇麗的描寫。用之於人生，其理是一樣的。願望遙遠，但要有一葦杭之的氣概。

十　夢境

夢境是人生不可或缺的組成部分。它伴隨著人的一生，沒人知道一生中作過多少夢。夢境常常困擾醒過來的中國人，於是自古就有專業的術士為人們解釋夢境，甚至還有專著留存於世。術士們多半把夢境當成某種未來事物的徵兆來解釋。這種徵兆的靈驗例子比不靈驗的例子更容易引起人們的注意，累積起來就成了一種影響人們行為的文化現象，日久也就成為中國人民族性格的一個組成部分。外國人的夢境我們不瞭解，也不知道中國人對夢境的重視是否甚於外國人，但可以肯定地說，所有中國人都作過夢，而且同樣可以肯定地說，還有無窮盡的夢境等待著所有的中國人。

實證性的研究認為夢境是人們在睡眠中受到某種外界刺激所致。如果你的腳伸到被子外，你會夢見在淌水。如果你蓋得太厚很熱，你會夢見著火了。如果不是這些原因，那就是白天有事讓你操心，所謂日有所思夜有所夢。夢境的科學研究是否還需更加深入些呢？也許吧。不過實在說這種研究真沒情調，否定一種由來已久的文化令人多麼沮喪。把困惑變成迷茫，未必是件好事。神祕的東西歸於神祕，應是人的道理吧。

有一種夢境非常神奇，讓人驚歎。這種夢境也許是宗教的社會心理基礎。這是一種預見性的夢境，或者說是預演性的夢境，人們無法用世俗知識解釋。你做夢，夢境裏出現了一些人和事兒，過段時間在你腦海裏就隱去了，你不再憶起夢境，可是有一天你生活裏碰到的場景竟會與以前的夢境一模一樣。誰做了些什麼，說了些什麼，怎麼以前見過聽過呢？這時你會突然憶起那個夢來，那麼清楚明白，就是眼前的一切呀。你馬上就知道誰還會說什麼，誰還會做什麼，以及接著又會發生什麼樣的事兒，真是不可思議。沒有象徵和隱喻，就直接把未來發生的事兒提前在夢境裏經歷了一遍，或者說，發生的事情竟把夢境重演一遍。那些致力於夢境研究的人，為什麼不把這種夢境好好地研究研究呢？說不準會探到中國人心靈的最深處，那最深處或許正是絕望和渴求的源頭。

桃花早就開過了，河裏的桃花水卻姍姍來遲。河水一點兒一點兒漲起來。一個多月以後，河水開始由清漸漸變得有些混濁。在河邊洗衣服的女人們不再把白色或淺色的衣物拎到河邊去清洗。從河上游漂過來的死屍也漸漸多起來，從泊在岸邊的輪船外舷匆匆漂過去，看得很清楚。死屍腫脹得很大。男屍是撲在水面的，水面上露著臂部和蒼白的腳後跟。女屍則仰著浮在水裏露著手和腿。小時候，林樸和他姐拎著籃子裝上衣被到河邊去洗。林貽椒洗衣服，林樸在一旁玩耍。有時河面上漂過屍體，林樸就覺得害怕。那是一種模糊的說不出來的恐怖感覺。雖然害怕，可眼睛偏要盯著屍體望，直到屍體漂到遠處和波光混在一起。別的孩子總是三五成群地在河邊游泳嬉水。林樸從不到水裏去，這讓林貽椒很省心，因為每年都有游泳的孩子淹死。孩子父母站在河邊哭，讓一旁的人心都扭在一起了。林樸長大後，每當看見河面上漂過的屍體，心裏總是反復念叨著，腐爛的人啦，你也曾經有過種種願望吧。小時候的那種恐懼感似乎漸漸逝去了，或許是變得更深更沉了。

河水漲了沒多久，天就下起雨來，連陰大半個月，拖拖拉拉的。天氣最後終於向晴了，開始熱起來。街上，屋裏到處都泛著沉沉的潮氣，讓人感到很不舒服。這天天快黑了林樸才回家。腋下夾把雨傘，一進門，見家裏人都等著他吃晚飯呢，很不好意思。林貽椒說，怎麼這麼晚才回來呀？大家都餓著呢，飯菜都涼了。林樸也沒說什麼。全家人圍著桌子吃晚飯。尚無庸問林樸，今天學校裏有事嗎？沒有，學校裏沒什麼事兒，林樸說，和同事聊天，不知怎麼的天就黑了，光顧講話，忘了。林貽椒插話，跟誰聊天？是不是黨教找你訓話？不是，就是我對面班上的老師，水之湄，水老師，你見過。林樸說，姐，你忘了？過年還來過我們家的，你還問人家，說，還有水姓？以前沒聽說過。林貽椒點點頭，哦，是那女孩子，沒忘，我留心著呢。尚無庸笑起來，人家不是女孩，是少女，對吧，林樸。林樸也笑起來，有點兒彆扭，說，少女不就是女孩嗎？人家是青年不是女孩。尚無庸忙接過話，是青年正好。林樸說，別瞎猜了。尚無庸很正經地說，林樸，這就不對了。我們可是什麼也沒猜，誰猜了，沒有呀。說著轉過頭對林貽椒說，你猜了嗎？但叔猜了嗎？沒有呀。林貽椒等大家笑完了，對林樸說，你覺得人好就行。林樸想說什麼，張了張口，又把話咽下去。林貽椒說，你們談些什麼呢？談得這麼晚。林樸邊吃飯邊說，談些班上學生的事。

每個班都有幾個學生不吃午飯，家裏窮。水之湄覺得怪可憐的。幫一二次還可以，長期幫這些孩子又沒有能力。不讀書吧，將來他們的後代又會像他們一樣。沒辦法。林樸停了一會兒，好像要讓某種情緒過去。然後說，後來，水之湄講她做了一個夢，說這個夢很特別，夢境就像真事一樣，很清楚。什麼人啦講話啦走動啦，不像平常的夢境模模糊糊。這夢又特別長，醒來後記得一清二楚。尚無庸對別人講夢境的事兒，總是執一種超然的旁觀態度。青春呢，青春多夢，此話不假。林貽椒倒是很感興趣的。林樸說，她就是覺得特別，因此特別當真。她講得很仔細，真讓人覺得不是一般的夢呢。

水之湄不太清楚祖上的事，只是小時候斷斷續續地聽過世的父親說過，曾祖父曾是道上的人。據說入那個道得交上些糧食，相當於入會費或入黨費。道這種民間組織自古有之，不同時期有不同叫法。它類似幫會，但別於幫會。這種民間組織最大的特點是帶有宗教和類宗教的性質。道分白道黑道。朝廷認可的叫白道，朝廷討厭的叫黑道，水之湄的曾祖父入的那個交糧食的道就是黑道。後來這黑道做了些朝廷不喜歡的事兒。到底是些什麼，不知道，沒傳下來。後來舉家外逃，祖父時他們定居石頭市。家族的習武傳統也遺忘了，家訓的重點轉到了讀書上來。到水之湄這裏，家裏就只生了她一個女孩。從傳承的角度看，水家的脈系算是到此為止了。

林樸和水之湄在學生放學後，兩人站在教室旁談些學生的事兒。有同事經過打個招呼。後來，學校安靜下來，兩人坐在石臺階上，水之湄便講起她的夢來。一副認真的樣子，並不興奮，靜靜地講著。她說，平日裏我不大做夢，做了什麼夢很快就忘了。記得小時候也做過惡夢，可長大後怎麼也回憶不起是些什麼樣的惡夢。你是不是也這樣呀？林樸說，差不多吧。水之湄繼續說，昨夜的夢，真的很奇特，現在我還記得清清楚楚，像真實的一樣，但是呢，又很不一樣。記得很鮮明的一條路兩邊是高高的牆，那種白石灰抹的牆。牆上沒有窗子，路上也沒有人，很安靜，一點兒也不覺得害怕。走著走著前面是扇大門，推開門，還是那條路。走呀走呀，又碰到那扇門，推開門，前面又是那條路。就這樣一直走下去，推開門，再走，再推開門，再走。奇怪，一點兒也不累。我想，是不是在繞圈呢？可路是筆直的，又沒有拐彎，不會繞圈吧？這是什麼地方呢？一點兒也不陌生，可從來沒來過這地方呀。你說怪不怪？我想，往回走吧，也許可以走出這條路的。我就往回走，走著走著又碰上那道門，推開門就看見你站在牆邊，手裏拿把雨傘。林樸，你說夢真怪，突然出現你。看見你從教室裏出來，一個人走了，也不吱聲，怎麼突然又出現在牆邊呢？你呢，撐開傘說，我們一起走吧，天要下雨了。我說，還沒下雨啦，舉著傘累。你呢，很嚴肅地對我說，雨總是要下的，就是不下雨，天塌下來怎麼辦？我得護著你呀。我們就打著傘走。走著走著，突然就走到大街上了。聽四周有人叫喊，也聽不清楚在叫喊些什麼。一個人影兒也看不見。街上突然淌起水來。一會兒水變濁了，再一會兒水變紅了，變得很稠。水面上飄滿了草鞋，布鞋。一看四周就我一個人，你不知到什麼地方去了。我淌著水使勁往前走，可怎麼也走不動。抬頭一望，你在街那頭，遠遠的。聽見你喊著，水之湄，快跑呀，快跑呀。我也叫著，你快跑吧，你快跑吧。突然我身邊有個人抓住我大喊，之湄，之湄。我就醒了，一看是我媽。我媽說，是不是做惡夢了。我說，沒有呀。我說話時特別清醒，一點兒不像剛醒過來的。媽說，沒做惡夢幹嗎亂叫。誰快跑呀？是不是夢見壞人了？我說，沒有呀。我怎麼不知道在叫喊呢？等我媽走了，我就想，是惡夢吧，好像又不是，我為什麼一點兒害怕的感覺都沒有呢？也不知是水之湄的夢裏提到了自己，還是因為自己在水之湄的夢裏是個好角色，林樸心裏蕩漾著一種感動，感動中林樸體會到一絲他認為自己不曾有過的豪情。他沒有吱聲，靜靜地不由自主地在心裏再現著水之湄的夢境，彷彿是自己做的夢。大凡夢境的情節是簡單的，不像現實生活具有複雜的表像和游離不定的人心。可有些夢卻因蘊涵了人的真誠而顯得別樣的厚實。是呵，人生會因有夢而變得多彩。

水之湄看起來嬌小，其實並不矮，在女人中算中等身材，只是顯得孱弱。說話聲音不大，很悅耳。很少聽見她大聲嚷嚷。有時也發火，多是班上學生的事兒。發起火來，頗有震攝力。少女時一頭烏黑濃密的長髮紮成辮子，教書以後嫌麻煩，剪成短髮。她媽覺得這麼好的長髮剪了真可惜。她說，有什麼可惜的，不就是頭髮。不少女孩子因故剪了長髮還傷心流淚呢，水之湄無所謂，怎麼方便怎麼好。她的皮膚白皙，是母親的遺傳。男人皮膚白看起來總讓人不舒服，女人皮膚白讓人覺得精緻。白皮膚裏透著紅可謂美，可惜水之湄不是，所以她母親總是擔心她會不會有病。其實水之湄精力很充沛，做事認真。精力充沛不等同於體力充沛，體力充沛的懶人有的是。精力充沛的人往往瘦或者說不胖，同時具有博愛的傾向，當然是好人的那類。在中國鮮見腆著大肚子而具有博愛精神的人，如果有，頂多只是愛屋及烏的那種。

兩人靜靜地坐在臺階上，虔誠真切又有點兒恍惚。仔細想想這夢也沒有什麼特別奇特的地方。夢就是夢。記得的以往的夢不是因為它奇特而是因為它鮮活。水之湄抬頭望著屋簷下飛來飛去的燕子，一群總是忙忙碌碌的鳥，就是歇在電線上一排也嘰嘰喳喳地談個不停。過了一會兒，水之湄眼睛依然看著燕子說，後來我睡著了，一睡著又做起夢來，好像眼睛一閉就進入了夢的世界一樣。她扭頭對林樸說，這次的夢讓人很不安。林樸說，是惡夢吧？水之湄似乎想了想，好像是，也許吧。如果是惡夢我怎麼不害怕呢？只是，只是心裏很不安。說著歎了口氣，我夢見街上有好多人，慌慌張張的，走過去的，走過來的，滿街亂竄。我在街上問這個，不說話，問那個，不說話。我也在街上走來走去，想知道到底發生了什麼事情。可是走了好一會兒什麼也沒有發現，就是看見滿街的人匆匆忙忙地走著。我就搖搖你的手問你。你說奇怪吧，你怎麼突然出現了？又好像我就和你一直在一起呢。你說，北郊出事了。就拉著我的手一起往北郊去。這時街上的人都跟著我們一直往北郊走。滿街的人沒一個人說話，就聽見一片嘈雜聲，沙沙沙沙地響，對，是沙沙沙沙地響。好像人都很輕似的。我們穿過一個巷子又一個巷子，又走到街上，又穿巷子，又到了街上。走著走著，前面突然有個老人指著身邊的巷子說，從這裏走。你知道這老人是誰嗎？就是你常提起的那個涵伯。涵伯說完背著大布袋一個人往別處去了。一拐一拐的，背有些駝，比我以前見過的蒼老多了。林樸插話，可能是我有時提起涵伯，你心裏印象深了。水之湄點點頭，也許吧，不過你提起涵伯時，我從來沒特別留心過，總感到是你們男人的事呢。

聽人講事兒，有兩種聽法。一種呢，是聽別人講別人的事兒，你講著我聽著，可以說是從外面聽。一種呢，是聽得很真切，聽著聽著就走到別人講的事兒裏面去了，可以說是從裏面聽。林樸就是聽得很真切，自己像在水之湄的夢裏，而水之湄只是在一旁復述著。他好像真的看見了涵伯，是蒼老多了，走路一拐一拐的，心裏泛起一陣莫名的敬慕與同情。

水之湄繼續說，我們從巷子走出去，又穿過水塘，到了北郊。看見荒草地裏坐了好多好多人，都在那裏哭。我問他們為什麼哭呢？他們說，就是想哭。我說是不是有什麼不順心的事兒呢？他們還是說，就是想哭。可是他們哭呀哭呀，卻聽不見哭聲，只是不斷地擦眼淚。我想這到底是怎麼回事呢？人不會無緣無故地就想哭吧。跟著我們來的人越來越多，到處都是，也跟著哭起來。那些坐在草地上的人看到來的這麼多人哭，好像受到驚嚇，都不哭了。一下子全鑽到地下去了。人們到處擠呀擠呀，我們怎麼也走不出去。你說，我們飛吧。我們飛起來，結果落下來還是在人群裏。又飛，落下來還是在人群裏。抬頭一看天黑了。剛才天還亮著啦，怎麼一下子黑了呢？人們在黑地裏亂竄。一會兒有人倒下了，一個接一個的倒。我們用擔架抬著倒下的人，往學校走。一下子我們又在街上了，好多人都在往學校裏抬。學校裏到處躺滿了人。我問你，林樸，林樸，我們的學生呢？這些人在這裏沒法上課了。你說，這是瘟疫，學生不來上課了。學校現在是臨時救護所，我們要去救人。可我不知道怎麼救呀。你說，給他們水喝就行。喝夠了就會好起來的。我們就一個個給那些躺著的人喂水。那些喝完水的人說，這水怎麼這麼難喝呀？說完站起來走了。後來學校裏走空了，一個人也沒留。我們又突然上起課來。黨教就站在這天井裏大聲叫著，上什麼課，都給我出來開會。我說，沒到週末就開大週會？黨教很生氣，大聲吼著，什麼週末不週末，我說開就開。人要到週末才能受教育嗎？真不知趣。等我們都聚齊了，黨教卻睡著了，歪著頭，口水流了一地。我和你走到大街上，看見街上全是送葬的，抬著棺材。我說，怎麼還是死了這麼多人呢？不是一喝水就好嗎？你說，死的是沒有喝水的，為什麼不給他們喝水呢？我們忘了還是顧不過來呢？怎麼就去上課了？

水之湄講到這裏沉默起來，心裏充滿了莫名的自責，顯然不是在講夢，而是又回到夢境裏。林樸也是，和水之湄有同樣的感受。水之湄繼續說，後來，好像有段空白，什麼沒有，林樸你說呢，人做夢還可以夢見什麼都沒有的嗎？但我確實還在做夢呀，如果沒做夢應該什麼都不知道，知道什麼都沒有肯定是在做夢吧？林樸點點頭，有點兒恍惚地說，應當還在夢裏吧。水之湄說，對，應當還在夢裏。就這樣過了好長一段時間，就聽有人吵吵嚷嚷的。後來，吵鬧聲越來越大。我覺得像在空中看著他們。我突然又到了市政府裏，看見朱市長正坐在桌旁，手裏捧著個非常大的雞腿啃著。市政府裏就他一個人。聽見外面很吵，朱市長放下雞腿很生氣，說，外面怎麼回事？他旁邊立刻冒出一個人來，對他說，外面圍著很多市民，要請願，希望政府在北郊建個圍牆把亂鬼圍起來，還說，錢都出了，怎麼還不建英雄墓園？朱市長聽後，抓起雞腿在頭上搖晃，叫巡捕所的人都過來，帶上棒子，把那些傢伙給我打散了。我看見滿街的人撲通撲通四處逃散，後面巡捕所的人揮著棒子見人就打。一會兒，什麼都沒有了，又是一段空白。又一會兒，看見你從對面走過來，說，之湄，事情還沒完呢。我很奇怪，你怎麼叫我之湄了，以前你從沒這樣叫過我的，是不是我聽錯了？正琢磨著呢。又聽見你說，之湄，事情還沒完呢。你牽我的手，我說，林樸大街上別這樣。你說，大街上，水之湄說到這裏停了下來，然後聲音很輕像自語一樣說，你說大街上沒人呀。說到這裏兩個人都不自在起來。林樸覺得臉上有些熱，肯定是臉紅了，不自覺地把臉悄悄地扭到一邊。

好長一段時間兩個都沒說話，也沒有想什麼，只是沉浸在一種不曾體驗過的心情之中。學校裏特別靜。天色暗下來，那些飛來飛去的燕子也不知藏到什麼地方去了。水之湄抬頭望了一下屋簷，又朝林樸看了看，說，後面好像還做了些夢，很模糊，不記得了。早上起床，頭有些暈，夢裏的事總是在眼前晃。以前我從不迷信夢的，今天早上到現在，我一直在琢磨，那些信夢的人可能真有幾分道理呢。

兩人在學校門口分手時，天色已經開始黑下來。一路上林樸精神有些亢奮，他回味著水之湄的夢，好像在重現歷史上曾經有過的真實故事。當人跟你仔細講他的夢時，表示他對你信任而且親近。對，林樸心裏說著，應該是這樣的。夢是人最隱秘的東西，向一個沒有任何牽掛的人講夢，一點兒意義也沒有呢。晚上，林樸跟林貽椒講了水之湄的夢，講得簡要些，關於類似給水之湄撐傘的情節省略了。第二天，林貽椒跟尚無庸講了。尚無庸說，講講夢只是話題而已。你呢，別把別人的夢當真。你知道嗎？這說明那女孩子對林樸有好感。林貽椒想了想，要不找個人到她家去說說？尚無庸搖搖頭，這事兒不能急，最好觀察一下，擱一擱，看事情進展再說。現在去提親有些冒失，萬一女孩父母已經為她說了人家怎麼辦？我看還是放一放吧。也別在林樸面前提這事兒，免得把事情做反了。明白我的意思吧？林貽椒想想，說，我知道啦，不過林樸從小膽就不大，也沒有什麼衝勁兒，不會錯過機會吧？再說咱們家境又這樣。尚無庸不同意林貽椒的看法，我看林樸是個相當不錯的男人，沒女孩喜歡他倒是奇怪的事了。你呢，從小護著林樸長大，反而看不見林樸的優秀之處。有些人，你不能從小處看的。聖人說過，君子不可小知而可大受也。林貽椒有些茫然，想了想，也沒再說什麼。

夢畢竟是夢，說說也就過去了。特別信夢的人會因為某個夢而惴惴不安，大多數人則把夢當作閒談的資料。夏天來臨時，水之湄的夢大家都忘記了，連水之湄自己也不再想得起來，好像夢是人生中容易褪色的顏料。舊的顏料褪色了，又塗上新的。然後呢，又褪去色彩，又塗上新的。這樣塗著塗著人生就過去了，人就老了。夢，委實沒有什麼實際價值，不過，反過來想，若是一生無夢，人生會變得多麼蒼白，多麼無聊。

當石頭市的人晚上開始在院子裏大門外納涼的時候，石頭市的第一家電影院開張了。電影院的幕後主人是朱市長夫人，這是全市的人都知道的。實際經營電影院的是朱市長夫人的一個親戚。這個人出現在石頭市時，人們著實議論了一番。頭髮往後梳著，抹了油，亮亮的。皮鞋，亮亮的。國外的服裝既所謂西式正裝，衣褲一個顏色，深灰帶黑條。白襯衣，領口用黑綢料紮個結，叫蝴蝶結。在電影院大門口一站，那俯視這個小城市的眼神，令人不由想到天神的僕人突然降臨到一個不開化的小部落，眼睛裏充滿了憐憫與不屑。處在他的下風處能聞到一股濃濃的香味。那香味應該是很好聞的，可總是讓人有一種想吐的感覺，不知是這香味有異還是聞到的人沒有進入應有的文化氛圍。石頭市的人常拿這香味開玩笑，說是這香味聞多了，男人可能會懷孕的。不過話得兩頭說，乘馬車沒聽說有人吐，乘汽車吐的人可不少。是汽車不好呢？還是坐馬車的屁股不適應坐汽車呢？有些事是說不清的，人得去習慣。還是那句老話，習慣了，什麼樣的日子都能過。

電影院的經理姓郝，幾乎沒人知道他名字是什麼。人們背地裏叫他郝香，當面則叫他郝經理，郝老闆。有些玩世的年輕人碰見他恭恭敬敬地說，郝經理有喜了。郝經理聽了很高興，以為人們在為電影院道喜。後來聽多了，覺得不對味，一打聽才知道是說他懷孕了，讓他很生氣。他放話說，誰要是再敢當面不禮貌，巡捕所裏見。果然再也沒人當面道喜了。私下裏卻編了很多關於郝香的笑話。連孩子遊戲時也唱著，小油頭，郝好香，娃娃見了直叫娘。

女不女，男不男，叫你娃娃進牢房。有趣吧。其實人們心裏很無奈，也很憤怒。紫黨廣播裏說，朱能穀挪用建墓園的款項開了家電影院。這消息是真是假，沒人敢探個究竟。錢收了墓園遲遲不建可是事實。雖然墓園不墓園的跟大家沒有一點兒情感連繫，但全市都出了錢，建墓園反而成了市民關心的事了。很有趣吧。

第一次看電影，那是什麼感覺呀。坐在黑黑的電影院裏，人們的心砰砰地亂跳。當一束光線從機器裏射出，越過人們的頭頂投射到銀幕上時，全場一點兒聲音都沒有。人們屏著氣，盯著銀幕，夢境就在銀幕上展開了。對呀，電影不就是夢嗎？既虛幻又真實。那是一個世界又只是些影子，電的影子。戲幫子演戲，那是真人真衣服真道具真的拉琴敲鼓。電影院機器裏出來的全都是影子，竟然還那麼好看。石頭市的人因為電影興奮了好長一段時間。電影成了各家的話題。人們談論電影的新奇，影像的細節。人物在銀幕上走過，走著走著就走出去了，一會兒又走回來了。女演員真的很好看，美人。男男女女的那服裝真稀奇。至於電影放的是什麼內容竟然沒人留意，盡顧看那些影子，給忘了。

一部片子重播了好長一段時間，直到銀幕上的影像出現了好多下雨一樣的道道，才換了新的片子。新片子上影，電影院的郝經理，郝香，叫人畫了張大大的宣傳畫。畫裏畫著一個男人，像是一個英勇的戰士。看了電影才知道那電影是關於粉黨的故事。那個士兵，就是宣傳畫裏的那個人，有些英勇得過份，不但殺死了很多紫黨的士兵，而且身體被子彈打成了馬蜂窩，胸前的彈孔前後透著亮，還沒有一點兒死的意思。一個勁兒地說話，又是交黨費又是交代戰友們要把紫黨消滅光，又是要求戰友們把革命進行到底，又是想念黨的領袖，又是要戰友們不要悲傷。戰場上雙方都停下來，等他把話說完。最後呢，自然是粉黨大獲全勝。一個將軍站在坦克上講話，下面密密麻麻的士兵舉著槍歡呼。電影院的觀眾全都鼓起掌來。有趣吧。為什麼鼓掌？勝利了。誰勝利了？粉黨呀。粉黨勝利了跟你有何關係？想想，也是。唉，中國的人民啊。

電影是大眾娛樂的服務事業，認識到這點是很多年以後的事兒。寓教於樂，這是粉黨領袖劉鑒殷提出來的。人們以為在娛樂開心，實際上在被教化。被教化是件極其嚴肅的事情，民眾不知道，只知道開心。不過電影雖是大眾娛樂的事兒，卻不是公益事業，看電影得掏錢。喜歡讀讀歷史有點兒悟性的人都知道，在中國，即使是最鼎盛的朝代，譬如所謂的盛唐，最富裕的朝代，譬如宋，大多數民眾，從未真正富裕過。好朝代壞朝代對社會的主要成員來說，只是活得下去與活不下去的區別。所謂康樂社會即使是小的康樂，也並非指社會底層民眾。在讀歷史時一定要時刻清醒地牢記這點兒。所謂歷史一定是經過粉飾的，沒有粉飾的歷史不叫歷史。石頭市的人能經常去電影院的不多。雖然電影院叫人民電影院，但電影票太貴。因為新奇，咬咬牙看一次還可以，只當三天的活白幹了。經常去看電影，太奢侈了。石頭市有不少人一次電影也沒看過，都是些住在北郊的人。對他們來說，電影只是有錢人的新玩意而已。

磚塔大彎那邊，有家裁縫鋪，很小，裁縫姓畢。說來跟邊步老婆全玖兒家還有點兒親戚關係。上次打仗時，大彎那兒正是戰場。全家都跑到全玖兒家避難。仗打完了，回來一看，還好，鋪面雖損壞得嚴重但還可修好，全玖兒的兄弟過來幫過忙。畢裁縫有點兒跛，人稱畢跛頭。按理應叫畢跛子，卻叫了畢跛頭，什麼典故，不清楚。畢跛頭的生意還不錯。生有二女一男，男孩吃的喝的優先，二女孩捎帶著，還得幫著幹活，也不讓上學。女孩上學為啥？難道出嫁後給婆婆讀報紙？這畢跛頭，脾氣又不好，一不順心，對女兒抬手就打。他老婆竟然跟他一樣，不喜歡女兒。這人啦，說什麼好呢，不愛何必生之育之？

邊步也不知道畢跛頭的大女兒叫啥，只知道都叫她大丫頭。留在邊步印象中最深的是那天夕陽通紅通紅地照在白坯薄板棺材上，四個人用扛子抬著匆匆向郊外走去。棺材裏裝著中午剛去世的大丫頭。按習俗，自殺的人，不得停屍過夜，當天就得埋。匆匆的，短短的，沒有什麼意義的一生，結束了。一場夢。

大丫頭快十六了，生得瘦小。那天，街坊的一幫女孩子嘰嘰喳喳地約著要去看電影。大家很興奮，蹦蹦跳跳地跑到裁縫鋪約大丫頭。等她們走後，大丫頭跟父母提了這點兒請求，畏畏縮縮的，結果被罵了一頓。她說，弟弟已經看兩次了。她母親說，你跟他比？不懂事的東西。大丫頭一聲不吭，把午飯做好後，一個人找根繩子到父母的房裏，把繩子繞成圈兒，一頭掛在床架上一頭套在自己的脖子上。腳踮在地上，她便彎著腿，使勁往下墜。臨斷氣時，身子抽搐掙扎，搖得床架吱吱地響。等她父母叫人把她放下時，大丫頭的身體還是熱的呢。裁縫鋪裏裏外外圍了很多街坊鄰居，議論紛紛。年紀輕輕的就尋死，何苦呢？大丫頭的母親跪在地上抱著大丫頭哭呀叫呀，嗓子都啞了。畢跛頭站在牆腳直抖，眼淚呢，一個勁兒地淌。唉，這事兒。

這事兒就這樣過去了。生生死死，有人的地方就這樣。生，不用說，死，各有各的緣由，死的理由，在死後變得不再重要。人生總得有個結局，怎樣的結局好或是不好，這要取決於活著的人思考的深度。不過，有思想的人能不死最好，因為有思想的人會深刻地探究死亡的意義，這樣死起來就比一般人更加的痛苦，因為思想會在死亡到來前好長一段時間就開始顫慄，白白浪費掉最後的生的時光，怪可惜的。

林樸學校的黨教，組織學生看電影，粉黨勝利的電影。粉黨少年團免費，學生老師半價。一大早的學生專場。孩子們高興得臉都漲紅了，早早地就趕到學校排隊。粉黨少年團打著粉旗列隊走在前面，既神氣又興高采烈。電影沒開始就在電影院裏唱著歌，美妙的童聲齊唱非常動聽，讓人心裏熱騰騰的。歌曲裏的什麼打倒什麼萬歲什麼大救星之類的歌詞，淹沒在歌聲裏，沒有一點兒意義。等電影院燈一黑，一道光束投射在銀幕上時，歌聲突然停下來。全場沒有一絲聲響，甚至聽不到呼吸聲，靜得像沒人的深夜。林樸回頭望著了一下，在銀幕的反光中盡是一排排閃亮的大眼睛。孩子呀，他們真的需要一個夢一樣的世界，一個夢一樣的未來。當銀幕上的將軍站在坦克上講話時，電影就到了結尾。這時黨教站起來帶頭鼓掌。孩子們也跟著鼓掌，小手都拍紅了。散場後從電影院湧出來，個個尖著嗓子爭論著，異常快樂。

林樸走出電影院大門，走著走著就和水之湄走到一塊兒了，沒說話。走了一段路後，水之湄突然對林樸說，母親不知在忙什麼呢，忙到我頭上了，說是過幾天要去相親，真是瞎操心。又走了一小段路，林樸才說，女大當嫁，你母親是為你好。當父母的怎能不操這份心呢？要是遇上好人家，也是好事呀。兩人不再說話，默默地走著，分手時，跟學生們打過招呼。臨走，水之湄也沒看著林樸，只是輕輕地說，你不懂。林樸看著水之湄走遠，發了一會兒呆，好像真沒懂水之湄說什麼。

詩經裏有，母也天只，不諒人只。是這個意思嗎？也許吧。

十一　死狗

狗，活的叫狗，死的叫死狗，從沒聽說過活的狗叫活狗的。當然這僅僅是語言習慣而已，並無特別深意。不過活著的狗與死狗是有區別的，死狗不咬人，活著的狗則會咬人。狗之所以敢咬人並不是狗有多利害，而是狗仗著人勢，可以說狗咬人本質上是人咬人，有勢的人咬沒勢的人。老虎厲害，但沒仗人勢，滅得只在動物園裏才有幾隻，關在鐵籠裏，再厲害也沒用。狗與老虎不能比，可咬人的狗滿世界都有。狗仗人勢呢。

當林樸學校的黨教最後葬在北郊的時候，牽連了好多人，這些受牽連的人吃了大苦頭。那天林樸去學校，學校裏充滿了驚恐的氣氛，人們的臉色發白匆匆地走來走去。不少教師們擠在過道裏往天井裏瞅，水之湄也在那裏擠著看。天井中間一張椅子，黨教坐在上面死了，歪著頭，血從嘴角流下來，地上流了一灘。水之湄並不覺得這場面有什麼可怕的，只是奇怪，黨教這樣子，好像在什麼時候見過，仔細想想還是想不起來，可以肯定自己確實見過黨教這樣坐著的。碰見過道裏的林樸，水之湄說，黨教在天井裏，看見了嗎？林樸點點頭，驚恐裏有點兒茫然，小聲說，要不是紅色的，我還以為黨教睡著了，正流口水呢。水之湄聽林樸這樣一說，忽然眼睛一亮，急匆匆地對林樸耳語，對了，林樸，我夢見過，就這樣子，我真的夢見過，你記起來沒有？我跟你講過的，想想，我是不是跟你講過？怎麼變成真的了？你想想，對不對？林樸眼睛望著過道的人群，過一會兒才支支吾吾地說，是呵，對，對，你以前講過，對，你確實夢見過。真奇怪呀，怎麼是真的呢？是呵，我怎麼一看就覺得黨教應該流的是口水呢，是你的夢，我記在心裏呢。林樸和水之湄兩個站在過道裏，被夢境的預示性迷住了，或者是驚住了。這怎麼可能呢？但這是真的，真令人困惑。林樸突然悄悄對水之湄說，要是我們以前懂得夢，提早給他打招呼就好了。水之湄有點兒不屑，跟他打招呼？又不是我做夢要他死。再說，他要不這樣哪來美夢成真。林樸補了一句，惡夢成真吧。

確實是惡夢。調查開始時，學校的全體教師都關在教室裏，巡捕所和市政府的人，一個一個叫去問話。下午把女教師放了，晚上把男教師也放了。沒問出個什麼線索來，不過有的男教師也沒為啥，白挨了幾耳光。其實教師是中國人中最逆來順受的，最通常的表現是，好，則教書育人，不好，則教書混飯，如此而已。子曰，邦有道，穀，邦無道，穀，恥也。聖人說的是出仕的倫理。教書是一個行業，有時僅僅只是一個行業。再差的氛圍，教孩子識字還是要做的，育人與否，有時真不是教師能力所及。教書不育人，自然就是教書混飯了。這是教書這行業的不恥之恥。

林樸很晚才從學校出來，還好沒挨耳光，估計是調查的人覺得林樸不值得打吧。走出學校拐過巷口，水之湄站在巷口等他。看見晃晃悠悠的林樸，第一句話就問挨打沒有。還好。那就快回去吧，你姐肯定著急呢。也沒等林樸說什麼就分手走了。林樸一回家，看見全家人焦急的樣子，一時不知說什麼好，只是說，我沒事兒，沒我的事兒。抱過侄子。好音會叫人了，姨，姨地叫著。吃晚飯的時候，大家也沒說什麼。等放下碗筷，林樸說了句，我真不想再教書了。尚無庸補了句，就是。林貽椒看了尚無庸一眼，扭頭想對林樸說什麼，聽見但叔歎了口氣，就沒再說話，站起來收拾碗筷。

作為中國人，有個基本素質是必須具備的，那就是打與被打。要麼打人，要麼被打。如果你具備了這個基本素質，你就不會為打與被打而大驚小怪了。這是很平常的事兒，或者說這是很正常的事兒。打與被打在中國，幾千年來，已經平常到不在社會倫理討論的範圍之內，甚至也不在推動社會前進或保持社會結構穩定的學術討論之中，真的很平常。如果因為某事兒，竟然沒有被政府打，反而會忐忑不安。林樸就是這樣，一夜老是醒來，睡得不好。說多害怕也談不上，就是有點兒不安。一大早起床，精神不大好，喝了碗粥去學校。林貽椒一直跟他走到大門口，望著他走遠，但叔則在屋裏望著大門。尚無庸也去學校，臨走時抬頭望著門楣說，但願我們的黨教安康。說完，走了。一點兒也不好笑。

為什麼有人會殺黨教呢？假如黨教很壞，那麼比黨教更壞的大有人在。為什麼那些人活得好好的，黨教卻死了。俗話說，好人命不長，壞人害一世。這俗話真有些憤世的情緒。黨教之死用這俗話套不上，至少學校裏的教師沒人認為黨教有多好。就連學校裏一兩個阿諛的，也沒聽他們說過黨教有多好。說是劫財吧，也不像，黨教口袋裏的錢還在，懷裏揣的金掛錶也還在，肯定不是劫財。這塊金錶是真正的金錶，很值錢。那時代，有點兒錢有點兒文化的世家，往往金錶傳世。錶背後刻上字，要麼刻姓名要麼刻上句吉祥話。父親傳給兒子，兒子傳給孫子，如果沒有敗家還得往後傳。不過還沒聽說傳著傳著錶就壞了的，不是錶不好，多半是傳到孫子就把錶賣掉了。沒什麼可惜的，風水輪流轉，很自然的。沒聽說過雨就老是光顧一塊田的吧，就是呢。黨教叫王狐裘，年輕時閒著沒事兒，便參加了官府的軍隊，當兵。軍營附近家有小女孩的人家時不時跪在官府投訴他，官府覺得麻煩把他開除了。閒了一陣，跑去加入朱能穀一夥。

那天夜裏朱能穀帶著幫人去打劫一家有錢人，殺了幾個人，搶了不少錢財。打劫的那當口，大家提著刀前屋後屋忙著，王狐裘看見那家的小孩子長得有趣，一把摟到牆角又是摸又是親。那小孩子什麼也不顧，只是雙手死死抱著胸前的衣服。王狐裘覺得奇怪，掰他的手，掰不開。乾脆把小孩殺了，在孩子衣服裏摸出塊金錶來。抬頭一看沒人注意，趕快揣在懷裏。後來呢，在粉黨軍隊裏，老打仗，一直沒有找到一個好買主，直到死還在懷裏。朱市長知道了這塊錶，也有點兒吃驚，說，這傢伙什麼時候弄到的，居然藏到現在。於是呢，把金錶拿走，別在自己的懷裏。

市裏的人對黨教王狐裘的死因說法可多啦，和往日一樣說什麼的都有。其中說得最有中國色彩的是黨教為千里之外尋覓而來的冤鬼所殺，叫他昔日吃人的嘴吐血而亡，不得其死，必有前惡，因果報應云云。平民談事兒，不是就事論事兒，而是就事發洩，官府出面澄清也於事無補。別看中國人順從老實，真正從心裏相信官府的沒幾個。後世搞社會學研究的人，摹仿外國人的口吻說這是中國人的國民性，也不知道這樣說有沒有真正的社會調查統計的依據。那時候刑事偵破的手段還不怎麼先進，也不知道提取指紋或者什麼技術分析。朱市長雖然想把兇手碎屍萬段，可手下人都茫無頭緒。倒不是說王狐裘與朱市長有多深的兄弟情誼，黨教被殺帶有強烈的象徵意義，可以理解為對粉黨的恨視。如果從這種理解看待黨教被殺，就是一件大事。巡捕所和粉黨總部調來的一些士兵把他們認為有問題的學生家長抓起來，打過來打過去，像烤燒餅一樣，哭爹喊娘也沒用。死了幾個扛不住的，叫他們的家人抬回去埋了，還是沒有頭緒，於是範圍擴大到北郊，理由是那裏人家的孩子參加紫黨軍隊的多。

當偵查範圍擴大到北郊時，對石頭市的震撼就特別大。街上再也聽不見人們大聲議論這事兒。抓的人多了，巡捕所關不下，全都押到林樸他們的學校裏。出事後，學校本來就沒上課，這下學校成了刑訊的處所，大街上都聽得見哭喊的聲音。

林樸的學校所在的那條巷子叫梅台巷，走進去二三十步右手就是學校大門。石臺階，石門楣刻著花卉人物。門兩邊有上馬石。很多年前是個大戶人家的私宅。進門是個大院子。應當有照壁的，可現在一點兒影跡也沒有了。聽說以前院裏有個大花台種著梅。冬季裏人們從巷子裏走過，踏著吱吱響的雪，能聞到一股若有若無的梅花暗香。這暗香很能使路人聯想到財富與高貴，與聞到胭脂香味的聯想很不一樣。這巷子因梅台而得名，很有情調。院子裏現在能看見的是幾株高大的梧桐樹。樹幹乾乾淨淨的，葉子大而柔且不多，很有君子氣。秋天小粒的梧桐籽落在地上，撿起來用鹽粒在鍋裏炒，吃起來很香。梧桐真可謂雅且貴。也許從改種梧桐的那年起，這私宅就成了學校吧。古人說，同窗為朋，同志為友。梧桐正與學校相得益彰。

可惜的是，當下幾株梧桐樹幹上都綁著人，涼水澆過後，腦袋都耷拉著。教室裏則還在打。公平地說，簡單的辦法往往很奏效，打過數遍後，不少人都招供了。有的說是用刀捅的，有的招供說是用棒子打的，也有說繩子勒的，下毒的，腳踢的，枕頭捂的，手掐的。還有人招供說是念咒語咒死的。不過這些招供都與黨教死的現場不合，且黨教是男是女他們都不清楚。最後呢，又弄死了幾個人，埋了，其他人只好放了，白忙了一個多月，不了了之。老實說，殺黨教的人很專業，也很有耐心。不是弄死就走，而是仔細地把王狐裘挪在天井裏的椅子上。是不是有點兒挑釁的味道，誰知道呢？瞎猜還不如不猜。

什麼貨色？邊步好久沒有上林樸家來。老婆全玖兒是個勤快媳婦，在店裏幹活，站在凳子上取貨，不小心摔下來，流產了。邊步被母親臭罵了一頓，呆在家裏照顧全玖兒。最近全玖兒身體好了，就跑到林樸家串門。進門就這一句，很氣憤的樣子。林樸一家吃完晚飯在堂屋裏坐著聊天，聽邊步一說，林樸以為邊步家生意上有麻煩。他姐以為邊步與老婆吵架了。大家都很驚訝。聽了邊步的議論才知道，原來邊步在說黨教的事情。林樸給邊步拿了把小椅子，邊步不坐，站著用他那尖嗓子嚷嚷，把粉黨，朱能穀，黨教數著罵了一通。黨教的事兒弄死了一些人，關邊步什麼事呢？幹嗎這麼氣憤？但你說呢？中國的事兒，總得有人氣憤一下吧？那個王狐裘是個什麼東西，狗，一條死狗。少了條咬人的狗有什麼可惜的。為了條死狗還要害死那麼多人，天理何在？狗是命，人命就不是命了？邊步一句接一句的氣憤地說著。大家都沒吱聲，聽他說。心裏壓抑的情緒被邊步的話煽動起來，眼睛都看著邊步。只有林貽椒的孩子在大人之間跑來跑去，天下再大的不平與他無關。難怪外國人說兒童是天堂的最大者呢，說的就是小孩不懂事兒。等懂事了，心中也會不平，也會氣憤，當然也會無可奈何，也會不了了之，最後自然是容忍了世間的惡。人格呢，就變得很小很小，像一隻小蟲子。

尚無庸聽著邊步憤憤地講著，思緒都岔開了。他在想他們中學的黨教。中學裏黨教是三個，為首的也姓王。尚無庸弄不懂，這粉黨也沒有一統中國，幹嘛這麼熱心地在學校裏派黨教呢？鞏固地盤的辦法多得很，放著該做的不做，硬要到教書的地方胡攪和，想不通。

這王黨教竟然出生在有錢人家，讀過書，對革命熱愛得有點兒過頭。年紀輕輕的，整天挖空心思在學校搞革命活動。上課他要去旁聽，動不動就找教師談話，動員教師參加粉黨。教師們之間的閒談他也要打聽個清楚。常常帶著學校裏的粉黨少年隊在操場列隊。正步走，橫著走，直著走，繞著圈子走。自己站在操場中間，背著雙手，儼然像戰場上大智大勇的將軍，一眼就看得出這人心裏充滿了滿足感，革命的滿足感。是不是有人生下來就為了革命，革誰的命無所謂，只要是革命就行呢？這世上真是什麼樣的人都有呀。有人走路總愛沿著路邊的溝走，心理學上稱之為強迫症。讀書的人也有跑著邊讀的。跑著邊讀要麼讀出一個天才，要麼讀出一個怪物。中學的教師有些人是很有學問的，他們私下裏談起王黨教委婉而刺人。他們說王黨教一定是個跑邊讀書的好學生，說不定還真是個天才呢。這話的意思是說王黨教是個徹頭徹尾的怪物。

是呵，那年代這種怪物真的很多，好像田裏的麥子突然被真菌感染了，一片一片的黑。相安無事時則覺得王黨教有幾分可愛，如果有事兒落在這種人手裏了，他們可是比朱能穀那幫綠林中人更毒。對的，一定更毒。因為呢，這種人過分酷愛革命。尚無庸想到這裏，不自覺地點點頭。

邊步情緒很激動，講著講著話路扯得更深，把王狐裘以前的惡行仔細地數落起來。聽的人很詫異，怎麼這傢伙就這麼壞呢？其實，這世上的壞人，真正的壞人並不多，就和世上真正的好人也不多一樣，一個時代如果出現很多的壞人，做壞事的人，那麼這個時代一定是個壞時代，不管你怎麼粉飾都是個壞時代。真正的壞人什麼時代都有，壞人碰上了壞時代就會更壞。王狐裘應當屬於真正的壞人一類。這是一類從娘胎裏出來就壞的壞人。壞人特別喜歡天下有事兒，尤其是革命。他們對於非常時期的非常手段有一種與生俱來的熱情，因而他們在革命中常常能趁混水摸到權柄。邊步講王狐裘的事兒摻進了很多對現實不滿的議論。仔細想想，邊步的議論與市裏的私下議論實質上沒有什麼不同，只是邊步時不時會在歷史的高度上遛一遛。儘管如此，邊步的談話還是進一步推動了林樸尚無庸離開學校的想法。邊步走後，大家的心情多少變得更加陰暗。

幾天以後，林樸才問邊步，你怎麼對王狐裘的事兒瞭解得這麼清楚。邊步並沒有正面回答林樸的疑問，只是說好多人都知道。林樸覺得邊步平時不這樣的，有點兒反常。這段時間貓在家裏照顧老婆，怎麼比我還清楚王狐裘的事呢？林樸只是偶然這麼想了一想，也沒深究。學校裏自從出了王狐裘的事情，氣氛大不如前。一些學生輟學了。新來的黨教是個地道的粗人，也不知是那路貨色，特別喜歡跟年輕的女教師開粗俗猥瑣的玩笑，你不陪著笑他還不高興。這東西笑起來，裂著大嘴露出大黃牙咯咯的笑聲裏帶著口水沫，眼睛眯縫著，那眼神像手一樣在女教師身上亂摸。水之湄看見這黨教遠遠地就板起個臉，讓這傢伙很沒趣。林樸呢，心情則是煩到了極點。每次去學校就像被迫去赴個極不情願的約會。混著日子，只要沒事了，總是招呼著水之湄一起早早地離開學校，過去那段教書育人的熱情蕩然無存。

高山的岩壁縫裏像泰山那樣會倔強地長出一棵松樹來，針葉翠綠，在山風中搖擺。這正好比喻尚無庸在這艱難的時代頑強地研究著他的數學。最近有了一點兒成績。他在考慮數堆之下的數團關係時，突然有了靈感，他悟到了一種解決拓樸學難題的新思路。寫了篇論文寄到國外。這郵件在中國走了哪些彎路？能不能寄到國外？國外的刊物會不會採用？尚無庸並不在意。這研究的副產品讓他很滿足了，毫無疑問，這是一種外人無法體驗的超然且神聖的滿足。世間也只有這種滿足感能淨化人的心，並且人不會因此而變得輕浮。那不是殺了很多人，消滅了敵對勢力獲得的滿足感所能比擬的，那種滿足感雖然很偉大卻背負著沉重的罪惡。令尚無庸意外的是，僅僅兩個多月就從國外傳來了消息，是他妹妹從外國的來信。說論文引起了數學界的注意，幾所外國大學的教授希望與他取得聯絡。現在數學界知道中國有個尚無庸。

林貽椒非常高興，替丈夫高興。接到來信的那天特地買了兩條魚。那是河裏的一種鯰魚，有點兒貴，但很美味。煮了一大鍋，全家高高興興地吃魚。是不是來點酒？林樸心情挺好，問尚無庸。尚無庸說，林樸，你不喝酒，我不喝酒，不喝酒的人喝酒是自討難受，自討難受就對不起這鍋魚了。然後對坐在身邊的兒子說，你說對不對，小小孩？小好音撇著嘴巴，伸出小手指著鍋說，魚魚，大家都開心地笑起來。這是近兩個月來全家第一次有了輕鬆的心情。當鍋裏的魚吃了一半時，林樸說，姐夫，如果國外的大學要你去，你就走了吧，沒理由一定要留在這裏。尚無庸想了想才說，現在確實有點兒茫然。唉，父親的遺願就是要為中國的未來出力。現在真感到使不上力，無處用力。不過想到要去國外，我就覺得對父親有愧疚感。父親當年逃到國外，總是自責自己是個懦夫，時常對我說，中國人離開中國就是個沒有靈魂的遊鬼，要我們以後一定要回到中國。林樸呀，中國這片土地真叫你愛得很艱難。林貽椒不喜歡尚無庸說這些，截住了尚無庸的話頭，吃飯吧，多吃點，不是天天有魚吃的。但叔插話了，我看，能走就走，也該為孩子想想吧。林貽椒忙去擋但叔的話，但叔，別說了，多吃點兒魚，多吃點兒。

中國真的需要科學嗎？吃完飯大家都坐在堂屋裏說話。今天吃了魚，興致很好，家裏好像升起了太陽，一個與外界無關的太陽。說話間，林樸走了神，頭腦裏無故地冒出了這個連他都有點兒詫異的問題。人的精神承受力是有限度的，超過了這個限度就會引起某種紊亂。林樸一般來講是個納於言的人，不像他姐夫，要麼不說，要說起話來總是邏輯嚴整，好像是循著某個數學模型，不花哨，也不缺什麼。也不像邊步，邊步總是很張揚的，思想和情緒攪拌在一起，沸沸揚揚的，給人多少有點兒壓迫感。人遇到逆境，結果可能都差不多，大同小異，但人之於逆境的反應卻迥然不同。尚無庸可能理性些，邊步則會不斷地用種種方式釋放壓力。也許釋放的過程又增大了壓力，這點兒在物理學上說不通，於人卻是常常如此。林樸呢，什麼事兒總是在心裏反復地想，不是樂此不疲，是思維習慣，揮之不去的。這些不堪的社會環境，這些被壓縮在一起的身歷的灰暗事件的感受，讓林樸時常感到一種實在又空泛的心的痛苦。有時他想說出來，可每每開口時又覺得無辭。不是痛苦之重言辭無力承之，而是痛苦之感在經過言辭之橋時總是顯得那麼疲憊不堪。是啊，說也無益，大家感受都一樣吧。痛苦是可以忍受的，什麼樣的痛苦都能忍受，前人如此，未來的人還會如此。可忍受痛苦為了什麼呢？就因為是個中國人嗎？中國人就該世世代代忍受苦難嗎？

林樸很少說他的內心感受。黨教之死竟然弄得腥風血雨的，使林樸覺得頭上的天越來越沉，越來越灰。有時真想某處有個聖潔之地，能去那兒喘口氣。有時只想遠遠地看水之湄一眼，心裏就好受些。今天怎麼說都該是個高興的日子呀，姐夫的成就是大家吃魚的理由，可心裏怎麼會生出個這樣的疑問呢？林樸心裏有些不好意思，這樣的疑問是對姐夫的不敬。林樸雖然時不時地跟家人說上話，聊著，可心裏這疑問的思緒卻盤旋著，斷斷續續的。科學的進步能改變中國人的人性嗎？刀劍殺人，槍炮更殺人，不知哪天會造成個更科學的東西，結果還是殺人。

他想起了市裏有了電燈時情景，還有電話，輪船，汽車，怎麼人就沒有變呢？還是那麼兇殘。姐夫好像從來不想這些的，姐夫的父親會不會想到這些呢？也許不會，不然他老人家怎麼會讓姐夫搞數學呢？姐不懂，水之湄好像也不會想這些事吧。從來沒聽她說過，或許是自己一直就沒有和她談起這話題，不知道她是怎麼想的。

晚上，尚無庸似乎餘興未散，也不想看書，叫上林樸，兩個人把收音機搬出來架好，湊在一起劈劈啪啪地搜訊號。粉黨的廣播訊號很強，聲音又大，在廣播歌曲，自吹自擂的，叫人煩。搜到紫黨的廣播，在播新聞，提到了兩黨交界處的軍事摩擦，不過對大局無礙。自有息兵的金秋協議後，幾年來，小打就沒斷過。你給我一耳光我給你一腳，似乎誰也不動大氣，不會大打當然不打手又癢。經常聽這類消息也就不把它當回事了。

紫黨廣播裏又提到粉黨的內部爭鬥。林樸說，老是說這些，粉黨不是會注意起來，加強團結嗎？紫黨難道希望粉黨團結一致嗎？尚無庸慢慢地說，不會的，你放心，說不說都一樣。不會因為說就團結一致，也不會因為不說就不團結，關鍵在權，在權這個字上，有權的地方就有爭鬥。有人說過，權是人類爭鬥永不枯竭的源泉，依我說權是一切爭鬥的永恆推動力，權是歷史的常數。什麼是權？權就是支配他人的可能性，支配他人就可能掌握財富。權是攫取財富的橋樑。其實，超過生存需要的物質條件，才能叫財富。財富的本質屬性呢，就是支配他人。權和財富兩者都吸引人，核心就是支配他人。被人支使是痛苦的，支使他人是愉快的。支使他人的人稱為貴，被人支使的人稱為賤。平貴賤是一個理想，不現實的理想。平貴賤就是平權，平權不是誰不支使誰，平權好像是誰都有支配他人的可能性。尚無庸笑起來了，其實我也說不清。

你什麼時候研究過這些東西？林樸把頭從收音機旁抬起來，認真地問尚無庸，這跟數學好像沒有關係呀。尚無庸又笑起來，確實沒有關係，我也沒什麼興趣研究這些。不過我呢，有時也給某些值加權。停了停又說，小時候父親還在時，常有人和父親討論這些話題。一知半解的。現在看來，那些人可能也是一知半解的，不然我怎麼會一直一知半解呢？應當是挺簡單的道理呀。林樸咯咯地笑起來。在外面忙家務的林貽椒伸頭往屋裏瞅了一眼，沒事兒，又去忙她的。依我說這是極深奧的道理，哪一天弄明白了，中國人就有救了。林樸又認真起來。尚無庸說，越是深奧的道理，本質就越簡單，深奧的理論一定包含著一個極簡單的內核。所有的學科都是如此，把理論攪得一團糟的過錯，不在理論本身，而在人。要麼是摸不到路徑，要麼是有意攪混水。兩人說著話，也沒太留意收音機的廣播。突然廣播裏提到尚無庸的名字，兩人大吃一驚，連忙把頭靠在收音機旁仔細聽。這是新聞廣播的最後一段，說是我國青年數學家尚無庸在世界上獲得了驚人的成就，是民族的驕傲，可是在粉黨的統治下，卻過著悲慘的生活，依靠教師微薄的工資勉強養家糊口等等。林樸忙叫林貽椒來聽，姐，快來，講姐夫啦。林貽椒很敏感，一把從地上抱起孩子就進了屋，神色很緊張。廣播很短，一會兒就完了。播放音樂的時候，三個人好一會兒都不作聲。林樸很有些興奮，一直生活在小城市，忽然遙遠的地方提到了家人，能不興奮嗎？尚無庸依舊盯著收音機在想什麼，林貽椒則盯著尚無庸看，眼神裏流露出緊張。想了好一會兒，尚無庸歎了口氣，唉，這下多少有點兒麻煩了。林貽椒指指收音機，聽聽粉黨廣播。林樸趕緊把粉黨廣播調出來，聽了好一會兒，沒有，全是些空洞的廢話。幹嘛粉黨廣播不講呢？林樸低聲咕嚕著，把收音機收起來。雖然只是數學方面的事兒，紙面上的遊戲而已，也沒損害誰的利益，偏偏兩黨鬥著，生生地扯進政治漩渦。大家心裏或許都這樣想著吧，接下來兩天，當初的興奮之情驀地煙消雲散了，倒平添了一份忐忑不安。

第三天，也許是第三天吧，剛吃過晚飯，有人敲門。這敲門聲有幾種，家裏人回來敲門懶懶散散的，有時心情不一樣敲門聲有緊有慢，但怎麼聽都知道的是家裏人。每個人習慣的敲門聲，能讓屋裏人辨別出是誰在敲。鄰里，朋友敲門一般都連叫帶敲，很熱烈的狀態。求你的人敲門，生怯怯的，而且敲的時候往往很長，緩緩的。誰呀？敲門的人一定說兩次，先生在家嗎？等等，土匪，巡捕和政府辦事的人敲起門來，無法區別，這是一類的，不把門當門，那氣勢早已穿門而入，讓屋裏人慌著一團。今天，林樸家大門的敲門聲就屬於這種類型。全家都呆著朝大門望。但叔剛好離大門近，忙走出去打開大門。

進來幾個人，政府的，看了但叔一眼，準確地講，是進門一看是個老頭，一個遍地都有的平民，這看一眼不自覺就變成了瞪一眼，然後像沒但叔這個人似的，徑直往屋裏走。尚老師在家嗎？哦，尚老師，你好你好，恭喜你啦，你是我們中國的驕傲，也是我們粉黨的驕傲。我黨領袖很關懷你。今晚朱市長設宴招待你，你請吧。多謝了，我們家剛剛吃完飯，不必了。尚無庸有點兒蒙頭，順口說著。來人很客氣，你一定要去的，朱市長等著啦，你為黨為國爭榮光，黨和政府不表示敬意說不過去吧。是不是讓朱市長親自來請你呢？尚無庸還在這個那個的，林貽椒緩過神來，忙說，去吧，去吧。尚無庸只好跟著一班人走了。到大門時，林貽椒趕上去對尚無庸說，無庸呀，得注意分寸哦。尚無庸有點兒緊張，沒說話，只是點點頭就去了。

酒宴是在聚珍園酒樓舉行的，政府模樣的人坐了好幾桌。對尚無庸來說，這酒宴這排場真是太奢華了。七星健外加各種炒菜，桌上擺得滿滿的。使人骨頭裏都體味到一種勢，氣勢的勢，權勢的勢。政府的人習慣這場面，很從容，他們總是為各種各樣的事情擺酒宴。尚無庸後來對林樸說，外國人不這樣，只是歷史上說外國人的祖先還在森林裏遛達時，常為一點兒小事擺宴席，就是說找個事的藉口圍著火堆烤肉吃，肉是大夥獵來的，一邊吃烤肉一邊議事的是氏族的領袖。朱市長是石頭市的領袖，把尚無庸請到身邊坐下，嘰嘰呀呀地說了一陣不著邊際的話。接下來就是喝酒，喝著喝著這班人情緒上來了，便把尚無庸給忘了。尚無庸除了朱市長硬逼著他喝了一杯酒外，其他人再怎麼勸也不喝，別人也就隨著他。肚子飽飽的，這麼多好菜，誘惑，還是各樣都嘗點吧。真好吃，很想帶點兒回去給家人嘗嘗。這個很想呢，當然只是私下的願望而已。好吃好喝的感覺是無法講述的，只有分享才有意義才覺得自己真正享受了好東西。可惜呀。

尚無庸坐了一陣子，覺得不自在，也怕林貽椒在家裏惦記，便向朱市長告辭。朱市長正舉著酒杯呢，那也行，你先去吧。尚無庸起身向大家點點頭便走了。酒宴繼續，似乎尚無庸不是個主角。回到家裏，大家都在堂屋坐著等他。還好，尚無庸說，他們還在喝酒呢。全家人都輕鬆了。林樸笑著說，該多吃點兒，省得明天吃飯。林貽椒正想說什麼啦，又有人敲門，敲的聲很輕，但很堅決。林樸去開門，一看是水之湄，不笑也不進門，就站在門口對林樸說，我打了黨教一耳光，這東西不規矩。明天我不到學校去了，以後也不去了。林樸看著水之湄的眼睛，一時不知說什麼好，半天才說，我也不去了。兩人站在那裏不說話。林貽椒在屋裏伸著頭看著，但聽不清他們說什麼，像吵嘴的樣子，有什麼事吧。過了會兒，水之湄輕輕說，我走了。轉身就走，走了幾步，停下來又走回來對呆呆站在大門前的林樸說，你還是去吧，說完才匆匆地離去。林樸看著水之湄走遠，覺得心裏一陣陣痛。該陪陪水之湄說說話呢？還是就這樣站著？林樸一時沒有了主意。他姐知道這事後，想來想去，覺得說什麼都不合適，只是壓低了聲音長長歎了口氣。

早上，林樸到學校，踏上石階，覺得特別沉。進了學校徑直走到水之湄的班上。離上課還早，班上來了三個孩子，蜷縮在課桌旁，看見有老師在，便坐在椅子上，默默地看著林樸。林樸看著這教室覺得陌生起來，心情很不好。走過來，也不到自己的班上去，想找校長請假，校長還沒來。他走到院子裏站在梧桐樹下，心裏反復念著一句話，該死，一切都該死。

相鼠有皮，人而無儀。人而無儀，不死何為。相鼠有齒，人而無止。人而無止，不死何俟。相鼠有體，人而無禮。人而無禮，胡不遄死。詩經裏有這樣的詩，真讓人憤世。

十二 研究

後世的研究，那些專門挖掘這段歷史的研究者把王狐裘之死稱為黨教事件。弄死人的事比比皆是，何況王狐裘只是一個小人物或者說只是壞人裏的小角色，問題是王狐裘之死似乎無端地引出了其他一些事情。王狐裘的死亡好像是一根小火柴，這一點，火就慢慢燒大了。大多數人只知道火著了卻忘了點火的那根火柴。公平地講那根火柴，王狐裘，確實也沒多大意義，但那些研究者像著魔似的，硬要把王狐裘之死搞個明白。不過這研究遇到了困難，因為肯定有人殺了王狐裘，但沒人知道是誰幹的。無論是動手的人還是指使的人，沒一個人講過什麼，或者留下什麼可以思考的痕跡。這就怪了。更令研究者犯難的是，資料找不出這個小角色與什麼政治利益集團有瓜葛，沒法從政治利益上去推演這件事兒。雖然，歷史上很多事情都是具有極大的偶然性，但歷史研究者卻不這麼想，一定要搞出個連繫來，這樣便可在歷史裏塞進自己心裏頑梗不化的主義。有主義的研究者多半是些攪混水的傢伙。

王狐裘確實是死了，身上沒有傷，口裏像流口水一樣流著血，坐著，既怪也不怪。聽說有人睡覺作惡夢也會被嚇死。當然這是活著的人講的，是真是假，要看這故事對誰有利。也不會是雷擊，聽說晴天也會有雷電，不過雷擊會在王狐裘身上留下傷痕呀。如果想玄一點兒，會不會是地球的磁力線突然打了個結，那一瞬間剛好從地球深處掃過王狐裘，把他轀在椅子上，使他體內血管爆裂吐血而亡呢？不能說一點兒可能都沒有吧。換個角度想想事兒，未嘗不可，無大礙的。科學這東西有時可以拿來作為推測知識的材料，如此而已。

很久以後，當這事兒不再是件事兒的時候，一天，盧令令突然對林樸提到王狐裘是怎麼死的。林樸不相信，也沒放在心上。也許盧令令對邊步也講過，不知道邊步是不是真信，邊步從來沒有提起過。如果盧令令也對其他人講，這樣流傳開了，或許盧令令的講述會成為歷史的一部分。

氣功是所謂功夫的一種，歷史很悠久，更貼切地說應當是極悠久。這個很與極的區別相當於人之遠眺。張望得見的叫很遠，比很遠還遠的叫極遠。極遠望不見，望不見的叫極遠。氣功起源於何時雖不清楚，但起源的緣由卻很單純。冷兵器時代，練就刀箭不內是人的終極願望。至於氣功能強身健體肯定是後世的附會，如果能窺視到真正練氣功的功夫人，你一定會堅信那是對身體的摧殘。聽說，後來氣功從內向外發展，以至能從體內聚集出一股氣，手一招把這股氣打出去，很厲害。真正練就氣功的人很少，真正見過氣功發氣傷人的人則更少。稀罕的事兒總是越傳越神，傳言中的氣功生出了各種更奇的功能，很像若干年後，人們發明了洗衣機洗衣服，進而用洗衣機洗土豆，甚至把小孩也放進洗衣機裏洗。以後會不會把思想也放進洗衣機裏洗一洗呢？還真說不準呢。

盧令令是這樣說的，有人受命而來。這個人是誰？盧令令沒說，林樸也沒問。不說肯定是有緣由的。這個受命而來的人是個練功夫的人，俠客。林樸當時心裏就想，什麼俠客，一點兒都不懂，刺客吧，刺客都不能算，殺手。殺領導才叫刺客呢。盧令令講的時候聲音都有點兒顫抖。那人半夜發功，頭頂上生起了紫光。那王狐裘，半夜起來，穿好衣服到學校搬把椅子坐在天井裏，最後內臟爆裂口吐鮮血。林樸靜靜地看了盧令令一眼，心想，這個盧令令，瞎說呢。氣功發的氣穿過那麼多屋，就找到王狐裘了？瞎說吧。不過林樸看見盧令令認真的樣子，沒有說話。過了若干年當人們口裏出現遙控這個詞的時候，林樸不知怎麼的突然想起了盧令令講的這事兒，一個人笑了起來。遙控，真有意思。科學上說的遙控是指遠程控制，人離很遠就能像在現場一樣控制整個機器。打個比喻，我扳你的左手，你左手舉起了，扳右手，右手舉起了。如果離得很遠很遠，例如我在京城你在海邊的山裏，我心裏一想，你左手就舉起來，再一想你右手也舉起來了，這就叫遙控。邊步那天指著個小盒子對林樸說，遙控，這是所有統治者終身追求的理想。林樸聽了好半天沒有悟過來呢。林樸不信盧令令的說法，但也不是絕對不信。在中國，要知道什麼事兒都可能發生，不論事情有多荒謬。這也是外國人不能理解中國的原因之一。

王狐裘事件在石頭市的市民中釀成了不滿與氣憤，在北郊則釀成了深深的仇恨。只要走到北郊，住在那裏的人，你看不到笑臉，人們因恐懼與仇恨變得醜陋。因為生計而出來奔忙的人，總是低著頭望著地。如果他們偶而抬頭忽閃看你一下，那眼神裏流露的絕望讓你心寒。為所欲為，為什麼，因為權。權呢，源自槍，有了槍就有了為所欲為的權。這世間呀，哪一天槍不再是權的根，這世間一定會變得極陌生，中國人一定會非常非常之不適應，不習慣。一定會的。

水之湄不去學校了，校長到水之湄家去看望，希望水之湄能繼續教書。可水之湄不願意。可惜呀，你是位好教師，可惜呀。校長咕嚕著走了。水之湄的校長是個唯唯喏喏的老頭，從來不在學校裏吆喝。如果學校裏情況正常，學校就像沒有這麼個校長一樣。他以前是治安會的掛名成員，後來又是協助會的成員。有事要他去他就去，從不吱聲。逢到市裏開會商議事情，能聽到他說的不是可以就是也行，沒有出過一次主意或者表達過一次想法，好像刻意隱身似的。當他回到學校剛上石階，就看見幾個校裏的雜工很慌張地站在梧桐樹下。走進一看，黨教躺在地上口裏淌血，死了。沒一個教師在院子裏。遠處教室裏孩子們伸著頭從窗裏往外看。校長忙使人去巡捕所叫人。巡捕所來了人，看了現場。找人一問，原來黨教正把教師召集在院子裏訓話呢，一下子吐血了。教師們一看黨教在吐血，一個個回到各自教室，也不看一眼黨教是怎麼倒下的，有救沒救。巡捕所的人查過後也不知該怎麼辦，想了想，最後找塊布一包叫人抬走了。這可是大白天的事兒，眾目睽睽，怨不了誰吧。林樸因為水之湄，心情不好。他一到學校就呆在教室裏，沒到院子裏去。聽說黨教暴死，人抬走後，趁學校嘰嘰喳喳的亂了，就徑直跑到水之湄家，對水之湄講了。挺舒心的，一條死狗。

朱能穀，市長，石頭市的這班粉黨們，議論這事兒，說來說去沒有頭緒。為什麼會說來說去呢？因為他們還是沿著王狐裘之死的思路接著往下想的。如果說認定黨教暴病而亡，這事就了結了，但他們不這樣認為，他們認定必是他殺。後世的研究者也對這點兒很困惑，不明白石頭市的粉黨們為何要把事情往難處想往壞處想呢？其實呢，觀察事情有個高度問題在作怪。一件小事兒，在社會底層看來就是一個件小事兒，可在統治者的心裏，一定要想這事兒是否危及權力。如果觸及到統治，那就不是小事兒，因而有很多這不準那禁止的命令規章公佈出來，平民難以理解，原因就是平民看問題沒那高度。

朱能穀，石頭市的粉黨們最後議定是有人投毒。這下可麻煩了。投毒一詞包括二個部分，一是毒二是投。在沒有現代化工以前，所謂毒人的毒分三類，動物毒，植物毒，礦物毒例如砒霜。毒性又分三類，立即毒死，呆會兒才死，不死致殘。所謂投的方法就沒法歸類了。投毒的人有多聰明，投的方法就有多離奇，只有傻瓜才用別人想得到的方法投毒呢。據說，外國有個很能打仗的皇帝，被俘後關在一個島上。怎樣不留痕跡的弄死他呢？最後想了個妙招，把砒霜拌在石灰裏刷在皇帝住的房間裏，空氣裏多少會有些脫離的砒霜微粒。日子一長，砒霜一點兒一點兒集聚在體內，皇帝就死了，像得病一樣平平靜靜地死了。粉黨們即沒弄清黨教死於何種毒，也不推測如何投的毒，想當然就把注意力集中在北郊。道理很簡單，上次的事兒北郊那些人一定心懷不滿。

第二天一大早，巡捕所的人就傾巢而出到北郊去抓人。具體要抓誰，不清楚，順眼與否可能是唯一的標準。北郊的人昨天晚上就聽說黨教死的事兒啦，想必他們一夜定是籠罩在恐懼與無可奈何的痛苦之中。早上幾乎是家家關門閉戶，一片死寂。當巡捕所的人到了北郊時，巷子裏一個人也沒有，只有此起彼伏的狗叫。後來發生的事情林樸是聽邊步講的，邊步呢，是在大街上聽來的。在北郊燃起大火前，北郊的人和巡捕所的人打起來。動手的人越來越多。巡捕被打死了幾個，剩下的滿頭鮮血往回跑，想到巡捕所去取槍。後面的人緊追不捨，槍也被搶了，還一把火燒了巡捕所。北郊房屋著火了，有人說是自己放的火。這次大火火勢很猛烈比多年前的那場大火更厲害。一下子兩處大火的黑煙籠罩了整個石頭市，到處都是從天而降的灰燼。整個城市亂成一團，滿街都是驚慌失措的人。林樸一家人站在大門口望著，逢到熟人跑過便打聽打聽。林樸想出去看看，他姐死活不讓。這次暴亂比上次打仗更叫人害怕。勝利大街上商鋪都關上門。不過儘管亂，卻沒有人搶商店。到中午的時候，林樸看見邊步在街上跑，使勁叫他才聽見。邊步氣喘吁吁地跑過來，說，他們把市政府占了，裏面砸得一塌糊塗。朱市長呢？早跑了。這傢伙一定是找軍隊去了，一直在門口觀看的尚無庸肯定地說。

下午，市裏的人好像突然醒過來，開始組織救火。滿街響起了急促的鑼聲。這次救火幾乎是全市一齊動手。大街小巷到處都是擔水的拎水的人群，跑來跑去。林樸和尚無庸都去了，擔上家裏的水桶。林貽椒沒攔他們，但叔也要去，林貽椒堅決不同意。但叔只好扶著大門站著，對林樸尚無庸喊著，快點兒跑快點兒跑。石頭市歷史上從來沒有這等場景，那麼齊心協力，拼命幹著，吆喝著，心裏又為不久必將來臨的不測惴惴不安。後世的研究者，沒有個提到或講述過這場景和石頭市的民眾心底迸發出來的人性。他們在若干年後的描述更像是在描述事件的屍體，事件的靈魂呢，他們給忘了。

巡捕所的房子雖然離大街很近，但它是個獨立的大院。傍晚，巡捕所的大火撲滅了。沒有殃及四周的房子。北郊的大火直到深夜才撲滅。火場裏有不少焦黑捲曲的屍體，樣子很嚇人。天亮的時候火場是一片望不到邊的焦土殘垣，東一處西一處的冒著煙，焦臭的煙味從這裏散開彌漫著整個石頭市，好多天都散不去。有人在收拾屍體，用草蓆裹上拉到郊外埋了。與上次那場大火不同，火場裏沒有人傷心地哭。北郊活著的人誰也不知道逃到哪兒去了。市政府裏空無一人，到處是散落的紙張和砸壞的桌椅。門前的粉黨旗幟被撕成一條一條的，旗竿也折斷了。政府的牌子被扔在地上，斷成幾截。當陽光照到勝利大街街面時，街上行人越來越少了。商鋪依舊關著。滿街的大大小小的有些陳舊的粉旗在充滿煙焦味的空氣中靜靜地垂著。石頭市累壞了。

天快亮的時候，林樸和尚無庸才回家，兩人累得都走不動了。他姐，但叔整夜等著他們，見他們回來了，立刻端上吃的。林貽椒正想問什麼，看見林樸邊吃邊淌淚水，便不再吱聲。吃完飯後大家去睡覺，但叔說不想睡，依舊坐在堂屋裏，直到中午有人敲門他們才起來。敲門的是邊步的老婆全玖兒，慌慌張張的，問看見邊步沒有。怎麼現在還不回家呢？林樸你就一直沒見過他嗎？林樸頭腦有些亂，想了想，對了，見過。我碰見過他，他打過招呼，說聲我有急事兒，就跑開了，到哪兒去沒說。這樣吧，嫂子你先回去，我去找找。林樸在幾處他認為邊步會去的地方找，沒找著，又怕全玖兒著急，連忙趕到邊步家想交待一下再去找。剛到邊步家門口就看見了邊步。正要說話，邊步搖搖手，示意林樸進屋。在屋裏邊步低聲對林樸說，我去安頓了一些人。林樸一聽就明白了，點點頭，輕聲說，那就好，那就好。

中午過後，就在林樸尋找邊步那會兒，粉黨的軍隊開了進來。前面開路的是一排裝甲車，上面有機槍。裝甲車不是坦克，這種蒙著鐵的戰車，石頭市的人還是第一次見到。裝甲車開起來沒有坦克動靜大，渾身綠色的油漆還是很嚇人的。士兵們穿著綠色的軍服，頭上戴著鋼盔。這些全新的打扮令人們驚奇不已。成隊的士兵進了市政府，立刻動手收拾起來。大門外架起了機槍，沒多久又把機槍撤了。重新掛上粉旗，派上兩個士兵站崗。裝甲車開到巡捕所火場然後掉頭開走了。粉黨的軍隊為何這麼久才來呢？讓人有些想不通。朱市長沒有隨著軍隊一起回來。那一大幫隨他一起跑的政府的人都沒有回來。他們到哪兒去了呢？不會是在策劃什麼毒招吧？軍隊進城後很溫和，有點兒反常。安民告示貼出來了，到處貼，像是從從容容準備好的。全市人議論紛紛，想不出理由來。按理說應當來個全城大搜捕的，可能還沒開始吧，得等著。

有一隊士兵人不多，跑步到人民電影院。電影院的經理郝香一直藏在電影院沒跑。遠遠看見粉黨的士兵來了，立即開門站在大門的臺階上恭候，還是那副油頭粉面的打扮。一個當官的，手裏拎著手槍，走上前，你是郝經理嗎？郝香滿臉堆笑躬著身子，剛說了，在，在什麼呢？是在下正是吧。那軍官顯然不打算聽他說什麼，揚手啪的一槍，子彈從郝香的右眼打進去後腦袋鑽出來。郝香嘩地一下癱在臺階上。那軍官懶得看一眼，說了聲，向後轉，一隊人跑步回去了。

人在緊張的時候會覺得自己的呼吸聲太響了。石頭市的神經正綳得緊緊的，這一槍似乎大半個城市都聽見了。不一會兒，人民電影院前就圍滿了人，嗡嗡的一大片。從裏面擠出來的人都說這傢伙死了還這麼香。一批批的人過來看。消息傳開了，街頭巷尾盡是交頭接耳的議論。這些議論歸納起來，無非兩類猜測。是粉黨的懷柔政策呢？還是政變了？猜測政變的人肯定夜裏經常收聽敵臺，也就是紫黨的臺。

大搜捕始終沒有進行，直到第二天下午也沒有大搜捕的跡象。人們對大搜捕的期待也漸漸消退。期待這個詞描述石頭市人們的心情有些彆扭，但絕對是準確的。不情願到來但註定會降臨的事兒，在心裏往往會異化為期待。期待是一種情緒，別以為只有好事才會心生期待。在中國，幾乎所有的好事都帶有自欺欺人的性質，只有壞事於民眾才是真實的，不要忘了這點兒。

接下來的幾天，開始有士兵在街上巡邏。人不多，不時有兩三個，主要是維持治安。暴亂以後，石頭市一時沒人管，治安狀況卻異常好，偷搶與鬥毆的事情幾乎沒有，這與歷來的大騷亂很不一樣。誰知道意味著什麼呢？也沒人去想這事兒。這時候又有新的消息傳開了，是幾個外地跑生意的人在茶館裏講開的。他們說幾十里外大道那邊，有一批人被槍殺了。躺在田地裏，一排一排的，肯定是朱市長和他的那幫跑出去的人，也有他老婆，身上被槍打了好多槍眼。他們以前在石頭市見過朱市長，不會錯的。這些消息一時沒法驗證，粉黨紫黨的廣播都沒有提及此事。這到底是怎麼回事呢？石頭市的人想不通。你看，鬧事的人不抓，反倒是朱市長被殺了。如果是討好石頭市，平息人們的怨恨，應該是把朱胖子一干人馬押回來，當著民眾明明白白地殺了。但決定這事兒的人，似乎很果斷，碰到了朱胖子先殺了再說，免得生出變數來。沒兩天，這個作決定的人出現了。楊阿。

楊阿，中等個子，平常的臉，為人隨和。當年住在林貽椒家中，那六個人就數他愛上街蹓躂，有時還把林樸帶上。石頭市很多人都認識他，稱他為小楊哥。年紀比他大的人也這樣叫。楊阿是北邊的人，小城市，普通家庭。他記憶力特別的好，記了一肚子經典和亂七八糟的雜聞。談天下的事兒，不論什麼，總是知道一二，說他是個天才也不為過。當年六個人中他常跑聯絡，沒出過事兒。現在是粉黨的三大領袖之一。

楊阿到石頭市時不排場。大部隊留在十幾里外的幾個村莊裏，自己坐了個小車，像是軍隊裏的吉普車，後面跟著一卡車警衛，開到市政府進去了。汽車也沒讓留在街面上，叫開走了。真是一個人一個風格，如果人都一樣，沒風格，不就沒有了文章。當天晚上，楊阿召開了石頭市的協助會。在會上跟這個打招呼跟那個握手，不少人他都認識。會上，關於剛發生的事件，楊阿只是簡單地用了不幸這個詞，三言兩語，更多地講石頭市如何要同心協力把本市變成一個人民能安居樂業的城市。楊阿還特別強調，協助會是由本市德高望重的人士組成的，一定要發揮更大的作用協助市政府管理好石頭市。沒有壓迫感，參加會議的人很舒心。新的市長任命了，一個女的，中年，很幹練的樣子，姓武。楊阿在介紹新市長時，特別加了句，武市長和武則天是一個姓但不是親戚，請大家不要有顧慮。大家都哈哈大笑起來。新任的巡捕所所長是個斯文的年輕人，戴眼鏡，皮膚白白的，不是個動不動就要出手的暴徒。會上大家都鼓掌。新任的年輕所長見大家鼓掌，還不好意思呢。

楊阿沒有去聚珍園吃酒宴，儘管協助會的人一再懇請。楊阿說，好公道的麵條就夠好吃的啦。第二天帶上武市長到好公道去吃麵條。好公道的老闆娘中過風，半邊手腳不能動，得到消息後，早早地便搬把椅子叫人扶著她肥大的身軀坐在門口，能動的手拿著面小粉旗時不時地搖。楊阿看見老闆娘滑稽的樣子，說，大媽，別搖旗了，把麵條作得跟以前一樣好就行。隨行的人笑起來。老闆娘想說什麼說不出來，嘴直流口水。楊阿彎下身子說，你是想說以前的那個小楊哥最喜歡這裏的麵條吧？四周的人都大笑起來，氣氛很好，很融洽。這氣氛或許就是楊阿想要的甚或就是他刻意製造的，誰知道呢？楊阿一行人並沒有帶警衛。當他們吃麵條時，街上已經聚集了許多人。吃完麵條出來，站在門口抱拳向人們作揖。滿街的人嘩啦嘩啦地鼓起掌來。隨後在街上轉轉，身後跟著好多市民。一路上總能碰見叫得出名字的人，商鋪的老闆更不用說了。老闆看見楊阿還能清楚地記得住自己，激動得臉都紅了，口裏說個不停，楊領袖楊領袖。楊阿走近拍拍肩頭，什麼領袖呀，小楊哥，還是小楊哥。圍觀的市民靠得近的聽清了，哈哈大笑，直點頭，外面聽不清的見前面哈哈的笑聲，激動地鼓起掌來。那場面啦，你說不用令人感動一詞來形容還真說不過去呢。從北郊飄過來的重重的煙焦味兒一點兒也不影響人們的心情。

隨著楊阿的到來，這天下午石頭市的人見到了一件新東西。中午剛過天空突然轟轟地響起來。開始呢，人們以為是遠處打雷，可天很晴朗。那轟轟聲越來越響，大街上一下子擠滿了人，全都抬著頭朝天上望。藍藍的天空上有一個小點兒。有人用手指著，看見沒有？那兒，哪兒呀？對了看見了。天上的小點兒越來越大，繞著頭頂飛。翅膀，身子，還有尾巴都看清楚了。這是飛機。什麼？飛機。一定是有人聽說過這機器，這下可親眼看見了。飛機飛得越來越低，機器的轟鳴聲比汽車的聲音大多了。有些人叫著，下來了下來了。那飛機像個大黑鳥往下衝，一個小黑點從飛機上掉下來，人們都盯著小黑點看。那小黑點落著落著帶著尖銳的哨音像閃電一樣從人們頭頂掠過，接著傳來了巨大的爆炸聲，大地搖晃起來。人們嚇傻了，沒頭沒腦的到處亂跑，草鞋布鞋扔了一地。這下既看見飛機還看見飛機扔炸彈了，這個眼界開得太嚇人了。炸彈把上午的氣氛轟地炸得一乾二淨。

炸彈是衝著市政府扔的，沒扔準。把市政府的大門炸飛了，地上炸了個大坑。有人受了傷，不嚴重，沒人炸死。這時楊阿正在市政府屋裏，他走出來，站在院子裏望望天。飛機飛走了。他笑了笑，繞過地上的坑走到街上，對手下人說，找人修一修吧。然後帶了幾個人，順著大街悠閒地向林樸家走去。一路上見到慌張的人就揮揮手。這一揮手就像上帝在撫摸苦難者的傷口，人們慌亂的心立刻就平靜下來。小楊哥真是領袖呵，了不起。

關於楊阿的這段情節，在近代史的研究者中分歧很大。有說強作鎮定的，有說運氣好的，有說自導自演的。甚至有人認為楊阿當時就不在市政府，當時正藏著，等飛機走了才鑽出來。那些不瞭解這段故事的人讀到這段歷史，心裏很混亂，不知道楊阿是個狡猾的政治家呢，還是個幸運兒。挺可惜的，過去的人和事又不能現身爭辯。真是的。

到了林家楊阿親自敲門，輕輕的。誰呀？林貽椒在屋裏問。沒回答，又敲門。林貽椒過去一打門，愣了神，這，你，楊。楊阿笑哈哈地說，楊阿，就是以前的楊阿。貽椒嗎？林貽椒手忙腳亂地把楊阿他們請進屋。忙著叫但叔他們，客人來啦。但叔，林樸，尚無庸還站在院子裏聊飛機啦，等他們進屋一看都呆了。楊阿抬抬手說，坐呀，別站著，找椅子坐。等大家坐下，楊阿親切地說著，但叔還是但叔，沒變。林樸得想想才認識，那時多小一點兒。你是尚無庸，很好，我們偉大的青年數學家。

三個人都沒說話，看著楊阿。太突然了，楊阿怎麼會突然到我們家來呢？楊阿一邊說話一邊呵呵地笑，還把小好音抱起來放在腿上坐著，像這家裏的成員。言語雖然平易溫和，但語氣還是像個家長。他對林樸說，還在教書嗎？還在，不過，我不想教書了。為什麼？沒什麼意思，想做點兒別的事情。嗯，這樣的，教書是件高尚的工作，不想教了，自然有你的考慮。那你想幹什麼呢？還沒想好。想到我那兒去嗎？林樸聽到這兒震了一下，飛快地看了他姐一眼。他姐一臉慌張，正要說什麼，楊阿又說了，噢，不去也行。這樣吧，電影院缺經理，你去幹吧。楊阿這話一說，全家人眼睛都睜大了，互相看了又看，以為聽錯了呢。楊阿呢，好像沒有看見他們的表情一樣，把孩子從這隻腿挪到另一隻腿上。尚無庸說，這個合適嗎？電影院是他們開的。楊阿顯然聽懂了這個他們指的誰，眼睛看著孩子說，他們嘛，他們不管電影院了。說完這句話抬頭看看尚無庸。我看你也別教書了。對於你來說，教書是白白消耗珍貴的時間。以後政府會給你提供經費，你專心研究吧，不然後代會罵我們的。以後我們要成立科學院，給研究者提供最好的條件。不論是革命還是人民都需要科學進步。無庸，這點兒你一定比我懂得多。

楊阿把孩子交給林貽椒，在屋裏四處看看摸摸，很感慨。都是老樣子，看到這屋子讓人血液沸騰。楊阿邊走邊說，那時候，我們幾個人都年輕，堅信我們一定會幹出點兒事來。對了，貽椒，李荒送你收音機，他這個人很好，很有情義。我可沒準備什麼送你，你不會怨我吧？林貽椒想笑笑，臉上肌肉像塊木板抽不動。但叔站在堂屋的角上聽得很清楚，臉色一下子發白了。楊阿回到堂屋說，你們父輩是革命的先行者，我敬仰他們。今天見到你們，我很高興，不知以後什麼時候再來看望你們。你們看，我也不知道今天突然有了個機會。楊阿笑了笑，拍拍林樸，說，好了，再見吧。全家送到大門口。門外停著吉普車。街對面站滿了人，見楊阿出來一片掌聲。楊阿招招手，上車走了。

車開走後，街上還有好多人往林家瞅。關上大門，全家人坐在堂屋裏，頭發懵，不知說什麼好。過了一會兒，林貽椒才嘀咕了一句，他怎麼什麼都知道呢？楊阿的蒞臨，無論對林家還是整個石頭市，都是特別的意外。人們的神經因事情發展的突然轉變而處於錯亂的邊緣。按統治者的說法，人民很容易操縱的，只要心巧。很多很多年以後，中國又冒出個心計更巧的統治者，以至歷史學家們，一直弄不清他是怎樣把數億中國人變成精神病患者的？有的研究者甚至懷疑中國的人民是不是有問題，精神上的問題。

無論怎樣說，楊阿都是一個傳奇人物。歷史學家特別喜歡他。他在歷史上出現的時間並不長，事蹟也不多，但圍繞他，歷史學家們，政治家們，政策理論研究家們，還有種種像蒿草一樣到處亂長的各色專家們都有太多話要說呢。從這個意義上講，楊阿是永垂的，這就夠了。

楊阿離開石頭市後很長一段時間，人們都在談論他。當這個話題有點兒膩的時候，人們才知道，朱右序對粉黨的統治早就結束了。看來敵臺，紫黨的臺先前說的沒錯。至於朱右序是怎樣被趕下臺的，坊間的說法有很多種，不一而足。最後的結果是劉鑒殷，楊阿統治著粉黨和粉黨治下的民眾。這個過程中是否使用了暴力，是否殺了很多人呢？不清楚。不過朱胖子一幫人被殺，也許能提示一些什麼吧。石頭市有些政局愛好者，就是常去茶館的那些人百思不得其解，為什麼紫黨沒有趁粉黨內亂撈點兒好處反而平平靜靜的？有人說有傳言楊阿曾去紫黨談判，暗中的。有什麼交換條件，外人不得而知。這傳言算是一種解釋吧，談資而已。朱右序呢，去向不明，從此退出了歷史。如果他隱居起來，一定會被心中的怒火折磨得難受，這是肯定的。你可以想像他整天坐在窗前發呆，自言自語的樣子，令人心痛。不過朱右序的消失帶給石頭市民眾的直接好處就是糧食不再專營。民間的米鋪又開張了。沒人往米裏摻和砂子。真好。

石頭市出了如此大的變故，居然沒有什麼徵兆，說不過去。也許是人們粗心沒有留意吧。王狐裘死之前，河裏湧著一股股濁水，一會兒有一會兒沒有。在河邊漂洗衣物的女人以為是上游下雨發洪水帶到河裏的泥砂，有點兒煩，得等一陣，濁水過去了再洗。天，中國的天，對人事應當不會一點兒提示都沒有的，不會的。

石頭市的事正應著詩經裏的詩句，悠悠昊天，曰父母且。無罪無辜，亂如此幠。

十三　林家

林家由於楊阿的到訪，一夜間成了石頭市的名勝，路過的人總要扭頭朝林家看。以前楊阿，李荒他們住在這裏的歷史，也成了坊間誇張的話題，故事被傳衍得無比神祕。鄰里及熟人朋友異樣的親熱，但敬而遠之，這讓一家人渾身不舒服。林貽椒只想平常過日子，一點兒也不想沾誰的光，更別說什麼作威作福了。現在直覺得像自家的屋頂被人扒光了一樣，頂著日月，一點兒遮掩也沒有。

晚上和尚無庸在一起時，常抱怨這個楊阿，怎麼如此渲染地到她家來，如今是不會替我們著想啦。尚無庸說，著想是著想呢，也不問問我們願不願意。你說，鄰里怎麼看我們？朱能穀搞得人們對粉黛心生怨恨。如果他們認為我們和粉黛靠得太近，也會提防我們的，說不定也會有怨恨呢。你察覺到了嗎？楊阿可是個厲害的人物呀。林貽椒點點頭，心裏想，收音機是夜裏拿來的，又沒外人，楊阿怎麼知道呢？無庸呀，楊阿是不是早派人監視我們了？尚無庸笑著說，那倒不是，我們呢，小人物。他不會花這個精力，也沒意義。他肯定到處有眼線，情報網，盯著李荒的一舉一動。這麼說，李荒也夠厲害的。上次打仗居然能騙了粉黛，看來他們幾個互相非常瞭解。博弈，看誰更高明。林貽椒沉思著，回憶起以前的那些日子，想不出他們幾個之間有什麼較勁兒用心眼的事來。無庸你不知道，以前他們幾個人相處得特別好，像親兄弟一樣，又有學問，知情知理。那些年，我還小，真想不到以後他們都是大人物。再見到他們，總是心裏不安，不敢有親近的感覺。

尚無庸到學校上班，校長很客氣，客氣得有些過頭。拉著尚無庸的手，讓尚無庸很彆扭。尚老師呵，你是我們學校的基石，我真捨不得你走。尚無庸說，我沒走，不是來上課了嗎？尚老師，看您說的，我也希望您繼續上課。市政府已經來人說了，您不用上課，薪酬照領，每個月我會親自送到您家的。尚無庸忙說，可別這樣，校長，您千萬別這樣。我不上課哪能拿薪酬呢？尚無庸堅持要上課。校長急了，緊緊握著尚無庸的手，尚老師，您看這是政府說的，您要是再上課，我可不好辦了，您說呢？尚老師？

尚無庸沒辦法，看見平日裏談得來的幾位老師，遠遠站著看他，向他搖搖手，只好回家了。沒幾天，政府送些錢過來，是武市長親自送過來的。武市長進屋，嘴裏說個不停。說話並不快，但根本沒想讓人插話，大家聽著，點頭就行。給人感覺，這武市長既是女人又不是個女人。古人說世間最毒婦人心，這話據說是武則天的朝代傳下來的，信這古語的，石頭市大有人在。當下這形勢楊阿派個女人來，自然是要利用女人柔順的一面，起個安撫作用，可以理解，不過，未必是上乘之舉措。送走武市長後，林貽椒望著放在桌子上的錢，對但叔說，但叔，我該怎麼辦呢？但叔牽著好音正站在堂屋的角上，說，拿著吧，還能怎樣呢？由不得我們，是禍是福由它去吧。

這事兒，尚無庸很長一段時間習慣不了，心裏老是有個摸不著的疑惑。坐在家裏做些數學上的推演，時常會對著紙稿發起呆了。逢到這時候就在堂屋裏來回轉悠。林貽椒心裏很理解，說，無庸，沒事的，安心吧。尚無庸一般不出門。一走到街上，總是聽見有人在身邊嘀咕，看啦，這是數學家。尚無庸不喜歡別人拿他說來說去，沒意思。心煩時心裏會想，這個楊阿，拿我作政治工具，但嘴裏不好講出來，怕別人說不知好歹。中國很古的時候就有舉薦制度，尚無庸不研究歷史，自然不明白箇中的深奧。舉薦制度就是在民間舉賢薦能，幫助王者治理國家。傳到後來，演變成了赫赫的科舉制度。科這個字有了考試的含義。不論出身，考得好就被舉薦出來。這個制度的深層意義在於籠絡天下精英。精英握在手上，朝廷就放心了。

尚無庸現在還不知道，很久以後，李荒的作法更徹底。他成立了各種會，把社會上知識文化藝術領域的精英都納入其中，供養著。沒什麼過分要求，只要能時不時地表示擁護政府擁護紫黨就行。衝著這份優厚的供養，數不清的人使勁兒往各種會裏鑽，說說黨和政府好話，誰不會呢？你看，李荒這招很厲害吧。出點兒小錢比拿槍逼人家喊萬歲要體面得多。你不喊萬歲，停了你的供養，你還會哭著來求我呢。

很多年以前，算是古代吧，有個外國人叫馬基維利的說過，如果一個人能夠隨著時間和形勢的發展而改變自己的性格，那麼命運就不會改變。這話是至理名言，相當於我們的子曰。不過性格可以改變嗎？如果把性格某些部分潛伏起來也算改變，就能充分理解這位外國先哲的話了。要說尚無庸，如果性格改變了，他就不再是尚無庸。他壓抑著，因而他數學家的命運也延續著。

林樸的情況與他姐夫不同，全家都沒有主意。學校是不去了，該怎麼辦呢？那個朱胖子還有他那個穿金戴銀的老婆，還有那個郝香，連同那個電影院都沒給人留下什麼好感。那個郝香太扎眼了，提到電影院就想起郝香，甩也甩不掉。自從郝香死後電影院一直沒有放電影，也沒人嚷著要看電影。電影院的工作人員都閒著，沒事搬把椅子坐在大門口曬太陽。電影院有人到林家來過，問怎麼辦？沒有得到明確的答覆，走了。人家也著急，薪酬怎麼辦？得養家呀。林樸閒著沒事，轉到邊步家。邊步正在家裏研究三皇五帝的事兒。林樸來了，也不問林樸的情況，而是高談歷史，說，這就奇怪了，後來的人比前幾百年的人更知道祖先的事兒。時間越往後推，知道的事倒越往前推，最後弄出個三皇五帝來。再過一千年恐怕連三皇五帝的祖先們也會冒出來，讓人怎麼讀歷史？邊步母親過來跟林樸講話。最近的事兒邊步母親也聽說了，說，那楊阿住你家時我就認識，人挺隨和的。哪知道他們會成為大人物呢？不過那時候呀，我就覺得他們幾個不是一般的人。林樸聽了笑起來，嘴裏嗯嗯的應著，心裏想大娘可有意思啦，事後的聰明。如果他們在後來的變故中都死了，大娘會不會說，那時就看出他們幾個命不長呢？全玖兒在店面忙著，他們坐在裏屋看得見。邊步母親走後，林樸問邊步，你帶走的人現在情況怎樣？其實邊步與那些北郊的人並不太熟。那時的情形，邊步真怕他們會死的。顧不得太多，身邊能叫到的那些走投無路的人，領著他們匆忙的向郊外走了。邊步聽林樸問，低聲地說，當時確實沒處去，只好安排在全玖兒娘家和附近的農戶藏著。林樸說，現在得想辦法，長住也不是個事兒呀。你在家看書也不去看看。我去過了，給他們弄了些吃的。邊步把嘴向外面嚕嚕，她們還不知道，我用的是自己的私房錢。玖兒問過我，說現在不安全，在外面瞎跑幹什麼去了？我說在外面打聽新聞，沒告訴她，不然會嚇死她的。林樸想了想說，得給他們找個出路。現在看來沒事了，不然叫他們回來，重新蓋房子。邊步想了會兒，好吧，我去說說。邊步心裏也沒底。拿什麼蓋房子呢？這些人本來就窮，哪兒去找口飯吃呢？

他們兩個都不知道，那些隨楊阿來的軍隊並沒有撤走，離得遠遠的，蓋起了營房，天天下著操。士兵不出營盤，因而人們感受不到軍隊存在的威脅。從邊步家回來，林樸突然決定去電影院工作，一到家就跟家裏人講了。大家都說也可以，去試試吧。只有尚無庸心裏想，這林樸肯定有什麼新念頭。林樸並沒有立刻去電影院或者到市政府去談談。晚上林樸去了水之湄家，把水之湄叫出來，兩人站在街邊商量。林樸憑直覺就知道水之湄會同意他的想法。兩人三言兩語便討論出安置那些人的大概方法來。

第二天林樸想了想，還是先去市政府說一說，看政府是否還是楊阿的那個意思。到了市政府一看，呵，大門重新建好了，泛著濃濃的油漆味。中國人做事有時真有點兒快得離譜。當然去政府辦事一般是慢得離譜，要想快點兒就得塞錢。新的大門更大些兩邊的牆更高些。兩邊的石頭獅子又蹲在原來的位置上，身上有些缺痕，尤其是石獅子的耳朵炸缺了。不過沒關係，這石頭耳朵本來就不是用來聽動靜的。林樸在市政府一問，立刻就有人接待他，說，林老師，我們就等你去上任呢，很熱情。林樸也不知道接待他的人到底是政府裏的什麼人。這人還跟他講，一個月多少薪酬，有什麼困難可以隨時來等等。林樸出來時想，怎麼給那麼多錢呀？比老師的薪資多幾倍呢。難怪那個郝香油頭粉面的。

林樸直接去了電影院，對大門口的人說我是林樸。沒等他往下說，門口的幾個人都跑過來叫他，林經理，您好，請進吧，我們都盼著您啦。林樸走進電影院，感覺與看電影時大不一樣。那時的一點點兒興奮沒有了。林樸對電影從來就沒有太大的興趣，盡是些乏味的故事，瞎編。他在電影院前後看了一遍，好多地方需要修理，裏裏外外清潔要重新好好做一下。那個郝香是怎麼管事的？有個辦公室，是郝香的，現在歸他了。辦公室裏花裏花哨的。林樸問跟在身邊的人，有會計嗎？有，一個年輕人湊過來。帳上還有資金嗎？有一些。那行。現在暫時不放電影，要找人把電影院收拾乾淨。會計忙說，好的好的，我馬上去找。林樸說，我來找吧。

電影院員工的工資是靠經營的業績來發的，每月不一樣。林樸瞭解這些後，知道這些員工心裏一定很著急，於是把大家聚到一塊兒。他雖是老師，但沒有發表演講的技能。演講的技能是練出來的。演講的人如果能把廢話講得使人覺得一點兒都不廢，這功夫就夠了。林樸沒有演講，沒有慣常的訓話，只是和大家一起討論怎樣把電影院辦好，這給大家留下了好印象。林經理到底是有背景的人，就是不一樣呀。於是搶著說，主意一大堆，熱情很高呢。聽著聽著，林樸便迅速的明白了放電影這行當的內部運作。臨了，林樸說，這樣吧，我回去再想想下一步該怎麼走。希望大家齊心協力，如果我作錯了什麼希望你們及時幫助我。

出了電影院林樸心裏有了底，大致的措施有了輪廓。這新行當，他覺得沒什麼難的。只要把員工團結起來，動員起來，就會很順利。事情得靠他們去作，這點兒很重要。應當尊重他們，別把他們當下人看。林樸一路想著，快步走到水之湄家，把水之湄叫上去找邊步。三個人湊齊後，決定讓全玖兒娘家的那些人，先回來一批。抽些人去電影院做臨工。每天結算報酬，好買吃的。另一些人找東西搭窩棚。等窩棚搭好了叫人都回來。有什麼沒想到的，幹起來再說吧。

天一亮，林樸早早去了電影院，和員工們商量重新開張後，選個什麼影片放，怎樣宣傳，票價怎麼定。夜裏他早已琢磨了好些主意，他想聽聽員工們的想法。員工呢，幾乎不管他說什麼大家都支持。中午和員工們一起湊錢在小攤上吃了午飯，儘管粗茶淡飯，但開心，大家像兄弟像朋友像一家人。有人懷念起楊阿來，楊阿真的很英明。對林樸，大家覺得親近。想想以前那傢伙，架子擺得大大的，動不動就罵這個罵那個，開口閉口就是，是不是不想幹了？老拿這份工作威脅人，叫人心裏憋氣。

下午，北郊的人來了十幾個，背了些破行李。邊步累得走不動了，對林樸說，今天就帶來這些人，在這裏幹雜活，明天再來些人搭窩棚。電影院的員工手忙腳亂地把他們安排在大廳裏說天不冷，夜裏就在這裏湊合著睡吧。又去給他們買吃的。這些人從來沒進過電影院，站在大廳走道裏擠在一起，四處張望。大廳裏有些暗，過了一會兒才適應過來。呵，這就是放電影的地方。林樸聽他們議論，心裏莫名地湧動著什麼。吃的買來了，吃了就搶著幹活，天黑才住手。

街上路過的人，瞧見電影院突然熱鬧起來，很好奇，駐足觀望。有人說，新經理上任了。誰呀？林家的。真不一樣呀。林樸也覺得自己不一樣了，就教過書，沒幹過別的，看現在做起來，也還行。人有什麼潛能自己哪兒知道呵。開局順利，林樸很滿意自己。水之湄到電影院來，心裏很高興，很興奮。林樸想得細一些，對水之湄說，我想好了，領了薪酬，分成三份，我一份你一份，還有一份先幫助他們。等他們安定後，我們攢起來，以後辦個合作社，讓更多的人有口安穩的飯吃。水之湄聽了很振奮。這是個好主意，真的，好主意。給我一份？你沒想錯吧？你的薪酬給我一份？林樸忙說，你也別瞎想，總要有錢生活吧。邊步生活不愁。你不能餓著肚子幫助別人吧。你我都是底層的人，如果我沒飯吃，餓了，你說，林樸，嗟，來食，我高高興興就食了。林樸為自己的話笑起來，水之湄也笑起來，水之湄笑起來真的很動人，可惜平日裏笑得太少。水之湄說，才開始呢，離領薪酬還遠得很，再說吧。聽水之湄這樣說，林樸放心了。這表明她差不多同意了，對，差不多吧。

三個人，誰也沒想到事情進行得如此順利，比順利還順利，套句俗話，若有天助。電影院呢，幾天下來到處煥然一新，連臨街的牆壁都用水洗過了。街上走過的人看了都說真是新人新事呢。林樸呢，這幾天派出的員工弄到一部好影片。不是粉黛拍的，外國的，大明星演的。講的是一個國家南面和北面打仗的故事，男女情事貫穿其中很有趣。這些都不重要，最讓林樸興奮的是，這是石頭市的中國人將要看到的首部帶有顏色的影片。這是一個震撼，太好了。宣傳畫掛上了，傳單讓北郊的人去全市發，給報酬。發傳單的人像加足油的機器，滿街得得的跑，還不停的叫，有顏色的電影啦，太好看啦。這些沒看過電影的人都說好看一定是極其好看的。喔，不對吧。

試影的那天晚上，武市長和政府的人，協助會的人，再就是北郊的人，捎帶著，林家，邊步家，水之湄家的人把電影院塞得滿滿的。武市長和政府的人進場時，全場的人都起立鼓掌，而且是廣播裏常說的那種長時間熱烈鼓掌，如果再過一點兒就要三呼萬歲啦。武市長坐下來，掌聲不斷，又站起來揮手致意，臉興奮得紅紅的，眼睛閃著亮光。

這個鼓掌的節目是林樸安排的，權衡再三才定下來。一開始水之湄堅決反對。邊步說，拍馬屁。林樸說，確有拍馬之嫌。水之湄搶話說，不是之嫌，是之實。邊步說，拍馬屁是真，不過看為誰拍。林樸不是還想做其他的事嗎？不想政府幫助，不找麻煩就好。石頭市的苦難和災禍主要在北郊。為北郊做點兒事，拍一下也行。最後大家都同意了。末了，水之湄加了一句，不管什麼理由，經常拍馬屁，會把人拍變的。事實上，林樸既不會也不願拍，水之湄心裏清楚。不過試影晚上掌聲的熱烈程度超出了林樸的意思，想必這掌聲裏一定包含著令人心酸的懇求。

這幾天，水之湄帶著些婦女小孩，北郊人，在大街小巷跑來跑去，四處募捐。募來了好些被子，衣服，新的舊的都有。還有些錢，糧食。人心向善，這句話確有普適性。林樸看見水之湄不停地忙著，心想，這個嬌小的人，怎麼能迸發出如此大的活力呵？心裏感動不已。北郊焦黑的空地上，好大一片地被清理出來，窩棚搭得比以前想像的多得多。那些逃到別處的又無路可去的人，陸陸續續回來了。拖兒帶女的，很多家庭已經殘缺。那些窩棚賦予這片焦黑的土地以生命，像野草從過火的大地裏頑強地鑽出來。雖然不時聽到有人哭，但那已是追憶恐懼，悼念逝者。

生活在社會最底層的人，無論在什麼天花亂墜的時代，生命中總是永恆地摻和著淚水。幾乎所有的朝代都標榜自己的朝代是新的美好的，勝過以往朝代千百倍。真想拎著這些胡說八道傢伙的耳朵，到社會底層去看一看，然後結結實實地給他們一耳光。

林樸抽空到北郊去看看，遇見了一個人，盧令令，讓他大吃一驚。盧令令當時正和人們一起忙著搭窩棚。你怎麼在這兒？你是那個盧令令嗎？對呀，是我，林老師，我早就沒在軍隊裏了。林樸不相信，看著盧令令說，沒在軍隊幹了？你什麼時候過來的？你不會那個，那個情報吧？盧令令傻傻地笑著，不會的，想幹別人也不會讓我幹。然後他又輕聲說，我們那個班全死了。我不想死，溜了。又笑起來，說，我呢，不敢想富貴，也不想年紀輕輕就死。能湊合著活下去就行，沒什麼要求。林老師，我呢，命苦的人。命苦就命苦吧，別命苦再加上死，多不合適。好死不如賴活，這是老人講的。這個盧令令好像難得碰見說話的事似的，說個不停，還有這麼點兒玩世的味道。後來林樸見到邊步問起這事兒，邊步說，盧令令早就來了。他要在我家店鋪幹活，我怕對他不利，就叫他到全玖兒兄弟那裏幫工。

林樸突然想起了什麼，王狐裘的事是盧令令告訴你的吧？對呀。他怎麼知道的？這個你就別問了，以後會告訴你的，沒什麼大事兒。林樸不問了，只是覺得邊步應當早點兒跟自己講才是。後來呢，直到盧令令死了，林樸也沒再提這事兒，也許忘了，也許是覺得不應當提這事吧。誰知道呢。

北郊窩棚的那些人，大部分都找到了活幹。有些人是操持先前的生計，有些是水之湄四處給他們找的活，邊步也幫了不少忙，邊步在外面認識的人多。碼頭那邊多了很多北郊人的身影，雖是力氣活累點兒也能維生。那些女人，小孩撿垃圾，挖野菜。偶爾也有小偷小摸的，抓住了說幾句也就算了。石頭市的人，雖然沒有楷模般的德性，但大事故中也能閃耀人性的光芒。危難之中，人得依靠人呢。

林樸的電影院，從正式放映起，生意異常的好，這是始料不及的。電影從早晨開始一直放到深夜，場場爆滿。當初確定票價的時候，林樸猶豫再三。他要把票價降低讓沒什麼錢的人也能輕鬆地看電影。員工們很擔心，特別是會計。買電影拷貝花了不少錢，又是彩色的電影，按理應當有更貴的票價，不然虧了怎麼辦？帳一算，林樸一時還定不下來，儘管他心裏痛恨以前那麼貴的票價，最後只好決定先優惠三天看看，如果行，就優惠價一直放。這個優惠票價確實很優惠，連學生買零食的錢都能看場電影，而且是帶顏色的。當電影拷貝還能再放很多場時，電影院已經賺了很多錢。電影院的利潤都歸市政府。武市長知道後很高興，對身邊的人說，楊領袖很會用人。

其實何止楊領袖，尚無庸就對林貽椒說，我說林樸能做事吧，你還不相信。我要是做大官一定讓林樸做小一點兒官。我是他姐夫，他的官不能比我大。這在數學上叫加權。我加過權，永遠比他大。林貽椒說，你是搞數學的，千萬別做官。你做官還不天天算計別人呀。兒子長大了也不讓他做官，兒子做了官，父親會幫他算計的，不好。尚無庸嚴肅地說，算計和計算是兩個截然不同的概念。如果弄混了，那麼做學問的人就會天天想做官，天下就沒有學問啦。說完哈哈大笑起來，抱著兒子又把兒子舉得高高的。兒子呀，我們永不為官，亂世則隱，這是家訓。這段時間大家挺舒心。林樸幹得好，林貽椒獨自一人時也會輕輕地笑起來。

林樸把以前郝香的辦公室徹底地清理了一番。花俏的東西都扔了，簡簡單單的，只有桌子和幾把椅子。有什麼事兒便把員工都叫在辦公室裏商量，這在以前是沒有的。既然商量事兒每個人總要說幾句吧，大家都關心起電影院的事務來，不是一般關心，是特別關心。商量起來你一言我一語，很火熱，主意一大堆，有時沒法統一意見就投票。外國的事情，不知道，起碼在石頭市還沒人這樣做過。大事小事由大家來定，有些不成體統。不過，電影院的員工不認為有什麼不好有什麼不對的。推翻皇上為了什麼？不就為了那個東西嗎？哪個東西？聽人說叫民主呀，對吧？電影院的這種狀況源於林樸內心深處潛隱的對人的尊嚴的渴望，這種渴望同樣存在於電影院所有員工的心底。也許石頭市的民眾以至中國的民眾心裏都潛伏著這個渴望。這種渴望推動了責任感，至少在電影院裏是這樣的。也許這是民主。但這還不夠，肯定不夠。很久以後，林樸常在心裏琢磨電影院的這段經歷。這是他第一次真正做事兒，記憶裏特別深刻。是的，民主應該遠不如此。除了尊重，責任心，還有什麼呢？民主還需要什麼呢？林樸不知道。這是一個超出他知識範圍的問題。他不可能弄明白人們推翻朝廷後應該走什麼路。在中國不僅僅只有林樸困惑，若干年後，當人們回顧中國這段歷史時，應當看得更清楚些。人們或許會輕鬆地說，民主？在中國？中國人還沒有準備好呢。

邊步現在有了好去處，沒事時就上林樸的辦公室聊天，跟電影院的員工熟得很。要是碰上大家在林樸辦公室商量事情，他還要插上幾句。水之湄也常來。她來不聊天，有事要和林樸商量才來。北郊的事兒目前能做的也做完了。有時她還刻意不去北郊，人們看見她總要說些感謝的話，讓她很不自在。心裏老想，我能做什麼呢？以後得靠你們自己了。她和林樸還有邊步一起去北郊，望著隨處都有的斷垣殘壁和一片低矮的窩棚，不由感慨地說，還是一片淒涼啊。有一次，邊步突然說，市政府好像把北郊忘了。其實他們不知道，武市長一直密切地關注著北郊。也許她是按照上面的指示辦的，對北郊採取的一種奇怪的政策，既不管也不阻攔。她早就知道有人在幫助北郊回來的人，一查是林樸帶的頭，至少她認為是林樸帶的頭，多少有點兒放心。

有一天，林樸在家抱怨政府不聞不問。尚無庸說了，你說市政府怎麼管？去幫助他們，這不是慣著他們以後再鬧事兒？不讓他們回來吧，難免要使用暴力，這不把楊阿悉心建立起來的新形象破壞了？最好的措施就是什麼都不管。不過你放心，我猜定武市長一雙眼睛盯著呢。

林貽椒見這幾天天氣特別晴太陽大，把家裏的被子拆了洗。吃過午飯，讓但叔看著孩子，自己挽著只沉甸甸的大竹籃去河邊清漂，還帶了把捶衣服的木棒，想在水邊找塊石頭，把這些大包單好好捶捶。經常去河邊洗衣物的女人相互都認識。林貽椒還沒走到河邊，便有女人迎面過來叫著，貽椒姐別去了，河水漲得嚇人呢。林貽椒不太相信，前天去洗衣服河水還平平的，清清的。遲疑了一下，還是決定去看看。一到河岸上她也傻了，滿河濁水咆哮著。有木船給沖走了，岸上岸下一片慌亂。有些來不及搬走的貨物漂在濁水上，打著旋兒飛快地向下游沖去。林貽椒往回走，一路上都是匆匆趕到岸邊去看大水的人，整個石頭市都驚動了。大水年年有，那是一點兒一點兒漲起來的。只有這樣災難性的暴水，才會嚇著整個石頭市。尚無庸在家裏正看著書，聽林貽椒說，河水暴漲，嚇死人呢。開始還不相信，隨口說，就在家洗，幹嘛要往河邊跑。不一會兒就聽見滿街的腳步聲，到處都是人們大聲嚷嚷。打開大門，看見好多人在跑。回頭向屋裏叫了一聲，我去看看，便隨人流跑到河岸上。

岸上擠滿了人，一片嘈雜聲。河水已經漲得很高了。河面變得很寬，平時看得清楚的對岸已經變成了遠遠的一條橫線。清清的河水成了洶湧的泥漿，河中心翻騰著狂燥的尖浪。好多東西順著河沖過來。站在上游些的人群裏突然叫起來，好多手向河裏指。不一會兒這邊的人群也騷動起來。有人啦，人啦。尚無庸踮著腳仔細往河裏看，果然看見一棵大樹幹上扒著幾個人，隱隱約約聽得見救命救命的呼聲。那棵樹幹帶著人眨眼就沖走了，岸上的人一點兒方法也沒有。尚無庸聽見有人哭了，他覺得自己的眼淚湧了上來。他第一次看見如此殘酷的河水，第一次看見河裏的人最後絕望的呼救，這心情攪得他幾天都平靜不下來。他無法阻止自己去想像那些扒著樹幹的手最終會無力地垂下，消失在冰冷混濁的河水裏。

石頭市自古就有暴水必有暴災的說法。特別是幾天後河面上漂過一片片穿軍裝的屍體後，人們堅信這說法有亙古不變的靈驗。看著這些漂過的屍體，人們想像上游遙遠的地方，一定發生了殘酷的大屠殺。這種大屠殺，這種成片屍體漂滿河面的大屠殺，石頭市的先輩們見過，這不是第一次，也不可能是最後一次，這就是中國人的歷史。當你聽前輩們講述時，你以為那是渲染得有些過分的傳說。當你親眼見到這一切時，你會覺得自己出生在一片多麼可怕的土地上。

那天下午，電影院沒放電影，林樸和水之湄在辦公室裏商量怎樣安頓盧令令。林樸有些為難，想讓盧令令到電影院裏來作雜工，又怕有人認識盧令令，生出事來。水之湄也沒主意。這個盧令令呢，幹活還不錯，又很機靈。是不是暫時讓他留在全玖兒娘家呢？看來目前也只能這樣啦。他們倆從電影院出來，看見門前臺階上坐著個老頭，走過去一看，竟是涵伯。林樸立刻上去打招呼，讓涵伯進裏面坐會兒。涵伯不去，卻對旁邊的水之湄說，你是水家的女兒嗎？我知道的。又對林樸說，不久就要下大雨了，我等你，就是要告訴你這事兒。說完就走了。林樸知道涵伯一直這樣獨來獨往，因而沒送也沒抬頭看看晴朗的天，對水之湄說，哪來的雨呀？水之湄抬頭看看天，心裏卻在想，涵伯怎麼認識我呀？

吃晚飯時，林樸心裏一直在琢磨涵伯的話。為什麼對我說要下雨了？吃完晚飯後，突然明白了，跟她姐說一聲，我有事出去會兒，轉身就走了。他去找水之湄，在半路上碰見了，可見水之湄也在琢磨這事呢。快去北郊讓他們作準備。林樸說著和水之湄扭頭就往北郊趕。路上，水之湄上氣不接下氣地說，我問過母親了，涵伯和我曾祖父是割腕的兄弟。他老人家祖上也是道上的人。林樸哦的一聲，心裏明白了，難怪涵伯與眾不同，原來如此。到了北郊，那裏的人雖然熱情，卻不大相信他們的話。幾天過去了，也沒動手作什麼準備。當第一滴雨打在窩棚上時，他們才驀地醒悟過來，可惜晚了。

十四　辟穀

辟穀，起於方士之術，後來發展成一種頂級的功夫。通過內心的導引能達到不食五穀也能不死的境界，可謂神奇之至。後世能練就這功夫的人少之又少，幾乎絕聞。據說進入辟穀狀態的人，同時也處於無思的狀態。無思謂之大憂，憂民，莫過於此，亦可謂極痛為之不痛，極愁為之不愁，極悲為之不悲。這是中國文明神祕而又無奈的一面。辟穀改變不了中國民眾多舛的命運，這是確定無疑的。

有跑生意的人說在很遠的地方，那裏有山，在一個草棚下，見過涵伯。灰的長袍花白的長髮，閉目坐著，靠著樹幹。不敢打攪他老人家，放了些食物。一個多月再經過那裏時，老人家還在，依舊閉目坐著，腳下的食物早已壞掉了。人呢，和當時看見的一樣沒變。再放點兒錢，叩頭，走了。半年後，有人說在另外一個城市見到了涵伯，依舊是那模樣。這些話當然是在茶館裏講出來的。講的人信誓旦旦，聽的人肅然而起敬意。關於涵伯的議論在茶館裏是屬於奇聞類的，好奇的人才聽奇聞，因而涵伯的奇事在石頭市流傳不廣，影響也不大。年輕人覺得涵伯是另類的角色，屬於古代，屬於歷史，不在現時生活之中。

涵伯以及水之湄的先輩所主張的那種道，一直貫穿於中國的歷史，但杜撰歷史的人，刻意淡化這點，因為那些道不入皇權之正道，朝廷不舒服，以至後來的人以為道只是歷史偶爾閃過的一些社會生活之外的人群的故事。道在中國是一種精神，一種永恆的精神。自古這種精神就在社會底層醞釀，遊蕩。它來源於底層民眾對社會公平的渴望，希望通過道得到支撐，希望從道的互助中得到幫助。歷史上的道，可謂此生彼滅，從沒有斷絕過。在中國只要存在無助的民眾，就永遠會生出新的道來。後來的人們在議論起道時，多少有些不屑。這是因為各色的道總離不開裝神弄鬼，顯得土俗。要知道，那是些社會底層的民眾，不是文人雅士的聚會。何況中國人的文明傳統不弄出些鬼神奇跡來，反倒是說不過去的。

當涵伯來到石頭市的那幾天，有消息在人們低聲的議論中傳開了，說是在上游的一個靠近山區的地方，確實殺了很多人。那是朱右序的一班擁護者，輾轉千里最後還是被圍在那裏了。聽說一個不留，投降也不行。是誰指使幹的呢？粉黨裏面到底發生了什麼事呢？沒人清楚，廣播裏也聽不到什麼消息，想起滿河的屍體真讓人不寒而慄。這河水呢，漲上來一直不退，依然是那麼混濁，在燦燦的陽光下看上去顏色比堤岸更深。好多段堤岸都崩在河裏去了，在大街上也能嗅到一陣陣河水的泥腥味。武市長不像朱能穀那樣到處張揚，她很少出現在市面上。河水暴漲的第二天，她去河岸上看了會兒，也沒說什麼就走了。這之後市政府一直沒動靜，沒有安民告示，也沒有組織什麼人去河邊巡邏以防不測。傍河而生的石頭市應當習慣河水暴漲的情景。人們暗地裏講可能武市長在忙粉黨內部的事吧。前不久有幾個外地流散過來的人被抓了，有人看見這幾個被抓的人押上一部軍車開走了，於是有了朱右序的人還沒清光的傳言。好在這些都是粉黨內部的事兒，與石頭市關係不大。

一天晚上，林樸從電影院回來，走到家門看見有個人在大門外張望。林樸不認識這個人，便問，你找誰呀？那人低聲說，這是林家嗎？是呵，您有事嗎？有人托我捎封信。能進去談談嗎？林貽椒開的門，見陌生人進來，便一臉錯愕，忙關上門，在堂屋問，什麼事？那人中年，精明強幹的樣子，生意人打扮。一進屋就直截了當地說，李將軍叫我送封信來。林樸接過信一看，信裏在談尚無庸，便叫姐夫出來。尚無庸看了信之後，不知說什麼好。林貽椒正等他說話呢。那人先說了，您看完了嗎？請把信給我。接過信，劃根火柴燒了，說，將軍交代，不急。只要您哪天決定了，請在大門外掛雙草鞋，一切都會安排好的。說完告辭走了。林貽椒忙叫林樸送出去，多走幾步。林樸心想，要是有人看見了會以為是電影院的事呢。

粉黨紫黨都有專人拆別人郵寄的信，很專業，拆開看完了再封上，一點兒也看不出來。據說這在國外是極卑劣的行為，在中國很正常，因而像這次捎來的信，決不會通過正常的郵路寄來。這些普通人不知道，林家也不知道，因此家裏人詫異不已。信呢，除了問候的例話外，主要談的是希望尚無庸去紫黨那兒。目前有些工程方面的問題在計算上遇到了困難，盼望能得到尚無庸的幫助等等。全家人圍在一起討論了好長一段時間。不是討論去不去，而是討論李荒到底有什麼事情？為什麼要這樣做？外面的形勢發生了什麼變化？更怪的是要在大門外掛草鞋，他們一定知道但叔以前打草鞋掛在門外賣，也知道現在沒賣草鞋了。一掛草鞋他們就知道，石頭市裏肯定有他們的人。這抬眼一看滿街都是普通人，誰知道這裏面藏著什麼人啦？大家說去說來，也沒個結果。算了，暫時別管這事吧。

下雨了，烏雲在晴朗的天空從上游那邊也就是西邊齊齊的像一塊無比巨大的黑幕一點兒一點兒蓋過來。沒有風，空氣靜靜的。當人們抬頭看天時，那黑幕嘩的一下，把整個石頭市籠罩起來。雨點兒劈劈啪啪地打下來，把人們淋得滿街跑。到處彌漫著一股難聞的說不上是什麼的氣味。整個石頭市忙亂起來，收攤的，搬貨的，往家裏跑的，收拾晾在外面的衣物的，大呼小叫，一片亂哄哄的聲音。雨是在涵伯見到林樸後第七天中午剛過開始下的。這雨滴特別大，打在臉上有些疼，像有人用手指戳臉一樣。當屋頂瓦溝就要滴水時，雨像聽了誰的命令似的，突然停了，一滴也沒有。街上，牆上，瓦上落下的雨滴被吸乾了。一下子世界靜得厲害。什麼啦？不下啦？人們把手掌伸出來試著，看看天。黑雲像燒開的水似的在頭頂上翻滾著，依舊沒有風。

林樸，水之湄還有邊步三個人，正在電影院辦公室裏聽邊步抱怨北郊的人如何得過且過。林樸從窗口看見了烏雲，跑到窗前說，雨來了，涵伯的話沒錯。忙跑出去跟員工們交待事兒。找了一把傘。回辦公室時，邊步已經走了，說是得回家照顧店鋪。水之湄還在，看見林樸進來，說，果然要下雨了。那些窩棚怎麼辦？林樸拎著傘說，如果下大了，一點兒辦法也沒有。走吧，我送你回家。等他們到了大街上雨點兒下來了。林樸撐著傘和水之湄匆匆地走著，雨點兒打在傘上叭叭響。他們拐進小巷時，雨停了。林樸還舉著傘，水之湄笑道，沒下雨啦，舉著傘累。林樸也笑了，說，雨總是要下的。說到這兒，倆人都愣住了，互相看著。怎麼這話像說過的？水之湄突然把眼睛睜得大大的，夢，夢見過，對吧？林樸。倆人直到水之湄家門口也沒再說話。水之湄站在家門口並沒有進去，看著林樸走遠，繞過巷口。她有些失神。潛意識裏女人比男人更信命。

他們不知道，林貽椒拜訪過水之湄的母親，帶了好些禮物，連尚無庸也不知道。林貽椒想看看水之湄的家人是個什麼狀況。沒有提婚姻的事兒，只是說同事呢，家人間走動一下。雖然不說，大家心裏很明白，談得親熱，開心。臨走時，林貽椒對水之湄母親說，水媽媽我來看你呢，先別對他們講。水之湄母親喜歡林貽椒，懂事理，笑眯眯地說，那是那是。沒兩天，水之湄母親到林家來，說是水之湄沒回家，想問林樸知不知道水之湄到哪去了。林貽椒可熱情了，那股熱情勁兒使尚無庸不免心想，貽椒私下搗騰什麼呢？過了幾天，尚無庸問林貽椒，是不是提親去了。林貽椒笑了笑說，沒有呀，林樸不明說，怎麼好去提親呢？不過呢，我們去人家那裏走走，算是表明我們有點兒願望，墊個底，省得那邊生出事來。你以為姑娘大了沒人理嗎？尚無庸哈哈大笑，貽椒啊貽椒，你是陰謀家呢，還是政治家？

頭陣雨算是序幕，也算是打個招呼，天呢，真的要動手了。傍晚時分，如注的大雨從天上傾瀉下來，隔街都看不見。雨霧從地面騰起像熱氣一樣彌漫著。屋上的水沖下來，落到地上嘩啦的響。街上的垃圾隨著水流從各家各戶的門前淌過。林樸儘管支著傘，到家後全身還是淋得透濕。換了乾衣服還打著哆嗦。他姐煮好薑糖水，喝了一碗，好多了。屋裏漏雨了，好多年不漏的地方也滴答著。找來盆盆罐罐，這裏擱一個那裏擺一個接水。小好音可高興了，大人忙著接漏，他在盆裏玩水。電燈閃了幾下滅了，可能是遠處的電線打火短路，只好又把油燈找出來點上。一家人忙前忙後，連晚飯也沒好好吃。當時呢，林家的人，整個石頭市的人誰都沒想到這雨竟會下好多天。

水之湄一個人跑到北郊去，回來病了，發燒。林樸去探病，她躺在床上說，沒什麼，躺一下就好了，不與林樸談北郊的事情，沒什麼好談的，無可奈何，杯水車薪的幫助無事無補。心裏想，一定會有什麼辦法的，只是自己不知道，想不到罷了。不論是水之湄林樸還是其他熱心支持他們的人，都不可能瞭解他們所涉及的問題，雖然具體卻是人類社會裏最難，最基本的問題。難題永遠擺在人們面前，即使經過各種抗爭，組織，動亂，還有各色的革命，難題依舊存在，很像水退了，石頭依然聳立在那裏一樣。尚無庸曾簡單地對林樸提到過國外有人研究出一個理論，關於人類社會的理論，大約是談人與人之間平等的事請。他們認為人類社會的問題不是靠修修補補能解決的，必須建立嶄新的社會結構。在這個社會結構中，沒有食利者，所有的人既是勞動者又是社會權力的執有者。尚無庸說，這個理論很美，但用理論描述這種願望是不夠。它能變成現實嗎？它不會被人類的頑疾所異化嗎？尚無庸說，他沒弄懂，不過聽說國外有些地方為這理論死了不少人呢。據他一個在國外從事這方面研究的同學講，人類至今並沒有找到一條所謂的出路，當然那些自我吹噓的不算。

大雨停了，轉到更下游的地方去下。雨水形成的股股徑流彙集到河裏，把上游來的洪水堵住了。暴漲的河水淹沒了石頭市的石頭碼頭，一直頂到街邊，有時甚至有陣陣的河水隨著波浪湧到勝利大街上來。碼頭那家茶館被水淹了半截。有避水的木船系在茶館的柱子上。整個石頭市好像隨著大地在往下沉。在人們的記憶中沒有見過如此大的洪水。北郊好些大大小小的水塘注滿了水，塘水漲起來連成一片，像個巨大的湖泊，形成內澇。北郊那些窩棚都浸在水中。好些人逃水災去了外地，拖兒帶女的。有些人就在巷子裏露宿。另一些人跑到巡捕所燒過的那片空地上搭起了草棚。磚塔那邊雖然離河很近，但地勢高，人們在磚塔四周搭了好些窩棚。人生充滿苦難，但生命很頑強，這是不是中國人不滅反昌的原因呢？學校停課，電影院息業，店鋪也沒有什麼生意。林樸帶著滿腔熱情的員工找了個地方辦粥場。水之湄和小學的年輕同事們上街募捐。她還讓些年齡大點兒的學生拿了少年團的小鼓排著隊滿街敲，效果不錯。他們誰也沒想到粥棚竟然支撐到大水退去，支撐到石頭市又從泥水中浮起來。

暴水似乎沒有帶來暴災。當河水一點兒一點兒退回到河床時，石頭市到處都忙著清理泥漿，垃圾。太陽出來了，空氣裏充滿了蒸騰的潮氣，人們忙著晾曬受潮的衣被。滿街被雨水淋得褪色的粉旗也隨風搖擺起來，給人感覺好像失落的黨的精神又回來了。

武市長也冒出來，召集了協助會，諮詢大家的主意。沒人抱怨市政府，雨又不是市政府讓下的。可能自有石頭市起，就一直是這樣的。如果政府不包攬什麼，自然也沒有相應的抱怨，這和以後紫黨的時代很不一樣。武市長召集協助會，本來也沒有什麼事情好辦，只是大水退後，總得做點兒什麼，安撫一下也行。會上有人提出北郊的內澇是個大害，菜地被淹，人們沒有菜吃。大路也漫了水，交通不便，影響了市裏的生意。最好能開條渠再有內澇可以把水引到別處去。武市長聽了很感興趣，因為這對有事時調動軍隊也有好處。武市長反應很快，在心裏一琢磨，這事兒不能由市政府出面，修渠要錢，得另外徵，一徵錢市民就會有怨恨。於是說，政府支持修渠，這是造福石頭市的好事兒。協助會應該發揮更大的作用。這個渠就由協助會主持來修。民間的事兒民間辦，可能效果更好些。協助會的人沒那個心眼，能從湊湊場到可以以市政府的名義做真實的事情，心裏可高興啦。馬上推選人組成修渠委員會，連如何籌款，修什麼樣的渠，在哪兒修都議論出結果來。協助會的人盡是些本市的老人，石頭市裏裏外外哪裏有棵樹他們都知道，研究起這號事來，他們極能幹，說不定多少年前他們就有這個願望呢。

北郊的水退去很慢，等水退得差不多了，修渠的事兒就開始了。勞動力是現成的，就是北郊的人。場面很熱鬧。幾個月下來，東段的水渠就挖好了。水渠在北郊與石頭市和河流平行，接近東頭泥路拐個彎向北通到十多里外的一個大湖裏。按計劃還有一個西段，可惜沒錢了，籌起來也難。再說修成的東段渠基本可以解決內澇，那就這樣吧。這段渠，市里人都叫東幹渠，成了石頭市重要的地標。從此北郊有了渠裏渠外的說法。渠裏的北郊不再叫北郊，人們改說為東幹渠那邊。現在的北郊是指東幹渠以外的地方。誰也沒有想到的是，以後戰事再起時，東幹渠給坦克和裝甲車添了不少麻煩。

協助會因辦成了這樣一件大事兒，很有成就感，可惜直到武市長離開石頭市，再也沒有召集過協助會商議什麼事情。也許武市長對非粉黨主持的事兒興趣不大吧，讓人分權不是什麼樂事兒，或者武市長有別的事兒操心，把協助會給忘了。好長一段時間，石頭市平靜無事兒。除了有人說北郊大坑埋人的地方夜裏有成群的鬼火外，石頭市彷彿成了一個無人過問的城市。東幹渠那邊的人們漸漸蓋起了茅屋，又有了像模像樣的生氣。只是經過火與水的磨難人口少多了。留出成片成片的空地，等待下一拔難民的到來。這塊土地上的人貧困自不用說，但石頭市自古就離不開這裏的窮人，所有下賤的活都是他們幹的。看上去好像是石頭市永恆的累贅，其實沒有他們石頭市就不會有生機。他們被壓在泥土裏，這是他們的地位，但他們是石頭市的基礎，社會的基礎。

林樸繼續經營電影院。他把電影院操辦得有聲有色，使電影院成了石頭市社會生活的一部分。不論什麼行業，道理是相通的，電影院使他學會了生意經營。水之湄有時也感到驚異，林樸，想不到你還有經營的潛能。以前要是有人對我這樣說，我是絕不會相信的。現在水之湄倒閒了下來。這個嬌小有些冷俊的年輕女人，她血液裏一定潛伏著從祖先那裏傳承下的道的精神。她要幹點兒事兒，閒散是折磨。林樸想要她到電影院裏來工作，電影院可以擴大經營範圍。她說，電影院有你就夠了。雖然員工們都看得出水之湄見到林樸時眼睛總是亮亮的，但她不願到電影院工作，不願就是不願，沒理由呢，林樸也不再囉嗦。不久，水之湄在東幹渠那邊嘗試著辦起了義學。她常去那裏教孩子們識字，算術。大大小小的孩子，只要不幹活了，就隨著她今天在這家茅屋明天在那家，大聲地跟著她讀字，讀筆順，讀加減法，背九九乘法表。水之湄是那片茅屋區很受尊敬的人。

毛巾是洗臉擦手的生活必需品，邊步家的店鋪一直經營這類日常用品。一天，邊步偶爾對林樸談起了毛巾之類的貨品有時進貨不順暢，時有時無。如果從紫黨那邊進貨呢，粉黨抽稅太高。這玩意生產起來並不難，有大工廠作，也有小工廠作的。買些棉紗回來放在機器上織一織就成了。商品這東西，有些呢，看來不起眼，做起來可以做得很大。邊步這人心思從來就沒有放在生意上，店鋪的活對他只是例行公事，談論生意於他算是難得的話題。你要問他跟歷史沾點兒邊的事兒，他會講得你頭昏腦脹。

有一次林樸正在辦公室裏寫什麼，邊步來了。林樸找點兒話說，指著桌面的紙說，中國字的創造很奇特，一般是個什麼就用筆劃表示什麼。一就劃一橫，很好理解。這個顏色，又不是個東西，古人是怎麼想辦法表示出來的？林樸的問題肯定是放了彩色電影之後衍生出來。邊步興趣來了，尖著嗓子呀呀地說了一大通。他說這是造字的一種類型，或者說一種方法。例如生活中常見的某樣物品一直有某種顏色，造字的人就用這個物品代表這種顏色，誰看了都懂。例如廚房出煙的火窗，煙熏黑了，畫個火窗就代表黑。白這個字很有意思，自古就基本沒變。有人說是借用日光表示白，有人說是人的臉。人的臉怎麼表示白？還有人說是大拇指，真難為他想得出來，怎麼不說是屁股呢？林樸哈哈笑起來。很有趣，你認為是什麼呢？邊步伸出手指著地說，太簡單了，白字就是用白果樹的白果來表示白。甲骨文就是畫的一粒白果，只是後來寫成方形而已。邊步說著就在桌子上畫起來，對林樸說，這就是甲骨文的白，你看像不像白果？邊步講得對不對，林樸不研究這些，也說不上來，倒對邊步說，邊步你怎麼不在石頭市辦個報紙呢？

工廠在石頭市是沒有的。石頭市只有作坊，家族經營，師傅帶徒弟，以手工製品為主，幾乎沒有什麼機械。也有織夏布的，多是些木頭製的織機。有染色的作坊，整理布匹時，用齊腰高的琢成元寶樣的大石軋，人在上面踩石塊來回動。林樸想工廠到底是什麼樣子呢？自從邊步提到，林樸就一直在心裏琢磨工廠。有一次，他去東幹渠那邊看水之湄。倆人回家路上，談起了工廠，說不清楚，只是想法而已。如果能辦工廠就有能力辦個正式的貧民學校。大人有固定工作，孩子們就能安心讀書。水之湄覺得是個好主意，點點頭沒吱聲。是呵，工廠到底是個什麼樣子呢？

去查一查那個叫涵鄉晨的老頭是個什麼人，武市長在市政府辦公室裏對巡捕所所長那個戴眼鏡的年輕人嚴肅地說，暗中查，不要弄出什麼事兒來。最近我聽說，這老頭老在茅屋那片活動，不少人跟著他起鬨。你要調查兩點，第一，這老頭有什麼背景。第二，跟著他起鬨的人暗地在幹些什麼事兒。

沒過多久，那所長回話了，說這老頭，是以前治安會會長的遠房親戚。年齡呢，很老了，究竟有多少歲不清楚。這老頭長年居無定所，有時轉到石頭市來，石頭市老老少少都知道有這麼個人。這老頭好像練就了一些特別的功夫。看起來似乎沒什麼政治方面的背景。他在茅屋那邊給人治治病，教人一些禦病強身的簡單功夫，看不出有什麼不好的事情，不過，那邊很多人都特別信他。這人好像能預知未來的事兒。有人稱他為先知，說他通神。近幾天他常對人說處變不驚。不知道是什麼意思，是不是抓來問一問？武市長沉思了好大一會兒。抓這麼個老頭，說不過去的。武市長有些為難，她不希望看到茅屋那邊有什麼事兒，更得防著有什麼人在那塊是非之地攪和。前面的事兒剛完，那是石頭市的政治陰影，叫人放不下心來。林樸水之湄的情況她知道，在她看來那是幫了粉黨政府的忙。這老頭是屬於傳統一類的，在市民中有影響。她不知道涵鄉晨早年會道的背景。武市長想來想去，儘管不喜歡也沒有什麼辦法。算了，隨他去吧。

其實，從朝廷追殺涵鄉晨原屬的會道，到朝廷被推翻，中國的社會發生了很大的變化，變化的根源是外來思想與中國固有傳統的雜處。在涵鄉晨眼裏，中國雖然依舊是中國，卻又不一樣了。怎麼個不一樣他弄不明白。依舊是滿目的苦難，卻沒有了可抱怨的朝廷。當遍地叫囂著革命二字時，他實在搞不懂什麼是革命。在這紛亂的世道裏，他想不通，革命，外來思想，陰謀家和不變的中國文明之間到底誰利用了誰，誰和誰狼狽為奸？當他極其痛苦時，便尋一處僻靜，進入辟穀，以求解脫。辟穀使他的心趨於平靜，也洗刷了他心底的道的精神，使之煥然一新。辟穀使他離人群越來越近又越來越遠，辟穀使他似乎有無限的壽命。長壽令他那雙眯縫的灰色的眼睛穿透塵埃，感知未來之事的脈動。儘管接近過他的人說他神奇，他內心裏早已對會道必然有之的裝神弄鬼不屑一顧。這是一個孤獨的人，一個孤獨的老者，一個為自古有之的會道搏愛精神支撐的善良老人。可惜沒人瞭解這些。

茅屋那邊，有戶人家。男的姓叢，老婆，兩個孩子。大的是男孩子，偷東西，常不回家在外面鬼混。小的是女孩，有空就跟著水之湄識字，是叢家唯一能寫自己名字的。這叢家男人，在碼頭上幹體力活，好喝酒，常常一個人悶著。黨教事件那會兒，不知是不是巡捕所的人看他不順眼，把他抓到學校莫名其妙地打了一頓。放出來後躺在家裏養傷。沒辦法他女人只好到碼頭上和他丈夫那幫人一起幹點兒體力活。家裏沒吃的，男孩就到鄉下偷雞摸狗。這一偷手就停不下來，漸漸就跟一班閒人混上了，染上惡習，誰也管不住。茅屋那片多少年總是少不了這樣的人，一輩傳一輩，一駁接一駁。

那天下午，水之湄教完孩子正要回家，那女孩氣喘吁吁地跑來說，老師快救命啦，拉著水之湄往家那邊跑。她家不遠，幾步就到了。在外面水之湄就聽見砸東西的聲音。那男人在屋裏野獸般咆哮著。一進屋看見男人拿根竹棍打孩子母親。那女人蜷曲在牆角用手護著頭嗷嗷地亂叫。水之湄大叫一聲，住手。那男人愣住了，嘴裏呼剌呼剌，滿口難聞的劣質酒的臭味噴得水之湄一臉都是。那姓叢的男人搖晃一下，舉起竹棍又要打老婆，水之湄上去奪竹棍被那男人一推從屋裏摔了出來。女孩抱著水之湄大叫，來人啦來人啦。好些鄰居都圍了過來。人們不敢進屋，一看就知道這姓叢的發酒瘋。圍在門口的人見有人拍肩頭，回頭一看是涵伯，忙讓出道來，沒想到人們這下可開了眼。涵伯一進屋，定定神，抬手指著那男人，剛才還在咆嘯的那男人，僵住了，隨著涵伯的手勢癱在地上。那女人看見丈夫倒下了，忙爬過來，抱著那男人，哭道，天啦，你可別死呀。涵伯站在那裏不說話。一會兒那人打起鼾來。門口圍著的人們都驚呆了，那女人也一樣，一扭身坐在地上傻傻地望著涵伯。涵伯走了，不急不忙。滿巷的人都看著他，神仙呀，真的神仙呀。

水之湄的腰腿還有胳膊都摔傷了，在家躺了十多天。林貽椒知道後，買了些吃的去探望她，和她母親一起勸她別再往外跑了，一個女孩子不知要出什麼事呢？林貽椒乘著探望的機會試探了一下她母親對婚姻的想法。水之湄母親很高興，兩人就往深裏談，回家後又和林樸談。林樸不說話，只是嗯嗯地聽著。婚姻是件大事，林樸有點兒緊張。他不知水之湄怎麼想，自己也從來沒往這方面認真想過。聽他姐談這事兒，弄得他不敢去水之湄家，為難起來。一想到要見的水之湄，有一天會是自己的妻子，他倒是膽怯起來，這個，見了面怎麼好開口講話呢？叢家兩口子還有那女孩子找到水家來看望水之湄。那女人經打，身體好好的跟沒事一樣。敲開門，一見水之湄母親，兩口子就作揖鞠躬，請求原諒。把拎來的一些雞蛋放在門前，請水之湄母親收下。水之湄母親很想教訓他們一頓，看他們那樣，到口邊的話咽了下去。要他們進屋，他們不敢。走的時候，又作揖鞠躬，搞得水之湄母親都有些過意不去呢。水之湄在床上聽她母親講了，只是歎口氣說，唉，他們就這樣。

水之湄林樸，他們身邊的人都看好他們倆的事兒，自然，美好。所謂，桃之夭夭，灼灼其華。之子於歸，宜其室家。林貽椒和但叔商量決定把這婚事往前推。特別是李將軍來信的事兒，每每在心裏琢磨就怕家裏的日子生出什麼變數來。不管發生什麼，得把林樸安頓好呀。於是呢，就與但叔一起去水家正式提親。去了水家，水之湄的母親也正為水之湄受傷的事發愁呢。兩家一談即合，婚事就這樣定了。隔日送了好多禮物去水家。林貽椒悄悄問水之湄母親，您對之湄說了嗎？水之湄母親很滿意地說，說了說了，同意，女兒很高興呢。林貽椒心裏盤算著，等水之湄身體一好，兩家在一起吃個飯，正正式式地確定關係。在家吃呢，不好，就在聚珍園吃吧。到聚珍園一打聽廉價級七星健一桌下來還是有點兒貴。站老闆聽說是林樸水之湄的訂婚席主動提出打折。那可不好吧？站老闆說，有什麼不好的，就這樣定了。又去水家約好，高高興興的。

宴席，宴請，宴會是社會上層的稱謂，肉食者的稱謂，平民間習慣說吃個飯，再正規也不過稱之為酒席。吃飯那天，大家都說水之湄特別漂亮。水之湄大大方方的，臉上掛著朗朗的笑容，確實有些美，一種叫人要心疼她的美。林貽椒拉著水之湄的手細細地瞧著。水之湄說，貽椒姐。快別叫貽椒姐，叫我姐。姐，我真沒怎麼打扮，林樸知道的。林樸坐在旁邊直點頭。其實他不知道水之湄這話指的是平日呢，還是現在。菜上來了，大家吃得很有禮貌。水之湄說，林樸喝點酒吧。尚無庸忍不住笑起來說，林樸呀，你看你，快給大人們敬酒吧。

後世研究烏托邦及其在中國影響的人，也提到林樸這次訂婚的酒席，字裏行間頗有微詞。他們認為這個訂婚的酒席很有些俗氣，無法把這酒席與其他令人感動的事搓和在一起構成一個完美的林樸與水之湄。真不知道這些後世的人是怎麼想的？難道要為林樸和水之湄設計另一種通向婚姻的高雅之路嗎？別忘了中國人就是中國人呀。在這俗中孕育著至美，至真。崇高的理想並不排斥真摯的習俗。這是一個道理。

婚是訂了，林樸呢，繼續經營電影院。電影院是個溫暖的團體。讓他頭痛的是，除了那些自我吹噓，裝腔作勢，空洞無聊的粉黛電影，其他好一點的電影片源很少。當不得不放那些粉黛令人作嘔的影片時，他連電影院都不願意呆。水之湄呢，依舊教她的那些貧窮的孩子，有時還要拉上以前的同事一起出義工。每次出門她母親總是要問，又上哪兒去？水之湄拎著包邊走邊說，還能上哪兒去，沒事的。有時她母親還會在她身後補上一句，之湄，該懂事點兒，你現在不是一個人啦，林家擔心呢。林貽椒時不時上水家坐坐，免不了要聽水之湄母親抱怨。林貽椒說，大娘，由她去吧，和我弟一樣有慈悲心腸，都是好人，好人自有天相。不過，林貽椒這話不對，吉人才有天相。吉人不一定是好人，吉人是幸運的人。好人有沒有天相，不知道，好人沒好運倒是真的。真正的好人是不依賴時運的，這或許就是好人沒好運的原因吧。

石頭市上頭，有條巷子叫絲線巷。一聽這巷名就知道很有歷史。那裏聚集著織夏布的，染紗染布的，還有刺繡的人家，都是累世相襲的手工作坊，而且各有絕技。逢到電影院放爛片子，林樸就到那裏瞧別人幹活，有時還拉上水之湄。林樸算是石頭市的知名人物，不少人認識他，經常去更熟。幹什麼活也不瞞著他，隨他瞧。時常林樸看著看著就發呆，思想跑到很遠的地方去了。

詩經秦風裏有首詩，謂之蒹葭。蒹葭蒼蒼，白露為霜。所謂伊人，在水一方。溯洄從之，道阻且長。溯游從之，宛在水中央。反復吟誦這首詩，心中充滿異樣感動，可謂至美。有人論及此詩，說是描述歌者對人生理想的追求。唯願如此呵。

十五　泥路

泥路，順著石頭市下頭也就東頭的泥路一直走，路拐向東北方，大約三十里有條小河叫涔河。泥路與小河交會處有個小鎮叫涔河口。人口不多，鎮上的人多是石頭市人家的親戚。儘管如此，這涔河口人說的方言卻與石頭市大不一樣，聽起來特別刺耳，泥土味重，像泥裏挖出來的帶角的石塊。這裏的人好像依然生活在朝廷的時代，甚至是生活在皇上爺爺的時代。

石頭市的人常說涔河口的人很怪，可能是偏見，不過那裏確實有些人怪怪的。泥路過涔河口有座大石橋，橋邊不遠有戶人家。這家人一直作點兒小買賣，能吃飯，不富裕。兩個兒子成家後分開去過。後來丈夫生病過世了，那女人呢，覺得一個人過沒意思，便把房子賣了，做個布袋把賣房子的錢裝在裏面系在腰間，一刻不離。然後呢，在兩個兒子家來回住，一邊住一個月。一到月頭就收拾好行李坐在門口等另一個兒子來接。每次來接的兒子把行李一拎，必然要說上一句，錢帶上了嗎？帶上了。那，走。她過得好不好外人不知道。有一天，在小兒子家給丟了。三天後，有人說在大河那邊的樹林找到了，抱著棵樹怎麼勸也不肯撒手。那小兒子呢，得到訊，徑直跑到哥哥家大吵一頓，後來打起來。兩人打累了，才腫著臉一起去那樹林尋母親。兩人見到母親，第一句話就是，錢帶上了嗎？據說後來，母親過世了，兩兄弟心平氣和地把那布袋的一點兒錢分了，還一起喝了點兒酒，滿滿意意的。喝完酒兩人約定今生不再往來。對，是這樣的。這算是個故事吧。

過了涔河口的石橋再往前走，有戶人家，兩老。男的不太說話，總是笑眯眯地陪在老婆身邊。女的一副爽朗的樣子。如果她年輕些，再練一練，一定會有女俠風範。人們是這樣講的。其實呢，誰也沒有見過女俠。以前跑到鎮上打劫的女土匪倒是見過，多是些粗糙醜陋的女人。這戶人家有兩個漂亮女兒。大女兒嫁給一個開工廠的外地人，那人對兩老很不錯。可惜呢，大女兒好不容易懷個孩子，難產，母子雙亡。那小女兒呢，比她姐更漂亮。七彎八拐地嫁得很遠，遠得快到國外了。婆家是個什麼與政府有連繫或者說有勾結的家族財團，實業，地產，金融等等什麼都幹。不過，嫁過去沒幾年得病死了。所謂富貴在天，生死由命，這是最好的解釋。不像有些人說的什麼前世作孽，兩老命硬克了自己的女兒啦，這個閒話可不太友善。兩老呢，膝下斷了後，反而豁達，索性賣了涔河口的房子，搬到石頭市來住。他們在石頭市交結了很多人，時常請人吃飯，當然是在酒館。年齡老了，自己做不了飯，也吃不了多少，總是笑眯眯地看著別人吃。別人吃兩老的請，過意不去，又回請。這樣來來往往，大家都很親熱。水之湄募捐那會兒，兩老出了不少錢，那老太太還拉著水之湄的手說，你真是個好女兒呢。

他們當然知道林樸。兩老看那國外彩色電影時，正趕上林樸在大門口引導觀眾入場，看見兩老來了，還親自把他們送到座位上。兩老交結的多是年紀大的人。年紀大的人在一起愛談些兒孫的事兒，兩老從不迴避這些話題。有知道林樸水之湄關係的人閒聊中提起他們訂婚的事情，都說很不錯的。兩老有了心，怎麼也要請林樸他們吃個飯。他們很喜歡林樸和水之湄。

兩老，男的姓賴，人們叫他賴伯。女的姓戶，戶氏，人們叫她戶媽。按習俗本該隨夫姓叫她賴媽的，人們都叫她戶媽，大家覺得沒有什麼不妥當的。請林樸水之湄吃飯那天下午，兩老早早地就在電影院外等著。林樸推辭不了，便把兩老請到辦公室坐，自己去叫水之湄。回來時還買了些禮物送給兩老。後世的研究者對這次請飯多採取機遇論的觀點，認為如果沒有這頓請很有可能就沒有後面悲壯的故事，中國的近代史將變得蒼白，將因缺失偉大人道主義的閃光而變得平庸。後世之後世的研究者會不會也這樣認為呢？這就難說啦。如果說沒有這次請飯，林樸水之湄心裏潛隱的博愛精神也許會通過其他途徑表達出來，那麼對於後世的研究者來說，中國的近代史將是另一種風貌。

那頓請飯是在一家不大但有點兒名氣的酒家。不鋪張，但上的菜很精緻。兩老依舊是那樣，笑眯眯地看著林樸水之湄吃，一邊看著一邊拉家常。戶媽老愛瞧著水之湄，怪心疼的，說，我那兩個女兒命不好呀。戶媽這叫觸物生情，越是喜歡水之湄就越想念自己的女兒。於是就念叨起大女兒小女兒這個那個的。說大女婿對他們兩老如何好，小女婿那邊雖然現在少有書信但也時不時寄點兒錢來。話順著說，聊到大女婿工廠的事上來。戶媽說，這大女婿可不簡單。以前在一家外國的工廠裏當學徒，後來自己辦工廠，越辦越大，還常常跑到國外去談生意呢。一直沒怎麼說話的林樸聽說工廠的事兒，很興奮，仔細詢問工廠的有關情況。戶媽愛說話，知道的都仔細講了。末了說，林經理，你要是哪天想辦工廠啦，我叫大女婿幫幫你。戶媽當然是隨口說說，林樸當電影院的經理好好的，怎麼會辦工廠呢？水之湄插話說，戶媽，林樸和我一直想做點兒事兒，不是想發財，是想讓沒活幹的人家有固定工作，孩子能上學。我們一直這麼商量著呢，也找不到辦法。林樸想辦個工廠，讓大家有飯吃，又不知道怎麼辦，天天發愁呢。戶媽相信水之湄的話，這樣吧，我寫個信問問大女婿看怎麼幫你們。林經理，你想辦什麼工廠？工廠是各式各樣的。林樸想都沒想脫口就說，毛巾廠。戶媽說，行。看看不太作聲的賴伯。賴伯忙說，行，當然行。

從那次兩老的請飯以後，林樸就和水之湄天天討論辦工廠的事兒，憑著他們的所聞和想像考慮著工廠的種種事情。廠房，機器，技術，原料，銷路等等，這些是技術性的問題。他們也探討工廠的管理。既然不是為某些個人掙錢，就應該讓工廠所有人得到最好的報酬。但這還不夠，不應該僅僅做個好心的廠主，應該讓工廠所有的參加勞作的人為自己幹活為大家幹活。我看，林樸說，我們把工廠辦起來，但工廠不屬於我們，屬於工廠所有的人，是大家共同的工廠，工廠的事情自己作自己管。水之湄雖然覺得林樸說得不錯，但有些擔心，這樣工廠會不會亂？她也知道尚無庸講的國外的事兒，那是林樸加上自己的發揮告訴她的。這確實是一個出路，一個給人尊嚴的新的出路，但她實在沒法想像那是一個什麼樣的工廠，工廠裏人與人之間是個什麼關係，誰來指揮？看法不一樣怎麼辦？

他們不知道，關於這類工廠，這類涉及到很多人的社會行為，在國外早已形成一種支持者自稱完美的理論。這種理論是這類工廠的社會實踐與附之其上的良好願望和臆想的混合物。這種理論傳到中國，既朦朧又刺激著動亂之中的中國人。在那些搖曳的燈光下，偏激的知識青年熱情地談論著卻鮮有真實的付諸實踐者。這個理論的朦朧傳播，給中國人抹不去的固有觀念留下廣闊的空間，最終這個理論在中國變成了鞏固傳統思想的有力武器，不能不說，既讓人意想不到又讓人啼笑皆非。後世的研究者把林樸水之湄作為一個例外。這是對的。他們只是滿懷人道主義的社會實踐者，通俗地說他們是真正做善事的人，而不是居心叵測的政治家和求富貴的革命者。

過了段時間，兩老到電影院來找林樸，水之湄剛好也在。戶媽興高采烈地從懷裏掏出信來。信上說，很好，很願意為慈善工廠出把力。剛好有一些淘汰下來的織機可以送過來，無償的。雖然是淘汰的機器，一樣好用。這些織機是因為較早的設計，效率差一些才淘汰的。辦工廠要一步一步來，這樣成功的機會就大些。等工廠辦起來就派技術工人過來帶一陣子。如果產品質量合適還可以幫助拓展銷路等等。林樸讀完信激動得手一個勁兒顫抖。兩人沒完沒了的感謝戶媽賴伯。戶媽說，看你們小倆口，快別這樣了。你們倆呢，仔細籌劃籌劃。辦工廠可操心啦。等你們妥當了就跟我說，我再寫信去。送走兩老後，兩人坐下來又商議。事情不再是心中的願望，像部機器發動起來了，得腳踏實地一件件去做，場地，電，水，原料，工人等等，最後歸納為一個問題，錢。需要多少錢呢？不知道。錢得籌，籌的唯一途徑，募捐。林樸說，要募捐必須得到市民的認可，得出師有名啦。有什麼名呢？想來想去想不出來。無災無難的，拿什麼說呢？總不能說出點兒錢吧，我們要辦工廠呢。

回家後，林樸和尚無庸討論辦工廠的事兒。尚無庸說，這樣吧，我們把所有的事情分析一下，能想到的列在紙上，然後再分析哪些是必不可少的，也就是必須要拿錢的，哪些是可以緩一緩的，哪些是可以自己做的。你們辦的不是慈善工廠嗎？有些事兒是應當大家動手一起做的。在盡量減少花錢的條件下，先小規模的試著幹，邊幹邊學，站穩腳了，再擴大。兩人拿了紙，分析起來。林樸心裏漸漸明晰了。不過，心裏雖然清楚了，做起來卻很難。林樸很認同尚無庸的想法，窮人的事兒應該發動窮人一起幹，這與一般辦工廠不一樣，這是與事情的本質相連繫的。林樸和水之湄在東幹渠那邊找些他們認為有可能幹工廠活的人家宣傳。後來把盧令令也叫過來，讓他在茅屋那邊連繫人家。在石頭市，工廠的概念十分模糊，多數人並不瞭解工廠。人們大多用熱情而又困惑的眼神看著他們，讓他們多少有點兒澆了冷水的感覺。盧令令倒是尋到幾戶曾在外地工廠作過工的人家。和這些人家聊起來話就多些，熱情也高，讓林樸從工人的角度瞭解到一些關於工廠的知識。也許是老天幫忙吧，這時，石頭市發生了一件不大不小的事情。是的，既不小也不大。

在北郊，有座殘破的廟。原來與北郊大坑埋人的地方是同一個地塊。李將軍那會兒在破廟裏還埋伏過小步炮。東幹渠從這塊地中間穿過，把破廟隔到城市這邊。這個破屋所以叫作廟，是因為以前這裏確實作過土地廟，是祭祀大地神靈祈求豐年的處所。後來頻頻鬧鬼，香火漸漸少了，最後落得個破敗，成了行乞者臨時的安身之地。時常有乞丐死在裏面，因而這破廟常常空無一人。夏日裏院裏院外的荒草長得齊腰高。草叢裏有毒蛇，咬過偶爾去那裏的人。冬天則一片衰敗。就是北郊出事後，也沒人搬到這裏來住。從建築的樣式推斷應是幾個朝代前的遺跡，很簡樸，可以想像當年也不失莊重。有院子兩進，大門並無奢華的痕跡，多處坍塌的院牆當年一定很高。兩重大屋外加幾處院邊小屋，骨架還在，但大洞小洞的，屋裏也長了野草。當年這裏一定不是什麼廟吧，或許曾是顯赫人家的居處。那人家何嘗不祈求君子萬年，但人世宛如河流，除河流這個概念外，沒有什麼是不變的。這屋看得出不同朝代進行過多次修善改建，最後把廟宇的印跡堆砌在上面。往年那些燒香磕頭的人並不關心歷史沿革，只要聽人說這裏有神仙就來這裏拜。要知道中國的人連小說書中的人物都可以當神來拜的，這在全世界全人類是絕無僅有的。因此，大可不必為人們拜塊石頭拜塊木片而驚訝。

一進大門，院子裏有口枯井。井被填得著不多了。井口的井石被曾經的井繩勒出一道道深深的凹槽，說明很多人曾經在這裏活過。石頭市發生的不大不小的事兒，就是因於這口枯井。

不久前，石頭市來了幾個盲人，一個扶著一個肩頭，前面一個小男孩帶路沿街乞討。如果商鋪不給點兒錢，就在商鋪前沒完沒了的唱歌，唱的是些古遠的民歌，有領有合，十分動聽。於是跟著這些盲人圍了很多人，上街下街大巷小巷的到處走。這幫盲人在石頭市影響很大。人們都說，沒聽過這麼好聽的民歌，只是有些聽不懂。邊步和林樸閒聊談起這事，說，他們唱的我聽著怎麼就這麼雅又有點兒熟呢？回家一查書，查到一首殷其雷，確實是他們唱的。老頭領唱，殷其雷，在南山之陽。何斯違斯，莫哉或遑。其他人合唱，振振君子，歸哉歸哉。太感人啦，你說這是盲人嗎？是讀書把眼睛讀瞎了吧？他們也不管別人聽不聽得懂，只顧唱，自得其樂，感覺好像別人都是瞎子一樣。我跟你說林樸啊，你一定要聽聽，確實不錯，要是他們走了就再也聽不到啦。林樸拉上水之湄到街上聽盲人們唱歌，聽完一家還不夠，隨著盲人們走了一家又一家。太好了，簡直就是一群聖者。這幫盲人呢，就住在破廟裏。有好奇心重的人還跟著他們去過破廟，說是黑黑的又沒個燈，像群鬼似的。瞎子還用點燈嗎？真是瞎扯呢。過了幾天，街上突然沒有這幫盲人的身影了，是不是走了？怪可惜的。有人說得去看看，跑去一看，不得了。消息像觸電一樣讓整個石頭市激動起來，有人信有人不信。人們是這樣講的，說是去破廟一看，前院給收拾得乾乾淨淨，那幫人圍著井磕頭。說是那幫人，沒說那幫瞎子，因為那幫人眼睛都好了，閃亮閃亮的，神奇呀。消息一傳開，很多人都去破廟看奇跡，老遠就看見破廟前院香火煙雲升騰。原來一幫茅屋那邊的人跪在那裏對枯井磕頭。井四周盡是點燃的香，還不時向井裏扔錢呢。那幫盲人呢，早就到了大街上，挨家挨戶向施捨過他們的人家致謝，這下讓所有人吃驚不小。家裏老婆孩子都擠上去看個究竟，天啦，這是什麼回事呢？上天顯靈啦。

原來呢，那天深夜，破廟那口枯井突然冒出紫光。那小孩一叫，盲人們都摸到井邊，眼睛就好了，看得見了。這是那帶路的小孩講的。這小孩子很乖巧，逢人就講，一遍一遍地講，聽的人一遍一遍地聽，聽不夠。答謝完施主後，那幫人到碼頭乘渡船過河要走了。很多人都跟著，到了碼頭，那幫人跪下。那領頭的老頭說，老天開眼，石頭市有福啦。然後起來，上船，走了。

井冒紫光的事兒，傳遍了全市，傳到四周鄉鎮，連涔河口那邊的人都趕了過來。大街上到處都是各地趕來的香客。店鋪的生意突然翻倍的好，喜得大家都成了奇跡好愛者加枝添葉地瞎吹。有人信誓旦旦地說，夜裏確實看見井裏冒紫光了。白天遠遠的就有人指著那破廟說，你看你看，看見沒有？廟裏升起來的煙是旋著朝天上升的，你說神不神？關於這點，林樸也困惑，跟尚無庸談，尚無庸不以為然，說，這跟空氣動力學有關跟神仙無關。廟裏廟外燒紙點蠟燭點香會形成強烈的上升氣流，上升氣流在熱力的推動下會自然形成螺旋狀，通常還會擺動，僅此而已。不過科學的觀察與人們內心的願望又有什麼關係呢？你說，日蝕吧，不就是月亮擋住了太陽嗎？可日蝕就是跟人間的事情有關，你說怎麼辦？

破廟那裏的香火太盛了，裏面擠不下，只好在外面燒紙點香。破廟給圍得一層一層的。外面的人磕完頭還非得擠進破廟往井裏扔錢，心願盡了才擠著回去。破廟裏有一幫茅屋那邊的人看著破廟，怕一不小心把破廟燒了，也日夜看著井，怕有誰搶了錢。武市長派了幾駁人去調查，也在市政府開會討論，要不要採取什麼行動。權衡來權衡去，算了，別管。店鋪生意好，多徵點兒稅，就這樣吧，兩利。那些燒過香許過願的人，好像確實有人沾了神靈之氣，說是解決了一些人生的問題。例如得病啦，兒子不孝啦，母豬不下仔啦，市面上流傳的故事什麼都有呢。河對面老遠有一家人，長年來，家裏沒一天順心過，吵吵鬧鬧的。那家年邁的父母逼著兒子媳婦們到破廟來燒香磕頭，末了在聚珍園吃了一頓。據說，從此，那家人日子過得特別好。你說這事兒怎麼解釋得清楚呢？你說這個沒神沒靈的怎麼做個中國人呢？

大約一個多月後，林樸想的那批機器運到石頭市了。機器沒處放，就存在碼頭附近的破庫房裏。這時候破廟枯井的錢已經從井口漫出來。不過枯井呢，本來就填得差不多了。人們把錢取出來裝了三四籮筐，都是些零錢，總數估計並不巨大。神靈並不需要錢，要的是心意，人們知道這點，因此奉獻的都是小錢。那些守廟的人說，瞎拜可不行，井裏一定有神的真正意思，得挖出來看看，日子就定在滿月那天夜裏。消息傳得快，滿月那天，天還沒黑就不斷有人往破廟那邊趕。夜裏人們帶的燈籠，火把，還有手電筒，把整個破廟照得透亮。連巡捕所的所長也親自帶人去維持治安，怕發生踩踏事故。挖井的事兒辦得有章有法。那幫護廟的人，在月亮升至頭頂時，點上香，整齊排好，跪下，九叩首。這時院子裏外一片寂靜，就聽見院子裏有人高聲叫道，大慈大悲的神仙，我們要看看神仙給了什麼東西，神仙啦，我們開挖了。說話的人就是叢家的男人，嗓門大，事先準備好的話一開口就全忘了。井口小，只容得下一個人。開始挖得慢，挖出來的盡是些瓦礫，爛草。挖到下半夜，能下去兩個人。還是些瓦礫，爛土。廟外的人覺得失望，說是根本就沒有什麼，瞎挖的，該不是把神靈給惹煩了走了。有些人賴不住，興奮勁兒也過去了，便回家去了。當太陽剛升起時，廟裏傳出了一片騷動聲，說是挖到了挖到了。只見有人把一塊不大的半殘石碑抬出來放在大門外，抓些野草在上面擦。一看果然有字，刻的。人群你推我攘都擠著要看刻的是什麼字。字是字，但沒人認識。有人說把石碑搬到市裏找人看看。有人說，這碑誌不能瞎搬否則就不靈了。那怎麼辦？請懂古字的人來？這樣吧，不如用紙拓下來，拿給懂的人看。有人跑到市裏找紙和墨。等拓片做好了，人們又把石碑放到井裏。

這時市裏過來的人和熬夜回去的人都在小道上擠。有人給擠到水塘裏，不少人跳下去救，水塘邊圍滿了大呼小叫的人。這水塘淤泥很深，折騰了好大一會兒，才把人救上來。巡捕所趕來了好多人，疏導人們往回走，免得再出事兒。中午時分，武市長帶著人過來，要看看使石頭市興奮的是個什麼東西。人們讓出道來，武市長走到枯井前向井裏看了好一會兒，說，沒多深，怎麼除了黑泥什麼也看不見呢？石碑在哪兒呢？護廟的那幫人可驚訝啦，都圍上說，明明我們放進去的，大家都看著呢，什麼會沒有呢？一瞅還真沒有。派人下去看還是沒有，遞鎬下去刨，也沒有。這是怎麼回事呀？是不是神收去了？武市長又到井邊看了一趟，說，什麼亂七八糟的，快鬧出人命啦。所有人都不要再呆在這裏。又對身邊巡捕所的所長說，把人都勸回去，不要再生出什麼事來。說完走了。

石頭市的人並不贊同武市長的說法。石碑肯定是有的，拓片在呢，怎麼能說沒有？石碑現在消失了，肯定是被上天收去了。天機不可洩露，現在露一點兒昭示人間已經足夠了，真是的，還不信。那拓片呢，送到中學找語文老師。老師們，翻了好多關於文字方面的書，還是不明白拓片上的字是什麼意思。又找到中藥鋪坐堂的老先生。這位老先生，姓扈，真的是很老。跟人診脈時，伸出的那只手，除了骨頭就是皮。皮皺著，上面佈滿了大大小小的老年斑，皮下突著青筋。生病的人一瞧見扈老先生這手就想到了病魔二字。醫術呢，沒人說他不行，也沒人感動得淚流滿面。他倒是有個愛好，篆刻。他常常研究古字體。邊步經常過來向他討教。喜愛篆刻的人有個毛病，刻的字盡其所能往古裏靠。字是個字，識得的人越少越好，似乎有巫覡精神的傳承。那拓片，扈老先生瞧了好久，說，這是篆字無疑，而且是前期的篆字。那時的字往往一字有多種寫法，有時得辨加猜，準不準不敢妄言。依我看，這是一條迷語，也可以說是一條隱語。這樣的，今世不出頭，再世不出頭，不是不出頭是不出，下缺一字。按文理所缺之字當為頭，是不出頭。就字看，運筆古拙，時間當是河圖同時，遲不過文王之世。從文理上看，又絕不早於千年。至於隱語何意，我不善長此道得另請高明。

人們請扈老先生把那隱語用現在的字寫在紙上，拿上紙就去找人。這個不難，民間不乏猜謎高手，石頭市就有一個。這人自稱除了一條謎語難倒過他，沒有謎語猜不破的。人們都信他的話。那條難倒他的謎語是這樣的，裏面知道外面不知道，自己知道別人不知道，下面知道上面不知道，前頭知道後頭不知道。這謎語據說讓他想了一年也沒解開，他認輸讓別人告訴他謎底。很簡單，當然謎底都很簡單，就是腳趾把襪子頂了個洞。氣得他好幾天都緩不過氣來。什麼都想到了，就是沒有料到襪子破了個洞。

人們找到他，他把紙上的話一看，就說，字謎。圍在他身邊的人仔細看紙上的字，字謎？這是什麼字呢？那人說，你們看，第一句有個不出頭，第二句又有一個不出頭，兩個不出頭，對吧。這兩個不出頭是什麼意思呢？下面說得很清楚，不是筆劃不出頭，是不這字的豎筆出頭。不字出頭是個木。兩個木呢，是不是林？說穿的謎底真沒勁兒，就這麼簡單。但是這個林是什麼意思呢？樹林，森林，槍林彈雨，鳥集於林，不懂。石頭市的人好久都沒有弄懂這個林字意味著什麼事情。

石碑上的字稱為讖語。讖語有兩種，一種是古為今用，附會古人的話，拿古人的話說當今的事兒。一種是當今的人暗示當今事物。後世的研究者，把這段故事稱為讖語之謎。為什麼說這事兒是個謎呢？他們認為，首先整個事件包括讖語都是精心策劃的，而且做得很好。既然是策劃的，那麼是誰呢？他們研究了很久，沒有任何資料涉及到這點，於是產生了分歧。有人說是涵鄉晨幹的，但涵鄉晨當時肯定不在石頭市，有人在別的城市見到過他。有人說可能是林樸，這個也不對。無論從林樸當時的活動和他的性格，都不可能策劃如此複雜而又如此成功的事情，因為策劃此事兒需要這方面豐富的歷練。水之湄更不可能。有人說茅屋那邊過來的人，在整個事件中表現的組織性，可以判斷茅屋那邊的人群中一定存在某種隱形的會道團體，而這隱形的會道團體一定是涵鄉晨所為。很有道理，但不是沒有反駁的餘地。如果是會道團體，無論隱形與否，一定會在事件後有某種可以察覺的蹤跡，但是，沒有。因此關於會道團體一說，只是推測不是信史。這些後世的研究者，沒有理清事件的脈絡卻不乏有人感歎，為什麼在中國，高尚的事業偏要與神靈搭上關係呢？這似乎有辱聖潔。當然也可以反駁說，為什麼在中國，舉著高尚事業的旗幟就可以為所欲為地殺人而不謂之玷污呢？

儘管市政府不讓人們去破廟求神，但求神的人從沒斷過。白天沒有幾個人，夜裏總有人偷偷地燒香磕頭。廟的大門被木板堵上了，求神的人只好在外面了卻心願。廟裏來了很多工匠，運來磚瓦木料，修繕起來。市裏的人都說這廟是該好好修修了，這麼靈的廟，方圓幾百里都沒有呢。店鋪的人家很樂意廟宇重建，好處自然很明顯。一天下午，水之湄在東幹渠那邊教完孩子們正要往回走，叢家女人找來了，說水老師明天一定得和林經理一起去廟那邊看看，很多人都盼著和你們商量些事呢。商量什麼事兒？我也不清楚，大夥兒這樣吩咐的，我便在這裏等你。水之湄覺得很奇怪，她對最近破廟顯靈的事兒，沒什麼興趣。論語有云，子不語怪力亂神。孔子是教師，教師熱衷怪力亂神是不對的。當孩子們問水之湄破廟的事兒，她說，咱們不談這個，好好識字，那些是大人們的事兒呢。

水之湄到電影院找到林樸。林樸正在為工廠的事兒發愁。機器是來了，不能老放在人家庫房裏。聽水之湄一說明天要去破廟，突然眼睛一亮，明白了。明白什麼了？這個我跟你說不清，說了你也不信。如果我沒猜錯，明天你就知道了。難怪姐夫說這裏面有文章呢。水之湄說，那好，我也不問了。明天一起去那破廟吧，不過我是不會燒香磕頭的。這個嗎，你放心，我也不會的。林樸心裏像雨後的晴天一樣燦爛。

第二天一大早林樸和水之湄就去了破廟。老遠就看見有人在屋頂上蓋新瓦。進去一看，院牆修得差不多了。兩重大屋雖然還透著亮看來用不了多久就要修好了。廟裏有好多人，一看就是日夜幹著的。大家見林樸水之湄來了，都停下手裏的活圍過來。有人招呼他們進屋，大家找磚塊木料圍在一起坐下。有個人四十來歲，姓見，林樸後來才知道這個人以前在外地是個紡織工廠的工人。後來打仗把工廠毀了，只好流落到石頭市尋一家人的活路。這會兒呢，是他領頭說話。林經理，我們把你請來商量事兒，這既是大家的意思也是神的意思。一圈人都說是的是的。那人接著說，我們按老天爺的意思把這裏修好。大家商量修好後，供哪位神都不合適，最合適的就是交給你辦工廠，這是大家一致的決定。說到這裏已經有人把兩籮筐錢放在中間了。林經理你看，供奉給神的錢就剩這麼多了。我們盤算，這些錢節省點兒用，能撐到工廠辦起來。你看，我不會說什麼，都是大夥兒推我出來講的，林經理，你看呢？林樸和水之湄兩人眼睛裏都閃著淚光。大家看著林樸，好一會兒，林樸才說，我不用謝謝大家，因為，工廠是大家的，我和大家一起為工廠出力。大家全都站起來，使勁兒鼓掌。

這事兒邊步知道後，也跑到破廟去這裏看看那裏聊聊。那天，拉著林樸走到枯井旁說，你看這口井，通神的地方，不能就這樣填著，得找人掏井。這井水是神水，外面求神的，不能老把別人擋在外面，可以賣神水給他們，好好，不賣水也行，你們總得用水吧。我給你出個主意。你呢，先生產些特別的毛巾，印上吉祥的字，就在井旁賣，賣給打神水的人，這樣就不愁銷路。你就說這毛巾是用井水洗過的，這也不是騙人，對吧？乾脆毛巾就叫神巾得了。林樸說，神巾？別人還以為是神經病呢？邊步眯起小眼樂了，說，求神的人不就是神經病嗎？要不叫祈福毛巾？對，就叫祈福毛巾好了。對了，你等等，你等等，哦，我明白了。林樸奇怪，什麼明白了？邊步湊到林樸耳邊說，原來那隱語講的就是你呵。林樸呵，你行呵。林樸更奇怪了，什麼我行？你說些什麼呀？這樣的，林樸，只要目的是好，施惠人間，其他的無所謂，對吧？林樸還是沒聽懂邊步的意思。

邊步的主意，林樸跟大家一商量都說行，馬上分配人掏井。工廠總得有個名字吧。有人說叫神仙毛巾工廠，神廟毛巾工廠，天靈毛巾工廠，團結毛巾工廠。大家問林樸，林樸說，就依大家的意思叫神聖毛巾工廠。行。不過，以後我們要作別的產品呢？這樣吧，林樸說，就叫神聖工廠，意思是我們的工廠體現的是大家團結互助，同舟共濟，平等奮發的神聖精神。行，就這樣定了。幾天後，林樸把機器搬過去。一看大門，修好了。門邊掛著一個大牌子，上面用油漆寫著神聖工廠四個字。誰也沒想到這四個字，後來竟然寫進了歷史，成為後世研究者翻來覆去折騰的歷史話題。神聖工廠，是不是受了神聖羅馬帝國的影響？神聖羅馬帝國是和宗教連繫在一起的。神聖工廠，你看看，在中國呀，怎麼什麼事兒就是不純粹呢？

十六　事情

事情的進展出乎意料的順利。如果不用若有神助一詞來形容，都有點兒不好意思呢。林樸沒再去麻煩戶媽，老見就是現成的師傅，不用戶媽的女婿派人來。茅屋那邊有幾個年輕女人也在紡織工廠幹過，見師傅帶著她們，機器一裝好就開始試生產，一生產就出了產品。生產出來的毛巾不寬，比一般的毛巾要長一些，有點兒像遠方流行的哈達。毛巾上印上紅色的字，是篆字，邊步寫的，神助天佑。院門打開，讓求神的人進來。不讓點香，不讓往井裏扔錢。準備了瓦罐，帶著紅色的棉繩可以拎。瓦罐裏面放上一個布作的小包，裏面裝著中藥的粉末。求神的人磕完頭，買個瓦罐自己在井裏汲水裝滿蓋上，再買條神助天佑的祈福毛巾掛在脖子上，心滿意足地走了。有的求神者，家裏人多，又是老遠來的，常常要多買些祈福毛巾回去，最多的，有人買過三十幾條呢。弄得十台機器不得不連夜加班做。畢竟是舊機器，常壞，生產壓力就更大。工廠大門外的荒地佈置成街市，搭著竹棚經營各種服務，賺著香客們的錢。

廠內廠外，誰可以去工廠工作，誰可以在竹棚賣東西，這些都在東幹渠茅屋那邊開大會商議。林樸水之湄被請去主持會議。這個請字很重要，就是說大會的發動不是林樸，好像人們暗中有某種聯絡，但又不像，否則就不用林樸主事了。開起會來，誰都可以說話，誰都可以參加或不參加。沒有貴賤，因為大家一樣賤。人們都站著，裏裏外外來了好多人。男女都一樣，都可以說話，這可能是水之湄在茅屋那邊長期說教的結果吧。林樸水之湄坐在不高的土臺上，這是大家要求的。這會呢，沒個章法，亂哄哄的，有時還爭起來。有外地口音說話，很正常。出生在大灣北郊叫騾馬市場附近的人，說起石頭市本地方言帶點兒彈音。市裏的人老開玩笑說該拿把熨斗把舌頭熨平了。那裏人說錢這個字讀音是鹽。這騾子瘦得皮包骨的，值不了幾個鹽。對，就是這樣發音的。開會時，人群裏有個男人大聲說，工廠賺的鹽，不能都分了，一定要留些鹽。人們哄堂大笑。不是笑這意見是笑這個鹽，鹽念得太重了。

末了，大家請林樸說話。林樸不善發揮，就事說事。看看手裏記著大家意見的小本說，意見是大家的，辦事呢，得有章法。我看先推選幾個人，林樸的話被打斷了。有人高聲說，你當幫主。好多人附和著，行，行。林樸笑起來，怎麼能叫幫主呢？我們是辦工廠。應該成立一個工廠管理會。這個管理會，既要管理工廠也要關心大家其他的事兒。大家都說，行行。人推選出來了，都站在土臺上，五六個。林樸是會長，水之湄自然也是管理會的。人們嚷嚷說總得有個女人吧。水之湄說，那好，就參加吧。大家熱情地鼓掌。管理會就此成立了。管理會這不剛誕生呢，有個女人抱著孩子就擠過來，說，工廠別人能去我怎麼就不能去呢？這是個什麼道理？林樸把女人拉到一邊。大嫂，工廠現在還不大，容不了多少人，又是剛辦。現在幹活的人，都是些以前幹過的有經驗的人。不久我們要把工廠擴大，我們放在心上呢，到時候會商量你的要求的。工廠就是為大家辦的。你看行嗎？那行，可別忘了我們呀。

自從管理會成立後，工廠在石頭市可謂名聲大噪，成了人們飯餘的話題。這個林會長的任命，一下子讓整個石頭市頓悟，原來那石碑上的隱語竟是千年前既定的命數，不得不叫人感歎萬分。凡人怎麼能知道石頭市會出個林會長呢？你看人家在電影院是怎麼辦事的。人家祖上就不是一般人哩。誰知道呀，潛龍在淵呢。工廠的名聲從石頭市又傳出去，隨著求神的人跑生意的人那名聲影響了方圓幾百里地。外地專程來訂貨的人，拿不到貨，工廠就那麼點兒產量。來訂貨的人說，人們就信神聖工廠的毛巾，說是拿著神聖工廠的毛巾給神像擦把臉，神像就變得特別精神，特別肯聽人們的祈禱。林樸和家人談起此事兒，覺得有點兒滑稽。尚無庸講，可笑是可笑，不過幫你們一下子跨過了創辦初期的艱難，也沒有什麼不合適的。當然，老賴在這事上工廠就不會有出息。林樸呢，你自己心裏要比別人更清醒些才對。但叔態度不一樣。他對林樸說，林樸呀，天助的事兒一定得用心去做。上對得起天，下對得起人。

他姐的話又不一樣，說，林樸，你兩頭跑，身體受得了嗎？別圖一時高興把身體累垮了。之湄身體單薄，你要關心她。聽見沒有？找個好日子，成親好了，你要想想自己的事兒，之湄母親也這樣說呢。林樸哪有心思想婚事，和水之湄一道正為工廠操著心。他們又去找戶媽，想把那樣的機器再買一些，十台二十台都可以的。買機器的錢分兩次給看行不行？戶媽當然熱情得不得了，馬上就去辦這事兒。

石頭市就這麼大，武市長以為廟裏求神的事情已經鬧夠了，沒想到故事沒完，神聖工廠居然辦得這麼火熱。這個林樸還真會來事兒。派人把林樸水之湄叫到市政府，仔細詢問神聖工廠的事情，說，工廠在石頭市是個新鮮事兒，市政府不反對。稅是要徵收的，這個對誰都是一樣。既然你們講工廠是為沒活幹生活困難的人辦的，那麼對北郊那片你們要負責。北郊的情況你們比我要清楚，我也不多說，以後再有事兒，我可要追究你們的過失。我這麼說，不是要威脅你們，是要你們把住舵，協助政府保一方平安。

從市政府出來，一路上林樸想事兒沒吱聲，街上不斷有人跟他們兩個打招呼。末了，林樸跟水之湄說，乾脆把電影院的差事辭掉。水之湄知道林樸在想事兒，也不打攪他，只是傍著林樸走，聽林樸這樣說，連想都沒想便說，行。回家後，他姐一聽，有點兒犯難，這麼好的工作放棄了怪可惜的。尚無庸說得好，這是個肥差事，叫林樸去做本來就不正常。要是上邊有變還不是被人擠了，不如不做。尚無庸的話確有預見，粉黨內部正醞釀著巨變，只是當時人們並不知道而已。這樣，林樸把電影院的差事辭了。武市長並沒有刻意挽留，同意了。電影院的員工一點兒也高興不起來，他們喜歡林樸，有林樸在，大家過得心情愉快，誰知道會換個什麼張香李香來呢？沒辦法，由命吧。告別那天，員工們把機器搬到茅屋那邊的空地上，晚上放了場電影，算是表達對林樸的不捨之情。

石頭市的人談論破廟顯靈的事兒談得太多了，把外面的世界忘得一乾二淨。等神聖工廠辦起來後，似乎一切都進入了正軌，人們這時才想起來，對呀，粉黨和紫黨怎麼一年多都沒有聽說打仗呢？出了什麼事呢？當聯合聲明從廣播裏傳出來時，人們才醒悟，原來這打得死去活來的兩黨要聯合了。這下好啦，不用打仗了。商鋪也高興，這一聯合，做生意進出點兒貨就不用兩頭上稅了。這叫久分必合，自古如此。有些消息靈通的人講得更詳細些，說是楊阿在清除了朱右序的勢力後，力主與紫黨聯合起來成立聯合政府。茶館裏年紀大的人說，這個楊領袖不簡單，這是不費一槍一彈把紫黨拿下。

實際上，真實的情況與人們的議論有很大的區別。楊阿與李荒就聯合的事情進行過多次磋商。李荒呢，是打不怕談也不怕。但裂土而治，終歸不是一個方法。楊阿呢，如果主戰，他在黨內拿不到統治權。把主戰派壓下去，他在黨內的勢力就占優。如果組成聯合政府，統一軍隊，這樣便可以把主戰派勢力邊緣化。憑他手裏的政治資源在聯合政府裏吃下一大塊應該沒有問題。這個把握只能放在心裏，與李荒協商則提出大選。大選顯然條件不成熟，那麼討價還價就只能是聯合政府權力分配。權力分配是依據雙方政治資源的多寡而定的，這個道理很明顯。紫黨內部沒有粉黨內部爭鬥得那麼暴力。李荒是紫黨的軍事首領，自然是主戰派。由主戰派來主和，便把黨內的主和派拉了過來，李荒自然而然地成了紫黨領袖。其他人，孫來牟，周之庭等等，並不爭。至少沒有採取什麼行動去爭，這樣紫黨顯得更團結。李荒的決定往往就是紫黨一致的決定。因此他們並不怕搞什麼聯合政府。時機成熟後是可以把粉黨分裂掉的。

不過，後世的研究者對所謂的聯合聲明沒什麼興趣。他們認為這個聯合聲明是沒事找事，演戲給別人看的。在中國歷史上，不同的政治勢力從來就沒有長期共存過。這與傳承的政治精神有關，要知道，在中國的政治傳統中絕沒有包容二字。

石頭市沒有火車，在外地早就有火車了。楊阿到紫黨的地盤和李荒談判，最後達成了聯合聲明。逗留數日後乘火車回粉黨總部。車站很多人迎接，拿著旗幟。軍樂隊排得整整齊齊，還安排了學生獻花。楊阿的火車一到，整個車站嘩啦嘩啦地連說話都聽不清。喊口號，奏樂，少年粉黨團敲小鼓，熱烈之極。楊阿從火車上走下來，揮著手，沒走兩步就倒下了。血從胸口流出來，一下子地上就一大片。人們可嚇傻了，扔了手裏的旗幟把他往汽車上抬。沒人聽見槍聲，不知道子彈是從哪兒打來的。楊阿死了，連說一句話的時間都沒有。楊阿之死導致政治形勢發生了巨大變化。當兩邊的電臺廣播開始相互指責對方殺害了楊阿時，石頭市的人才知道楊阿死了。同時發現武市長已經帶著幾個隨從離開了石頭市。有人說，幾十里外軍營裏的軍隊也調走了。裝甲車，炮車在大路上排得好長呢，路上揚起了好大的塵土。

楊阿從歷史上消失得太突然，聯合聲明也隨著他一起進了墳墓。動盪時代，領袖人物的死亡，常常要造成另一些人的死。這是一個規律，政治規律。粉黨內部殺了不少人。調查楊阿之死的人殺了不少人，調查的人也被殺了不少。當事件平息後，一清點，主和派的人或者說楊阿的人死得多一些。劉鑒殷成了粉黨最高領袖。軍事衝突又開始了，兩邊的軍隊打打停停，不過還沒有走到全面開火的地步。武市長再也沒有在石頭市出現過，有人說她跑到紫黨那邊去了，甚或說她就是紫黨的人呢。也有人說，她帶了一支軍隊投奔紫黨。不過，這不大可能，人們可能是石頭市外那邊軍營的軍隊調動產生了聯想吧。關於楊阿，石頭市的人議論了好久，不少人很惋惜，懷念起楊阿來。別說楊阿有多好，至少楊阿沒有在石頭市大開殺戒，這就很不錯啦。至於到底誰殺了楊阿，一直是個大謎團。真相永遠沉沒在歷史幽暗的深處，給後世的學者們留下了消磨光陰的空間。

石頭市好長一段時間沒有市長，日常工作由政府的其他人代辦。如果石頭市不出什麼大事兒，有沒有市長很是無所謂。因此，楊阿之死與武市長的不辭而別，石頭市的市民們幾乎感覺不到有什麼變化，連尚無庸的所謂津貼也照給。也就是說這不僅僅是楊阿的恩賜而是粉黨的恩賜。天下已經很亂了，再多點兒亂對尚無庸來說沒什麼兩樣。只要他坐在桌子前拿起筆，就像穿過了一堵宇宙之牆從一個世界進入到另一個截然不同的世界。這個世界有著截然不同的艱難，崇高的探索的艱難。

石頭市大灣過去順著大路走十來里，有幾戶人家。打仗那會兒房子都毀了。後來逃到外地去的人又回來把房子重新蓋好。這個地方叫草市，是個歷史悠久的交易草料，莊稼秸稈的集市。後來，在朝廷時代後期不知什麼原因這集市衰敗了，只是偶爾有人拉草料去那裏，睜著困倦的眼睛等著買主。草市有戶人家姓區。這區家有個兒子，特別想發財。他老婆是他發財欲望的永恆推動者和幕後策劃人。為得到父母的房子，不讓姐妹們沾邊，兩人暗地裏商量了好多種方法。最後夫妻兩個偷偷替父母寫了個遺囑說是房產只留給兒子，然後找個藉口請父母吃飯喝酒，說了一大堆孝順的話。父母很高興，加上喝了酒有點兒迷糊，七推八就地就在兒子遞過來的紙上按了手印。他的姐妹們知道後，氣得不行，說是，本沒有誰想沾這房產，房產遲早是你的，幹嗎要做得這樣噁心呢？

這姓區的和他老婆一天來到神聖工廠，說要找工廠主事的人。剛好林樸在，問什麼事兒？什麼事兒？誰叫你們在這裏辦工廠的？這廟是我們家的祖產。旁邊的工人聽了笑起來。呵，什麼時候土地爺鑽出來了要他的土地廟啦。

來來，我們看看土地爺長什麼模樣。怎麼土地爺還有個土地娘呢？你們在哪兒生孩子呀？在土裏面吧？那姓區的大罵起來。他老婆一屁股坐在地上一把鼻涕一把淚叫著，你們這幫強盜占了我們的祖產，不得好死呀。工人們生氣了，拎著拳頭過來。你們兩個竟有這般狗膽，是不是欠揍？打扁你信不信？說著對著姓區的男人肚子上就是一下，打倒在地半天喘不過氣來。林樸忙攔住工人，把這兩口子拉到大門外面，問個究竟。那男人掏出張破紙來說這是地契，祖上的遺產。林樸接過來一看，忍不住笑起來。問他，既然是祖上的遺產，為什麼這麼多年不問不聞呢？那男人說，我們忙，顧不上，就是荒著也是我們的。林樸擺擺手叫他別說了，把那紙給他，說，這紙你自己燒了吧，是個什麼你比我清楚。神聖工廠是窮人的工廠，大家靠勞動養活自己，你們也該如此吧。想得到不是自己努力勞動換來的財產，你能心安嗎？如果你們生活困難，大家會幫助你。如果心裏盡是歪主意，總有一天會害了自己的。林樸說話時身邊已圍滿了求神的香客，七嘴八舌地說，不得好死，不得好死。

這兩口子，地契也不要了，匆匆地走了。真是天下什麼人都有呀。林樸進了工廠本想說說工人們，別遇事兒就動手打人。打能把世界打好嗎？走到屋裏，想想，算了，沒說。工人們一邊幹活一邊還在說，什麼東西，騙到我們頭上來了。是不是想錢想瘋了？這事兒本也沒什麼，過去了也就過去了。沒想到過幾天市裏倒傳開了，原來那姓區的男人，回家後突然得了病，得的是老年人才有的疾病。真是報應啦。

從那以後人們對林樸特別敬畏，神聖的東西就是神聖，不信不行。林樸走在街上人們不再像以前那樣叫著，林樸，林經理，而是輕輕地叫聲林老師，然後目送他走遠，這讓林樸很不自在。因此，不是必須，他便盡量不上街。

第二批機器運到了，直接拉到神聖工廠的大屋裏。戶媽的大女婿隨機器一起過來。這是沒想到的。這大女婿姓米，對的，免貴姓米，米杕。一副幹事業的樣子。什麼是幹事業的樣子？直接說呢，說不清，不是那種盛氣凌人也不是那種渾渾噩噩，不是那種忙忙碌碌，更不是那種巧言令色，賊頭賊腦之類人的樣子。這樣說吧，因為自古以來被形容的人的樣子多是文人，官吏。這種幹事業的又不是文人官吏的人的樣子，在言語描述上是個空白，說不清楚，大家心裏懂就行，這可以稱之為非語言描述。米老闆到神聖工廠仔細看了又看，和工人們閒聊，工作的生活的家庭的事兒什麼都問，又和管理會的人一起坐下來詢問工廠的情況。林樸他們不知道這叫考察，米老闆捐助的機器，人家仔細看看是應當的。第二天，米老闆又約上管理會的人到東幹渠茅屋那邊走了走。不巧，趕上了人們追小偷，突發的事情，一行人停下來看。水之湄一眼就認出了那小偷是叢家兒子。這傢伙像兔子一樣一閃就不見了，沒抓著。不知為什麼，大家都很抱歉地看著米老闆。米老闆懂，說，沒什麼，很正常。又用手指指四周各式各樣的茅屋說，改變這一切是我們的責任。

晚上大家在一起商量，應該招待招待米老闆。人家對我們這麼好，過意不去呢，人家可是我們的貴客，就在聚珍園請一桌七星健吧。行，這樣定了。林樸一直想著，等大家說完了，他才說，你們知道請一桌的錢能買多少糧食嗎？這錢是大家一點兒一點兒掙來的。就是錢不愁，這個頭也不能開。只要一吃開了，就會有很多人等著吃我們啦。朱胖子在的時候，大家不會不知道吧。再說一旦開了先例，誰能保證遇事不請吃？這次吃了，下次理由更大難道不吃嗎？請吃不是小事兒，吃多了還願意再吃粗茶淡飯嗎？每次請吃，不可能所有人都去吧？時間一長就成了少數幾個人的特權，這不把大家又分成了幹活的，吃酒席的上下兩層人了嗎？如果最終會變成這樣，那麼我們辦這工廠有什麼意義呢？我建議我們神聖工廠立條規定，絕不請吃。以後我們工廠辦好了辦大了，也要辦食堂。有客人遇上吃飯時間，就在食堂和大家一樣吃。這是我的想法，大家看行不行？林樸的話很有力，但他不希望自己說什麼大家一定要照辦，這樣不好。大家沉默了一會兒，都點頭，對，就定條規定，絕不請吃。跟所有人都講一下，讓大家都知道。水之湄一直不說話。是林樸的未婚妻多少有點兒顧慮，憑她的性格也就只有那麼一點兒。她說，這樣吧，明天中午大家不是都在工廠吃午飯嗎？稍微作好一點兒讓米老闆和大家一起吃。對，這是個好辦法，米老闆不會介意的。林樸說，可能不是介意而是希望我們這樣吧。

第二天中午，大家在後院圍成一個圈兒坐在地上吃飯。米老闆興致很高，也許他也是第一次和工人們一起吃飯吧，他用筷子指著中間的菜盆說，誰家的媳婦這麼會做菜？大家笑起來，指著個男人說，媳婦在這兒呢，他家男人沒來。平日不大笑的水之湄也哈哈大笑起來。

吃完飯，米老闆和管理會的人就坐在原地商量事兒。他說，這次運來的機器也送給你們。這些都是舊型號的機器，現在不生產這型號了，配件很難弄到。你們這裏也沒有機械修理廠，以後零件壞了，就要把其他機器上的零件拆下來。這樣算下來，可以維持十幾台機器的生產。目前，你們生產的毛巾質量還不夠好。應付求神的需求還可以，真要當毛巾用還不行。配套的縫紉機，印刷設備，漂洗烘乾整理的設備都沒有。像現在靠手工縫手工印手工洗，效率低。我有一個初步想法，我想把毛巾這塊生產全讓給你們來做。大部分產品我下訂單，你們自己再拓展一部分銷路。我看你們很有能力有幹勁，應該沒有問題。目前這些機器我看就專門應付目前的銷路，先積累些資金。我派兩名技術工人過來，把你們帶出來。多教會些工人，這比機器設備更重要。機器可以買，技術工人一時上哪兒找去？你們開工廠的目的不就是要讓那些窮困的人有活幹嗎？得把他們培訓出來，這是非常重要的。有了這個基礎其他的事兒就好辦了。機器設備，工程師，設計師，我來想辦法。你們明白我的意思嗎？米老闆又特意對林樸補上一句，你能理解我的意思嗎？大家都點著頭，看著米老闆沒說話。米老闆停了會兒又說，我不會像你們這樣辦工廠，但我內心非常贊同你們這樣做。這是高尚的事業。可能對你們來講只是平常的事兒。大家一起幹活，一起謀條生路，不講什麼大理論，也不知道講。我可能比你們知道得多一些，我只希望你們能始終守住一條原則，平等和高尚。在我的企業裏我做不到，但我認為你們能做到。

米老闆回去了，留給大家說不盡的鼓舞。所有人都覺得有這樣大企業的幫助前途真的很光明。茅屋那邊很多人都感到自己將要進入到一種全新的美好生活。他們關心工廠，希望工廠一天比一天好。他們願意為工廠幹活，那是與為別的老闆幹活截然不同的幹活。後世的幾乎所有專題研究者，沒有一個關注過神聖工廠工人的內心情感。這是多麼大的錯誤，多麼大的輕蔑呀。要知道，即使具有所有的外部條件，具有林樸水之湄這樣滿懷博愛精神的人，如果沒有人們心中的原動力，絕不可能成就如此高尚的事業。國外失敗的案例不是有的是嗎？問題在於對慈善一詞的理解。慈善雖然美，但有俯視的意味。那些失敗的案例，都是起於慈善，歸於慈善，很美，但錯了，留下的是歷史悲壯的挽歌。慈善可以是起點，但絕不是原則，也絕不是道路。如此偉大崇高，真正體現人道主義精髓的事業，只能源於人們內心的友愛和對平等不懈追求的靈魂的呼喚。這是慈善承載不起的。

管理會在茅屋那邊又召集了大會。這次是要把參加培訓的人員定下來。報名的人很多，只好把人分成一批批的。大家都沒經驗，有點兒亂，但畢竟做出眉目來。米老闆那邊派來的技術師傅很快就到了，還帶來了縫紉機，印刷等設備。一下子把神聖工廠的兩間大屋子擺得滿滿的。雖然不能和大工廠比，但神聖工廠已經是一個像模像樣的工廠了。生產的工人，培訓的工人，機器，原料，產品，參觀的人，一派生機。連那些求神的人也要伸出脖子往大屋裏張望。戶媽兩老也來過，笑眯眯的，為自己做了些有用的事兒心滿意足。市政府少不了派人來察看過，帳目審審，徵了不少稅，很高興。外面小攤小販也一併徵了稅。這些也是神聖工廠操辦的。市政府還沒有市長，代替的那些人看見東幹渠茅屋那邊很有生氣，心裏也少了一份擔憂，誰也不願在沒有市長的日子裏生出什麼不好的事情來。

這段時間，確實是圍繞神聖工廠的社會各方最愉悅的時段。每天，當夕陽西下，通紅通紅的餘輝映照著神聖工廠，換班的，培訓的工人，從工廠有說有笑三五結伴回家時，使人不由低吟起詩經那首名為十畝之間的詩來。十畝之間兮，桑者閑閑兮。行，與子還兮。十畝之外兮，桑者泄泄兮。行，與子逝兮。

那天，邊步來工廠找林樸。有人托邊步在工廠買批毛巾。林樸正在工廠裏搬運著一紮紮的毛巾。邊步也動手幫忙，一邊幹著一邊聊天。林樸說，邊步，你幫工廠出主意，我也幫你出主意。什麼主意？你辦份報紙，石頭市還沒有報紙呢。我想過這石頭市有什麼事情就靠人們傳來傳去，越傳越沒譜。要是辦份報紙呢，就能引導大家的議論，知道事情原委。另外，也可以宣傳我們工廠，讓大家更能理解我們。邊步說，這是個好主意。不過，我一個人辦不了呵。我聽說過辦報紙要很多人才行。要人去採訪，寫稿，還有印刷，還有賣報紙。這個又不可能像神聖工廠一樣來個神助。林樸停下手中的活站起來對邊步說，這個是可以變通的。石頭市沒有報紙，沒有人和你爭。你首先一個人幹起來，不定期。湊夠一份就先印出來，印少一點兒，放在各家商鋪幫著賣。我們約些人給你提供稿件。試試看，不行又不丟臉，只當遊戲一次。邊步嗯嗯的，想了會兒，說，確實是件事兒。水之湄教完孩子們從茅屋那邊過來約林樸一起下班回家。三個人一路上盡談報紙。水之湄說，店鋪的事兒盡是嫂子做著。你辦個報紙也是個正經事兒。試試看吧。

晚上水之湄在林樸家吃晚飯。飯後大家正聊天，邊步敲門進來，手裏拿了一大堆外地的舊報紙。大家都圍著報紙，討論該怎麼辦。誰也沒有接觸過辦報紙的人。那好，就比照著外地報紙，先簡單一點兒，談談本地新聞，搞點兒評論。不妨把外地新聞搬點兒過來，就是抄點兒本地人不知道的事兒。挑一兩家本地老牌子商鋪作訪，談談特色，當然把神聖工廠也介紹一下。大家愛談論的奇聞趣事也來一點兒。對，差不多夠了。本市沒有搞印刷的，托人到外地去印吧。不然，邊步你自己跑一趟。事情一商量就清楚了，當邊步夾著報紙走在回家的路上，已經信心十足。林貽椒說，邊步這下可要做正經事了。邊步母親，見邊步挾著一堆報紙興沖沖地回來，問他，晚上拿這麼多報紙做什麼去了？做文化的事兒，這個您不懂。全玖兒插話，她又懷上孕了，肚子有點兒凸，說，你的事兒我和媽都不懂。你要在鋪面幹活，我們閒下來看看書，你看我們懂不懂？邊步說，嗨，一不小心竟然埋沒了一個女才子，有愧。不過呢，你還是在鋪面呆著好些，好好護著孩子。你知道我要做什麼嗎？辦報紙。不懂吧？我們已經商量好了。哪個我們呀？什麼哪個我們，我們，我說我們就是指林樸和林姐夫和我。那我們就該叫你們啦？這倒不是，也叫我們。那我們分成了兩個我們，是不是？這個我們那個我們。邊步擺擺手，說，別繞我了。這個我們那個我們都得辦報紙。說完進屋拿出紙筆開始仔細研究起來。全玖兒和他母親在鋪面上咯咯地笑呢。

沒過多久，石頭市的第一份報紙問世了，孕育速度比全玖兒肚子裏的孩子快得多。報紙取名石頭報。不敢叫石頭市日報，週報也不敢叫，現在還沒這個能力。報紙是邊步親自去外地印來的，還不錯。外地的新聞談的是國外飛機在天上打鬥的事兒，叫空戰。邊步親自採訪一家世世代代作燒餅的小鋪，寫成文章登在上面，說這家的燒餅在製作上如何有獨到之處。又談到本市人為何把燒餅叫鍋盔。說鍋盔一詞自古就有。那是古代人把鍋扣在火上烤的像頭盔一樣的厚餅。後來這種餅不時興了，名稱還在，於是把外地傳來的燒餅叫鍋盔等等。報紙上一說，把那家燒餅的生意捧得火熱。後來總有商鋪老闆請邊步到商鋪敘敘，很有趣。報紙裏有林樸介紹神聖工廠的文章，很有影響力，因為林樸是市裏的知名人士。也有水之湄關於窮困孩子生活狀況的文章。文章不長但很感動人。也有歷史方面的知識性文章，那是邊步寫的，很通俗。第一天賣報紙，水之湄帶了一些孩子，大街小巷叫賣。水之湄管飯。孩子們很靈，不用教，興致勃勃的。第一張報紙囉，快看囉，石頭報，抱石頭囉。印的那些報紙第二天就賣光了，真是開門就碰見上大晴天。邊步一算帳竟然還賺了錢，這事兒還真能做。現在邊步一上街就有人叫著，邊步，新報紙什麼時候出呀？這個邊步別說心裏有多高興了。人呢，有時就這樣，一不小心就走到正軌上去了。子曰，知之者不如好之者，好之者不如樂之者。聖人之言，哪會有錯呢。

報紙具有某種說不清的權威性。同樣是邊步的話，印在報紙上就成了定論，成了社會輿論的依據。這點兒讓邊步特別高興，再不用和人談事發表點兒看法而爭得臉紅脖子粗。第二張報紙沒到十天又出了。這次給寫稿的人付了稿費。當然介紹商家什麼的得收點兒錢，不能白捧場。第三張報紙出得更快。七天。要在外地印刷，不能再快了。第三張報紙出得快，是因為尚無庸推薦了幾位中學教師業餘幫忙。現在呢，整個報紙一看，有模有樣，格調不比外地報紙差。市政府的人也找上門來，登政府的公告，省得到處貼。政府公告在報紙上一出現，石頭報的地位一下子提升了。不過政府的公告是有時間規定的，必須按時印出來。這就逼得邊步下決心買了台印刷機，請了工人。租了間房子，門前掛塊牌子寫著，石頭報報社。

幫忙的中學教師中有位姓刀，叫刀辟公。相維辟公，天子穆穆。很有趣的名字。他非常喜歡報紙的工作，文筆不錯。索性離開學校到邊步這兒幹編輯兼記者兼發行，什麼都兼的活兒。他說我是報社的書記員。那好，邊步就叫他刀書記。他這書記稱謂接近書記一詞原義，與後世的運用不同，那是赫赫的官職。刀書記是個快樂的年輕人，精力充沛和邊步配合得很好。

報社掛牌的那天，大家都去了，圍在門前嚷嚷。有人叫著，邊社長請客吧。誰在叫？盧令令，這傢伙。邊步說今天大家來，心裏高興，就當參加宴席了。如果真吃呢，你一口我一口就把報社吃垮了。林貽椒和邊步母親站在一起談話，全玖兒沒來。聽邊步這話，他母親插話了，大聲說，吃垮了算了。大家哄哄地笑起來。快樂的創業，快樂了再說。

十七　戶媽

戶媽一不小心摔跤了，躺在床上。賴伯年紀老了，照顧不了，水之湄天天都去戶媽家幫著做飯，擦身子，還從茅屋那邊弄了藥膏。那裏的人說藥是涵伯留下的，藥很靈。水之湄把藥膏塗在戶媽摔傷的腿上，沒幾天，戶媽覺得好多了，藥是不錯。每次水之湄忙完了，戶媽總要水之湄坐在床邊，拉著水之湄的手看她，看不夠，很心疼。戶媽呢，並不像其他母親那樣，會聯想起自己去世的女兒，傷心落淚，她很豁達。人們說的沒錯，她老人家真有俠女之氣。米老闆得知兩老的事後，趕了過來。等他到石頭市時，戶媽的傷差不多好了，自己下床走走，雖說還有點兒不舒服，已無大礙。正好，米老闆也要看看神聖工廠的進展情況。一看，很好，毛巾做得不錯，品種也增加了。銷售呢，除了本地，銷往外地的毛巾也不少。好了，下一步可以開始啦。找地方建廠房，就在這廟的邊上吧，這是坑坑窪窪的無主之地，自己動手填平就行。這樣吧，米老闆說，房子就建普通的房子，盡量大些。盡可能多建幾間，連在一起打通，建好後告訴我。米老闆心裏自然十分清楚，當他指著那片坑坑窪窪的荒地時，他心裏已經描繪了未來工廠的模樣。對林樸的管理會來說，心裏除了熱情就是多少的茫然。儘管只是生產毛巾，但大規模的生產和其間的協同以及諸多沒見過的種種問題，讓他們有些緊張。

米老闆走後，建廠房的工作立刻展開了。培訓過的人還有自願者拿著各色工具熱熱鬧鬧的填坑填窪。從茅屋那邊大片的斷垣殘壁挖了很多舊磚塊，堆在平整的場地裏。邊步的報紙一報導，來參觀的市民可不少。幹活的，參觀的，把四周的荒草踩得平平的。邊步的報紙說得很巧妙，把神聖工廠與人道精神，慈善，社會平安當然還有神靈都連繫在一起，影響很大。有些外地來求神的人找到管理會硬要捐點兒錢，不收還不行。林樸收下捐款，心裏真不知道，是應該呢，還是不應該。這裏面是不是有個道德權衡的問題呢？這樣的事業應當是落落光明的，任何道德上的權宜之舉最後只會損害事業的高尚性純粹性。很多事情，過程比結果更重要，過程的性質決定著結果的性質。神聖工廠的成功起步，得利於神靈之事，這讓林樸一直耿耿於懷。正當的事情不能走邪路去作，卑劣絕不是走向崇高的可選擇的道路。每每想到這些林樸心裏就有些不自在，他只和水之湄講過這些憂慮。後世的研究者不可能知道林樸內心的掙扎，當他們指責神聖工廠的不純粹時，他們好像實驗室裏的分析師審視試管裏的試劑。歷史，就憑這點兒講，真的是不真實的。

廠房很快就蓋起來了。遠看是幾棟並排的大房子，進去一看是一個整體，中間支著木柱。人站在裏面覺得比電影院要大得多。邊步在報紙上稱之為夏屋渠渠。市裏很多老人也拄著拐杖過來瞧瞧。自從廟裏顯靈以來，這地方真出了這麼多奇事兒，活了一輩子，竟然不知道神祇就在身邊。老人們伸頭張望大大的廠房，驚歎不已，不錯，的確是夏屋渠渠。正在外國的米老闆得知神聖工廠的新廠房建起了，開始不相信。怎麼這麼快？資金也不夠呀。派人去看看，確實蓋好了。那好，計畫提前啟動。機器，各種設備，工程師，設計師，立即上路。邊步的石頭報把神聖工廠當作本地的重大新聞熱點，一個勁兒的跟蹤報導，連林樸也覺得有些過頭了。邊步說，第一，你們神聖工廠本來就是石頭市的大事件。第二，為神聖工廠打出名聲來。第三，有你在，得到新聞容易，好寫。林樸說，恐怕主要是第三點吧。邊步的報導像步槍的準星一樣瞄準著運機器的輪船一路開到石頭市碼頭。林樸和管理會帶了很多人去碼頭搬運機器。等他們到了碼頭一看，嗨，碼頭那邊早已站滿了關心這批機器的市民，甚至驚動了巡捕所，不得不派人去維持秩序。

神聖工廠的人勁頭十足，嗨喲嗨喲地吆喝著，搬運裝機器的大木箱。那陣勢，好像要把整艘輪船搬到工廠裏去呢。圍觀的市民在一旁鼓掌，叫著喊著，熱熱鬧鬧。輪船的船長，多年行船，沒見過這場面。他抽著煙站在駕駛室裏對大副說，就是裝的整箱錢也不至於這樣吧。這個石頭市是不是有點兒不正常呢？石頭市確實有點兒不正常，後來林樸對邊步說，這個不正常多半都是你攪出來的。邊步說了，如果一切都正常還怎麼辦報紙呢？辦報紙可是你出的主意。說完推推鼻樑上的眼鏡，得意地笑了。大木箱一個接一個運到工廠，馬上就拆箱，搬機器。隨行的工程師說，明天再拆箱吧，不累嗎？不累，就累也高興呢。夜裏廠房裏開著電燈，機器開始組裝起來。沒幾天，試生產，調機器，再試，行了，一切就緒。兩個工程師累倒了，整整睡了一天一夜。後來米老闆過來看看。那工程師對米老闆說，這個林會長很有能力。怎麼能把工人調教得這麼好呢？米老闆瞧了他一眼，說，這個你不懂。等你在這裏呆段時間也許會明白過來。這個工廠不是一般的工廠，在中國絕無僅有，你等著瞧吧，神聖工廠將載入史冊。

當神聖工廠的工人興高采烈地在碼頭搬機器時，石頭市的新市長到任了。新市長叫周虞，一個健碩的中年人。左眼和左腿受了傷，像是給炮彈炸傷的。左眼被傷疤擠著有點兒小。走路有些不太利索。粉黨軍隊攻打石頭市時，他是團長，他那一團人死了不少，因而石頭市在他的情感上留有遺恨。後來他攻入石頭市時想出口惡氣，結果撲了個空，李荒走了，走得乾乾淨淨。他受傷不是石頭市那場戰爭。楊阿被刺之後，有人向他扔手榴彈，儘管他即刻臥倒，還是被炸傷了。至今頭裏面還有手榴彈的碎鐵渣，取不出來，常常會劇烈地頭痛，頭一痛，他就很狂躁。他到石頭市來，身邊一直帶著四名警衛。四名警衛全是他家鄉的人，沾親帶故。警衛帶著槍，手槍，什麼時候都跟著他。在歡迎他的宴席上四名警衛一直站在他的身後，讓政府和協助會的人渾身不舒服，場面多少有些壓抑。初到石頭市，雖然他並沒有指望市民們夾道歡迎，但市民們都跑去看神聖工廠的新機器，讓他覺得被冷落了，心頭不爽。後來在市政府看了石頭報，他到任的消息被排在神聖工廠新聞的後面，當即就派人去石頭報社把邊步社長狠狠臭罵了一頓。責令邊步立即出一份號外，專門報導周市長的上任。邊步沒法，只好照辦，心裏又憋不住這口氣，便跑到神聖工廠找林樸劈哩啪拉地發洩了一通，完了。

米老闆因為國外的生意沒有即時到石頭市來，但訂單已下給了神聖工廠。是一大批銷往國外的毛巾，這是計畫好的，兩名設計師早就帶上設計方案。這批毛巾不論樣式還是圖案都是民間特色的，試生產的樣品非常好看。剛開始有些次品，拿到市裏便宜賣，很搶手，不但沒虧還掙了點兒利潤。市政府來人拿些毛巾，說是周市長要看看，沒給錢。換成市裏其他商鋪老闆會很高興的，這是巴結政府的機會呀。神聖工廠的工人都是北郊茅屋的人，心裏不高興。在車間裏一邊幹活一邊罵，白吃白拿的東西。林樸同意的，雖說沒辦法，但他心裏總有作賊的感覺。周市長坐在市政府的辦公室裏，用手揉揉毛巾，又拿起來擦擦臉，說，不錯，很漂亮，以後可以為軍隊生產一些，聽他口氣好像神聖工廠是他開的一樣。

林樸因為工廠的生產超乎想像的順利反倒憂慮起來。會不會有什麼地方不對呢？想不出。回家和尚無庸講。尚無庸說，有二點，第一，神聖工廠的性質激發了人們的潛力。你見過有這樣幫老闆幹活的工人嗎？沒有吧？就是家族作坊也偷懶呢。第二，米老闆是帶路人，不但扶你們起來，還帶著你們走。憑這點可以說是神助天佑，對吧？我猜想這個米老闆一定是個有著新思想的人。果然被尚無庸說中了，當米老闆再次來到石頭市神聖工廠時，送給林樸一本書，民主論。尚無庸說，按道理應當送你一些關於國外烏托邦的書，他卻送你民主論，說明他非常關注這類社會現象，且洞悉其中弊端。林樸呢，我建議好好請教米老闆，好好讀讀這本書，才能避免神聖工廠走彎路走邪路。

到秋天結束的時候，東幹渠那邊已是一片繁榮。大部分人都在神聖工廠工作。加入神聖工廠就是加入一個偌大的家庭。新的廠房建得更好更大，連成一片極為壯觀。人們聚在神聖工廠四周蓋起各種小工廠，為神聖工廠服務，依神聖工廠而生。舊的茅屋拆掉了，建立一排排平房。人們有了像模像樣的家。水之湄是新建學校的校長。孩子們免費上學，還有免費的醫院。神聖工廠把整個石頭市一下從傳統中拽出來，連米老闆看見神聖工廠一天一個樣也驚歎不已。他和林樸還有好多人一樣，覺得今生真是做對一件讓自己感動的事兒。市政府周市長因為財政翻倍地增長，對神聖工廠也另眼相看。東幹渠那邊市政府插不上手，儘管周市長心裏並不愉快，但看在錢的份上沒吱聲。

新的市政府辦公樓就要在原來巡捕所的廢墟上動工了。錢越多樓就蓋得越高越氣派。新的大樓計畫蓋上二十層高，名稱不叫市政府辦公樓，而是稱為中國革命大廈，聽起來讓人精神抖擻。邊步的報紙報導了這個計畫，當然是奉市政府的命令，不過在報紙的歷史欄目裏，邊步自己寫了一篇關於革命的文章。文章講到革命一詞的念義及其歷史沿革，講到什麼是真正的革命，講歷史上的種種革命，講到人民也就是平民們心裏渴望的革命和社會公平。講舉目追溯的各種革命實質上都是偽革命，本質上只是一批專制暴君取代另一批專制暴君而已。如果從社會制度變革的意義上講，在中國歷史上就只有一次革命，那就是周朝的建立等等。文章很長，連載的。理論上對不對，倒是其次，反正想說的話說了，心裏舒服。引證充足，筆力也不錯，讀起來很過癮。很多人讀邊步的連載文章，然後依附著議論，以為言論自由了，一時半會兒的忘記了這是在中國。

周市長把邊步叫到辦公室問他，我建中國革命大廈你是不是不贊同？沒有，哪能呢。那你報紙上瞎說什麼呢？周市長指著桌子上的報紙，特意在邊步的連載文章上用手指敲了敲。邊步明白了，這個是我研究歷史，沒什麼其他意思。那你說我們黨進行的是不是革命？邊步趕緊說，我談的是歷史，對現實缺乏研究。我，我聽您的，您說是就是。那好，你給我記住了，我們從事的偉大革命，是革命同志用鮮血染紅的革命。你給我記住了，怎麼辦，你自己清楚，去吧。邊步剛抬腳邁出辦公室就被身後的警衛猛地推了一掌，踉蹌好幾步，還好沒摔倒。回到報社和刀書記一起關上門把那個姓周的狗東西大罵了一頓。然後呢，各自回家吃晚飯。

下一期的石頭報，邊步叫刀辟公寫了一篇讚揚中國革命大廈的文章，說了一堆乾巴巴的空話。他自己在歷史欄目裏，登了一篇關於鄉校的文章。說什麼是鄉校呢？就是春秋以及更早時期的鄉學，童子讀書的地方。夏的時候叫校，殷叫序，周叫庠。相當於神聖工廠的義學，不收錢的。晚上人們不幹活了，就到鄉校議論國家政策的得失善惡，有點兒類似茶館。然後講了春秋時期子產不毀鄉校的故事，說鄭國的人愛到鄉校議論國事。很煩，把鄉校砸了，看你們還瞎說不瞎說。子產曰，夫人朝夕退而遊焉，以議執政之善否。其所善者，吾則行之。其所惡者，吾則改之。是吾師也。若之何毀之？子產是領導，心胸如此豁達大度，難能可貴。另一方面也說明中國古代雖上下有序，然而平等的觀念依然是自古不息的精神傳承。多數人看這篇文章，以為只是講歷史故事，不知道邊步的委曲。林樸知道，但不太贊同邊步表達的思想。他說，子產只是開明而已。鄉校的議論存在與否只能反映仁政暴政的區別。真正的政治平等是參於，不是只能在一旁評論。這個區別是本質性的。如果沒有平民的政治參與，無論冠以何種名譽都只能是專制。林樸一有時間就讀民主論，很有心得，這個，邊步不懂。

自從周市長上任後，林貽椒就沒有再收到市政府的津貼。不給就算了，想也沒想過要去市政府問問怎麼回事兒。政府的人倒是問過周市長，周市長聽了覺得奇怪，什麼數學家，不幹活白拿政府的錢。他參加粉黨了嗎？沒有。沒有更不能給。我手下受傷殘廢的軍官有時還拿不到生活費。去跟他說，他不是會算數字嗎？想拿錢就到財政所當個會計。政府的人聽了本想再說說事情原委，一看周市長瞪著那隻好眼，趕緊走了，把這事兒擱了好長時間，忘了。後來呢，辦公室裏說閒話，七彎八拐地提到這事兒，想起來還是去林家通知一聲，算是個交待。到了林家三言兩語把當初周市長的意思提了一下，也沒有聽聽尚無庸的想法就走了。尚無庸懶得想這事兒。反正又不會餓死，隨它去。但叔也說，白拿的錢不給倒心安。

一天下午，有人敲門，開門一看是個鄉下人。問有沒有草鞋賣？早就沒賣了，那人怪可惜地說，路不好走，特別壞鞋，你家還是做草鞋賣吧。有鄰居打門前過，說，現在誰還穿草鞋。早就不作草鞋啦。那人抬起腳，我這不是穿著嗎？草鞋舒服。晚飯後林貽椒收拾碗筷時，突然醒悟過來，李將軍在催呢。為什麼說路不好走？是不是有什麼不好的事兒要發生呢？尚無庸把收音機搬出來，仔細聽紫黨的廣播，好像沒什麼。又聽粉黨的廣播，也沒什麼。只是提到粉黨佔領區要整肅，似乎是粉黨內部的事情。

過了二天，邊步到家裏來坐，說是全玖兒要生了。尚無庸問邊步，你不是和外地辦報紙的人有連繫嗎？最近聽到什麼新聞沒有？粉黨這邊是不是有什麼事兒？邊步想了想，好像沒有什麼特別大的事兒吧，至少表面上是如此。有軍隊跑到紫黨那邊去，應該不是什麼大事兒，大家經常這樣跑去跑來都習慣了。聽說粉黨控制區有的地方發生瘟疫，已經沒事了。說實在的，邊步那種微型報社根本就沒能力打聽到上層的消息，有也是道聽途說，要麼就是舊消息。不過，變化的跡象還是有的。周市長任命了新的巡捕所所長，那是他軍隊裏的部下。巡捕所的人也拎著步槍在聚珍園大門外站崗警衛。市裏多數人以為這是周市長的愛好，沒人往深處想，也沒法想。林貽椒自從那鄉下人來過後，心裏一直忐忑不安。不知道會發生什麼事。想去想來，無論如何得把林樸的婚事辦了。沒什麼理由，就是心裏不踏實。

林樸水之湄的婚禮是在工廠外面的空地上舉行的。集體婚禮，十來對新人，都是神聖工廠的成員。不設酒宴，依然新婚燕爾。日子挑在工廠休息日。有休息日的，在石頭市除了市政府就是神聖工廠，讓人羨慕。婚禮那天來了好多人，喜糖發不夠，孩子們就去搶。集體婚禮的主意是工廠的設計師提出來的，正合林樸的心意，會場也是設計師佈置的。靠著車間的牆壁佈置成台，隆重漂亮。邊步的報紙預告了這次集體婚禮，加上林樸水之湄又是本市名人，人們都趕來看新鮮。新人上臺，黑壓壓的人群大聲吆喝，吵得聽不見臺上在說什麼。有人在臺上唱歌，還有人扭秧歌，翻筋斗。前面的人鼓掌後面的也跟著鼓掌，看不見就往前擠。工廠的人不得不出來維持秩序，亂亂的，熱鬧快樂。水之湄正和人說著話，無意間一扭頭瞧見叢家兒子掏了一位大娘的口袋，轉身就溜。水之湄趕快擠過去，一把逮住。還回去。叢家兒子故作驚訝，什麼呀？水之湄湊到他耳邊狠狠地說，還不還？叢家兒子擠到大娘跟前，大娘你的錢。大娘一摸口袋正要大罵，看見跟過來的水之湄在擺手，一把抓過錢，沒吱聲。水之湄輕聲而嚴厲地說，道歉，聽見沒有？叢家兒子身子扭了扭，大娘，對不起。明天到學校來。去學校？幹什麼？做校工。我不去。水之湄瞪了他一眼。那好，我去。當時，做夢也沒有想到，很多日子後，叢家兒子會死得很悲慘或者說很悲壯。

邊步的石頭報把林樸他們的集體婚禮描繪得有聲有色，讀起來宛如參加婚禮一樣。文章敘述的角度不斷變化。一會兒面一會兒點，一會兒側面一會兒正面，一會兒近寫一會兒遠眺，非常吸引人。這是刀辟公的力作，筆頭充滿了激情。文章結尾用了詩經的一首詩，不是婚禮上常用的那首桃夭，而是衛風之木瓜。投我以木瓜，報之以瓊琚。匪報也，永以為好也。投我以木桃，報之以瓊瑤。匪報也，永以為好也。投我以木李，報之以瓊玖。匪報也，永以為好也。文章以情收尾，實在是妙，這個刀書記文筆真不錯呢。可惜沒有將文章刻在什麼樓上，不然會像那個岳陽樓記一樣流芳百世，印在報紙上看完一扔或者糊牆，太可惜了。

報紙一出，石頭市的大街小巷都在談論這次婚禮，或者說彷彿把整個石頭市都請到婚禮上去啦。水家，林家，邊家，電影院的員工，還有學校的教師們很高興，神聖工廠那裏就更不用說啦。但是周市長不高興。看著桌子上的石頭報，一種被冷落的感覺在心裏不是滋味。他對身邊政府裏的人說，神聖工廠那邊怎麼不請政府裏的人？政府裏的人說，市長，我們考慮這是民間的事兒，沒敢驚動您。再說，工廠那邊本來就和政府連繫不多，我們就沒提這事兒。周市長坐得直直的，軍人呢，就這樣，鼻子裏嗯嗯，右手指頭敲著桌面。神聖工廠辦得再大，也要由政府管。

派黨員去了沒有？不能成為市中市國中國吧？政府裏的人，清楚記得上次北郊的動亂。現在一切平靜，有點兒序了，幹嗎要去攪和出事情來呢？又不是不交稅。於是委婉地說，市長，派人去先不急。如果有什麼事了，我們派人去，有了理由，順理成章。您看行嗎？政府裏的人估摸著，周市長可能不在乎那邊有什麼事兒，就是把那邊殺得一人不剩也幹得出來的。周市長是打仗的人。

婚禮過後，水之湄搬到林家來住。有時他們兩人也上水家住幾天，免得水之湄母親寂寞。都結婚了，林貽椒還是常常拉著水之湄的手，瞧個沒完，太喜歡水之湄了。連尚無庸在一旁看著也忍不住笑呢。貽椒，別把之湄瞧出病來。林貽椒說，能不能說句好話呢？我喜歡之湄又沒給別人添麻煩，真是的。林樸水之湄偶爾晚上得閒就會去河邊走走，牽著手。瞧見他們倆散步的人心裏很感動。有人為了看他們倆散步的樣子，一連好幾個傍晚在河邊守候著。邊步偶爾聽人議論這事兒，於是在石頭報上寫了一個小文章，親自寫的，古拙而真切。用了詩經裏的死生契闊，與子成說，執子之手，與子偕老的詩句作為文章的引，讀來感人。文章招來了很多人，吃了晚飯就在河邊等著瞧瞧林樸他們如何執子之手與子偕老的。水之湄對林樸說，河邊怎麼有這麼多人啦？會不會有什麼事呢？後來才知道是邊步的石頭報鬧的。於是呢，不好意思再到河邊散步了，弄得很多人挺失望的。你說這報紙好呢，還是不好。

邊步的妻子全玖兒生下了一個胖兒子。她母親逢人就說，笑得眼睛老掛著淚花，像患了砂眼一樣。她母親還特意拎了紅雞蛋來林家報喜。林貽椒很高興，趕快買了些禮物和水之湄一起去祝賀。那孩子和邊步一樣黑皮。哇啦哇啦亂哭，哭聲很大，好像很不情願到這世上來似的。林貽椒說，這孩子愛哭，長大了一準和他爸一樣愛說話。全玖兒半躺在床上，頭上繫著條薄手巾，笑眯眯地說，長大了別像他爸整天在外面瞎跑就行，呆在家裏跟媽媽講講話多好。林貽椒抱著襁褓裏的孩子，看著哭累了閉上眼睛睡著的嬰兒，說，玖兒，再來個女兒，長大了陪你說說話。水之湄笑起來，女兒也未必吧。我就不陪母親說話呢。邊步母親一直拉著水之湄的手，笑哈哈地說，那可不一樣。天下女人像你的不多。你是女中豪傑，真的。你不信，問問玖兒，玖兒也這樣說呢。林貽椒說，看您說的。您老怎不買把寶劍讓之湄背著呢？

邊步沒有在石頭報上報導他兒子誕生的事兒。石頭報不是邊家報，對吧？邊步給兒子取名德音。樂只君子，德音不已。取意君子之美名永世長存。怎麼聽起來像小好音的弟弟呢？對，就有這個意思，邊家林家永世為好，情同手足，怎麼樣？很好。兒子長大後繼承哪一塊呢？報紙還是店鋪的生意？這樣說吧，生意是飯碗，報紙呢是事業。端起飯碗吃飽了，就去幹事業。怎麼樣？因之果之，不廢其一。全玖兒說，我和媽給你端飯碗，以後小德音的老婆給小德音端飯碗，是這個意思吧？邊步說，可以這樣理解，也可以不這樣理解。你想像一下，葉子長呀長呀，最後開出一朵花來。邊步母親說，我和玖兒就是葉子。忙呀忙呀，就忙出你這麼朵花來，是吧？全玖兒在床上哈哈大笑。邊步母親忙說，玖兒別大笑，蓄著身子。

林樸的婚事辦了，林貽椒心裏踏實多了。這時想起那鄉下人買草鞋的事來，和尚無庸商量。尚無庸說，貽椒，我不想費那個心思。我搞數學研究，不沾誰惹誰。如果你放不下心，你怎麼處理都行。林貽椒和但叔商量，也拿不定把握，心裏沒底。一天吃晚飯時，她說，要不我們試試，也許能打聽點兒事來。

第二天，她叫但叔打了雙草鞋掛在大門外。草鞋上面插根乾草，乾草一頭繞成個圈，這是要賣的標誌。第三天，一大早那鄉下人和一個女人挑著一擔蘿蔔到林家門前，吆喝了一陣，沒人買。那鄉下人讓女人看著蘿蔔，自己敲門。大聲說買草鞋。林貽椒忙去開門，買草鞋嗎？進屋裏來吧。林樸水之湄還沒出門呢，全家人都聚到一起。那鄉下人，坦蕩蕩的樣子，也沒廢話，開口就說，想好啦？尚無庸沒回答，反而問那人，現在是不是發生了什麼事情？那人說，粉黨內部很緊張，抓了不少人，這個跟楊阿事件有關。很多社會上的名流也涉及其中。李將軍怕你因楊阿而受牽連，而且現在在工程方面確實需要你去幫助解決問題。你和家人商量一下，決定了，在大門外掛兩雙草鞋。如果不去，就掛一雙草鞋，我們好給李將軍報告，就這樣。說完出去，把門上的草鞋取下來穿在腳上。又在門外坐了一陣吆喝賣蘿蔔。直到有人買了幾個蘿蔔，才挑起擔子和那女人走了。

那人走後，一家人坐在一起捉摸那人的話，又分析起劉鑒殷的為人來。劉鑒殷到石頭市來，也沒到家裏來看看，不過，這也不能說明什麼。劉鑒殷自從離開這裏後，變成一個什麼樣的人，誰也說不上來。走還是不走呢？是走的好還是不走的好呢？拿不定主意。林樸水之湄看時間不早，匆匆走了。如果是古代，問卜也不失是一個決策的辦法。但叔一直沒吱聲，等林樸兩口子走了，尚無庸進屋去看書，他對林貽椒說，我也說不上個道理，心裏總覺得還是走的好。這幾天夜裏做夢，老有人對我說貽椒怎麼還不走？貽椒呀，我想無庸是個大人物，這個小地方裝不下他，硬留下來會出事的。林貽椒聽但叔這樣說心裏挺難受的。但叔要是我走了，誰來照顧您呢？您一年老一年，總得有人在身邊呀。但叔說，林樸之湄會照顧我的，你放心。我琢磨，如果在李荒那裏不好，你們就去無庸妹妹那裏吧。讓小好音在國外好好念書。我們這裏不知道什麼時候又要打起來，哪是孩子念書的地方呀。林貽椒搖搖頭說，無庸不會到國外去的。他說過，就是幹不出什麼成就來絕不出國。我也沒辦法。

這段時間，市裏傳言，說是東幹渠北面鬧鬼，講得有鼻有眼的，以至在邊步的石頭報上也提到了鬧鬼的流言。周市長不高興，這個小城市正經事不幹，瞎說八道。後來想一想還是讓巡捕所派人帶上槍夜裏去北郊看看，到底是鬼鬧還是人鬧。是鬼鬧就算了，鬼打不死。是人鬧就地處決，還沒有王法了？巡捕所的人去了一大隊，夜裏趴在荒草裏架起機槍。守了一夜沒人，倒是真真切切地看見一簇簇綠幽幽的鬼火，忽閃忽閃地飄著。趴在那裏的人頭皮直發麻。

巡捕所的事兒，市裏都傳開了，這可是政府的人看見的，不是瞎說八道。市裏的流言於是升級啦，說不是好兆頭，石頭市必定有事兒，惡鬼要取人命啦。邊步的石頭報照例報導人們傳言。石頭市就這麼大，這就是石頭市的新聞，當然要報導囉。據說周市長心裏也動搖起來。市政府大門加了雙崗，巡捕所的人帶著槍在街上巡邏。神聖工廠和工人宿舍都去查過了，沒事兒。

當人們把這話題談得很膩的時候，外地湧來了很多難民，到處乞討。問怎麼回事呢？原來北邊暴發了瘟疫，死了好多人。軍隊把道路封了，不讓人逃，不過還是有人逃了出來。東幹渠那邊又有人搭起了草屋，是那些拖家帶口的難民搭的。神聖工廠在草屋那邊辦起粥場。那些難民集聚的地方並不亂，神聖工廠派了盧令令和一班志願者，把新來的難民組成一駁一駁的。願意長期留下的，幫助蓋草屋，連繫臨工。不願留下的送上乾糧路上充饑。

神聖工廠做了市政府該做的事情，但周市長不領情，反而吩咐要把東幹渠那邊盯緊。真不是東西，工人們就是這樣罵的。林樸對工人們說，我們的目的是幫助困難的人，這就夠了。政府怎麼想，那是他們的事兒，沒必要放在心上。工人們明白這個道理，不罵了，心裏呢，還是不舒服。那些投親靠友路過的難民受了接濟臨走時都要到神聖工廠門前拜一拜，擦把眼淚，說是終身不忘。那些打算留下來的人特別聽盧令令他們的安排，指望有一天能進工廠幹活，成為神聖工廠的一員。他們在遙遠的北面就聽說過神聖工廠的事情，不少人往南面逃的時候，心裏早就把神聖工廠當作他們人生的歸宿呢。

當大批難民湧進石頭市時，林貽椒最後下定決心，離開石頭市。對她來說這是多麼痛苦的決定呀。她從沒離開過石頭市半步。父母的在天之靈，還有小時候那些艱難歲月，想到這些她獨自一人哭了。生在這樣的中國，你又能怎樣呢？人就像弱小的蟲子，東躲西藏，苟且偷生。如像市裏流傳的那樣，瘟疫真要來了，孩子怎麼辦呢？老天爺逼著我們拋下過去的一切嗎？但叔知道林貽椒心裏難受，也不勸她，免得她狠不下心來。夜裏一個人坐起來，睡不著。他捨不得林貽椒，心裏同樣難受著。兩雙草鞋做好了，放在桌子上，大家看見了不說話，等著林貽椒掛到大門上。那天晚飯很豐盛，買了魚還有骨頭湯。吃完晚飯林貽椒說我要把草鞋掛在門外了。水之湄說，姐，掛吧。草鞋掛出去當晚就有人來。不是那個鄉下人，是個精幹的中年男人，像個軍人，說話簡短有力。請帶上簡單行李，越少越好。一路有人照顧，不用愁。尚先生的書和書稿請裝在木箱裏，帶全。已安排人負責搬運。走水路，明天沒有班船，後天隨船起程。說完走了。

天亮時，有人拿著封信到市政府去問詢。信沒封口，信上寫著石頭市勝利大街尚無庸收。那人找到政府的人說，國外托人帶的信，他受人之托帶過來又不知道尚無庸住哪兒。聽說政府的人知道就來打聽打聽。政府的人說尚無庸我們知道。什麼信？看看。一看信，說的是尚無庸的妹妹在國外生病希望尚無庸一家去看望，多年不見非常想念等等。政府的人說，哦，沒什麼大事兒。這樣吧，你去神聖工廠問林樸，他是他們家裏人。那人揣著信走了，也沒去什麼神聖工廠找林樸。

林貽椒尚無庸還有小好音隨著輪船走了五六天後，周市長接到一個祕密指示。他說，去把尚無庸找來，總部要他去。周市長不明白總部怎麼對一個中學數學教師這麼感興趣。他沒有對其他人講指示裏還特別強調如果他不肯去可祕密處決。這是什麼意思？政府裏的人正準備去林家，有人說，尚無庸可能去國外看望他妹妹了，有人送過信。去林家一問，果然早就走了。後來呢，周市長才知道尚無庸原來是個有名氣的人，喔，原來是這樣的，想想，既不是軍人又不是搞政黨的，走了就走了吧。

十八　寂寞

寂寞是一種心情。這種心情常常是由環境的改變引起的，準確地講是由親情關係的改變引起的。林貽椒走了，沒有小好音的繞膝纏綿和滿屋亂跑，但叔在林樸水之湄去工作後，獨自一人在家，難免心生寂寞。他盡量去做各種家務，也上街買菜，與人討價還價，卻不太與街坊閒聊什麼，這是他的習慣。有時在街上碰見年紀大的鄰居，也不說什麼。鄰居們瞭解他，不在意，只是笑著說，老但，呆子，忙什麼呢？他就點點頭，嘴裏嗯嗯。他有時一個人坐在大門口，呆呆地望著街，腦子裏零亂地回憶著過去的日子。他怎麼也想不起他把老婆埋在什麼地方了，也回憶不起他兒子的模樣。他覺得想起這些就像想起別人對他講過的某個故事，這故事裏的人物與場景得靠他自己去想像一樣。那些過於久遠模糊的事情不再擾動他的心情。遙遠的往日經歷沉在心的最底層，只是在這般寂寞的時刻，偶爾翻起來提醒他，那些事情存在過。當他思緒中飄浮這些回憶時，鄰居們路過叫他也聽不見。這個老但，依舊是個呆子呢。

叢家的兒子叫叢心結，已經十七啦，一點兒也不像他父親那樣壯碩，瘦小的身材，一張娃娃臉，看上去只有十二三歲。那天到集市上為義學買掃帚，不料碰上上次掏口袋的大娘。大娘看見他，忙把口袋裏的錢拿出來數，差錢。一把拽著叢心結，硬說他偷了自己的錢。叢心結拿著手裏的錢給大娘看。這是義學水阿姨給的錢，買掃帚，不是您的，您別瞎說呀。大娘不依，逮著叢心結不放。一下圍了好多人，正吵著起勁兒，旁邊賣菜的鄉下人，擠過來說，大媽，找你的錢，您拿上。大娘一數錢，哦，不差，搞錯了。圍著的人哦哦地散了。叢心結整整衣服對大娘說，大娘，您不能老眼光看人呀。我要是偷您的錢，回去水阿姨也饒不過我的。您呢，以後把錢數好了再說話，別亂猜疑人。

叢心結買了掃帚，十來把，抱著從集市走出來，覺得人不舒服，就靠著牆角在掃帚上坐下來。但叔在集市上買菜，看見這孩子怎麼臉色這麼蒼白，過去問他。叢心結說，我不行了，麻煩大爺叫一下義學的水校長。但叔一聽是水之湄學校的人，趕緊托路人幫著看護，自己趕到義學找水之湄。等水之湄帶著人回來時，叢心結已經倒在地上，四周圍著好多人。水之湄叫人背上叢心結往醫院跑。醫生查了好一會兒也不知道是什麼病。打幾針看看。水之湄從醫院出來，想去神聖工廠告訴叢心結的父親。快到工廠時碰上了林樸。林樸老遠就喊，之湄，有事找你呢。什麼事？瘟疫要來了。快去通知學生們別上課了，回家呆著。水之湄聽了大吃一驚，壞了，叢家孩子得了瘟疫，醫生都不知道怎麼辦呢。你是怎麼知道的？工廠裏有人病倒了嗎？林樸拿出張紙，是藥方，給水之湄看，說，涵伯來了，到工廠找我，說瘟疫來了，叫我趕快配藥方。這樣，你去告訴學生趕緊回家。我去買藥，煨好了我給叢家孩子送去，看有用沒用。

瘟疫的消息當晚就在石頭市傳開了，人們緊張得六神無主，幾乎每家每戶都在談論瘟疫。水之湄叫人把叢心結抬到學校安頓下來，喂了藥，守護著。叢家父母趕過來，嚇得話都說不清楚。瘟疫是和戰爭一樣可怕的事情。戰爭還可以躲躲，瘟疫一來連躲的地方都沒有，就看誰的命大。當天晚上就有人去神聖工廠那廟求神，舀了些井水回去喝。第二天，周市長聽說了，很生氣。什麼人瞎說？擾亂民心。派人一查流言起於義學。本想把義學的人給抓來，結果看見叢心結躺在學校的教室裏，嚇得趕緊退了出來。這瘟疫是真的，怎麼辦？中午巡捕所派人帶著槍把義學給封起來。不准進出，誰出來就地處決。到下午時，叢家孩子緩過氣來，能說話了。這讓水之湄很高興，涵伯的藥方管用，想給林樸講，可出不去。林樸也沒法知道叢家孩子的病情，著急。等到下午，林樸想不管藥方行不行，趕緊叫人買一些來，煮成藥湯，讓神聖工廠的所有人都喝。防著比什麼都不做要好吧。邊步來了，問瘟疫的事兒。他對林樸說，政府來人打招呼，如果報紙上瞎說，可要當心點兒，周市長對蠱惑言論絕不手軟。

周市長帶上警衛走了，有人親眼看見的，坐汽車走的。天一黑，軍隊開到了。把石頭市所有的出口都給封住，任何人不得進出。這是什麼措施呢？讓石頭市的人都死掉嗎？一大早，太陽還沒有升起來時，整個石頭市便籠罩在極度的驚恐之中。街上的行人很少，人們呆在家裏不敢上街怕感染了瘟疫。當陽光開始照耀石頭市時，天邊升起了一團團黑氣，一陣陣的。陽光忽閃著像風中的蠟燭，空氣中飄浮黑色的灰塵。一股腥臭的氣味隨著一團團黑氣吹過來，瀰漫著街頭巷尾。那氣味從房子的門窗鑽進去，一直鑽進人們的身體。

石頭市的人這次真切的領會到什麼叫瘟疫，哭聲驟起。有人倒下了，大街小巷響起了急促的腳步聲，呼救聲。婦女們嗆天嚎地的哭喊聲把整個石頭市的心都撕碎了。人們把病倒的人往醫院抬。醫院滿了，有人又把病人從醫院裏抬出來。醫生們救不了，死了。一批批的人往醫院裏湧，一批批的人往醫院外擠。哭呀哭呀，呼天不應喊地不靈。

下午有人崩潰了，往河裏跳。守著碼頭的士兵用機槍向河裏掃射。市政府大門外集聚著越來越多的人，要求見見周市長。市政府的大門緊閉著。騷亂開始了。人們把門外的石頭獅子推倒在地，把政府和粉黨的牌子取下來砸碎，門前粉黨的旗幟被人點燃。當人們開始砸大門時，軍隊來了。士兵們端著槍，一隊隊的。頭上繫著毛巾把鼻子嘴捂住。一句警告的話也沒有，過來就開槍，朝人堆裏打。黑壓壓的人群聽見槍聲，像潮水一樣往後退。子彈從身後射過來，不一會兒，市政府門前倒下了一大片。受傷的人在血泊中掙扎著。街面上盡是血，血紅血紅的。士兵們列著隊朝前走，邊走邊開槍。他們跨過屍體向受傷的人開槍，直到大街沒人了才住手。

把守義學的人早就撤了。林樸和管理會召開了緊急會議。工廠停工，把工廠的員工分成幾駁，分頭去煮藥，維護宿舍區。把義學騰出來改為救護所，擔架隊上街救人。入夜時分，義學裏已經躺滿了病人，再抬來的病人只好放在外面。學校裏點著電燈，學校外燃著火把，到處是奔忙的人。午夜了，人們依然忙碌著，沒有哭聲只有忙碌。市政府那邊槍殺人的消息傳過來，人們咬牙切齒地咒罵著，那些喪盡天良的東西。但又能怎麼樣呢？只有咒罵，只有心底的恨。是呵，又能怎麼樣呢？萬惡的東西。邊步和他報社的人一直在學校裏幫忙。林樸找到邊步告誡他，關於市政府那邊的事兒，不能輕易寫在報紙上，要慎重。周市長那幫人心狠，你要留神。邊步點點頭，我知道的，現在也顧不上報紙啦。嗨，老天爺到底在懲罰誰呢？天快亮時，人都累得撐不住了。林樸叫大家歇會兒，喝點兒粥，吃鹹菜。很多病人已經好多了。校內校外顯得寧靜了許多。或許是人們真的累極了，或許是人們終於鬆了口氣，看到了生的希望。

第二天，天上佈滿了陰雲。水之湄指著遠處叫林樸看，這裏那裏一群群的人抬著死去的人，到北郊去埋。兩人默默看著，心裏難受之極。水之湄說，我們救不了所有人，還是有那麼多人死了。過了好一會兒，林樸才說，之湄，為什麼夢見的事情一定會成為真的呢？在這世上，我們顯得多麼弱小，多麼無能。林樸淌下了眼淚。水之湄摟著林樸靠在他身上，輕輕地說，林樸我們做了應該做的事情。她哽咽著，說不下去了。北郊那片野草叢生坑坑窪窪的荒地上出現了很多很多墳頭。天與人的淫威，像風一樣卷走了許多人的生命。廣播裏常常提到的那個我們的人民，像一群群地上的蟲子，無助，無望。他們唯一能做的就是痛哭。中國啊，我怎麼愛你？我怎麼愛你呵？

夜裏下起了雨。雨不大，毛毛細雨把地上的一切都弄得濕濕的。林樸他們不得不把工廠裏的倉房挪出來。那些躺在外面的病人被子有些潮了，得趕快搬到屋裏去。庫房裏的貨物很多，直到下半夜一切才妥當。累了，很累，林樸找個地方坐下來，靠著牆，一下子就睡著了。天還沒亮，迷迷糊糊的，好像有人在搖他，睜眼一看是水之湄。之湄，但叔呢？回家沒有？水之湄說，勸過了，但叔不肯回去。這會兒沒見著，不知道他在忙什麼？林樸，有人找你，非要見你不可。起來吧。在外面呢。

林樸和水之湄走到工廠後面的空地上。黑暗中模糊看見十來個人等著他。那些人一見林樸來了，全都跪在地上，弄得身上盡是泥。林樸奇怪，問怎麼回事兒？有事兒站起來說吧，別這樣。給誰下跪呢？起來吧，有事兒大家商量。林樸怎麼說那些人還是跪著。於是對水之湄說，之湄，既然這樣，我們也跪下吧。說著拉著水之湄一起跪下來。那些人驚慌地趕緊站起來去扶林樸水之湄。林樸身上也弄了不少泥。他說，這裏沒人配別人下跪，有什麼難事依靠大家的力量去做，對吧？那些人裏有個人說話了，聽聲音像是青年人，黑暗中看不清臉。那人很激動，說話斷斷續續的。他說的意思是，石頭市不能再這樣下去了。石頭市的人應當自己管自己的事兒。石頭市的人太悲慘啦。林樸聽了一會兒不太明白，問，你們是不是要求我做什麼？那人說，我們這些人是代表，大家推選我們來求你。大家懇求你出來領導石頭市，我們都聽你的。大家希望你當市長。石頭市的人都支持你。林樸聽了，一時真不知說什麼好。人們怎麼可能有這樣的想法呢？他沒注意到水之湄驚詫地睜大眼睛在黑暗中注視著他。他說了，我沒有想到大家會有這樣的要求。危難時刻大家相互幫助相互扶持是應該的。至於，市裏的事情也還有協助會可以出面。現在這時刻大家不要驚慌，瘟疫會過去的。領導石頭市我沒有這個能力，就是有這個能力，也是不可能的。大家想想，現在石頭市是粉黨的地盤，將來是誰的地盤不知道。不論是誰的地盤，哪個黨的地盤，我們都不得不服從別人的統治，石頭市不可能獨立於這些政黨之外。即使是在最苦難的日子裏也不能忘記這些道理等等。雨下大了。大家站在黑暗中，頭髮開始滴水。聽完林樸的話，大家沉默起來。聽得見工廠那邊有人嚷嚷著，可能又有病人抬過來了。一會兒，還是那人說話，林老師，我們商量過，不行，就組成軍隊。我們成立軍隊，弄些槍，把市政府奪過來。你作我們的領袖，我們跟他們打。要不然和紫黨聯合起來。反正是一死，打勝了，石頭市就是我們自己的。林樸說，已經死了那麼多人，不能再死人了。大家的心情和我們的心情一樣，但事情沒這麼簡單。一旦組成軍隊，粉黨就會派大批軍隊來圍剿，石頭市一定免不了大屠殺。這點大家想過沒有？再大的冤屈也要冷靜地想一想。你們信任我，我就得為全市的老老少少的性命著想。憑我們石頭市的力量能對付粉黨龐大的軍隊嗎？能不招來粉黨瘋狂的報復嗎？上次北郊的事情已經是萬幸了，這個我不說大家也知道。再說，歷史上哪個槍桿子出的政權不是專制暴政？你推翻我，我推翻你。對平民們來說又有什麼不同呢？我知道大家想幹的目的不一樣。想一想現在的真實狀況吧。請大家不要遇到苦痛便想到武力。我想，武力不能尋得一條正確的道路。現在我們要做的就是互相幫助，共渡難關。請大家珍惜生命，珍惜自己的生命也珍惜苦難大眾的生命。林樸說完話，大家都不吱聲，默默地在雨中站著。

後來呢，大家給林樸磕頭，匆匆地消失在黑暗中。林樸在雨中站著沒動，伸手把淋得透濕的水之湄摟在懷裏。在水之湄耳邊輕輕說，我救不了他們，他們不聽我的。

後世的專題研究者，是從哪些資料裏瞭解到林樸這次談話的呢？讓人費解。林樸和水之湄，不可能對任何人講述這次會面。那些來求林樸的人，在後幾日的暴動中都被打死了，有關的無關的也殺了不少。難道有人舉事前留下遺書，其中遺憾地提到林樸？或者，政府的情報人員在他們垂暮之年的回憶錄裏提起此事？不知道。關於林樸的這次談話，版本各不相同，或長或短，中心意思相差無幾。

林樸的這次談話在後世的研究中引起了爭論。有兩點，一是林樸在危難中在關鍵時刻是否軟弱？有人說這是理智，在當時條件下不可能有其他選擇。有人說，這是軟弱，是對英勇的石頭市人民偉大壯舉的背叛。如果林樸順應民眾的革命要求，在石頭市建立一個民眾政府，既使存在幾天也會在歷史上留下光輝的足跡，中國的近代史將因有石頭公社而熠熠生輝。說這話的人有一個思維前提，就是反正人都是要死的，早些死也沒什麼不妥，別讓歷史沒什麼事好講就行。二是關於林樸非暴力的思想。有些人說，非暴力的思想在中國是嶄新的前所無有的思想。民主社會的條件之一就是非暴力。依靠暴力依靠槍桿子出政權不可能產生出民主社會。有人說，非暴力的思想是小知識份子的懷柔情結，是右傾的歷史投機思想。他們說，尤其在中國，作任何偉大的事業都必須使用暴力。民眾的民主的社會，只能用暴力來建立，絕不可能通過民眾的和平訴求建立起來。暴力手段並不違背民主的精神。聽聽這個有道理，聽聽那個也有道理。反正又不是事實本身，怎麼說都可以，都說得通的。

幾天後，那是夜裏，當西邊傳來密集的槍聲時，林樸呆住了。大家都朝西邊的黑暗張望。水之湄找到林樸，在工廠外微弱的燈光下，水之湄看見林樸的臉發白。水之湄叫了聲林樸，林樸不回答，呆呆地站在那裏，好久好久他才自言自語地說，他們死了，之湄。水之湄靠在林樸耳邊輕聲說，為願望而死，也值得。

石頭市的人包括林樸水之湄都不清楚事情的細節，那些起事的人都死光了。倒是後世的歷史記載得很詳細，說是事先在守碼頭的士兵的食物裏下了毒，是些婦女幹的。當毒藥發作時，埋伏好的人衝過去奪了士兵的槍。這個可能，因為碼頭那邊並沒有響過槍，槍聲是從大彎那邊響起的。人們襲擊了大路口的關卡。花了很長時間才佔領路口，還來不及構築工事，增援的軍隊就趕到了。士兵衝不上來，就用裝甲車衝，人們向裝甲車扔炸彈，戰鬥十分慘烈。裝甲車燃起的大火映紅了夜空，工廠那裏也看得見。以後的事態發展記述的人出現了分歧。有人寫得很仔細，說軍隊最終是從什麼地方衝過去的，又是怎樣肉搏，最後一批起事的人如何被逼到一堵矮牆前。當黎明來臨時，這些人扔掉了手中的武器，手挽手地靠牆站著，直到士兵們成排的槍彈打過來。子彈穿過他們的身體射入矮牆。他們倒下了，倒在血泊中，他們的身影卻永遠地印在那堵矮牆上，直到下次戰爭矮牆被炸彈炸飛。另一種說法是軍隊沒帶重武器，怎麼攻也攻不下來，死了很多人。後來市裏其他地方趕過來的軍隊，從後面進攻。起事的人損失極大，退到磚牆堅守。黎明時分，最後的幾個人在士兵們衝上來時，圍在一起拉響了手榴彈。不論哪種版本的描述都詳細記載了起事的人在故事結束時，高呼口號或者說些極其感人的豪言壯語，直到把悲壯的故事一下子變成了鬧劇才善罷甘休。

林樸水之湄和管理會的人帶著神聖工廠的擔架隊沿著東幹渠高一腳低一腳地朝大彎方向走。還沒到大彎就被士兵發現了。機槍噠噠地掃過來，大家趴在地上沒法前進。換個地方過去，又被打回來。林樸估計軍隊已經把起事的人包圍起來了。天色發亮時，槍聲漸漸稀疏。擔架隊只好原路返回，一路上誰也不說話。地面上飄浮著濃濃的霧氣，天亮了，看得見人們因絕望而變得蒼白的臉。這一天是大晴天。太陽升起來後，大搜捕開始了。不知從哪兒湧來了這麼多士兵，沿街沿巷搜，不由分說就開槍殺人。靠大彎近的裁縫鋪首當其衝，士兵們踢開門把畢跛頭拖出來，捅了一刺刀，斷了這家唯一的生計。這是後來邊步講的。畢跛頭死了後，邊步家幫他們把裁縫鋪改成了小日雜鋪，勉強渡日。這天一大早成群結隊的人驚慌失措地跑到神聖工廠來懇求林樸救救他們。這麼多人，沒地方可藏呵，怎麼辦？水之湄想了個辦法。叫大家在工廠外躺下，裝成染上瘟疫的樣子。安排工廠所有的人煮藥煮粥，喂他們。

中午時分，有人一邊亂跑一邊叫著軍隊來了軍隊來了。所有人都向通往市裏的大路盡頭張望。明亮刺眼的陽光下，一隊隊士兵正從市裏出來，順著大路朝工廠開過來。人們騷動起來，嗚嗚地哭。林樸聲嘶力竭地叫大家安靜，沉住氣，可是沒用，人們害怕得發抖，拼命地叫喊殺人啦殺人啦。人們圍著林樸跪下，抱著他的腿，哭著，救救我們吧，救救我們吧。林樸也顧不上叫人們起來，大聲說，不要怕，我去跟軍隊交涉。說著朝路上走去，這是沒有辦法的辦法。林樸不敢想像軍隊的到來會發生什麼事情。他覺得自己的心裏涼透了，手腳也不太聽使喚，腦頭裏不斷重複著一句話，這是最後的庇護所，最後的。

水之湄正忙著安頓地上的人，勸他們好好躺下，沉住氣，一抬頭看見林樸朝軍隊的方向走去，不顧一切地奔過去，攔住他，你不能去。林樸看著遠處的軍隊說，這是最後的辦法，我要試一下。不，你去必死無疑，我去，你回去吧。你走了大家會更慌張更危險。林樸盯著水之湄的眼睛看著，忽然冒出主意來。你站在這裏，別動，我就回來。一會兒，林樸和擔架隊的人，嘴上紮條毛巾抬著倉房裏病得最厲害的病人，趕過來和水之湄一起朝軍隊走過去。遠遠的，軍隊停下來。前面有個軍官在擺手，又掏出手槍對天開了一槍。兩個士兵提著槍跑過來。把病人的被子一掀，被病人灰白的臉嚇了一跳，趕緊跑回去。那軍官指著水之湄叫她過來。水之湄不等軍官開口，就指著遠處工廠外成片躺著的人說，這裏是瘟疫救護所，病人很多。您看這幾個，已經不行啦，我們要把他們抬到別處隔離起來。那軍官聽水之湄這樣說，猶豫起來。一會兒看看工廠那邊，一會兒看看水之湄身後的擔架。然後用手槍指著水之湄，你說的可靠嗎？水之湄說，你可以問問市裏任何一個人，也可以親自去看看。我是神聖工廠義學的校長，我姓水。我可以跟你們走。那軍官仔細打量眼前這個柔弱的女人，想了想，把手槍放進槍套裏，一抬手，吼道，撤。

石頭市的這條河裏，生著一種很特別的鱔魚，白色的，人們叫它白鱔，味道很好。白鱔喜歡啃噬屍體。當下游飄浮著好些腫脹的屍體時，人們一邊打撈屍體下的白鱔，一邊議論著上邊石頭市發生了什麼事情。屍體上有槍眼，白鱔聚在槍眼下一簇一簇的。有的白鱔從槍眼鑽進屍體裏。在河灣水靜的地方，成群的白鱔攪得屍體在水面上顫動。撈白鱔的人，用網從屍體下刮過，總能網上好些白鱔。這樣的機會並不是天天都有的。隨著那些飄浮的屍體和屍體下的白鱔，瘟疫在下游蔓延開來。瘟神離開石頭市，順著河水走了，去要那些吃白鱔的人的性命。

這是襲擊軍隊一個月以後的事兒。瘟神走了，石頭市在悲傷中喘著氣。最後死去的人已安葬在北郊。太陽照耀著石頭市，彷彿照耀著一個從死亡河邊爬上來的筋疲力盡的人。神聖工廠和水之湄的義學，一片寧靜。瘟疫耗盡了神聖工廠的財力。錢財用到了該用的地方，沒人有怨言。這是對的。人們創造財富，為生命而創造財富，財富因生命而有意義，除此之外錢財還有更神聖的意義嗎？瘟疫過去了，人們淌下了眼淚。逝去的親人永遠躺在冰冷的泥土裏，不再回來，給活著的人留下無限的悲痛。多少年，多少代呵，人民，中國社會底層的人們，跌跌撞撞地走過了一頁又一頁歷史，聽不見他們的哀號，聽不見他們的哭訴。災難深重的中國呀。

當周市長帶著他的警衛們一擺一擺地出現在石頭市街頭時，街上的人都低著頭，匆匆地離開，躲得遠遠的。周市長那只好眼睛看得很清楚，他喜歡人們這樣，這叫威嚴。不怕，怎麼有統治呢？怎麼能統治呢？他和所有崇尚槍炮出權力的人一樣不相信民不畏死何以死懼之這句老掉牙的蠢話。把不畏死的殺光，留下來的不都是畏死的嗎？瘟疫後的石頭市，開始了他說一不二的統治，一種他認為最好的極致的專制統治，既簡單又省心。他和那些軍官們天天在聚珍園裏喝酒。與朱能穀前市長不同，他不太在乎菜，十分在乎酒。

石頭市西南面有個小鎮，出白酒。酒是用一句詩命名的，聽起來很滑稽。這酒在四周鄉里有點兒名氣。好一些的叫二十五年，差一些的叫十五年，十年，五年，都是酒坊老闆的那個半有學問的兒子想的餿主意。周市長倒了一杯，喝一口，說，還能喝。旁邊的人說，市長，這是二十五年的。周市長聞聞酒杯裏的酒說，什麼狗屁二十五年。才釀的叫二十五年，放兩年還叫二十五年，怎麼不叫二十七年。應該在酒瓶上加一句，買回去請放二十五年再喝。對啦，要不把酒坊老闆找來在他屁股上狠狠踢上一腳，然後貼上標籤二十五年以後再痛。說完哈哈大笑。

邊步的報社奉周市長的命令恢復出版。不是周市長多麼呵護石頭報，而是要刊登周市長的政府公告。政府來人對邊步說，瘟疫的事兒可以提一下。怎麼寫，你自己掂量。暴亂的事兒不准提。周市長特別命令，如果石頭報瞎說，政府來的人用指頭在報社裏一掃，把排版印刷的工人也包括進去，一個也跑不了。邊步和刀書記只好照辦。兩個人分頭準備文章。這不準寫那不准登，怎麼辦？憋不住的邊步關上門開罵了，和刀辟公兩個一唱一合，把那個瞎眼的周虞和他那個該死的粉黨罵得狗血淋頭，末了，還得寫。

刀書記呢，寫瘟疫，談瘟疫的種種歷史。是些歷史的事兒，不得罪現在的什麼人。最後簡單地提到神聖工廠在這次瘟疫中作出的無私奉獻。其中關於林樸水之湄的幾句，邊步看看，想想，還是刪去為好，免得政府不高興，惹事兒。邊步呢，寫的是埋葬方式的歷史沿革。從周朝的不封不樹講到後世帝王的奢華陵苑，講帝王之陵無不被盜的尷尬，講後世說不準帝王們會把陵墓建在廣場上。王道呢，即是霸道。講到人殉制度，特別提到了暴秦。還引用了詩經秦風裏，關於秦穆公以三子殉葬的詩。臨其穴，惴惴其慄。彼蒼者天，殲我良人。如可贖兮，人百其身。講到以俑代人的變化。講到聖人孔子的態度，子曰，始作俑者，不得其死，等等。最後把政府公告和兩人的文章湊在一塊，版面還不滿。想想，邊步寫了一小段關於鹹菜製作的文字填進去，補白。

瘟疫後的第一份報紙出來了。政府公告囉囉嗦嗦的一大篇，無非都是些禁止，不準，追查，抓捕之類的話。公告最後特別提到新成立的特別巡捕隊，簡稱特捕隊。說特捕隊專門對付不法的群體事件等等。報紙一面市，特別巡捕隊就上了街。一二百人組成方隊，頭盔，盾牌，右手握著鐵棍，一色的靛藍巡捕服。方隊後面跟著的是拿槍的隊伍。特捕隊把勝利大街變成了訓練場，上街下街的巡遊。走幾步就拉開架式，舉盾牌揮鐵棍，又是捅又是劈又是叫，很整齊。呵哈，呵哈，呵哈哈，呵呵哈。每當聽到哈時，鐵棍子就出來了，把想像中鬧事的人打翻在地，再對準頭致命一擊。街上的人都靠著店鋪看著。邊步後來對林樸說，這叫政權裸體大巡遊。說，這個周市長的粉黨們連內褲都脫了，跑到大街上尋事兒。真不知道是誰嚇著了誰。不要臉的東西。

政府的人，帶上一小隊特捕隊，到神聖工廠來。遠遠的就有人看見了，懶得理會。工廠裏正忙著維修機器，整理倉房。林樸和幾個工人拎著噴藥水的桶，在車間裏噴消毒藥水。這些人一到就嚷著，工廠誰主事？出來。他們知道林樸，有意不叫林樸，這樣顯得更權威些。林樸出來了，問什麼事兒？是不是進工廠談談？政府的人不理林樸的話，說，你是工廠主事的嗎？對。我問你，神聖工廠為什麼不掛粉旗？是有意的吧？這個不是有意。我們這裏是工廠，又不在大街上，沒想過這事兒。我告訴你，你的工廠再大，離市裏再遠也歸黨領導，歸市政府管轄。別以為你們的工廠是天外的工廠。該怎麼辦你們就能怎麼辦你們。聽明白沒有？林樸心裏很不痛快，沒說話。政府的人又說，最近繳稅沒有？沒有。為什麼不繳稅？瘟疫，工廠停產了。這個政府應該知道的。再說就是生產，毛巾也運不出去，原料也運不進來。政府不是把路封了嗎？我們馬上恢復生產。生產一正常該繳的稅一定及時上繳。政府的人鼻子裏嗯嗯，回頭看了看身後的特捕隊，那意思是提醒林樸政府說話的份量。如果明天還不掛粉旗，你們就別幹了。根據周市長的命令，那是要沒收工廠的，到時間別說政府沒打招呼。這些人走後，工人們罵的話可粗啦。有人一邊罵還一邊使勁兒在地上踹腳，恨不得把那個瞎眼的周虞的祖墳給扒了，看看生出這般東西的老骨頭是白還是黑的。林樸等大家罵夠了，擺擺手說，算了，不就是面旗幟嗎？掛上了也不礙事兒，大家說夠了，以後千萬別再講這些，說不準政府正等著我們有事兒呢。

第二天一大早，林樸親自把粉旗插在工廠大門外。工人們說能不能換一邊插，別讓這東西在神聖工廠的廠牌上飄來飄去。挪了邊插上，有工人過來對著粉旗呸了一口，林樸只當沒看見。廟那邊要不要再插上一面粉旗呢？這廟現在只是神聖工廠的一個車間而已。插吧，怕政府的人說，怎麼把粉旗插在廟裏？什麼意思？侮辱黨嗎？不插吧，廟與大車間並沒有連在一起，政府的人會不會找事呢？左不是右不是。算了，到時候再說吧。一想，忘了，義學那邊還沒有插粉旗呢。昨天晚上在家和水之湄，但叔一起談這事兒時，怎麼就沒有想到呢？林樸趕快到義學找到水之湄。水之湄說，那就插吧，別派黨教來就行。

中午，政府的人來了，帶著大隊的特捕隊，一副打架的樣子。一看粉旗插上了，還行。也沒到廟那邊去看，一拐，去了義學。林樸倒是鬆了口氣，幸虧想到了。那些人去了義學，把水之湄訓斥了一頓。什麼事兒？沒什麼，說是粉旗小了點兒。再者，學校要有旗竿，旗竿上要升粉旗。行，明天就辦。好吧，馬上就辦。

十九　鹹菜

鹹菜，石頭市的人叫鹽菜。鹽菜是用蔬菜醃制的，很多種有葉的蔬菜都能作，但最好的鹽菜是用石頭市人叫作疙瘩菜的青菜醃制的。疙瘩菜葉子很大，中心的梗疙疙瘩瘩的，所以叫疙瘩菜。新鮮的疙瘩菜炒著吃一股土腥味兒，不好吃，但製成鹽菜卻是上品。新鮮的疙瘩菜上市時正值大熱天。不用洗，用生水洗，菜會發霉壞掉的。撒上鹽用手反復地揉，直到揉出水來。這個揉菜的手還得分人，有的人是臭手，揉什麼菜都發霉，得是那種少汗的手。這個呢，女人常常比男人強。菜揉好了，結結實實地裝在罈子裏，讓菜醃上一二天。聞一聞沒青味就醃好了。然後掏出來放在大太陽下曝曬。翻過來翻過去，天氣好的話，二三天就曬得差不多了。所謂差不多是指別把菜曬成煙葉那樣乾，得留點兒水份。每年曬鹽菜時，正好趕上刮熱風，據說是從遙遠的南方海洋刮過來的，叫南洋風。因此呢，這鹽菜也叫南風鹽菜。南風鹽菜是石頭市民眾常備的食品，做一次吃很久，有的人家一直吃到過年呢。有錢人家，達官貴人也吃。不過呢，南風鹽菜於他們只是燒肉的配料。一般人家盛點兒米飯就著鹽菜過日子。

神聖工廠重新開始生產，工廠裏有了勃勃生機。人們忙前忙後，機器轟轟地響。漂洗毛巾的熱氣從車間窗口冒出來，叫人看了心裏舒服。到吃飯的時候人們才體會到，工廠現在有多困難。只有粥，每人一碗，粥上面挾點兒南風鹽菜。工人們說太好了，粥正好配南風鹽菜，像一對好夫妻。林老師，工人們都這樣叫林樸，林樸正在一旁喝粥。林老師你說這一對好夫妻像誰呀？像誰？還能像誰，你們呀。下午放學後，水之湄過來幫助做雜活。兩個人一人一碗粥吃得津津有味。水之湄特別喜歡南風鹽菜，可惜不會做，都是她母親做的。過來工廠幫忙的還有很多婦女，都勸水之湄回去休息。水老師，您累一天了，看您身體，回去吧。水之湄說，吃了工廠的粥和鹽菜不幹點兒活不好意思。婦女們在車間裏咯咯地說笑。有人在車間另一頭叫著，誰家老婆呀？咯咯笑得這麼響。是不是粥喝多啦？閉上你的臭嘴。有女人大聲喊著。很熱鬧的車間。

神聖工廠喝粥度日的消息，在市裏傳開了，這是邊步的石頭報說出來的。刀書記去神聖工廠瞧瞧，看見大家喝粥吃鹽菜，依然快樂的樣子，感動了，回到報社寫了篇使人讀起來熱淚盈眶的文章。他寫到，神聖工廠只所以神聖，是因為工廠所有人不為某些個別的腦滿腸肥的人工作，他們為自己勞作，為大家勞作，同時也是為社會苦難的民眾。當瘟疫來臨時，他們義無反顧地伸出救助的手，拿出他們所有財產。他們不圖回報，大公無私。他們救助了成百上千的垂危病人，甚至不知道那些獲得重生的人們的姓名。如今他們過著困難的日子，忙碌的勞作僅能喝一碗粥加一撮鹽菜。他們不悲傷，因為他們高尚。他們快樂，因為他們神聖。蒼天在茫茫的苦難中，造就了好人，在人們的絕望中，點燃了生的火焰。大愛者，神聖工廠，蒼天有眼啊。這期報紙賣得很好。店鋪裏，街頭巷尾總有人拿著報紙念給不識字的人聽。

這是什麼意思？周市長指著桌子上的報紙問身邊的人。神聖工廠在這次瘟疫中救了不少人，大概是感謝的意思吧。周市長鼻子哼了哼，這是他的習慣。右手指照例敲敲桌子，想說什麼，又沒有什麼好說的。政府在這次瘟疫中哪怕只做了一丁點兒救助的事兒，也可以命令報紙吹吹牛。諸如，深入民眾啦。對病人說上一句，政府會幫助你們的。到處走走，招招手啦。沒有，什麼也沒有做，倒是槍殺了不少人。神聖工廠出了風頭，政府涼在一邊。老實說，天下有些事情，單靠殺人是辦不到的。這個道理周市長未必懂呢。如果政府把他們從民眾頭上搜刮來的錢掏出這麼一點點兒，表示一下幫助之意，儘管心裏對政府沒有一絲熱情，民眾也會高呼萬歲，感謝黨和政府呢。中國人就這樣。嗨，一群貪官污吏，一群無惡不作的劊子手，一群地道的混蛋啊。

林樸水之湄一大早起來，覺得大門外有什麼動靜。打開大門，很驚訝，怎麼門口堆了這麼多東西像小山似的，人都邁不出去。成筐的蘿蔔，蔬菜，成袋的米，大塊大塊的豬肉，魚，雞，還有鴨。兩人站在門口發愁，這是怎麼回事呢？鄰居太婆在隔壁說，林樸呀，別人送的，好多人啦。水之湄問，大娘，您知道是誰嗎？不認識，也沒說什麼，放下就去啦。我還問過呢，人家不說。男的女的都有。天朦朦亮就來了。我看呢，他們是心疼你們工廠日子苦吧。好事好報呢。你們心好，工廠這次幫了多大忙，救了多少人呢。你們現在的日子苦，大家不忍心啦。就抬到工廠給大夥吃吧。你們工廠呢，就是石頭市的孝子啊。石頭市這片天呢，就靠你們撐著呢。別不好意思。我看，就收下吧。往後呢，說不準還要靠你們搭救呢。鄰居太婆本來就好嘮叨，現在又特別激動，話多，一個勁兒說著。林樸把但叔叫過來。但叔，麻煩您，在門口守一會兒，千萬別再讓人送東西。說完和水之湄去工廠叫人來搬。兩人心裏既感動又彆扭。林樸想想，對水之湄說，這樣不行的，我去趟報社。林樸到報社時，報紙正準備排版。邊步說，這樣吧，我來擠點兒版面，給你發個公告。刀書記筆頭快，馬上給你寫。中午，報紙出來了，顯著位置登著神聖工廠公告，其實是神聖工廠致石頭市民眾的感謝信。邊步非要標題為公告，說，神聖工廠最有資格發公告了。這話周市長聽不見，不然氣個半死也說不準。槍炮出的權力與博愛生出的感召力有得一比拼。儘管林樸和工廠的人再三勸市民們不要送菜送米了，但這事兒還是持續了好長一段時間。神聖工廠的生產恢復得很快，這種巨大的活力，連來取貨的經銷商們都感到驚訝。他們從沒見過哪家工廠會是這樣的。真是一個奇怪的團體，每個人如此賣力的幹活或者說如此拼命的幹活，竟然連什麼規章制度都沒有。有什麼事情非得找會長時，常常要到車間去。林樸一無事就在車間裏幹雜活。神聖工廠的人都覺得很正常，習慣了。管理會的人哪個不在車間幹活呢？管理會的見師傅就在車間操作織機呢。只要不是緊急的事務，管理會一般都在吃午飯時商量。三言兩語，簡潔了當。一人端一碗飯，坐在一起談事情。吃午飯的工人們有時也圍過來聽，插嘴也行。那天中午，管理會正在一起議事兒。有工人過來說，能不能生產一批毛巾小手帕，送給市裏的孩子？得感謝這飯菜呀。說著還用筷子敲敲手裏的飯碗。行，這是個好主意。

沒兩天，工人的家屬，那些婆婆媽媽拿著成摞的小手帕，大街小巷見到孩子就送。工廠的設計師把小手帕設計得很好看。粉紅的底色，當然這個跟粉黛無關，粉底上印著大朵鮮花。一看就感覺在說，真的謝謝您啦，謝謝您啦。設計師把人們的心情表達得很充分很形象。很多年後，還有不少人家保存著毛巾小手帕。每每拿出來看時，心裏便追憶早已逝去的神聖工廠和留在小手帕上不滅的真誠情感。

神聖工廠在兩種情況下召開全體成員大會。一種是例會，每月開一次。一種是緊急事務，例如瘟疫停產。例會上講工廠的經營和財務，講報酬分配，最後是對管理會的評議。這種例會選在日班和夜班之間開。這時人都到齊了。願意的話家屬也可以參加。到開例會的時候，倉房裏擠得滿滿的。神聖工廠剛成立時，大家不習慣開會議事。什麼也不說，就聽。等習慣了，廢話笑話就來了。要麼不著邊際，講著講著把鄰里糾紛，孩子撒尿的事兒也繞進來。要麼說調皮話哄堂大笑，好一會兒，安靜不下來，耽擱討論正經事兒。後來定了條規矩，不准講廢話和笑話。有話直截了當地說，免得浪費大家的時間。

當冬天的第一場雪在夜色中落下時。戶媽和賴伯兩老相隔一天，雙雙去世。事情發生得很突然，連兩老自己也沒有想到。賴伯和戶媽前天還在街上蹓躂，遇見人說說笑笑。臨回家時，賴伯說，看天氣好像要下雪了。戶媽望望天上的雲說，看不見雪在哪兒。有人從兩老身邊過，說，兩老笑什麼呢？笑天嗎？天上有什麼開心的事兒呀？戶媽笑眯眯地，哪啦，說雪呢。

第二天早上戶媽醒來推推賴伯，起來吧，天亮啦。賴伯不應，安詳地去世了。戶媽給賴伯擦身子，換衣服，蓋上被子。看上去賴伯像睡得正香的樣子。戶媽寫了一封信，出去找鄰居，說後天請麻煩交給林樸水之湄。有什麼急事吧？不然現在就送過去？戶媽說，沒有什麼急事兒，只是有點兒話想給他們說說。戶媽的事兒都是吉祥之事兒，對吧？對，就是啦。老賴說後天要下雪了。我想第一場雪要下也是傍晚呢。請你在下雪前送過去。行，您老放心吧。回家後，把錢財整理好放在桌子上。屋裏屋外打掃一遍。隔街的小媳婦從市場上拎著青菜回來，打戶媽門前過，看見戶媽忙著打掃灰塵什麼的。戶媽，您老這是要過年吧？戶媽笑著說，看你說的，我還沒有老糊塗，年還早著呢。娃娃奶水夠吧？托您福，好著呢。戶媽收拾完屋子，清完大小便，擦身子，換衣服。然後，躺在賴伯身邊，蓋上被子，獨自笑了笑，然後閉上眼睛。

仁者得其死。美好的人生結束了，人生美好地結束了。沒有遺憾，做了該做的事情，心平氣定地與世間告別。一位在羅馬當過皇帝的人說過，以一種快樂的心情等待死亡，因為死亡合乎本性，合乎本性的都不是惡。接到戶媽的信時，林樸大吃一驚。叫上水之湄，帶上幾個人趕到戶媽家。門沒閂上，進屋看見兩老安靜地睡著，大家好久好久說不出話來。真不能相信兩老已經去世。

當晚，神聖工廠召開了緊急大會。林樸在會上念了戶媽的遺囑。錢財全部留給義學。請神聖工廠將我們火化，把骨灰撒在工廠四周的荒野裏。請通知大小女婿。遺囑最後說，請不要為我們難過。我們活過一世，快樂地離開你們，比世上千千萬萬受苦受難的人強過百倍。我們的靈魂永遠守在你們身旁。你們是好人，永遠做好人吧。遺囑念完了，全場靜靜地，聽不到呼吸的聲音。有女人開始嗚嗚地哭泣起來。有人喊著，知恩圖報。像炸雷一樣，全場都跟著喊，知恩圖報，知恩圖報。大會商量第三天停產，舉行隆重火葬。當時誰也沒想到這個葬禮會寫進歷史。後世的研究者雖然大多講述得激情四溢，但也有人說，通過這個葬禮可以看出神聖工廠的江湖情結，會道之遺風。算了，那是後世的事情，管它呢。

石頭報把葬禮的事兒，提前告訴了所有人。葬禮那天，全石頭市的人都擠在街上。光用看熱鬧一說是絕不可能正確描述石頭市民眾的心情的。人們靜靜地聚在街頭，黑壓壓的一片。大街兩邊的粉旗低垂著，一副難為情的樣子。周市長把特捕隊全調出來守著重要的街口。市政府大門外壘起工事，架起機槍，提防有人乘著葬禮順手襲擊市政府。路過市政府的人看見這架式，說，政府很可憐呢。這話有道理。一個政府老拎著槍防著自己統治的人民，不是很累嗎？很累的政府不是很可憐嗎？如果粉黨的政府同時也是它的人民的政府，那麼這個政府就完全沒有必要到大街上呵哈地展示拳腳，更沒有必要一有動靜就亮槍，對不對？

神聖工廠的人個個在臂上紮著白布條，布頭留得很長。葬禮是在傍晚時分開始的。戶媽和賴伯的遺體放在一具特別的大木架上，蒙上白布，布上放滿大朵大朵的五彩紙花，十六個人抬。在門口燃放了好一陣鞭炮後，大木架在一聲吆喝中抬起，穿過濃濃的鞭炮煙霧踏著滿地的紙屑從巷子裏出來，加入到整齊排列等候在大街上的送葬隊伍。送葬的行列排得既寬又長。義學的孩子們在最前列，抬著一個紙做的花圈。孩子後面大人們男男女女個個舉著竹竿挑起的紙幡，簇擁著安置兩老的靈架。又是一陣鞭炮，當團團青煙從大街上升起，送葬的隊伍起程了。緩緩的默默的，一股巨大的情感力量隨著送葬隊伍鋪陳在大街上。天色暗下來，一點兒一點兒的暗下來。街邊盡是默默注視的人群。顫抖的紙幡像天上的眾神在無聲的抽泣。千年以來，石頭市從沒有如此感人的葬禮。不是權貴之西歸，只是兩位平民。不是權力的威嚴，而是愛之永懷。

冬日的市郊，一片枯黃。昏暗的水塘上飄著枯葉敗草。風吹過來，冷而輕柔，一陣陣的，搖擺著紙幡。送葬的隊伍到達神聖工廠時，天已經黑下來。工廠外的空地上架著大大的柴堆，人們把靈架抬上去放在中間。所有的紙幡，花圈都靠著柴堆放好。沒有誦經沒有演說，只有一聲長長地吆喝，點火啦。所有的人全跪下。火苗躥起來，越燒越旺，紙幡和花圈瞬間化為烏有。熊熊的火焰帶著火星升起來，照亮著每個人虔誠的臉。風停了，煙柱直直地往上升，與三星閃耀的夜空融為一體。人們在木柴的劈啪聲中，靜靜地等待著。如同逝去的生命，火焰漸漸地熄滅，留下通紅通紅的餘燼。三叩首後，大部分人按安排離開，剩下一駁人守著快要熄滅的餘燼。天亮時，人們在地上鋪上白布從灰燼中撿出兩老的遺骨，放在白布上用木棍碓成粉末，包起來放在木箱裏。

政府不高興，守了一夜，累了。天亮後來人把林樸叫去。周市長沒好氣，把林樸訓斥了一頓。什麼葬禮？有你這樣的葬禮嗎？是不是想出事兒？出事了首先拿你是問。為什麼不事先向我申請？閉嘴，沒你說話的份，攪得我一夜沒睡。林樸從市政府出來倒沒生氣。去的時候就知道周市長肯定沒好話。只是心裏想，這個周市長還是軍人呢，怎麼連個葬禮也怕呢？真是一個日日提心吊膽的政府，可笑。石頭報自然沒有提到周市長的脾氣，也沒有提到市政府門前架機槍和特捕隊。不過邊步對葬禮前前後後的詳盡描述卻成了神聖工廠確切的歷史資料的一部分。後世的人常常引用邊步關於葬禮的文章，大段大段的。

接到林樸的電報，戶媽的兩個女婿分別趕了過來。等兩個女婿到齊了，舉行了一個撒骨灰的儀式。對於戶媽的遺囑兩人都覺得很好，一切按遺囑辦。小女婿算是富貴豪門之人。不是一個人來，而是帶了一大幫子，前呼後擁的。威嚴談不上，再有錢也是個做生意的。大女婿來時二三個人隨行，顯得謹慎而從容。小女婿什麼姓，林樸懶得問。這人老是哼哼呀呀的，端著錢的架子，讓人親近不起來。撒骨灰的儀式舉行後，小女婿一幫子人，請周市長請政府的大小頭目，在聚珍園一連舉辦了幾天豐盛酒宴。林樸水之湄說事忙沒去參加酒宴，小女婿酒杯一舉就把他們兩人給忘了。

小女婿包了一艘小輪船，臨走時周市長一駁人還到碼頭送行。不知道是周市長有求於小女婿呢還是接受了厚禮，周市長很熱情，站在碼頭舉著右手，並不擺，像一尊獨裁者的雕像。說來也怪，為什麼這世上所有獨裁者的雕像都是舉著右手呢？好像並沒有什麼國際會議統一過標準呀？挺一致的，有意思。米老闆應付完場面，大部分時間都在神聖工廠。新產品開發，生產過程的改進，後續的發展，內部的管理，一一和管理會商討，讓林樸他們受益匪淺。事情完了，米老闆說，你們現在也算是個正式的大工廠了，裝部電話吧。神聖工廠從這以後才有了電話。別看只是一部小小的電話機，拿起聽筒喂喂地叫，這電話機像似滴在機器裏的機油，神聖工廠因電話機而運行得更加順暢。

米老闆有些話想單獨與林樸談談。請林樸一起到聚珍園聚聚。林樸說，米老闆，還是上我家吃個晚飯吧。晚飯是水之湄的母親過來做的，按家裏的標準算是豐富，不是豐盛。吃完飯，泡上茶，兩人坐在堂屋聊起來。

米老闆問林樸，上次給你的民主論看過了嗎？看過了。怎麼說呢？看得懂又看不懂，文字是簡單的，道理不簡單。與我所知道的中國歷史傳統很不一樣，與現實社會中人們的看法也很不一樣。我想寫這本書的人在他們國家，一定有著那種中國人從沒有想到的制度。沒有中國人寫這樣的書，可能原因就在這裏。民眾沒有這樣的思想，更沒有哪怕一點點兒這樣的社會活動，所以，讀起這本書來，總覺得與書中的論述隔著很遠的距離。

米老闆點點頭，你說的又對又不對。中國為何要推翻朝廷？為的就是要建立一個新的社會，新的中國。什麼叫新？不是改朝換代，那不叫新。新社會新中國之所以叫新，是因為中國不再有專制統治，民主制度才叫新。現在粉黨是獨裁，劉鑒殷的獨裁。紫黨是寡頭專制。革命的目的是推翻專制制度，這是最根本的，絕不是一種專制代替另一種專制。革命的目的是建立民主制度。權力來自民眾，權力歸於民眾。有民主制度的中國才配叫新中國。如果用另一種專制來取代皇權專制，那麼中國在本質上依舊是一個舊中國。你說得對，我們的中國與書中的理論隔著很遠很遠的距離。現在瓜分中國的勢力，我估計無論哪股勢力最終得勢，都不可能建立新中國。因為現在他們的所作所為已經最好的說明了他們的未來。中國的民眾還不具備應有的政治能力和政治品質。民主制度建立的前提是民眾的醒悟和民眾對個體尊嚴的追求。可惜中國的民眾在專制制度下生活得太久，離開了專制制度就像離開了母親的孩子，惶惶不知所措。我們不知道自己是否應該有權力。推翻朝廷的革命沒有告訴民眾更沒有教育民眾，讓他們知道民主的權力是每一個中國人應有的，不是某些領袖們賜予的。那些握有權力的人熱衷的是鞏固他們手中的權力，他們骨頭裏依舊是狂熱的專制者。這確實讓人失望，讓人覺得中國的民主前途茫然。不要指望統治中國的那些人有一天會突然找到了自己的良心，民主制度靠的不是某些權勢者的良心，何況在中國的政治中從沒有真正的聖賢，只有偽君子。

米老闆停下來，想了想，接著說，我青年時滿懷革命熱情，但不知路在何處。我憎恨暴力。民主應當是尊重生命的，專制才蔑視生命。我曾想，中國的民眾沒有民主意識，原因是貧困，原因是我們沒有現代的工業。現代的工業才會給中國帶來民主的意識，於是我辦工廠，盡我所能把國外的現代的東西引進來。希望千千萬萬和我一樣這樣做的人，能創造一個新中國。你也看見了，新技術新科學湧進了中國，我們生活中很多東西變化了。那些軍隊從穿草鞋發展到飛機坦克。財富的增加，新技術的引進，除了鞏固專制者的地位外，沒有一絲一毫改變舊的中國。林樸呵，你知道嗎？這一切讓我非常苦惱。我或許從開始就走錯了路。在國外，我努力接觸各種新的思想。有一種思想，在窮苦人群中有很多狂熱的擁護者。在一些國家這種思想通過廣泛的暴力建立起新的制度，可是最後都變成了專制暴君的樂園，人們又想來推翻它。林樸，我不想向你推薦這種思想，不是我認為這種思想不好。你不知道，我心裏多麼熱愛這個思想這個主義。它描繪的是人類的未來，它是人道主義的最高體現，它至善至美，但最大的缺憾就是這種思想這種主義不能放進現代的社會。在現代，它只會導致瘋狂的專制。這是我始終想不明白的，解放者變成了壓迫者，這一切怎麼會發生呢？是怎樣發生的呢？是不是人類必須再經千百年洗盡心底潛伏的惡，才配得上這個思想這個主義呢？林樸呵，如果你和我一樣看到那些國家發生的一切，你會和我一樣痛苦萬分。那些貧苦大眾，赴湯蹈火卻造就了一批殘暴的壓迫者，造就了一批肆無忌憚的貪官污吏。有時我覺得這一切簡直就是對人類智力的侮辱。林樸，我為什麼要對你講這些呢？不是對你宣泄心中的苦悶，不是讓你分擔我內心的痛苦，我主要是提醒你，讓你明白基本的道理，不要走上錯誤的道路。我說你剛才說的又對又不對。你和神聖工廠所作的一切，正是中國前所未有的美好事業的探索，也是我支持你們的原因。你們共同勞動，平等分配勞動所得，救助社會，一切從心底善的願望出發，在你們所有人看來這沒有什麼不好的。但林樸你要意識到神聖工廠的一切只是善心打造出來的原始模型，隨著時間的久遠或者隨著工廠規模的擴大，一切都是會改變的。人的能力總有差異。工廠規模越大工作職位的結構就越複雜，像個塔，一層一層的。不同的職務由不同能力的人擔當，這是合理的，但不同的職務會造成不同的權力，一旦不同的權力鞏固下來，善與平等就會退到一邊。權力最終會改變人。人因獨佔的權力而變成惡。貪欲和專制就會重現，霸佔別人的所得和隨心所欲的支使他人壓迫他人就成為自然而然的事情。林樸，你要知道，沒有堅實的民主原則做基礎，神聖工廠終有一天不再神聖。民主的核心不只是它的表現形式，是人權。選舉是民主必不可少的形式，選舉的形式必須建立在人權的意識上。人天生具有平等的權力。人權可以表現為很多具體的形態，例如受教育的權力，勞動的權力等等。但是，林樸你要永遠記住，政治權才是人權的本質。沒有政治權就不可能有人權。民主體現的就是人的政治權。要教育神聖工廠的每一個成員，他們不僅是勞動者，他們更是這個團體內不可剝奪的政治權的擁有者。每個成員都要珍惜這份權力，運用這份權力。只有這樣，神聖工廠的每個成員才是真正意義上的人。

米老闆說到這裏，看看坐在旁邊的水之湄，但叔，又看著林樸。你們做了我沒有做的事業，這讓我既羨慕又擔心。我在外地在國外常常思考神聖工廠的事兒。我能做的只是從外部幫助你們。神聖工廠將來是好是壞，沒人能幫你們，只能靠你們自己，靠你們引導神聖工廠的每個成員，靠神聖工廠的每個成員民主意識的建立。

米老闆走了，他的話深深印在林樸水之湄的心裏。人從行動者變為思想者，是昇華抑或為痛苦的顧盼，因人而異。行動者可能獲得某種快樂，但思想者必然痛苦。林樸和水之湄在米老闆走後，一有時間兩人就在一起討論神聖工廠的問題，討論民主的問題。這是一個試驗，思想的試驗。一種既存的事物當你從新的思想角度去審視這事物時，就不再有原來的面貌和含義。是的，米老闆的話越體會越讓人驚醒。神聖工廠現在是好的善的，但其自身並不具有永善的機理。神聖工廠就其本質，它並不是中國唯一的。過去有過，將來也還會有，只是形式不同而已。它們像荒野裏的花，開了又謝了。善是願望，永善才是目的。要達到永善就必須改變人，改變人的觀念，使人適宜於永善，自在地生活於永善，用生命保衛永善。他們兩人討論改變神聖工廠的種種方法，權衡利弊。這些討論使他們比神聖工廠其他人看得更遠，更深刻。

石頭市的第二場雪，來得很突然，漫天漫地的，下了幾天。儘管神聖工廠開設了粥棚。還是有流浪到石頭市的外地人凍死了。當市政府的一間小屋失火時，雪停了。人們站在雪地裏看，沒人去幫忙救火。雪落得很厚，天仍然是灰的，到處一片白。一股黑煙從市政府升起來，特別黑特別扎眼。失火的小屋是個雜物間，離其他屋子遠，沒有殃及其他房屋。過了會兒，小屋燒光了，火也滅了。人們看見煙沒了，便踩著吱吱響的厚雪回屋去。

那天晚上，邊步全玖兒抱著孩子上林樸家串門。下大雪，沒什麼生意，就過來坐坐。但叔在堂屋裏生了火，大家圍著火坐著，喝茶。全玖兒和水之湄講些女人家的話。水之湄抱過孩子，親孩子的小紅臉，很喜歡。邊步問林樸，林姐，姐夫怎麼還是一點兒消息也沒有？總得有人送個信吧。林樸想了想，我估計姐夫寫過信，只是我們沒有收到。前段時間瘟疫，路被軍隊封了。姐肯定以為我們收到了信。她不知道我們這裏的情況，我又不知道他們在哪兒，無法連繫。等段時間吧，只能這樣啦。林樸自神聖工廠成立以來，幾乎沒有像以前那樣常常夜裏聽收音機，因而不清楚外面的形勢。問邊步，粉黨和紫黨最近打仗沒有？有什麼新聞？邊步因為辦報紙，特別關心外面的事情，也多少與外地的新聞人有點兒連繫。真不真，反正聽到的事兒比較多。邊步說，最近天氣不好，好像沒怎麼打了。大雪到處都下，不只是石頭市呢。上次暴動的事兒，聽人私下說好像有紫黨插手，我看也有點兒像。林樸不吱聲。關於暴動前的事兒，他沒有跟任何人講過，也沒對邊步講。事關人命，不能講。

邊步接著說，瘟疫在其他地方跟石頭市一樣，很厲害。也有地方暴亂，粉黨派了軍隊。上次暴動後，按理還得查，粉黨顧不過來，可能別的地方比石頭市的暴動規模更大吧。好在瘟疫暴動都過去了。紫黨那邊比粉黨要好些。

楊阿要是不死，粉黨這邊不會這樣的。劉鑒殷心狠手辣，過於依賴武力，民怨沸騰。這傢伙好像不在乎。粉黨的軍隊很強大，紫黨李將軍目前還吃不掉粉黨軍隊。我估計李將軍一定在琢磨辦法，打敗粉黨是遲早的。對啦，最近還聽說兩黨私下都在祕密研製新武器。到底是什麼新武器，現在還打聽不到消息。我想，真的研製出來了一定會到處說的，嚇唬對方，對吧？有了新武器不嚇唬人，不是白費精力嗎？林樸對武器沒什麼興趣。他對邊步說，你要考慮一下，石頭報不能老是這樣不定期的。改成日報怎麼樣？那行，開春就改。幹嗎要等到開春呢？我得招募人啦。光靠我和刀辟公忙不過來，要有記者。

林樸到裏屋把米老闆送的那本民主論拿來遞給邊步。改日報後，我建議專門設一個欄目討論民主新思想。這本書你先讀一下。關於神聖工廠我想在報紙上作為一個實例討論討論。神聖工廠不只是一個行善的工廠行善的團體，應該成為民眾民主啟蒙的實例。你看過書後我們一起研究，怎麼改造神聖工廠，同時把我們新思想的實施過程告訴大家起到相互教育的作用。中國的問題不是槍炮可以解決的。這段時間我一直在想這些。無論是新科技，無論是財富，更不用說槍炮，都不可能使中國民眾更新。如果中國人不能意識到自己是個人，擁有不可剝奪的人的權利，那麼中國人的災難永遠不可能結束。邊步對林樸的思想變化大感驚訝。這是邊步第一次聽林樸談這些。林樸怎麼一下子成了石頭市的思想家呢？是不是剛過去的災難震撼了林樸？快過年時，市政府又發生大火，把大院最靠後的房子燒了。火星隨著大火竄上天空，像節日的焰火，很好看。圍觀的市民很多，燒著的房子與前面隔著大院，屋頂上堆著厚厚的積雪，因而火勢沒有蔓延。特捕隊都出動了，直到整個房子塌下來，才把火撲滅，或者說房子燒光，火才自己滅了。從市政府大門看去，好像沒什麼變化，看不見著過火的地方，只是空氣中總有一股煙燒的酸味。

市政府著火二次了，不能不令周市長怒火萬丈。肯定是別有用心的人幹的，又查不出來。大搜捕吧，單靠特捕隊不行。特捕隊這玩意拉拉架子還行，來真的不行。軍隊忙，調不過來。怎麼辦？沒辦法。於是把邊步叫去，要在報紙上登篇殺氣騰騰的政府文章。縱火者一經查出，將以最嚴厲的手段處置。什麼是最嚴厲的手段？無非是用頂級的方法殺人吧。

林樸看了報紙上政府的文章，不知怎麼的突然想起了黨教之死。把盧令令叫到一邊問他，火是不是你放的？盧令令對林樸的問話並不驚訝，只是說，不可能是自己，不過肯定有人放火，他的想法跟周市長一樣。盧令令說，也可以不用放火，發火也可以讓房子著火的。林樸聽了奇怪，誰發火？是發脾氣嗎？又瞎說，人說發脾氣是發火，那是形容的。盧令令說，不是發脾氣，有人真的能發火，我親眼見過的。氣一運，對著柴堆一發，柴堆就冒煙。說了你不信，非得親眼見見才行。林樸說，如果你認識那個發火的人，跟他說說，別再發火燒市政府了，這會害到其他人的，燒市政府不能真正為民眾除害。盧令令笑起來說，我只在外地見過發火的人，並不知道石頭市有沒有這種人呢。要是有的話，我一定說的，你放心吧。林樸後來把這事忘了，不過市政府再沒有失過火倒是真的。

二十　春天

春天來了，大地在歡笑，蜜蜂嗡嗡叫，風呵，吹動樹梢。這是一支歌，外國的。這年春天，石頭市北郊傳來陣陣哭聲，祭掃的人一群一群。去年的災難卷走了那麼多的生命，給多少家庭帶來了永遠的痛苦和悲傷。男人女人帶著孩子跪在墳前，燒紙磕頭。從神聖工廠望過去，遠處的墳地，一片嫩綠中飄著薄薄的輕煙，千百年來一成不變的中國春之景象啊。磚塔那裏也有很多人燒紙磕頭，都是些婦女孩子。不像北郊那邊，這裏沒人哭，只有陣陣的青煙與隨煙升起的片片餘燼。神聖工廠的人在火化兩老的地方燒了紙錢插上香。改成日報的石頭報，頭版文章的標題是春之祭三個字。這是邊步和刀辟公花了精力的力作，讀來甚是感人。有所指又無所指，把石頭市的春祭從景寫到情，其中的議論，精當而頗有煽動的影子。民眾讀了這文章，心裏充滿了悲痛之情，甚或悲憤之情。瘟疫恐怖的回憶與軍隊殘暴的場景一一在人們心裏展現。怨與恨猶如春的種子從心底鑽出它的枝葉來。

石頭報招募了幾個青年人，外地的，有報紙的經歷。邊步派去一個人採訪林樸，回到報社，大家一起討論改成一篇名為神聖工廠之林樸訪談錄。至於神聖工廠，這幾個青年人在外地就聽說過它的傳奇般的大名。很大程度上是衝著神聖工廠和產生神聖工廠的這個讓人神祕的城市而投奔到邊步報社來的，可以想像這篇訪談錄充滿了何等熱情。因為熱情過於熾烈，邊步和刀書記在整理稿件時把火焰壓了壓，免得生出事來。

這篇訪談錄也登在改日報的首期上，其中有一段很重要的文字，邊步反復修改才定下來。這段文字講的是關於中國革命的意義，在簡單地提及推翻朝廷的革命之後，著重講了革命的意義不是在於形式上的改變，而是要建立新的人道主義的制度，一個與暴虐的朝廷專制截然不同的民主制度，要讓民眾從奴才變為擁有充分權力的人。人權即是民眾的政治權。沒有政治權就不可能有人權，也不可能有新制度新中國。民主制度不可能從天上掉下來，也不可能由某個人民的大救星賜予。民主制度是民眾自己的制度，要靠民眾自身的教育與醒悟，要靠民眾自己去爭取。

這段文字，邊步覺得不寫不行但又覺得有點兒過，於是在後面杜撰了一句林樸的話，讓林樸看了報紙後心裏十分彆扭。文章寫到林樸說，粉黨在其領袖的指引下，正逐步走向革命的目標。邊步後來向林樸解釋說，加上去的這句話有兩方面的理解。可以說走向專制暴政，也可以理解為走向民主。革命的所謂目標要看對誰而言呢。吃過虧的邊步還有長了經驗的報紙送到市政府後，周市長看了沒說什麼，或許他認為這些文章對安撫民心有點兒作用吧，或許他僅僅是個軍人，一時半會兒心眼兒沒轉過來呢。

一天晚上，林樸他們三個人都在家，還有水之湄母親。晚飯是水之湄母親過來做的。買了點兒肉，燉好。心疼林樸他們，整天忙著，也不顧身體，叫人不操心不行呢。正吃著飯，有人敲門。問，誰呀？不敲了。林樸過去開門，一看沒人，腳下有一封信是從門縫塞進來的。尚無庸來信了。林樸念給但叔聽。信上說一切都好，也知道家裏的情況，要注意身體等等。末了還有三個大字，大家好，是好音用鉛筆寫的，一筆一劃認真費力的樣子。這孩子學寫字了，令人高興。尚無庸到底在哪兒在幹什麼呢？沒說。對家裏的情況倒是知道得很詳細。水之湄很吃驚的，這說明背後有著複雜的關係。林樸和但叔已經習慣了，尚無庸不說的事兒，肯定是不能說吧。但怎麼回信呢？總得回封信呀。但叔說，這樣吧，林樸，你把信寫好，我想法試試。當晚林樸寫封信，交給但叔。但叔呢，當晚打了雙草鞋掛在大門外。

一連幾天沒人來問草鞋。倒是鄰居太婆從門前過對蹲在大門口的但叔說，老但呀，什麼年月啦還打草鞋呢？林樸兩口子就養不活你嗎？看你真是的，勞苦的命呢。一雙草鞋值幾個錢？幹嗎不歇著？要是貽椒在家，怎麼也不讓你打草鞋的。林樸這孩子就沒有他姐心細。你要是沒事可做，幹嗎不上茶館坐坐？那兒有人聊天講話呢。就愛蹲在門口。那鄰居太婆緊一句慢一句，站在門口一直說著。但叔只是偶爾衝她笑笑，並不說話。那太婆說夠了才回家去。人老了碰人說說話也算是一天裏的一件事囉。

大約是第五天吧，天黑了，林樸兩口子還沒回來。但叔掩上門在家等他們回來吃飯。門外大街上劈哩啪啦地開起槍來，好像是手槍打的，聽得見撲撲跑的腳步聲。一陣子，沒動靜了，很多特捕隊的人拎著槍趕過來。但叔擔心林樸他們，壯著膽子打開門。門前這兒那兒有血，沒有人。特捕隊過來看了會兒走了。後來林樸水之湄回來也不知道發生了什麼事情。

第二天，鄰居太婆過來說，可嚇人啦。晚上正說出去的，你家門外有幾個男人，掏出手槍就打，兩邊對打呢。嚇得我腿都邁不動。那邊的人打完槍就跑了。這邊，靠我家這邊有人中槍了，扶著呢，一邊走一邊打槍。從我面前過去的，嚇得我一個也沒看清，跟一群鬼似的。我的個媽呀，太嚇人啦，我一夜沒睡呢。是些什麼人啦？但叔聽那太婆嘮叨心想，到底是怎麼回事呀？這太婆肯定離得很遠，嚇傻了，瞎說一氣。等太婆走後，但叔看看門外街面上還現著發黑的血跡，過往的人總嘖嘖地看著，便進屋掏了一些灶灰撒在血跡上面，又在門口蹲了會兒，心想不會再有什麼事吧？關上門慢慢走到市場去買點兒菜什麼的。

市場上有鄉下人擔來的蘿蔔。蘿蔔很漂亮，白白的皮像在放光。蹲下來一問，價錢貴得離譜，好像誠心不讓人買似的。正想站起來，有人，一個中年婦女遞過一籃雞蛋，上面蓋著厚布掀開一半。我不買雞蛋。把信放在雞蛋上。什麼？把信放在籃子裏，快。從籃子另一頭給但叔拿了幾個雞蛋，說，剛下的蛋，很新鮮，您吃了就知道了。下回您還得找我買呢。說完站起來吆喝兩聲，雞蛋啦，從從容容地擠到人堆裏去了。但叔手裏捧著雞蛋沒緩過神來。買蘿蔔的隨手揀了兩個蘿蔔遞給但叔，說，您老拿回去嘗嘗吧。開春的蘿蔔也甜，沒事的，回去吧。但叔回家路上難免心事重重。有熟人叫他，他也聽不見。人家不在意，呆子嘛，就是，這但叔。

晚上，林樸說，紫黨的人很厲害，看來總有一天紫黨要打敗粉黨的，感覺到處都有紫黨的人與粉黨暗中較勁呢。但叔，以後我們也別掛草鞋了。這草鞋一掛雙方都是明的，跟在大街上吆喝沒兩樣。粉黨肯定有特工盯著我們家。我想，姐夫這一去，不可能搞什麼數學研究，現在的中國不需要這個。姐夫從事的一定是祕密工作，邊步上次講的什麼新武器，可能有關係。不然紫黨用不著花這麼多人力財力關照一個數學家的。李將軍就那麼熱愛科學？說不過去吧。小時候，從沒聽他們講過什麼科學方面的事兒呢。水之湄說，要是粉黨真的生氣了，也有可能拿我們出氣吧。劉鑒殷，市裏人對他沒有什麼好印象。再說，他對楊阿也下手呢。但叔很擔心地點點頭。林樸說，有這個可能。不過，劉鑒殷畢竟在艱難時期住在我們家裏。我們包括姐夫說到底也只是平民而已，在政治上沒有什麼大意義。我想粉黛不輕易找我們麻煩可能是因為這些理由吧。水之湄說，林樸，但叔，事兒就是這麼些事兒，別人想怎麼幹是別人的事兒。想多了，擔心多了，累人。人又不能永遠活著，趁著能幹些事時，努力去做，災難來了，我們擋不住，也沒有什麼好害怕的，大大方方地活，對吧？水之湄這個嬌小的女人，一副病弱的樣子，叫人怎麼也想不到竟有那麼多的豪俠之氣。林樸想，老天爺也會把事情弄錯的，錯把一腔大丈夫的豪情裝進如此柔弱的胸膛裏，讓人心疼不已。

周市長並沒有將市政府燒掉的房子重新蓋起來，斷磚亂瓦任其堆在原處。開春了，他的中國革命大廈準備動工。圖紙在外地設計好了。把原巡捕所的地塊清理好。沒有立即動工，為什麼？得籌錢。於是石頭報上登了市政府的公告，要錢。所有商鋪作坊，當然還有神聖工廠都得捐一筆特別的中國革命大廈建設費。沒怎麼道理，不交就查抄。登公告的石頭報也在其中。報紙本不掙錢，除去各種開支只是略有盈餘而已。這樣邊步就得向家裏要錢。邊步家裏出了雙份的錢，他母親，老大不高興。數這個數那個的吵個沒完。邊步要錢氣短，不說話，低頭聽他母親數落。幫著政府登這個缺德的公告，討了什麼好？你怎麼不去政府說說理？幫政府咬人呢，到頭來屁股上還挨一腳。有這樣的道理嗎？全玖兒在一旁勸婆婆，媽，別說了，邊步也是沒辦法，我們以後慢慢把錢掙回來。邊步母親也不是很惜錢的人。可這雙份實在太多了。手頭的現款不夠，得動老本。心頭實在窩火，只好拿邊步撒氣。

神聖工廠得出一大筆錢。分攤的款項是怎麼算出來的，政府的人懶得說，就這數。林樸和管理會商量來商量去也沒什麼辦法，不交肯定是不行的。這個周市長亂來，整垮神聖工廠他也幹得出來。這樣吧，去政府談談分期交，不然工廠沒法活命啦。

林樸去了市政府求見周市長，把工廠的情況說了。這不，瘟疫時期工廠出了大力，耗盡現款。現在剛恢復起來，如果一下子拿這麼多錢，工廠非垮不可。周市長，請您想想，在瘟疫時期，全市最亂時，茅屋那邊，還有工廠宿舍一點兒都沒亂，沒給市政府添一點兒麻煩，反而幫了市政府的忙。要是工廠垮了，那麼多工人和他們的家屬怎麼辦？您也知道，以前茅屋那邊老出事的。周市長聽著林樸講，不高興，但林樸講的是實情，不好反駁，等林樸說完了，才說，你的意思是少交還是不想交？林樸心想什麼不交呀，笑話，於是順著周市長的話，說，能少交點兒更好。再說就是少交點兒，也得分期才行。您可以派人去查查我們的帳。周市長，用右手指敲敲桌面，想了想，神聖工廠每月的稅收也不少，要是垮了，沒什麼好處。於是對林樸說，你先回去吧。過了兩天，政府來了人，是周市長的一個警衛，挎著永不離身的手槍，找到林樸，一旁說話。這樣的，周市長同意把你們的錢減一半，分二次交，但是你得給一筆錢。給誰？交給我。哦，林樸明白了，原來是要賄賂。林樸說，這個，我不是老闆，得商量。要不你明天再跑一趟。那警衛瞪了林樸一眼，聽好啦，就明天一趟，沒第二趟了，明白嗎？

警衛走後，林樸站在原地想了好一會兒，真想罵人，等氣定了把管理會的人都叫到一起商量，給還是不給。要是給，怎樣向工廠的全體員工交待。大家決定不下來，晚上召開了全體員工緊急大會。在倉房開的，原來大家都坐在地上，後來都站起來，非常氣憤，吵吵嚷嚷的，滿屋都是咒罵聲。周市長並不瞭解神聖工廠的性質，所以才做這般蠢事兒。政府其他的人都知道在神聖工廠是撈不到錢的。這種事兒在神聖工廠一定要全體討論。這一討論，第二天全市準知道，因此他們對神聖工廠公事公辦，不打什麼歪主意。

大會怎麼開下去呢？等大家吵夠了，林樸說，這樣吧，大家舉手表決。同意的請舉手。有幾個年齡大的舉手了。有人嚷道，你們是不是瘋啦？林樸示意叫大家靜下來，說，以後開會不能這樣。既然是表決，就得讓人有不同的看法，這叫民主。每個人都應該充分表達自己的意願。不要一有不同想法就不高興，就要罵人。如果不尊重別人的想法，就不是民主。這是一個簡單的道理，也是一個人人都要懂的基本道理。大家明白嗎？那好，不同意的舉手，林樸一看不用數，差不多是全體了。好啦，就這樣決定了，不給。這就是神聖工廠的決定。會散了，管理會又湊到一起，問林樸，怎麼辦？這樣會闖禍的。林樸說，大家的決定是不能更改的，現在唯一要做的就是作好準備對付災禍。大家的決定就是我們的原則，保衛這個原則絕不動搖。

在回家的路上，水之湄笑著說，林樸，你變得堅強了。林樸憂鬱地搖搖頭，之湄，你不知道，其實當大家決定不給時，我比誰都害怕，比誰都擔心。我又不能勸大家做這種卑劣的事兒。如果周市長把工廠整垮了，這麼多人怎麼活下去？如果逼急了，免不了要鬧出事來，又要死人。你說我該怎麼辦呢？水之湄覺得林樸的聲音有些不對。在昏暗的燈光下看見林樸眼中的淚光閃爍，於是挽著林樸的手臂說，一切都會過去的，不用太擔心，老天爺還沒讓神聖工廠垮呢。林樸呀，快樂一點兒。我們現在是無畏的戰士，對吧？高尚的事業讓我們堅強，讓我們不朽。這是上蒼對我們的獎勵，對吧？當他們兩人從巷口正要拐上勝利大街時，水之湄拉拉林樸，指著街那邊說，林樸，看，那人像是涵伯。看見沒有？兩人趕緊追過去，已經很久沒有見到涵伯了，真想親口說聲謝謝，涵伯的藥方救了好多人的生命呵。等他們趕過去，那人影進了巷子不見了。很可惜。

第二天，林樸早早地到了神聖工廠。他在車間裏幹雜活，和人打招呼。他有些神不守舍，心裏不斷重複著一句話，像一個人逼在他面前堅定不移地咆嘯著，不給，這是大會的決定，不給。水之湄安排完義學的事務，也過來了，在車間裏和林樸一起幹活。她擔心林樸，知道他的心情。周市長開了口要錢，不給，無異於抽了周市長一耳光，狠狠的一耳光，後果可想而知。神聖工廠的人們為何不選擇權謀之策呢？如果答應給周市長錢，算算財務的帳，其實是雙方都好的事兒。神聖工廠的人們吝嗇嗎？不，一點兒不吝嗇。瘟疫來臨時，大家一致同意傾其所有救助病人。實質上神聖工廠的所有決定只是神聖工廠的原則與精神的簡單延伸。這在外人看來，固執且頭腦單純。

權謀，權者衡量變通，謀者因勢施其策，本是聰明人的做法，不過，中國自古就有聰明反被聰明誤一說。遇事則權謀，以權謀立身，最終丟失了自己。荀子曰，義立而王，信立而霸，權謀立而亡。說得多精闢，只可惜這世間聰明人太多，守本而立的人太少了。

直到下午，周市長的警衛都沒來，等得林樸心裏忐忑不安。看著工人們照常忙碌說笑，他的心揪在一塊。想著想著，又覺得心間豁朗了。捍衛神聖工廠的原則就是失去一切也值得，對，值得的。想到這裏，林樸對水之湄點點頭，水之湄笑笑也點點頭。不用說什麼，水之湄知道林樸心裏掙扎著，他一定艱難地登上了一道高崗。

快到換班的時候，邊步來了。他帶來了一則消息，周市長昨晚突發疾病，一早用車送到外地去治療。林樸鬆了口氣，哦，是這樣。什麼這樣的？邊步奇怪。瞭解到事情原委，不由感歎，真是惡有惡報呀。這傢伙一時半會兒回不來了，病得很厲害。一早我到市政府就打聽清楚了，還派人採訪了聚珍園的老闆。林樸你說是不是報應？周市長病倒的消息很快傳遍了全廠。有人說了，神聖工廠上面有神，真是沒長眼睛的東西。

昨晚，周市長正在聚珍園喝酒。有人從河上游山區那邊特意送來了好酒。送酒的人講得詳細，說是那邊的一個大酒坊，一不小心挖出了個前前朝的古酒窖。然後，把蘋果做成泥糊在古窖的磚壁上，再放進糧食釀，蒸出來的酒特別香，可以說是國之寶液。周市長喝酒在行。右手指敲敲酒桌說，酒香有兩類，醬香濃香。醬香弄不好一股雞屎味，濃香弄不好沖鼻。把酒倒上我看看。酒一進杯子，香氣四溢。周市長很認真也有些驚喜，揣起酒杯輕輕蕩，又是嗅又是看。這酒沿著杯壁一條一條的，周市長高興，好，很好，香，掛杯，好酒，這才是好酒，果然是古窖美酒。我看這個古窖應當稱為國窖。周市長剛說到這兒，突然臉發白，手一鬆杯子掉在懷裏又滾落下去啪的摔得粉碎，撒了一褲襠的酒。酒桌上政府的人嚇傻了。四個警衛也呆呆地瞪著眼睛，不知所措。就聽見周市長撲的一聲噴了一桌血，一下靠在椅背上，頭歪在一邊。這些都是聚珍園老闆講的。是不是有人下毒呢？菜裏面？老闆說什麼下毒，菜還沒上呢。酒裏有毒？不可能，市長正要嘗，還沒沾上嘴。這可怨不了誰，他的警衛盯著，不然我還脫得了干係嗎？

這下好了，周市長即使死不了，一年半載也不會活得活蹦亂跳的。既然答應了捐款減半且分期，我們就按周市長病前的決定辦。林樸突然覺得自己很累，想找個地方坐下來歇歇。倉房那邊整理成品的工人裏有人唱民歌，清揚而宛轉。尾歌處眾人和之，歌聲蕩蕩，宛如春之嫩綠盈於天地。

林樸和邊步走到倉房外坐下。林樸說，報社的情況我聽說了。全玖兒找過水之湄，說你母親哭了。我也知道，靠母親的家底是撐不住報社的。邊步眨眨眼睛，一副老實安靜的樣子。我們廠最近要推出新的產品，毛巾被，很好看，春天用正當其時。管理會為新產品準備了一些推銷宣傳的費用。我們要在報紙上作整版的廣告，連續作。你派人和工廠的設計師還有管理會的人仔細研究一下，也幫我們在推銷上出出主意。毛巾被畢竟不是毛巾，市民沒用過，我們也不清楚怎樣推銷。就作為報社和神聖工廠的一次合作吧，我們一次支付全部費用。這不是徇私，是兩利。報紙對神聖工廠對石頭市民眾都是重要的，不能垮掉。邊步二話沒說，站起來用手指著天，嗚地長嘯一聲，轉身跑進車間去找設計師瞭解新產品的情況。剛進去又跑出來，對林樸說，我見到涵伯了，有時間的話我們找涵伯聊聊。林樸一個人獨自坐著，心裏想著涵伯，一個通神靈的老人，每當特別的時候，節骨眼上的時候，準有他老人家的身影。真了不起，涵伯呀，你真是我們的保護神啊。關於神聖工廠的這次大會，後世歷史資料上有明確的記載。通過這次大會的記載資料，研究者瞭解到神聖工廠運作決策的大致情況。從政治學的角度看，這種運作與決策的方式是符合民主精神的，雖然有原始初級的色彩。從社會心理學的角度看，這樣的方式，尤其是這樣的大會表決，很容易為情緒所左右，非理性的成分往往占上風。

政治學家認為，專制制度社會動員的能力強。專制者不需要徵求民眾的意見，一拍板就幹，這也是專制者常常吹噓的地方。但是專制者所作的一切只有一個出發點，就是維護專制統治。無論他們作什麼自然都要扯到他們的英明統治上去。從結果上看，專制者一旦犯錯將帶來嚴重的社會災難。民主制度在社會動員上則常常遲滯，因為重大的決策，要在各種意見中求得平衡與妥協。民主社會的任何決策最終都必須符合民眾的利益，這是與專制制度最根本的區別。民主社會裏沒有英明統治者一說，領袖們倒是常常受到指責。民主社會常犯錯，但不會犯危及民眾根本利益的災難性錯誤。民主制度下的重大決策一旦實施，民眾會赴湯蹈火。專制社會常常有感恩的情節。儘管他們攤有的一切都是從民眾那裏搜刮來的，如果用在民眾身上，一定會採取恩賜的形式，以換取效忠。民主社會不用感恩也不會感誰的恩。政府及領袖們只是做了民眾讓他們做的事兒。民主社會的領袖們往往自稱是民眾的引導者，專制社會的領袖們經常說他們是人民的公僕，這是極其有趣的一種社會現象。當然，這些只是政治學家們紙面上的思維遊戲。外國有外國的情況，中國有中國的特點。這些外國人的理論，並沒有至少當年沒有傳染到中國來，就是傳到中國來，中國人未必能理解。中國有自己悠久的文明，且中國文明又與之相抵觸。後世的研究者大多數認為林樸只是一個烏托邦的頑強實踐者而不是一個純粹意義上的民主主義者。儘管林樸讀過民主論，但一本民主論不可能造就一個民主鬥士。他們認為民主的問題是非常複雜的社會問題。通俗地說，一個蝨子頂不起一床被子。是啊，學者總是俯視著歷史呢。

周市長不在，市政府大廈也就是中國革命大廈卻如期開工建設。政府的人對這項石頭市歷史上從未有過的偉大工程，有著過份的熱忱。這是一個撈錢的大好機會。從工地舉行隆重的奠基禮開始，聚珍園裏幾乎日夜聚著政府的人，酒樓成了他們的廚房。酒是需要人的肝臟進行分解的，革命使政府大小官員的肝臟具有奇跡般強大的功能，醫學無法解釋這種現象，因為這是一個涉及到革命目的性的政治問題與醫學無關。無論什麼時候看見政府的人，他們走路總在搖晃，中國革命大廈是他們永遠的狂歡盛宴。一群無恥的東西。工地開始挖樁做基礎。這段地面下的工程進展得飛快。樁的數量比圖紙要求的少了一半，沒多久就回填，都埋在土裏什麼也看不見。然後呢，工程進度就慢下來，不急。

鋼筋水泥做的高樓，石頭市的市民沒見過。很多人好奇地圍著工地的柵欄朝裏張望，設想著二十層的高樓建成後一定要抬頭仰視。若站在高樓頂層眺望會是一番什麼景致呢？中國人有個奇怪的思維方式，當政府從你口袋裏掏走錢後，你就不再認為那些錢是你的，那是政府的錢。圍著工地觀光的市民們常常議論，這大廈政府要花很多錢呢，沒一個說，我們要花很多錢呢。

邊步和石頭報，跟蹤報導中國革命大廈的進程。同時在相鄰的欄目裏採訪了政府的人，連載的，都是對美食的評價和美酒的切身體味。這是邊步與刀書記的良苦用心。只是石頭市的讀者們悟出這點兒的幾乎沒有。白費力氣，還落了個拍馬屁的嫌疑。不過，神聖工廠的整版廣告確實起到了效果。有人看了廣告便買條毛巾被試試。第二天，免不了要對別人沒完沒了的講述毛巾被蓋在身上如何如何舒服，還盡做好夢呢。於是毛巾被在石頭市流行起來。有人身體弱，蓋毛巾被著涼了也不怨毛巾被，倒是怨天氣不好。就像前段時候石頭市出現的尼龍襪子一樣，那是邊步家的店鋪最先賣的貨，國外舶來品，人們稱為之玻璃絲襪。穿了腳臭，不怨玻璃絲襪，怨自己的腳，還不好意思對人說呢。邊步的報社還組織了一些毛巾被的推介活動，熱熱鬧鬧的，開了石頭市商品宣傳的先河。效果呢，非常好，對得起神聖工廠支付的費用。外地的米老闆也收到林樸寄去的毛巾被樣品，十分滿意，下了好大的一筆訂單。神聖工廠忙得不可開交，為神聖工廠配套的大小作坊，也沾了光。那些老闆們整天笑哈哈的合不上嘴。

那天下班，水之湄照例過來叫上林樸一起回家，半道上碰見一個女人抱著孩子。水之湄認識她，她是神聖工廠工人果保家的老婆孩子。果保家體弱，曾生過大病，從外地逃荒來的。水之湄見她一臉委曲，正要問問呢，那女人叫了一聲，林老闆。林樸以為叫別人，回頭看看，沒人，哦，叫我呢，忙說，大姐，可別這樣叫，我不是老闆，神聖工廠沒什麼老闆。那女人不好意思補了一句，林老師，我想求您點兒事兒。什麼事兒？儘管說吧。我家果保家，體弱，每天上夜班回來就發燒，能不能換成白天的活幹？他自己不肯講。我求過見師傅，送了雞，雞吃啦，也不辦。沒辦法，只好求你。林樸聽了腦袋嗡地一下，半天回不過氣來。這見師傅是管理會裏管生產事務的。林樸很生自己的氣，怎麼就是個瞎子呢？林樸想著，沒說話。那女人以為林樸為難，又求水之湄。水之湄忙說，大姐，你說的事兒，林樸知道了，一定會替你辦的，別擔心，好嗎？抱著孩子呢，快回去吧。那女人走了，還不放心的回頭看看林樸。林樸一路上心情很不好。米老闆對自己講的話，竟然沒有好好地體會認真地琢磨，不然不會有這種現象發生的。職務帶來的權力果然腐蝕人。林樸感到一陣陣心疼。

晚上，林樸和水之湄很嚴肅地討論這個問題。怎麼辦？神聖工廠如果這樣憑感覺憑良知辦下去，最終會毀在自己手裏。必須建立有保障的民主制度。神聖工廠所作的一切只有一個目的，就是讓工廠每個勞動者均等的擁有權力，地位和財富，神聖工廠絕不能生出新的權貴來。靠例行大會泛泛的評議，是不夠的。這種評論遲早會變味，而且現在已經變味了。為什麼沒人在大會上對類似見師傅這種事兒提出指責呢？是不是人們不願得罪或有求於有職務的人呢？車間，班組的負責者會不會也有這類事情呢？不行。必須從根本上改變一切，必須通過具體的民主措施讓神聖工廠的每個成員認識到自己的地位和權力。水之湄說，眼下需要馬上解決的是果保家的事兒，他不能再上夜班，而且要去醫院。林樸站起來，我這就去工廠。水之湄也起身，挽著林樸，我們一起去。

倆人匆匆的，還沒到工廠，遠遠就看見工廠的圍牆那邊有人影兒，像似裏邊有東西扔出來。林樸說，壞了，有人偷工廠的東西。和水之湄一邊跑一邊喊，什麼人？幹什麼？你們住手。牆外的人聽見喊聲扔下東西就跑了。兩人跑近一看，牆邊扔的是毛巾被，二三件。林樸頓時氣得發抖。這分明是工廠內部的人幹的。水之湄抱著毛巾被對林樸說，看來這不是頭一次。你別著急，工廠的人以前都是極貧窮的人，有人難免有惡習，並不奇怪。責任在我們，是我們以前把事情作得不好。林樸一直不說話，等他心情平靜下來，才和水之湄一起進廠房，把撿回來的毛巾被放回倉房，只是叮囑倉房的人把產品管好，沒說什麼。林樸心想，這不是斥責一二句能解決的事情。安排好果保家以後，便和水之湄回去了。這一夜，林樸怎麼也睡不著，翻來覆去地想工廠的事請。水之湄靜靜地躺著，在黑暗中睜著眼睛，心裏重複地說著，不能毀掉神聖的事業，這是我們的生命。天快亮了，林樸依然閉不上眼。米老闆說外國的都失敗了，是不是這些內部的原因呢？米老闆是不是早就仔細地思考過這一切呢？不行，必須找到合適的辦法。

好幾天過去了，林樸在神聖工廠沒有提及他的任何想法。他一直和水之湄研究著，他要等思想徹底清晰後，再和工廠的其他人討論。最後形成的制度可能很簡單，但要人們理解並真心擁護卻是困難的。他可以利用他的聲望強制推行新制度人們也不會反對，但這樣的制度不是神聖工廠每個成員心裏的要求。這樣做只會使制度失去核心價值，變成一個空殼。林樸和水之湄決定分頭找工人們交談，瞭解人們的想法，瞭解神聖工廠各種隱蔽的狀況。

林樸漸漸意識到，問題的結症在人，在於神聖工廠所有的成員。我們祖祖輩輩生活在專制社會裏，我們不知道作為人的權力所在。我們習慣服從他人的權力，我們對自己並不尊重，我們不知道如何主張自己的權力。僅僅有個選舉的形式遠遠不夠，選舉制度必須要以全體成員的民主意識為基礎。現有的管理會也是大家選出來的，看看現在怎麼樣了？人們把權力交給管理會，然後服從它，乞求它。從心的深處沒有意識到管理會只是自己的代言人，只是全體成員意志的執行者。這代言人這執行者是需要時時監督時時批評的。做得好是應該的，做得不好甚至越權就應該受到嚴厲指責。但是林樸不知道如何才能教育所有成員。沒有人引導，沒有先例可循。他甚至想知道涵伯和他那遙遠的會道是怎樣解決類似問題的，那些會道一定也有同樣的困惑吧。

後世的研究者完全不知道林樸心裏的迷茫與探索，就是知道他們也未必能理解。因為這些後世研究者依然生活在專制制度下，缺乏理解的社會條件。

正所謂，心之憂矣，甯莫之知。

二十一　子曰

子曰，以不教民戰是謂棄之。引用這句話的是邊步。當他和林樸水之湄討論神聖工廠的問題時，突然想起了聖人的這句話。雖然其事相去甚遠，其理則通。他們並不知道有一個叫杜威的外國人曾說過，民主主義本身便是一個教育的原則。用民主的辦法來解決神聖工廠這種窮人組成的同勞共產團體的問題，在中國沒有可效仿的實例。對於林樸水之湄以及邊步而言，從理論上，不是他們所能承擔的。這是一個極大的社會性的革命的問題，不是民主論一本書所能解決的。另一方面，神聖工廠的問題又是極具體的。直覺讓林樸看到神聖工廠暗淡的前景。用權威來維繫神聖工廠的原則，其實質剛好與神聖工廠的原則背道而馳。

林樸感到內疚。自己在繁忙的日常事務中，在突發災難的忙亂中，遺失了思考與遠慮。直到現在才領悟到米老闆早就在警示自己，警示神聖工廠所有的人。神聖工廠可能會被外部的力量打垮，但神聖工廠決不能垮在神聖工廠自己的手裏。

林樸和邊步報社的人幾乎每晚都聚集在一起研究神聖工廠的問題，研究如何在同勞共產的團體裏貫徹民主的原則，如何有效的教育自己，教育神聖工廠所有的人。報社的人可以說都是有學識的人，尤其是後來投奔報社的幾位記者，他們在外地接觸了許多新的紛雜的思想，但他們從本質上依然與林樸一樣並不真正瞭解什麼是民主。他們常常把民主的具體制度與民主的精神混為一談。思想的艱困遠過於勞作與物質的艱苦。在中國，專制的鬼魂潛伏於每個中國人的靈魂裏，要麼作奴隸，順民，要麼作暴虐的統治者。作為奴隸與順民他們唯一的希望是能有一個好人來統治他們，這就是中國的所謂好人政治。中國人永遠也不知道好人政治只是一個自欺欺人的虛狂的幻象。在專制統治下，率獸食人的統治者常常裝出一副大慈大悲的模樣，正好投合熱淚盈眶的民眾的渴求。殊不知稍有越軌，大慈大悲的好人就會拔出刀來。對，就是如此。

報社的記者們提到在外地有所學校把獨立之人格，自由之精神這句話作為校訓。他們說這就是民主教育，但他們說不清楚，獨立之人格，自由之精神與民主與神聖工廠的同勞共產的團體之間到底存在一個什麼樣的關係。再說，什麼是獨立之人格，自由之精神？偌大一個中國不是時刻需要一個統一的精神，統一的思想嗎？林樸他們在雜亂的討論中陷入了思想的混亂。邊步說，林樸，如果神聖工廠繼續發展下去，你只可能成為思想的統治者。你現在就是這樣，將來更是如此。邊步的話讓林樸非常痛苦。從他內心深處，他從來就不要當什麼統治者。他的願望是幫助貧困的人，讓他們能夠生存下去。現在看來這是不夠的，遠遠不夠。正如他們所說的，我超不出好人政治的範圍。神聖工廠遲早會產生出新的專制統治者，不是我也會是別人。不論我還是神聖工廠所有人並不具備自由精神的品質。我們既是專制制度的受害者又是專制制度永遠的擁護者。在中國，人作為有獨立人格和自由精神的人，是一個多麼匪夷所思的事呵。是啊，怎樣讓神聖工廠所有人平等的擁有管理權？怎樣讓人們知道政治權是他們最基本的權力呢？林樸和邊步他們都想不出什麼好辦法來。

後世的研究者，對神聖工廠這段情節的討論，分歧最大。因為他們大多數同樣不瞭解何為民主何為平等的管理權何為民主的政治權。當然這些研究者中不乏別有用心的被稱為走狗的人。他們分歧的焦點竟然集中在神聖工廠是否需要有一個強權來維護這樣一個同勞共產團體的存在。他們把人這個最根本的問題放在了一邊。一派意見指責林樸什麼也沒作，僅僅在報社印了一些小冊子發給工人閱讀，僅僅由水之湄領著孩子們在神聖工廠例行大會上演出些鼓勵人們樹立民主意識的小節目，僅僅靠林樸找見師傅和其他人交談，而不採取任何具體的強力制度的措施是遠遠不夠的。有這種意見的研究者似乎忽略了一個重要的問題，就是民主一定是民眾自發的政治要求，而不可能強加給他們的。專制是強加的，民主不是。林樸比他們想得更透徹。另一派意見認為，存在於神聖工廠的隱形會道精神應上升為准政黨的政治行為，應該通過強有力的政黨精神和具體措施來管理神聖工廠並建立內部監察組織即自我監督體系來維繫管理。真不知道這裏面包含的是個什麼邏輯，怎麼能說得通？毫無疑問，這派的意思從本質上是直接主張專制的。他們認為只有這樣才能真正代表神聖工廠全體成員的根本利益。他們並不認為神聖工廠的大多數成員的自由之精神值得提倡。

這些後世的討論攪亂了人們對神聖工廠對林樸水之湄美好一面的深入理解。可氣可歎，又無可奈何。後世的人可以對前世的人胡說，前世的人卻無法指責後世的人。什麼世道？真是。

在林樸思想探索的這段時間，來找林樸談心的工人很多。有投訴的，有揭發工廠某些具體事的，也有單純來聊聊的。林樸和水之湄的那些宣傳工作確實起到了教育效果，這讓他們多少有些欣慰。林樸有個想法，這也是在與工人們的交談中逐步形成的，他想成立一個與管理會並行的監理會，由每個班組選舉一名監事組成。監理會決策，管理會執行，監理會對管理會的執行進行監督，這樣避免管理會專權墮落。

林樸想，民主應該是有責任的，當大家充分意識到自己的責任和權利時，才會真正熱愛神聖工廠，維護神聖工廠。很多人支持林樸的想法，雖然他們並不明白民主制度是要在民眾自由意識的基礎上通過充分協商和公正選舉來形成管理機構，這種管理機構執行的是民眾的意志並且必須具有分權的性質。也有人對林樸說，只要你和水老師在，神聖工廠就什麼也不怕，我們都跟著你。如果我們參加監理會，我們又不懂，反而添亂，不如你多費費心，這樣更好。林樸感到要讓人們理解這些對他自己來說都如此陌生的道理實在是很難。當林樸正準備在全體大會上正式提出組建監理會的建議時，發生了兩件大事，使監理會成了泡影。一件大事是米老闆出逃。另一件大事是周市長之死。這兩件大事都牽涉到神聖工廠。那天，是下午，林樸和管理會的成員們研究組建監理會的具體問題。關於監理會成員如何產生，大家發生了分歧。是指派合適呢，還是選舉合理？各有各的道理。林樸主張選舉，但他不想用自己的想法壓制別人的意見。大家爭論得很激烈。工廠有工廠的技術性問題，不能說指派的主張一點兒道理都沒有，但這樣做便把一般工人實質性的排除在決策管理之外。這既不符合神聖工廠同勞共產的原則，也不符合民主的精神。

在國家的範圍內，不論粉黨紫黨以及後世的什麼統治者，他們都設有一些指派的民意代表或諸如此類的政治玩意兒。這是一種極其滑稽的政治現象。這些代表們開起會來，往往只會淚流滿面感謝領袖們。逢到表決時把手舉得老高，一點兒也不覺得累，生怕領袖們看不見自己一片赤誠感恩之情呢。這些傢伙呢，既羞辱了民意也侮辱了民主。

朱右序在位時，石頭市曾經有一名指派的民意代表，一個十分粗俗的傢伙，到粉黨總部參加代表大會。開了些什麼會，議了些什麼，他不知道。回來後，朱能穀召開了一個市民大會讓他在會上講講代表大會的事兒。那傢伙，一個勁兒的講吃了什麼喝了什麼。說那菜又多又好吃，一樣也叫不出名來。就一道菜看出了有雞的皮，其他菜是什麼好東西做的不知道。吃多了撐出了屁，正想偷偷放了，恰好領袖們轉過來親切接見，只好憋著。那傢伙在大會上的原話是這樣說的，領袖來了，拼命鼓掌，屁都不敢放。後來，這句屁都不敢放在石頭市成了成語，常常被人引用。這段故事雖然很卑俗，但確實是真真切切的事情。很多年以後，石頭市年齡大的人仍然記得，偶爾還會問問，那個屁都不敢放的東西現在死了沒有？

林樸和管理會的成員還沒有形成最後的決議，這時有人找林樸。來人是米老闆公司專門負責連繫神聖工廠這方面往來業務的人，互相很熟。那人交給林樸一封信，一封很長的信，說，具體情況都在信中，我就不多說了。米老闆人已經出國了，可能很難再回來。米老闆臨走時要我一定對你說，堅持，就是中國的希望。我想米老闆這話的意思信裏一定有解釋。另外，米老闆叮囑信看完後，不要保留，燒掉。那人匆匆地走了，從此再也沒來過神聖工廠，生死不知。林樸把信看了幾遍，心情很複雜，得冷靜一下。管理會的人都靜靜地坐著，預感到大事來臨，等著林樸說話呢。林樸掂量著手中的信，這事關乎整個神聖工廠，必須讓管理會瞭解這封信，瞭解可能來臨的事變。於是呢，他對大家從頭到尾讀了這封信，然後找來火，把信燒掉。大家有些緊張但並不害怕。工廠的生產要立刻進行調整，米老闆那邊的訂單沒有了，得生產其他新產品。工作安頓好後，大家一致決定明天召開特別大會，讓神聖工廠所有人知道這個突如其來的事件，讓每個人都有心理準備。

米老闆是一個和藹且目光深邃的人。他從沒有對林樸講過他是中國民主會的主要成員和資助者。為什麼不對林樸講，也不要求林樸參加中國民主會呢？米杕有自己的考慮。神聖工廠對中國而言既是個前所未有的偉大的探索又是個無法理解的現象。在中國這片土地上能生出這樣的事物來，的確有些不可思議。是傳統的觀念與民眾的奴性異化為共產與平等呢？或者僅僅是一個超常的慈善團體？也許各種因素都有吧。這種團體從邏輯講應是建立在平等的基礎之上並必然導向民主。但民主在本質上是一種人的素質，需要最起碼的訓練。中國傳統的觀念，奴性與民眾渴求平等兩者之間，哪個具有更大更持續的力量呢？這使神聖工廠這樣的團體走向真正意義的民主充滿變數。從另一個角度講，像神聖工廠這樣同勞共產的團體如果沒有一個成熟的民主體制支撐，可以預見神聖工廠產生新貴和走向腐敗的可能性。

神聖工廠給了米杕太多思考。中國民主會的總部專門討論過神聖工廠的問題。他們觀察神聖工廠發展運作的每個細節，要透過神聖工廠看看中國民眾的心底到底有多少民主的傾向。他們決定不干預神聖工廠，至少是暫時不干預，但在某種程度上影響神聖工廠，不讓神聖工廠走太多彎路是必要的。這也是米杕給林樸那本民主論以及與林樸長談的原因。

中國民主會，後世的研究者往往稱其為貴族會。這種稱謂不準確且帶有惡意。不過中國民主會，確定與一般政黨不同，主要成員多是中產階層的人士和實業家。有人說他們是中國的精英，並不為過。他們是認為實業改造中國遠遠不夠的一群人。他們自認為自已是中國光輝未來與民族再生的旗幟，肩負著教育民眾締造民主的重任。他們有廣泛的海外經濟和政治的關係，又具有強大的經濟力量，通俗地說中國民主會既有想法又有錢。粉黨紫黨都想拉攏他們，同時又很生氣，因為中國民主會的人老是在國外批評粉黨紫黨，說了那麼多壞話，以至兩黨想從國外進口點兒先進武器屢屢失敗。

中國民主會有一個幼稚且致命的弱點，就是他們不知道自己在中國政治的漩渦裏其實十分弱小，反而以為自己十分強大。他們把願望與對民眾的熱忱當成了真實的政治力量。他們錯了，當然，這是後世歷史學者們的評價。歷史學者們常常是世間頂級聰明的人呢。他們從歷史上失敗的人和事中，找出原由來，然後辛辣地批判。這是何等智慧的做法呀。

粉黨紫黨本沒有把中國民主會當成一個什麼大的政治威脅，倒是想著他們口袋裏的錢和中國民主會那些可以籍以鞏固自已國內地位的國外關係。兩黨對中國民主會的政治接觸，使中國民主會產生了錯誤判斷，以為政治形勢可以讓他們做一些他們想做的事兒。

事情是這樣的，中國民主會經過長期醞釀，比照國外的經驗編制了一個中國民主大憲章，然後組織了一場規模頗大的憲章運動。憲章運動的叫法是後世歷史上的簡稱。這個政治大運動的全稱叫中國民主大憲章全國民眾教育運動。他們把民主大憲章印成小冊子，並配以問答式的宣傳資料在全國大城市散發，舉辦講座，召集民眾大會。為了增強宣傳效果也為了造勢，他們訂作了一種布質的寬沿遮陽帽，紅色的，很好看，到處派送，弄得滿街滿巷都是紅帽子。召開大型演講會時，原來的一片黔首變成了一片紅帽子，因此歷史上也稱其為紅帽子事件。事件一詞是從國外引進的辭彙，缺乏文采，如果按中國的傳統則應稱為紅帽子之亂或紅帽之變。紅帽子事件最後造成粉紫兩黨罕見的聯手鎮壓。可謂既奇又不奇。敵人是共同的，所以不奇。

地震學上有個詞叫烈度，以標識地震破壞力的大小。如果借用這個詞，那麼中國民主會原本計畫的憲章運動只是一個廣泛而低烈度的溫和宣傳教育活動，但事情的發展卻失控了，中國民主會的那些青年人有著充沛的活力和激昂的情緒。他們在粉黨紫黨轄下的大城市組織演講會。他們在演講會上闡述專制與民主的本質區別，講述推翻朝廷統治建立新中國的意義，講述什麼是人權，什麼是言論自由，什麼是平等的政治權。可想而知，這樣的演講必然會有對現實政治的批判。粉黨紫黨都派人監視這些活動，但並未採取什麼驅散禁止之類的行動。也許是出於想拉攏中國民主會的考慮吧，或者讓他們活動活動以改善自已的統治形象，讓民眾看看，我們就是新中國。

專制統治者一般都很累，他們要時刻提防民眾，尤其要想在民眾的行動之前先行動，以便把民眾中不良的苗頭及時掐死。但這次兩黨似乎都大意了。隨著憲章運動的繼續，那些言論越來越讓兩黨憤怒，於是暗中命令中國民主會立刻停止憲章運動。當中國民主會總部意欲逐步給憲章運動降溫時，遭到會內少壯派或者說激進派的強烈反對。一時間，憲章運動剎不住車了。

事態的急變是從紫黨治下的一個大城市開始的。這個大城市離石頭市很遠，在下游，靠海。那裏的憲章運動搞得特別火熱。城市當局不知道該不該動手，於是報告紫黨總部。孫來牟有些猶豫，說是等等看吧，他們鬧夠了就沒事了。這幫民主會頂多就是幾個嘩眾取寵的東西，犯不著動肝火。李荒不這樣想，他認為，任何非紫黨主導的社會性活動都是不能容忍的。中國民主會拉不過來就該一腳踢開。他單獨交待周之庭。你去一趟，派幾個人混在人群裏鼓動鬧事兒。事先把準備工作作好，一鬧事就動手，把民主會的人都抓起來，沒收他們的財產。周之庭是個辦事很細緻的人，很聽李荒的話，也懂李荒的用意。

周之庭過去後，立刻對中國民主會的人員，住址，財產及銀行帳戶，還有眼下民主會活動的情況，展開細密的調查，佈置人暗中監視起來。另外把軍隊一小批一小批的在深夜調進去。白天軍隊不露面，外人看不出有什麼大變化。這一切作好後就等機會，機會一到，對中國民主會的致命打擊立刻展開。

那天發生的事情，邊步的石頭報有篇報導，說得很簡短含糊，沒有引起石頭市的民眾注意。原因有兩點，一是類似的鎮壓事情常有報導。這裏那裏的，看多了，就跟聽人講哪家婆媳爭吵的事兒一樣索然無味。二是中國民主會的憲章運動沒有波及到石頭市這樣的小城市。很多石頭市的人一點兒也不知道外地還有什麼憲章運動，就是知道的人也以為那一定是粉黨紫黨搞的什麼無聊的花樣呢，沒放在心裏。

邊步他們當初的報導稿很長，他們著實合計了一番還是拿不准尺度。紫黨動手，粉黨治下的大城市也有憲章運動，會不會也動手呢？心裏沒有底。想去想來，這樣吧，提一下這事兒，不渲染。那篇報導的內容大致是這樣的，那天下午，中國民主會在中心廣場舉行演講大會。其間聽眾裏出現了騷亂。政府來人平息騷亂，情緒激動的聽眾與政府的人發生衝突，其後演變為大遊行。遊行的人群衝出政府設置的警戒線，政府於是派出軍隊武力驅散遊行之民眾，並于當晚展開全城大搜捕等等。這篇報導基本上是準確，只是很多細節沒有說出來。邊步不可能派記者去那個城市現場採訪。他得到的只是二手新聞。

歷史上的記載常常比事件的當事人知道的更詳細。紫黨那邊負責治安的不叫巡捕叫警察。那天中心廣場上的演講會正值情緒高漲，混在聽眾裏的政府的人相互爭吵並煞有介事地打起架來。早有準備的警察來了一大隊。有人就喊政府鎮壓啦。喊的人也是事先安排好的。儘管演講臺上不斷呼籲大家保持秩序，但情緒激動的聽眾還是和警察發生了衝突。等衝突擴大到整個廣場時，警察有序地撤走了。人們湧到大街上，高呼民主的口號，沿途加入的人越來越多。

這段記載在後世的學術界裏幾乎沒有人懷疑其真實性，但讀起來總讓人覺得怪怪的，說不上什麼原因。後來有人把這段情節寫成小說在國外出版。小說的講述挑了三個角度。一是紫黨政府及周之庭的精心策劃指揮。一是民主會的演講會組織者束手無策，猶疑徘徊。一是民眾的激昂情緒。小說文筆不錯，因而小說的影響力勝過文獻記載更勝過事件本身。不過呢，騷亂之後的全面大搜捕倒是確定不疑的事實。中國民主會的好多骨幹成員被抓了。關起來打得死去活來，但主要領袖及時逃到了國外。粉黨治下的大城市裏那些有獻身精神的中國民主會成員發動了大規模的聲援活動，抗議紫黨鎮壓。

在歷史文獻中沒有提到粉黨的劉鑒殷有什麼預謀，可能真是沒有吧。這些抗議活動最後又演變成暴力衝突，以及粉黨的全面鎮壓。粉黨紫黨他們到底是對民眾騷亂不能容忍呢？還是他們在本質上就不喜歡什麼民眾的政治活動？鎮壓，這是兩黨一致的行為，很自然的，不用派使者協商。後世的研究者中有人從心理學的角度分析說，大規模的民眾集會或政治活動往往有暴力傾向。這種理論讓人納悶，講的好像是半邊道理吧？

這次在粉紫兩黨的治下，殺的人並不多。可以肯定的說不是出於慈悲，因為中國民主會本是個精英型的政治組織，人數不多，是一群家境不錯有學知但思想困惑的人組成的。在中國，這樣的火別看它燒起來很耀眼，要撲滅它呢，很容易，且一般不會留下什麼大的隱憂。這是一個從沒有人認真研究過的現代中國的政治現象，很可惜呢。

真正讓石頭市的人感受到憲章運動確實是真切故事的是石頭市突然出現了大批軍隊。這些軍隊是夜裏開到的，一清早就包圍了神聖工廠，裝甲車，軍車一排排的，架式很大。市裏的勝利大街戒嚴了，誰也不準上街。街上的店鋪關著，不讓開。神聖工廠呢，根據全體大會的決議，繼續上班，繼續生產，誰也不出來看一看。水之湄的義學雖在神聖工廠附近，但離工廠有些距離。義學在工廠西邊更靠近茅屋區那片工廠宿舍，軍隊沒有包圍義學。水之湄進不了工廠，什麼也做不了，只好遠遠看著，擔心不知會發生什麼事兒。

軍隊包圍著神聖工廠，架著機槍，士兵拎著槍，整排整排的蹲著，像要發起總攻的樣子。這是一副奇特又荒謬的圖畫。外面靜靜地蹲著軍隊，工廠裏傳來嘎吱嘎吱的機器聲，廠房上冒著熱氣。不知道軍隊在等什麼，是在等待想像中的戰鬥呢？還是在等待大屠殺的信號彈升空？就這樣等著，好長時間。太陽升起來照在一排排的鋼盔上，閃閃亮。神聖工廠的大門打開了，工廠外響起了一片拉槍栓的聲音，把四周草叢裏的鳥嚇得嘰嘰地滿天飛。林樸搖著白毛巾和管理會的幾個人從大門出來。這真是危險的時刻，要知道士兵們的食指都搭在扳機上，只要一聲輕輕的命令，士兵們的右食指稍稍一動，林樸和管理會的人就會立刻躺在血泊中痛苦地抽搐。

有一位現代詩人，好像是用一種植物當作筆名的那位。得注意，所謂現代詩人而不稱為詩人是因為那是一些把普通句子率性寫在一起當成詩的人。那個現代詩人有一首現代詩。詩題叫我心中的武器。大致是這樣寫的，武器啊，你為什麼叫人死得那麼痛苦。科技啊，你已經發展到這樣的高度，為什麼不發展一種不同以往的武器。我等待著等待著。這種新武器啊，將由世間最可愛的人兒發射。最可愛的人兒和敵人對射啊，然後啊，雙方都幸福的倒下。我心中的武器啊，令世界多麼美好等等。老實說，這人世間真要有這種所謂的心中的武器也還行。被最可愛的人射殺然後幸福地倒下，省去了痛苦的過程，有什麼不好的呢？只當沒出生過就對啦。

軍隊裏有人，當然是個軍官，大喝一聲，站住。管理會的人誰也沒有見過這樣的場面，非常緊張，僵僵地站在大門前。林樸面色土灰，身體不由自主地顫抖著，說不出話來。一個軍官走過去，用手槍在林樸腦門上戳了一下。什麼人？林樸舌頭有些挪不動，沒有立刻回答。那軍官火了，問你啦。林樸咕嚕著，林樸。然後指指身邊的人，工廠管理會，我是會長。那軍官也不回頭，左手在空中一招，過來一隊士兵把林樸幾個押上了軍車。林樸回頭一看，很多士兵衝進了工廠大門。機器靜下來。林樸和管理會的人坐在車廂裏，一說話，看守的士兵就咆嘯，只好不作聲。直到太陽快升到當頂，軍車開動了。

水之湄一直站在義學那邊望著。她看不見工廠大門前發生的事情。直到燦燦的陽光下軍車，裝甲車，隊伍浩浩蕩蕩地開走後，她才連走帶跑地趕到工廠。一進工廠，工人們都圍過來，氣憤地講述著。還好，只有幾個倔強的青年人被打了。成品倉房的人傷得多一些，這是因為他們企圖阻止士兵搬成品，或者說搶成品造成的。水之湄立刻安排人去找醫生找藥。她把班組的負責人召集起來商議怎麼辦。工人們都聚過來，圍得嚴嚴的。那情緒沒法冷靜地分析討論，一個勁兒地要求到市政府去抗議，抗議這幫強盜。去，都去，讓這幫畜生殺死我們好啦。等大家吵夠了，水之湄擺擺手，人們安靜下來，屏著氣聽水之湄說話。水之湄的話很簡短。她說話聲音不大，但語氣堅定。她說，保住工廠比什麼都重要請大家記住這點兒。各班組分頭清理各自的工作區，吃午飯，下午正常生產。大家聽明白沒有？那好，大家都去工作吧。好幾百人立刻散開了。水之湄去倉房看看。毛巾和高檔的毛巾被搶走很多，估計要裝好多軍車呢。損失很大，倉房一片狼籍，像遭了山賊。水之湄和工人們一起整理清點入帳。汗水從她沒有一點兒表情的臉上淌下，心裏那股悲憤與擔心攪得她心中隱隱作痛。她不能走，必須堅守在這裏，這是最重要的。是的，這是最重要的。

林樸他們幾個人，關在市政府的一間小房子裏。既沒人問話又沒人給吃的。這時林樸緩過氣來，叫大家別在房間裏踱來踱去，最好坐著，免得餓得慌。沒事的，他說，肯定沒事兒。中國革命大廈才蓋兩層，市政府要錢呢，不會封工廠的。到了晚上，天剛黑，有人把門打開，是政府的人不是那些士兵。回去吧。就說這一句，轉身走了，什麼解釋都沒有。林樸他們匆匆趕回工廠，心裏都擔心工廠，不知工廠成了什麼樣子。工廠大門旁蹲著個人，林樸走近一看是但叔。老人看見林樸直淌淚水，林樸扶著但叔進了工廠。工人們看見管理會的人平安無事，都歡呼起來。等歡呼完了就拼命地大聲罵髒話，把粉黨的祖宗八代都罵遍了。如果粉黨有祖宗的話，那一定是以前的朝廷吧。林樸不管，由人們敞開著罵。他到倉房見到水之湄。兩人遠遠的就招手。看見林樸回來了，水之湄突然感到自己已經累得沒有一點兒力氣。撲地一下坐在打好包的毛巾上，只是用手指指倉房裏的差不多整理好的成品堆。意思是說，林樸呀，你看，這些強盜搶走了多少？市政府的人也沒有想到軍隊是去搶東西的。這個說法是歷史文獻上的記載，不知道是不是記載的傳說，沒法核實，因為市政府的那些當事人後來都死了。記載上是這樣說的，軍隊夜裏開進石頭市後，軍官們和市政府的人深夜開了個緊急會議。根據粉黨總部的命令，軍隊來石頭市協助市政府搜捕米杕和其他可能隱匿起來的中國民主會骨幹。上面的命令僅僅是協助，以防暴亂。但軍官們堅持要進行大規模的行動。市政府的人說，據情報米杕他們並沒有到石頭市來，出動特捕隊就夠了。軍官們不聽反而仔細詢問神聖工廠的生產情況。他們早就耳聞神聖工廠的大名和那些質地優良的毛巾。因為害怕日後留下暴亂的禍苗，加之周市長又不在，市政府的人婉言勸阻軍官們不要採取大規模的軍事行動。軍官們懶得聽，宣佈會議到此結束。

文獻上的記載傳奇色彩太濃，有人懷疑記載是依據傳說杜撰的。軍隊這樣作，可能的原因是上次瘟疫時的暴亂。軍隊吃了虧，遭到上面的責難後，一直耿耿於懷。這次是個機會想出口氣。擁有現代裝備的軍隊被一夥平民打得這般狼狽，很沒面子。要知道，軍隊的面子是靠殺人撐著的呀。如果林樸和管理會的人不出來，情況會是什麼樣子呢？也許把大門轟掉，然後衝進去扔手榴彈再用機槍掃射，十分可能。說不準林樸的出現倒讓軍官們很失望呢。另外，如果不是水之湄穩住神聖工廠情緒激憤的工人們，那麼大屠殺應是不可避免的。

軍隊撤離時，在大街上巡遊了一番。軍車，裝甲車，整隊整隊戴鋼盔的士兵，在街上浩蕩地開過。一二三四的叫喊聲震得店鋪的玻璃咣咣地響。有人在店鋪裏靠著櫃檯瞧著，說，逞什麼威風，到時候一樣被李荒打得滿地亂竄，哭爹叫娘的。

二十二　軍隊

軍隊走了，在神聖工廠留下了仇恨。神聖工廠被軍隊搶劫的事兒，很快傳遍了大街小巷。人們咒罵粉黨，連市政府的人也覺得軍隊這樣做實在是太愚蠢。他們擔心這種仇恨遲早會釀出什麼事情來。石頭市的老人們，很感慨，在茶館裏議論著石頭市的變化。革命使一個千百年來逐利的平靜城市變成為一個危險的殺戮之邦，看不出革命的一丁點兒好處來。革命除了造就出一批殺人不眨眼的新貴與暴徒，除了給這個本就不幸的世界增添更多眼淚更多哀號外，革命還能是個什麼呢？或許革命之於中國是件最不應該有的事吧。石頭市本來只是中國的一個角落，革命卻給石頭市帶來了那麼多苦難。是中國人骨頭裏本來就很壞呢，還是革命導致中國人變得這樣壞？該死的革命，該死的時代，那些自稱人民大救星的人，應該是這世上最壞的人吧。

神聖工廠的人心中的不平是可想而知的。不斷有人找管理會找林樸，女人們則更多地找水之湄談他們的憤怒。林樸沒法說服大家。忍受是有限度的，你軍隊憑什麼搶神聖工廠呢？粉黨是政府還是強盜？群情沸騰。管理會不得不召開緊急大會。這次緊急大會人來得特別多。家屬能來的都來了。倉房裝不下，進不去的便圍在倉房外面嘰嘰喳喳的一片。損失的帳目在大會公佈了，這是工人們一致要求的。算下來很大一筆款項，真是氣得令人發瘋。倉房一片咒罵聲，連說話也聽不清。林樸費了好大的勁兒才讓大家安靜下來。這時，有人高聲嚷著，到市政府問個道理去。叫對的叫去的，吼聲之大把倉房快震垮。一直沒說話的水之湄站起來伸手示意大家別嚷。工人們一看水之湄要說話，都不吱聲了。大家知道水之湄說話聲音不大，於是屏著氣聽她說什麼。水之湄盡量大聲說，如果全體都去市政府能討回公道嗎？這是遊行示威。市政府現在沒人負責，周市長不在。誰負責還我們一個公道呢？如果我們遊行示威，抗議軍隊的搶劫，市政府一定有理由認為我們搞憲章運動。那麼，軍隊的搶劫就成了正當的沒收，而且軍隊還會來鎮壓。不是說我們大家膽小害怕，要冷靜想一想，值不值。如果我們是一支軍隊，我們就會跟他們拼到底。

可我們這是工廠呀，是我們大家的工廠，我們要靠工廠養活家人。有些事兒再大也只好忍一忍。要是他們危及到我們起碼的生存，那時候，我第一個站出來和大家一起跟他們拼命。當然，到市政府講道理，一定要去，但不可能大家都去。我建議由管理會去。至少要討個說法，要說出我們心中的不滿，不然下次他們還會再搶。水之湄說完了，仍舊站著，看著滿滿一倉房的人，像是徵求大家的意見。沉默了好一會兒，人們才開始嗡嗡地議論起來。有人高聲叫著，管理會去吧。坐在成品堆上的人，一個青年人，大聲說，管理會去得把話說狠點兒，不要以為我們神聖工廠好欺負。倉房裏的人大聲跟著嚷道，對，對。

管理會的人全都去了市政府。市政府的人瞧見是個麻煩，都說不管事兒，找不到人說理，把人氣得不行。警衛過來趕人，跟你們說過了，市長不在，有事兒等市長回來了再說，都出去，聽見沒有？林樸一點兒辦法也沒有，只好把準備好的申訴書交給市長辦公室的人。市長辦公室的人說，申訴書放在這兒沒用，不知道市長什麼時候回來。林樸說，你們最好收下申訴書，等市長回來了再給他。如果你們連申訴書都不肯收，不說全廠工人不答應，就是我也不答應。政府的人挺硬的，不答應？不答應什麼？不答應又敢怎樣？水之湄看不下去了，插話道，又敢怎樣？你們應當知道什麼叫又敢怎樣的。憑白無故搶工廠天下有這道理嗎？這事兒我們不找市政府找誰去？你們說說，市政府要的錢哪一項我們沒有出？辦公室的人把申訴書收下了，不再說什麼。

林樸一行人走出市政府，大家心裏很亂，不知該怎麼辦才好。這樣回去怎麼向工人們交待呢？大家站在市政府大門外的石頭獅子旁商量。林樸說，這事兒得在石頭報上寫一下，把我們的申訴公開，讓全市人都知道到底是怎麼回事兒。大家覺得也是個辦法，至少社會輿論能有一些壓力吧。林樸心裏知道，這個靠軍隊支撐的黨並不把什麼社會輿論放在心上。在這樣一個時代，革命的時代，所謂社會輿論權當作民眾心理平衡的自我調節吧僅此而已。林樸去找邊步，兩人在報社裏談了好長一段時間。邊步說，這事兒得搞大一點兒，僅僅在石頭報上登一下還不夠，一定要把稿件送到外地報社去。神聖工廠是知名團體，外地報紙肯定會刊登的。於是邊步讓刀書記和一名記者專門處理這事兒。第二天稿件就寫好了，很長，足足夠一整版的，標題是，神聖工廠的申訴。刀書記他們心裏的話是現成的，到工廠一採訪，連夜就飛快地寫成文字。大家一商量，先別在石頭報上登，稿件送出去，等外地報紙登了，石頭報再登。如果石頭報先登，粉黨政府會以製造事端，別有用心的理由封堵這篇文章，反而外地的報紙也沒法刊登了。報社的幾個人估計得不錯，外地的報紙對這文章興趣很大，接到稿件第二天就登了出來。一下子在整個粉黨治下搞得沸沸揚揚。後來連紫黨的一些地方報紙也登了出來。神聖工廠被搶之事，成了全中國都知道的大事醜事。對憲章運動對民主會的鎮壓，本是紫黨開的惡頭，現在紫黨的領袖們倒是樂見神聖工廠被搶之事激起的民憤。粉黨的劉鑒殷很不高興，搶誰不好，偏去搶神聖工廠。問問手下，原來周市長不在石頭市。讓他快回石頭市，別再攪出什麼事來。

周市長就是這樣被強令回到石頭市的。周市長身體大不如前，臉面很不好。以前的軍人模樣一點兒都沒有了。在外地大醫院治病，治不好。醫生查不出什麼原因來，這不奇怪。醫學是一個不斷發展的過程，如果什麼病都清楚，都能治，那醫學不是和中醫一樣到了完美且終結的狀態了？回到石頭市，周市長有一種莫名的恐懼，總覺得石頭市不是自己呆的地方。你說說看，怎麼石頭市就出了個神聖工廠這樣怪模怪樣的工廠呢？連個老闆都沒有？妖氣太重。這個石頭市，遲早要死在這裏的，滅了這個石頭市才好呢。

市政府的人看見周市長帶著四個警衛又回來了，鬆了一口氣，再有什麼麻煩總算有個找頭。市長辦公室的人把林樸他們的申訴書交給周市長。周市長懶得看，想去聚珍園喝點兒酒，但身體很不舒服，算了。想一想，得把林樸他們幾個頭治治，便叫人把林樸和管理會找來。在市長辦公室裏，周市長坐在桌前，身子有些佝僂，也不再用右手指敲桌面。不說話，眼睛盯著林樸幾個好大一會兒。那意思像是說，就憑你們幾個東西還敢鬧事兒？我一伸手就能把你們捏死呢。還是林樸先說話。周市長，我們的申訴書你看過了吧？周市長沒好氣，沒看，不用看。我告訴你，你們那幾條破毛巾算個什麼事兒，軍隊要什麼是可以在民間強徵的。林樸插話說，粉黨是正式的政府，怎麼能說強徵呢？強徵是不是搶？既然是政府就得有點兒章法吧？周市長很不耐煩，你給我閉嘴。林樸不服，說，搶了我們工廠，向市政府申訴不對嗎？幾千人的工廠，就不能討個公道嗎？想搶就搶？工廠的利潤本來就很薄，軍隊強搶是不是搶了工人們的飯碗？工人靠工廠養家糊口，這有錯嗎？不管什麼理由，政府既然是個政府就應該給人留個生存的路。周市長瞪著眼，拿出力氣吼叫，你們要反黨反政府嗎？想反革命嗎？你以為我不會把你們抓起來？粉黨是人民的黨，軍隊是人民的軍隊。人民的軍隊不向人民拿向誰拿？管理會的幾個人氣得嚷嚷起來。周市長站起來，用手指著林樸，我砸了你的神聖工廠信不信？林樸也不示弱，說，我不信。周市長手一擺，過來一名警衛。林樸轉身把其他人護住，對那警衛大聲說，你要幹什麼？幹什麼三個字還沒說出來，就啪地一下挨了那警衛一耳光。管理會的幾個人衝過去被林樸死死地攔著。林樸覺得嘴裏很鹹，吐出一口血來。

這天剛好沒有叫上水之湄，不然水之湄會找周市長拼命的。幾個人被趕出市政府，站在大門外氣得快發瘋。林樸擦下嘴角的血，反復勸大家一定要冷靜，千萬不要對工人們提挨打的事兒。林樸不想把事情鬧得不可收拾，到頭來吃虧的還是我們呢。不過，這事兒不久還是傳開了。不但神聖工廠的人知道，連全市都在議論。什麼市長，完全一個市井之徒。

工人們要到市政府去抗議，林樸勸不住，吵吵嚷嚷地在市政府門前聚了一大片。市裏的人也去了不少，在一旁吶喊助陣。特捕隊出動了，在市政府大門前排開了警戒線。周市長沒出面，市政府的人婉言勸他最好別再動手。第二天，工人們又去市政府門前抗議。這天來了很多外地記者。外地的報紙自從上次登了神聖工廠的申訴後，對石頭市大感興趣。邊步的報社從夜裏起就擠滿了各地連夜趕來的記者。他們不是石頭市的，因而對這裏發生的一切敢報導敢評論。第三天，外地報紙便登出了詳細的現場報導，還有背景介紹，還有評論。報紙吧，就怕天下沒事兒。這下好了，周市長一下子成了全中國都知道的惡棍，這個惡棍背後是一整群拿槍的惡棍。報紙越是罵周市長，那麼人們就越是憎恨粉黨的土匪一般的軍隊。有的報紙更激進些，說，人民的軍隊，是個既虛偽又無聊的稱謂。不錯，軍隊確實是由人民組成的，不過呢，人民的軍隊特別擅長鎮壓人民，從這點上講軍隊倒真是人民的軍隊。

外地報紙攪得比石頭市政府門前的人群更熱鬧，以至後世的研究者把這次事件稱為報紙事件，頗有喧賓奪主的意味。李荒很高興。每當他翻開報紙時，心裏就有說不出的滿意。這怨誰？粉黨們自找的。但李荒就這次報紙的抗辯有了一個堅定清晰的思想。在打垮粉黨後，一定要牢牢控制報紙，要把所有傳媒工具掌握在黨的手裏。李荒是個能想得很深的人，從報紙的控制推演下去，黨報，黨軍，黨學，黨管經濟，黨管司法，黨管全國人的思想，總之要徹底地把一切都黨管起來。優秀的政治家或者說偉大的革命家，不會就事論事的考慮問題，也不會過份地注重權謀。他們想得更遠想得更毒。一旦他們想透後，便一步一步隨著時局的變化去實現。李荒就是一個偉大的革命家。當然這是後世有爭議的評價。

第三天夜裏，邊步找林樸說，從外地記者朋友那裏得到的內部消息，粉黨總部劉鑒殷他們準備出動軍隊。果然，有人說，看見市政府夜裏在用沙袋築工事呢。特捕隊全都帶著槍進了市政府。林樸和水之湄立刻分頭去找管埋會的其他人。大家在一起商議，明天無論如何都要勸住工人們不要去市政府。這一夜大家忙到天亮，總算說服了工人們。

天亮以後，市裏有不少人去市政府大門外看看的，結果一個工人也沒有，怎麼回事？不抗議啦？沒人抗議，市政府修什麼工事呢？猜測和謠傳弄得整個石頭市很緊張。外地來的記者們在發回去的稿件裏把這裏的突然寂靜好好地渲染了一番，言外之意是粉黨的軍隊要殺人了。不過呢，軍隊始終沒來。不知是不是消息不確，反正這事兒像是不了了之了。特捕隊覺得老呆在市政府也沒什麼意思，撤了，工事也撤了。

神聖工廠群情難平，於是召開了緊急大會。這是一個十分嚴肅的大會。大家在倉房裏靜靜地坐著，在木板臨時搭起的不高的臺上，管理會的人都站在上面。林樸說話，意思是請大家務必冷靜思考，不要讓事情鬧得不可收拾。現在全國都知道我們的事情，也非常同情我們，對那些人的行為進行了遣責。下次如果再有這樣的事情，事前他們得考慮考慮。我們的申訴目的至少達到了一大半吧。我最擔心的是大家的安全，請大家理解等等。林樸講完話，好久全場沒人說話。林樸說，誰有什麼建議請講吧。過了會兒，有人站起來，是年輕人。林老師，我們能不能派幾個人去粉黨總部，讓劉領袖給個保證？這年輕人的建議附和的人很多。絕大多數人同意，這事兒就定了。林樸問那些不同意或棄權的人的想法。有人說，也沒什麼想法，只是覺得去了沒用，他們都是一路貨色呢。

這種到總部找領袖申訴的行為，後世稱之為上訪。這是一個極不準確的詞，應當叫上訴才對。不過司法上有上訴一說，又混了。上這字是指一層一層往上摞的政府或權力。民眾為下，社會最下層。上這字是說下面的民眾有事求上面的權貴，不行，再求權貴上面的權貴。訪這字怎麼解釋也是個訪問，拜訪，訪談的意思，跟民眾的申訴毫不相關。訪，純粹一個胡扯呢。

若干年後，有個著名的學者專門研究了上訪問題，他寫了一本書叫中國上訪史。題目很大，他把中國所有知名的上訪事件分門別類。上訪成功的，失敗的，幸運的上訪人和遭到報復的，迫害的。報復致死的又分為平靜死去的和受折磨而死的。從上面權貴角度又分為不理采的，生氣的和利用上訪撈取親民聲譽的等等。

讀了這本著作的前半部，或者說沒把這本著作看完，人們多半會成為政治傻瓜，以為上訪雖然有風險，但不失為一個申訴的好途徑呢。在這本著作的最後一章，這位學者進行了總結，或者進行了歷史性評價。有段話，他是這樣寫的，上訪，是中國的獨特社會政治現象，是社會缺乏法的精神和法之真實制度的必然產物。上訪是專制社會的標誌物，說明這個社會在專制統治下，民眾缺失基本的權利。民眾的基本利益受侵犯時，只得求助更上層權貴的時隱時現的善心。這是中國歷史的悲哀，也是中華民族不能實現人的現代化的悲哀。讀了這本著作的最後一章，便不禁要為這位學者捏一把汗。好在這本著作是若干若干年以後才寫的，不知道這位學者死得如何呢。

神聖工廠的上訪，三個人組成，林樸帶隊。請邊步報社的人用了幾天時間，認認真真地準備了一份申訴書，盡情盡理。剛開始的厚厚一摞，怕領袖沒功夫看，反而誤事兒，又精寫成幾頁，反復斟酌。寫成後召開大會，宣讀解釋申訴書，徵求大家意見。林樸打出生就沒有離開石頭市一步。但叔十分擔心，給林樸出門遠行準備了好多東西，又覺得太多了，省去這樣不合適省去那樣又怕路上用得著。鹹菜，乾糧，換洗的衣服，鞋，襪子，還有治拉肚子的藥，怕外面水土不服，還有雨傘等等。水之湄說，但叔呀，這些都用得著，就怕林樸背不動呢。水之湄不擔心林樸出門遠行，男人志在四方出去跑一跑沒什麼不好。她就怕林樸吃虧。上次挨了耳光，不肯講。想起這事兒就心疼，剛好自己又不在場，沒辦法。夜裏兩人在一起時，水之湄便盡其想像交待林樸要注意這個防著那個。她也沒有離開過石頭市，不知外地壞人是不是更多些，不知林樸能不能聽懂外地的方言。她聽邊步講過，中國為什麼有這麼多方言，這是因為民族大融合前各地的部落各有各的言語。要是聽不懂人家的方言造成誤會怎麼辦呢？邊步說過，中國各地人們性格有很大差異，這也是數千年前不同部落的性格遺承。有的地方人蠻橫，有的地方人奸詐。到外地遇上這些不同性格的人該怎麼辦呢？想到這些，水之湄心裏反而比但叔更擔心呢。

當林樸他們的申訴小組，或者如後世所說上訪小組，一切都準備就緒馬上就要出發時，周市長突然死了，而且死得很蹊蹺。特捕隊帶上槍上街巡邏。巡捕所來人說你們神聖工廠有嫌疑，誰也不準離開石頭市，等候調查。誰也不知道怎麼個調查法，林樸的申訴小組只好等著，沒想到這一等就是一二個月。到後來，去粉黨總部申訴已經沒有必要了，大家也不再討論申訴的事兒。

這期間，林樸收到了姐夫的信。那天但叔蹲在大門口正想著小好音呢，有人遞過一封信匆匆離開。信上說神聖工廠的事情他們是在報紙上看到的，叫人擔心。千萬要冷靜，不可衝動。又說了些家裏事兒等等。林樸對但叔說，姐夫到底在幹什麼呢？是不能說還是沒什麼好說呢？水之湄說，我有個直覺，好像姐夫的研究與軍事有關係。真是很可惜的，這不是姐夫的志向呀。

關於周市長的死，是值得後世認真研究的。這包括兩個層面，一是周市長死於神祕事件。因為神祕所以粉黨的地方官員直覺上認為與神聖工廠有關。在他們看來神聖工廠就是緣於神祕的，況且軍隊的事兒神聖工廠有怨氣。還能有誰無故驅使鬼神呢？二是周市長之死體現中國民眾心底潛存的人治思想，怨人不怨政治制度。這點，後世的研究者一定有好多話要說吧。但願這些後世的研究者不是政治的偽君子才好呢。

為什麼說周市長死於神祕事件呢？這事兒講起來很複雜。街坊上的傳聞就有十幾種不同的說法，讓人無法相信哪些是真的。把這些傳聞歸納起來，事件的過程大約是這樣的，說是外地來了一位大師，或者大俠，或者大遊方什麼的，是位老人，外表很像街頭賣藝的那種，瘦且黑，衣裳很髒的樣子。石頭市是個碼頭，歷史上總有賣藝的高人路過。石頭市的人見過很多讓人難以置信的奇技。例如有人在街上放碗水，水裏放一枚銅錢，兩手指頭像灰鶴啄魚一樣唰地一下把銅錢夾出來，手指上一點兒水都不沾。這是功夫。據說小偷裏面的頂級小偷才有這功夫。石頭市的老人還親眼見過有人從水塘的荷葉上踩著走到對岸，不由你不信呢。不過，石頭市的人常稱街頭賣藝的人為賣當的。什麼意思？賣當你上呀。展示技藝功夫是真的，接下來推銷的藥多半是假的，讓你上當。

來石頭市的這老人自稱太保，就是古代三公之太保。太師，太傅，太保，帝王之師，很大的官呢。也許這老人極遙遠的祖先做個太保吧，如果真是，也算是貴胄之後。據說或者謠傳老人是神聖工廠的盧令令請來的。林樸問過盧令令。盧令令說，沒有啦，盡是街上人瞎說。只是好奇，請老人吃過一次麵條而已。林樸想，盧令令又沒有離開石頭市，是呵，怎麼可能去外地請這老人呢？盧令令說，林老師，你要是不親眼見，真不會相信。老太保天天喝酒，你知道酒怎麼來的嗎？水變的，真的。你給他一杯水，他一發功，杯裏的水就飄酒香。我喝過，真是酒。林樸聽了好笑，但周市長不覺得好笑。問題就出在周市長的好奇心上。

周市長閒著沒事，聽了傳聞，尤其是看了石頭報的一則報導。報導是坊間雜事欄目裏的，作為市井新聞提了一下老太保。周市長有了興趣，叫警衛把老人帶來。老人不肯去市政府，說自己乞討者一個，衣裳襤褸，不好意思去公堂見官。小技倆，糊口而已，不可當真。那警衛說，你少文縐縐的。叫你去就去。說著一腳踢過去。那警衛個大力氣足，踢出去的一腳很有份量。老太保瘦瘦的雙手一擋，順勢一滾，一個馬步站著，平平靜靜地說，官人息怒，有話慢慢道來。那警衛有些驚訝，這老頭還真有兩下。馬上把手槍掏出來。四周看熱鬧的人一見掏槍便四下散去。老人見掏槍站直了，拍拍衣服上的灰塵說，那好吧，隨你走。警衛叫老人前面走，自己在後面跟著，不放心，盯著，怕遭暗算。問，喂，行李？老人說，別客氣，不用行禮。什麼別客氣？我問你的被子口袋在哪裏？哦，都在身上呢。夜裏你怎麼睡？我從不睡覺，不需要被子。那警衛還想問什麼，看見身後跟著好多人，不問了。店鋪的人看見那警衛押著老太保朝市政府去，以為老人犯了什麼事兒。該不是偷東西吧？幹嗎是周市長的警衛來抓人呢？有意思，說不準有什麼事兒呢。

老太保到了周市長的辦公室。周市長坐在辦公桌後面，看見這麼個瘦黑的老東西，有些看不上眼。說，你就是那個太保？對，正是。聽說你有些本領，我怎麼看不出來呢？市長大人，本領不是看出來的，看得出來的不是本領。我本沒有什麼本事，只是會點兒小技糊口而已。周市長的辦公室是老宅，地上鋪的是傳統的方青磚。只聽見撲撲二響，老人指著地磚說，市長大人，很對不起，我站的地磚剛好是壞的。周市長忙站起來隔著桌子欠身瞧，果然老人腳下的磚破了。你挪個地方。我怕又踩破了。叫你挪你就挪，破了不怨你。老人挪了，腳分開，各踩一塊地磚。市長大人，你看現在沒破，其實我擔心這磚也不好呢。

周市長依舊欠著身子，盯著地磚說，你把它踩破了。他話剛說完，就聽見撲撲的兩聲，地磚裂了好多紋。周市長一屁股坐在椅子上，盯著老太保呆呆地看著，心想，這老頭真是高人啦。過了一會兒才問，聽說你能把水變成酒，這是真的嗎？老人說，乞討之人，以水代酒，慰藉然。周市長對警衛說，拿杯水來。水來了，放在周市長桌上。周市長指著水杯說，變吧，我要親自嘗嘗。市長大人，功夫不是耍戲法。水為酒，酒為水，要靠功夫釀。市長大人，你喜歡什麼樣的酒？我看你現在的身體只能喝淡一些酒。周市長沒回答，只是作了一個手勢，意思是別廢話，能把水變得有點兒酒味就不錯啦。

老人走到辦公桌前，並不碰杯子，微閉雙眼。一會兒又睜開，說，你們都盯著杯子，心裏不要有雜念，就想著杯子裏是酒。說完又閉上眼睛，這個過程很安靜，並不像外面傳說的什麼閃光囉，旋風頓起呀等等。釀酒本來就是件安靜的事兒，吵吵鬧鬧地怎麼釀酒呢？一會兒老人睜開眼看看杯子，又閉上。這次房裏的人開始聞到一股淡淡的酒香。周市長拿起杯子喝了一口，說，沒什麼酒味。老人睜開眼說，市長大人，你再嘗嘗。周市長又喝了一口，很興奮地說，是酒，還真不差。你們都嘗嘗。警衛，還有辦公室的工作人員好奇地搶著喝。不對呀，怎麼還是水呢？周市長又嘗，是酒呀，還很烈的。這是怎麼回事兒？問老人呢，老太保說，這是為你釀的酒。老人就說了這句，其他的懶得去解釋。周市長把杯子裏的都喝了，臉有些紅起來，覺得人有些晃，真是酒，可惜沒有就點兒好菜。再來一杯。這可不成。一天只能釀一次。我就只有這點兒本事。從前我師傅能釀一大壇酒。我技拙功夫不深，抱歉。

一屋子的人既興奮又困惑。其他辦公室的人也聞訊擠過來看奇跡，周市長並不趕他們走，說，你，你還來點兒什麼功夫，讓我們開開眼。老太保想了想，這樣吧，我呢，別的功夫也不會，行乞之人，能有什麼本領呢？老啦，也不用防身打架。打架的本事多了，於人於已都不利。有了打架的本事，遇事就想用，倒把事兒弄大啦，還不如沒本事。沒本領只是受辱而已，不會傷人更不會害已。弄懂這個道理不容易呀。市長大人，如果你想看看平和的功夫我倒會幾招。三旦掌聽說過嗎？應該是沒聽說的。這是我起的名，原來叫三天快樂掌。不雅，改稱三旦掌。不是三個雞蛋，旦是朝陽，就是三天的意思。你要想看我們到院子裏去吧。

大家來到院子裏，老太保往院子中間一站，說，既然大家有意，就先來個晴空雷吧。老人這時頗有些擺場子賣當的架式，在院子中間蛇步繞圈，然後站定，舉手指著天。大家都朝天上看，什麼也沒有，正納悶，突然天上傳來轟轟雷聲。呵，真靈。大家鼓起掌來。當老人正收勢時，天上又傳來轟轟的響聲。這可不對。抬頭望去，天空中出現了兩個銀白色的點兒，一前一後，拖著兩道白色的越來越大的軌跡。市政府的人都沒見過，很稀奇呢。這是什麼？周市長也瞧著，說，飛機，噴氣的，這是我們的新裝備。周市長在外地養病時知道的，軍隊裏的人跟他講過這事兒。

太保頗有些失望，正發功呢，飛機跑來幹什麼。不過院裏的人倒沒這麼想，議論完飛機，大家嚷著讓演示三旦掌。飛機把老人攪得有點兒亂了陣腳，提了好一會兒氣，才進入功夫的狀態。老人站定後，對市長的兩個警衛說，你們倆過來。倆人剛走到老人跟前，只見老人閃電般地給他們倆腹部各一掌。這兩掌打上去很輕，倆人動都沒動一下。一會兒就覺得一股熱氣從腹部向全身彌漫，非常舒服，感覺像冬天裏泡熱水澡一樣。周市長問感覺如何。這倆個傢伙，粗人，說像房事，舒服。另外倆個警衛爭著要老人發功。好啦，一人一掌，直叫舒服。老太保說了，舒服管三天，三天快樂，三旦掌。其他人也想體會一下舒服，但老人不肯，說氣用完了，改日吧。說完騰地一下，跳到院子邊的偏屋上。其實更像飛上去的，因為沒有翅膀，只能說跳。大家驚詫不已，連鼓掌都忘了。聽說過飛簷走壁，以為傳說誇大其辭，不料確有其事兒，今日親眼得見，真是有幸呵。況且這是位年邁的老頭，要是年輕，不能不是個飛天大盜吧？看把人往哪兒想啦，真是的。正說著，那老頭又一躍，跳到正屋的脊上，立在那兒不動。大家都看著，不知下一步會是什麼。突然周市長，用手指著天上說，看虹，彩虹。大家先沒看出來，後來才漸漸地看出來，確實有道彩虹，淡淡的有點兒飄忽。等大家省過神來，老太保不見啦。

三天後，周市長的四個警衛都死了。臨死前非常痛苦，在床上扭來扭去，拼命地號叫，直到斷氣才閉上嘴。周市長本要命令巡捕所去抓那老人，可突然說不出話來。手腳末端開始腐爛，迅速蔓延至全身。醫生搶救打針，針打到哪兒，哪兒就爛得特別快，把醫生嚇得直哆嗦。周市長死了，斷氣時，弄得醫院裏很臭，撒了好多消毒藥水還是壓不住臭氣。當然囉，這些有點兒渲染的細節，在不同的講述者口裏是有很大差異的，但周市長確實死了，這是事實，也是各種傳聞中最一致的情節。

詩經有云，蝃蝀在東，莫之敢指。蝃蝀就是彩虹。天地不調則彩虹現。彩虹是不能用手指的，自古如此。

二十三　性格

性格不僅僅指個別的人，每個城市都有自己的性格，而且這點兒特別明顯。長期生活在一個城市不到外地去的人體會不到，覺得一切應該如此，天下都一樣，沒什麼讓人彆扭的，但出遠門跑生意的人都非常清楚不同城市的不同性格。一個人的性格可能終身不變，但一個城市的性格卻極有可能在持續的事件中改變，石頭市就是這樣的。一個自古就以買賣為生的小城市，小碼頭，沒幾年功夫就變得有殺氣，真讓人錯愕不已。是人心底本來潛存著劣性，還是時代扭曲了人心呢？說不清楚。自古有個說法，受氣的媳婦變成婆婆後會虐待自己的兒媳婦，而且更瘋狂。這個說法不是源於理論研究而是經驗的總結。其實這裏面的道理具有廣泛性，長期處於惡劣殘暴的生活中，受虐者也會變得暴烈起來。有人說要用寬容，忍耐和仁愛來回應殘暴。這話聽了讓人覺得確實很高尚呢，可歷史中生活裏卻沒有這樣的事情，不知道為什麼總有人這樣說。

石頭市來了新市長，叫劉中菁。因為姓劉，市面上傳說他是劉鑒殷的親戚。人們這樣說自有其道理，一人得道，雞犬升天，再自然不過了。其實劉中菁僅僅與劉鑒殷同姓而已，並不是親戚。劉中菁是粉黨在石頭市的最後一任市長，因此他給石頭市的人留下了極其深刻的印象，或者說印跡。這個人個子矮，偏瘦，與一般肥胖的官員大不一樣。很白，那種常上夜班的人的白。戴眼鏡，無框的那種，鏡片很小，鏡片後面閃著冷光。所謂冷光，是石頭市的人帶有情緒色彩的描述。人們常說，拔出刀來，寒光閃閃。這個寒光是刀的可能的對象心裏寒顫的表述，持刀人一點兒也不覺得刀會閃寒光。心情不同看世界的模樣很不一樣。

劉中菁原本一直在粉黨的情報部門裏當什麼處長之類的官吧，很有辦法叫人開口說話或者說招供。在他眼裏只要是正常的人總是能找到弱點的。如果你不是正常人，他也沒辦法只好殺了算了。也許是職業習慣吧，這位劉市長呢，來到石頭市一點兒也不張揚。就是大白天看見他也會覺得他是個夜行者。看他走路的樣子像在地上滑行。他看人的神情或者與人說話的姿態，好像人們都是囚犯等著招供呢。這人，真是。劉中苒市長到石頭市來上任的消息，還是邊步的報紙報導的。劉市長以及市政府並沒有發佈什麼正式的公告，也沒有開個什麼協助會宣佈一下。這是一個不同往常的做法讓石頭市的人覺得心裏悶。

劉市長到石頭市第一件事就是到中國革命大廈工地看了看。然後叫人停工，別幹了。為什麼，沒說。建築公司撤走了，工地不久就成了破敗的景象。那些伸在空中的鋼筋很快就鏽了起來。中國革命大廈正在以緩慢的進度建第七層，或者說第七層剛剛紮了些鋼筋。已經建好的六層只是砌了磚牆還沒來得及粗粉一下，工程一停下來，確實難看。人們猜測著停工的原因，也許基礎有問題，建到六層樓就歪了，再建，樓會垮的。也許是沒錢了吧，徵的那些錢可能大部分叫周市長搞跑了，或者被粉黨總部收走了。粉紫兩黨近來戰事多起來，軍隊要錢呢。也許劉市長壓根就對什麼中國革命大廈沒什麼興趣。人們說，這劉市長對建監獄興趣更大些。你說呢？市井碎語有時還真準。劉市長後來隨著形勢的變化，把中國革命大廈改成了關押審查對象的處所。這下子中國革命大廈就成了石頭市人們心裏一個黑色的地標。

很多很多年以後，有人翻出這段故事，把中國革命大廈附會成什麼巴士底獄。另有人去考證，一比呢，不對。那個外國的巴士底獄作為一個概念包含有被推翻被佔領被根除的核心意義。這個中國革命大廈卻不包含這些核心意義，怎麼能比附巴士底獄呢？胡扯呢。

過了一段日子，劉市長和市政府沒什麼動靜，只是把林樸叫到市政府問過一次話。林樸以為是關於周市長之死的事兒，一去，不是。劉市長親自問的。你姐夫在哪兒？不知道。不知道嗎？真不知道。你們有書信往來嗎？很少。那就是有囉。對。你往不知道的地方寄信嗎？這一問，林樸有些懵，不知道該怎麼回答。說話呀。林樸還是沒吱聲，只是呆呆地看著劉市長。劉市長笑了笑，準確地說只是臉上微微動了一下，像似笑。你知道姐夫在幹什麼嗎？不知道，從來沒提過，可能跟數學研究有關吧。姐夫是數學家。林樸說完了，等著劉市長說話。劉市長鼻子哼了哼，像是自言自語地說，恐怕是跟殺人有關吧。林樸一聽，眼睛睜得大大的，驚恐地看著劉市長，半天吐不出氣來。劉市長臉又動了一下，像似在笑。這個你不清楚，很自然。停了停又說，以後你姐夫來信對我說一下，我很關心你姐夫。林樸不知道劉市長什麼意思，沒回話，只是看著劉市長。劉市長揮揮手，讓人拿把椅子叫林樸在桌對面坐下。你父親的事情知道多少？說說。林樸更懵了。怎麼提父親呢？不知道該怎麼說。劉市長等了會兒又說，那時你還小，不懂事吧，可能沒一點兒印象。你家那個但叔的孩子找到了嗎？沒有吧，要不要我告訴你？林樸又一次把眼睛睜得大大的，腦袋裏嗡嗡地響，像個傻子。

劉市長似乎很習慣這樣的場景，也不理會林樸反應怎樣，繼續淡淡地說，但叔那個失散的兒子在紫黨軍隊裏，可能你也見到，他來過石頭市。他現在姓路。說到這裏，停下來，眼睛定定地盯著林樸。看見林樸臉色變得灰白，笑了笑，挺滿意的樣子。劉市長又說了些什麼，林樸直覺得自己的頭腦像是一部生銹的機器，斷斷續續的，似乎劉市長在很遠的地方自顧自地說著，什麼邊步啦，朋友啦，辦報啦，歷史不真實啦等等。

從市政府出來，林樸沒有回工廠，跌跌撞撞地走到義學。義學的校工叢心結看見了，覺得林老師臉色不對，趕快跑去找來水之湄。水之湄一看林樸嚇了一跳。怎麼啦？快進去坐坐。怎麼啦林樸？說話呀。等林樸緩過神來才把去市政府的事兒簡單地說了。水之湄聽了詫異不已。這個劉中菁怎麼什麼都知道呀？想了想，不對吧，但叔孩子的事兒，像是編的。是不是想嚇唬我們呢？那個可惡的路坎兒，一點兒不像但叔的模樣，怎麼可能呢？年齡好像也不對。不對，不對，林樸呀，這肯定是編的。劉中菁是借這個壓你，壓神聖工廠吧？我看就是這般用心呢。林撲，你千萬別放在心裏。水之湄知道林撲對但叔的如父般的感情，他不想讓老人受到打擊。不過失散的孩子有了線索，不說行嗎？就算是編的，為什麼是路坎兒呢？之湄你說說，為什麼偏偏是路坎兒呢？林樸這一問，水之湄困惑起來。心裏不情願地想，這可能是真的。唉，該怎麼辦呢？兩人想來想去，最後決定不對但叔講。真叫人心裏難受，又沒有辦法。

更重要的是他們倆壓根兒就沒有意識到劉市長的話只是一個訊號。石頭市這樣一個小城市居然敢鬧出事兒來。在劉市長的心裏，這根子就在神聖工廠。這樣推演開來，可以說粉黨總部派劉中菁來管理石頭市是認真研究過的。

是不是與未來戰爭全局考慮有關就不得而知了。後世的研究者把這情節探得很細，雖是事後聰明，但確實有幾分道理。林樸和水之湄還有神聖工廠管理會的所有人都沒有嗅出什麼氣息來。他們不是工於心計的革命政治家，在政治面前他們很單純。

關於周市長死因的調查，在劉市長上任後有模有樣地鋪展開來，既隱蔽又公開，好像劉中苒在石頭市撒開了一張巨大的網。看起來沒有多大的事兒，畢竟周市長是被遊俠高人弄死的，與平民有何關係呢？但石頭市所有的人都感受到了劉中苒在他那辦公桌後面使的暗力，不同的市長風格確實不一樣。劉中苒讓石頭市悄悄地蒙上陰影，或許他認為這樣才能培育出統治的氣圍吧。那些有人參加過暴亂的人家，今天這個，明天那個的被特捕隊叫去，也沒問個什麼，就單是被叫去問話就足以讓人心慌的。

很多所謂研究歷史的人沒有悟出這個道理，在中國適度的冤枉平民是一種專制者常用的統治手段。沒什麼說不過去的，有則改之，無則加勉，很輕鬆的。不過被冤枉的人就難受了，有口說不清。說得清還叫冤枉嗎？真是。這種統治手段，其最大的效果就是讓所有人心裏都有壓力，都有恐懼，都有一份放不下的擔憂，這就對了。

神聖工廠那些目前有孩子參加紫黨軍隊的，挨個被叫去問話，搞得神聖工廠人心惶惶。因為涉及的是單個家庭，所以在神聖工廠裏並沒有形成集體的怨恨。劉市長把尺度掌握得很準確。被叫去的人，問話很簡單，先是登記姓名，然後問孩子在紫黨軍隊嗎？什麼時候去的？總有人這樣回答，那是很久以前的事兒，實在是沒辦法才走的。問話的人只是說，我問過你有辦法沒辦法了嗎？好啦，先回去等著吧。這個等著，意思是事情還沒完呢，讓你擔著心。

盧令令被叫去問話比較晚一些，好像是有意安排的，這讓盧令令心裏一直忐忑不安。像他這種從紫黨軍隊跑出來的人在石頭市非常少，按照後世的說法叫做有政治污點。想像一下人家會怎麼說，你盧令令在紫黨軍隊裏殺過粉黨的人沒有？恐怕殺過吧？你盧令令是逃兵呢還是紫黨暗地裏派過來的？如果是派過來的，你盧令令會承認嗎？肯定說不是吧？你看，連你說不是的路都給堵上了，怎麼辦？

盧令令被叫去的那天，正刮著北風。落葉隨風飄舞著，一路上風從背後吹過來，很有一番赴刑場就義的意味。在巡捕所裏問話是這樣的，當然，這場景是盧令令的講述。你是盧令令嗎？是。盧令令就是你嗎？是。這裏得注意，這兩句問話看似重複，其實不是。第二句的背後意思似乎是我們正要找的那個盧令令就是你，這下找著了，很嚇人的。你喜歡做毛巾吧？盧令令不知道怎麼回答這問話。問你啦。還行。什麼叫還行？喜歡還是不喜歡？喜歡。不想打仗了？盧令令結巴了一下，怕死。怕死為什麼要找死呢？沒找死呀。真沒找死嗎？盧令令有些發急，說，我不明白你問的意思，你能說清楚些嗎？問話的人沒理會盧令令，也沒有像盧令令事前想像的那樣說他是紫黨的特工什麼的。你和那個太保在一起吃的是什麼麵條？盧令令被問得措手不及，覺得腦門有汗滲出來。難怪說找死呢，這下真找到死了。麵條？不記得了，對了，好像是三鮮麵，不對，是肉絲麵。問話的人用筆記下來。盧令令看著人寫字，心裏毛毛的，說，吃肉絲麵有問題嗎？有沒有問題你心裏清楚。這個，你看，我確實不清楚才問的，要不然就吃三鮮麵算了。盧令令見問話的人拿眼睛瞪他，便住了嘴。問話的人說，今天就這樣，回去等著。不准離開石頭市，聽清楚沒有？我能上哪兒去？問你聽清楚沒有？清楚了。

劉中菁不信鬼神怪力，這點與聖人孔子很相似。不過，在孔子那兒是人的品味，在劉中菁這兒是政治，搞政治的人認為什麼事兒都是人作出來的。在他看來，周市長這個糊塗東西肯定是有人下了毒。愚蠢的傢伙，活該。但事情得查，就是查不出來，也要把這個石頭市整服才行。外國的那個馬基維利說過，統治者會借助鎮壓叛亂的機會，堅決地懲辦叛亂者，搞清嫌疑犯，彌補統治的薄弱環節，加強自己的權力。如果翻譯是準確的，那麼馬基維利的意思是把叛亂當作加強統治的機會。只有通過叛亂才能發現那些心懷不軌的反對者，才能把他們消滅掉。劉中菁是否讀過馬基維利的書就難說了。

本來劉中菁只是一個小人物，一個小政治人物，後世的研究者們之所以要討論他在石頭市的所作所為是因為他與神聖工廠連繫在一起。很多年以後還有人編了他的傳記。因為他的情報工作的背景，傳記寫得很吸引人。傳記裏說，後來石頭市發生的大事是他有意或者說蓄意挑起的，也就是說他在查找嫌疑人時，主動製造了機會，鎮壓的機會。這個說法代表了大多數研究者的觀點。

當冬天來臨時，神聖工廠艱難地渡過了經營的難關。上次軍隊的搶劫幾乎使神聖工廠的資金鏈斷裂，加上戰事日益擴大，有些外地的客戶沒法進貨。棉紗漲價，有時還運不進來。工廠只好增加大眾檔次毛巾的生產以彌補盈利上的不足。工人們拼命幹活，下班了也不走，就是為了他們自己的神聖工廠。這讓很多外地來進貨的人看了心裏十分感動。如果中國各地全是這樣的工廠，中國會是一個什麼樣子呢？天堂，不為過吧。來神聖工廠辦事兒，雖然沒有什麼好招待，但總是心情特別舒暢。一片芳草地，一塊淨土，怎麼說都可以的。神聖工廠雖渡過經營難關，可大家的心情一直不怎麼好，除了擔憂劉市長的暗勁兒，也漸漸嗅到了戰爭的氣息。這兩黨非得有個你死我活的結局才行啊。不知道是不是受了神聖工廠心情的感染，整個石頭市變得憂鬱起來，在大街上很少聽見人們像過去那樣大聲地打招呼。

神聖工廠那個舊廟車間，依舊像往常一樣對市民開放著。這些日子來燒香求神靈保佑的人日益多起來。很多女人背著家人一趟一趟地來求神，往回走的路上仍然憂心忡忡，不像以前，以為沾了聖靈之氣一副興高采烈心滿意足的模樣。特別是劉市長在石頭市展開第二輪問話，有人被上過刑後，在那條通往舊廟的路上，去的和回來的人流，匆匆的，默默的，讓人覺得這石頭市正苦著臉，唉聲歎氣呢。

這天，天下著雨，有點兒涼。天快黑的時候，林樸和水之湄打著傘回家來，一進屋就覺得但叔臉色不對。水之湄忙問但叔哪裏不舒服，是不是病啦？是不是著涼了？但叔搖搖頭，歎口氣，想要說話。看到但叔這樣子，林樸水之湄忙挨著但叔坐下，問，但叔，有事嗎？對我們說說行嗎？但叔木木的，好一會兒才說，我聽人說我失散的孩子有頭緒了。

這話一說，倒把林樸水之湄驚呆了，兩人相互瞅著，傻了眼。這是怎麼回事？別人怎麼知道的？不可能呀？這下可壞了，怎麼辦？水之湄順著說，但叔，人家瞎說呢，逗你呢。但叔又搖搖頭，興許是真的，說話的人像是政府裏的。什麼時候對您說的？一大早，有人敲門。我還以為你們有什麼忘在家裏了。一看，像見過的政府的人。也沒進屋，就站在大門口說的。我問他找誰，他反問我是不是姓但。說你是不是早年有個孩子丟了？他現在在紫黨軍隊裏，是個軍官，到石頭市來過，說不定你也見過的。說政府早就知道這事兒。他現在姓路，就是人們叫的那個路坎兒。我說不信，不可能。我孩子就是活著也不可能像路坎兒那樣。那人說，是不是路坎兒很壞你不敢認呢？政府調查得很清楚的。你孩子早年被賣到路家。那路家沒有兒子。路家住在北邊，離這裏幾百里，政府派人查過的，現在路家還有人在呢。後來你孩子跟著打劫的土匪跑了，土匪打散後，他一度流落到石頭市，這你應該知道的。我說，不信。那人說政府不跟你開玩笑。但叔說到這裏，不說話了，像在生悶氣。水之湄說，那人還說了話嗎，但叔？但叔看著他們，說了，說要跟你們講講。說，最好勸勸路坎兒，別跟粉黨作對，對家人不好。但叔說完後，三個人都不說話，好一會兒大家才喘過氣來。林樸口裏咕嚕了一句，這個劉市長真夠陰狠的。

夜裏，但叔睡不著，輕腳輕手起來，一個人坐在黑黑的堂屋裏。林樸水之湄還是聽見了。兩人都起來，開了燈，陪但叔坐著。水之湄為但叔沏了杯茶。但叔說你們去睡吧，別管我。之後誰也不說話，也沒認真想什麼，只是覺得心裏難受，一點兒睡意也沒有。直到天亮了，林樸水之湄洗漱後，又侍候但叔吃過早飯，不得不走時，放心不下，再三叮囑但叔寬心。真的，挺難受的，連水之湄也不知道說些什麼話更合適。林樸去了工廠，一肚子心事。水之湄去了義學，想想，不放心，把叢心結叫過來，仔細交待了一番。讓叢心結去家裏陪陪老人家。

生死離別構成了動盪多難的人生，有時候想想，活著可真沒什麼意思。人為什麼總要受苦呀？有人說孩子生下來哇哇地哭，就是不想在這世上受煎熬，很有道理。你說呢，牛羊生下來為什麼不哭，就單單人生下來哭泣呀？這世上似乎有些人不想受這份苦，於是就打別人的主意，就革命，得勢後把原本自己的那份苦強橫地塞給別人去受。

這幾年，叢心結長成了個小夥子，依舊瘦，一副文弱的樣子。從開始在義學一邊做校工一邊被水之湄逼著學文化，整個人就變了，有禮貌，懂事兒。沒事時總在讀書，有時也去邊步的報社，和記者們的關係很好。大家喜歡他，借給書指導他讀。當然免不了跟他講些海闊天空的外來理論什麼的。有時，叢心結會恍然反思自己，覺得自己像是重新出生過一次。這種感悟並不奇怪，很多親近知識學問的年輕人幾乎都有這樣的人生經歷。這孩子從不聽話到變得特別孝順，家裏人好久才習慣過來，家人也跟著悄悄地改變了。鄰里們看見叢心結的變化，背地裏直覺得水之湄老師真是個聖人呢，有時候瞧水之湄的眼神就跟瞧廟裏的菩薩似的。水之湄自己不覺得怎樣，照常忙她的。在她看來，人啦，本來就應該受教育做好人。仁愛孝順是人的基本品質，不是嗎？

世界上有兩類特別突出的人群。一類是追隨聖人的聖徒，他們總是努力使人成為好人。一類呢，則相反，他們的一舉一動腐化著人，使人變得很壞。這類人多半是特別熱衷革命的所謂革命家或者說革命政治家。還好，偉大這個詞是偏中性的。在很多人看來，還帶一點點兒貶意。所以當這類人自稱偉大時，人們也不覺得有多痛苦。

晚上，林樸水之湄兩人回家時，叢心結還在家裏。見他們回來，叢心結把水之湄拉到一邊，說，但叔一整大就念叨著林貽椒大姐，是不是很久沒有大姐他們的消息了？水之湄聽了，覺得淚水從心裏往上湧。唉，多苦的人生呵。叢心結把晚飯做好了，四個人一起吃。後來呢，四個人又一塊兒到河邊走走。河水仍舊很滿，遠處有船鳴著汽笛，亮著燈。燈光映在水面上讓人容易聯想起遠方的事來。林樸走在但叔身邊，望著閃爍的河面輕輕地對但叔說，但叔呀，一切順其自然吧。人呢，逆來順受，不得已吧。我們就是您的親生孩子。但叔說，我知道的，我也想過來了。有什麼辦法呢？唉，就是特別想貽椒，想孩子。水之湄聽但叔說話，忙把頭扭到一邊，怕眼淚忍不住流出來。河那邊有人叫喊著，大概說是有個死屍漂過來了。四個人正不自覺地往那邊張望呢，有人跑過來，工廠的人，喘著氣說，可找到你們了。林老師，去看看盧令令吧。他受過刑，躺在宿舍想見見你們。但叔忙說快去吧，快走吧，我自己回去。

盧令令躺在床上，臉面發白，額頭上似乎滲著冷汗，像得了大病似的。看見林樸來了，眼睛裏閃著淚光，說不出話來。林樸問，打得厲害嗎？在盧令令身上看看，沒見著有什麼傷，只是手腳腕部有繩子勒過的紅痕。又問他怎麼回事？盧令令哽了會兒才說，過的電，電刑。

這盧令令下班後走在半道上被特捕隊帶走。去了巡捕所二話沒說就綁在椅子上。盧令令不知道這是為了什麼事？腦子一急什麼也想不清楚。說，你們有什麼事？能不能先說說？幹嗎綁我呀？巡捕所的人不吱聲，像上班幹活的工人一樣，忙碌著。最後拖來根電線。盧令令記不起電線放在他身上什麼地方。看見有人推電閘，直覺得全身的肉亂跳，那痛苦直恨不得死了，怎麼叫喊也不行。記得後來醒過來，臉上淌著什麼，以為是血，其實是涼水。抬頭看看，巡捕所的人圍在跟前，瞅著他。盧令令說，到底為了什麼？求求你們了。沒人理他。又說是不是吃麵條的事兒？能不能改成三鮮麵，不吃肉絲麵了？就三鮮麵吧。巡捕所的人說話了，三鮮麵照樣電。於是又推閘，又是痛苦的叫喊，又是一桶涼水。等盧令令醒過來，問話了。周市長被害是誰指使的？你參加策劃了嗎？神聖工廠裏有誰參加了？那老頭是不是神聖工廠雇來的？林樸和你們那個管理會是不是幕後的策劃人？盧令令只要說一聲不知道就電一下。說個不是又被電一下。末了，把他解下來，架到大門外往地上一扔，吃晚飯去了。

盧令令躺在地上，覺得自己全身骨頭都散了。看看，身上沒傷。摸摸，覺得手碰到哪兒都奇痛。也許是這腦子被電糊塗了吧，想什麼都想不過來，乾脆躺在地上瞪著眼睛盯著街邊的路燈。那路燈在眼裏打轉，有些想吐。街上的人漸漸圍過來，嘰嘰喳喳地說，準是挨打了，這班群畜生。有人俯身仔細看看，說，是神聖工廠的盧令令。幾個人扶起他，送回來。盧令令躺在床上，工友們都過來了，幫著換衣服，擦身子，找來水，吃的。盧令令任由別人忙著，自己使勁兒想事兒。這是為什麼？為什麼呢？等大家忙完了，他突然意識到，政府裏的人是要害神聖工廠。不行，得趕緊跟林老師說。想坐起來，沒力氣，忙叫身邊的人去叫林老師。躺在床上，盧令令心裏明白了。這個劉中菁盯上自己了，躲是躲不過的，不能連累工廠。那是幾千口人的活命的飯碗呀。命該如此，就這樣吧。

林樸和水之湄聽完盧令令的講述，既氣憤又驚訝。為什麼沒根沒據就抓人用刑呢？這樣不講道理，這樣兇殘，到底想幹什麼呢？這個劉市長，如此陰險狠毒。你想呢，折磨盧令令，又不關押他，讓他受刑的模樣嚇唬我們，也是想給我們個訊號吧。等著吧，不老實，誰也跑不掉。盧令令要離開神聖工廠，雖然捨不得，但必須離開，眼前就這一條路。林樸水之湄不同意，林樸說了，我們是一個團體，生死都要在一起，絕不能因為有難就相互離棄。我們不能讓你走。你現在好好休養，別胡思亂想。明天我們去市政府問個明白。水之湄又囑咐身邊的工人，這幾天別讓盧令令上班，照顧他，讓他休息好，給他弄點兒好吃的。臨走時，不放心，又把工人們叫到身邊再三叮囑。倆人往回走，悶悶的，不自覺就走到了工廠，把工廠裏裏外外看了一遍。這心情，敘述起來都令人難受。神聖工廠，工人們的工廠，還保得住嗎？為什麼偏有人要滅了它呢？站在車間裏看著忙碌的時不時跟他們打招呼的工人們，心裏就想哭。沒有了工廠，他們，還有他們的家人，那些老人孩子該怎麼辦呢？誰能給他們一口飯吃一口水喝呀？

第二天，林樸帶著管理會的人去市政府，希望能和劉市長談一下。這樣沒理沒由地抓人用刑是哪家的王法？在神聖工廠，被抓去挨打的不只盧令令一個。有的人抓去後一句話也不問，就是打，然後放人。憤怒的情緒像火一樣在工廠裏燃燒著蔓延著。既然自稱是政府就不能像土匪一樣行事吧？這不是把人往死裏逼嗎？你這個粉黨不能這樣對待自己的人民吧？林樸他們在市政府大門外等了兩個多小時才讓進去見劉市長。劉市長讓他們在辦公桌前站著。一邊看著桌上的報紙一邊明知故問地說，有什麼事嗎？水之湄看見劉市長這架式，心裏火毛毛的，說，劉市長，巡捕所動不動就來工廠抓人，打人，到底為了什麼事兒？犯了什麼法？這樣子工廠沒法生產了。劉中菁抬起頭來，並不看水之湄。小眼鏡片後面的眼睛冷冷地盯著林樸。你們來就為這個嗎？林樸急急地接上話，劉市長，我們是一個工廠，工人們共同的工廠，只為活命只為養家，不涉及其他事兒。市政府想抓就抓想打就打，沒道理吧？政府不能這樣對待民眾，就是家長打孩子也要有個緣由。

劉市長不耐煩地擺擺手，又低頭看報紙。過了一會兒，頭也不抬，說，你說道理，誰的道理？你們的道理還是黨的道理？劉市長在這裏提到的黨的道理，中國民眾在往後的好多好多年裏才逐漸明白過來。紫黨統治時也是常提這意思的。那時候說什麼黨紀國法，其實呢，這個黨的道理是既無黨紀又無國法。一個少數領袖操縱的黨統治民眾，說什麼黨紀國法，純純粹粹的一個霸道。石頭市的人弄不清這個黨的道理，林樸他們也不清楚，準確地說是悟不過來，以為朝廷時代也講個公眾的道理，革命的時代應該更講道理才對呢。有人說民眾，作為一個整體，頭腦鈍。這話不能說一點兒也不對吧？要知道，革命是天下最不講道理的事情。循規蹈矩能有革命嗎？能跟你說聲還有個黨的道理，就該謝謝了，混沌中總算理出個有序來。

林樸，石頭市的人，還有無數的中國人，他們不明白革命後政府只是黨的權力的延伸和體現。不論粉黨紫黨皆是如此。是黨組成一張網，這張網叫革命的中國。劉市長停了一下，抬頭盯著林樸，輕聲的但十分堅定地說，抓誰，審查誰，是黨和政府的事兒。黨和政府的事兒還要問你們嗎？你們幾個沒叫去審查就夠仁慈了。說到這裏用手指著林樸，別以為領袖在你家住過就不知天高地厚。李荒不是也在你家住過嗎？你姐夫在幫著敵人，你也算是個匪屬吧？林樸幾個人氣得臉都青了。劉市長看看他們這樣，好像這是他需要的效果，然後又低頭看報紙，說了一聲，出去。劉市長是文化人，不講粗話，不說滾，只說出去。

林樸他們從市政府出來，每人心裏都有一種前途暗淡的隱隱的痛苦感覺。大家一路走著，誰也不說話。末了還是水之湄說了句，死，也要保住工廠。這話像鉛水一樣流到大家心裏，很燙很沉。等他們回到工廠，有人忙過來說，盧令令還有幾個年輕工人走了，留下話，對不起，不走沒辦法，請不要怨我們，保重。林樸聽了哎呀叫了一聲。他腦子裏冒出的第一句話就是，他們，他們沒命了。在車間裏，找個原料包坐下，半天不吱聲。大家看見他在流淚，不敢說什麼。水之湄靠著他坐下，拉著林樸的手，握著，就這樣握著。

關於盧令令他們幾個人出走，當然市裏還有些年輕人也失蹤之後的情節，在中國近代史的專題研究中爭論很大。爭論的焦點之一，神聖工廠甚或石頭市貧民區是不是一直存在著祕密的會道組織？如果存在這種組織，那麼這個組織在幫助支援神聖工廠方面起了很大的作用。從某些方面看似乎如此。劉市長掌握更多情報。在戰火重新燃起，粉黨看來有些信心不足的時局下，清理後方看來是粉黨領袖劉鑒殷的決定，有了這個背景劉中菁才會在石頭市這樣幹的。但反對的人說，關於祕密會道組織，沒有任何資料提到過一個字，推測不足為憑。至於劉中菁在石頭市的所作所為，只是他個人的性格使然，有些人天生就是陰狠。持這種觀點的人在學術界稱為性格派。爭論的另一個焦點是，盧令令那幫人怎麼就輕鬆地搶到武器了？一種觀點認為是劉中菁有意佈置的陷阱為殺人製造藉口。本來也可不問罪過與否抓起來殺的，但幹情報工作的人就喜歡把事兒搞複雜，畫蛇添足。反對這觀點的人認為，劉中菁雖然到處都有眼線，但千手觀音也有手夠不著的地方，何況盧令令也是參加過多次戰鬥的士兵。但把巡捕所作為陷阱，讓盧令令他們襲擊，說不過去吧？這不同的觀點分別稱為陰謀論和反抗論。陰謀論的根據是劉中冓有份送上去的報告，裏面稱巡捕所被襲是事先精心安排的，損失點兒人員在所難免。反抗論認為這是劉中冓推諉責任的托辭。歷史上的事兒總是這樣爭來爭去的，不知道故去的當事人會不會覺得煩呢？

盧令令一幫人出走後，林樸派些人，也託付些人找他們。他心裏一直有個直覺，他們會因此喪命的，可是好幾天過去了，沒有消息。特捕隊的人倒是來得很勤，在工廠裏找這個找那個問話，抬手就打人，搞得工廠雞犬不寧。林樸竭力勸工人們忍耐，沒有其他辦法。為什麼要這樣逼我們呢？他想不通。那天中午，天氣雖然有點兒涼但很晴。有人跑到工廠說，巡捕所被搶了，死了不少人呢。說話的人悄悄地，因為特捕隊的人還在工廠裏轉悠呢。

詩經四月有云，山有嘉卉，侯栗侯梅。廢為殘賊，莫知其尤。是呵，誰的罪過呢？

二十四　情節

關於這段情節，大致是這樣，說是大致，是因為所有細節至今沒有定論。事發那天特捕隊還有巡捕所的外差都出去四處捕人，巡捕所裏人不多，關著問話的人，正在動手呢。盧令令那幫人從大門衝進去或者翻牆或者翻窗子或者從所有能進去地方衝進去，只要是巡捕所的人政府的人見人就殺。用刀用棒子也有說用槍的，把巡捕所砸個稀巴爛。巡捕所裏的長槍短槍搶了不少，或者說沒找到幾支。巡捕所一被搶，外面就圍滿了人看熱鬧。巡捕所的人有被打得渾身是血爬出來，又被外面圍觀人擰著扔進去。等盧令令他們出來時，滿街鼓掌，嗚嗚地起鬨叫著。特捕隊的人從外面趕回來，街上擠滿了人，一下子走不動。有人趁亂向他們扔磚頭，或者在人群中突然伸出一把小刀來捅他們，直到鳴槍，人們才散了。好多特捕隊的人因為沒戴頭盔，被砸得頭破血流。

盧令令那幫人跑掉了。有人說有船接他們去了下游或者渡了河，有人說他們就藏在市裏某處，也有人說過了東幹渠到涔河口那邊去了。總之，等劉中菁趕到巡捕所時，盧令令他們沒有了蹤影。巡捕所附近的街道上沒有人，人們都退得遠遠地，到處是嗡嗡的狠狠的議論聲。不說巡捕所，就是那段空街上也一片狼藉。丟的鞋，磚頭，石塊，還有粗細不等的棒子，也有血，不多，巡捕所裏才到處是血，可以看出殺他們的人是多麼憤恨。

邊步被叫到市長辦公室，站在劉市長的辦公桌前心裏一陣陣發虛。這是事發的第二天。瞧劉市長只顧看桌上的報紙，便推推鼻樑上的眼鏡，嗓子輕輕地咳嗽了一聲，說，劉市長，您找我啦？劉市長抬頭看了他一眼。不找你，找誰？指指報紙。邊步伸頭一看，指的是報紙上報導的昨天巡捕所的事兒。心想是這事兒，幸好昨晚幾個人為報導巡捕所的事情在字句上斟酌了很久。事情得說，但立場得中立，要讓人看起來報導的人離事件很遠。文字得巧妙，要有欲言又止的效果，有心的人看了氣憤，要找碴的人又無從下手。劉市長想說什麼，沒說。手順著文章往下，在最後一段停住了，說，你們是怎麼知道軍隊調來了？街上看見軍隊了？這問題看似很簡單很自然的，但是從劉市長口裏問出來就是另一回事兒，那意思似乎是你們搞軍事情報，還是有意煽動民心？邊步說，這個事情，剛好夜裏我們有記者從外地回來，路上就和軍隊走到一塊了，所以呢，這事兒湊巧。再說，市裏出了這事兒，開軍隊來也是情理中的。

劉市長盯著邊步瞧了一會兒，好像知道邊步要說什麼，只是在考察邊步是個什麼態度。軍隊夜裏就趕到了，只是並沒有駐在市裏。不看報紙，市裏的人還不知道軍隊來得這麼快。報導軍隊來的消息是幫了政府的忙還是打亂政府的佈署呢？邊步站在那裏，心裏沒底。頭腦是想快速分析一下，可腦子有些轉不動。劉市長突然說，那好，沒事了。邊步沒聽明白，剛開始問話呢，不可能吧，站著沒動。劉市長抬頭又說了一句，沒事了。這一下聽清楚了，說，劉市長，我走了。剛轉身就聽見劉市長說，歷史都是假的嗎？邊步呆住了。過了一會兒才轉身，看見劉市長盯著他，心裏突然想起了市裏流傳的一句話，此人陰狠。正要開口說話呢，劉市長又說了，那個盧令令是不是在你家住過？好像住過吧。邊步剛說，這個。劉市長揮揮手，沒事了，走吧。邊步覺得要說的話半截給憋住了，很不舒服，走了。

市政府並沒有像以前那樣在大門口築工事架機槍，各人風格不同。不過呢，劉市長至少夜裏是不在市政府裏待的，不是膽小是謹慎。特捕隊的人上街結夥走，不敢拿眼盯著人看。這大不同的景象讓石頭市的民眾很解氣。劉市長的作法與前任市長很不一樣。以前呢，一出事就是全市大搜捕。劉市長不這麼幹，他認為動不動就大搜捕，很蠢。不同的情況要以不同的方式對待。像這次事件，大搜捕只會是瞎忙。他習慣於依賴情報，沒有準確的情報他是不會輕易動手的。他以為通過這次事件把石頭市隱藏很深的反黨反革命的組織曝露出來了，這好，把他們抓住就行了。當然，關於劉市長怎麼想的，只是推測。這個人從不對別人講自己的想法，即使是他手下得力的人也是如此。搞情報的人不信任任何人，職業習慣。

軍隊呢，按著劉市長提供的情報在石頭市周邊鄉下這裏那裏的突襲。盡撲空，惱火了，就隨便殺人。半個月過去了，軍隊的頭對劉市長頗有不滿，說這傢伙盡折騰人。一小隊特捕隊在市邊上的小巷子裏被殺了。全是用刀捅的，七八個躺在巷子裏排成一排。武器給拿走了，個個扒了褲子，死相不雅。平日這些特捕隊在大街列隊展示武功，呵呵呀呀的，一下成了笑柄。

有時候真是想不明白，專制者為什麼老是愛讓什麼軍隊呀巡捕呀或者警察呀在民眾面前展示武力？比如上街操練呀大閱兵呀等等，其實民眾看看熱鬧心裏並不怕。要是都動起手來，還真不知道誰怕誰呢？真是。劉市長到現場看了看，很困惑。怎麼幹得這樣利索？石頭市這個鬼地方，弄不明白。這些蠢貨拿著槍，怎麼一槍也不放呢？這下搞得那些特捕隊的人很緊張，在小巷子裏巡邏時，像過地雷陣似的。市民們靠著門瞧著，很有趣。那些特捕隊的人一上街就子彈上膛，手指搭在扳機上，結果呢，出了事兒，有人槍走火了。子彈在街上飛了很遠，穿過人縫朝一個小巷口飛去。剛好有個小女孩從巷子裏出來，拎著個瓶子打醬油呢。子彈打在小女孩的肚子上，倒在地上腿蹬了幾下，死了。

全市為這事兒沸沸揚揚的。邊步的報紙報導這事兒，說，特捕隊槍支走火，一女孩中彈身亡，家屬悲痛不已。劉市長聽說後，非常惱火。把特捕隊的頭叫去臭罵了一頓。這不是在添亂嗎？一群蠢豬。平日裏是怎麼練的？以後不準帶槍上街。不是有武功嗎？遇上盧令令，打不過活該。特捕隊的頭，末了，低三下四地說，您能不能再考慮一下，如果不帶槍沒人敢上街巡邏了。劉市長不吱聲。市政府大門外吵鬧聲很大。原來那小女孩被放在門板上抬到市政府大門口。女孩父母跪在地上，要市政府給個說法。孩子這麼小，沒犯罪吧？不能就這樣死了。

來了好多市民，圍得密密的，人們都哇哇地叫著，情緒很激動。看這勢頭弄不好就要砸了市政府，說不定還會放把火呢。盧令令襲擊巡捕所那會沒放火把巡捕所燒了，是怕大火殃及民房，這次恐怕沒人想這麼多的。劉市長呢，知道事態嚴重，現在逼在市政府裏走不了，便一面打電話通知軍隊火速調兵過來，一面指使政府的人拿點兒錢去平息民怨。自己在辦公室裏踱來踱去，不出面，估計是怕挨打。特捕隊的頭還在辦公室，站在一邊低著頭，應著劉市長的蠢豬二字，說，是，是。是個屁。劉市長心裏真窩火。

小女孩的父母是本份人家，看見市政府的人給了安葬的錢又說了一堆好話，便不再鬧了，抬著女兒哭著往回走。圍觀的市民嚷著說不行。有人向市政府大門扔石塊，磚頭。市政府的人趕緊跑進去關上大門，個個嚇得腿哆嗦，不知道這次活不活得過去。後來呢，人群散了，沒出什麼大事兒，準確地說是市政府這邊沒出什麼大事兒，巡捕所那裏在這會兒卻出了大事兒，又被襲擊了。盧令令帶的隊，這是有人親眼看見的。用了槍還有手榴彈，劈哩啪啦的一陣，殺得巡捕所裏盡是屍體，好些特捕隊的屍體呢。一轉眼，跑了，乘船去了對岸。從此之後，人們再也沒有見過盧令令這幫人。說法很多，不足為信。軍隊過來後，不管三七二十一，全市戒嚴。還派人去了報社，說，停刊，什麼時候復刊再說。軍隊在街上亂開槍，子彈打在店鋪的木板上撕出一叢一叢的白木頭絲來。還好，雖然嚇人，但沒人死，也沒人受傷。神聖工廠也派去了軍隊，出入工廠人人都得檢查。儘管如此，整個城市卻蕩漾著一種莫名的滿足感。想想讓人心寒，讓人心酸，難道這就是革命後中國的一張紀念照嗎？

事情的發展說來也怪，本來經歷大的動盪，好像石頭市的天要翻了，可是，直到軍隊撤走，石頭市非常平靜，什麼事兒都沒有。這個談不上什麼社會規律，但據說，其他地方甚至歷史上也常有這種現象。大事過後一切戛然而止，像什麼都沒發生過一樣，很讓後世的人百思不得其解。街上店鋪照常開著，木板上留著槍打的痕跡。人們在街上走，熟人相逢打招呼，喲，買蘿蔔了。還沒打霜呢，打霜的蘿蔔才甜。管它呢，沒什麼菜好買的，不甜就不甜吧。那就用水焯一下，也行的。

在中國，民眾的生活就像一部順坡往下滑的車，就這樣一直滑呀滑呀，沒個休止。碰塊石頭，車翻了滑著滑著又正過來，繼續。當然不能休止，不然還有個中國嗎？瞎想呢。有一點必須指出，後世的研究者因為多數都很有學問，雖然沒明說，但字裏行間多少表現了一些瞧不上盧令令他們的意味。沒文化的下層人物。這個可不對。如果說盧令令他們真是與祕密會道有染，那他們體現的就是自古便有的中國民眾的互助反抗的會道精神，對吧？成不成氣候是一回事兒，精神還在則是另一回事兒。

軍隊撤走是戰事的需要。從廣播裏聽得出，戰打得越來越大了。石頭市的人不像以前那麼關心兩黨的戰事，倒是在市民中突然流行起一種麵條的做法。時尚就是這樣，沒什麼理由，大家都熱衷便是時尚，而且這時尚呢，還不分個歷史場合，很奇怪的。後世的把琢磨別人心思當學問的人，說這叫從眾心理。在社會上先是一小撮人喜歡，後來呢，大家跟著喜歡，從眾，就成了時尚。這理論，怎麼說呢，不對又對吧，管它呢。流行的麵條叫熱乾麵。既然是新時尚就一定不是本地的傳承，那是從河下流的一個城市傳過來的。那城市的人說起話來拐彎抹角，有些油滑。這熱乾面呢，很像那地方的人，粘粘糊糊的，吃起來還很有風味。一個地方的特產往往反映那個地方人的秉性。例如你向北面走很遠，然後呢，轉向左手又走很遠，你會覺得那裏的人說起話來，脖子暴著青筋，哇呀哇呀的叫。人一過三十，臉上就盡是溝溝壑壑的皺紋。為點兒小事動手就打，打累了才坐在地上談談是怎麼回事兒。要麼遇上口頭不爽，拿刀子便捅人，出事了卻又哭爹喊娘求饒命，怪怪的。那裏的麵條呢，又粗又硬。盛上來就是一大碗，真正的一大碗。乾乾的鹹鹹的，吃完了再喝上一碗無油無鹽的麵湯，然後腆著塞得滿滿的胃走了。

熱乾麵的做法很複雜，當然這是相對其他地方的麵條而言。麵條是鹼麵，先煮得剛剛熟，撈起來用油拌，然後涼著，吃的時候再過熱水。不要湯，不然就不叫熱乾麵了。放上芝麻醬，辣椒醬，鹹蘿蔔丁。用筷子自己在碗裏拌，好了，可以吃了。香，鹹，味足。鹹蘿蔔丁脆脆的，像天上的星星豐富著夜空，構思巧妙，又不貴。熱乾麵的好壞主要在用的醬上。幾種醬組合得要恰到好處，其中芝麻醬是主體。芝麻醬是小磨麻油製作中出的。為什麼說是製作中出的呢？因為小磨麻油是古代傳下來的一種特別的制油方法。小磨不是說磨很小，指的是加工精細，這個小是相對粗而言的。芝麻炒香了，用石磨磨成醬，再兌上水放在一口大鐵鍋裏，耐心地緩緩地搖。搖著搖著油就浮上來了。這油就叫小磨麻油，下面的叫芝麻醬。如果一條巷子裏有家製作小磨麻油的作坊，這條巷子整個便香氣蕩漾。不是飄香是蕩漾，太香了，好聞。作熱乾麵的芝麻麵醬不是直接用的，一定要加些小磨麻油拌。為什麼不直接把芝麻磨了就用呢？這個沒人去研究，自古就是這樣的，照作就行。別什麼都要弄清楚，都研究得一清二楚就不叫傳統了，懂吧？

那天晚上，林樸水之湄剛到家，邊步和他老婆全玖兒就來了。抱著孩子，拎了一大盆熱乾麵，熱騰騰的。全玖兒跟著時尚學著作，作得水平很高，好吃。邊步母親，吃了還想吃，隔天就對全玖兒說，玖兒，再作熱乾麵吧。說來有意思，依全玖兒的性格應該是作不好熱乾麵的，是個好媳婦，一點兒也不油滑。世上的事兒，總有例外。但叔做好的飯菜只好放著明天吃。林樸三個人也不客氣，都是第一次吃熱乾麵，真好吃，不知道這是全玖兒的手藝好呢。當林樸第二次吃別人作的熱乾麵時，熱情大減，把全玖兒的熱乾麵的好印象沖得淡淡的。

邊步的石頭報剛復刊不久。報紙停刊期間邊步心情很不好。一幫人得養活，不出報紙怎麼辦？沒事時轉到神聖工廠去找林樸，看見工廠裏烏雲密佈，也沒心情多待。現在報紙復刊後，又有了些勁頭，便和全玖兒還有孩子來林樸家串門。吃完熱乾麵，自然說了一大堆讚揚謝謝的話。收拾完了，水之湄和全玖兒坐在一邊談些女人家的話，家務囉孩子囉。水之湄把孩子接過來抱在懷裏。看見水之湄喜歡孩子的樣子，全玖兒說，之湄呀，怎不要個孩子呢？不是關係很好的女人，一般不這麼說的，萬一女人不能生不是傷別人的心嗎？水之湄說，現在工廠這樣，怎麼生孩子呀？一說這話心情就有點兒沉。我媽也說要孩子呢，玖兒姐，我心裏也想要。你看老是出這事出那事的，我要懷上孩子，不是拖累林樸嗎？再說林樸一個人在外面叫人不放心。你也知道林樸不是一個很強的人。我就擔心他，怕他吃虧。我跟媽還有但叔都說了，等以後事情順了，日子太平一些時再要孩子吧。全玖兒挪近些，拉著水之湄的手，心疼地看著她。看你瘦的，總是氣血不好。明天我給你燉隻雞放上點兒當歸補一下。不用了，玖兒姐，我一直就這樣，也沒什麼病，就是不長肉呢。我媽常說我吃什麼都白吃，留不住，不載財。再說，也不是補不補的事兒。這時代，作一點兒事真難，叫人怎麼長胖呢？

全玖兒說，你們啦，就不是一般人。我們邊步常說你們是歷史人物，做大事兒的。什麼大事兒呀，水之湄笑起來，就是大事兒也輪不上我們。你看我和林樸像是作大事兒的樣子嗎？又瘦膽又小，辦個工廠，辦個學校還整天提心吊膽的。全玖兒說，可不能這樣說呢。我兄弟他們鄉下都知道你們，說你們是仙人在世。鄉下還傳著很多你們的神事兒，有時候兄弟過來也講，聽了像真的一樣。鄉下人呢，迷信。要不要我講點兒你聽聽？水之湄忙說，別講了，大家心是好的，不過傳得神了倒使人顯得很醜很難堪呢。

全玖兒好像頭腦正想著那些聽來的神奇傳說，自顧自地笑了。神話人物正是自己的好妹妹，有意思，也覺得自豪，笑著說，你肯定不是觀音下凡，觀音吃得很胖。把水之湄逗得直笑，說，觀音整天坐著辦公，加上吃得好，當然胖。全玖兒說，我婆婆也惦記你。扭頭看看坐在另一邊的邊步，湊在水之湄的耳朵跟前壓著嗓子學著邊步母親的腔調，你去勸勸之湄，女人啦，別在外面跑。我說之湄跟我們女人不一樣，人家有本事。不是所有女人都像我們坐在家裏的。婆婆說，什麼不一樣？我看你結實，都在家裏，之湄那麼瘦弱，像片樹葉，別讓風給颳跑了。我說人家之湄就是颳風的人，哪有風敢颳她呀。婆婆說，跟你說不攏，頂嘴。之湄，你說這也算是頂嘴嗎？水之湄聽了直笑。心裏想，這天下的媳婦難得有不在背後說婆婆的。如果林樸的母親還在，自己怎麼相處呢？不會也在背後講婆婆吧？

邊步和林樸在聊時局，但叔坐在一旁聽著。這和以前不一樣，他擔心著林貽椒一家人。這時局醞釀的時間長，一旦變起來卻很快。邊步作新聞，所以知道的各路消息傳聞也多。他說，劉鑒殷和李荒比差遠了。李荒一直在投入力量發展新武器，這是軍事觀念上的不同。劉鑒殷還是舊的一套，靠人多，地盤大。李荒認為兩黨的命運最終要在戰場解決，因此一直把心思放在軍事準備上。他統治的地盤，所有的一切都是圍著軍事準備運轉的。劉鑒殷這邊好像千年鐵打的江山，過得舒舒服服的，下面大大小小的官員想法弄錢的太多。軍隊的將軍們也專橫跋扈。幾戰打下來，粉黨軍隊吃了虧，劉鑒殷著急，將軍們不在乎。你聽說過制空權嗎？這是軍事上的新概念。現在打戰輸贏全在天上。誰在天上打贏了，就用飛機向地面部隊扔炸彈，炸得你抬不起頭來。噴氣飛機很厲害的，飛得快，扔完了炸彈回去再裝，一會兒又來了，再扔。地面上炮打不著。李荒有一種新武器，說簡單點就是能自己跟蹤目標的火箭，叫導彈。紫黨靠導彈打得粉黨的飛機不敢來。粉黨據說也研製過導彈，沒成功，好像研究的人不行。

林樸聽到這話，腦子裏突然意識到，李荒把姐夫弄去的原因。直覺上感到不是什麼好事兒。想到這兒，下意識地望了但叔一眼。但叔正認真聽邊步說話，因為好多話聽不明白，所以特別專注。

話題又扯到石頭市。邊步也感慨石頭市的人變了。誰來寫這段歷史呢？或者說誰來真實地記錄這段歷史呢？歷史總是後世人寫的，而且必定是官方的人。等我們死後，生氣也沒有用。林樸說你應當把石頭市發生的一切記錄下來，留給後世作憑證。邊步擺擺頭，沒用的。就是寫了也是野史，沒人信。然後他們談到石頭市發生的具體的事兒。這是一種常見的閒談模式，先感慨，然後呢，進入具體的話題。說到盧令令，邊步和林樸有同感。這人不是一個天生的壞坯子，應當說膽也不大，還怕死呢，都是那個劉中菁逼出來的。邊步說，想不到這一逼，反而把盧令令的軍事才能逼出來啦。平日裏真看不出盧令令會打戰，特別是這種游擊戰，你看他組織策劃得多好。林樸點點頭，說，以前要是知道他的能力，讓他幹些更重要的事情就好了。邊步說，要是用歷史的眼光看盧令令這事兒，好像並不簡單。

林樸不明白邊步的意思，看看邊步，歷史的眼光是不是用辭不當？邊步繼續說，盧令令是不是暗中參加了什麼組織？不是跟政黨有關的那種組織，就是暗中的那種野組織。哪種野組織？林樸說，還有什麼野組織？我看不像。盧令令一直在上班，沒見他到處亂跑的。邊步不知在搖頭還是在點頭，說，我也不知道，只是劉中菁好像一直在刨根問底，倒使人覺得真有這麼回事兒。不過你往前想，周市長的死不會只是巧合吧？邊步這麼說著林樸突然想起來盧令令說的有功的人發功發火也會致人死地的話來。慢慢感到也許石頭市真的隱秘著什麼不為人知的神祕組織。腦子裏一下子聯想到涵伯，說，邊步，最近怎麼一直沒有聽到涵伯的消息，他老人家還在嗎？邊步搖搖頭，沒有聽說。這些日子發生的事情太多，真把涵伯給忘了。林樸你看涵伯像不像生活在人們記憶以外的人，神人，深不可測，永恆，對吧？涵伯肯定還活著，他不會輕易死的。如果想死，他老人家早就死了。別看他老成那樣，估計我們死了他老人家還在。你信不信？歷史上有過記載，有仙人活上幾百歲的，甚至還有更長的。在中國好像有些東西是不死的，永遠存在。林樸說，歷史是不真實的。林樸這是拿邊步的口頭禪說邊步。邊步沒理會，繼續說，中國的事兒，有時你怎麼想也想不明白。現在，我還真不敢說古人有活幾百年的話是胡扯呢。歷史是不真實的。這個命題在邊步那兒早已不是從前那種標新立異嘩眾取寵的噱頭。隨著書看得多，想得多，見的事兒多，這個命題在邊步思想裏已經有了足夠的學術厚度。歷史不但說假話，更重要的是這個不真實後面隱藏著不可變更的民族性格。這是陰暗的一面，可恥的一面，是中國這片土地上生活的民眾無休無止地原地轉悠無法真正前進的羈絆。世界已經發生了巨變，整個人類的觀念已經更新。可是中國，骨頭裏依舊充滿了固有的一切。什麼革命呢，想透了就覺得很無聊。新的時尚辭彙，新的誰也不明白的主義，像一件件衣服套在中國這個不曾認真洗滌過的滿是汗臭的身體上。邊步早已不再像以前那樣嘖嘖地在別人面前談什麼歷史不真實的話題。更多地是在心裏想。思想讓人深沉。

林樸提到邊步的口頭禪，使邊步想到了在市長辦公室的一幕來。眼前浮現著劉中菁那副冷冷的模樣，說，劉中菁最近找工廠麻煩沒有？林樸說，現在工廠的情況不好，大家心情很壞。毛巾銷路受戰局影響很大，有些經商過不來。劉中菁表面看，沒找工廠麻煩，暗中調查抓得很緊。最近有家屬失蹤了，找不著。工人間傳說是劉中菁幹的，但沒證據。邊步聽後沉思了一會兒，說，聽說粉黨這邊要轉為戰時體制。到底怎麼轉不清楚。劉中菁這個人不知道會在石頭市弄出什麼事兒來吧？這人實在是又壞又狠，不好防。邊步想起最近報社登尋人啟事的多起來，還沒往這方面想過呢。這裏有問題，說，你說失蹤的事兒，最近市裏也有。會不會劉中菁暗中抓人呢？你想想，有可能吧。劉中菁不會甘休的。聽邊步這麼說，林樸心情沉重起來。他們，還有石頭市的所有民眾誰也沒有意識到石頭市將有大的災難發生。大事兒往往爆發得很突然。實質上苗頭早就潛伏著，人們察覺不到而已或者說沒有往深處想呢。水之湄和全玖兒正在說著林貽椒一家人的事兒，不知現在過得怎樣？怎麼最近一點兒訊息都沒有呢？這時有人敲門，在外面大聲吆喝。林家開開門，菜送來了。大家在屋裏聽這叫喊聲很困惑。什麼菜呀？是不是叫錯門了？林樸去開門，一看是附近一家酒館的夥計，拎著送飯菜的食盒站在門口。這夥計，林家人都認識。二十多歲，總是滿臉堆笑，街上碰見了總是先打招呼，嘴跟手一樣勤快。看見林樸說，林老師，您訂的酒菜送來了。慢了一點兒，您見諒。沒耽誤您吧？我家沒訂菜呀？林樸很詫異，你知道我家從不訂什麼菜的。你是不是弄錯了？那夥計笑眯眯地說，看您說的，您錢都付過了。然後小聲說，有人付的錢，叫送的。人不認識，沒見過。管他呢，吃了再說。這可不行，怎麼能白吃人家的。林老師您是名人，肯定是有人崇拜您。說著用手指指食盒，收下吧。放下食盒匆匆地走了。對不起，林老師，館裏忙著呢，回頭再來拿食盒。扭頭說了這一句。

林樸關上門，拎著食盒進來。水之湄說，看看是什麼？一揭開，四盤菜，很香。還有個瓷酒瓶，燙過的，還熱著。食盒最下面墊著白毛巾。水之湄有心，把毛巾揭起來，裏面有封信，給林樸。信是姐夫寫的，匆忙過了一遍目，叫大家圍過來，念信。林貽椒懷孩子流產了，現在已經康復沒事兒，請別擔心。問家裏人好，一個個的問。看來寫信時林貽椒就在旁邊，不然怎麼有這麼多牽腸掛肚的話呢？像個操不夠心的母親。信裏還特別問候邊步家人，挺牽掛的。讓邊步還有全玖兒感動不已。全玖兒一下子淚汪汪的，說，姐夫到底是數學家呢。真是，這跟數學家有什麼關係？數學家大半對人情事故木木的，這都不知道？信的最後反復交待天冷了，一定一定要注意身體，千萬別病了，病了可不好，非常不好。林樸讀到這裏也奇怪起來。怎麼不像姐夫在說話啊？是不是暗示我們要小心什麼呢？這一說，大家都點點頭，對呀，姐夫可能知道些事兒，不好說吧。能是些什麼事兒呢？大家納悶。末了，水之湄把菜一分，讓全玖兒帶回一半，酒留給但叔。但叔不喝酒，還是留下了。邊步他們走後，林樸把食盒送回去。酒館老闆說，怎麼林老師親自送來了？那傢伙呢？不是早回來了嗎？沒有呀。我還以為他在您家等著呢。到底上哪兒去了？從那以後，酒館夥計就失蹤了。過了好長一段日子，有人在酒館吃飯，是個鄉下人，常客，住在下游。說河裏撈了個人，看衣服像是酒館夥計。不過臉都打爛了，不敢肯定。埋了。聽這麼說，酒館老闆也死了尋找的心，托人帶了些錢送到夥計鄉下家裏，賠不是。挺傷心的。

接到姐夫的信後，沒兩天林樸被叫到劉市長辦公室，站在那裏等劉市長說話。劉市長隔著小眼鏡片把林樸看了好一會兒，才慢慢地說，你姐夫來信啦？林樸想都沒想，咕噥著說，沒有。真沒有嗎？沒有。沒人遞個什麼話嗎？沒有。劉市長鼻子哼了一下，沒有可不好。林樸不知道劉市長這話用意何在，心想反正你知道也好不知道也好，只說沒有，不改口。

過了一會兒，劉市長說，你知道什麼是戰時體制嗎？不知道，從來沒聽說過。劉市長鼻子又哼了一下，不知道可不好。林樸聽這話就想到了工廠，這傢伙是不是打工廠的主意呢？心裏有些緊張起來。劉市長又盯著林樸說，你們神聖工廠在石頭市算是個大企業，我先跟你打個招呼。林樸想，跟我們打招呼？你們打你們的仗我才不管呢。想想，不對，說，劉市長的意思是不是說戰時體制要接管我們工廠？神聖工廠是工人們的工廠。劉市長打斷林樸的話，我說接管了嗎？林樸只好不說了。等了會兒見劉市長不說話，便說，我們工廠有人失蹤，還有家屬裏也有，人心慌慌的，市政府能不能幫助解決一下。劉市長說，人心慌慌嗎？怎麼幫？要市政府派人去找嗎？自己的人自己看好，別什麼事兒都往市政府推。市政府是給你們工廠找人的嗎？停了會兒，又說，你們神聖工廠擁護黨嗎？見林樸不說話，又說，我看你們跟黨不是一條心吧？林樸說，該交的錢我們都交了，算起來也不少，劉市長你看這算不算擁護？

劉市長又拿眼睛盯林樸。突然說，姐夫來信了嗎？林樸脫口說個沒有，頭腦一炸。你也不回個信？林樸不吱聲，只是看著劉市長。劉市長仔細瞧著林樸，林樸覺得那眼神好像一隻手在他臉上這裏翻翻那裏掀開一下。停了一會兒，劉市長才說，你走吧。林樸很不習慣這樣的場面這樣的談話。什麼人啦，盡是心思，轉身走出門。剛過門口就聽見背後說，別以為我不敢動你。人震了一下，沒回頭，身體順著腳走了。一路上林樸心裏老問自己，這個劉中菁為什麼要這樣？這樣是哪樣？林樸並不清楚。

石頭市這些日子不斷有外地的難民過來。漸漸的，大街小巷都是難民的身影。疲憊，饑餓，骯髒，衣裳襤褸。夜裏街邊，小巷，拖兒帶女的躺在牆角。整個石頭市彌漫著可憐的哀求聲，好像暴雨前壓過來的黑雲。今年的饑荒來得早，加上打仗，人們只好流浪行乞。石頭市的神聖工廠名聲大，很遠很遠的鄉下人都聽說過。不少人跋山涉水就是奔著石頭市的大慈大悲的神聖工廠來的，半路死掉的也甘心。臨死前有人還用手指著遙遠山影那邊的天，說，神聖工廠在那裏呢。神聖工廠外面有了越來越多的難民，跪在草地裏磕頭。工廠召開了緊急大會。別的事兒不談專門討論幫助難民的事情。工人們的心情就不用說了，很多人以前就是難民。大會的決議很簡單，工廠一切節衣縮食，省出錢來辦粥場。最後表決時，那大倉房的情景催人淚下，全場所有人手舉得高高的，好久沒有一個人說話，就舉著手，彷彿這些無言的手擎著中國人的全部良心，是的，全部。

在東幹渠那邊，東頭一個，西頭一個辦了兩個大粥場。每天早晚兩次。儘管是粥和鹹菜，難民們還是感激萬分。聽說林樸水之湄在場，人們都圍過來磕頭，跪在地上抱著他們的腿哭呀哭呀，弄得他們兩個眼淚汪汪的。這次大的難民潮與以往不一樣，街上沒偷沒搶的。可不知為什麼市政府卻要驅逐他們。夜裏市政府的人拎著棒子把難民往郊外趕。睡在牆角的，用腳踢。因為總是在深夜裏幹，很多石頭市的人不知道，只是覺得怎麼夜裏總有撲撲的腳步聲。中國歷來被驅逐的行乞者是不吱聲的，只顧悶悶地跑，這景象說來也有幾千年了。粥場維持了很長時間，這裏面有幾乎全市人的鼎力相助。人們送米送菜過來，還幫著幹活。直到快下雪了，難民才漸漸少了。人們並不知道其中的原因。傳說很多。因為按理講越是冬天日子越難過，難民怎麼會少了呢？可就是少了。最後粥場收了場。少數仍困在郊區的難民，人們給些錢接濟接濟，讓他們熬過苦難的日子。

萬壽無疆這個成語源於詩經。萬壽無疆？不知道是什麼意思啊。

二十五　日食

日之食，亦孔之醜。凶兆。歷來如此，未來也不例外。當石頭市第一場雪後，天放晴，中午藍天上的太陽正亮亮的照著，日食發生了。開始時，有人覺得天晴了，怎麼不太亮呢？抬頭一看，太陽被咬去了一大塊，整個城市驚恐起來。人們把盆啦鍋蓋啦，只要是敲得響的東西都拿出來，叮哩哐啷地使勁兒敲，到處是一片慌張的敲打聲。人們擠到大街上往天上看，嘴裏咕噥著，日食啦，這可怎麼得了？天滅人了。當太陽完全被遮住時，天上就剩下一個黑圓斑，像天給鑽了一個大洞，黑圓斑的四周射著燦燦的兇狠的光焰。街上突然刮起了冷冷的風。好多人都嚇傻了，呆呆站在街上，忘了敲手中的傢伙。當日食過去了，人們議論了好一陣子才散去。

接下來幾天，石頭市人心浮動。凶兆預示什麼呢？有人要垮臺了嗎？有大災嗎？是不是地要震了？要死人了嗎？有瘟疫嗎？有外族入侵嗎？市民們惴惴不安。有凶事那是肯定的。人哪能勝天啦，天要人死人不得不死，天要人受苦人不得不受苦。從古至今以至未來，逃得過嗎？

邊步的石頭報用了大篇幅談論石頭市發生的日食。文章是邊步的主筆。通過辦報紙，邊步的文筆練得相當不錯，不像後世的報紙人，新聞寫得越多反而越不會寫了，寫起事兒來還不如坊間老太婆來得生動且得要領。邊步的文章開頭部分是講科普，月球遮太陽之類的話，然後呢，筆頭一轉，談起了日食與人事的關係。科普歸科普，社會歸社會，各有各的道理。作為人，人的道理大於科普的道理。文章用了大量篇幅列舉歷史上曾經的日食與社會災難以及王朝傾覆的事蹟。說，日食一現，謝罪也沒用，早幹什麼去了？不知道邊步在罵誰呢？

邊步的文章刊出後，給民眾的議論理了一條路，談論起日食凶兆來明顯有了針對性。自然，邊步又被叫到市長辦公室。依舊是邊步熟悉的場景，站著，劉市長桌上就是報紙。劉市長用手敲著報紙，你這是什麼意思？邊步嘴快，不等劉市長說第二句便接過話說，市民們瞎議論，我們報紙從科學和歷史的角度給市民一個知識性的引導。

劉市長揮揮手打斷邊步的話，你才是瞎議論。可能不僅是瞎議論吧？你想幹什麼？煽動嗎？我看不出什麼知識性引導。居心不良吧？邊步想辯解，見劉市長狠狠地盯著他，便把話嚥下去。你是不是想讓我把報社封了？邊步著急了，搶著說，劉市長，這文章不是就事論事嗎？沒想說誰的壞話。再說日食在市民心中是大事兒，不談點兒這方面的事兒說不過去。劉市長胳膊放在桌面上，用手指著邊步，再次打斷邊步的話，為什麼不談革命的敵人黨的敵人會滅亡？你影射誰，你心裏清楚。我告訴你，別耍小聰明，後果你是知道的。趕快給我來篇文章，站在黨和革命事業的角度談談日食。清楚了沒有？不然我要對報社進行調查。回去吧。

邊步知道劉市長調查的意思，暗中整人吧。回到報社後，不用說，又是幾個人在一起關著門大罵，末了還得遵旨寫文章。第二天，報紙登了，叫日食之市長訪談及啟迪，說在市長的親切開導下，悟出了日食第一是自然現象，第二是預示革命的敵人末日來臨，也是警告一切與黨為敵的壞人等等。文章讀起來怪怪的，不知道劉市長滿意不滿意？不過一直沒人到報社搞調查，這事兒好像過去了。幹哪行都有風險，尤其是靠說話過日子的報紙，不是嗎？

當石頭市的人不再議論日食的時候，市政府或者說粉黨的人突然挨家挨戶地檢查各家插在門外的粉旗，讓人覺得像有什麼大事兒要發生了。這粉旗呢，好久沒人理會，大多褪了色，一點兒也不粉。有些粉旗與其說是旗還不如說是掛在竹竿上的布條。有的人家乾脆就剩一根光桿插在門外，倒像是用來曬衣服的。自從盧令令他們不再出現在石頭市，市政府的人膽子也壯了起來。以前那副吆吆喝喝的勁頭又回來了，至少人們是這樣認為的。店鋪的人都懂，不用教。街面上的住戶人家就不一樣了，有聽話的有不聽話的。聽話的又分真聽話的和假聽話的。不聽話的人家這個那個的就是拖著不換，怎麼樣，殺了我？這情景與以前很不一樣。不過後來幾乎都換上了新的粉旗。雖然新粉旗比以前做得差多了，但大街上望過去，依舊有桃花盛開的感覺。寒風中擺呀擺的，有人說像在招魂，更有粗口的人說像似給婊子下葬呢。老實講，劉市長這次換粉旗，雖有重振粉黨威信的用意，但更像是被人打倒在地，悻悻地爬起來抖落衣服上的泥塵呢。

神聖工廠換粉旗的過程，有挑釁的意味，不知道劉市長怎麼就跟神聖工廠過不去。工廠大門外的粉旗應該說還保養得不錯，看門的老頭沒有什麼政治立場，只要是工廠的東西就得愛惜，粉旗也是。逢到天氣不好還不忘記粉旗，趕緊收起來，等天好了又掛上去。髒了叫人幫著洗一下，幫著洗粉旗的女工把粉旗放在大木盆裏放上水用腳踩，結果是好的，過程呢，難看。有工人過來說用尿洗更好，不褪色，不知道是不是有道理。你不說，染料這玩意有時還真有妙方的，附近染房那裏就有把什麼樹葉和棉紗放在一起搗的。

那天，政府來人說粉旗要換。剛好林樸不在工廠，門房的老頭和政府的人爭了幾句，意思是粉旗好好的，幹嗎要花錢換呢？政府是不是出錢呢？政府的人看見老東西頂嘴，沒好氣地說，你是什麼東西？叫林樸來。這話可觸怒了看門的老頭，吵起來。車間沒當車的工人聞訊跑出來，推推攘攘地快要動手。說實在的，這石頭市裏相比較最不把政府放在眼裏的就是神聖工廠的工人們。自己的工廠，自己勞動，有口飯吃，賦稅在全市交得最多，工廠在市裏聲譽又好，幹嗎怕這些傢伙。你不就是有槍嗎？都拿起槍來，不定誰趴下呢？正爭吵著，突然一百多個特捕隊的人拿著槍圍過來。一看，就知道是早有準備的。工人們趕緊找來各種工具鐵管什麼的，堵在大門口，雙方僵持著要動手。林樸在外面得到訊，幸好離工廠不遠，上氣不接下氣地跑回來。硬把工人們勸回了車間。工人們聽林樸的，雖說氣憤難平，還是算了。什麼特捕隊？還想找死嗎？明顯在提盧令令他們。這話外面特捕隊的人都聽見了，沒敢還嘴。

林樸把政府的人打發回去，答應換新粉旗。工人們覺得林樸軟了點兒，不過當家人也只能這樣了，大家心裏理解。新粉旗是連夜做的，幾個女工還有水之湄忙了好一陣子。工廠裏有現成的機器不用手縫，當然沒有後世那種繡呀繡呀繡紅旗的感人場面。第二天新粉旗掛上了，有工人往粉旗上吐口水，看門的老頭跑出來臭罵一頓，老人心疼做旗的布料，那是工廠的財產呢。說不準那天，這粉旗不掛了撤下去，還可以改成衣服穿，是個東西就得愛護吧。邊步當初想報導這事兒，還派人採訪了。後來一想，算了，還是別惹事兒。

水之湄這段日子，有時夜裏常醒過來睡不著，說是鄰居孩子夜裏老哭，很吵。一天吃晚飯時說了這事兒。但叔說鄰居沒小孩呀，過去一問，確實沒有小孩，更別說哭了。水之湄的母親過來，看看水之湄的臉色，順口問最近是不是有些想嘔。好像有點兒。怕是有孕了。到中醫那裏一拿脈，喜脈，懷孩子了。家裏最高興的要數但叔，看著水之湄，心裏喜歡得不行。嘮嘮叨叨地嘀咕，這就好啦，該要孩子啦。於是呢，天天上街到市場謀些好菜，回家燉湯給水之湄喝。有時還拎著湯盒送到義學去。水之湄母親也天天過來幫著做些什麼，說，這之湄啊，心思就不在孩子上，將來怎麼做媽媽呢？全玖兒聽說水之湄懷孩子了，有空也過來。有時呢，還拎雞湯給水之湄喝。雞是老母雞，全玖兒兄弟從鄉下拿來的。全玖兒知道林樸水之湄雖說是工廠管理會的負責人，但收入和工人們一樣，日子闊闊綽綽的，但並沒有多少富餘。全玖兒曾對水之湄說過，如果這麼大一個工廠是你們倆的，工人的工資按市價走，那你們可是全石頭市最有錢的人了。心操著，風險擔著，沒多拿一分錢，不是傻子就是聖人。

水之湄說，既不是傻子也不是聖人，平常人平常事兒。你看看以前北郊的人多苦，有了工廠大家的日子好多了。林樸說了，未來社會就應該是這樣的。大家一起勞動，平等，自由。有事兒大家作決定，誰也不比誰高比誰貴。如果未來都是這樣子，不就是平常事了嗎？水之湄是教師，教師總有個職業習慣，有問題就想說透點兒。全玖兒畢竟是從鄉下來的，應該是挺傳統的女人，水之湄說這些，在她只是聽聽，心裏沒印象，不理解哪來的印象。

若干若干年後，當這些話或者諸如此類的話在中國甚囂塵上時，幾乎所有的中國人，不論是當權的還是被統治的，沒人當成一個真事兒。只是說說，只是聽聽，中國依舊還是那個中國。

水之湄懷孕的事兒，其他人不知道。林樸想了想，覺得最好別說出去。他怕大家高興，送東西過來，這樣不好，真的不好。廠裏人有家屬懷孩子生孩子，林樸水之湄都去看望過。如果水之湄懷孕的事兒讓大家知道了，可以想像會有多熱鬧，工廠的人尤其是女人們都盼著水之湄有孩子呢。神聖工廠的人在情感上就和一家人一樣，雖然有時難免有摩擦，但大家在一起很親密。這種親密的情感也是林樸水之湄一直刻意培育的。親密的氛圍才能促成寬容與團結，才能形成無私的團體。不過，孩子的事兒大家遲早都會知道的。要不然悄悄地到全玖兒娘家去生？到時候再說吧。

林樸一想到大家會送禮過來，就嘀咕，這樣不好，真的不好。邊步多事兒，知道水之湄有孕的事兒後，心裏感慨，於是寫了一篇散文，題為，孩子，中國的希望。沒有明指水之湄懷孩子的事兒。散文這玩意兒，雖屬雕蟲之技，但因為篇幅不大，沒多少迴旋餘地，所以要功夫。結構要精細，語言得十分準確，所發之感要真切，不能硬憋出感慨來。邊步寫散文的功力不夠，一股寫歷史的腔調。讀報紙的人還以為是填白湊數的文章呢。不過，劉市長嗅出味來了，不久就知道水之湄懷孩子的事兒。為什麼劉市長會關注這等平常事呢？不知道。也許這人就喜歡這裏聞聞那裏嗅嗅吧。

後世的研究者在分析這段歷史時，也提到水之湄懷孕的事兒。因為這與以後發生的事件的情感色彩有關，但沒有一個人提到石頭市的日食。這是非常不對的。在他們看來天象無關人事，以為比古人高明，顯得很沒有中國人的文化，真是可笑。上次日食一個來月後，那是個早上。天亮了人們起床，睡眼矇矓。一瞧天還沒亮呢，又睡。街上有人敲鑼敲盆子，突然鬧成一片，亂亂的，這才知道，太陽剛出來又變成日食了。

天黑黑的，滿天星星。東方有光，人們往東擠著去看。那情景，像天邊升起了一輪黑色的太陽。大大的，有些扁，模樣確實嚇人。石頭市的人這回都不吱聲了，默默的。有什麼辦法？該來的就來吧，頂多就是一個死。有婦人坐在地上哭起來。哭，又有什麼用呢？但除了哭還能幹什麼呢？那就哭吧。一年裏竟接連有兩次日食，說什麼也說不過去。

市里有店鋪的老闆湊錢請人在磚塔那裏做法事。好多市民都去了，點香燒紙。紙灰在寒風中飄起來，一陣一陣地落在河裏。那群和尚是從大老遠的山裏請來的，成排的坐在寒風中，閉著眼睛，雙手合十，嘴角抽動著，聽不清念些什麼，就是一片嗡呀嗡呀的聲音。市政府也派人去了，一看那些不燒香的就知道是市政府的人。

幾天後，所謂的戰時體制開始在石頭市實施。這和成群的粉黨的傷兵路過石頭市幾乎是同時的。石頭市的戰時體制就是各個店鋪，作坊，小工廠的帳都要查，神聖工廠也不例外。政府要的物質，當然就是軍隊要的，必須優先滿足。稅收加重了。神聖工廠也有軍隊的訂單，幾乎沒什麼利潤，保住成本就不錯了。有士兵派過來，人數不多，夜裏和特捕隊一起巡邏，遇人就盤查。不過沒多久石頭市的民眾便習慣了，但神聖工廠的人受不了。一般市裏的商鋪什麼的，稅重了，傷心主要是老闆。神聖工廠不同，大家心裏都不愉快。連每個工人月底分多少錢也被政府派來的人過問，橫的直的在裏面攪和，引起了工人們的憤怒。工廠召開大會對月底的分配和其他事項進行討論和表決，政府的人也參加了大會。看見這樣的大會，工人們有秩序的發表意見，覺得很開眼，但對最後的表決結果不滿，說，大家別走，這樣的工資分配不算數，得報劉市長。工人們沒等政府的人說後就吵吵地罵開了。有人高叫著，滾蛋。政府的人看這架式不敢還嘴，最後給轟走了。

第二天，不少工人在工廠大門口聚著，政府的人來了不讓進，只好悻悻地走了，以後再沒來人，好像沒事了。林樸卻憂心忡忡，覺得這個劉中菁不會善罷幹休的。沒幾天，工廠便常常無故地斷電。去電廠問問，原來電廠被市政府接管了，說是發電的煤不足，只能斷電，有煤就送電。那好，政府的訂單停下來，有電時便生產自己的產品。林樸去市政府想和劉市長談談，不讓見。離第二次日食一個多月了，就這樣扯來扯去，讓人非常不愉快。有工人建議乾脆買發電機自己發電。這也是一條路，林樸派人去外地打聽，回來說發電機現在屬於戰略物質，被控制著，不好搞到。買二手貨太貴且運不過來。怎麼辦呢？工廠的形勢一下子變得嚴峻起來。還好，廟那邊生產的祈福毛巾訂貨的莫名其妙地多起來，來訂貨的人都是從來沒見過的。怎麼描述這些買貨的人呢？不像生意人，穿得也一般，有些土頭土腦，也不談些什麼，就是訂貨。各地的都有，幾乎全是提前給錢，全款。廟那邊車間生產不了，便轉到工廠大車間生產。一有電，無論上班的下班的工人都擠在車間裏吆喝著忙碌著。工人們並不知道外面發生的事情，有活幹，工廠在，就有大家的活路。

林樸心裏琢磨，是不是有人在暗地裏幫我們呢？水之湄也有這樣的想法。說，問問邊步知道不知道涵伯的行蹤？水之湄頭腦裏首先想到涵伯。為什麼？不知道。下意識裏就這樣想起了涵伯，但邊步也不清楚涵伯在哪兒。

後世研究神聖工廠的學者們，都忽略了祈福毛巾這個細節。倒是很多年以後有個研究中國民間組織的人提到過這事兒，不知道他是怎樣從故紙堆裏挖出來的。他在書裏寫道，中國革命期間及革命後，民間的會道精神一直延續著，不只是一種潛伏的精神，也是一些隱形的地下組織，其中不乏有遊方的人士穿梭其間。他打比方說，這些組織像霧一樣彌漫著，看似有，伸手一抓什麼都沒有。你以為沒有時，他們又會突然出現，飄過來打濕你的衣服。他列舉了一些地方上暴動的例子。這些例子都是以後的正史裏沒有的。暴動的原因和歷史上有過的一樣，很簡單，二個字，被逼。這些暴動發生得十分突然，消失得也同樣突然。一件小事一顆火星就引發起來。鄉下和城裏突然冒出一些頭紮祈福毛巾的人，民間稱為祈福勇或乾脆叫毛巾頭。這些暴動往往就事論事，並不向全中國蔓延。

作者在書裏說，這特點體現了這些隱形組織思想的局限性。其實未必，路見不平拔刀相助，社會的行為應是有不同的層次，不能什麼社會現象都用大的原則去套。石頭市下游有個小鎮，人稱小石頭市。有家酒館的夥計死了。家屬說是他殺，要查。鎮長說查個屁，自己尋死呢。死者家屬不滿意便抬屍請願。鎮政府的人一動手打人就觸發了騷亂。全鎮及四下鄉里的人都趕過來圍鎮政府，自然那是粉黨的鎮政府。鎮政府人手不足，石頭市的特捕隊也調過去了，一看勢頭不對，沒敢動槍，結果被砸個頭破血流撤了回來。鎮長怕了，向人們賠不是，說了一大堆好話，人們才散去。軍隊趕在半道上，聽說沒事了，便往回走。傳說這次騷亂滿街都是頭紮祈福毛巾的人，尤其是從鄉下來的，幾乎個個都頭紮祈福毛巾。

這位研究者還說，祈福勇或者毛巾頭，後來在紫黨統治時期被列為反革命份子的一種，有根沒據的各地抓了很多，殺了。因為殺的時候，一串一串的，都掛著反革命份子的牌子，所以民眾並不知道其中有很多人是背著所謂祈福勇的罪名呢。

石頭市的民眾不覺得盧令令他們之後的石頭市有什麼大變化，但在劉市長眼裏石頭市似乎更安全。隱形的可能的敵人暴露出來，有些損失，總的講是件好事兒。特捕隊上街巡邏時放心多了。沒多久派來協助特捕隊的士兵調往前線打仗去了。這段日子除了下游那個小鎮出了點兒事兒外沒有大的事件。有時，夜裏也會傳來槍聲，多半是手槍打的。開始人們還以為是盧令令他們又回來了，其實不是。街面傳說是諜報戰，搞情報的。這種暗中使勁兒的活，讓石頭市的民眾不習慣，像是黨派間的危險遊戲，與市民們隔著段距離。中國革命大廈那棟半截子樓在不知不覺中變得警戒森嚴起來。本是工地的圍牆上布了鐵絲網。圍牆大門有崗哨。白天看不見有人出入。有人說可能有外地抓來的紫黨的特工關在裏面。劉市長以前是搞情報的，人們覺得傳說有道理。不過，你要是不去理會中國革命大廈，真可以當它不存在一樣，至少這段日子裏是這樣的。

不過，這段日子圍繞神聖工廠卻大事兒小事兒不斷，但後世的研究中提到的不多。研究歷史的學者有個習慣就是愛把複雜的社會事情簡單化，這一簡單的後果就造成了歷史的缺失。歷史往往變成這種觀點是一種歷史，那種觀點又是另一種歷史。好像一場戲，研究者是導演兼編劇，那些早已故去的當事人只是演員。設計什麼樣的情節那得聽編劇的，怎樣出場怎樣說話得聽導演的。邊步對歷史研究中的這種現象是極端反感的，雖然他自己並不知道正確對待歷史的途徑是什麼，該如何做？為什麼總要先有個主義，觀點，立場，然後才有歷史呢？這不是在侮辱歷史嗎？可笑。

那天一大早，天陰著，來了很多政府的人包括特捕隊，帶著槍，把神聖工廠圍住。大約有一千多人吧，也有人說是幾百人。剛好林樸和水之湄趕到，問是怎麼回事？政府的人說，有追捕的嫌犯昨夜藏進了神聖工廠，要搜。林樸一聽，有些犯難，你不能說沒這回事兒吧？想想，便勸工人們各幹各的活，然後讓政府的人進廠裏裏外外的搜。沒有。林樸說，你們抓的嫌犯怎麼會藏在工廠裏呢？政府的人說，你問我，我還要問你呢。那意思像說你們工廠也有嫌疑。正要撤走時，有搜查的人過來說，工廠圍牆那邊一個排水口的鐵柵被鋸開了。林樸和政府管事的人一起去看，確實排水口的鐵條被人鋸斷了。林樸叫來管這方面事務的人，問怎麼回事？那人說，不可能呀，昨天白天我還查過的。那人又趴在排水口仔細查看，說，林老師，你看，這排水口裏面沒人動過。你看，腳印，踩落的泥都在外面。如果有人從排水口爬出去，不可能不動溝裏的泥。林樸讓政府的人仔細查看。政府的人看了幾眼，沒吱聲，把人撤回去了。林樸讓人趕快把鐵柵修好，但心裏想不明白怎麼回事兒。工廠裏藏個人很容易，幹嗎費力去鋸鐵柵？如果有工人們協助怎麼出去都沒問題的。是有人要鑽進來偷東西嗎？有，也是蠢賊。不過事情怎麼這麼巧呢？

既然有鐵柵被鋸的事實，政府在工廠裏調查就有了口實。幾天裏，政府的人來了不少。在工廠找人問話，並沒有把誰帶走。問話的架式很規範，問的人，記錄的人，被問的人完了要在記錄上簽名，很像回事兒。政府的人在工廠裏到處轉，問工人，怎麼生產這麼多祈福毛巾？工人說，怎麼啦？有人要就生產。說來也怪，政府在工廠裏調查的日子裏，沒停過一次電。調查到最後沒話可問了，只是在工廠裏轉悠。工人們對林樸說，是不是把他們趕走？林樸說，趕走了又會停電。讓他們在工廠裏轉轉吧，也不礙事兒。

工廠裏的電話機這段時間不好用，尤其是長途電話，聲音聽不清，還常斷線。打長途電話得使勁地喊，才勉強聽得見，因此，工廠的往來業務主要是靠人跑。來神聖工廠訂祈福毛巾的人，提貨的人，都是親自來的。在政府調查期間，有訂祈福毛巾的外地人失蹤了，家裏來人找時工廠才知道。林樸也託人找。人像散去的煙一樣一點兒跡象也沒有。林樸懷疑是劉中菁幹的，但沒說，怕引起工人們的憤怒。再說，只是懷疑也沒有什麼證據。沒想到後來越演越烈，真有夜裏忽然藏進工廠的人，是外地來提貨的。

那是個中年人，很精明的樣子，夜裏跑在工廠裏，說得躲一下。滿身是泥，枯草，像是在野地裏爬過的。工人們知道天亮了政府的人會來，便把他藏到宿舍那邊。宿舍那邊人多，心齊，老老小小的，陌生人很難進去。林樸得知這事兒後，找那人仔細瞭解，才知道粉黨這邊一直在祕密搜捕與祈福勇有關的人。為什麼呢？那人說，紫黨暗中派人在各地聯絡祈福勇，給錢給官銜，拉攏粉黨地盤上的民間組織，叫著什麼統一行動戰線。林樸說，都投靠紫黨了嗎？那人搖搖頭，各地的情況不一樣，各幹各的。有投靠的，不多。大多不喜歡跟政黨沾邊，對當權的信不過。林樸安排人連人帶貨悄悄地送走了。隨後，林樸和管理會的人商量對策，決定只要是訂祈福毛巾的外地人都安排在工廠宿舍那邊住，貨由工廠派人送一程半道再交接。這確實是個辦法。宿舍那邊，政府的人或者可疑的人一出現，整個宿舍區就像拉響了無聲的警報。政府的人在那裏不敢輕舉妄動。不過林樸心裏很擔憂，畢竟這是與粉黨的政府與劉中菁使上暗勁了。

市裏有位老人，乾乾淨淨的模樣，一輩子就在石頭市街上做麵人。沒有兒女，帶個鄉下的小徒弟。一副擔子，一頭是凳一頭是一支窄窄高高的木箱算是工作臺。木箱有很多小巧的抽屜。裏面裝著各種色彩鮮豔的糯米麵團，熟的，白色的能吃，很香。木箱上有小木架，上面插著幾個做好的麵人，很好看。走到哪兒後面總跟著一群孩子。

中國的民間手藝都是師承的，不僅僅是製作的結果就是製作過程也十分講究，一招一式有板有眼。用什麼工具哪個指頭發力都是有章有則的，不能亂來。觀看老人製作麵人，簡直就是極大的藝術享受。擔子在街角一停孩子們便圍過來。老人坐在凳子上左手拇指食指拿根竹簽，彩色麵團和各種小巧的竹制骨制工具從小抽屜裏拿出來。一小團白麵擺在竹簽上就幾下，人啦或者蟲啦動物啦，粗型就出來了。給麵人做衣服是最精彩的部分。五彩的衣服就是各色麵團一樣一點點，在左手心一搓用骨片一刮，鏟起來往麵上一貼就成了，動作之快眼睛都忙不過來呢。做上衣帶隨風飄舞的樣子，活脫脫的立體的吳帶當風。最後做臉，這時總要問四周圍著的孩子，是哭是笑？孩子們總是嚷嚷著，笑。那好。三下兩下，麵人就笑了。那麵人的臉怎麼這麼精緻，還做得這麼快？大大的眼睛還是雙眼皮。那鼻子直直的，一副貴人之相。有圍在孩子外面的大人，多半是外地人，問道，這麵人能放多久？老人經常回答這樣的問題，所以成了套話，圍著的孩子背得下來。孩子們嚷著跟著老人一起說，半年不乾不裂，能打能摔不變型。這時老人往往還要拿著做好的麵人在木箱上敲打。怎麼樣，看清楚啦？

老人會口技，做蟲子動物時，嘴裏發出的聲音太像了，不但有情節，連公母都聽得出來。往往連圍觀的大人們都目瞪口呆。有人感歎說，您老這手藝了得，只可惜是麵人。老人說，什麼了得，糊口小技，師傅打出來的。老人這麼老，讓人很難想像老人還曾有過師傅。不過跟他學藝的小徒弟挨打人們倒是見過，很正常的。讓人想不到的是老人過世後，石頭市便沒人再會做麵人，千年的麵人手藝在石頭市絕了跡。很多年以後人們才知道，隨著老人的去世，麵人這手藝在整個中國也絕跡了，不知道該不該可惜。

做麵人的老人不是還帶著徒弟嗎？這事情呢，就出在小徒弟身上。和往常一樣，老人帶著小徒弟到處轉，神聖工廠的宿舍也是老人常來的地方。不過最近一段日子因為天冷沒來。這天天晴，太陽出來暖暖的，老人的麵人擔子就歇在一排宿舍的牆頭，那裏迎著太陽。宿舍那邊的孩子們都圍過來。孩子們很興奮，嘰嘰喳喳的。不少孩子從口袋裏摸索著零花錢買小白兔。這小白兔是麵人裏最便宜的，能玩能吃。竹簽拿在手裏，蹦呀跳呀，玩夠了就把小白兔吃掉。一小團白糯米麵包上白砂糖，一搓一拉，小剪刀就兩下，什麼耳朵小尾巴就出來了。四隻腳趴著，一點兒紅麵做得像紅寶石一樣，一邊一個就是眼睛，可愛之極。老人做小白兔時總是不變的問道，要公的要母的？其實這小白兔分不出公母來，正所謂焉能分我是雌雄呢。老人說，怎麼分不出？你聽著，公母叫得不一樣，於是小白兔就叫了。老人發聲時嘴是不動的，孩子們眼睛睜得大大的，盯著兔子看，以為真是只母兔子在叫呢。

小徒弟在麵人擔子外吆喝，麵人啦，好吃好玩，吆喝了好一陣。圍著擔子，孩子還有大人們因為老人模仿兔子吵架，都哄堂大笑起來。小徒弟無意間扭頭望了一眼，瞧見擔子邊一個人彎腰時腰裏頂著個東西，不知是好奇還是怎麼的，就順手一摸，是把手槍，嚇得手嗖地縮回來。那人抬手就是一下，把小徒弟打得老遠，嘣地一下頭撞在牆上，縮成一團癱在牆角。血從頭上淌下來，一會兒地上就是一灘。看做麵人的大人孩子都驚呆了，回頭盯著那打人的人，就是他。老人跑過去抱著小徒弟麵條一樣癱軟的身體，哭起來。那人想溜，被老人一把拽著，結果頭上重重地挨了一拳，倒在地上。宿舍那邊的人聞訊一下子趕了過來。那人急了，把手槍掏出來對天放了一槍。人們不退反而把他圍住。那人用槍對人比劃著，背後有人一棍子打下來，把手槍打掉了。他想彎腰撿，被人們壓在地上。當他被人拽起來時，已經被打得滿面是血，一個眼珠子都快爆出來。

事情傳開了，幾百人聚在那兒，情緒激動。有人拿木板來把小徒弟屍體放在上面。老人昏迷不醒，躺在蓆子上。人群裏叫著打死他打死他粉黨的狗。已經有人急急地跑去找林樸。等林樸趕到時，那人直直地躺在地上。一摸，還好，有氣，沒死。人們圍著林樸憤憤地嚷著，聽不清大家說些什麼。林樸擺手叫人們靜下來，趕緊把三個人送到醫院裏，有什麼事兒再說吧。人們不願把那人送到醫院，看林樸堅持要送，便很不情願地抬走了。

醫生說，老人和小徒弟都死了。小徒弟到醫院，醫生一看瞳孔已經放大，沒有生命跡象，也不救。所謂救死扶傷，死能救嗎？當然不能。老人開始還有點兒氣息，準備救治時睜著眼睛沒氣了，醫生判斷可能是腦出血。老人本來就站在生命的邊緣上，這一拳把老人打到了陰間。那帶槍的傢伙，雖然失去了一隻眼睛，但沒死，受的都是皮外傷。揍他的人並不內行，看似滿臉淌血，但沒有打中要害。死了人，政府自然要來調查。不過並沒有立刻來醫院，一直拖著，到晚上巡捕所才來人。帶槍的人是誰？哪兒來的？你們說他有槍，槍呢？這不是你們政府的人嗎？不是。我們查過了沒這個人，有可能是紫黨的特工，得把他關起來審問。這樣巡捕所把這人抬走了，從此再沒有消息。

這一來，宿舍那邊沒了主張，既然市政府否認是他們的人，那就沒理由抗議政府，不然便是無理取鬧。不是嗎？真讓人憋氣。人們只好把老人和小徒弟安葬在北郊，把麵人擔子一起埋了，終結了一門千年的手藝。人們不知道小徒弟的家人在哪裏？沒法告知死訊，覺得他們是在宿舍那邊出的事兒，心裏不免有些內疚。

很多年以後，有外地人來石頭市打聽麵人師徒的蹤跡。轉悠了一陣，埋葬的地點沒找著，只好回去了。後來呢，有個研究中國民俗的外國人不知怎麼比中國人更瞭解歷史細節。大熱天裏穿個大褲衩，一身長長的黃毛，讓人覺得進化的程度稍差了一點兒。在北郊指著一塊地對請來的雇工說，就這裏，挖吧。挖出了幾小塊腐木頭和幾根骨頭，仔細包好。然後呢，在好公道那裏吃了一碗麵條。從喝第一口湯起便一邊吃一邊不停地說，了不起，了不起。圍觀的大人小孩沒一個人瞭解他的意思。那外國人回去費了很大的精力，依據那點兒木頭和骨頭復原了麵人擔子和師徒兩人，據說很像。中國的雕刻造型，很抽象，主觀意念表現得強烈，而麵人造型是充分寫實的，因此對中國古代雕刻藝術的論述不能簡單推定為某種傾向，它們是極豐富極多彩的。這是那個外國人在他的著作裏說的大概意思。

槍呢？這個還得查。在中國，民眾是不準有武器的，據說有的朝代連菜刀也要管。為什麼歷代當權者都不讓民眾有武器呢？關於這個，後世的理論有很多種。歸結到一點，就是一個字，怕。怕什麼呢？所有人心裏都明白，說出來不好意思呢。市政府來人先找神聖工廠管理會，後又派人去宿舍那邊挨家挨戶查。肯定有槍，是把外國造的大口徑手槍。

有槍嗎？怎麼沒聽說過呢？明明放過一槍，能聽不見嗎？那槍呢？我問你啦？私藏槍支是大罪，知道嗎？不知道。市政府的人沒完沒了地查，工廠裏，宿舍那邊，外地來訂貨的人藏不住，於是林樸就把他們安排在石頭市北邊的草市，結果被當初來爭破廟產權的夫婦告發了。抓去了幾個人，把送過去的祈福毛巾也截住了。管理會四處打聽人關在哪兒，但沒有消息。是不是關在中國革命大廈呢？可那樓進不去，也許早殺掉了。

幾天後，草市那對無良夫婦被人殺了，就是那把失蹤的大口徑手槍打的。對著胸口一人一槍，把心給轟了個大洞，好像是被人按在床上開的槍。政府的人又來查，可發案那會兒所有人都沒離開過，不可能作案，沒有證據吧。林樸被叫到市長辦公室，路過大院看見院裏堆著被截的祈福毛巾，心想肯定是這事兒。果然，在劉中菁那裏，劈頭蓋腦就是一陣威脅，不準開口爭辯。從今天起不得再生產祈福毛巾。已經生產的統統上交。膽敢再生產一條，就查封神聖工廠。你以為我是說著玩玩，不信你試試看。你給我閉嘴。出去。

詩經裏是怎麼說的，十月之交，朔月辛卯。日有食之，亦孔之醜。彼月而微，此日而微。今此下民，亦孔也哀。孔，很的意思。醜，兇險。

二十六　荒草

枯萎的荒草在深冬裏發芽，是不可能的，除非有異象。當神聖工廠不再生產祈福毛巾後，林檏一直憂心忡忡，大家自然很不滿。工廠裏派進了政府的人監視著，氣氛很緊張。這時候人們突然發現工廠四周的荒草發了芽。大家都去看，連市裏也傳開了，人們說是戶媽二老在顯靈呢。邊步的石頭報正式地報導了這一消息，文章提到戶媽二老及神聖工廠，提到善良和奮鬥，等等，很感人。林檏和水之湄在工廠周圍看看，確實是真的。奇怪，就神聖工廠這一圈荒草發芽了，其他地方沒有，遠遠望去像一圈淡淡的綠黃的雲繞著神聖工廠。當年戶媽二老的骨灰正是灑在這些荒草地裏。水之湄說，戶媽二老要告訴我們什麼呢？林檏望著這發芽的荒草心神不定，說，是呵，是禍是福我們不知道呀？然後蹲下來用手輕輕地撫著那些小小的草芽，說，戶媽，這麼多人，得活下去呀，我們該怎麼辦呢？幾天後，淡黃嫩綠的小芽全枯掉了，像沒有發過芽一樣。

林檏，水之湄，神聖工廠，一切到了關節點上。這段不平凡的歷史，這樣講的那樣說的版本各異。後世的人們在敘述這段不平凡的歷史時，各自加進了自己固有的觀念，可以說是各懷鬼胎。有個搞電影的人，導演，以這段事情拍了部電影。主題是愛情與民主奮鬥，他是這樣理解的。場面拍得不錯，主人公老親嘴，很時尚。當局覺得這人是在借講故事罵人，一查，這導演祖上曾參加過當年的憲章運動。等電影放過後，人們逐漸淡忘時，把他抓起來，關進拘留所。理由是疑犯在公共交通工具上，也就是公共汽車上偷錢包。還有個女的，長得很難看，出來指證說，在公共交通工具拐彎人站不穩那會兒，疑犯碰了她下身。下身在人體上是個大概念，如果你不小心踩了人的腳，也可以說碰了別人下身。這導演為何不開自己的車卻使用公共交通工具呢？不懂，不過確實有人喜歡在公共交通工具上碰別人下身，也說得過去。這導演在拘留所死了，可能是夜裏做惡夢，自己把自己嚇死的。在中國的司法程序中，拘留所是最具有不確定性的環節。人們習慣了。

水之湄的義學又就是神聖工廠的義學，派進了黨教。市政府宣佈義學要收學費。一收學費還叫什麼義學呢？市政府的人說教育要歸黨統一管理。既然是統一管理，當然不能有例外，要收學費。你說正打仗呢，誰輸誰贏不一定，怎麼有那份閒心管起義學來？義學教窮人家的孩子讀書識字，並沒有教拳腳功夫，更不可能灌輸什麼與粉黨精神不協調的思想觀念，幹嗎要管義學？義學的經費是神聖工廠拔款的，也有些社會上的贊助。你說收學費幹嗎？學費交給誰？難道市政府粉黨看上這點兒錢了嗎？

這事兒引起了極大的不滿。不說神聖工廠的人氣憤，就連市裏的人也弄不懂這個劉中苒為什麼要這樣做。結果是學費既沒人交也沒人收，劉市長並沒有採取進一步的措施。搞政治的傢伙有時會來這一手，先出一個政策，一個規定，人們不接受也不在意，並不深究，只當是個玩笑。政策規定在，不執行，放老了再說。等人們平靜下來以為淡忘時，再重提，再執行。這時再荒唐的政策推行起來也容易多了。說什麼啦，老政策，公佈很久了，還不知道？照章辦事兒得了，少廢話。你看，就這樣的。

水之湄不明白義學礙誰的事兒了？任何時代都需要民間的慈善活動來解決一些社會問題，不應有錯呀？不過派到義學的黨教倒是個不錯的小夥子，就他一個人，叫莫白駒。說有二十了，看上去只有十七八歲，白臉，一副眼鏡，個不高，是南邊的人，那邊姓莫的多些。父親與粉黨有染，因此莫白駒算是政治可靠的人。遵從父親的意願加入了粉黨。莫白駒在外地受過教育，是外國人辦的學校。莫白駒到義學來，很不好意思地對水之湄說，水校長，您就把我當一個校工吧。叫我小莫，如果叫白駒我更喜歡。我在外國人的學校裏就聽說您了。外國老師說您了不起。我主動要求來的，以後請您多指教。水之湄是特別厭惡什麼黨教的。看這小莫倒放了心，或許是個好孩子吧。

莫白駒在義學沒幾天就和叢心結打得火熱，倆人像兄弟一樣，常常在黑黑的教室裏談到深夜，談社會，談人類進步，談理論，談心得，談中國。水之湄有時也聽他們的談話，心裏充滿了憂慮。青年人的理想主義到頭來會不會害了他們呢？因為他們談的是知識，水之湄從不干預他們，說實在，挺高興的。這是一個複雜的慈母的心理。女教師都是母親。

工廠那邊可沒有義學幸運。祈福毛巾停產後，工廠經營又步入艱難時刻。除了粉黨那些不掙錢的訂單外，沒什麼可做。林樸和管理會的人商量開發新品種，可眼下確實不是好時機。工廠的設計師出了個主意，祈福毛巾還是做，但不印字。運到外地請別的工廠印上，在外地發貨。這主意不錯，於是把祈福毛巾的後加工與銷售都悄悄地轉到外地去了。沒多久，這事兒就被人告發了。政府來人帶走了設計師，駐外地的工作人員也沒有了音訊。大家都著急，也很納悶，誰告的密？怎麼劉中菁知道得這麼清楚？工人們嚷著要查。林樸說，怎麼查？大家相互猜疑，人心就不在一塊兒了，那比有個奸細還要壞。越是困難越要團結，這個道理大家應當比我更懂。如果我們之中有背叛的人，遲早自己會曝露出來。那時他也沒臉繼續待在我們這裏。

這段時間，林樸明顯消瘦了，常常頭痛夜裏睡不著，睜著眼睛躺在床上不動，水之湄有身孕，他怕吵醒她。失蹤的人找不到，家屬那邊悲痛得令人心碎。設計師是當初米老闆派過來的，一個聰明能幹的好人。怎麼辦？當時要是不這樣幹就好了，對不起他們。林樸想到這裏，嘴裏不自覺地輕輕對著黑夜深處說，不這樣幹就好了，對不起。你以為不這樣幹就逃得過嗎？林樸以為黑夜深處有個分離的自己在反問，一驚。水之湄動了一下，原來是水之湄在悄悄說話呢。林樸握住水之湄的手，都不再說話，他們怕但叔聽見。但叔這幾天老是用憂傷的眼色瞧著他們，還常唉氣。他們知道但叔擔著心，沉沉的，讓人不忍。

林樸去市政府見劉市長，不讓見。市長辦公室的人說，你打聽工廠設計師的事兒沒用的，這人不會放。林樸說，關在什麼地方？總得讓我們探望一下吧。市長辦公室的人脾氣大，說，探什麼望？沒把你牽扯進去就不錯了。你知道他是什麼人嗎？憲章份子，漏網的。林樸說，什麼憲章份子？我瞭解他，他從不與政治沾邊。祈福毛巾的事情是我定的，要抓也該抓我，與設計師有什麼關係？你們不能隨便給人定罪吧？隨什麼便？黨和政府是隨便給人定罪的嗎？為什麼別人不抓單抓他？林樸非常氣憤，回嘴說，就是單抓了他嗎？工廠派到外地的人你們不是也抓了嗎？他們也是憲章份子？市長辦公室的人瞪著眼睛說，林樸，你膽量是不是越來越大了？敢誣陷黨和政府？你們工廠的人跑到哪兒去了，是你們自己的事情。我告訴你，劉市長說了，神聖工廠膽敢鬧事兒就有好看的。我看你還是回去，在這兒糾纏沒用。在回去的路上，林樸心裏真不是滋味。惡人當道，天下便沒理可講。走到半道還是不死心，又折到邊步的報社，再問問有沒有什麼消息。邊步和他的編輯記者都圍過來議論這事兒。具體的消息沒有，這個劉中菁與以前的市長不一樣，什麼都封得嚴，八成關在中國革命大廈。要不然早殺了，決不會放人的，劉中菁就沒過放人。這傢伙早晚會被人剁成肉泥，不信等著瞧。大家的這些話對林樸一點兒幫助也沒有，林樸很失望。邊步望著林樸憂愁的臉說，最近雙方沒怎麼交火，好像在準備大的戰役。如果準備的時間越長將來仗就打得越大。一決雌雄是早晚的事兒。林樸呵，你就先忍著點兒，熬過這段日子等形勢明朗了再把工廠發展起來。林樸搖搖頭，想熬怕熬不過，說服不了工廠的員工，大家心中的怒氣太大了。再說劉中菁肯定還要對工廠下手的，我有這個預感。在石頭市，在粉黨轄區，可能就只有神聖工廠最不聽話。不滅了神聖工廠他是不會甘休的。不管神聖工廠如何不問政治，在他們眼裏都一個異物。何況工廠還生了那麼多事兒，還有盧令令他們。劉中菁會高抬貴手嗎？

邊步想說什麼，嘴動了動，又把話嚥下去，看來再說什麼都不合適。這神聖工廠就是林樸的人生事業。一個崇高的廣博的愛，一個平凡而令人肅然起敬的痛苦的心。邊步認為只有他最瞭解林樸。命遠之車誰也擋不住。天有凶兆，人力何為？是呵，再說什麼都不合適，只會令林樸更加痛苦。

在回工廠的路上，林樸覺得特別累，這是以前沒有過的。思緒亂，沒法集中想一個事兒，便坐在路邊草地裏，歇會兒。到處都是枯草殘葉，一片破敗的樣子。這條通向工廠的路上，曾經熱烈的場面在眼前一晃一晃，然後驀地飄散，又是一片眼前的蒼涼。林樸的頭隱隱痛，世道不能由人選，這是天命。

正想著呢，有個挑擔子的鄉下人，停下來問神聖工廠是往這兒走嗎？然後不急，坐下來與林樸說話。那鄉下人先說神聖工廠可有名了，一直想過來看看，又說，你跟傳說的林會長很像呢。對了，看我糊塗呢，你一定就是林會長。粉黨政府太壞，人們應當團結起來推翻粉黨統治。林會長有號召力，大家都聽你的，何不組織起來與粉黨鬥爭呢？應當加入到偉大的革命潮流中去，走向勝利的革命力量會支持你們，你們並不是孤軍奮戰。

開始時，那人的話林樸並沒有用心聽，後來明白了，是紫黨的人，暗中活動呢，便對那人講，神聖工廠是個慈善團體，不談政治，這點兒你一定很清楚。我們是窮人，自己養活自己，力所能及，幫助困難的人，如果我們加入什麼黨派我們就不再是神聖工廠了。我不是說黨派如何。請回去跟你們的人說，神聖工廠並不想冒犯紫黨，只是我們不想招惹政治。那人並不強求，反而很理解的點點頭，突然說，你姐夫為黨作出了重大貢獻，領袖很讚賞他。他們一家人過得很好。領袖還提到你，說勝利後要你做些更重要的事兒，希望你保重。說完遞給林樸一個小包，這是姐夫給的，還有領袖給的，錢，收下吧。那人挑起擔子，走了。動作迅速，一點兒不像日夜勞作的鄉下人。

林樸看那人走遠了，把小包揣在口袋裏，正要走，趕過來幾個人，說，我們是特工。剛才那人哪兒去了？不知道，走了。他跟你說什麼？想買幾條祈福毛巾，說家裏有人生病。不生產了，沒有賣的，就走了。就這幾句話說了那麼久？那倒不是。那人說祈福毛巾有靈氣，舉了些鄉下的顯靈的事兒。再靈也沒用，不讓生產，還是買藥吃吧。就這些不可以嗎？那些特工去追那人，估計是找不著。林樸看見他們得得地跑著。要抓，幹嗎等人走了才來？可能呢，先有人跟蹤，看準了是紫黨的人，跟蹤的人不敢動。回去搬兵，結果人走了。

林樸回工廠後叫來水之湄，把錢給水之湄看。水之湄說，把這些分給那些失蹤者的家屬吧。回校後，吩咐叢心結送過去。叢心結和莫白駒兩人挨家送錢。說是工廠給的不多，先花著吧。回來的路上，叢心結對莫白駒說，你以為真是工廠的錢嗎？工廠現在非常緊張，根本拿不出這麼多錢呢。莫白駒聽後，很感動，心裏有一種不愧此生的感覺。

這天早上，就是林樸碰見那鄉下人的第二天。一大早，街上就亂哄哄的。林樸和水之湄趕快起床。上街一問，才知道河裏出了事兒。站在大街上仔細聽，那是河水湧動的隆隆聲。河岸上站滿了從晨夢裏驚醒的人，人們臉色沉沉的，望著奔流而下的河水。冬季裏河水理應清且緩，萬萬沒想到河裏竟奔流著濁泥，木頭，家具。成片的死屍在濁水上翻騰著，連最經事兒的人也嚇傻了。那河水的濃濃的土腥味直鑽人心，岸上的人看著沒有一個人吱聲。天是要下雪的模樣，陰沈沈的。那是一幅什麼景象呀？

後來才知道這不是天災。人禍二字不敢說，叫人為。邊步的石頭報引用的是官方的報導，是引用不是照登。說黨，當然是粉黨，炸掉了上面支流的一個大壩，用水的力量擊退了紫黨軍隊的進犯，是一次重大的戰略意義的勝利。石頭報說，大水沖刷了下面的一個縣，人民為革命作出了應有的貢獻。貢獻這個詞用得十分準確，用的是這個詞的原義。原義是什麼？這個不方便說，有功夫自己去查辭源吧。就在這天下午，市政府出動大批特捕隊來神聖工廠。在工廠大門外貼上一張大大的告示，或者說政府的命令。工廠的人得知後都出來看。市政府的人和特捕隊待在一邊，後來撤走了。

整個工廠停產了，所有的機器都靜下來。林樸看了佈告，說的是政府接管工廠，廢除管理會，工廠改名為勝利毛巾廠。任何人不得私自拿走工廠的財物，否則嚴懲，等等。水之湄得到消息也過來了。工人們看過告示，都和機器一樣靜悄悄的。這是一種何等悲壯的場景，很多人都淌下了眼淚。人們靜靜地圍著林樸水之湄，眼巴巴地望著他們兩人，希望能給大家指條路拿個主意。

林樸心裏涼了半截，他最不希望發生的事兒，他最擔心發生的事兒，到底還是來了。他覺得自己身上臉上發冷，應該是臉色蒼白了，不然四周的員工們都默默盯著他不說話呢。過了一會兒，水之湄碰碰林樸，還是跟大家說幾句吧，大家盼著呢。林樸身子抖了一下，緩過神來。跟前有個凳子，他站上去。環視車間裏外人們因內心痛苦而扭曲的臉，大聲說，市政府終於做了他們一直想做的事情，這個不奇怪，我相信大家心裏都有底。有些事情並不是我們有能力抗爭的，我希望大家一定要保持冷靜。市政府既然這樣幹，一定是有準備的。這不是怕與不怕的事兒。大家知道，當我們一起創辦神聖工廠時，我們就只有一個共同的想法，讓饑餓的孩子老人吃上一頓飽飯，讓我們這樣的貧窮的人有個出路，不再四處流浪，挨家乞討，不再被人欺辱。神聖工廠讓我們成為有志氣有人格的人。別人幫助過我們，我們也盡力幫助困難的人。過去的一切都是值得的，都是令我們每一個神聖工廠的人自豪的。現在政府接管神聖工廠，工廠暫時不是大家的。時局總是會改變的，大家要有信心，要忍耐。現在大家至少還有一份工作，這點很重要。我請求大家務必要冷靜。說到這裏林樸喉嚨哽住了。

車間內外人們默默地站著，聽得見車間屋頂上刮過寒風的呼呼聲。有窗子的玻璃不時地響一下。這時有人長長地叫了一聲，林老師。全廠的工人都嗚嗚地哭起來。

水之湄站到凳子上，她使足勁兒大聲說，我有個提議。今天無法幹活了。我們買些肉，把家屬都叫過來，大家聚餐。女工能做菜的都到飯堂幫忙。大家看行不行？所有人都舉手。這次表決的氣氛與往常很不一樣，裏裏外外一片高高舉起的手，像希望之草在悲涼的溪水中無助的搖曳。

在中國，這世道，你以為只要不礙權勢者的事兒，就能老老實實地活下去，這是多麼天真多麼愚蠢多麼理想化的念頭啊。神聖工廠的事兒首先在附近與工廠相關的作坊，小工廠中傳開了。老闆們，雇工們一聽到這消息，頭腦裏立刻閃出二個字，完了。這些作坊小工廠對神聖工廠的一切特別敏感，他們的命運與神聖工廠緊緊連在一起。神聖工廠完了，他們也就完了，別的想都不用想。他們感激神聖工廠，不僅僅是神聖工廠給了他們活幹，讓他們發展起來，最重要的是神聖工廠的人對他們如同兄弟。資金和技術上的困難都及時得到過神聖工廠的幫助，天下還能找到這樣的好事兒嗎？很多小老闆家裏供著神像，天天燒香，只為了給神聖工廠祈福，可是壞事兒終於來臨，讓人傷心。

他們聽說神聖工廠要聚餐，知道這不是一般吃飯的事兒，馬上叫人買了大塊的肉，雞，雞蛋，還有米，麵粉送過去。人也過去幫忙，也參加聚餐。工廠裏外能收拾出來的地方都騰空。整整一下午，人們穿梭忙碌著。聚餐開始時，天還很亮，到處都是坐在地上的人，圍著大盆小盆，好幾千人。這景象是石頭市從來沒有過的。邊步報社的人全都過來了。編輯記者們知道這一定會載入歷史的，因而採訪，拍照片忙得很，生怕漏掉了什麼，對不起歷史。聚餐，雖然有些雜亂但並不喧鬧。不少人喝酒，男男女女的都有。儘管這般心情容易過量容易醉，但大家都聽林樸水之湄的勸規，不多喝。但叔和邊步母親也來了，全玖兒沒來，在家看孩子和店鋪。

有人開始唱民歌。因為平時裏經常唱，很多人都會，便跟著唱起來。唉呀，說那，路邊的花花喲一溜溜，哥呀哥呀南北走，一路牽著妹妹的手。妹呀妹呀別發愁，天下好人總是有。唉呀，說那，山邊的花花喲一串串，東一口湯來妹呀西一口飯。我的妹妹喲，天下的恩人不能忘。唱到這裏很多人就是哭，嗚嗚的，真是令人肝腸俱裂呀。

市政府的那些粉黨的人，當然監視著。聚餐的事兒報告給劉中莆，他說，吃飽了去死嗎？想了想，得防著點兒，於是佈置下去，今晚東幹渠那邊戒嚴，也就是以前說的北郊全部戒嚴。遠處的軍隊早就接到命令，只等著有事兒就出發。不過，夜裏什麼事情也沒有發生，人們早早地睡了，至少戒嚴的人是這樣報告給劉市長的。紫黨的廣播在夜裏竟然報導了這事兒。這麼快，劉中莆很惱火，心想，這個石頭報，早晚得收拾收拾。邊步他們確與外地的新聞機構有電訊往來，不過他們並沒有把這事兒傳出去。晚上，他們只是在忙著整理資料。要冤枉他們，也沒辦法呀。

第二天一早，林樸水之湄去工廠。林樸頭痛得厲害，他不說，怕水之湄擔心。走路有些晃，水之湄問，怎麼啦？看你好像身體不好。沒事兒，夜裏沒睡好。到了工廠，看大門的老頭被趕走了，特捕隊的一隊人把著大門，不讓他們進去。說，沒你們倆個的事兒了，不準進。水之湄正要和他們爭吵，工人們起了鬨。特捕隊的人雖說凶凶的，但不敢動手。只好讓林樸水之湄進去。

工廠裏來了很多人。不過大家並沒有開始幹活，料定還有事兒，等著呢。市政府的人來了，本想召開大會宣佈什麼的，一看氣氛不對，往車間裏望了會兒，在大門口貼了張告示走了。告示說，勝利毛巾廠，由市政府委任見有盧為代理廠長。具體事項由見有盧公佈。工人必須恢復生產，否則開除。這個見有盧就是管理會的見師傅。人們一看佈告一下明白了原來這個奸細這個背叛的人就是見師傅，嚷著罵著要打死他。林樸看了佈告後覺得心裏疼，內疚不已。當時為什麼沒有立刻建立必要的制度防止這類事兒發生呢？他倒不恨見師傅，怨自己，怎麼領的這個頭，對不起大家。人總是有可能變壞的。為什麼沒有早早地防止此事發生呢？這時見師傅還沒到工廠。林樸趕緊叫大家到倉房去開個會。他感到此刻必須說服大家不要鬧出人命來。有什麼事兒，大家開會說。

倉房裏找來幾張桌子拼在一塊搭成演講台。等人們到齊了，林樸上臺講了好多話，目的無非是要求人們理智些，見師傅的事兒可以在會上當面講清楚。至於生產的事情要和見師傅的事兒分開來看，如果不是見師傅也會派別的什麼人來。林樸說，也許有人背後就等著我們鬧起來呢，大家要好好想想。明天我和水之湄就不能夠再和大家說什麼了，請大家最後聽聽我的想法吧。

正說到這兒，見師傅和一班政府的人進來了。政府的人上臺對林樸說，你下去，結果工人們在下面大罵起來，場面很混亂，七推八攘地把政府的人給擠了出去。見師傅見勢頭不對想乘機混出去，被人們給截住了推到臺上。倉房裏嚷嚷地聽不清誰在說什麼。林樸示意大家靜下來，有什麼要問老見的，一個個說，這樣吵著誰的話也聽不見。有工人舉著手大聲說，見有盧，上次告密是不是你？不是。只有管理會才知道設計師的事兒，不是你告密是誰？我怎麼知道。又有人舉著手說，劉中冓要你當代理廠長，給了你什麼好處？沒什麼好處。你和劉中冓是怎麼談條件的？沒條件。沒有條件劉中冓選你？你是什麼人以為大家不知道嗎？這下舉手發言的人就多了。把收禮，敲錢，勒索供貨人的事兒都抖了出來。這些都是林樸水之湄不知道的。一個人，原來貧窮的人，一當有了這麼點兒權，僅僅只是生產的管理職權就變成這樣，叫人怎麼相信呢？大家的指責有根有據，見有盧再說不知道是不可能的。站在臺上低著頭，腿抖著，額頭滲出冷汗。最後質問又回到告密上。見有盧撲通地跪在地上，連說不是我，不知道。

這時外面嚷嚷著衝進一群女人，揪著見有盧的老婆拎到臺上，讓跪著。那女人挨了打，頭髮散亂，一看就是被女人們打的，臉上有抓傷。原來，責問見有盧時，有女工騰騰地跑回宿舍那邊。那邊的家屬得訊後，湧到見家把他老婆趕出來。那老婆被打得害怕了，說了實話，說，劉市長讓老見占工廠一成股份。只要搞得好，以後還要任委其他官職。女人們把從她家抄到的大把金首飾放在臺上。這下工人們可氣壞了，聲嘶力竭地吼著，狗，打死他。見有盧兩口子跪在臺上，魂都沒了，拼命磕頭，直到額頭淌血了還一個勁兒地磕。林樸走過來，並讓他們站起來。大家見林樸要說，唰地靜下來。林樸說，我再問你一次，是不是你告的密？這兩口子狗一樣爬過去，抱著林樸的雙腿，呼天號地地哭喊著，不是我們啦，林老師饒命啦，不是我們啦。林樸知道他不敢承認的。只要他說個是，今天，此刻，他就會碎屍萬段。貪腐的人本質上都是極怕死的。死了怎麼享福，又帶不過去。

工人們不滿，喊道，就是他，就是他。林樸把腿抽出來，對大家說，這樣吧，先把這事兒放一放。對見有盧說，劉中茸是不是要你今天宣佈什麼？見有廬立刻從懷裏掏出些紙來遞給林樸。林樸拿著紙念了，開除人，第一就是林樸，水之湄，接下來是整頁整頁的名單。大家一聽就知道都是政府懷疑心有不滿的人或者認為與以前的事情有染的人，也有和見有廬爭吵過的人，甚至還有家屬罵過他老婆的人。名單念了好長時間，幾百人呢。最後是工資問題，留下的工人只有生活費，工資以後再說。撤銷工廠飯堂，自己帶飯。還有上班的這個那個規定，不然開除等等。水之湄站在臺上聽了氣得全身哆嗦。這傢伙暗地裏和劉中茸策劃了多久呀？為了個人的一點兒好處，竟然如此狠毒。

林樸念完了，倉房裏外一點兒聲音也沒有，使人想起了決戰前的那種令人窒息的沉默。事情已經到了這一步，誰還能說什麼呢？林樸叫水之湄把見有廬夫婦帶到隔壁的車間去。人們讓出道來，並沒有誰衝上去把他們撕碎，只是可憐地看著這狗一樣的東西。林樸叫大家原地坐下，說，關於見師傅，大家不能打死他。請大家想一想，劉中茸這樣做一定是有目的的。他是用我們的人治我們，讓我們分裂，內鬥。如果打死老見呢，他既然是劉中茸委派的，就是政府的人，他死了，劉中茸就有了鎮壓的口實，大家想想是不是這樣的？讓他自己離開石頭市吧，永遠也別回來。工廠的事兒，我建議如果能上班，暫時幹著吧。不能上班的人，我們再商量些辦法渡過難關。大家看看現在時局變化，說不準劉中茸就要完了。我懇切大家不要有什麼過激的行為。大家創辦神聖工廠就是要保護生命，保護家人。困難會過去的，大家團結起來，咬咬牙，一定能平安渡過災難。我會再去見劉中茸談談工廠的事兒。今天大家都回家去休息，也商議一下，有什麼方法安置不能上班的人。請大家記住，神聖工廠的人永遠是一家人，神聖工廠是一個不能分離的大家庭。這些是我的看法。如果有不同看法請到臺上說吧。沒人說話。林樸又問了一次。大家說沒有。那好吧，現在我們回家去。

林樸和水之湄帶著見有廬夫婦往宿舍那邊走。跟在他們後面的一片黑壓壓的人流，在寒風中撲撲地走著。邊步的報社早來人了，拍了照片。後來在文章裏這樣描述行走中的人流，說遠遠望去似乎看不到人流的盡頭，人們默默地悲壯地行進著，像一支不屈的羅馬軍團。總有一天，這些堅強善良勇敢的人，會看見大海，會高呼，海呀海呀。

文章引用的是羅馬帝國的典，很有文采也貼切。不過看懂的人只有劉中冓，自然，結果是等著收拾。林樸水之湄把見有廬夫婦帶到家裏，吩咐他們收拾行李。他家外面圍滿了人，把四周的道路都塞滿了。沒人說一句話。失望，痛苦與憤恨像冰塊一樣凍結在人們的眼睛裏。水之湄瞧夫婦倆個站在屋裏發呆，說，快收拾行李呀。見有廬像醒過神似的和他老婆把木床挪開使勁刨地，不深，地裏一口大木箱。兩人抬起來放在林樸腳下說，還給大家，饒我們不死，便匆匆地收拾衣物。林樸把箱子一打開，裏面全是一疊疊的鈔票，還有金條什麼的。在房子裏的人見了都不由自主地，呀了一聲。要走了，見有廬夫婦帶著兩孩子給林樸跪下去，又給屋裏的其他人磕頭。林樸出來要大家讓開道，和見家一起往碼頭方向走。人們朝這一家人吐口水。水之湄從木箱裏拿了一點兒錢追上來交給老見，說路上給孩子買吃的吧。走到勝利大街上，工人們還跟著，一路喊著，狗，狗。整個大街驚動了，街邊圍滿了路人。直到見家上了渡船，人們還在岸邊罵著，狗，狗。渡船上，見家夫婦把兩孩子抱在懷裏，頭埋得低低的，不敢回頭看一眼永遠也不能再回來的石頭市。

林樸從岸邊回來，直接就到市政府去，人們都跟在他的後面。劉市長的密探們早就報告給了劉市長。劉中冓聽了報告，不知是點頭還是搖頭，頭動了動，嗯了一聲，說，那個姓見的，到底沒被打死。這樣的，嗯。報告的人不明白劉市長是個什麼想法，趕緊說，林樸和工人們要到市政府來，人很多，臉色不好看。劉市長，要不要把特捕隊調過來？劉中冓說，你們看天是不是要下雪了？說完走到院子裏看看天。天有些發黃。俗話說，天黃有雪，人黃有病。看來是要下雪了。回到屋裏對等著他作決定的人說，林樸來是要找我。不用調什麼人過來，沒事兒。林樸在外面就沒事兒。要是林樸求見，讓不讓他進來？跟他有什麼好談的？別理他。他願意在外面待多久就待多久。政府的人尤其是在市政府經過事兒的人，心裏擔憂著，既然劉市長這樣說，只好照辦。出去了。

市政府大院是老式的衙門或大宅那種樣式，八字牆退出街面很多。大門前有一大塊空地，地上鋪著年代久遠的石板，幾千人也容得下，加上前面的大街就更寬敞了，有點兒像廣場。打仗那會兒，大門前壘了工事，又停了很多軍車也沒占到街面上來。朝廷時代有時處決人犯，就是在這裏問斬的，小半個石頭市的人擠來觀看也行。

林樸在市政府大門口被擋住不讓進。說求見劉市長。不行。沒辦法只好在大門外等著。跟來的工人們等久了就坐在地上。林樸要他們回去，自己等等足夠了，天冷，坐在地上會生病的。工人們不走，依然坐著。大半個下午過去了，依舊這樣。天不再颳風，有雪晶時有時無的飄落著。林樸看著天要下大雪了，便把大家勸回去。這樣吧，明天再來。人們散去時，天上已經開始飄起雪花，並不大，不時一團一團的悄悄落下來。落在袖子上，一抬手就看得清袖子上的雪花模樣，六角的，冷而美的圖案，哈口氣便縮成水珠，像生命一樣不可久留。

晚上，林家來了很多人。邊步和全玖兒，叢心結和義學的教師，管理會和一些神聖工廠的工人，水之湄的母親也在。最近她天天過來和但叔一起做飯忙家務。水之湄母親一股家族傳承的精神，她並不勸水之湄不幹這個不幹那個，只是盡力照顧好他們的生活。來了這麼多人把林家擠得滿滿的，很有點兒像後世常說的什麼擴大會議。大家在嚴肅的氣氛中談了很多事情。見有盧交出的錢財決定暫時留著到最困難的時候用。當然這個決定也只是一個建議，最後要得到全廠員工的同意。至於工廠，明天能上班的盡量去。最後一段時間的生活各班組的負責人要仔細些，挨家挨戶瞭解情況，有困難的盡量想辦法。水之湄那邊的義學該放假了。天冷，讓孩子們待在家吧。義學的教職工組成一個義務隊，有事兒就去幫助。林樸說他明天還得去市政府要求與劉中冓談談，雖然大家都認為劉中冓是不會談的，但還得去，去是表明一種態度。

林樸談了保持克制的擔憂，他和在場的人說了很久，反復講利害關係。他懇請大家回去後要跟所有人講清這個道理。在這危難的時刻，任何過激的行為都會釀成大禍。大家默默點頭，這是對的，儘管心中的怒火可以把這天燒個大洞，可又能怎樣呢？林老師說的是對的。林樸並不知道，他內心主張的這種對事情的態度叫做非暴力主義，是的，一種政治的主義。對抗殘暴的專制者在世界上還有一條路，就是非暴力主義的抗議。這是高尚堅韌的政治態度，也是一種聖潔的道德態度，但是，這種態度的表達需要一種文明的特定的歷史條件。是的，有個國家，一個鄰國成功過。在中國，行嗎？這些是林樸不曾知曉不曾考慮過的。如果你的行為涉及社會政治，那麼某種理論的認知應當是必要的。林樸不懂，神聖工廠不懂，自然中國的民眾也不懂。天晚了，大家散去，林樸要跟著到宿舍那邊去，工廠的人不讓，硬把林樸擋在家裏。林樸看著他們踏著路燈下灰白的薄雪走遠，心裏那份憂慮像這黑夜的雪天一樣沉。邊步臨走對林樸說，我會在輿論上支持你們的。說完到報社去了，並沒有和全玫兒一塊兒回家。邊步自己心裏也說不清楚，直覺上意識到大事要發生了。什麼樣的大事兒，他不知道，但心裏這種感覺揮之不去。他覺得這黑夜裏有面戰鼓在敲，咚咚的，咚咚的，讓人的血一陣陣往上湧，直到手顫抖起來。

二十七 抗議

抗議這個詞是邊步在發往其他新聞社的電訊裏提到的。在當天發行的石頭報上沒有提到抗議這個詞，只是平鋪直敘地報導了石頭市發生的事情。報紙的另一角登了一則名詞解釋，言論自由。因為這是一個中國人不明白的外來詞，所以解釋起來話說得多一些。說，言論自由，並不是談一道菜上桌後，你說鹹了他說淡了。言論自由是一個政治方面的辭彙，意思是全社會的人，都能對社會政治發表自己的看法，說出自己的意見。不想說什麼，也算言論自由，因為被人逼著說，就不是言論自由了。說好話，拍馬屁，什麼時代都是受權勢者喜歡的，因此，討論言論自由這個問題時，可以把說好話拍馬屁之類排開。那麼歸納起來，言論自由就是建議的自由和反對的自由兩大組成部分。其中反對的自由尤為重要。如果沒有充分的反對的自由就談不上什麼言論自由。言論自由表現形式不僅僅是用嘴說，還包括寫，例如書，文章等等。也包括一些行為，上街遊行，靜坐等等，這些表達不同看法的行為是言論自由的自然延伸。

文章最後說，中國有幾千年輝煌的文明，因此中國有中國的特色。這個外來詞，與國情有距離，因此國人理解起來比較困難。國外的政府分兩類，專制政府和民主政府。專制政府的特點是發佈命令，接受讚揚。民主政府的特點是辦事和接受斥責。最後這段話似乎與前面的意思脫節了，好像報紙沒空地方就把後面的話刪了，或者是欲言即止吧。不清楚。文章是報社的一個青年編輯寫的。他姓匹，叫匹偕行，筆名叫匹一夫。為什麼叫匹一夫呢？沒別的，只是想和匹夫這個詞有點兒區別而已。家裏是行醫的，西醫，南邊的人。他與叢心結還有莫白駒三個人打得火熱。三個人在一起愛海闊天空地亂講一氣。

天亮的時候，雪下得很小，稀稀疏疏的。夜裏落下的雪本是薄薄的，被時有時無的風刮到牆角或枯草叢裏，天冷沒融。如果夜裏一直下大雪，天就晴得快，像這樣怕要拖上幾天呢。工人去神聖工廠也就是現在的所謂勝利毛巾廠上班，不讓進，大門被巡捕們把著。門關上，掛著大鎖。工人們聚在大門外，巡捕們很緊張，因為沒讓帶槍，手腳不免有些哆嗦。

林樸沒去工廠，一早就上市政府要求見劉市長，當然還是一個等等。沒多一會兒，工廠那邊的工人們都過來了。幾百人，像事先安排好似的，個個拿著墊子，草墊棉墊各種各樣，到市政府門外在林樸身後一排排坐下，就這樣坐著。到中午時已經坐了差不多兩千人，把市政府門前的空地坐滿了，不過給市政府留出了通道，進出不礙事兒。有人給了林樸草墊，讓他坐，他不坐，就對著市政府大門站著。

下午，特捕隊出動了，沒帶槍，人說是怕搶。要林樸退後，在市政府前排了幾排，長長的。雪下大了，很多市民紛紛回家拿來床單，布頭之類的給工人們披上。水之湄領著義學的教職工和工人家屬送來吃的。街上圍滿了觀看的民眾，與平日裏不一樣，人們像是來助陣的。入夜了，人們不知從哪兒弄來了這麼多小燈籠，裏面有小油燈，市政府門前好大一片。儘管有那麼多人那麼多燈籠，可人們說話壓著嗓子，氣氛壓抑。特捕隊換班，靜坐的工人們也輪換。

午夜時，雪下大了。先是風裹挾著雪粒，打在人臉上有些疼，後來落起了雪花。那些坐在市政府大門前的工人們，頭上的床單什麼的變白了。儘管小燈籠差不多都滅了，可街面在雪的映襯下依然很亮。水之湄他們過來給大家發燒餅。她走到林樸跟前說，得勸大家回去，會生病的。林樸讓人把管理會還有工廠班組的負責人叫到一塊，開會議論。事情的發展與林樸希望的不一樣。工廠被封了，能做的只剩下抗議。林樸心裏承認了這個現實。會上大家都認為必須堅持抗議，但沒必要讓工人們在夜裏受罪，明天再來，直到市政府把道理說出來。大家分頭去說服工人們。

人們開始撤走。有人不走，說就死在這裏了。林樸一個一個地勸。最後走的人拉著林樸的手，用力握著，眼睛裏含著的淚珠在雪地裏特別亮，說一聲，林老師，便扭頭回去了。雪花落著，沒有一點兒聲音，地比天亮，這是一種感覺。落雪從石頭市延伸開來，整個大地像正纏著一層層破舊的裹屍布。當人們穿過小巷，繞過水塘向宿舍那邊走去時，林樸和水之湄遠遠地目送著。他們兩人依偎在一起，握住冰冷的手。這白的昏暗的大地在遠處的黑夜裏連接著整個中國。一個偌大的地獄啊。

回到家裏，但叔，水之湄的母親和邊步在等他們呢。煮了些熱的蘿蔔湯，大家一起喝。邊步說，我已經電告外地的新聞社，他們連夜往石頭市趕呢，估計明天就可以到一些。林樸點點頭，他知道邊步的用意。外地新聞人來了，劉中菁至少不會太過分吧，算是一種輿論壓力。他對邊步說，我們現在不能退縮，用和平的方式抗爭是神聖工廠的唯一出路。但叔，水之湄母親默默地看著他，既支持又擔心。

雪在下半夜停了，天依然冷，颳風。濛濛亮時，街上急急地走著很多拎掃帚的市民，什麼樣的人都有。沒人動員沒人號召，大家都早早地上街把市政府大門前以及附近的大半條街掃得乾乾淨淨。末了，人們抱著掃帚擠在大街兩邊等著。邊步的人拍了照片，可惜光線太暗，沒拍好。趕寫的文稿都即刻發了出去，類似後來人們所說的直播。由於邊步他們的努力，就一天功夫石頭市神聖工廠的事情傳遍全國，估計也會傳到國外。各地的報社紛紛來電要求邊步他們提供背景資料，忙得整個報社徹夜未眠。林樸抱著草墊去市政府時，工人們已經來了，整整齊齊一排一排坐著。街邊的民眾鼓掌，有人叫著，林老師，堅持到底，這讓所有在場的工人們非常感動。大家把手舉起來，一大片，人們又使勁兒鼓掌。人們送來開水，還有吃的。燒餅，油條，饅頭什麼的各式各樣。

有照相機的閃光燈在閃著，是早早趕到的外地記者，他們的裝備比邊步他們的要好得多。好公道的夥計們用木盤托著一碗碗麵條送過來。因為量大，麵條是簡裝版的那種，但依舊好吃。街邊有人大聲說，好公道老闆娘也鬆錢袋子了。好公道的麵條好，但老闆娘向來把錢看得很重，這在石頭市裏是婦孺皆知的事兒。孩子們編童謠刺她，胖老闆娘常在大門口憤憤地罵街呢。說來也奇怪，市民的支持，他們送來的每一份溫暖，每一份感動，一方面使神聖工廠的人們信心更堅定，另一方面大家憤恨的情緒漸漸被關愛與同情軟化了。愛，真的很溫暖。

市政府大門前來了特捕隊的人，人數比昨天差不多少了一半。也沒排隊，閒散的站在緊閉的大門前，有的還靠在石頭獅子上。不用說劉中菁和政府的人沒來市政府。有人跟林樸說，劉中菁可能在中國革命大廈裏，是不是派一部分人去那裏。林樸想了一下，搖搖頭說，不要去那裏，去了他也不會出面的，我們還是堅持在這裏吧。林樸心想，要去那裏，很容易發生暴力衝突的。那大廈正關著人，是個政治敏感的地方，不能去，但這些想法林樸沒說。

後世有人指責林樸，說外國人就能攻下巴士底獄，中國人為什麼就做不到呢？這就是中國人的不徹底性害的。這種類比更多地是表達了個人的情緒，事實上並不妥當，因為這是不可能放在一起比較的事兒。這是中國呢，環境，歷史，還有人都很不一樣。無論發生什麼大事兒，總是歷史的延伸，既便在當權者眼中如此另類的神聖工廠也不能例外。傳統文明巨大而無形的力量決定著人們思維的方向，也決定了人們的處事方式，尤如水在河道中流動，就是溢出去了，最終還會回來的。靜坐抗議其實在中國並不鮮見，歷史上常有眾人欄轎跪請申冤的。有人說，時代不同了。如果拋開服裝和髮式的改變，這時代有什麼不同的呢？

中午時分，天開始下雪時，從外地來了很多志願者支持者，多是周邊鄉鎮的，更遠地方的還沒趕到。靜坐的陣式擴大到好幾千人，人數每時每刻還在增加。鄉鎮來的人不少頭上紮著毛巾。白的，不是祈福毛巾，但人們都說他們是祈福勇的人。有人用驢車拉來了好多年糕，糍粑。在巷子裏架起鍋來，和著菜湯煮。煮好了，盛在大盆裏抬到街上分給大家吃。雪下得很大，總有人不停地幫著掃。有外國記者在他們發回的新聞稿裏描述了感人的場面。他說這場面既讓人感動又讓人悲哀，最後他說，這樣的政府也還能叫政府？這樣的政府也還能存在？簡直令人難以理解。這外國記者當然只可能拿他的眼光看待這一切。他不知道，中國的政府歷來如此，未來還會如此。這是文明的差異啊。

雪，下得整個大街灰濛濛的。雪中，那些靜坐抗議的人，像搬到街上的石塊，從市政府門前的空地向大街兩端延伸著。這是絕無僅有的場景，使人想到力量和脆弱，想到希望與無助。下午雪停了，人們抖落身上的雪，掃乾淨，依然坐著。外地趕來的記者更多了，在人們當中穿梭著。照相採訪還有廣播台的記者拿著話筒不停地說。市民們不知道他們是哪來的，沒見過這樣的採訪廣播。最後，來了些外國人，開汽車來的。架起了拍電影的機器，嘎嘎地對人們掃來掃去。這下把事情鬧大了，全世界都知道，可以肯定，劉中菁萬萬沒有想到會是這樣的。

有人把收音機搬到街面上，大聲播著紫黨的廣播。廣播裏沒完沒了地報導著石頭市發生的事兒，說詞裏充滿了煽動和唯恐天下不亂的明顯意圖。人們從廣播中也知道了一些事情，例如劉中菁遭到粉黨領袖劉鑒殷的斥責。按事理推，這話應該是真的。果然下午政府的人過來了，三五個人，在人們的噓聲中找到林樸，說，有事兒好好商量。叫你們的人撤回去。不要威脅政府，更不能往黨的臉上抹黑。林樸說，我要當面和劉市長談。我們沒有威脅政府，只是請願。政府得說明白，為什麼要奪我們的工廠？為什麼斷我們工人的生路？政府的人語氣雖然緩和，但話卻不中聽。見劉市長暫時不可能。有什麼話先撤走人再說。結果沒談好，走了。

把收音機抱到街上來的是恆祥綢緞鋪的一個夥計，跟死去的小兼子是同鄉。鄉下人如果是同鄉，就很可能有血緣關係。小兼子的死，人們當然不會忘記。這夥計比小兼子稍大，是個寡言而心裏扎實的人，人們叫他悶子。悶子把小兼子的死時刻記在心裏，他記恨。收音機是他背著老闆抱到街上去的。

這一整天，他一直盯著兩個人。這兩個人，他有印象，像在什麼場合見過，想來想去，想不起來，總覺得有問題。那兩個人很壯實，頭上紮著白毛巾。這裏坐坐那裏坐坐。挨晚的時候，外國人的電影機剛好拍過來，這兩個人突然跳起來叫著，推翻粉黨。外國人一看有新聞就盯著他們拍。這兩人跑到街邊去扯粉黨的旗幟。在那裏扯呀扯呀，好像用力的樣子但並沒有把旗幟扯下來。人們被這突然發生的事情搞得莫名其妙，都看著。這時悶子叫起來，奸細，劉中菁的密探，抓住他們。

悶子想起來了，在盧令令他們那會兒，這兩人曾在巷子裏跟蹤人，站在牆角探頭，低聲說，是他，跟上。這牆角是兩家房子的接合處。側身擠進去有點兒空地。悶子正好在裏面撒尿，都聽見了。提了褲子出來看，只看清了兩人的側影。這會兒悶子正好站在這兩人的側面，看清了，沒錯。悶子一叫，人們醒悟過來，圍上去，三下兩下把這兩人按在地上。一摸都有槍，把槍和人拎到外國人的機器前讓人拍個夠，然後把這兩人拖進巷子裏。這兩人知道沒命了，也不求饒，任人打。悶子抱塊大磚頭往他們頭上砸，嘴裏喊著，小兼子，喊一聲砸一下。人打死了，拖到郊外水塘裏一扔。這事兒發生得很快，一會兒就完了。街上大多數人都不知道還發生了這等事呢。

邊步知道這事後，找到林樸說了。可惜事情發生得太快，應該讓他們招供劉中菁的陰謀，讓民眾都知道才好呢。林樸點點頭說，這麼多人，很難有秩有序，我就怕事情演變成暴力行為。這事兒你先不要在報紙上講，擔心人們的情緒控制不住。邊步說聲我知道的，就匆匆走了。沒走多遠，林樸叫他，跟他悄悄說，能不能查一下槍在哪兒，我怕出事兒。儘管後來邊步努力調查，槍的影子也沒有打聽到，抓密探的是哪些人都搞不清楚，人太多了，難免混亂。

夜裏，沒人回去，都在街上，燃起一小堆一小堆的火取暖。天沒下雪，也沒颳風，正像粉黨政府和街上抗議的人們一樣僵持著。要麼狂風暴雪，要麼雲開天晴，事情總得有個結局吧。對於神聖工廠的人們來說，幾乎是沒有退路的。工廠沒有了，這麼多人怎麼活啊？石頭市是供養不了的，唯有拖家帶口四處流浪乞討。你，黨，粉黨，為什麼要把人往死裏逼呢？為什麼呢？

夜深了，街上抗議的人守著燃盡的火堆依偎著睡著了。有人三五成群的在巡邏，是自發的。郊外，大彎那邊的路口，甚至中國革命大廈附近，都有人燃著火堆坐著。他們是哨兵，監視著可能的不測，也是自發的，沒人安排。只是人們議論路口應該有人看著，中國革命大廈那頭得留點兒神，於是就有人去了。後世的研究者有人堅稱是林樸他們安排的，說如此雜亂的人群沒有精心安排不可能保持基本秩序。這種說法是不對的。人多並不必然導致混亂，要看人們聚在一起為什麼。如果在對待歷史時忽略了精神的作用，那麼審視歷史事件的眼光就會扭曲。

夜深了，全玖兒等邊步回家休息。怎麼還不回來？再等天就亮了。跑到報社，一看這裏可熱鬧呢，好多外地的記者都聚在報社，交流新聞，議論，發稿等等，搞新聞的人常常很亢奮。全玖兒把邊步硬拉回家，給他吃宵夜。邊步累極了，說明天一定要早點兒叫醒我。這句話還沒說完就睡著了。

水之湄是但叔和她母親陪著回去的。她母親說你不回去我就要但叔把被子抱來。水之湄躺在床上心裏有一種負罪感。她要起來，被她母親硬按在床上。當她昏昏沉沉閉上眼睛時，她看見天空中飛舞著成群的流螢，蜿蜒盤旋，然後穿過陰雲，在滿天閃爍的星星中越飛越遠。

水之湄母親守在床邊看她睡著了，熄了燈，披件衣服靠在床頭坐著。人啦，上天若賦你使命，你就得去做，逃避是不應該的，水之湄母親在黑暗中這樣思量著。小時候她就常聽家人講祖輩的事兒。在她心中祖先們都是聖徒，都是含莘茹苦，披荊斬棘的人。可惜只生了這麼個瘦弱的女兒，若是男孩子，也會像林樸一樣。人生總是有缺憾，不可能好上加好呢。

第二天，就是靜坐抗議的第三天，沒下雪，但天空中仍然佈滿雪雲，把天壓得低低的。上午，人們拉起了布的橫幅。白布和有顏色的布，長短各異。上面寫著大大的字，還我工廠，予民活路之類的。有人把橫幅掛在市政府的大門上，那些特捕隊也沒理會，只是看著。林樸心想如果有一點兒摩擦，就會鬧大，於是吩咐管理會還有班組的負責人留神點兒，別出事兒。到中午時分，幾個政府模樣的人不知從什麼地方鑽出來，找林樸。記者靈，成群地跟在後面。街面上有些騷動，還好沒亂。林樸找到了，就在市政府大門外，很容易。在記者們包圍中，政府的人說話了。你是林樸？對。其實誰都認識林樸。這樣問，只是在表明地位，很像句子裏的虛詞，沒實在意義，助語勢而已。這樣的，劉市長要你去問話。林樸一聽，很火，說，第一，我們要跟劉市長談歸還工廠的事兒。我明確地說這是市政府的不對，市政府不應該剝奪工人們生存的基本權利。我們只是要回我們工人們自己創辦的工廠，於情於理都是說得通的。我們和政府可以談可以協商，這也是我們三天來的請求。希望你們回去轉告劉市長，是談不是問話，我們不是罪犯，我們只想要回原本屬於我們的東西。第二，要和劉市長談的事兒，不是我林樸個人的事兒，是工廠所有員工的事情。因此，我們管理會要和劉市長談，不是我個人去談。

當然林樸講的這些話是經過記者們整理過的，事實上，林樸和政府的人你一句我一句說了很多，如果直錄下來，就顯得囉嗦。口頭談事兒，尤其是有分歧時，一個意思總是翻來覆去說了一遍又一遍。例如林樸反感問話二字時，政府的人就爭辯說，我們可沒說誰是罪犯，我們可沒說，別說我們是這個意思，我們沒這個意思，政府找人談話說慣了就叫問話，政府問問話很當然的，再說這是劉市長交待的，劉市長的原話。林樸自然不讓，不斷反駁他們，雙方談得不愉快。也不算談什麼，政府的這些傢伙只是奉命來叫人的。那好吧，我們回去把你的意思報告劉市長，政府的人臨走時這樣說了。整個下午快過去了，政府的人也沒來回話，談還是不談，表個態也好吧。沒有。石頭市的很多人都沒見過這個劉中菁，他很少拋頭露面。市民們都說這人陰，怎麼天會生出這麼個東西出來呢？

天快黑的時候，有個年輕的記者，外地的，頭髮全向後腦勺梳著，突然站在靜坐的人堆中唱起歌來。人們聽不懂都看他，唱完了滿街鼓掌。唱的是什麼呢？這是一首國外工人的歌，他是這樣解釋的，不要說我們一無所有，我們是天下的主人。人們不明白這歌怎麼這樣唱？明明我們工人一無所有，卻不讓說，不讓說就不一無所有了？外國工人是怎麼想的呀？再說了，天下的主人是黨，現在是粉黨將來可能是紫黨，怎麼也輪不上一無所有的工人貧民啊？說實在的，對於中國的人還有一個認識世界的過程。有人說從古到今中國人就沒有正確地看待過全世界，或許有點兒道理吧。人們不知道這歌唱的是一個讓人心頭淌血的理想，表達的是一個極其崇高極其聖潔極其偉大的夢。對，是夢，只是個夢而已，而已啊。

夜裏，靠中國革命大廈那頭的街上，人們騷動起來。原來中國革命大廈的院門突然大打開，拿著武器的特捕隊從大門湧出來，在外面整隊。一看就有幾百人呢。在附近街口守望的人跑到大街上報警。一路喊著，特捕隊出動啦，特捕隊出動啦。人們都向中國革命大廈跑，憤憤的。記者們扛著機器跟著跑，一下子中國革命大廈前擠滿了密密麻麻的人群。人們不吱聲，一點兒一點兒往前擠。不過沒發生什麼，特捕隊突然縮回去了，關上大門。人們在外面待好一會兒，才散去。臨了有人向大門扔磚塊，後來都靜下來，不過在街口守望的人比以前多很多，人們更加小心地防著呢。這事兒弄得大街上下半夜才靜下來。人們議論了很久。

雪停了一整夜，但沒有天開的樣子。街上還有郊外彌漫著濃濃的霧氣。天放亮的時候，依舊是沉沉的陰雲無休止地從北面湧過來蓋過石頭市越過冰冷的河面融進河對岸那無邊的枯黃中。這是第四天的早晨，街上滿是人，忙碌但不吵，送水送吃的。沒有人驚訝這場面。大街街面上，一排排靜坐的人，整理好夜的倦容整齊的坐著。一大早，外地送食物的馬車牛車還有汽車從大彎那邊的大路，從下頭的泥路，不斷地進入石頭市。河對岸也有人往渡船上搬各種食物。近郊還有小巷裏支起了好多鍋灶，天沒亮時就炊煙升騰忙著作早餐。沒人去統計，這些支持者來自何方。邊步在發往各地的通訊裏說，中國人有時並不完全瞭解自己。今天在石頭市發生的一切，和平的請願者和無數默默地支持者，他們表現了中國人長期被壓抑的善與愛的願望。中國人完全有資格有能力跟上世界文明發展的步伐。

邊步的言論，儘管他時刻留著心眼兒，但日後還是給他招來了苦頭。後世的研究中，把邊步擺在一個配角的位置，似乎因他是林樸青梅竹馬的終身好友，才在事件的討論中順帶提到他。事實上，邊步起的作用是非常大的，他想盡方法通過新聞網路暗中動員了各地的民眾。他招來了各地的記者，包括外國的。這樣形成了一個巨大的社會輿論壓力，使粉黨左右兩難，暫時不敢輕舉妄動。很多人不知道，新聞造成的影響比石頭市事件本身更令粉黨的領袖頭疼，這也是後來要找邊步算帳的根本原因呢。如果沒有新聞界的攪和神聖工廠的事兒也只是地方上的小事兒。要麼退一步暫且安撫一下，日後慢慢動手。要麼乾脆把神聖工廠的領頭人抓了殺掉，可現在變成了讓黨難堪的大事情，對黨的根基是個極沉重的打擊，逼得黨的領袖進退兩難。後世的研究者找到了粉黨一些遺存的文件。其中就有劉鑒殷對劉中菁憤怒的責罵，可以看出事情的嚴重性。

這天是靜坐抗議的一個情緒高潮。鄉下還有很遠的外地來了些秧歌隊和其他演藝的團體。人們在街邊扭秧歌，或者演出街邊小劇。演出的人和觀看的人情緒都很熾烈，喝采聲掌聲一片一片的。中午時，外地來人找到林樸和管理會，把一包一包的錢交給他們，這是各地送來的善款。送錢的人說，有良心的中國人都支持你們，祝願你們討回應有的公道。這些大床單包著的錢，有零碎的小錢也有整捆的大錢。那些熱血的募捐者，扯開床單的四個角，在街上邊呼邊走。大人小孩還有店鋪的老闆都爭著往床單上扔錢。末了，把床單一紮，原樣趕車送過來。這一招，只有紫黨融會貫通了。在他們統治時期，只要有什麼事兒，便派人上街募捐，逼著人們展示愛心，這樣省下了不少財政開支。既然是財政收入的一個來源，有時紫黨的人還真盼著有什麼天災人禍的，好趁機弄點兒錢。當然，非政府的募捐是被嚴格禁止的，不能讓別人來搶這好處呀。

送來的錢怎麼辦？現在沒辦法召集全體大會。林樸和管理會的人還有各班組的負責人聚在一塊商量，就坐在市政府門前的空地上，邊步剛好過來也參加了會議。大家很犯難，就這樣白白接受人們錢財，怎麼回報？人呢，知恩圖報是基本的道理。還是分頭去徵詢大家的意見吧。邊步插話說，我看把這些錢留著，一旦有什麼不測馬上分給各家。要有應付最壞情況的準備，不然到時候措手不及。家屬們怎麼辦？往壞處想，就是要離開石頭市也得有個路費吧。邊步的話雖然難聽，但大家都覺得有道理，不過並不完全明白邊步的意思。邊步聽到了軍隊要出動的傳聞。因為是傳聞沒有證實，在現在這種人多容易衝動的時候不能亂講，甚至對林樸也沒說，自已暗中加緊盯著這消息。大家分頭去徵詢工人們的意見。說法很多，匯總起來，無非也是一個為難。林樸最後說了，這樣吧，這些錢先保存在宿舍那邊，以備不測。如果事情平安過去，這些善款還是應歸到善款的用途上去。另外我們得通過一個什麼形式表達感謝之情。大家都說，林老師，這個我們不在行，要不叫邊社長出出主意？

邊步來了，想想，這個好辦。你們寫個大的橫幅掛在街上，這樣，就乾脆拉在市政府的大門上。我們來拍照，配著通訊發出去。外地記者也會記錄這事兒的。這是藉著新聞界傳達你們的意思。林樸安排人去做橫幅。上面寫什麼好呢？感謝全國人民的支持。不妥，國還分著呢。再說人民一詞是政府最喜歡用的，外地的人一看會以為是政府寫的。想想，這樣寫，神聖工廠叩謝各地鄉親父老的支持，永世不忘。字多了點兒，就這樣寫吧。下午橫幅做好了。白布黑字長長的，掛在市政府的大門牆上。特捕隊的人並不阻攔，反而多事地說，上面用繩子拉緊。外國人把攝影機搬過來，拍了好一會兒。據後世的人講，那段影片還在，放起來雖說盡是劃的道道，也還看得清。鏡頭從靜坐的人群頭上堆過去，直到市政府大門，然後是橫幅，再搖，一個字一個字地順著拍。畫面下方是翻譯的外國字，叫字幕。再然後是橫幅下跪著的人，先是林樸，再挨著拍。這段影片資料是珍貴的文物，是很多年後人們從國外弄到的。研究者說，粉黨的情報人員早就弄到了這段影片的拷貝，並且後來按著拍進去的人一個個挨著抓。是呵，事情常常有兩個面，正面是人，翻過來，反面呢，便是鬼。

下午快傍晚時，叢心結匆匆地跑過來，找到林樸說，工廠奪回來了，水老師已經去了工廠，林樸和管理會的人連忙往工廠趕。這消息傳到大街上，所有人都鼓掌，那些紮毛巾的人把毛巾拿在手裏在半空中搖。原來，家屬們，那些婦女老人不知誰號召的，也許是大家都有那種情緒便走到一起去了工廠。去的人很多，一衝一擠便把那些看門的巡捕們擠開了。巡捕們看見人多，又是老人婦女，不敢動武。被擠在一邊，看看沒自己的事兒了，當然心裏也不踏實，就撤走了。人們砸開鐵鎖把工廠大門打開，把大門前的粉旗拔掉，湧進工廠。更多人坐在工廠大門口，那意思是絕不再讓出神聖工廠。林樸過去時，水之湄正在工廠裏和婦女們講話，人們見林樸來了圍過來，七嘴八舌地說著，工廠是我們的，不能讓。看他姓劉的怎麼辦？要死就和工廠一塊死等等。林樸心情很複雜，一時半會兒不知說什麼好。管理會商議了一下，決定讓一部分工人回來把守工廠，讓家屬們回去。老人們還有那些婦女很難勸，直到夜裏他們才陸陸續續回去。工人們守著工廠，有分工有秩序，連老遠的路口都放了觀望的人。

夜裏，林樸和管理會的人去了中國革命大廈，還得談，不能這樣僵持下去。也許劉中菁在中國革命大廈，去試試吧。很多人知道了跟著林樸他們，怕他們吃虧。在大門前，林樸吩咐跟著的人往後退，自己與門前的崗哨說話。站崗的遲疑了一下，進去報告，回來把大門打開放林樸他們進去。

林樸第一次進中國革命大廈。空地裏用建築材料搭的工事，架著機槍。特捕隊一排排地站在牆邊。半截子大廈聳在那裏，被燈照著，清楚地看得見粗糙的水泥柱和一塊塊砌牆的紅磚。地上是土，高低不平。在二樓的一個房間見到了劉中菁。房間裏亮著幾盞燈，牆壁還是沒有粉過的磚塊，一股建築工地特有的霉味。劉中菁見他們進來，第一句話，你們占了工廠。林樸說，對，家屬們去的。劉中菁不再接著說占工廠的事兒，而是嚴厲地對林樸說，你們必須馬上從大街上撤走，黨和政府的容忍是有限的。林樸不讓他說下去，現在不是撤不撤的問題，人們上街本來就是自發的。我一直堅持要和市政府坐下來商談神聖工廠的事情，可就是不談。事情發展到現在這樣並不是我們願意的。大家上街也只是請求，只是表達合理的要求。請問劉市長，我們工人自己創辦的工廠，所有的稅錢都交了，為什麼要奪我們的工廠？不希望人們上街請願總得有個說得過去的理由吧。我們從來就不想與政府對抗。我們創辦工廠只是想從貧窮困苦中解脫出來，有碗飯吃，能讓老人孩子活命。難道這點兒基本的生存願望都觸犯了政府嗎？請劉市長考慮考慮，收回政府的命令。讓我們回工廠進行正常的生產。這就是我們全體工人的唯一請求。劉中菁聽林樸說完，好一會兒不說話。一臉疲憊，臉色慘白。按說在這種形勢下，他可以耍點兒政治手段的，也就是欺騙手段，按理講他應該會這一套的，但他沒有，為什麼沒有呢？當時人們想也沒朝這方面想，不知內情。劉中菁說了，你們必須馬上從街上撤走。市政府可以跟你們談，但前提是你們必須撤。我警告你們，威脅黨和政府是不會有好結果的。林樸很生氣，接上去說，我們從來就沒有威脅過政府。我再說一遍，我們只是請願。難道黨的人民就不能請願嗎？難道要回我們自己的工廠就犯罪嗎？我代表全廠員工再次請求劉市長，把工廠還給我們，讓我們有條生路。

劉中菁被林樸搶話心裏很生氣，他知道不是發火的時候，忍著。工廠你們不是占了嗎？還有什麼還不還的。水之湄說，劉市長，市政府應該明確地告訴全市，把工廠歸還給我們，平息人們的情緒，讓大家放心。劉中菁不說話。有好幾分鐘大家都不說話，相互看著。最後，劉中菁揮揮手，你們回去吧。林樸不服，說，劉市長，既然我們來了就應該有個結果。這樣沒交待的回去，怎麼說服大家？劉中菁把眼睛從桌面上抬起來，盯著林樸厲聲地說，出去。

他們走到大門口，等著開門時，林樸擔心得很，悄悄地對大家說，這是我們第一次與劉市長談，大家出去後一定不要亂說話。大家聽後點點頭，都清楚林樸的意思。上萬人聚在街上，稍有不慎必會釀出大事兒來。林樸和管理會所有人不是政治家，或者說不是政客，當然也不是革命家，他們不可能從對方的言談中揣摸事情，只是就事論事的想問題，解決問題。那些使心眼兒的活他們不會。走出大門，記者們搶先圍上來採訪，問談得怎麼樣？有什麼條件？為什麼開這個條件？你們是怎麼想的？接受先撤再談的條件嗎？還談不談？你們準備怎麼再談？一連串的問題弄得人想藏點兒話都不行。不過林樸反復強調，事情不可能一次談成，我們準備再談，直到事情得到解決為止。有記者問，如果劉市長不再談而是採取暴力手段，或者粉黨武裝力量已經做好了鎮壓的準備，你們準備怎麼辦？這問題讓林樸很難回答，因為問題是假設的。想了想，說，我們是和平請願，是講道理，政府不應該鎮壓請願的人。記者提這個問題當然是有經驗的，他們見的事兒多。道理看怎麼講，把你打翻在地然後講他的半邊道理，這種事兒多著呢。

果然在午夜時，人們收聽到粉黨廣播的一則重要新聞。說黨總部之劉領袖已經召開了最高層會議。會上領袖指出，石頭市發生的事件是國內外敵對勢力煽動的一起反黨反政府的反革命事件。黨在這個原則問題上絕不動搖，要堅定有力的打擊反革命勢力，並且奉勸受蒙蔽的人民立刻回到各自家中，否則後果自負。

按後世的說法，這叫給石頭市的事情定性。所謂定性就是我說你是什麼你就是什麼，然後呢，上上下下都按這個定的性採取相應的行動。

二十八　悖論

軍隊，保家衛國，至於保誰的家，衛誰的國，這個不必細究。因為這些都是軍隊持有者的說辭，當真了就會想不開。翻開歷史看看，世上哪一支軍隊不曾對自己的人民動過手呢？要麼相互打，要麼屠殺供養自己的父老鄉親。抵禦外侮那倒是極少的活，百年難得一次至於擋不擋得住外來入侵，還得靠天，怨不了軍隊。軍隊有武器，沒有武器自然不叫軍隊。武器是殺人的，殺誰都一樣。只是有一點兒讓人百思不得其解，你說，軍隊又不是貴族子弟組成的，都是些貧苦家庭的孩子，都是來自社會底層，為什麼那些士兵對民眾下得了手呢？這真是一個歷史的悖論，倫理的悖論，心智的悖論啊。

第八軍是粉黨的精銳，宣傳上是這樣說的，也是劉鑒殷的嫡系。軍長是他一手扶持起來的堂兄。在成為粉黨最高領袖的過程中這支軍隊起了決定性的作用。第八軍的裝備最好，裝甲車坦克還有新式的自行火炮比粉黨其他部隊要多。只要一出動，頭上就有飛機護著。不過近段時間飛機叫紫黨的導彈打得不敢露面，於是頭上敞開了，沒有保護，很狼狽。後世有人深究，到處查資料，最後的結論是第八軍真正的戰績，也就是與紫黨打的戰績，很一般，看不出什麼精銳來。內部撕殺，對付民眾卻勁頭十足，讓後世研究的人很失望。這位軍長唯一的才能就是貼在劉鑒殷的屁股上跟著劉鑒殷跑。

靜坐抗議的第五天，也就是粉黨領袖劉鑒殷發佈定性廣播的第二天，天下起了大雪。一大早，天剛亮，一團團密密的雪就開始漫天漫地的飄落下來。不太冷，所謂下雪不寒化雪寒。看看濃密的大雪，年紀大的人都知道今年這場看似沒完沒了的雪就要結束了，最遲明天就要放晴。這一天，很多當事人都不曾想到會成為中國近代史上怎麼也繞不過的重大日子。這天，這裏發生的一切，這個小小的石頭市，引起了國內外的強烈關注以及後世不疲倦的研究討論，甚至很多年後還有人為這個日子被抓被關被打被殺。你可以以此推論，千百年後，如果有人還拿這日子來說事兒，那麼殺戮就不會停止。也許只要當地球進入下一個冰期，冰川磨平這片土地上的凹凸不平，直至洪水過後，生命再次繁衍時，才會忘卻石頭市的這個日子，當然，前提是那時還有人類的話。

這一天是12月8日，因此歷史上稱為12・8事件。也有人稱之為石頭市大屠殺，或者石頭市之雪屠或者冬雪之恥等等。不過，稱之為12・8事件的人多，又符合國外之習慣。所以正史上提及此事兒一般叫12・8事件。很多很多年以後，有位作者寫了一本叫雪屠的書，是演義性質的，這書令大家很不愉快。後來呢，這位作者因常與喋喋不休的老婆吵架，鬧得四鄰不安，嚴重破壞了社會之穩定，抓去後得急病死了。他老婆去政府打聽，得到的是一盒骨灰。骨灰盒做得很好看，雕了立體的花花草草。他老婆抱著骨灰盒哭得很傷心。原以為政府關心婦女，保護婦女兒童的權益，抓進去教育教育，丈夫脾氣就會好些，沒想到死了。問得的什麼病呢？政府的人說，急病有很多種可以致人喪命，說了你也聽不懂。知道什麼叫做非典型病毒性腸道侵蝕致神經扭結彌散綜合症嗎？不懂吧？你丈夫得的就是這種你不懂的急病。這女人謝過政府後，回到家裏，想想，很後悔當初不該與丈夫爭吵。一把鼻涕一把淚的，活脫脫一個婦人之見呢。

12・8事件雖說被後世研究的人視為歷史之大事件，可遺存下來的資料卻十分零散極不完整。原因是第八軍進入石頭市後，把所有記者都趕到遠離現場的地方隔離起來。這些記者除了聽到一些不確定的聲音外，什麼也不知道。邊步的個人資料以及報社的資料後來也被毀了。而現場活下來的當事人，只知道身邊發生的事兒，且因為過度的恐怖影響了人長期記憶的功能，使同一現場的人後來回憶起來相互矛盾，不知道誰說的是發生過的真事。況且留下來的回憶又多半是通過他們的後代轉述的。情緒塗改了真實的記憶，令後世的研究工作莫衷一是。第八軍以及粉黨政府的相關檔資料，在後來的戰亂中幾乎沒有什麼留下來，有人推測是蓄意毀掉的。這個可能性極大。因此，歷史上對靜坐第五天，也就是12月8號的描述十分零碎。完整的講述倒是臆想多於真實，顯得假。其實零碎的描述並不有損事件的本質。例如有人被捅死了，三刀還是五刀，第一刀捅在哪兒，並不重要。人是被捅死的，這便是事件的核心。

林樸緊緊抱著水之湄，坐在雪地裏。儘管是雪天的深夜，天光卻很亮，一定是雪雲上正當著大月亮。血從水之湄身上淌下來滲進地上厚厚的雪層中。林樸聲音哽咽低聲叫著之湄之湄，這可怎麼辦呀？水之湄臉色慘白，望著林樸慢慢地說，林樸，這一切我夢見過的，還記得嗎？滿街都是鞋，滿街都是。還有涵伯。涵伯會救你的。林樸覺得天真的塌下來了，連眼淚都沒有，都沒有呀。之湄呀之湄呀，我把你抱回去，你要挺住呀，之湄。他掙扎著想抱著水之湄站起來，可不行。他被木棍打得很重。他不覺得疼但怎樣努力也站不起來，坐在地上緊緊抱著水之湄，低低地失聲地叫著，之湄之湄，你得挺住呀。水之湄聲音越來越輕弱地說，林樸，不用了，你帶工人們走吧。我，今生無悔。林樸，你要，活下去，答應我。林樸一個勁兒點頭，直到水之湄像個入睡的孩子一樣慢慢閉上眼睛。

第八軍的先頭部隊是中午時分從石頭市的兩頭開進來的。西頭是經過草市，東頭是經過涔河口鎮，這是確定無疑的。至於是步行過來，還是乘車，是裝甲車還是坦克，流傳下來的說法很不一致。大彎那邊守望的人被士兵打散了，人數比湧來的士兵少，被打得頭破血流。這印證了先開進石頭市的士兵沒帶槍而是拎著棍棒之類的說法，要不然會把阻擋他們的人全殺光。兩頭士兵匯合後馬上就驅散街邊的人和記者們。士兵們用棍棒打得人們四處逃散。對記者們也一樣，不走就打。這些場面非常真實可信，因為有記者拍的大量照片留傳下來，還有現場直播的錄音資料。

在小巷子裏，肯定發生過對打的事兒，而且還不少。後來粉黨還追究過是些什麼人幹的。不少士兵就是在小巷裏失蹤的。軍隊曾派出小股部隊襲擊小巷子。但軍隊一到小巷，人都跑光了，往回撤卻有人扔石塊。去追吧，繞過幾個拐角後不見人影。回來一點人數，少了。再去找，找不到。那些曾經在小巷裏與第八軍的士兵幹的人，從來就沒有在歷史上露過面。

很多年後有研究者找到一個自稱祖上曾住在石頭市絲線巷的人。那人姓洪，說祖上曾把那段經歷留傳下來，說，士兵們驅趕街邊的人群時場面很混亂。後來很多人退進了絲線巷。在狹窄的小巷裏士兵們並不占優，幾度還被打回到大街上。祖上說，最後士兵們衝進巷子打倒了幾個人，人們又衝過去救人。後來呢，等大批士兵湧過來，巷子裏沒人了，都藏進住戶家裏。他說他祖上曾經領著人把士兵引進小巷拐角。人們聚在那裏等著，等單個士兵過來就一陣亂打。他的這種說法印證了為什麼有的小巷電線桿上掛著士兵的屍體。那些掛在電線桿上的士兵，先被打死，後來又澆上油燒，直到肚子燒爆腸子流出來，然後掛在電線桿上示眾。不過這裏有個時間先後的問題。從人們的洩恨程度看，這些殘忍做法應該是大屠殺發生之後，而不是之前，在邏輯上講應該是對第八軍殘酷大屠殺的報復。後世研究者把姓洪的人的講述作為12・8事件的一個側面，民眾的故事來描述，結果引起深究的人去查詢。一查，這個石頭市的絲線巷自古就沒有住過一家姓洪的。那為什麼他要杜撰這麼個故事呢？不知道。

那是下午，整個大街被士兵包圍起來。臨黑的時分開始喊話。街上所有的人必須撤離，否則軍方將採取嚴厲的行動。這個包圍圈在東南角敞開一個通道讓人撤出去。不過這個說法有點兒問題。石頭市的東南角是河岸的荒地，狹窄，沿著河岸容不了多少人，除非把人往河裏推。有人說敞開的口子是東北角。那是郊外的荒地，多少人都容得下，且可以從那兒逃往外鄉。這種說法是合理的。不管哪種說法，留了一個通道是事實。

林樸和水之湄還有管理會的人拼命勸大家從通道出去。這通道兩邊站滿了士兵，拿著木棒之類的傢伙朝撤離的人身上亂打。打倒的人被同伴拖著往外跑。混亂，恐慌與呼嚎亂成一片。水之湄正護著一群婦女叫她們無論如何跟上前面的人，一閃眼看見一把農村打場常用的長齒叉對著一個婦女的屁股刺過來，下意識地轉身一擋，這一叉結結實實地刺在她的小腹部。鋼叉拔出來，水之湄倒下了。那些婦女回過頭來要扶她，又一叉刺過來，刺在靠近水之湄的一個女人的大腿上。水之湄掙扎著一把抓住鋼叉的脖子，死死不鬆手，對嚇得呆呆的女人們拼命叫著，快走，快扶她走。回頭一看，那依然握著鋼叉的士兵，只有十幾歲，還是個娃娃，一副農村孩子的臉。水之湄半臥在地上大聲說，你為什麼這麼狠心？你的心為什麼這麼狠？那士兵猶豫了，拔了拔鋼叉，拔不過來，鬆開手，退到士兵堆裏去。人們看見水之湄倒下了，慌忙抬著往外走。通道那邊塞住了。有些人在通道裏被士兵用刀捅了，後面的人去抬，又被打得堆在那裏。後面的人走不動。好一會兒，士兵們把死掉的人扔在一邊才讓人過去。抬水之湄的人著急又往回走，最後找來了林樸。人們叫著，不救怕來不及了，我們從巷子裏衝出來。水之湄在林樸懷裏伸出雙手抓住要抬她的人，說，快走，快走，快帶大家走。水之湄的手竟然有這麼大的勁兒，讓四周的人驚住了。叫他們走，帶人走，不然來不及了，快。林樸大聲吼道，快帶人走呀。救大家要緊。這裏有我，快走呀。水之湄心裏想說，你也走吧，別管我。知道說了沒用，沒說。林樸，我口渴。林樸把水之湄放在地上要找水，還沒走兩步就看見幾個士兵過來要把水之湄往街邊拖，衝過來推那些士兵。一陣亂打，林樸倒在地上，拼死命爬到水之湄身邊抱著水之湄。夜裏那麼亂，一時身邊擠著跑著的人沒弄清怎麼回事。看見士兵打人，湧過來把士兵擠走，人們圍著保護他們倆。水之湄在林樸懷裏努力把話說清楚，叫他們走，千萬別留在這裏。林樸坐在地上抬頭對四周的人高聲叫著，快走，我叫你們走，走呀。求你們聽我一次吧。走呀，別都死在這裏呀。

雪是什麼時候停的，沒一個人知道，或者說沒一個人關注。後世有人想查當時的有關氣象資料，當然是不可能的事兒。這樣具體的天氣狀況一般氣象資料裏是不記載的。況且當時的氣象水平差，預報的水平強不過一個坐在家裏的農人。應當是在雪停的那會兒，北邊燃起了熊熊大火，把北面的天映得通紅。那是神聖工廠和宿舍那邊著火了，非常非常大的火。石頭市的老人都這麼說，那是真的。騰起的火柱盤旋著往上沖，把天空的雪雲都燒開了。

這裏有兩個後世一直解不開的迷。第一，火是在大屠殺前還在大屠殺後燒起來的？這個問題一直沒有搞清楚。怎麼假設也說不清大火與街上發生的事之間時間上的邏輯連繫。第二，誰放的火？是工人是家屬還是第八軍的士兵呢？可以假設，但沒有充分的證據。如果是工人們放的火，那應該是大屠殺之後，同歸於盡。如果是士兵放的火，有可能是與大屠殺同步進行的。軍事上老幹這種同步進行的事兒，目的是讓敵人首尾不顧。也有可能是派去的士兵與守工廠的工人們打起來，最後士兵連廠帶人一掃光。宿舍那邊的大火則肯定是士兵攻打築壘把守的家屬們引起的，但並不能確定誰放的火。在大火之前就傳來了密集的槍聲，還有坦克打的炮。大火燃起時，槍聲依然不斷，在市裏都聽得見連串的機槍聲，噠噠噠，噠噠噠噠噠，噠噠噠。據說，機槍若是一個勁地噠噠，那是嚇唬敵人。如果三下五下的打，那可是找著人打的。

大火燒的時間特別長，沒人救火。一間一棟地連著燒。不斷的忽地一下子火光沖天，一陣後又是漫天火焰和滾滾濃煙。天亮以後工廠燒光了。機器上的銅部件好些都燒溶了。神聖工廠只剩下黑黑的斷牆和嗆人的餘煙。宿舍那邊還在燒。屍體焦糊的氣味，隨著煙飄到市裏，一直飄到河對岸陽光下白晃晃的荒野遠方。

午夜時，圍在街邊的士兵有調動。那些留下堅決不走的工人還有頭紮白毛巾的外地人想乘這機會把林樸和水之湄抬出去。勸了好一會兒林樸才鬆開水之湄。水之湄早已嚥氣了。流了太多的血，顯得更加瘦小。大家用床單把水之湄包好扛在肩上。林樸呢，鬆開水之湄後只能躺在雪地裏。一說話胸就疼得厲害，估計肋骨打斷了。大家把他挪在床單上時，發現他右腿斷了。撕開褲腳，右小腿的骨頭已經紮破皮肉伸在外面。人們抓起床單四角要走，卻猶豫了，往哪兒走呢？林樸口裏不斷說，涵伯涵伯。大家一聽很吃驚都低頭問他，誰呀？林樸說，涵伯。說完便昏了過去。確實，不遠的街頭有個穿長袍的老人。調動的士兵列隊跑著，當他們穿過士兵隊伍抬著林樸過去時，士兵並沒有停下來阻攔。確實是涵伯。看見他們過來，指著身邊一扇虛掩的門說，快進去。

當手持棍棒的士兵包圍整個大街時，大街上的人並不知道街的兩頭佈置了警戒線。東頭的警戒線離碼頭較近，林家邊家都在警戒線外。西頭的警戒線則在市政府以西幾百米。警戒的士兵拿著衝鋒槍，就是所謂的自動步槍，一排排橫著把大街切斷。在亮亮的雪地裏像一道結結實實的柵欄。兩頭的警戒線外都擠滿市民，老人，婦女，以及外地來的眾多的支持者。但叔，水之湄母親，全玖兒都在東頭的警戒線外觀看著。人多，常常會無端地湧動。水之湄母親扶著但叔怕他被人擠倒。但叔的身體一直在哆嗦，一陣陣的。水之湄母親不時地安慰他。三個人靠在街邊張望。都是人，看得見警戒的士兵但看不清那些士兵手裏端的槍。警戒線後面傳來陣陣的呼喊聲。聽得出那裏很亂，卻不清楚那裏發生了什麼事兒。

西頭的警戒線外那裏人更多，很多男人，本市的外地的。原來在大灣處守望的人群沖散後又聚集過來擠在警戒線外。這邊的警戒線出了事兒。不過對發生的事兒卻存有兩種截然不同的說法。一種說法認為這裏沒有死過人，其主要依據是粉黨官方的堅決否認。另一種說法認為這裏確實發生了大屠殺，但沒有任何詳實的資料佐證，傳說不算數。歷史事件常常如此，時間一長黑白就容易顛而倒之。明明有無數的當事人，親眼所見，可惜呢，這些當事人在歷史上說不上話。例如坑儒事件，倒底坑沒坑？如果真是坑了，你說沒有坑，那還不把那些儒生的陰魂氣個半死。

陰陽不通，你就是長一身嘴也沒法回陽間來辯解呢。長平之戰坑殺四十萬趙軍。這個不可能吧？四十萬士兵，要多大的地埋呀？還不把人累死。直到後來有人挖出了成堆的骨頭，這事兒才有了眉目。如果當時不是坑殺，而是把趙軍投進河裏。儘管當時有成百萬的人瞧見了，也依舊是一個歷史懸案。兩種意見的研究者心平氣和，反正死的是古人，不著急。

越過大洋，那裏有一個小鎮。軍隊把罷工的香蕉工人圍在廣場上殺了，然後用火車把屍體運到很遠很遠的海邊扔掉。對，全扔了。然後呢，什麼事兒都沒發生，沒人相信還有過什麼事兒呢。對了，那個鎮的名字很怪，好像叫馬孔多。

西頭警戒線外的人群同樣聽得見市政府那邊大街上傳來的呼喊聲。人們知道大街的情況定是很糟，心裏著急，便一點兒一點兒往警戒線擠，希望能進去解救圍在裏邊的人。一個軍官，舉著手槍，大吼一聲，就是軍隊裏特有的那種尖著嗓門狗吠式的叫喊，射擊，或者，打，或者，開火。活下來的人都對這叫聲記憶深刻，卻說法不一樣，是因為極度恐怖的原因吧，記憶被扭曲了。這叫喊聲拖得很長，警戒線的士兵開槍了。對著人群不停地掃射直到把子彈打光。後排的士兵換上來接著掃射。衝鋒槍突然齊射的響聲特別大，一下把街上密密的人群嚇呆了，呆呆地站在街上。密集的子彈射過來，從人們胸口肚子腿上穿過去。雪地裏的人群像鐮刀割麥子一樣，一排一排倒下。後面的人一下子敞開在士兵們槍前，來不及反應，子彈就把他們打得渾身是洞。幾百人的屍體佈滿了積雪的大街。夜色裏好長一段大街的雪變得灰暗，那是血。槍聲停息後，有人沒死在人堆裏爬，悲慘地呼喊著。沒中槍的人紛紛衝過去救人，士兵對著搶救的人開槍，不停地開槍，直到把街上打得沒有一個活人。

當然這是一種說法。另一種說法不同，說士兵們是朝天開的槍。警戒線外的人們害怕了紛紛趴在地上，看上去像被槍打倒的一樣。儘管有很多活下來的親歷者，但他們的講述不算數。後世的研究者多半傾向於朝天開槍一說，因為這樣更符合基本的人性。這裏有一個理論前提，就是作為人必然具有最起碼的人性，否則沒法進行人文意義上的分析。理論分析往往比事實有著更加寬廣更加仁愛的胸懷，不是嗎？

抬著林樸和水之湄的人在涵伯的指引下，穿過了很多道門，翻過牆，最後進了近郊的一間屋子。這家人沒有電燈，在油燈下人們把林樸水之湄放在床上。涵伯仔細看過水之湄，嘴動著，好像在念什麼經。隨後吩咐大家把水之湄頭髮衣服理好，依舊用床單包起來。水之湄的身體開始變硬了。這蒼白瘦小僵直的身體裏一顆平常極高尚的心不再跳動，永遠不再跳動了。人們哭起來，沒法讓她起死回生。而後世的歷史研究者竟沒有一個人說過這是中華民族的巨大損失，可能他們想也沒想過呢，而被他們稱為民族之重大損失的死者常常是一些屠殺過民眾的壞人，是的，很壞的人。你說，歷史怎麼能這樣呢？

安頓好水之湄，涵伯開始為林樸療傷。肋骨斷了兩根，估計是穿皮靴的腳用力往胸口踢的。涵伯慢慢摸索，說還好沒錯位。抹上他帶來的藥膏，一個竹筒裏裝的，然後纏上布條。小腿的骨頭讓它歸位接好，用線縫上皮肉，抹上藥膏，用竹片夾上。左臂腫了。涵伯慢慢順著胳膊捏，沒斷，是骨頭打裂了。林樸身上的傷多，一塊塊的，開始有淤青。涵伯盤腳坐在床上讓林樸的背靠在自己的懷裏。大家把油燈端過來圍著，涵伯開始發功。這也是人們第一次親眼瞧著涵伯發功療傷。油燈的燈焰開始忽的一陣陣搖曳。涵伯臉上非常光亮，一股只有中國人才能理解的氣在空中纏繞著，在場的人都結結實實感受到了。林樸動了一下。涵伯拿塊布接在林樸的嘴邊，一嗆，林樸吐了一大口血。眼沒睜開，叫了聲之湄。

涵伯把林樸放平在床上，蓋上被子。叫來屋裏的一對中年夫婦。這對夫婦，很壯實，大家誰也沒見過，像是外地人。涵伯說，讓他好好養傷，別讓他出去。不出一個月就會好起來。該怎麼做，不用我再交待。又對大家說，你們回去通知林樸家人安葬水之湄。以後大家不要再來這裏，一個月內千萬別來，記住我的話。然後歎了一口氣，指著自己的頭說，這裏我沒法治，得靠他自己。這是人們最後一次見到涵伯，從此之後再也沒有看見過老人家，永遠，真的是永遠。

坦克和裝甲車是什麼時候開進來的，沒有一個確切的說法。但市政府門前還有大街上仍然留著很多堅決不撤走的人，這是確定無疑的。有人說一千人，也有人說兩千或更多的。如果林樸不昏過去被抬走，他一定會留在街上的。這也是日後他心裏一直被自責折磨的重要原因。那些留在街上的人有男有女。他們是神聖工廠的工人和外地虔誠的支持者。他們靜靜地坐在雪地裏，一排一排整整齊齊，手挽著手。他們有父母有兄弟姐妹有孩子，是的，他們決定今夜就死在這裏。想到這一切，你心裏是不是湧動著淚水呢？如果世間真有一個中華民族，那麼這個民族並不是毫無希望的。這雪地裏視死如歸的人們，那挽在一起的手臂，那注視著夜空裏飄然而來的死神的不屈目光，表現了一種平日裏無法感知的頑強的意志力，一個民族的精神力量。中國人啦，也許終有一天會得救的，因為你的靈魂還在啊。看看那些默默坐在雪地裏靜候死亡的人們，他們已經化作光芒四射的紅雲，從石頭市飛揚出來，感動每一個正直的中國人。

坦克和裝甲車是怎樣開進來的，沒有一個確切的說法。但大街兩頭是能通過這些坦克和裝甲車的唯一通道，這是確實無疑的。當坦克和裝甲車列著隊，從大街上衝過來時，那巨大的轟隆聲讓整個石頭市都顫抖起來。使人不由自主地想到這是一部無心無肝的巨大的戰爭機器，殺人的機器，對付民眾的冷酷無情的殺人機器。有人向坦克和裝甲車扔磚塊，甚至有人拿著木棍衝過去砸坦克。這是軍隊在事後對記者們說的，並且帶記者去看坦克和裝甲車上砸過的痕跡。記者們拍了照片。從照片上看，只是綠色的油漆有輕微的印跡而已。如果說有人砸坦克裝甲車，那一定是在警戒線以外的事。因為坦克和裝甲車過了警戒線人們便不知道這些傢伙幹了些什麼。

坦克和裝甲車是並排從警戒線開過去，一直軋，還是在市政府那邊的大街上來回地軋，沒有一個確切的說法。不過事後人們沒有見過一個從裏面活著出來的人，這是確實無疑的。警戒線外的人聽見坦克的巨大轟隆聲中夾雜著密集的槍聲，直到下半夜才停止。人們在警戒線外面哭，不敢想像那些轉動著嘎嘎作響的鋼鐵履帶的坦克是怎樣從坐著的人們的身體上軋過去的。人們見過過街的貓被車輪軋過的情景，腸子擠得到處都是，腦漿噴了一地，得用鐵鏟鏟起來。人們在警戒線外沒有聽見一聲叫喊。或許有過，被轟隆聲和槍聲蓋過了，聽不見吧。人們不知道，真的不知道警戒線後面發生了什麼慘不忍睹的具體事情。

後世的研究者在講述時都是一筆代過，不知道是不是於心不忍呢？就連很多很多年以後，有位拍這個題材電影的，也只是用側面的手法處理這段不得不說的情節，因為滿銀幕的血和壓扁的屍體對觀眾的心理健康不利。河邊停泊著不少船隻，船上有人。在這驚心動魄的夜裏當然不曾入睡。他們看見軍車不斷地開在河邊向河裏扔東西。有人站在船頭想看清楚些，士兵開槍打得河水濺起老高，只好躲進船倉，嚇得不敢再把頭伸出來。天亮時，一切都靜下來。聽不見坦克和裝甲車轟鳴的聲音，有人看見這些軍車從大街上撤走了。神聖工廠的宿舍那邊仍然有陣陣濃煙從石頭市上空飄過。那裏還在燒，但已經沒有槍聲從那邊傳過來。

林樸躺在小屋裏，依然不醒，但臉上氣色好多了，有時淚水突然從緊閉的眼角滴落下來。林樸不知道但叔和水之湄母親來過，更不知道但叔跪在地上哭得昏過去。水之湄母親帶來水之湄的乾淨衣服，把床單打開，為水之湄擦身子梳頭，然後換上衣服。她撫摸著水之湄的肚子，哽咽著說了一句，可憐的孩子，便不再說話。她沒哭，沒流一滴眼淚。小時候這樣的事兒在她的家族裏常有，她見過，家族裏的人都是不哭的。把水之湄安葬在什麼地方呢？不知道林樸什麼時候醒過來？人又不能老放著。一般人家有人去世的得停屍三天。但她的家族是當天就下葬的。安頓好水之湄，她又去勸但叔。但叔坐在冰冷的地上不起來，老淚橫流。拉著水之湄母親的手說，天啦，我就不該活，我怎麼向貽椒交待呀？水之湄母親蹲下來，扶著但叔說，但叔，這與您老無關，您已經盡力了，不用太傷心。再說，在這世上如果誠心做善事就得有死的準備。之湄生下來註定要走這條路，誰也攔不住的。只是可憐了肚子裏的孩子。說到這裏她覺得有淚往上湧，忙把頭扭到一邊，咬咬牙把淚嚥下去。

第二天夜裏，那對中年夫婦，但叔，水之湄母親，抬著水之湄在義學和工廠之間的空地裏埋葬了。沒有棺木，因為市裏軍隊搜捕得很凶，一點兒辦法也沒有。不過，沒有棺木，水之湄母親並不認為有什麼不好，多少代以來她的家族在緊急時刻都是這樣處理的。他們在水之湄墳前埋了根木樁，木樁上繫了條祈福毛巾，作為標誌，以後好找。

當太陽從雲縫裏擠出來，冰冷的陽光再度照耀石頭市時，警戒線撤掉了。街上來回走著一隊隊拎著槍的士兵。記者們被放出來。這些記者不顧一切地往市政府那邊的大街奔過去，想看看那邊還有什麼，昨夜那邊發生了什麼事情？但他們什麼也沒有看見，連一滴血也沒有。整個現場老長一段大街直到市政府大門前的空地一點兒雪都沒有。

街面的石板被洗得乾乾淨淨，只有坦克履帶的擦痕到處清晰可見。這事兒軍隊做得很徹底很乾淨。記者們心裏很清楚，卻找不到任何曾發生過的事情的證據。採訪市民是不可以的。任何想走進小巷與市民接觸的記者都被士兵大聲喝斥。

好像一切都辦妥了，第八軍的軍長威風凜凜地舉行了一場記者會。會上的廢話謊言不值一提，甚至沒有一個記者報導他說了些什麼，倒是滿篇的評論。這位軍長從不看報紙，因而不知道記者們是怎樣評論他的，也不知道在世界各地報紙上他成了個極醜陋的人物。這位軍長在記者會上說，憑我們的裝備完全有能力對付這些鬧事的暴徒。有記者打斷他的話，是個國外的記者，中國話說得很好，請問軍長，對付手無寸鐵的民眾，你竟然大談裝備，是不是顯得可笑呢？這樣不敬的問題令軍長火冒三丈，騰地站起來指著那記者吼道，把他給我轟出去，什麼東西。

那中年夫婦，但叔，水之湄母親，去安葬水之湄的那會兒，林樸醒過來。屋裏點著盞油燈。他直瞪瞪地望著屋頂。受損的大腦可能並沒有什麼複雜的思維，看上去像個傻子一樣。下半夜四個人回來了，看見林樸醒著都圍在林樸身旁，舉著油燈照著林樸的臉，低聲叫他。林樸好像什麼都沒看見，只是嘴先動了幾下，然後才一字一句地說，都逃出去了嗎？說完眼睛慢慢閉上。那屋的男人摸了摸林樸的臉說，他又昏過去了。水之湄母親湊在林樸耳邊輕輕說，林樸，安心養傷吧。我們已經把之湄安葬了，在工廠那邊。好久好久林樸一點兒反應也沒有。水之湄母親把油燈接過來，注視著林樸。淚珠從林樸眼角滲出來。水之湄母親擦去了他的淚水，輕輕撫摸他的頭髮，不再說什麼。

那中年夫婦不讓但叔問他們是誰，說，最好別問這些，我們會一直把林樸照顧好的，您放心吧。你們倆趕快回家去，軍隊一定會上你們家查的，家裏沒人他們會起疑心。在林樸傷好之前，我們不通知，你們就別來這兒。如果現在他們找到林樸，他就沒命了。看見但叔，水之湄母親不放心，又說，這裏不只我們倆個，也別問，放心就行。等林樸醒來後，我們會把有關情況告訴他的。費用的事也不用操心，這個我們都有準備，儘管放心去吧。

但叔水之湄母親摸黑往家裏走，一路上有士兵吆喝著，問是什麼人？水之湄母親和但叔分手後，一想不妥，還是跟著但叔回到林家，她怕但叔出事兒。果然如那夫婦說的，天一亮就有士兵到林家搜查，大門捶得咚咚響。隔壁的老太婆出來瞧，嚇得扶著牆。水之湄母親去開門，一掌給推開好幾步。裏裏外外搜個遍，什麼也沒有，翻得亂七八糟的。末了，有帶隊的軍官問，人呢？水之湄母親說，死了。死在哪兒？不知道。不知道怎麼知道死了？前天夜裏都在大街，沒回來，肯定死了，死在哪兒，你們應該比我們清楚。那軍官看了看水之湄母親又看了看但叔，然後一揮手，撤，士兵們走了。倆人在家裏收拾了好長時間才把家理順。箱裏的一點兒生活費被搜走了，水之湄母親只好回家去拿點兒錢來。

夜裏有人送些錢過來，是神聖工廠的工人，說，我們剩下的人不多了，大多已經逃到外地。我們無法藏，今夜就走，望你們保重。林老師有安排，我們也放心。過段日子風聲靜了就馬上回來。來人給倆位長輩下跪，然後一溜煙地跑掉了。以後呢，說來讓人不敢相信，神聖工廠的工人以及家屬一個也沒有再回到石頭市。他們被追捕的人一個個殺得精光。中國有個成語叫斬盡殺絕。這個成語一點兒虛構誇張的成份也沒有呢。

林樸再次醒過來後，那夫婦把發生的事情非常詳細地講給林樸聽。他們知道的情況甚至比粉黨官方掌握的情報還要多還要詳實。工廠是怎樣起的火，宿舍那邊是怎樣被攻打的，死了多少人，活著的人是怎樣撤走的，大街上坦克是怎樣碾軋人群的，士兵們是怎樣用鐵鏟鏟去滿街壓扁的屍體，如何扔在河裏，如何用水沖洗街面等等。可惜這些話這些證詞沒有成為歷史的一部分。

這些冒死留下來照顧林樸的人，應該是某個隱形的會道組織吧。他們永遠游離在歷史之外，不為人知。至於安葬水之湄的事兒，那夫婦也對林樸講了。林樸一直聽著，沒說一句話。過了好久，林樸哭了，直到淚水流乾。

詩經有云，葛生蒙楚，蘞蔓於野。予美亡此，誰與獨處。葛生蒙棘，蘞蔓於域。予美亡此，誰與獨息。角枕粲兮，錦衾爛兮。予美亡此，誰與獨旦。夏之日，冬之夜。百歲之後，歸於其居。冬之夜，夏之日。百歲之後，歸於其室。這是悼念之歌，哀悼之情莫過於此。

二十九　藕丸

藕丸，在石頭市叫藕圓子。不是因為藕丸特殊，而是石頭市的人把所有的丸子都叫圓子，不過藥丸依舊叫藥丸不叫藥圓子。丸子是北邊的叫法。藕丸雖然稱為圓子，其實並不圓，是橢圓的，比真正的圓子要長得多。如果把藕丸作成圓的像外地模仿者那樣就不地道了。有種特別的工具叫擂砵，是種尖底敞口的陶器。製作時裏面用竹簽劃上密密的道道，上釉，燒成後陶器裏面像銼刀一樣。拿著藕在擂砵裏使勁兒擦或者按石頭市的說法使勁兒擂，蓮藕便磨成蓉。如果擂砵作得很大，則是刑具，很多寺廟裏都備著。和尚犯了戒，則把犯戒的和尚倒吊起來，頭按在特製的大擂砵裏擂，直到腦漿擂出來，很慘。真不知道佛主為什麼要用這樣的方式展示他的慈悲。石頭市的人如果爭吵到互罵，常常會狠狠地說，你是遭擂砵擂的東西。這是罵人的極致。

磨好的藕蓉會滲出白的漿來。這漿晾乾了就是藕粉。用開水沖，放上糖，成了透明的糊糊，是給病人吃的滋補品。做藕丸可不能把漿擠出來，否則藕丸會像碴一樣難吃。藕蓉摻上薑粒蔥花，放上鹽，撮一小撮在手心裏來回顛，團成橢圓，然後在油裏炸。製成的藕丸金黃裏透著淡淡的紫色，異香撲鼻。吃藕丸的人要有品位，瞎吃會糟蹋這道美食的。咬一口要用舌頭慢慢品，用心慢慢嗅而且在嘴裏又不能停太長時間，不然會發澀的。人說好景不長，意思是事物都有最美之一瞬，把握得好就是享受。

在聚珍園的酒宴上，第八軍的軍長特別點了油炸藕丸。他是怎麼知道這美食的呢？或許在什麼地方聽說過。要吃，不到石頭市來是不可能的。七星健沒上之前，先上這道藕丸。真香，連喝口酒都覺得對不起這道美食呢。三下兩下吃完了，擦擦沾油的嘴，軍長說了兩個字，地道。看來他是吃過不地道的藕丸其心不甘吧。酒宴很吵，都是第八軍的軍官，沒有叫劉中菁。這傢伙一直藏在中國革命大廈，讓人瞧不起。再說，軍長本人不太喜歡那些從事情報行當的人，一群在暗地裏鑽來鑽去的蟲子。猜拳行酒令，要麼哈哈大笑，要麼破口大罵，喝多了還動拳頭。第八軍待在石頭市的十來天裏，天天如此。也許這些傢伙懶得去想幾個月後戰場上魂飛魄散的日子吧。軍人呢，既是殘酷的屠殺者又是貪生怕死的懦夫。當他們在俘虜的列隊中高舉雙手唯唯喏喏地走著時，你在他們身旁打個噴嚏，也會把他們嚇得腿直哆嗦呢。

尚無庸的信是在第八軍調走後不久送來的。不能想像這封信是通過什麼祕密通道碾轉傳遞的。守護林樸的人顯然與紫黨的人不是一個如後來學術上所說的社會組織系統，但是想做成事兒的人總有辦法。林樸躺在床上讀了這封信，一遍又一遍。末了，他問那夫婦信上寫的是什麼？那夫婦很驚訝，接過信仔細看看林樸，又翻開他的眼睛看。擔心是不是眼睛被打壞了。醫學上稱這叫視網膜脫落，或許頭部遭受重擊引起眼底滲血導致視力減退。看了會兒，拿不準，便把信念給林樸聽。一字一句地念，林樸木木地聽著，好久才懂了，說了句，是姐夫的信。兩天後再念給林樸聽，他才明白信中的意思。姐與姐夫都知道石頭市還有神聖工廠的事情，也知道水之湄已經離世。林貽椒準備回來，試過幾次，走不了。姐夫不用說根本就不可能回來。托人送些錢過來過日子，現在家裏生活一定很困難。只要有一點兒可能姐就會立刻回來。也許時局的變化，機會很快就會有的。希望但叔之湄母親你一定要保重，千萬。信裏沒有提到林樸的傷病，看來姐夫他們還不知道呢。

林樸的身體狀況總有人隔三差五地想盡辦法告訴但叔和水之湄母親。他們為林樸身體恢復得如此迅速感到驚異，同時心裏也有了些慰藉。涵伯療傷的功夫在中國少說也能上溯至商。這種功夫不僅是密傳而且不是什麼人都掌握得了的。它需要練過功夫的人，具有特殊的氣質，身心要真正合一，而且一練就是幾十年，最後成不成還難說呢。

密傳有一個最大的不幸就是失傳。一旦失傳是無論如何也撿不回來的。在中國這樣的事兒很多。所謂通過科學研究找到了某種古代工藝的製作方法或某種功夫的祕密，全是胡說八道。中國人有個隱性的品質，通俗地講叫創造，這與中國人守舊的顯性品格極不相稱。中國人是具有雙重人格的人。自古以來，很多人不是去探尋遺失的祕密而是孜孜不倦為達到某種目的某種境界默默地創造著。在中國，有閱歷的人都知道人上有人這句話的真實含義。有些經過數代努力而練就的奇功確實是驚人的。一個不起眼的人可能身懷絕技，這在中國一點兒也不奇怪。關於這些，有個叫李約瑟的外國人倒是獨具慧眼，比無數土著的學者們頭腦更清晰地領悟出中國人的這個隱性品質。真正的中國人不是模仿者而是創造者。

傷筋動骨一百天，幾乎是個定論，但這是指普通的療傷。如果不是林樸傷得太重，涵伯的功夫準能令他立刻站起來行走。這是那夫婦對林樸講的。皮肉和內臟的傷在發功之後可以排除淤血，喚醒肉體的自我修復能力。身體的這種潛能很驚人。至於骨折，涵伯的氣運到林樸的傷處能讓骨胳斷裂處分泌出一種膠質把骨胳黏在一起，只要靜養一段時間骨折處就會長好。在中國，人的概念很混亂，也很極端，一部分人把人不當人，另一些人則以為人乃天地之精而視之為神聖。把人不當人的人想到的是如何對付人，鎮壓人，治服人。而另一些人則把維護人，拯救人當作崇高的理想。革命後，這兩種截然不同的對待人的觀念都充分展示在這個多災多難的國度。

不到一個月林樸就能下床行走了。身體初癒，加之長期臥床，走起路來一點兒力氣也沒有。他要到工廠到水之湄的墳頭去看看。那夫婦說，得緩幾天。再說，我們也要安排準備，這樣出去很危險。林樸沒法，只好待在屋裏，整天一聲不吭。過了兩天，夜裏，安排好了。有月亮，照得近郊白白的。兩夫婦陪著林樸去神聖工廠。沒走幾步，林樸說得回去拿把傘，天下雨呢。那夫婦先是一愣，以為聽錯了。天在下雨嗎？對。既然這樣，那女人趕緊回去找了把紙傘交給林樸。林樸把傘撐開，但舉著費力。那女人接過傘收起來像哄孩子一樣說，林樸呀，現在雨小得很，不用支傘的。林樸要過雨傘挾著和那夫婦繞過幾個水塘從枯草叢中難以分辯的小道來到神聖工廠。

月光下，殘壁斷垣，一片黑。那邊的廟，比以前更破。這破廟曾是神聖工廠的起點，而現在一切都歸零，都回到原點。像一個人的短暫一生，出生了，長成大人了，受盡劫難，最後含恨離開人世，這世界呢，依舊和沒有出生時一樣。林樸想找工廠大門，找到了卻邁不過去。黑的磚瓦，佈滿魚鱗般焦黑木炭的殘柱，到處都是，沒法下腳。林樸問，機器呢？那夫婦說，機器燒壞了，大部分被軍隊運走了，他們需要鐵。那夫婦對林樸講過的工廠當時的情況，林樸記得很清楚。他彷彿聽到了工人們在熊熊烈焰中大聲呼號的聲音。他的身體顫抖起來，他說，我要收拾他們的遺骨。那夫婦輕輕地對林樸說，不用了。軍隊已經收拾乾淨扔到河裏去了。林樸站在那裏望著眼前清晰可見的一片殘跡，頭腦裏怎麼也回憶不起神聖工廠有過的一切熱鬧的景象，只能想到火焰，濃煙和絕望的哀號，他跪下來，開始傷心地哭泣。那夫婦在林樸左右也跪下，為毀滅的神聖工廠叩頭。

後來呢，他們找到了水之湄的墳頭。老遠，在月光下，墳頭木樁上的祈福毛巾十分顯眼。林樸坐在墳邊用手理著墳上的土，一句話也不說。這讓那夫婦很擔心，說，林樸呀，你要想哭就哭出來吧，千萬別憋在心裏。林樸聽這話便趴在墳頭上，木木地說，之湄會不高興的，她不喜歡看我流淚。說完把頭埋在墳上的土裏，身體劇烈地抽搐起來。看林樸這樣子，那夫婦忍不住嗚嗚地哭起來。過了很久，直到義學那邊叭叭有人開了兩槍，那夫婦忙過去扶林樸起來，得趕緊走。林樸，以後再來吧。林樸臉上滿是泥，來不及擦，讓那夫婦挽著走。傘呢？拿上了，快走吧。當他們繞過水塘時，義學那邊傳了更多的槍聲，是手槍打的。那裏發生了什麼事兒，那夫婦當然知道，但沒有對林樸說起過。林樸不知道為了保護他，有人在黑暗中正冒著生命危險呢。

林樸是在中國革命大廈裏見到邊步和他報社的人的。那時邊步在大廈裏吃盡了苦頭。她母親和全玖兒送錢送禮跪在大門前求情。好長時間才放人。搞文字工作是危險的，文字是寫在紙上的話。在中國，千百年來，亂說話比亂做事兒瞎吃東西要危險得多。人總是憋不住，想說，教訓一個接一個，就是不管用，讓歷來的權勢者很累。常常聽見人們齊聲叫道，首長辛苦了。這話倒是真切的。從那天夜裏去看神聖工廠和水之湄的墳頭後，林樸一直想回家。那夫婦說，現在回家很危險，我們沒法照顧你。最好到鄉下住一段時間，已經安排好了。但林樸不願意。他說，我是不會離開石頭市的。勸了幾天，那夫婦沒辦法，說，這個我們得去商量一下。不知道他們與誰商量過，回來時一臉無奈，非常惋惜地對林樸說，林樸呀，如果作長久之計呢，你最好和我們一起走。來日我們定會支持你再辦神聖工廠。如果你堅持要回家，我們可能永世不再相見。你是我們中國了不起的人啦，你知道嗎？東西南北好多人都怕你出事兒呢。難道你一定要回家嗎？林樸點點頭。那夫婦歎了口長氣，然後為林撲整理衣物。還有些草藥，打成包讓林撲背上。深夜裏，送了一程。臨別時，拉著林撲的手，哭了，跪下揮揮手，讓林樸走。林樸還沒走進小巷，發現背後有火光。回頭一看，近郊有房子著火了。仔細辨認估計是他住過的那間屋子。他站在那裏看了一會兒。那房子的火沒有殃及近鄰，獨自在那裏燒著。可能是他們不想落下什麼痕跡吧。林樸心裏說，一對好心的夫婦，走了，恐怕今生今世不會再見啊。

林樸進家門時，大門是虛掩的。但叔和水之湄母親已經得到消息在家裏等著，沒點燈。見林樸回家，連忙讓進裏屋，開燈仔細瞧林樸。林樸把姐夫的來信找出來念給他們聽。過後，三個人靜靜地坐在房間裏，不說話，都不知道以後該怎麼辦？這日子該怎麼過？一切像洪水洗劫後一樣，留下的是寂靜與泥濘般的悲哀記憶。林樸待在家裏，但叔和水之湄母親寸步不離，不讓他到大門邊去。水之湄母親幾次問他，要不要到全玖兒娘家去住幾天？林樸只是搖頭。至於邊步和他們報社的事兒沒對林樸講。沒幾天，那是下午，林樸趁他倆不留神，拿把雨傘一個人出去了。林樸一直朝市政府走去，大街上的人都停下腳步看著他。整個街上都嗡嗡地低聲叫著，林老師，林老師，那是林老師。人們怎麼也沒想到他還活著。商鋪裏的人都擠到大門口張望，不敢相信自己的眼睛。林樸一直走著，大街上越來越多的人遠遠地悄悄地跟著。到了市政府大門前的空地上，林樸坐下來，把傘放在懷裏。那位置依然是靜坐抗議時的位置。市政府門前站崗的特捕隊的人，驚訝得以為眼花了。是人還是鬼呀？全呆呆地望著林樸，不敢相信眼前的這個人是真的活的林樸。這怎麼可能呢？不是說早死了嗎？就是活著也沒如此大的膽再來這裏靜坐呀？領班的，試了試，還是走過來仔細打量林樸。彎腰問道，你是林樸嗎？真是你嗎？對，我是林樸。領班的退回去，一時矇了頭。不知是抓呢，還是去報告。好一會兒醒過來似的跑進市政府裏面去了。

街上的人高聲叫著，他打電話去了，打電話去了，林老師，快跑呀。林樸坐在那裏一動不動，像沒有聽見似的。天啦，人們叫著，林老師，怕是瘋了，快去人把他抬走呀。街上的人劈哩啪啦地衝過來，抬起林樸就跑。從小巷往河邊跑。街上的人嘩地跟著跑。有人叫道，別跟來，別跟來。人們站住了，卻把小巷塞得滿滿的。街上的人不知道，還往小巷擠，小巷裏的人往回走，一下亂成一團。結果呢，把趕過來的特捕隊給堵住了。朝天放槍也不行，人走不動，前後推著，放槍更亂。抬林樸的人沿著河岸往下游跑。本想把林樸抬回家的，一想不對，又拐進另一條巷子，把林樸藏起來。大街上到處都是站著的人，神色緊張地議論著這不可思議的事情。林老師真的瘋了。人們歎息著，心裏充滿了一種無法言喻的感動，年紀大的人仰天長歎，了不起呵，石頭市真正出了神人，殺林老師者必定天誅地滅呀。

那天夜裏，但叔水之湄母親以及劉中菁的特捕隊到處找林樸，沒找著。人們把林樸藏得很好。石頭市都是年代久遠的舊房子，圍成四合院一間接一間，相互通著，彎彎拐拐的。堵住所有的通道搜是不可能的。被搜的人可以跟在搜捕的人後面轉。只有住在那裏的人才瞭解這套遊戲路線。這事兒在石頭市傳了一夜。涔河口的人把這事兒傳回去，變成了林老師能飛簷走壁，神了。很多人第二天一大早便站在街邊議論著，說林老師可能乘小船逃到對岸去了，有人接他呢。大難不死，必有後福施於石頭市的。

可誰也沒想到，當臘月的太陽把整個勝利大街照亮時，林樸拿著雨傘出現在大街上，和昨天一樣獨自一人朝市政府走去。等人們確認那是林老師後便把他圍起來，攔著他，不讓他去送死。人們七嘴八舌地勸他，他不說話。後來呢，只好讓出道來讓他走。大街聚滿了人，跟在林樸後面。肅穆的模樣像出殯送葬的隊伍，所不同的是沒有哭聲只有敬畏。市政府門前的警衛，遠遠看見這麼多人走過來，都把槍端在手裏，很緊張。林樸依舊在昨天的位置上坐下，眼睛盯著市政府大門。後面跟來的人流離林樸好長一段距離便停止了。人們擠在那裏張望，嗡嗡地議論。冬天的陽光透過薄薄的霧氣從人們背後照過來，把林樸的側身照得特別亮，這也是後來人們說林老師放著光芒的原因。

沒多大一會兒，市政府大門裏有人出來，跟林樸說了句話。林樸便跟那人進了市政府。在邁進市政府大門那一瞬，林樸回頭看了一下街上的人。這時有人高叫著，林老師快回來。林樸愣了一下，點點頭，進去了。市政府大門馬上被人推著關上。林樸一直沒出來。直到中午人們才散去。只有但叔和水之湄母親還站在市政府大門前。中午過後，有人出來對他們倆說，你們回去吧，站在這兒沒用的。林樸的事兒不是一兩天能完的。他們倆無可奈何地回到家時，隔壁的老太婆也知道這事兒，候在林家門口，見他們倆回來便說，林老師呀，怕是要遭罪了。這個劉中菁就不是個人呢。你們瞧滿街的人是怎麼說的？說總有一天，要把這個姓劉的剁成肉泥的。他們不知道，老太婆說的石頭市的詛咒，後來卻成了真事兒。

這天夜裏，林樸被帶到車上，隨後關進了中國革命大廈。一進大廈就聽見裏面傳來陣陣痛苦的叫喚聲。林樸被領進一間房，三下兩下綁在椅子上。從走進市政府起，沒有一個人跟他說過話，他也不問。這時他聽見從門洞處走道裏傳來求饒的聲音，尖細，很慘，一定正在受刑。過了一會兒他才意識到那肯定是邊步的聲音。邊步也抓進來了，他心裏這樣想著，頭腦木木的。

這房間和當時見劉中菁時的房間一樣，牆上紅磚露著，地面不平且泛著塵土。電燈是吊在磚縫的釘子上的。林樸把房間看了看，神定氣靜地坐著，既不等待什麼也不想逃避什麼。有人進來，拎著林樸的頭髮往後拽，仔細看他的臉，然後用力打了兩巴掌。林樸吐了口血，覺得牆上的電燈突然暗了下來，看不清人影，兩邊臉像火燒一樣痛。當他重新看清電燈時，他身上已經接上電線。往後的事兒他怎麼也記不清了。一股劇烈的疼痛在身體裏穿行，全身的肌肉胡亂地跳著顫抖著。他不記得自己大聲叫著，求求你們，求求你們，別電啦，別電啦，受不了啦，受不了啦。當他抬頭隱隱約約看見站在面前的人可能是劉中菁時，他全身是濕的，水珠從頭髮上滴下來。有人用冷水把他從昏迷中澆醒。他聽見劉中菁在說話，聲音好像從很遠的地方傳過來。他費力地想聽清楚，但不知道劉中菁說了些什麼。他看見劉中菁揮手，又是通電，叫喊，又是冷水。林樸再次看見劉中菁時，不再理會他說什麼。他盡全力叫道，為什麼這樣對待神聖工廠？為什麼殺人？為什麼？又是電。每次醒來他都要說這兩句同樣的話，直到最後變成喃喃細語。

早上，他醒了。躺在一間房子的木板上，發高燒。隔壁關的人後來說，聽見林老師整天叫著為什麼？為什麼？有人抱了被子拿了藥進來。不是政府的人，是關進來的人。對林樸說，這是家裏送過來的。給林樸鋪好，換上乾淨的衣服，喂藥，讓他躺下，蓋上被子。臨走時又說，是政府通知你家人送來的。回頭看看門邊站著的監視的人，輕聲說，林老師，他們還不想你死，你得活下來。說完，走了。林樸燒得有些頭腦不清，記不得來人說的話，直覺得是水之湄站在床前對他說，林樸呀，你要活下去。林樸哭了，他對床前的水之湄說，大家都死了，為什麼我還要活下去？

過了幾天，也許是十來天吧，邊步和報社的人可以回家了。臨走時，邊步請求見見林樸，沒想到這樣過份的請求被批准了。邊步過來坐在林樸身邊，握著林樸的手。看見林樸瘦且蒼白的臉，一時不知該說什麼。林樸先說話，邊步呀，你吃苦了，好好活下去。邊步一個勁兒點頭，你也要堅強地活下去。你活著就是勝利，你要記住這點。站在門口監視的人聽見了，大聲吼道，說什麼啦？還沒打夠嗎？過來拎著邊步往過道裏推，滾。林撲算是這半截子中國革命大廈裏的頭號犯人。臨到大年了，死了的扔進河裏。沒被魚吃掉的，漂到下游被人撈上來埋了。有些人呢，被好好地教育了一陣子放了。另一些人需要口供，留著慢慢打慢慢電。

這年大年是在陽曆的二月下旬，按陽曆看是比較遲的大年。雪早就沒有了，改成了雨，差不多稱得上春雨了。臘月二十九，天正飛著濛濛細雨，挨晚，林樸被放了出來。這是很多人做夢也想不到的，以至有人在中國革命大廈前看見但叔水之湄母親扶著林樸出來也不敢相信是真的。其實，劉中菁並不願意林樸活著出去，這讓他感覺好像輸了。他早想把林樸整死，但粉黨領袖專門來了指示，劉中菁不得不放人。為什麼要放林樸呢？劉中菁也想不通。他私下狠狠地想，可能黨的領袖想留一手吧。他比誰都清楚，現在的時局對粉黨來說是艱難的。要是敗了怎麼辦？心眼一動，在林樸臨走時，去關林樸的房子裏和林樸談話，說，這一切都是為了革命也是為了黨的事業和打擊反革命勢力不得不為之的。過去的事兒就讓它過去。外國有位著名詩人有句詩這樣說，過去的讓它過去吧，那過去的將成為美好。林樸盯著他鏡片後的眼睛一字一句地說，為什麼這樣對待神聖工廠？為什麼殺人？為什麼？劉中菁聽了林樸死心的重複了無數次的這兩句話，覺得非常非常沒趣。騰地站起來，轉身走開了。

這年的大年直至十五，是石頭市有記憶以來最不平靜的一個大年。大批大批的難民像蟲子一樣湧過石頭市渡河向南面爬去。求人收下帶不動的兒女的，賤賣祖傳珍貴文物的，比比皆是。難民們十分悲慘。沒有了以前神聖工廠的救助，有人實在餓得不行便跳進河裏，一死了之。大老遠的，逃呀逃，最後還是一死啊。常有不少難民，去神聖工廠那片黑黑的斷牆處，叩頭哭泣。當他們離開時，一定懷著顆絕望的心。

粉黨軍隊的傷員也越來越多地路過石頭市。他們大白天裏搶商鋪，在飯館吃了不給錢，反而砸東西打人，市民們忍無可忍。有人殺了鬧事的傷兵，於是特捕隊又抓人，真是亂成一團。邊步的報紙沒準辦，在家歇著療養身體。他幾乎天天來林家看望臥床養病的林樸。還常讓全玖兒捎些雞蛋什麼的過來。他對林樸講，北面正在進行一場大的戰役。紫黨那邊叫春季大戰役，粉黨這邊叫冬季大決戰。雙方動員了幾百萬人，在幾個省裏打來打去。戰事十分慘烈，常常一天下來雙方就要死幾萬人。邊步說，你活著出來，說不準是劉鑒殷留著你，到時候用得上呢。怎麼用？怎麼用，求你幫他說說饒他一命吧。你知道嗎？據軍事記者們分析，劉鑒殷肯定打不過李荒的。他們說，劉鑒殷在戰略上犯了致命的錯誤。他一味固守城市以為那是戰略支撐點，而李荒卻把軍隊調來調去，打得他顧頭不顧尾。這樣打下去不出多久就有分曉了。

果然不出邊步所料，過完元宵節沒幾天，逃到南面的難民突然扭頭又渡河經過石頭市往北面跑。原來李荒的軍隊已經繞到南面去了。在南面把粉黨的軍隊打得措手不及，只好一步步往石頭市方向退。

紫黨軍隊突然在過大年時進攻粉黨北面的大城市，劉鑒殷趕緊派軍隊增援。等援軍一到，紫黨軍隊不打了，扭頭去打另一個城市。粉黨的軍隊趕去救援卻被設下的埋伏打得遍體鱗傷，挨了打才明白紫黨軍隊的目的就是打援軍的。然後呢，別的城市又被攻擊。不救吧，城市沒了。救吧，又怕中計。等大批軍隊集結開拔過去，紫黨又放棄了佔領的城市到別處打去了，於是，越來越多的軍隊往前邊調。這時劉鑒殷才醒悟過來，原來李荒是在發動大的戰役，便不得不召開粉黨高層軍事會議，宣佈所謂的冬季大決戰。這個宣佈也是有意義的，這是給當下的戰事定性，定了性才好進行相應的戰爭動員。

現代戰爭的最大特點是機動，是大軍團機動，不再是以前那種擺開陣勢，攻的攻守的守。誰先認識到這個特點誰就贏，跟以後胡吹的什麼正義與否無關。有了汽車，裝甲車，坦克機動起來十分容易，問題是能不能充分運用到戰略中去。騎兵被淘汰了。戰馬也是馬，一股馬騷味，既影響軍隊形象又與現代文明格格不入。當騎兵列隊雄糾糾地從民眾面前走過時，馬突然饒起尾巴拉屎，你說怎麼辦？再說，騎兵一衝鋒，如果對方有母馬，衝鋒的隊形就會大亂，控制不住。如果都換成母馬，一則行軍時，老生小馬很麻煩。二來，開戰時，如果對方全是公馬，對方的騎兵會衝得更有勁兒，擋不住。這些問題常常令將軍們頭疼，這樣現代軍隊裏便不再有騎兵。繪畫裏常有騎馬的將軍，很威武，那是因為畫的馬沒有馬騷味，畫筆表現不了氣味。這是繪畫藝術的一大缺憾或者說一大優勢吧。

整個大年，林樸一直躺在床上，夜裏常會大聲驚叫，一身冷汗。人很瘦了。白天裏大部分時間都是好好的，可有時你跟他說話，以為他聽明白了，等他一開口，才知道他頭腦裏想的是另外的事兒，別人說的話一句也沒聽進去。過了元宵節，林樸能起床走動了。吃飯時，但叔勸林樸多吃點兒，林樸突然盯著但叔看，痛苦地說，求求你，別電啦。這下把但叔和水之湄母親嚇了一大跳，好一會兒回不過神來。水之湄母親放下飯碗用手帕擦眼淚。這是她在這災難中第一次真正的流淚。林樸看見水之湄母親流淚，好像從混沌的世界又回來了，說，媽，別傷心了，吃飯吧，吃飯時別想不高興的事兒。水之湄母親點點頭，林樸呀，你說的是，咱們吃飯吧。

這些日子，總有人來看望林樸，都是不怎麼相識的人。有外地人捎來吃的。敲開門後放在門邊就走了。人們看見林樸的樣子都搖頭，唉聲歎氣的。把人整成這樣子，人心怎麼這樣狠毒呀？等能走出門了，林樸要去水之湄墳那裏看看。但叔水之湄母親勸他別去，以後再去吧，怕他傷心受不了。林樸說，媽，人死不能復生，這個我知道。不去看之湄，我心裏更不好過，還是讓我去吧。但叔水之湄母親只好陪他去。剛好邊步過來了，也要去。林樸不讓，你別去。我不想讓你以後不能辦報紙。懂我的意思吧？邊步明白了，那好吧，替我在之湄墳頭拜拜。正出門呢，林樸站住了，看看天，說得帶把傘。邊步奇怪，天雖然不晴，但沒雨呀。正想說，被水之湄母親擋住了，邊步你去找把傘來。

林樸挾著雨傘三個人走了，邊步站在門前發呆。後來呢，想想不妥，趕快回家，叫全玖兒去追他們。交待了，一路上要好好護著林樸，怕出事兒。你怎麼一個人回來了？林樸不讓我去呀。

當林樸穿過大街時，街上好多人都跟過來看他。不少人一路跟到神聖工廠。林樸在那裏跪了會兒，又去水之湄墳前，跪了會兒，什麼也沒說。水之湄母親憂心忡忡，不知對他說點兒什麼好呢。跟過來的人這才知道原來水老師埋在這裏，一下子讓全市人都知道了。往後幾天，燒紙燒香的人絡繹不絕。誰也沒想到一天夜裏墳被挖了，水之湄的遺骨不知去向。木樁扔在一邊，墳頭變成了一個大坑。市民想都不用想，就知道這是劉中菁幹的。千刀萬剮的東西，實在是太恨人啦。叢心結找了幾個人夜裏把水之湄在義學用過的書本埋在坑裏，又把墳頭壘起來。樹上木樁，算是衣冠塚吧。後來被人平了，又壘。反復幾次，直到劉中菁覺得沒趣了，這衣冠塚才算立住了。叢心結和義學的教師們都進過中國革命大廈，在那裏接受肉體教育。莫白駒拼死拼活把他們保出來，給劉中菁寫了保證書，如果有事兒你殺我吧。在那場大火中唯一沒被燒的是義學。當時學校裏沒人，因此軍隊沒對學校幹什麼，只是坦克從學校經過拐彎時嫌地窄把圍牆的角擠垮了。

從義學過去，林樸去了宿舍那邊，一片焦土。走不動了，全玖兒和水之湄母親扶著到了大街上。街上的人見林樸來了，都往後退挪出空地來。林樸沒有去市政府，而是跪在當時人們靜坐的大街上，用手摸著石板上清晰可見的坦克履帶的印跡。在那裏摸來摸去，似乎是在撫摸那些被坦克壓進石板的不屈靈魂。看到這情景，四周的人流下了眼淚。

特捕隊過來了，其實他們早就在人群後面跟著，很溫和，這倒讓人想不到。要林樸走，堵塞交通。林樸要去河邊，可他走不動，面色蒼白。有人過來背他，把林樸送回家。那以後，林樸一直躺在家裏，很少說話。那些石板，以及整個大街上的石板，在粉黨謝幕後都被換掉了，變成了柏油路面。大熱天時，被太陽曬得直冒黑油。人走在上面像踩著結面的淤泥，軟軟的。政府說換街面是現代化，其實這涉及到複雜的政治心理學的理論，講起來很繞口，聽的人未必真懂呢。如果避開心理學的術語通俗些講就很簡單，對抗政府的事情不論什麼原因和誰的政府總讓人不愉快，不值得鼓勵，有些記憶最好讓人淡忘。過了一兩代，人們呢，自然又重新是一群傻瓜。

林樸活著，讓石頭市民眾驚訝不已。他成了這次事件一個永恆的標誌，一個堅強不屈的標誌。對石頭市的民眾而言，他是一個仇恨的標誌，一面飄揚在石頭市上空的復仇的旗幟。當初，石頭市的民眾們在兩黨之間更傾向於粉黨。石頭市一直是粉黨的地盤。他們對因戰爭而突然出現在石頭市的紫黨，路坎兒的紫黨沒有任何好感。如今他們恨不得粉黨戰敗，被消滅。民眾的仇恨是具體的，他們恨劉中菁，巴不得哪一天把他殺了才解恨。

人們聚在角落裏，商議著五花八門的殺劉中菁的方法。這是些互不相關又無可奈何的人們的一個心結。有人說去請高人來，怎樣請，不知道，況且現在仗打得正緊。有人說把他毒死，商議了幾十種下毒的方法，但一個方法也行不通。放火吧，估計劉中菁不在市政府。中國革命大廈不容易起火，不是那種木頭做的老房子。用水淹，用炮轟，更不行，哪兒去找大炮，就是找來了也不會用呀。要是盧令令能連繫上就好啦，讓他帶人來一起把中國革命大廈攻下來。那裏面只是些特捕隊的沒用的東西，不怕他們，打起來他們準跑。粉黨的軍隊現在調不過來，正打仗呢。但盧令令他們現在是否還活著，誰心裏也沒底呀。

石頭市的民眾不太關心北面的戰事，雖然在閒談中也提起，但沒有真正關心的人。要知道雙方打著革命和主義的旗號，本質上只是權力的爭奪。這點，不用有學問，直覺上就能清楚地認識到。用狗咬狗來比喻是不準確的，他們爭的不是骨頭而是權力以及權力必定會帶來的富貴還有福及子孫的榮華。對中國的民眾來說，什麼時代都得出錢供養貴人。何方貴人來享受這些錢財，那是他們的事情，民眾插不上嘴。後世總有人對公款吃喝耿耿於懷，這是不對的，缺乏基本的歷史知識。再說民眾奉上的錢財本就是供他們使用的。真是多事呢。

詩經之魚麗有云，物其多矣，維其嘉矣。物其旨矣，維其偕矣。物其有矣，維其時矣。如果中國所有人都過著平常樸素的日子，中國燦爛的文明怎麼能發展和傳承？你說呢？得用腦子想呀。

三十　時局

時局在春雨迷濛道路泥濘的時候發生了巨大的變化。這個變化使一批人垂頭喪氣，狼狽不堪，而另一批人則興高采烈，手舞足蹈。沮喪的是粉黨，興奮的是紫黨。民眾雖然承擔著過程和結果，但只能充當旁觀者的角色，也只是一群旁觀者。

所謂的冬季大決戰終於在細雨中結束了。粉黨失去了大批軍隊，裝備以及大塊大塊地盤，一仗下來，成了一個弱黨，時局的平衡打破了。粉黨像從樓梯上滾下來似的，渾身傷痕累累。紫黨則從樓梯上追下來拼命用腳踢。紫黨的軍隊插到南邊，粉黨不得不調去軍隊試圖把背後的敵人趕跑。等南邊的敵人一收縮又忙著把軍隊往北面調，累得直喘氣。儘管外地一片忙亂，石頭市卻很平靜。軍隊沒有從石頭市經過，因而石頭市的民眾對時局變化的感知不是很強烈，甚至有些幸災樂禍的味道。當李荒東打一下西打一下，漸漸形成第二個大戰役的時候，緊張的氣氛像從戰場上吹過來的煙，在市政府裏越來越濃。不過呢，石頭市的民眾感覺不到，只是覺得政府的人沒有以前那麼張牙舞爪而已。人在危急時刻總是有找出路的強烈願望，這是本能。中國歷來爭富貴的路就是充滿風險的。殺人也許是怕被殺，失敗了能跑到哪兒去呢？那可不是競技大賽，敗了鞠個躬，坐下來還是朋友，得死，這是確定無疑的。

長期刻骨的仇恨會凝結成復仇的陰謀，這與宗教的精神不符。還好，中國人大多數沒有宗教的束縛，倫理的思維方式依舊保持著幾千年以至幾萬年前的真樸。很多石頭市的民眾並不知道一個逐漸成形並且臨近實施的殺死劉中菁的計畫正在石頭市的暗地裏潛行。所謂陰謀就是暗中的策劃，推而廣之，在中國哪一件涉及民眾的大事兒不是暗中策劃的呢？哪一件不能稱之為陰謀呢？

水之湄的母親後來見到了暗中策劃謀殺劉中菁的那些人。這些人是所有企圖殺死劉中菁的陰謀中組織得最好的。他們叫水之湄母親為水媽媽。那天早晨街面很濕，下著小雨。水之湄母親打著傘去市場買菜，正蹲著在挑蘿萄，有人過來也蹲在邊上。輕聲說，水媽媽，我們有事兒找您，能和我們大夥兒談談嗎？水之湄母親一看，中年人，本市的，問，什麼事兒？水媽媽，這裏不好講，耽擱您一下行嗎？水之湄母親也沒再說什麼，便跟那人拐進小巷，穿過幾個天井在一間屋子裏見到了聚在那裏的十來個人。有男有女，年齡都不大，年輕人，最年長的就是那個叫她來的中年人。屋裏的人見水之湄母親來了都站起來叫水媽媽。這樣的場面這樣的氛圍，她小時候就見過，一看心裏就知道個大概。屋裏人跟她講了他們策劃的事情，很坦率。他們見水媽媽一點兒也不吃驚，心裏很佩服，很想推她為頭。水之湄母親說，這沒有必要，只要我能出力，你們儘管說好了。

向水媽媽介紹事情來龍去脈的是一個二十大幾的女人，姓尤，大家叫她三姐。連那中年人也說，三姐，你講吧。水之湄母親看得出她是個領頭的人，一張有心計的臉，女人裏的中等個子，短頭髮，說話乾淨利索。三姐講了他們是些什麼人。水之湄母親一時記不住，總之都是家裏有人被害的。也有外地人，估計與祈福勇有關聯。街上的屠殺死了不少外地人，人家來尋仇很自然。

三姐介紹了幾次不成功的陰謀。其中一次是最接近成功的，非常可惜。他們買通了市政府的人，是市政府的一個秘書，很接近劉中菁。此人呢，與其說貪財不如說貪命吧，知道粉黨的形勢不好想給自己留條後路。這人不是本市的人但在石頭市有親戚。私下裏通過他親戚一說，給點兒錢就同意幫忙，劉中菁的行蹤便是他提供的。劉中菁幾乎不來市政府的辦公室，多在中國革命大廈裏待著。現在那樓裏關的人很少，主要是特捕隊駐在裏面，日夜守衛著，進不去。前不久軍隊來人提款，那秘書把這消息傳出來，說，軍隊的人肯定不會去中國革命大廈那棟半截子樓，劉中菁得去市政府會見來人。本來軍隊的人提了款就會走的，估計款不夠數，劉中菁一定會當面解釋的。如果劉中菁去市政府只可能走兩條路。一是從大街上坐小車過來。在大街他是不會步行的，很危險。二是從小巷穿過來，步行，由特捕隊護著。這條路線同樣不怎麼安全。到底從哪條路走，只有出門那一刻才知道。在小巷裏下手很容易只要豁出命來把特捕隊衝散就能殺了劉中菁。在大街下手困難些。暗探們會布在街上。要擋下汽車不容易。唯一的機會是在市政府門前，劉中菁下車那一刻開槍打死他。對，我們有槍，手槍。

那秘書給的消息十分準確，由於沒有了神聖工廠，市政府的稅收缺了一大塊。款項不夠，軍隊的人非常不高興，在市長辦公室裏大發脾氣，還把劉中菁的椅子踢翻了，拍著桌子說，下午三點，叫劉中菁過來，辦公室見。幾個人便到聚珍園喝酒去了。

消息提供得早，準備時間充裕。不過兩條路線都佈置人，人手不夠。於是呢，得賭一下。把人手重點安排在巷子的人家裏。等劉中菁過來就衝出來幹掉他。三姐帶兩孩子。孩子扮成要飯的，三姐扮成賣小雞的。剛好春上小雞孵出來了，拎個小竹簍，像小的長燈籠那種，裏面裝幾隻小雞。手槍上膛放在竹簍裏。簍子口有網繩，怕小雞跑，可以收緊的。手放在簍裏握住槍，網繩收緊紮在手腕上。開槍時連竹簍一起舉起來。這樣隱蔽性更好，免得拔槍時被發現。事情安排好了就等著。這個劉中菁下午二點多從中國革命大廈出發，沒乘汽車。把風的人把消息飛快地傳到巷子裏伏擊的人那裏，大家把傢伙都抄在手上，等劉中菁過來。結果沒等來，離埋伏的巷子還隔一道小巷，一大幫特捕隊擁著劉中菁突然折到大街上。巷口有汽車等著，劉中菁鑽進汽車走了。

到了市政府門前，劉中菁剛下車，兩小孩跑上去抱著劉中菁的腿叫著，叔叔給點兒錢吧，叔叔給點兒錢吧。警衛們趕緊過來拽小孩。這檔口，三姐趁亂跑過去舉著竹簍頂著劉中菁後背就是一槍。啞火啦，再扣扳機還是不響。手在竹簍裏沒法拉槍機退子彈，一下把人急傻了。等三姐準備解開網繩時，劉中菁已經進了市政府大門。所有參加這次行動的人都極其惋惜。下一步怎麼辦呢？據那秘書講，劉中菁曾幾次提起林樸，說，黨的領袖劉鑒殷放了林樸是有深意的，說不準這是個與紫黨談判的途徑。他心裏到底想什麼，大家不知道。市政府裏人們私下議論，劉中菁一直害怕報復，看他表面厲害其實心裏怕極了。黨的領袖在為黨找退路，那麼劉中菁為自己找退路可以理解。那秘書講，這點可以利用。三姐講到這裏，停了會兒，對水媽媽說，具體怎麼辦？我們還在想。我們請您來就是要告訴您這些。我們不敢強求您參加我們的行動，這得看您的意思。水之湄母親說得非常乾脆，需要我做什麼儘管說吧。我是水之湄的母親，我不在乎丟命，只要大家的計畫能成就行。水之湄母親的話令大家感動不已，這才是水老師的母親呢，我們的命算什麼呀。

這是誘殺，水之湄母親在回家路上想著，眼下的情況看來也許是唯一的辦法，應該試試。她沒有對但叔和林樸講，只是說遇到熟人說說話，耽擱了時間，回來晚了。以後呢，水之湄母親又去過幾次。大家商議的計畫過於複雜，越複雜不確定的因素就越多，失敗的可能性就越大，有如工具，簡單的工具故障率低，複雜的工具常常在最緊要的關頭出毛病。水之湄母親說，我想法把劉中莆誘出來，大家隨時作好準備就行。如果大家的意圖因為不成功讓劉中莆知道了，再殺他機會就很少了。三姐十分贊同水媽媽的話。不過她說，事情得抓緊，萬一劉中莆調離石頭市就只能飲恨終生了。據那秘書講，由於形勢的變化，現在各地政府的人事變動非常大，一些地方都被軍方接管了。

幾天後，一封假借林樸之手的信，送到粉黨總部，最後交到劉鑒殷手中。信是水媽媽授意三姐他們弄出來的。信的大意是現在生活困難，身體不好，需要錢吃飯看病。希望劉鑒殷看在以前居住在林家的情份下伸手搭救。信發出後，水之湄母親獨自去了中國革命大廈，沒跟林樸和但叔說。到了那裏，對把門的說，我是水之湄母親想找劉市長。什麼事兒要找劉市長？林樸病得厲害希望劉市長能幫忙治一下。林樸病了是他自己的事兒，找劉市長幹嗎？市長才不會管呢。回去吧，別站在這兒。水之湄母親不走，把門的想想還是進去跟劉中莆講了。劉中莆正煩著，一聽，揮揮手，攆她走。不對，慢著。低頭琢磨，她來求我，說明關係軟化了。叫她進來。水之湄母親來到劉中莆的房間，特捕隊的人拎著槍跟著。劉中莆問她，有事兒嗎？請講吧。水之湄母親把想好的話說了一遍，簡短，意思清楚。最後還特別加了一句，已經給領袖劉鑒殷去了信。劉中莆這人沉得住氣，等水之湄母親說完後，沉默了會兒。情況我知道了，你回去吧。這事兒過後沒兩天，三姐那邊有消息了。那秘書遞來話，劉中莆接到總部指示，要他照顧一下林樸，可能最近要去林家。三姐對水媽媽說，他一去我們就動手，這次機會不可錯過。水之湄母親去了中國革命大廈親身感受到警衛的森嚴，說，劉中莆要是去林家，一定防範得很周密，未必動得了手。如果失敗了以後很難再有機會。三姐說，水媽媽說得有道理。不然我們反過來做，等劉中莆去林家，我們在一旁鼓掌，他一定很高興。下次他會再去，那時動手可能容易些。大家覺得這想法不錯。如果沒有下次怎麼辦？那就聽天由命，再想辦法吧。

這個做事兒呢，運道很重要，有時，怎麼努力也做不成。所謂謀事在人，成事在天。人們常講天成或者天滅，很大程度上是指運道。人說要把握時機，其實時機未必是人可以把握的。外國的那個馬基維利說過，時機是變化多端不可捉摸的，根本就沒有所謂的最佳時機。這話很對。

劉中苪去林家那天，三姐他們提前得到消息，發動了很多人。先是在街上蹓躂，見劉中苪來了，都圍過去鼓掌。不知底細的人說，他媽的鼓什麼掌，瘋了嗎？別說了，鼓掌就是，有用的。劉中苪佈置得很嚴實，除了便衣，那些特捕隊早就裏裏外外地把林家圍住。他的汽車前呼後擁，除非來支軍隊攻打，少數人是奈何不得的。三姐看那陣式覺得水媽媽說得真對，要是現在襲擊，人非死光不可，還不一定近得了身呢。

劉中苪沒想到民眾會鼓掌，心中的感受委實有些怪。他想，自己親自來林家，應該是對的，當然另一方面看得出林樸在人們心裏的聲望，林樸這裏是個事情的關節點。在林家劉中苪沒待多長時間，去一下算是表個態。林樸發燒，正迷迷糊糊地睡著了。但叔不知道事情原委，很吃驚。這個劉中苪怎麼突然跑來了？難道還要抓人嗎？水之湄母親說，別當心，要抓人他不會親自來的。劉中苪在屋裏看看林樸病的樣子，對身邊人說，找個醫生來看看。但叔和水之湄母親一直被擋在堂屋的角落裏。臨走時劉中苪站在堂屋中間對他們倆說，我馬上派醫生過來，有什麼事兒可以來找我。水之湄母親大聲說，上次搜查把家裏過日子的錢全搜走了，日子怎麼過呀？劉中苪聽了，點點頭，有這事兒嗎？嗯，可以考慮。等林樸身體好點兒我再來和他談談。這人，到底給不給點兒錢，沒個準話。或許他就不相信你林家開這麼大的工廠還沒錢，是在叫冤吧。

他走後，醫生來了。一檢查說是肺有問題，不然不會老發燒，得打針。幾天後林樸燒退了，人也清醒過來。聽說劉中苪來過，林樸很奇怪。他來幹嗎？狐狸給雞拜年？水之湄母親沒有告訴他事情真相。她知道林樸心善，堅決反對殺人。可是天下有些人是非殺不可的，這個林樸不明白呢。

三姐水媽媽還有策劃行動的人在小巷的那間屋子裏商量，該動手了。槍啦刀啦都帶上。三姐還安排了一隻驢。要驢幹嗎？也不知道有沒有用，總覺得有隻驢要好些。三姐和其他女人一樣，總把事情的細節設想得很生動。有時呢，就憑直覺感知事物，雖然有些原始但也很管用呢。大家七嘴八舌的把各種情況各種細節都說了個遍。行了，大家就等著那一刻吧。三姐笑著說，有沒有怕死的？當然沒有，這還用問嗎？那好和那姓劉的一起死，還石頭市一個心願吧。

一大早，水之湄母親去了中國革命大廈，見過劉中菁，很順利。說林樸病好多了，想和劉市長談談心。林樸說了感謝市長派去的醫生，不然病成什麼樣子就難說了。林樸說了與市長談談後會給領袖去封信。想徵求領袖意見看以後怎麼辦？劉中菁態度不錯，說，那好吧，明天我過去。林樸病好了是好事，你回去跟林樸回個話吧。水媽媽繞了一圈，從市場轉到三姐那裏。她對三姐說，我看劉中菁說明天去是假話，很可能今天就去，大家準備吧，可千萬不能被人看出來。交待完了，拎著菜籃子回家去。把做飯的事兒交給但叔，自己則在堂屋和大門間轉悠。

邊步過來看林樸，水之湄母親在大門擋住他。說，回去吧，不要問，也別說，以後會知道的。邊步很納悶，見水之湄母親一面嚴峻，還是回去了。在家對全玖兒悄悄說，林家那邊是不是要出事了？坐不住，在屋裏踱來踱去。水之湄母親有些著急，她擔心街上的人，裝扮得再好，老在附近轉悠也是問題呀。沒法去說話，心一橫，算了，聽天由命吧。

到了夜裏十點多鍾，街上的人少了，三姐他們的人在林家附近的街上就顯得有些扎眼。怎麼辦？再等一會兒就得收手了，不然誰都會懷疑的。三姐正著急呢，街那邊有汽車開過來，仔細一看是政府的小汽車。開得不快，就一輛。不管是不是劉中菁來了，三姐作了個暗號，街上等著的人緊張地各就各位。有人把驢從巷子裏牽出來，看上去像似準備趕夜路回家的鄉下人。

水之湄母親聽見有汽車的聲音，叫但叔在家待著別出來，我去外面看看，沒事兒就關門睡覺了。正好開門，汽車到了，停在門前幾步遠的地方。四名警衛下來站在一旁。劉中菁從車裏鑽出來，看見水之湄母親站在門前，舉手打招呼。正準備要進門，往旁邊一看，站住了。不對。見有人圍過來，轉身就準備鑽進汽車，連說聲撤都來不及。警衛們愣住了，不知怎麼回事兒？就這一轉眼功夫，水之湄母親撲上去一把抱住劉中苒的腿。劉中苒力氣小掙脫不了。一個靠近劉中苒的警衛用手槍槍把使勁砸在水之湄母親頭上。水之湄母親癱在地上，撒開手。三姐已經衝過來了，對準劉中苒的頭就是一棒子。叭的一聲，那警衛開了槍，把三姐胸部打了個洞。當她倒下時，幾把手槍一起開火，把四個警衛全殺了。

劉中苒被裝進大麻袋綁在驢身上。一拍驢屁股，驢撒腿就跑。驢是老驢，識路，拐進巷子往北郊跑，有人在那裏接應呢。一個人做事兒就有一個人的風格，本來一槍幹掉劉中苒就行了，三姐卻把計畫弄得有情節，好在終於把劉中苒逮住了，前前後後就幾分鐘。林家門前的汽車旁躺著警衛的屍體，警衛的槍不用說拿走了。大家把三姐和水之湄母親抬走。在一間小屋裏，三姐已經死了。水之湄母親看來像有點兒氣息，等醫生趕來時一摸脈，沒了。頭上被槍砸得很重，陷下去一大塊。屋裏人用床單把兩個人蓋上，點上香，叩頭，拜了又拜。

這時候，特捕隊上了街，跑前跑後的瞎忙了一陣，最後把屍體一收，開著劉中苒的汽車回去了。再以後呢，連查都沒查，這事兒就過去了，令所有人都料想不到。實際上這事兒當晚就傳到劉鑒殷那裏。劉鑒殷沒睡正在地圖前和黨的將軍們研究形勢。聽完報告後說了句，這個劉中苒一天不死石頭市一天靜不下來，早晚得出事兒，自作自受。也沒說怎麼辦，下面人便把這事兒擱下了，不再提。領袖正在為黨的生死存亡著急，顧不上這些小事兒。

同志們，同志們，有話好好說。在郊外的一間茅屋裏，燃著幾盞油燈。劉中苒跪在人圈裏，苦苦地哀求。同志們？這裏有你的同志嗎？仔細看看，有沒有？沒有吧？鄉親們，鄉親們，我說錯了，父老鄉親們，有話好好說。鄉親們？你就叫祖宗們也沒用。說著就是一耳光。劉中苒剛想把嘴裏的血吐出來，又是一耳光。有人拿刀來，想捅他，被攔住了。不急，慢慢來。可惜這裏沒電，不然慢慢電他。人們站在劉中苒跟前商量怎麼折磨他更解恨。有人說拔指甲，有人說砍頭指，有人說把他檔裏的東西割下來煮了給他自己吃，叫自食惡果。有人說在茶館裏聽說書人說過凌遲，一刀一刀割，叫千刀萬剮。劉中苒聽了全身抖得誰都看得見。牙齒在嘴裏得得地直碰，說不出話來。

到天亮時，劉中菁成了個血人，皮肉受盡苦楚，但不致命。依著中國革命大廈裏的辦法，冷水一遍又一遍的澆。那茅屋的地面是泥土，水一澆加上血，盡是泥濘，像個殺年豬的地方呢。早飯做好了，叫吃飯。劉中菁怎麼辦？身上老滲血可不好，把他醃了。劉中菁以為要閹割，有氣無力地叫著，大爺們饒命啦。鹽拿來了，大把大把地抹在劉中菁的身上，痛得他使出最後的力氣叫喊。你自己叫著吧，我們吃早飯去了。

當劉中菁被鹽醃得拼命大叫時，石頭市勝利大街上可熱鬧啦。幾乎各家各戶都在燃放鞭炮，像臘月三十除夕之夜一樣。滿街的鞭炮還不夠鬧，拿出鐵盆銅盆到大街上敲。整個石頭市吵得連說話都聽不見呢。是呵，人民的憎恨，是多麼可怕的事情。當你手裏握著刀把子以為你的人民永遠都害怕時，可曾想過有一天你會被人民撕得粉碎呢？你以為你有軍隊和滿嘴的謊言，就能君子萬年了，就可以不把人民當人了，就可以想抓就抓想殺就殺了？還是積點德吧，不然會死得很慘的。

但叔一夜沒睡。夜裏門外大街上響槍時，他沒有去看，這是水之湄母親反復叮囑過的。後來街上靜下來，水之湄母親一直沒回來。到早上，大街燃放鞭炮時，林樸問但叔發生了什麼事？但叔出去看了一下，回來說好像劉市長死了。想出去找水之湄母親，林樸不讓，說媽媽會回來的，一定有什麼事兒忙著。街上亂，但叔您就待在家裏吧。正說著，邊步一家人過來了。帶了些肉，還有雞，雞蛋。邊步在夜裏事發後，一直四處打聽是怎麼回事兒。後來才明白為什麼水媽媽不讓他進林家，心裏既崇敬又悲傷。

臨天亮時，把全玖兒還有母親都叫起來。今天別開門經營了，得去林家，這是大事兒。一家人坐在林樸房間裏，猶豫著，不講是不行的。怎麼開口講呢？這時有人敲門，進來三個人。但叔不認識，人家可認識但叔，進門就叫但叔。我們有事兒要對您和林樸講。是三姐他們的人，領頭的是那個中年人。還有兩個年青人，一男一女。到林樸房間，見邊步一家在，認識。邊步叫全玖兒和母親去堂屋坐坐，這裏有事兒。她們走開後，那中年人把事情講了。三姐和媽媽都死了。林樸和但叔哭起來，全玖兒和邊步母親在堂屋裏聽見了，淚水忍不住，婆媳兩人在一起嗚嗚地哭。過了一會兒，林樸對來人說，別再殺人了。那中年人知道是指劉中菁，忙說，怕來不及了。他們無論如何都不會讓姓劉的活的。他說的這個他們大概指的是石頭市的民眾吧。至於水媽媽的遺體按理說應當抬回來，但靈堂已經搭好了，很多人都在那裏守靈。林樸問靈堂在哪兒？在市政府門前空地對過。林樸說，但叔我們去吧。

郊外草屋那裏，人們吃過了早飯。過來一看，劉中菁痛昏過去了。這樣殺他不行，得讓他明白。拎來冷水全身澆，劉中菁醒過來。問你最後一個問題，你把水老師的屍骨扔到什麼地方去了？是河裏嗎？劉中菁點點頭。你做事真夠絕的。那好，說著在地上鋪上一扇大門板。斧頭和砍刀都拿來了，拎在手上，圍成一圈。姓劉的，得讓你明明白白地死。今天要把你剁成肉醬，告慰天上無辜的亡靈。劉中菁聽了直淌眼淚，任由人解開繩子平放在門板上。當人們砍下第一斧子時，他只唉了一聲，不知道什麼意思？一會兒的功夫，劉中菁的身體連骨頭都剁得粉碎。一群人圍著不停地砍呀剁呀，把門板都快砍成木屑，弄得一個個渾身是血和肉沫。

人們把劉中菁的肉醬鏟進一個個小桶，就是建築上常用的那種小桶。拌上水攪一攪，拎走了。一桶拎到市政府那邊的靈堂放在三姐和水媽媽的棺木前，其他的撒在神聖工廠的灰燼上和水之湄衣冠塚的木樁旁。市政府大門關著，門前沒人把守，估計裏面沒人。下午時，有人怕那桶肉醬發臭，便嘩地一下倒在市政府的大門上。用門前粉旗的角把桶擦乾淨。

林樸幾乎是被人抬到靈堂去的。一路上人們都叫著林老師，還鼓掌。林樸心裏很亂，路上他不斷流淚。他想如果媽媽不瞞著他，他要早點兒知道的話，拼命也要阻止人們這樣幹的。殺一個劉中菁就算殺盡了中國的惡人嗎？還要搭上性命。殺戮永遠解決不了中國的問題。殺戮只會引來更多的殺戮，只會讓更多人痛苦地死去。這樣一輪一輪一代一代殺下去，哪天是個頭呵？人們為什麼對仇恨的回應就是殺呢？林撲心裏十分絕望。他覺得在這片土地上竟然看不到一絲曙光，哪怕是一絲絲也好啊。坐在靈堂前，人們指著棺木前的小桶告訴林樸，那是劉中菁的肉醬。林樸閉上了眼睛，劉中菁呀，你為什麼要這樣對待神聖工廠呢？如果當初給神聖工廠的工人們一條活路，他們就不會死啊，你也不會有這樣悲慘的下場。你到底為什麼要這樣幹呢？

第三天下葬，葬禮非常隆重，半個石頭市的人都去了。下葬在北郊，東幹渠北面。棺木是十六抬的。反正沒了朝廷，越制也不怕。送葬的行列在大街上遊了一遍。人們沿途燃放鞭炮送行。來了好多外地人，披著白麻。三個新墳頭，堆得高高的。三姐，水媽媽，還有水之湄的衣冠塚。三塊大石碑立著。後來呢，打仗，北郊那邊毀得厲害，石碑和墳頭都被炮轟沒了。

很多很多年以後，學者們找不到一點兒蹤跡，以至懷疑是否有過一次隆重的葬禮呢。其實墳墓只是表達當時活著的人的那份心情，有與沒有跟歷史無關。歷史不會因為有而說好話，也不會因為沒有而說壞話。這歷史，當然是人們心裏的歷史。英靈的墳墓真正建在人們心裏，一代一代，墳頭只會壘得越來越高，什麼新式的炮也轟不掉的。

沒有了劉中菁，也不用什麼人批准，邊步的石頭報重新開張。這段關門的日子，很艱難。報社的人都在中國革命大廈裏被打過，大家並沒有因為報紙被封而散去，這讓邊步很高興。當重新發行的石頭報傳到人們手裏時，大家心裏免不了有一種類似勝利了的感受。石頭報有專題文章，連載的，談這段時間發生的事情。有調查採訪，澄清了很多坊間傳言。邊步待在家裏的一段時間，和報社裏的編輯記者們一直在悄悄收集各種資料。他們意識到這是一種歷史責任，這不是對不對得起成千被屠殺的無辜人們的問題，這是歷史，中國歷史的一頁。現在不把一切都真實地記錄下來，若干年後難免會被各種心懷鬼胎的學者們胡抹一氣。

邊步當然不會想到在紫黨時代，現在所做的一切努力都會化為泡影。這讓人想起了一個太監。在後世很有名的太監，一個宮中的閹人。這不是類比，如果類比對邊步不公平，只是聯想而已。那太監受寵，造了大船，帶上幾萬人出洋旅遊，耗費了國家大量錢財。官員們十分不滿，又不敢說。等這事與人過去後，便把所有資料燒個乾淨。很厲害的一手呢，以至後世不知道這閹人去過什麼地方幹過什麼事兒，只好瞎猜。很多很多年後，有人好事兒，在一個廣場上立了想像中那太監的高大偉岸的石像。反正沒有了當時的那份情緒，怎麼幹都行。不過呢，雕石像的人沒見過閹人是什麼模樣，把那太監弄得渾身盡是肌肉，十分搞笑。

不明底細的石頭市民眾以為殺死劉中菁是天理所在。他們不曾想為什麼粉黨沒有採取嚴厲的手段來追究這一重大案件？他們不知道，如果這事兒放在平時，就是把石頭市的人殺光也要嚴查嚴辦的。老實講，三姐他們幹的是一件十分危險的事情，這事兒會把石頭市很多人的性命賠進去的。時局的巨變幫了石頭市一把，這點，石頭市的那些對時局不甚關心的民眾並不瞭解，以為政府不敢把民眾怎麼樣。

瞭解中國歷史上是怎樣與現時想怎麼做，常常是脫節的。人們怎樣做時，憑藉的是此時此刻的理由與情緒，並不會每事都來比照歷史，因而，縱觀中國的過去，悲慘的事兒，相同的事兒總是一而再，再而三的發生。時常聽人說什麼歷史教訓之類的話，很是生氣。無論對於權勢者還是民眾來說，本質上歷史是沒有教訓的。例如大多數朝代都是在腐敗，墮落與殘暴中滅亡的，可下一個朝代依舊如此，依舊以為自己掌握著槍桿子，誰都不怕。槍炮裏面出政權，又不是開明裏面出政權。人之可歎莫過於此。

很多很多年以後，在中國這片土地上依然能聽到人們十分熟悉的一句話，把他給我抓起來。無論朝代怎麼變，人們總是用這句話來治理中國，讓人十分沮喪。

自從劉中菁死後，遭人恨的特捕隊幾乎沒敢上街來。特捕隊不是軍隊，再特別也只是個巡捕。沒過幾日，石頭市的特捕隊全部調到軍隊裏去打仗，再也沒有回來過，應該是全死了。在戰場上打仗與在石頭市的大街上列隊呵呀地展示拳腳功夫很不一樣，趴在戰壕裏可能連頭都沒露過就被炮彈炸得粉碎，那點兒小功夫不頂用呢。

直到春雨漸漸移到北面的省份去下時，粉黨的軍隊開始一步步往石頭市附近收縮。南面被紫黨軍隊堵住了，這一招很要命，使粉黨軍隊失去了戰略機動的空間。劉鑒殷想擊潰南面的紫黨軍隊，可始終作不到，南面的戰場成了蠶食粉黨軍事力量的一場沒無沒了的噩夢。李荒用盡了心機在南面與粉黨較量，不管怎樣就是不讓出來。只要粉黨一鬆勁兒，就往北壓，很像兩個人在扳手腕較力。劉鑒殷和將軍們想不出什麼好辦法。在南面大範圍機動迂回已經不可能，一動就挨打，弄得士氣不振，只好放棄南面的攻勢。防守呢，人損失得少一些，防不住了就一點兒一點兒退。

石頭市街面上的軍車突然多起來，匆忙地開過來開過去。人們看見河裏整船的士兵，一會兒去上游一會兒去下游。有時望得見成片的士兵在河對岸等著渡河。粉黨在北面的幾個重要戰略支點打得十分慘烈。李荒把它們切成幾塊，像砍骨頭一樣，然後一塊一塊慢慢啃。李荒占著有導彈，粉黨在天上打不過，便日夜用飛機轟炸粉黨的陣地。炸一炸衝一衝，反復無數次。那些粉黨的將軍覺得像在跟一群瘋狂的馬蜂作戰，趕不跑又防不住，咬得一身疱。

粉黨那個第八軍，雖然裝備好，但在戰場上算不上個東西，只是因為屠殺過石頭市，邊步的石頭報，特別關注這支軍隊的動向，每天都有跟蹤報導。他知道石頭市的民眾都希望這支屠夫軍隊被殲滅。第八軍調到北面的一條防線上和其他幾個軍組成了一個集團。根據劉鑒殷的戰略意圖是要他們固守，牽制住紫黨軍隊，為其他集團軍創造戰略機會。這個第八軍的軍長驕橫，占著自己坦克多，裝備好，硬想把紫黨軍隊打走，只是紫黨的飛機很煩人，動不動就來炸。他要求劉鑒殷派飛機來保護他，劉鑒殷答應了。飛機來了，在天上沒轉幾圈就被擊落，幾天下來損失不小，不派了。問為什麼？為什麼？紙糊的也來不及糊呢。打一架少一架，只能在關鍵時刻用了。

第八軍的軍長呢，想來想去，這樣不是辦法，得衝一下。於是派了些坦克衝過去。沒想到一衝就把紫黨陣地衝了個大口子。那好，乘勝前進，把所有坦克都投進去，聲勢很大，轟轟地往前衝，後面跟著裝甲車。其他聯防的軍隊一看，怎麼回事兒？進攻成功了？是跟著衝還是再等等，正琢磨著呢，紫黨的軍隊不知從什麼地方冒出來，專打裝甲車。裝甲車不比坦克，一枚火箭彈打過去就是一個大洞，裏面的士兵悶著燒。坦克想掉頭回來，不行了。戰場上最怕的事兒就是掉頭往回跑。這時天上來了很多飛機，像馬蜂一樣亂飛，扔炸彈。把後撤的坦克炸成一堆堆純鐵。指揮坦克的師長走投無路只好投降。投降了就得立功，不然待不下去，於是掉過頭來反攻第八軍陣地。這一下第八軍大敗而逃，給防線留下一個巨大的豁口。其他將軍一看，壞了，再不撤就會被包圍，一個跟一個扭頭就跑，家當也不要了。一直退到後面三百里外一條小河那裏才穩住陣腳。

實際上，要不是後面的坦克沒油了，這條小河也是守不住的。人說兵敗如山倒，不貼切，兵敗如潰堤倒是極形象的比喻。這小河北岸高南岸低，粉黨軍隊在南岸。沒幾下，紫黨軍隊在上游把河水堵住了。河床泥濘不能過坦克，但沒有水喝。粉黨軍隊著了急，說，紫黨想渴死我們，趕快挖井取水。結果呢，等上游水蓄足了，炸彈一炸，洪水嘩地沖下來，漫過南岸沖到粉黨的陣地裏去。紫黨士兵站在北岸悠閒的欣賞風景，議論說，洪水時游泳不管用，一定得抱塊木頭。如果是根木柱子，千萬別趴在上面，木柱會翻的，要把手搭在上面。把水壺倒幹，別在腰裏也行。不過，至少得要兩個水壺，一個浮不起人。

第八軍的軍長，被召回總部。劉鑒殷問其他將軍怎樣處理，將軍們不說話。那好，拉出去殺了吧。邊步通過其他新聞社得知了這一消息，石頭報上頭版頭條。石頭市的人如何爭搶報紙，心情如何，再去描述就顯得十分多餘，不是嗎？

三十一　學校

學校很靜，沒有學生。老師們沒死的也散了，只有叢心結帶著他妹妹還有莫白駒住在那裏。叢心結的父母在宿舍那裏沒有逃脫，都死了，連屍骨也找不到。他妹妹當時跟著他幫忙，跑這跑那的，避過了一劫。莫白駒算是與粉黨沒什麼連繫了。既不拿粉黨的津貼也不聽粉黨任何指使，市政府那邊把他給忘了。他們常去林家看望林樸，幫著做點什麼。水之湄母親幾次要他們都過來吃飯，他們說不用了，有方法的。有什麼辦法？找點兒活幹呀。水媽媽就別操心了，總有辦法活下來的。學校得守著，就是空屋子也得守，這是水老師的心血呢。

水之湄母親去世後，但叔讓叢心結的妹妹到家裏來住。女孩小，難道也跟著你去打短工嗎？就住在這兒幫我忙點兒家裏的事兒吧。叢心結和莫白駒在報紙重新開張後，到報社幫著送報紙，有時寫點兒小文章登一下。這是林樸安排的。不過報社並不寬裕，因此，他們倆還得找點兒別的活幹才行。到碼頭搬運貨物，或者為商鋪送貨什麼的都幹。實在沒活了，便跑到全玖兒娘家拉點兒青菜什麼的在市場上賣。夜裏他們在學校點上油燈，要麼讀書要麼寫文章，安安靜靜地。討論問題，都是在白天空閒的時候。讀書很重要，苦難的中國使他們心裏生出一份沉沉的責任心來。

叢心結問林樸，林老師，學校該怎麼辦呢？一提起學校林樸心情就十分難受，半天不說話，嘴巴嗦嗦地抖著。但叔一看就知道林樸頭腦被悲哀沖亂了，說，林樸，別著急，慢慢考慮吧。把叢心結叫到一邊，你也別著急，別提這事兒，早晚林老師會想到的。後來林樸身體好些能下床走動了，才對叢心結說，心結，你們先守著學校吧，這是神聖工廠唯一的留存。如果有難民過來，沒地方住，你們安排他們臨時歇個腳。把學校的桌椅收拾在一起吧。邊步的老婆全玖兒過來看望林樸時，林樸說，玖兒姐，能不能叫你哥哥那裏做點兒草墊送到學校去。學校現在空著讓路過的難民有個睡的地方，總比睡在街頭好吧。全玖兒想都沒想就說，知道了，我去辦吧。

回家後婆媳兩人感慨了好一陣子，這林樸是天上派下來救苦救難的仙人吧，自己都成這樣了還惦記別人呢。沒多久草墊送過來，用驢馱過來的，好多。是全玖兒娘家鄉裏很多人家一起做的。全玖兒哥哥們把這事兒傳給四周鄉里，大家都忙著做。還積些糧食一道送過來。總得讓走投無路的外地難民喝口粥吧。事兒很快就辦齊了，教室裏鋪上草墊。叢心結莫白駒不再去找短工幹，而是上街把那些拖兒帶女逃戰難的人接到學校來住，煮粥給他們吃。市裏人知道後，很是感歎，又有人送吃的送點兒錢過來。市場賣菜的鄉下人把剩下的菜什麼的也挑過來。沒幾天學校那邊熱鬧起來，自願來幫忙的人忙前忙後。

那些從學校離開的難民們把這份感動傳遍四鄉八里，傳到他們路過的每一個角落。神聖工廠滅了，但仁愛之火不滅，它又從石頭市升起，照亮陰霾的天空。當然這是書面說法，報紙上的議論。人說積陰德，這只是遁辭。有民眾就有仁愛，民眾心裏原本的善總是要表現出來的，除非中國的民眾都死光了只剩下權貴。是呵，神聖工廠不在了，人死了，在石頭市儘管留下了個碩大的傷口，但神聖工廠的記憶仍舊是一面旗幟，仁愛的旗幟啊。

沒多久，軍隊來了人，把難民們轟走。學校被徵用，或者說被強佔，改成了傷兵收容所。叢心結莫白駒一人臉上挨了一拳才閉嘴，沒辦法，不閉嘴又是一拳。兩人挪到一間小屋子住，委實有些垂頭喪氣。那些草墊算是為他們做的，搶了個現成。傷兵一批批抬進來，整天整夜亂嚎亂叫。有熬不住痛的，有下身炸壞的，乾脆自己把自己勒死。外面空地多，挖個坑埋了。那麼多缺肢少腿的傷兵，看了讓人覺得活著真沒什麼意義。叢心結從傷兵那兒瞭解到，粉黨真的要完蛋了。粉黨的防線已經被壓縮到石頭市外不太遠的幾個城市。據說守不住，大勢已去。石頭市呢，算是粉黨最後一塊地盤的中心區。河對岸，軍隊越來越多，調過來調過去，石頭市的人不知道那些軍隊在忙什麼。到春末夏初時，甚至有紫黨的小炮艦開過來，對著岸上打機關炮。所幸的是碼頭那邊沒人傷亡。小炮艦打兩下就跑了，純是給粉黨軍隊一個心理壓力。

當石頭市進駐大量軍隊的時候，石頭市的民眾才真切地體會到戰爭緊張氣氛。這次石頭市很少有人外逃。南面北面都走不通。河裏早已沒有商船，看得見的船隻都是軍隊徵用的。從大彎那頭到下面東頭的泥路，所有重要的地方都築起了層層工事。東幹渠北面那裏，荒草和墳頭的北郊布了好些坦克。徵調市民挖了一道道防禦的壕溝。這些壕溝後來一直沒被填平，成了一道道灌溉用的水渠。學校裏的傷兵被挪走了，又改成戰時指揮所，把叢心結莫白駒兩人轟走了。兩人不肯到林家去住，怕添麻煩。邊步就讓他們在報社裏過夜。白天把被子卷起來收好就可以。兩人很滿意，報社裏有很多資料，看不完，還有書，正好呢。石頭市的民眾抱怨起飛漲的物價。吃的東西越來越不容易買到。有時幾天也買不到青菜。郊外的蔬菜常被卡住運不進來，爛在地裏真心疼。街上從軍隊巡邏變成了戒嚴，市民們憑通行證才能到大街上走動。人們不知道劉鑒殷和他的粉黨總部已經搬到石頭市來了。

林樸是在一天夜裏見到劉鑒殷才知道粉黨總部就在石頭市。那天夜裏很晚了，有人敲門。聽敲門聲，很和氣，不緊不慢的。叢心結的妹妹，采薇，這是水之湄給她起的學名，她父母沒給她取名，就叫她丫頭。采薇要去開門，但叔說別忙，聽聽後，說，我去吧，像是熟人。一開門，來人劈頭叫了聲，但叔。把但叔驚呆了，仔細一看，居然是劉鑒殷，不知該怎麼辦。劉鑒殷拍拍但叔肩頭，你還是老樣子，我們進屋說說話吧。進屋站著四處看看。這麼多年了，還是老樣子，觸物生情啊。去了林樸的房間。林樸聽見有人來已經從床上坐起來了。打開燈，一眼就認出是劉鑒殷，一副親切的樣子。劉鑒殷沒讓隨從們進來。他和林樸坐在堂屋說話。是呵，這麼多年了，沒來林家看看。你看搞革命就是大事小事忙，不像以前住在你家時那樣清閒。

劉鑒殷閉口不提當初他來石頭市視察時沒來林家的事兒。好像他是離開林家後第一次回石頭市似的。搞政治搞革命的人，記性是有選擇性的，遇事兒該記住什麼，該回憶什麼都是根據情況進行安排的。聽說貽椒他們過得還不錯，那就好。但叔你也過來坐坐。別張羅倒水了，別客氣，坐坐吧。林樸呵，這段時間發生了些令人痛心的事兒，都是不應該的，也怨我沒有及時抽時間關注石頭市，關心你們，責任在我。當我聽了這裏的情況彙報後，覺得自己的疏忽是不能原諒的。那些不把人民利益放在心上的不良官僚，給人民造成了多大傷害。不僅僅是人民受到傷害，黨同樣也受到傷害。我常常告誡全黨，我們黨代表著全體人民的根本利益。這是黨的基本原則，也是革命的根基，但事實上，林樸你看，黨內總有人跟黨的精神背道而馳。這是令人痛心的。清除這些人很容易，可是給人民給黨造成的傷害卻不容易醫治，林樸你說對吧？

林樸聽著不說話。他怎麼能忘記劉鑒殷關於石頭市靜坐請願的定性講話呢？林樸的頭腦現在常陷入一種不能自拔的偏執狀態，他自己不知道，只知道現在想事兒比以前費力。當劉鑒殷這樣很動情地講話時，他頭腦裏老想像著，他開那個所謂定性會議時的神態，也是這張嘴，當時是怎樣說著這是反革命反黨的事件的話。談完這些後，劉鑒殷又問但叔現在是否生活困難。不可能不困難吧？於是從懷裏掏出一紮錢來交給林樸。林樸接住了。怎麼會接這些錢呢？林樸看著手裏的錢自己也不明白。他覺得腦子不好使喚，嘴裏卻說不用了。但叔從林樸手裏拿過錢退給劉鑒殷，退不了，只好收下，放在桌子上。

劉鑒殷說，革命的目的是要人民過上好日子，可是兩黨的分歧所造成的戰亂給人民帶來了災難，這是我們始料不及的，也是和我們當初在你家時的心願相違背的。我們兩黨都應該檢討自己的政策，應該重新回到革命的出發點上來，應該坐在一張桌上握手言和，然後共同建設一個偉大的新中國。林樸你說對不對？林樸點點頭，但他腦子裏卻說為什麼要點頭呢？劉鑒殷看見林樸點頭，伸過手握著林樸的雙手，親切地說，林樸呀，你應該給李荒寫封信，把我的意思傳達給他。當然我們有正式途徑與他連繫，但你寫信代表的是人民的願望，對吧？不是為了哪個黨，是為了人民。林樸聽了，說行，我考慮一下，如果管用我就寫。這次林樸說的是真心話。他不願看到再打仗再死人。連但叔也贊同，聽林樸答應了也直點頭。顯然他們一點兒也沒有想過什麼黨的問題，他們不懂也沒那份心計。

劉鑒殷走後，第二天又派人送了錢，藥，還有吃的。罐頭之類的東西，整箱整箱的，當然催林樸快點兒寫信。還有信的大意結構寫在紙上交給林樸，工作作得很細。林樸呢，讓采薇把心結叫來。吃的，還有錢，全分給最困難的那些家裏斷炊的人家。

林樸的信寫好後交給來人，信沒封，反正封了又要拆開檢查的。劉鑒殷看了，很滿意。派特使送給李荒。李荒看完信，哈哈大笑，把信給總部其他人看。這個劉鑒殷看來真是走到頭了，連這一招都使出來了。我們呢，得給他回封信，自然還是寫給林樸。他探了我的口氣，會正式提出議和，省得我們費力。我看還是打他一下，狠一點兒。把議和變成投降或者准投降，怎麼樣？

沒幾日林樸收到李荒的信，也是通過特使大模大樣送來的。林樸連拆也不拆轉手交給劉鑒殷的人。劉鑒殷看完信後，派了一個談判小組去找李荒。李荒把劉鑒殷的談判人員安排在一邊待著，派幾個人整天和他們談，閒談，東扯西拉，不往正題上說話，暗地裏調動軍隊大炮還有飛機準備對著劉鑒殷的核心部分也就是石頭市狠狠敲打一下。自然呢，打石頭市不容易，四周的防線很牢固。必須要有戰略配合，要有佯攻，然後突襲石頭市。並不真攻下石頭市，那樣費力還不一定成功，但要裝得像那麼回事兒才行。

李荒打仗從來不固守計畫。他認為任何戰略性的作戰計畫在實施中都會走樣，同時不管事先設想得多好，計畫還是會存在缺陷。對方怎麼想，靠猜是不夠的。他從不相信什麼神機妙算，得試，在戰場上試，一旦發現機會絕不放過，就是把整個計畫打亂重來也是可以的。這與很多統帥不一樣，因為大多數統帥在制訂戰略計畫時要充分考慮人員物質的調配協同，很複雜。臨時改變計畫就會大亂，所以，戰略計畫實施時，只能按部就班，很像賭徒把大把錢壓上去一樣。李荒在制訂計畫時，常留著餘力，他的將軍們十分習慣這種打法。當他們在戰鬥中突然接在李荒新的命令時，從不想為什麼，照辦就行。李荒說，這叫穿上衣服不扣鈕釦，冒汗了馬上脫下來。他的將軍們多半粗俗，私下裏說，這叫褲子只拉一半，客人來了脫得快。

劉鑒殷把談判當一回事兒，天天關注著談判的進展。談判這遊戲，從古至今，只有在雙方綜合力量均衡時才玩得了。所謂綜合力量包括經濟，軍力，政治，盟友等一切因素。一方雖然軍隊占優但內部政治不穩，老拉皮，便沒有什麼優勢可言。如果一方從趨勢上看處於劣勢，那麼談判只能是接受什麼樣的失敗條件而已，同時這樣的談判還要看優勢一方掂量划算不划算呢。如果不划算乾脆不談，直接把你滅了。如果中途發現一口吞不下，那好吧，再談。老實講這是一種品格十分卑劣的遊戲。

在談判那會兒，李荒找了個藉口在石頭市南面與粉黨軍隊打起來，樣子很凶。這是李荒的計畫，正打著呢，石頭市上游的一個城市那邊意外地發生了軍事摩擦。那是粉黨防線的西端。事情說來既不可理喻又很正常。那地方是山區，不適合大部隊展開，因而沒有什麼大的行動，雙方各守各的地盤。閑著沒事兒時，有軍官聽說這裏出產娃娃魚，這可是美味，叫士兵到山溝裏去抓。去了幾趟沒抓著。那天一些士兵在山溝裏轉悠，突然發現粉黨的士兵也在抓娃娃魚。摸過去一看，還真抓了幾條，想搶，雙方打了起來。本是小事兒的，可雙方一增援，就打大了，弄得山溝裏塞滿了屍體。紫黨軍隊對當地不熟，吃了虧，於是找個好點兒的地方報復，這樣把事情弄得更大了。

原以為李荒會大發脾氣，沒想到李荒說，娃娃魚是個好東西，不嘗一口是件憾事。於是李荒一方面指責粉黨在談判期間做小動作，沒有誠意，另一方面把石頭市下游老大遠的軍隊大批大批往山區方向調動，並且通知劉鑒殷，本次調動是強加那邊防守，穩定局勢。調動的軍隊人多走得慢，到了石頭市的方向便停下來休整。西端那些鬧事的軍隊得處理，換防。於是這些軍隊又往東調。走到石頭市的方向呢，也休整。好了逮住一個機會，完成了軍隊的集結，把原本的計畫大大地修改一番。劉鑒殷和他的將軍們也不傻，當他們發現石頭市的正面聚集了這麼多紫黨軍隊時，意識到危險，趕快命令軍隊向石頭市方向集結。要調動十幾萬人過來不是件容易的事兒。大路上排得滿滿的，一個接一個走，要好多天，就是到了目的地還得慢慢把部隊展開。後勤供應的事兒一大堆，亂亂的。大部隊在半道上是沒有什麼戰略能力的，李荒把這個機會看得清楚。突襲開始了，飛機把西邊調動的軍隊炸得行動遲緩。東邊調動的軍隊被李荒派軍隊一衝，不得不原地停下展開。想走就打，不走呢，就在一旁看著，非常被動。劉鑒殷一看這樣不行。馬上把先前的集結計畫改為東西兩路同時向石頭市正面集結的紫黨軍隊合圍。新的計畫還沒實施，李荒的軍隊就一窩蜂地對著石頭市衝過來。這叫措手不及吧，劉鑒殷只得把合圍計畫取消命令軍隊重新向石頭市方向集結擋住紫黨進攻。紫黨的軍隊一下突進了幾百里，直到離石頭市不到一百里才停下來。然後呢，退一退，進一進。坦克裝甲車，開過來開過去，把方圓幾百里地軋得沒有一塊好莊稼。

石頭市市內的軍隊並不多。噴氣戰鬥機在天上拉出一條條白道道，橫七豎八的，像有人用刀在天幕上亂割一般。有時飛機打加力，就是突然加速，那巨大的聲響震得玻璃嘩嘩響，飯碗在桌面上直跳，人們擠到街上抬頭看，被巡邏的士兵趕了回去。噴氣戰鬥機飛得太高，在天上打來打去，地上看不見，沒什麼意思。好在飛機沒向街上扔炸彈，但把學校炸了，那裏是軍事指揮部，專炸那裏。扔的炸彈特別大，一顆接一顆，騰起的煙老遠都看得見。爆炸的震波讓石頭市的那些木結構的老房子搖得嘎嘎響，直落灰塵。學校沒有了，只剩下一個個大大的彈坑。以後這些彈坑積了水連成一片水塘。

很多很多年後，這片水塘因為邊沿是一個個圓弧組成的，模樣可愛，便改成了休閒俱樂部。很多官員和他們的親屬常去那裏緩解為人民服務的工作壓力，順便釋放他們的七情六欲，是個令人渴望的好地方。不過當叢心結把學校被炸毀的消息告訴林樸時，林樸的心真的碎了，他用頭撞牆，但叔和叢心結只好整天整夜守護著他。好多天他才平靜下來，一個人坐著，嘴裏不停地說，什麼都沒有了，之湄呀，我對不起你。看著林樸這樣子，誰不難受呢？往後幾個月，北郊被炸彈炮彈像種田翻地一樣被炸得面目全非。三姐水媽媽的墳頭，水之湄的衣冠塚連影子也找不到。這事兒大家一直瞞著林樸，怕他再受打擊。戰爭結束後，林樸去悼祭，只好給他大致找個方向說，就在下面呢，政府不讓立碑。林樸只好在那片荒地裏叩頭，對著默默搖曳的荒草說話，流淚。

石頭市南面的軍事形勢突然發生了巨變。李荒在那裏展開了空前規模的軍事行動。他調集了一百萬軍隊，二百萬民工分成幾路把南面粉黨的軍隊切成三塊。然後一塊一塊有步驟的圍攻。劉鑒殷沒法從北面抽調大部隊增援。命令南面的軍隊向石頭市方向收縮。可是已經來不及了，南面軍隊投降的消息傳過來時，劉鑒殷坐在椅子上好久一句話也不說。大勢已去，回天乏力。當紫黨軍隊的坦克自行火炮在河對岸開來開去時，劉鑒殷的將軍們認為再制定什麼新的作戰計畫已經毫無意義。他們已經被李荒的幾百萬軍隊包圍在河北岸狹長的地帶，只要李荒願意他馬上就可以把這地盤切成幾塊，像對付一條在砧板上扭著的魚一樣。

粉黨最後的決策會議是在中國革命大廈裏召開的。人數不多，軍隊和政界的關鍵人物都在。該怎麼辦？討論的最終結果是兩條路，一條是退進西面山裏堅持下來，一條是粉黨與紫黨合併。這意思大家都知道，只是要說得好聽點兒。要往山區退，估計最多也就幾萬人。一來山區養不起更多的人，二來就是全力往山區衝也只可能衝過去幾萬人，再多不可能。這樣吧，兩條路都走。一部分軍隊往山區打過去，其他軍隊把李荒牽制住。合併的事兒由仍在李荒那裏的談判小組提出來。

當粉黨的談判小組向李荒提出舉行合併談判時，李荒笑了笑，對他的將軍們說，結果比我們預計的好多了。以前我估計還要三五年才能打敗粉黨，沒想到會這麼快，讓人大喜過望呢。他派人去對粉黨的談判小組傳話，合併可以談，是好事兒，不過呢，打游擊的事兒最好別想，往山區走的道路我已經封住了，如果你們硬要這樣做就別談了。談判小組提出以石頭市為中心現有的地盤留給粉黨管理。那不可能，既然是合併，全國就要統一管理。軍隊要統一，行政要統一，不能有國中國。粉黨的談判小組心裏清楚，事到如今已經沒有什麼好談的，只好什麼也不談了，乾等著總部劉鑒殷的指示。

劉鑒殷呢，手裏還有這麼多軍隊，確實心有不甘。決定最後一搏，守與攻同時進行，所謂困獸猶鬥吧。最後的大決戰開始了，十分慘烈。幾百里地佈滿壕溝，把當地的平民累得半死。河對岸紫黨的陣地上發射的火箭彈從石頭市上空飛過，像秋天裏成群成片飛過石頭市的野鴨子一樣，落在很遠的地方，連爆炸聲都聽不見。

石頭市幾乎半個城市的民房都被徵用了，好讓大批傷員住下。街上跑來跑去的全是軍隊的醫療隊，男的女的都有。走到哪家都聽得見傷兵的呻吟與嚎叫。據前邊退下來的士兵講人死得太多了，雙方都一樣。戰場上死的士兵根本就沒人收屍。天氣漸漸熱起來，屍體沒兩天就腫脹得好大，坦克壓上去屍體會嘰嘰地叫。最後的大決戰雙方都沒有什麼精心的計畫，只是硬打，拼命地殺人。突出去的與突進來的常常攪在一起，見人就殺。當然這一切都發生在石頭市的周邊，離石頭市有些距離。石頭市始終沒有被炮火襲擊算是這場決戰中的奇事。人們以為是屋面上鋪十字紅布讓紫黨有意避開的，那是醫療救治的標誌。其實未必，李荒只是要消滅那些還有戰鬥力的人，打傷兵沒什麼意義，僅此而已。這是邊步後來的分析。形勢到了這個份上，什麼標誌都不管用。為什麼不打不炸石頭市呢，很簡單，粉黨的軍隊並沒有佈置在市內。

劉鑒殷想不到林樸會來找他，見了林樸。林樸挾把雨傘在他的辦公室當著其他將軍的面說，劉叔，別打了，投降吧。劉鑒殷沒有立刻回話，扭頭看看身邊的將軍們，將軍們也看著他。劉鑒殷好像在整理思路，沉默了一會兒才說，是李荒叫你來的嗎？林樸搖頭，不，我自己來的。你為什麼要勸我投降呢？為什麼不勸李荒停戰與我議和呢？林樸不是政治家，不會繞彎說話，直截了當地說，李叔現在勝利在握，勸他議和是不可能的。再死多少人他也不在乎。我勸您是因為只要您下令停戰，士兵們就能保住命啊。劉叔，別打了，投降吧，看在士兵生命的份上，我求您啦。

林樸不是沒想到他說的話是多麼危險，只是沒想得那麼真切。他是隨著心而來的，不是基於什麼策略之類的考慮。但叔和邊步只知道他要找劉鑒殷，幹什麼去他不說。兩人以為有什麼私事要求劉鑒殷呢。如果知道他要去說這些話，死活也不會讓他去的。事後一說，把他們倆臉都嚇白了。聽林樸說完，劉鑒殷又看看他的將軍們，然後說，林樸，你回去吧。林樸走後，劉鑒殷想起了楚霸王最後的詩來，隨口感慨地吟道，時不利兮奈何如。顯然，這詩是後人杜撰硬塞在楚霸王口裏的，但從情節的脈絡上看，倒是十分順理成章，貼切。鳥之將死其鳴也哀啊。

過了十來天，劉鑒殷投降了，當然口頭上不是直接說我投降了，是無條件停戰，不打了。所有剩下的人員還有家當，交給李荒。這場大仗死了幾十萬人，這只是雙方士兵的陣亡人數，這個好統計。民眾死傷了多少，沒人去調查，不好調查，費事兒，也沒什麼意義。自古至今，誰去數那個數呢？一腳踩在螞蟻堆上，抬腳一看，呵，死了不少，對，就這樣的。彎腰去數死去的螞蟻，別人會笑話的。

來了好多軍車，把醫護人員和傷兵都運走了，有專門的營地治療。還算不錯，已經沒必要全殺掉了。各家各戶把門前的粉旗取下來，該不該換上紫旗呢？這個不用人教，都懂。紫旗換上了，滿街一片紫色。現在天下是紫黨的，不知該不該高興。等一切停當了，紫黨的軍隊來了個入城儀式。市民們擠在勝利大街兩側，手裏搖晃著紙做的小旗上面寫著，勝利了，也有寫解放了字樣的。這些都是先期入城的紫黨工作人員授意幹的。勝利這個詞大家知道是說紫黨勝利了。民眾對解放一詞有些迷惑，用繩子綁著叫束縛，解開繩子在詞的本意上叫解放。如果只是換根繩子呢？這就不太好理解了。

入城儀式很好看。坦克沒來，開道的是裝甲車。整整齊齊的士兵們挎著槍列著隊，正步走過勝利大街。從大彎走進來又從下頭泥路走出去。幾個小時才走完，讓人在街邊站得腿痛。紫黨的工作人員不停地來回走著，督促人們搖紙旗。搖呀搖呀，別把手放下來，聽見沒有。

跟在入城儀式隊列最後的是成群的未來石頭市的管理者，沒帶槍，前面有槍不用帶。什麼年齡的都有，都是北面的人。他們把反省的省字念做省城的省，石頭市沒一個人說他們念錯了，就像很多很多年以後把曝念成暴一樣。就該這樣念，人民這樣念就對了，語言是人民創造的，這是大前提。

入城儀式過後沒幾天，在石頭市的聚珍園舉行了一次具有歷史意義的私人聚會。說是私人聚會並不準確，不過名義上確實叫私人聚會。這天聚珍園不接待其他客人，一整天如此。聚會是在晚上舉行的。桌子擺在大堂中央，只有三個人，李荒，劉鑒殷和林樸。大堂裏除了跑堂上菜的夥計沒有其他人，至少看不到。在後世的正史裏面把林樸省掉了，只有李荒和劉鑒殷。寫歷史的人認為如此重要的聚會，林樸跑來幹嗎？級別不夠，省了。但後世出的野史是四個人，把但叔加了進去。野史呢，往往有更多的情節，比較生動。情節多了就需要有更多的人物出場，選來選去只有但叔還行，可以加進去敘舊，很有意思。寫小說編劇本的人則添進一些年輕的女人，大胸部，口紅胭脂，屁股扭來扭去。後面的情節中還配合女人迷人的尖叫，很能渲染氣氛。讀正史的人最少，多半是弄學問的人。讀野史的人多些，有文化就行。從戲劇，電影和小說裏瞭解所謂歷史的人占社會的絕大多數。所幸的是在中國從不需要民眾表決什麼，否則歷史會一團糟，或者說更加一團糟。

來人叫林樸晚上去聚珍園，李荒要請他吃飯。這讓林樸很詫異，不知是去還是不去。他問但叔，但叔心裏也沒底。但叔說，李荒現在是天下之主，不去怕不行，不如去一下吧。如果李荒心情好就向他要求讓姐夫他們回來，如果心情不好就別說，免得招禍。你還是吃了晚飯再去吧，在那裏你吃不飽的。

林樸吃了晚飯才去，帶了把雨傘。但叔想勸他別拿雨傘，但話沒說出口。送林樸到大街上，看著林樸走遠，心想見大人物手裏拿東西，是不好的。人家要是懷疑裏面有兇器，一檢查就會破壞情緒。半道上，幾個挎手槍的人瞧見林樸便擁著他往聚珍園走。街上的人還有商鋪的夥計看見了，都伸著脖子，怎麼回事兒呢？又要抓林老師嗎？怎麼老跟林老師過不去呢？林樸走進聚珍園大堂時，劉鑒殷和李荒已經入座了。這個很不好，按理是領袖們最後出場的。一看見林樸，李荒招手，林樸你來晚了，我們等你啦，快來坐下，坐下吧。林樸叫了劉叔李叔，很緊張地坐下來。這裏沒別人，就三個。四周一看，非常彆扭。門外把著兵，怎麼裏面就三個人呢？

上菜了，還是那桌極富情感的七星健。李荒聞著久違的七星健特有的香味，很興奮。把酒杯舉起來又放下，說，這樣吧，我們先吃魚糕再喝酒，鑒殷，你說呢？劉鑒殷也放下酒杯，行，聽你的。劉覽殷這段時間常吃，沒有興奮感，當然更主要的是沒心情。開始喝酒後便談起往事。一般久不見面的朋友聚會總是先談現在怎樣，說到沒話了才談過去怎樣怎樣，掏出一些往事的細節來。這些細節呢，往往又是過去在一起時搞笑的故事。聚會就是這樣的，大家開心，如果回憶往日的爭吵與勾心鬥角，就很沒趣味。這次的聚會，剛好相反。現在怎樣是最不能談的話題，所以一開始就回顧往事，而且一直談那些記憶中永不褪色的日子，不談別的。

鑒殷呵，這麼多年來我一想起七星健就不能不想起朝廷推翻時我們在這裏聚餐的情景。或者，反過來說，一想起我們六人就想起七星健。人家說一唱老歌就會喚起當初的感受，我看一吃過去的東西同樣能讓人回到過去的氣氛裏去。李荒不慌不忙地說著，看看林樸，說，林樸那時還是小小孩，不懂事，你是但叔和貽椒含莘茹苦拉扯大的。林樸聽了點點頭，沒說話，坐在桌邊看著他們二人喝。他覺得自己頭腦像水洗過似的特別清楚，他知道自己主要是聽，不是說。

李荒繼續說，林樸，你和貽椒都不知道你們父親為革命做了些什麼吧？以後有時間我慢慢說給你聽。你應該知道自己父親的功勳才對，他是個了不起的人。沒有他們那一批人喚醒人民，也就沒有我們的革命事業。鑒殷你看我說得對嗎？就是呀，中國是個大而又不怎麼樣的國家，做一件事兒很難很難。那時我們六個誰也沒想過能活多久。你看現在就我們二個人了，只剩二個，還會剩多久都難說呢。說到這裏哈哈大笑起來。二人又喝酒，喝了又斟，又喝，很能喝。酒量一定是革命的副產品，這是確定無疑的。林樸不喝酒，喝不了。李荒說不勉強你，想喝就喝。你呀，小時候我就看出來你不適合革命，性情弱柔。你姐呢，剛毅堅韌，適合革命，可惜是個女孩，又要養家糊口。也好，不然早為革命獻身了，不是嗎？林樸想順著這個話提一下姐一家回來的事兒。不知為什麼，猶豫了，沒說。

劉鑒殷看起來像是喝酒後有些興奮，話多起來。和李荒講起了以前六個人住在林家時一些笑話。李荒不斷插話，兩個人哈哈大笑，笑了又講，講了又笑，邊講邊喝酒。在林樸看來，他們喝酒像喝水一樣。白瓷小酒杯一杯接一杯，一杯一口。

劉鑒殷講起他和李荒在朝廷推翻前夕的一件事兒，沒說先就笑起來。李荒還記得那次我們兩人跟朝廷密探的事兒嗎？李荒當然記得，一提這事兒便笑起來。李荒在街上突然被四處追捕革命黨人的密探盯上了。不知是拿不準還是想抓住更多的人，一直跟著李荒。李荒發現了，一時想不出辦法擺脫密探，只好牽著密探上街下街轉悠不敢回林家。家裏五個人是派李荒取信件的，怎麼還不回來呢？叫劉鑒殷去看看。在街上李荒先看見劉鑒殷，老遠就打手勢。劉鑒殷明白了，遠遠跟著。李荒呢，既然給了自己人消息，便登上渡船過河一直往南走。途中還租了驢，騎著驢一直走。密探是兩個人，跟著過河。夜裏找了家小客棧住下。密探很辛苦，前門後門的動靜都聽著。劉鑒殷回家報信後，也過河追上去，遠遠跟著。夜裏兩人偷偷換了衣服。劉鑒殷戴上李荒的眼鏡從後門出去，蹲在田邊拉屎，一邊拉一邊挪地方。密探也悄悄跟出去，結果踩了一腳屎。等他們跟著劉鑒殷回客棧時，才發現不是白天跟的那個人，於是在客棧裏裏外外地搜，弄得客棧到處臭烘烘的。李荒穿著劉鑒殷的衣服騎上驢摸黑往石頭市走，天亮時才到。密探很生氣，半夜拉屎，得揍，揍了劉鑒殷。等劉鑒殷回來時，眼鏡破了，只好另配一副。說到這裏李荒取下眼鏡說，就是這副，一直沒換。劉鑒殷說，要不是你叫我去拉屎，這眼鏡也不會換呢。說完兩人大笑了一番，接著又喝酒。

從不帶槍的李荒從懷裏掏出一把小手槍，是空槍。說這是國外的軍火商特意為他製作的，遞給劉鑒殷看。這把手槍金光閃閃，非常精緻，像是藝術品。槍身上刻滿各種花草與卷雲。槍把上是兩塊有浮雕的象牙，鑲嵌著紅寶石，燦爛奪目。把古典藝術的繁複與現代藝術的花裏胡哨結合在一起。體現了制槍人和持槍人的藝術品味與複雜心態。林樸沒見過槍能作成這樣子，像用金子作的，一定很貴，要值很多錢吧。正想著呢，見李荒又掏出一顆子彈來，很亮的子彈。李荒說這是銀子作的，打了可惜，伸手交給劉鑒殷。劉鑒殷卸下彈夾把子彈壓上，裝好，拉槍機上膛。金屬撞擊的聲音很悅耳，比一般槍的聲音好聽多了。然後呢，仔細看看槍，反復欣賞，又舉槍瞄準，隔著桌子對著李荒的眉心瞄。

林樸有些緊張，想說，危險，怕走火呢。話在肚子裏轉沒出口，眼睛不由自主地盯著槍看。李荒端起酒杯喝了一口，手在空中微微作了一個手勢，不知是什麼意思？可能是示意暗中的警衛沒事兒吧，然後說，鑒殷啊，動動手指頭就行了。事後林樸始終不明白李荒這話是什麼意思。好一會兒，劉鑒殷才把槍口轉過來很仔細地對著自己的太陽穴，說，李荒，事情結束了。砰的一槍，栽倒在桌子下面。

這一槍把林樸的頭腦打亂了，呆呆地坐在那裏，什麼也想不起來，什麼也沒法想。他覺得李荒挪也沒挪一下，繼續喝酒吃菜，還勸他吃，給他夾菜。好像還對他說了，事情呢，只能有這樣的結局，不算完美，也還過得去。還記得小時候我教你念的詩嗎？忘了？於是仰著頭，微閉雙眼，舒緩而極富韻味地誦道，麟之趾，振振公子，于嗟麟兮。麟之定，振振公姓，于嗟麟兮。麟之角，振振公族，于嗟麟兮。林樸不理解，在這時刻李荒怎麼想到這首詩？這是什麼意思呢？

三十二 門前

門前換了兩個牌子，一邊是紫黨石頭市支部一邊是石頭市政府。紫黨的旗幟插上，依舊是那對石頭獅子，依舊是那個老屋子，這就是紫黨勝利後的石頭市市政府。給人的感覺是天下依然是那個天下，只是主人換了。沒有把市政府設在半途而廢的中國革命大廈，很自然，那是個似乎永遠不可能建成的樓宇，看到那半截工程的人不約而同都有這樣的感受。再說，市政府這個老房子老大院，在朝廷時代就是權力的中心，石頭市權力的中心，把新市政府設在這裏有正統的感覺。這也是世上為什麼在各種革命後都要把國家權力中心設在舊皇宮裏的原因，即使沒法進皇宮也要硬擠在皇宮的圍牆邊上，說白了，還不是那個深入人心的王權天授的道理在作祟。從辭源上講，這才是革命的真實含義。革命不是換個天地，天地是不能換的，傻瓜都知道，能換的是天地之主，天地依舊主人一新，這就是革命。

新的市長是紫黨在上游山區的一支游擊隊的隊長，叫朱陟。不到四十歲，黑且瘦，打游擊的很難長胖。石頭市有親戚在那山區的人私下說，這個朱陟很厲害，不是說他帶的游擊隊很厲害，打游擊嘛，四處躲藏的時間大大多於主動出擊的時間，不然不叫游擊隊了。說他厲害是指他徵糧很有一手。那片山區的人都敬仰他或者說怕他。你就是把糧食藏在離家很遠的山洞裏，他也有辦法叫你交出來。人民必須為革命作點兒什麼，這是天下通行的道理，不然怎麼革命？朱陟市長帶的幾個年齡稍大的人是紫黨在石頭市周邊的密探或者如後世所說的地下工作者，就像人們說賣身的婦女是性工作者一樣。

長期從事某項特定的工作會改變人的思維方式。辦刑事案的人老覺得天下的人都可疑或者說都是嫌犯。性工作者才不相信男人裏有什麼正經貨。打游擊的人遇事兒想到是躲和徵糧。密探生涯使人養成一種四處嗅嗅的個性。市政府除這幾個以外，全是隨軍隊從北面過來的人。他們很能適應新的環境，當然，權力是世間最容易適應的事兒，沒人因權力而寢食難安的，如果睡不著，一定是權力引起的興奮所致。

市政府還是叫人民政府，不過增加革命二字以示與粉黨時代的稱謂有區別，石頭市人民革命政府，大木牌上就是這樣寫的。裁判所改為人民革命法庭。收錢的叫人民稅務所，沒加革命二字，可能是嫌麻煩。您有事兒嗎？稅務所的，把帳本拿出來。反正平日裏連人民也省了，更沒必要加個革命呢。巡捕所改稱為人民警察所也沒加革命二字，原因是已經把巡捕二字換成警察，夠了。給我站住，人民警察。開始時是這樣叫的，後來呢，又省事了。給我老實點兒，警察。紫黨比粉黨厲害，一王天下就把銀行收為國有或者說收為黨有，控制錢更有利。石頭市在朝廷以至粉黨時期都沒有銀行，只有私家的銀樓和票行，老式的。一般人家把錢都埋在床腳。現在有了，叫人民革命銀行。人民革命銀行幾個字是李荒麾下的一個文人寫的，人們都說他的字寫得堪比書聖。這人是李荒時代的文化界霸主，據說知識淵博得令人難以置信，以至這人去世後，中國的文化界像斷了弦似的，沉寂了好多年，一點兒好聽的聲音也沒有呢。

沒幾天，石頭市的權力架構就搭好了。新的面孔，新的制服，新的吆喝聲，還有新的各種告示，這些告示多半都登在邊步的報紙上。新政府的首要任務是組織石頭市的民眾慶祝建立新的國家，稱為建國大典。建國這個詞嚴格講，在天下也就是中國，割一塊地然後自立門戶自封為王才叫建國。這個意義已經是封建一詞的演化了。踞天下而稱建國，聽起來確實叫人彆扭。改朝換代，建立新的朝代，叫建朝建元還差不多。不過呢，這不是一個學術問題，是政治。李荒和他的幕僚們怎麼想是他們的事兒，別人插不上嘴的。

新的市政府想把事情弄得有氣氛，熱鬧些。例如秧歌隊，龍獅隊，還有集體革命舞蹈隊什麼的，從巷裏坊間開始組織。那幫市政府的青年人勁頭十足，四處張羅。街上店鋪按規定張燈結綵，看上去一片忙碌，喜氣洋洋，像整個石頭市要出嫁一樣。嫁得誰？還用說，嫁給紫黨呀。成百萬人剛死去不久，所謂屍骨未寒，好像人們一下子全忘了似的。難怪有學者說，戰爭會觸發人的生育機能，有道理。

林樸那天夜裏是李荒叫士兵們送回家的。士兵們扶著林樸慢慢走回去。林樸沒喝酒，卻比喝了毒藥更厲害，沒人扶著走不動。因為夜深街上差不多沒有人。前段時間街上戒嚴，人們已經習慣早睡，所以沒人看見林樸回來的樣子，不然會以為林老師又挨打了。酒桌上的事情，林樸一直沒對人講過。但叔覺得林樸比以前更不愛說話，常常一個人一連幾小時坐著發呆，沒辦法。邊步和全玖兒也擔心，四處打聽有沒有什麼高人或者秘方之類的幫林樸治一下。那年頭，不時興什麼心理學，根本就沒聽說過有這種學問，不像後世那樣，是人是鬼張口就是心理學怎樣怎樣的，仔細聽呢，還是那套婆婆媽媽的話，冠以心理學稱謂就顯得有文化很時尚，真是個屁股很能扭來扭去的後世啊。全玖兒的哥哥知道後，很認真地對全玖兒說，可能要到山裏去采靈芝草。他的靈感明顯來自一部有名的戲曲，但他省掉了一個情節，戲曲裏那采靈芝草的女人是會飛的，不會飛可不行呢。不過後來雖然沒有靈芝草，她哥哥還是在鄉間找到一劑秘方，祖傳的，湯藥熬好了才拿過來。什麼藥熬的不說，不然就不叫秘方了。這藥確實管用，沒幾天，林樸精神好多了。繼續喝下去差不多全好了。只能說差不多，因為有時林樸又會復發，但大部分時間頭腦還是正常的。

林樸精神好了就給姐，姐夫寫信，寄給一個有編號的信箱，人民革命郵電所知道往哪兒送。現在呢，可以常常互通書信。一次還被叫到人民革命郵電所接長途電話。但叔也去了，聽了遠方親人的聲音，但叔半天不回話，拿著話筒一個勁兒發抖。電話裏林貽椒使勁兒地叫喂喂，聽得見嗎？喂喂，是不是斷了？喂喂，但叔在聽嗎？林貽椒在電話裏反復叮囑林樸，現在什麼也別想什麼也別幹，養好身體，以後還會有機會做自己想做的事兒的。一定要堅強地活下去，活好。林貽椒在與但叔通話時卻憂心忡忡地說，但叔，只要有一點兒可能我就會立刻回來的。這段時間真是難為您了，沒辦法呀。

和姐姐一家人通信後，林樸精神面貌雖談不上煥然一新，但也差不多吧。有一次邊步來看他，他還和邊步喝了一點兒酒，興致很高。邊步一沾酒臉就紅紅的，談起了即將舉行的建國大典。贏了，快樂一下應該的。還是體育比賽比較好，輸贏不死人，贏了一樣高興一樣慶祝。最近他的報紙新設了體育專欄，報導些國內外比賽的事情，所以他才這樣說。不過，石頭市的人不太看得懂。過段時間，紫黨政府為了活躍文化，專門請了一支世界第一的足球隊來中國踢球表演。那球隊裏有位當時堪稱王者的球星，踢完球居然沒有一人找他簽字留念，弄得他很寂寞。臨走時，他說，中國不是個踢球的地方。沒想到這句話後來成了一道詛咒，十分的靈驗。

兩人喝酒談天，但叔和采薇都很高興，在一旁聽著。末了，林樸突然提起那天在聚珍園吃飯的事兒，把人驚訝得目瞪口呆，原來林樸受了那麼大的刺激，一直憋在心裏不說。邊步知道這是大事兒，不用提醒，他不會對外人講的，太可怕了。大家沉默了很久。等采薇叫大家喝茶時，林樸才從壓抑的心情中擺脫出來，這也說明他頭腦好多了。他換了個話題，說是市政府要成立政治協作會，來人要他參加，不知道參加好還是不參加好？作為自己的心情不想參加，所以當時沒有立刻答應。邊步說，我也一樣，要我參加，我答應了。不能得罪新貴，你也參加吧，反正是個閒差，不費神。林樸聽了點點頭。又問但叔，行嗎？但叔點點頭，心裏想的是常出去走走比整天悶在家裏好些。又有些不放心，所以加了一句，在那裏少說話就行。

熱鬧的建國大典過去了。對於石頭市的民眾而言，這是一種無法細緻描述的奇特心境。熱鬧時也跟著熱鬧，好像很興奮，仔細一想又沒什麼好興奮的。被人組織著參加慶祝遊行，上街下街排隊走著，搖小旗喊口號，興高采烈的，過後卻找不到熱烈的理由。過去了就過去了，興許每個朝代開始時都這樣吧。有如皇帝駕崩一樣，天下人都得沮喪都得哭，不哭不行，只好乾嚎。女人們哭得真切些，那是女人異於男人的聯想能力所致。皇上是個圓的還是個扁的都不知道，單憑一句皇恩浩蕩就真哭，怕是說不過去的。

石頭市在慶祝大遊行之後過了一段相對平靜的日子。這段日子裏作為石頭市的大事件是新市長朱陟換了老婆。因為新國家推行一夫一妻制，不好娶妾。城裏的女人比鄉下田間勞作的女人顯得細嫩。以前的老婆是鄉下人，換了，很自然。革命的好處應該是多方面的，不然誰還會冒死跟著起鬨呢？

朱陟在山區轉的時間長，一到城市裏來掌權，心緒有些把不住。瞧見城市裏的女人覺得太好看啦，派人去說一個，準確地講是叫人要一個。手下人瞧準一家小作坊老闆的女兒，不到二十歲，模樣還行，幫市長娶了回來。婚禮那天在聚珍園請客，各商鋪老闆都拿著請柬去了。市長收了很多賀喜的錢，高興。事情辦得不錯很圓滿，市長看著那新娘心裏十分喜歡。只是有一件小事兒給忘了，就是該問問那女孩願不願意。這個小疏忽卻出了事兒。新婚夜裏，那女孩怎麼也不依，氣死人啦。放在平常緩一緩就行了，可新婚之夜的事兒牽涉到生理因素，這裏面有激素分泌的問題，人非常難受。一怒之下掏槍把新娘身上打了幾個洞。第二天把人埋了，說是得了急病，給了新娘家一筆錢把事情平了。

不多久，手下人又找到了個女人，是個寡婦，三十來歲。丈夫出外辦事時遇上打仗給炮彈炸死了。那女人長得好看，也愛打扮。這次手下人先問願不願意，免得再出錯。願意，怎麼不願意？看你說的，能看上我是我的福氣呢。那女人巴不得立刻跟來人走。先別急，我們得舉行些儀式才行。還儀式不儀式的，都是過來人呢，政府的人來說媒呢，算是明媒正娶啦。跟市長回話吧，我願意，我在家等著呢。來人很高興地去給市長回話。你看這男女之事就是這樣的，不成的像把乾砂，怎麼捏也捏不攏。這成的像塊稀泥，叭的一下貼在身上還擦不掉呢。誰跟誰合適，真得靠運氣呀。

那女人整天靠著門盼著，一上街腰就扭，臉上紅光閃閃，都是因為身體分泌太多激素的原因。朱陟市長開始有點兒猶豫，一個寡婦，這樣吧，把她叫來先看看。這一看，行了，太行了。當時就叫那女人別回去了。哎，市長啦，這個不回去不好吧？有什麼不好？晚上就辦個儀式。革命了，我們簡單些，你看行不行？那哪不行呢？聽市長的。晚上請內部的人喝酒以前，市長和那女人已經在辦公桌上舉行了自己的儀式，雙方實在滿意的不得了。以後呢，市長只要逢到一點兒可以帶夫人的活動，總是把他的女人帶上。有時白天想了，還讓人把老婆叫到辦公室來，關上門親了又親呢。市政府的人都很開心，這女人讓市長天天心情愉快，有什麼不好。不過呢，自革命以來以至以後，朱陟市長是石頭市歷任市長中唯一一個沒有一點兒發胖的市長，這種現象是罕見的。石頭市背地裏有人說這女人是個騷貨。這話有點兒過。其實，這只是他們兩人的事兒並沒有危及石頭市的其他人，也不傷風化。再說呢，不是這女人，市長會選來選去，弄得大家都累，又何苦呢？這樣挺好的。

那幾個地下工作者把老婆都換了。大家知道分寸，時間安排在市長新婚之後，選的女人都比市長老婆差那麼一點點兒。這叫第次有序，秩序井然。革命不分先後，個人福祉一定要有先有後有輕有重，雖然沒有明文規定，但心裏的秤要比規定更精當才是。邊步這次多了個心眼，報紙上把這些事兒放在頭版，只當喜事講，不評論。老放在頭版給石頭市的民眾一個印象，這些傢伙沒一個好東西。那些地下工作者看報紙登他們婚事，覺得沒什麼，官員呢，民眾知道也好。

只有一個人有些多心，是市政府的秘書長。以前在李荒與林家的連繫中辦過事兒。他看了報紙說，石頭報怎麼總把我們的私事晾在外面呢？不太高興。但報紙也沒什麼錯，小城市呢，不就這麼些事兒嗎？邊步之所以沒有評論是因為有前車之鑒。北面有個大城市，那個城市的報紙上在有關換老婆的事兒上加上了長長的評論，對當時全中國到處發生的這類事情提出質疑。難道換老婆是革命後的必然產物嗎？評論從倫理談到革命的意義進而對革命的性質與目的進行了批判。結果呢，文章要了人的命啊。抓起來作為隱藏很深的反革命份子，殺了。從主編到記者到校對殺了好幾個。校對只是個技術活，幹這活也該死嗎？是呀，校對是怎麼校的？這樣的反革命文章也沒校出來？分明是一路貨呢。邊步可以說是整個石頭市消息最靈通的人。當石頭市的民眾以為就是新市長帶了換老婆這個頭，其他人才跟著學壞時，邊步已經知道這在全國已經相當於一場大規模的政治活動，或者如後世所說的政治運動，不能不小心對待。

女人也是人。換老婆的事兒涉及到人的問題，在各地衍生出許多生動的故事。聽說有粉黨的殘餘勢力通過換老婆運動打入紫黨內部。有些新換的漂亮老婆就是粉黨的特工，這讓事情演變成嚴重的政治問題。粉黨雖然打垮了，但各地隱藏的黨徒還在，人數眾多，加之他們財力雄厚，依然能幹些他們想幹的事兒。沒多久，紫黨的不少官員成了跟粉黨殘餘有往來的變質份子。

邊步對林樸講，從革命的目的性來說，粉黨和紫黨沒有什麼區別，都是為了過好日子，所以可以理解紫黨官員與粉黨殘餘勾結的事情。認真弄清誰讓誰變質，誰打入誰的內部沒什麼深刻意義。北面那家死了人的報紙就是想不通這個道理，過於較真革命的意義。其實李荒要是願意，自封天子，當個皇帝也沒什麼奇怪的。當個主席，總統之類實際就是皇帝，不過借了外國的時尚稱謂罷了。當邊步和林樸閒聊時，他們不可能知道李荒和他的幕僚們正準備實施重大的計畫。這個計畫涉及到很多人的生命，並且改變很多人的命運。

夏天結束秋風刮到石頭市時，朱陟市長接到了這個計畫的第一批實施命令，把粉黨以前所有連長以上的軍官和職位相當的行政官員職員統統抓起來，然後呢，殺掉。命令簡單乾淨，沒有什麼這個情況可以考慮那個情況可以商量之類的囉嗦。這部分計畫後來在歷史上叫肅清殘餘，簡稱肅殘令。

石頭市的中國革命大廈一下子就變得擁擠起來。石頭市調來一個團的兵力協助市政府。參加過粉黨軍隊的不管投降的打散的早就離開軍隊的，只要夠肅殘令的要求，先抓起來關進中國革命大廈，登個記，然後用卡車拉到北郊，一排一排用機槍掃。石頭市的人參加粉黨軍隊且當上軍官的人很少，沒抓著幾個，倒是周邊鄉下小鎮裏抓了不少。用卡車運到中國革命大廈，然後殺掉。那段時間忙著處決大批人，有時卡車忙不過來，便用士兵押著步行到北郊，人犯用繩子串成一串串的。開始時有些男孩子男人跟著到北郊去看行刑，把地上的子彈殼撿回來玩，後來沒人看了。當士兵們押著人犯走過大街時，人們只是在街邊數著，今天又過第三批了，加起來六十多個呢。

當秋雨開始打濕石頭市時，與粉黨軍隊有關的人殺得差不多了，一天裏只殺二三個。人們以為這事兒就過去了，沒想到第二波肅清行政人員的計畫開始了，這次涉及到石頭市的人。因為沒有軍隊人員那麼簡單容易辨認官職，所以隨意較大，說你是你就是。以前粉黨時期石頭市的協助會也沒逃過，即使是現在當上政治協作會的成員也不行。原協助會的會長，副會長，秘書，書記員，還有些掛名一次也沒參加過活動的老頭也算在內，原因是要湊人數。在粉黨市政府以及各所機構幹過的只要有一點兒職位的統統抓起來。那個協助過三姐的秘書也沒逃脫。

各學校黨教算是有職務的人員，一個不剩抓起來。莫白駒先得到消息，叢心結讓他藏到林家。林樸說，藏不是事兒，便找市政府秘書長，說，莫白駒是自己人，我們有意安排他作黨教的，不能抓。要抓就抓我，我是莫白駒的頭。秘書長說，聽是聽說過，但不知道是你安排的。既然這樣，就算了吧。莫白駒逃過了這一劫。

這第二波處決，搞得石頭市很悶，殺氣重。使人感到石頭市的人就像市場裏雞籠裏的雞，等著手伸進去抓出來一刀。當初在大街進行建國大典遊行，喊口號，搖小旗，跳革命舞時，萬萬沒想到慶祝的所謂新國家竟然是個豺狼般的國家。

邊步對林樸說，幾個月的肅殘令，所殺的人比兩黨戰爭時死去的人還要多。這讓林樸心中絕望。林樸說，中國其他地方我沒去過，單就石頭市，死了多少人啦。人心為什麼這樣殘忍？為什麼一定要殺人呢？這樣有完沒完？邊步啊，你說說看，做個中國人是不是十分羞恥，十分下賤，跟畜生一般。邊步看看林樸的臉色，不敢接林樸的話。他怕林樸頭腦受更大刺激，於是轉個話題說，現在有的地方從國外引進了一種叫電視機的新東西。比收音機大，有個螢幕，像電影似的能放圖像。不過只是聽說沒見過，傳到石頭市來可能要有段時間吧。林樸聽了似乎並無新奇感，反而問邊步，你說新技術新科學能不能改變中國人的人性使中國人變得善良一點兒呢？如果不能，新技術又有什麼用？只是多了件玩意而已。邊步本想發表點兒議論，看見但叔示意便住了嘴，只是順著林樸的意思點點頭。但叔默默守護著林樸，整個心就放在林樸身上，只要有人來探訪但叔就在一旁注視著怕有不測。可父母之心再大也擋不住天啦，不是嗎？

林樸在給尚無庸的信中提到了他心中的感受。他寫道，雖然邊步說中國歷史上新朝代建立之初都免不了大屠殺。但無論怎樣講，推翻朝廷進行革命，大屠殺都是不對的。父輩們倡導的革命絕不是這樣。我不理解這種革命的現實，不能接受這種革命。如果大屠殺針對的是殘忍的專制朝廷，人們的仇恨心理尚可理解。可現在是翻臉的革命兄弟，兄弟間再有怨也不至於非斬盡殺絕不可吧？這是革命嗎？尚無庸的信回得晚，估計是不知怎麼樣給林樸寫吧。同樣的思想痛苦一定也折磨著尚無庸。他與林貽椒反復商量怎樣給林樸回信。是的，這不是父輩們想要的中國。這個古老的國度走進現代文明怎麼就這樣艱難呢？林貽椒對時局的感受一般只放在心裏，很少說。每當想到劉鑒殷李荒他們的所作所為，心裏暗自說，父親母親在天之靈一定非常傷心的。那時候操持家務，為生計忙碌，更早懂事理。當李荒他們住在自己家裏時，不像林樸那樣還是個不懂事的孩子。這一切變化對她內心的衝擊比林樸更真切。當尚無庸不得不為李荒工作時，她覺得自己看透了李荒他們一行人真實兇殘的另一面。這一面才是他們追逐權力的真正的面目。她從不說自己的內心想法，連為這個歎口氣也沒有過。革命沒有改變中國人的本性，反而成了張揚這種本性的途徑。有什麼辦法呢？她擔心林樸。林樸遇事沒有太多計謀，現在落到這般悲慘的境地，令人心碎。她一想到水之湄就想流淚。多好的女人啊，女人中的丈夫。尚無庸把她比作聖女貞德一點兒也不為過。唉，令人敬仰又無奈。女人竟然有那赴湯蹈火的品性，有金子一般的仁愛之心，真是老天給林樸的恩賜和磨難呀。直到這時，她還不知道水之湄母親遇難的真實細節，林樸在信裏沒提。不然，林貽椒心中又有何等的感慨呢？

林貽椒對尚無庸說，不要把林樸信中提到的這些想法往深裏講，講多了不但幫不了他，反而會害了他。林樸不是那種思維圓通的人。尚無庸在信中只是簡單提到了紫黨鞏固政權的所為有些過頭。等政局穩定後，情況會好些的，不必太過關注。尚無庸對關注這個詞猶疑了好一會兒，幾次想改掉。殺了那麼多人，是個人，就一定會關注一定會寒心的，但一時又想不起更合適的詞，沒改。

黨認為該殺的殺得差不多了，石頭市的民眾以為太平日子應該開始了。當冬天來臨時，寒風中派到石頭市來殺人的那個團的士兵，列著隊從石頭市的大街上撤走，撤到外地的兵營去。幹這種既可以殺人自己又沒有危險的事兒，士兵們心情不錯。儘管天氣有些冷，隊伍中的士兵們仍然雄糾糾的。

街上的行人一邊走一邊扭頭瞧這些隊伍，議論著，終於走了，不會再回來吧？林樸也是這樣以為的。他讓采薇把她哥還有小莫叫到家裏，商議社會救助的事兒。有些家庭因為肅殘令只剩下老人和小孩，生活沒有著落，這個冬季怎麼過呢？街上已經有本地的孩子老人在乞討了，叫人實在看不下去。以前石頭市裏乞討的人，一般都是外地人，這次變成了本市的人，很多上年紀的人都唏嘘不已。市政府不管，林樸給朱市長送了封請求信，希望市政府幫助一下這些無辜的孩子老人。朱市長那邊沒有回音。等了好幾天，林樸知道市政府不可能做什麼，便死了心。自己在家裏先琢磨救濟方法，然後又和叢心結莫白駒商量。這次與以往不同，涉及到政治，三個人對募捐一點兒把握也沒有。總得作點什麼吧，於是決定由叢心結和莫白駒連繫些人先去調查一下困難家庭的情況。還能幹點兒活的家庭能否幫著找點兒活幹。完全沒辦法的家庭到底有多少，至少瞭解個大概再想辦法吧。

在叢心結他們忙著四處走訪時，出了幾件令人歎息不已的事兒，人們懷著陰沈沈的心情相互傳說著，後來邊步的報紙登得很詳細。其中一件事兒是這樣的，在梅台巷就是林樸以前教書的學校不遠，有戶人家，姓烏，夫妻兩人都是會計。年青時在外地上新式的會計學校，兩人是同學，後來結婚搬到石頭市來。從事會計職業的人老遠一看就知道，白淨少血氣的臉，走起路來仔仔細細的模樣。大家都叫他們烏會計，就是說，那女人人們也叫烏會計，依的是千年的習俗，婦從夫姓。粉黨的市政府成立後招他們二人到政府工作，算是專業人士吧。男的在市政府內，女的在稅賦所。紫黨的新市政府留用他們二人，工作的地點也沒變，本是平安無事的。生了三個孩子，兩女一男。大的也就是十一二歲，小的五歲了。兩位老人，一位是岳母，一位是父親。父親年邁，彎脊柱，拄著杖，眼睛白內障差不多是個盲人。岳母中過風，不太厲害。家裏的事兒都是岳母一點兒一點兒摸著幹。

誰也沒想到肅殘令肅到他們頭上了。這個肅殘令有個執行細則，細則裏有個人口比例的鋼性條款，一萬人口中要肅清多少人。規定的用意是防止地方政府有人手軟，達不到肅殘的目的。兩個烏會計原來不在肅殘的範圍內，後來一數殺的人不夠數，就把他們兩人也算進去。當時市政府裏有人說，好會計不好找還是留著吧，報告給朱市長。朱市長當時正和老婆在辦公室裏含情脈脈地對視著，隨口說了句革命第一的話，結果烏會計二人就拉出去殺了。留下的烏家老小五口在吃完家裏最後一粒糧食後，換上乾淨衣服整整齊齊的一排吊在房樑上。鄰居們發現時已經過了三天。鐵青的臉，眼珠爆著，舌頭吊在外面老長。這事兒見報後，朱市長看見了，說這兩會計可以不殺的，怎麼沒跟我講呢？講過了？怎麼一點兒印象也沒有？他老婆說，哥啊，人死不能復生呢，別為這事兒把心操碎了，求你了哥。讓人聽了心裏軟得想流淚呢。

叢心結幾個在市裏採訪了些日子，回來對林樸說救助的事兒難度太大。一來是涉及的家庭多，二是人們不敢伸出援手，因為這不是普通的慈善之事，是政治，怕。林樸一時也想不出辦法來。總得有個辦法呀，不能眼睜睜的看著他們一家家餓死吧。林樸在家想了幾天。有一天坐在堂屋裏看見采薇出去買菜，沒帶上大門。林樸正想事兒眼睛望著敞開的門扇，突然想到過年時，各家各戶都愛在門上貼個門神之類的裝飾畫或者說年畫，能不能用年畫的方式募點兒錢呢？晚上他到邊步家與邊步商量，報社的機器能不能印年畫？不行，那些機器不能套色。年畫不能是黑白的吧？得有鮮豔的顏色。要不然到外地去印。那行。邊步負責年畫的製作，資金林樸自己解決。

林樸回家後問但叔家裏有什麼可以換成錢的。但叔四處找找翻翻，除了舊衣服舊家具外，沒什麼值錢的東西。要說呢，就是李荒送的那台收音機還行，不過樣式也過時了，再說李荒送的，也不能賣呀。想一想，咬咬牙把水家的房子賣了。這段日子水家的房子叢心結和莫白駒住著。讓他們到家裏來住吧。要賣掉水家的房子，但叔沒說可以不可以，林樸知道他心裏難受。全玖兒和邊步母親還為這事兒專門來林家和林樸說話，就不能想想別的辦法嗎？之湄和水媽媽的遊靈總得有個回家看看的地方吧。說來說去的，房子呢，最後還是賣了。是涔河口那邊一個鄉下人家買的，出的價比原來想的要多好多。林樸問，為什麼要出這麼多錢？人家說，這房子值這麼多錢，不能讓林老師吃虧。這些事兒邊步讓一個筆頭好的編輯精心寫了一篇文章登在報紙上，感動了石頭市所有的人。朱陟市長也看到這篇文章，是和他老婆坐在一塊看的。他老婆說，林老師這個人很有仁愛之心，大家都說他好話呢。就是腦子好像有病，做些事兒旁人想不通。朱市長說，就是呀，粉黨要不是領袖的關係，早把他殺了。老婆也死了，現在倒關心起粉黨的家屬來，可能腦子真有病呢。說著親了親老婆，補了句，人還不錯。

年畫印出來了，設計得非常好，印得也好。誇張地說石頭市歷朝歷代還沒有這麼好看的年畫。年畫有幾種，有娃娃的，有財神的，有福壽的，有避災鎮邪的。這是邊步在外地請有名的畫家設計的。石頭市的故事令畫家淚流滿面，於是把情感鋪陳在畫面上，卻無意間在中國年畫史上立了一座豐碑。這畫家呢，因這年畫而名留藝術史。所以人說弄藝術的要心存生活的真實感動，道理就在這裏，拍馬屁怎麼會拍出藝術來？功利而已。很多很多年以後，這年畫居然還有一二件存世，收藏在藝術博物館裏，取出時還得戴白手套呢。

年畫印出後，雖然離過年還有段時間，但賣得很好。每張年畫背後都有神聖二字。在人們看來是道福咒，大家喜歡。年畫的價是義賣的價，有錢多出沒錢少出。這事兒傳到四周鄉里，鄉下人也專程過來買。那是林老師的慈善義賣，不能不買的，咱們這一輩人不買會後悔的，不知中國還要多少年才再有這樣一位聖人呀。叢心結幾個人忙不過來又邀了一些年輕朋友幫忙。事情多，賣的錢還得換成米油鹽派送到困難家庭。

叢心結對林樸說，林老師，咱們成立一個幫助會，石頭市困難幫助會怎樣？把事情做在頭裏，免得有事兒時措手不及。林樸覺得這主意不錯，行，邀些心腸好的年輕人常在一起幹，是個好事兒。於是呢，叢心結他們辦事兒時就舉個小旗幟，白的，上面寫著困難幫助會的字樣。說起來是個形式，但對石頭市的民眾來說是個鼓舞。看見這些街上匆忙奔走的小旗幟，人們覺得活得更踏實，遇到困難時不會呼天不應喚地不靈。這種民間的事兒只會好不會壞，只會造福不會危及他人，可是政府不這樣想，黨不這樣想。社會組織在中國只能有一個，那就是紫黨。我怎麼知道你打的慈善旗號背地裏會幹些什麼？社會的事兒只能由黨和政府來管，別人少插手。社會上所有的事兒都是政治，懂嗎？政府不管呢？誰說政府不管啦？你說的？瞎說話得當心點兒。這就是臨過年的時候，把叢心結叫到市政府裏的訓話。不是有些日子了市政府才想起來的，朱市長根本沒這閑功夫和空閒頭腦關注幫助會的政治意義。是總部，紫黨總部管政治的部門下的命令。各地都有這樣那樣的團體，石頭市只是更熱鬧些。困難幫助會其實還算不上什麼組織呢，被禁止了，被不準了，就這樣。

禁止幫助會的同時，市政府旁的一間民房被徵用了，掛了一個大木牌，上面寫著中國慈善功德會石頭市分會，簡稱慈功會。石頭市的民眾都稱它為吃空會，因為這機構一成立就派捐，剛好趕上過年，用派來的款辦了很多年貨分送各級官員和政府工作人員，弄得大家建國後的第一個大年過得興高采烈的。平日無事，慈功會的工作人員就打麻將。機構得有人守著，打麻將也是一守呀。有人到慈功會求點兒慈悲，不成，心懷怨恨把打麻將的事兒到處說。石頭市的民眾歎口氣，說，人和人不能比啊。算是最終評語囉。

過年時，北郊上墳燒紙燒香的人特別多。有好多四周鄉里的，拖兒帶女為新近被殺的親人祭墓，一片悲慘。也有全家過來在北郊自殺的，同樣是生活沒有著落，走投無路，只好一死了之。今年的北郊與往年很不一樣，到處坑坑窪窪的，絕大多數墳頭被炸得蹤影全無。新處決的那麼多人都是大坑埋的。這裏那裏，也沒有標識。人們到處燃起燒紙的火堆，凄慘的哭嚎著，讓人不忍扭頭向北郊望。

大年三十時，林樸去過神聖工廠的那片灰燼憑弔。斷牆殘瓦被人拿走不少，地面更平了，枯草在發黑的地上一叢一叢的耷拉著。有不少紙花和紙的花圈擺在那裏，新的，是市民來祭過的。但叔叢心結幾個，還有邊步一家人都隨著去了，報社的人也去了。燒紙點香，叩頭，站在這黑的大地上追憶不太久遠的悲壯往事。大家默默站在那裏，彷彿聽到了機器開動的聲音和工人們的吆喝，彷彿聽到了槍炮的爆響和工人們臨死前的呼嚎。眼淚從林樸眼角淌下來，一句話也沒說。義學連一點兒影子也看不到，只是一大遍水塘。水面很乾淨，風把落葉枯草吹到水面的一邊。水塘裏還沒生出魚蝦來，靜靜的，像似睡著了。林樸把紙花撒在水面上，把隨身帶著的雨傘插在水塘邊上的泥裏，也是一句話也沒說和大家一起回去了。宿舍那邊沒去，林樸走不動了，但叔不讓去。再說宿舍那邊的灰燼上又有貧困人家搭起了草屋，東一間西一間，不久那地方也許再也認不出來了。

詩經大東有云，維南有箕，不可以簸揚，維北有斗，不可以挹酒漿。是呵，天有而不及人間，有又何用呢？

三十三　分類

分類，是人們管理物品和識別世界的一個基本原則。在家裏被子總是不和衣服雜處在一起，那樣多亂，拿起來不方便。人們在觀察社會時也用這個原理，依據不同的社會地位把人在心裏分成幾個層次，叫階級。因為人不能像家裏的衣服那樣放在不同的箱子裏，所以只能在心裏分門別類。如果在社會生活中硬把人分成不同的群類並且貼上標誌，那一定是有明顯的政治利益在其中的。為了統治起來更方便，給一部分人更多的所謂政治權力，同時剝奪一部分人的社會基本利益。利益與恐嚇兩管齊下，統治起來更順手。那些被無端剝奪的人是不是很痛苦呢？是的，必須難受才行，這樣才有社會警示效果。你要不聽話就想想那些被剝奪的人們的狀況吧。

不知道紫黨的領袖們是怎樣靈感一來，想到了政治生命這一詞。政治生命一詞本來是指官員的仕途，用在民眾身上並不妥當，但紫黨在使用這個詞時把其中的含義變成了民眾的基本社會利益是否被剝奪。說你政治生命結束了，就是說你已經劃歸被剝奪的社會群類，很嚇人的。如果拋開時尚的用語，這樣的政治手法其實十分古老。中國歷史上就有著名的四等人政策，一點兒也不新奇。要是領袖們空閒時常看古書，自然會想到這些政策的好處。從歷史上看，凡是使用如此政策的朝代都有一個共同的特點，殘暴。

正月十五還沒到，朱市長就帶著夫人到省城去參加重要會議。與以往不同，這次黨的總部沒有把新的政策直接用文件發下來，而是把地方官員集中在各省城傳達解釋，可能是新的政策過於複雜，也可能是李荒怕下面那些傢伙不能真正按他的意思辦吧。過了正月十五朱市長才回來。石頭市的民眾做夢也想不到新的更加深刻的變化將改變他們的生活。他們遙遠的祖先曾忍受過的苦難將再次降臨在他們頭上。這個政策，歷史上稱為分類令。

分類令執行起來確實很複雜。邊步在報社裏和其他人議論分類令時，隨口說，李荒沒仗可打了，把過剩的精力都放在人民頭上。當時在場的不止報社的人，邊步的話作為談笑傳出去，也沒什麼事兒，不過後來變成了事兒。禍從口出，在中國千年前如此千年後也會如此。

分類令執行的第一步是各家各戶必須掛上李荒的肖像。商鋪裏面要掛大的。市政府做表率在大門的門楣上掛了幅大大的李荒的肖像。大門兩側的牆上用紅油漆寫著黑體的大字，偉大領袖的李荒萬歲萬歲萬萬歲，偉大光榮的紫黨萬歲萬歲萬萬歲。掛肖像的事兒折騰了一個來月，反復地檢查吆喝，直到把這事兒妥貼了為止。

很多人在家抬頭看看牆上的李荒，說，嗨，你贏了。不知道怎麼搞的，這話慢慢變成了石頭市的口頭禪，一句隱語，成了石頭市方言的一部分。很多很多年以後，石頭市的人還說，你贏了，外地人聽了覺得怪怪的，而那時市裏的人已經不知道此語的出處了。歷史上有人把這次肖像事件稱為崇拜運動，分析說是為後面的政策進行鋪墊，但當時石頭市的人只是把它當成孤立的事情看，打贏的人當然氣盛呀。聽說外地有人天生反骨，說，又不是祖宗幹嗎掛他的像？不掛，結果給殺了。石頭市沒人為肖像的事兒丟命，算是不意間的幸事兒。

分類令的第二步是建立戶冊。各家各戶登記在冊，一家一個小本，叫戶冊。姓什麼叫什麼，是男是女，什麼關係，什麼文化程度，從事什麼工作，家庭什麼政治關係，一一注明。戶冊並不新鮮，自古就有。徵兵納糧，控制民眾就靠這個。新鮮的是配合戶冊，個人要記錄自生下來後，幹過些什麼。這在古代沒有，很有想像力，這叫生死錄。有了生死錄，遇事兒一翻就知道你是個什麼東西，或者說你是不是自己人。

沒有戶冊的人家叫黑戶。黑戶是個可怕的概念。在以前工人宿舍那邊搭的茅屋裏就有黑戶。政府的人過來常常有事兒沒事兒揚手就是一耳光，要不對著肚子就是一腳，誰叫你是黑戶。有了戶冊和生死錄，人就不能隨便挪動，因為一到外地你就成了黑戶。儘管很多很多年以後，中國的權勢者像走馬燈似的換了一駁又一駁，但誰也捨不得放棄李荒的這套偉大的政治創造，實在是太管用了。有學者說了，除非中國人死光，否則這套制度一定會與世共存，說得很精闢。

林家的戶冊登記起來很麻煩。但叔怎麼上戶冊？義父，那是口頭話不是正式的稱謂。來人倒是很客氣，三番五次上門調查。後來把林樸煩得不行，一著急就對來人說了，但叔是路將軍的親生父親，現在是我的義父，你們想怎麼辦就怎麼辦吧。來人一聽嚇住了，對路將軍不能有半點兒閃失，路將軍手狠是全黨知名的。殺起人來六親不認，全家帶親戚一起殺的。怎麼不早說呢？差點辦錯事了。林樸懶得理他們。那好，就登記為叔父行嗎？林樸讓來人把莫白駒也登記上，叔父的養子，就這樣寫。林樸多了個心眼兒，一辦戶冊時他就想到莫白駒。他估計莫白駒是立不了戶冊的，如果被遣回老家沒準難逃一死呢。沒跟小莫商量就這樣定了，莫白駒成了林家的人。林樸像喜歡叢心結一樣喜歡莫白駒。他覺得小莫是個有理想有胸懷的年青人，痛恨暴力與壓迫，與自己性格很像。

等和緩的春風撫摸石頭市屋頂上的新生瓦蕙時，分類令最要命的部分或者說最核心的部分開始執行了。李荒像策劃戰役一樣，一步一步收緊他的繩索。有了戶冊與生死錄，好了，開始把黨的人民，李荒的人民分成三類。這個工作是在政府裏祕密進行的。一類是壞的，黨和政府不喜歡的人，稱為黑類，很形象。一類是自己人稱為紫類。剩下的稱為白類，也就是無所謂的一類。按照李荒在內部傳達的指示，三類人要各占人口的三分之一。為什麼要有這個比例呢？很簡單，這只是算術問題，一除以三就是三分之一。合理與否是一回事兒，沒有一個具體的數字規定，下面的人就會亂來，說不準會把非紫黨的人全部劃成黑類的。

黨必須對人民負責，不能隨意按照自己的意志侵害人民的切身利益。這是李荒告誡紫黨和所有政府工作人員的一句話。規定各級機構要把這句話寫在最醒目的地方，時時提醒自己。這句話太長，牆上寫不下，最後精簡成五個字，對人民負責，這就好多了。於是呢，只要是政府和與政府沾邊的機構大門處都用油漆寫著這五個字，讓中國人感動了一些日子。這個李荒對付人的心計真多啊。

紫類與白類簡單，黑類比較複雜，包括五種人。原粉黨的人，那些在粉黨機構工作過和參加過粉黨軍隊以及與粉黨沾過邊的人，對紫黨做過不好事情的人，說過紫黨壞話的人，反對革命以及社會上各種行為不軌的人。這就是載入史冊的赫赫有名的黑五類政策。很多很多年以後，有人把一種食品命名為黑五類。那是一種雜糧做的黑糊糊，營養尚可，味道一般。這命名看起來有種事後輕鬆的詼諧意味，其實蘊含著深深的歷史怨恨呢。

後世對這個黑五類政策的研究相當深入，不知道學者們為什麼對這個歷史事件有如此大的興趣？說好說壞的都有。中國人呢，尤其是學者回顧歷史時常常忘了道德，把人的歷史當成數學題來演算，顯示出極端的聰明與極端的不是東西。黑類的人及其家屬必須在上衣的前胸縫上一塊白布，布上印著個黑星。這是政府統一製作的。有了這個標識，政府和紫類監督起來就很方便。黑類住家的大門上必須用油漆塗上一個大的黑星，以示區別。凡是黑類不得在政府和政府有關的機構工作，不得有超過生活必需的財產，不得隨意走動，晚上不得上街。每月必須報告一月來的所作所為，等等等等，一共有一百條關於黑類的規定。特別是第一百條規定最後還附了這樣一句話，以及黨和政府認為黑類必須做和不准做的一切事情。

這些規定公佈之後，石頭市有人私下裏說，黑類死光了算了。這話是不對的，一來人的求生願望強於求死的願望，二來如果黑類真的死光了，又得從白類裏劃出黑類來。沒有黑類怎樣警示白類，怎麼能管理好如此複雜的中國？很麻煩的。

分類令實施後，石頭市的人開始很不習慣。大街上靜靜地彌漫著恐懼，驚慌失措與無恥的趾高氣揚。衣服上縫著黑星的人從市場上回來，碰到紫類的人，被截住。幹什麼去了？買菜。什麼菜？蘿蔔。拿來。拎著蘿蔔走了。街上駐足旁觀的人沒見過這種事兒臉都氣白了，不敢說。被搶的黑類蹲在地上哭，沒人敢去安慰一句話。不知道古代實行分類令時是不是也是這種景象啊？再以後，有紫類家屬到黑類家裏拿東西。看上了就拿走，照樣不敢說。再再以後呢，強姦的事兒便常有了。沒地方告，受不了的自殺，反抗而出了人命的全家殺，就這樣。

沉寂的中國革命大廈又吵鬧起來。黑類有勞動能力的人分期分批集中在那裏。每天一早排著隊出來，要麼到北郊去平整被炮彈炸爛的荒地，據說要建飛機場。要麼在大街上掃街，清理垃圾，或者冒著雨鑽進下水道清理臭烘烘的淤泥。神聖工廠最後的痕跡也是被集中營的黑類清理乾淨的，以至林樸去看看時什麼也找不著，只好憑依然留著的破廟估算工廠大致的方位。

黑類的商鋪，作坊和小工廠，一律收歸國有。所謂國有就是政府有黨有。紫黨派人經營。紫類沒有工作的，把以前的夥計頂下來。那天下雨，天很涼，到處濕漉漉的。晚上有人敲門，是以前和神聖工廠有業務關係的小工廠的老闆和他全家老小。他們是黑類，因為他的大兒子在外地念書，後來被徵到粉黨的兵工廠裏作技術活，紫黨轟炸兵工廠時給炸死了。

林樸打開門，見他們披著破布，身上都濕了，忙讓他們到屋裏來。林樸知道他們是冒著風險來的，一定有急事兒。問他們什麼事兒？這一家人全給林樸跪下，頭在地上磕得邦邦響。林樸但叔急了，忙扶他們起來。不肯。全家老小就一個勁兒地哭。那工廠老闆嗚咽地說，林老師，您大慈大悲，能不能救救我們一家老小呀？我們無法活下去了。原來這一家工廠被收歸國有後，全家衣食沒了著落，有上頓沒下頓的。來接管的紫黨的那個傢伙看上了他的女兒。才十幾歲呢，當著他們的面就把女兒強姦了。打他們，把他們送到中國革命大廈的集中營去勞改。老母親喝藥自殺了。林樸聽了手一直抖，臉白得發灰，采薇看見了忙把他扶到椅子上坐下。他想說話可嘴動著發不出聲音。他好像聽見但叔和他們說了好多話。臨走時一家又給林樸跪下磕頭。林樸想站起來，身體不聽話，斷斷續續地說，送，家裏，安全。但叔明白了，說，林樸你待在家裏，別動。我去送他們。但叔一直把他們一家人送到家，又說了些安慰的話才回家。這可能是但叔一生中說話最多的一次。

林樸又病了，整夜說夢話，白天一不留神他就用頭撞牆。邊步一家人每天都過來看望他給他藥吃。鄉下有個民間醫生，不認識，不是邊步找的，上門給林樸扎針。沒兩天林樸就清醒過來。顧不得打聽這醫生姓甚名誰，就去市政府找朱市長。林樸並不指望在朱市長那裏能討到什麼好結果，但這是他能想到的為數不多的辦法之一。朱市長說，真有這事兒？他老婆也在，插嘴說，林老師說的，一定真有這事兒呀。市長，還是管管吧。朱市長點點頭，我派人去查一查，如果真有這事兒得處理的。你放心，既然老婆說了，我一定辦，回去吧。

果然沒幾天朱市長把那個接管小工廠的人撤了，調到外地的一個小鎮。誰知那人有親戚在省的黨部裏。那人想報復朱陟，便在他親戚跟前說朱陟壞話，結果省黨部來人調查朱市長是否與粉黨有染。朱陟氣得掏出手槍把辦公室的牆上打了好些槍眼兒。他老婆心疼說，哥啊，要不然咱們別當市長了。弄些錢咱倆到外國去過，省得心煩。聽老婆這麼說，朱市長心裏感動，在辦公室裏把老婆抱得緊緊的，說，我的心肝老婆呀，有你，我這一輩子就夠了。行，咱們弄夠了錢再說。這個朱陟憑他在山區的所為，怎麼也想不到竟然心底是個至純情種呢，在紫黨換老婆的熱潮中算是個特例。後來呢，朱陟和老婆跑到國外去了。打游擊的人總有辦法跑掉的。據說，很多年後，倆人在陽光，海浪，沙灘，還有仙人掌的美麗小島上，平靜地相擁離世，成了兩性間的一段佳話，革命者的。

如果是以前，政府的人胡作非為，民眾自然會一致懷恨。懷恨一深就會有人冒出來對付那些混蛋。分類令後情況有了巨大的變化，民眾被分化了。紫類得到黨和政府的好處成了熱烈的擁護者。白類害怕打成黑類，不敢輕舉妄動。黑類則不用說，隨時就整死你呢。分類令的實施曝露了中國人極其卑劣的一面，邊步是這樣對林樸講的，只要得到黨和政府的一丁點兒好處就喚起了狗的本性，就可以無恥地壓迫別人。我料定李荒不能長久。靠槍靠殘酷維持的政權從來就沒有長久過，不然歷史就不是歷史了。靠人的狗性來維持的統治，把人世變成狗世，把人間變成狗間，能長久嗎？自古，新朝代都實行讓步政策，給人民好處，少剝奪一點兒。李荒反其道而行之，沒想到他如此熱愛暴力。不論他還是紫黨，如果一旦垮了結果會很慘的。

這天外面下著雨，那個小工廠老闆家的事兒朱市長處理了，沒另外派人去，讓那老闆繼續打理工廠。這讓林樸心裏多少有點兒安慰，心情也好些了。邊步到家裏來看望他，坐在一起聊天，叢心結和莫白駒也來了。他們倆算小一輩的，邊步和林樸說話他們一般只是聽，很少說。邊步還是那個性情，說了好一會兒。他舉了些外地忍無可忍的事例，結果都是一樣的，殺。石頭市似乎溫和一些，沒像外地那樣把黑類用繩子串起來遊街。邊步說李荒有個內部講話，好像說要手下人把對黑類的壓制當作唱歌一樣，要年年唱月月唱天天唱，這樣才不會鬆懈呢。這個李荒說不準還會搞出個什麼花樣來對付他的人民。

說著，話題轉到朱市長身上。林樸說那個女人讓朱陟變得溫和了，看來不是壞事兒。他想到這次如果不是那女人，也許那老闆的事情根本沒法辦的，心裏覺得那女人並不像人們私下講的那樣一團糟。邊步雖然讀了很多書知道很多事兒，但對男女之間的問題很少認真過。林樸一說，他也覺得有些不可思議，說，以前真沒指望朱陟能做什麼好事兒，他在山區殘暴得令人發指，看來真是有些變了。一個女人就會讓他變，想不通。林樸說，你沒接觸過其他女人，當然不瞭解玖兒對你有多好呀。莫白駒插話說，愛情有魔力。古代那個愛情皇帝可以不要國的。莫白駒提到的唐朝故事邊步不太贊同，說，那是編的。你們倆個連市長夫人都沒見過，什麼愛情呢，公驢母驢而已。叢心結和莫白駒笑起來，不好接邊步的話。

莫白駒轉了話題，說，我和心結還有一夫，最近一直在討論為什麼在中國革命後比朝廷還要殘暴。看看現在變成了什麼樣子，把人逼成狗。這一切，可能不能簡單地歸結為李荒或者劉鑒殷個人的品質道德上有問題。沒有中國社會舊的思想基礎，他們是不可能推行這些暴政的，可能這才是實行暴政的根本原因。不知道我們的想法對不對？真正讓中國人變成具有現代文明的民族，也許應當從教育民眾開始。現在的革命者本質上只是一批奪權的人，奪朝廷權的人。他們要的是權力，與革命先驅們的願望背道而馳。他們建立的只是打著革命旗幟的黨的朝代而已。中國人的出路在哪里呢？我們非常認真地回顧神聖工廠的一切。共產，同勞同酬，民主。尤其是神聖工廠始終堅持的民主原則，它不僅改善了工人們的道德觀，而且用現實教育了神聖工廠的所有人。也許工人們並不知道他們才是中國走向現代文明的第一批民眾。但是為什麼神聖工廠沒有在中國得到廣泛地推廣和模仿呢？為什麼人們都讚頌神聖工廠卻不去實現這些原則呢？一夫說得好，他說國外是先有了攻打巴士底的民眾才攻打巴士底的。攻打巴士底是結果不是原因。好比石頭市，中國革命大廈就是巴士底，石頭市還沒有攻打中國革命大廈的民眾。沒有中國民眾的覺醒，我們的民族就不可能成為現代文明的民族，中國的苦難就不會結束。林老師，邊社長，中國現在這樣子實在是令人無法忍受，即使沒有粉黨紫黨沒有李荒也還會有其他類似的人幹同樣的事情。我們三個人議論，是不是應當組織起來，引導民眾教育民眾，讓民主的思想深入人心。也許只有這樣殘暴的專制才不會一而再，再而三的在中國重演。林老師，邊社長，不知我們的想法對不對？

莫白駒從來沒有在林樸面前說過這麼多的話。看得出來他們三個人已經很長時間在討論研究這些事兒。邊步知道他們三個常常聚在一起看書，看資料，商議問題，不是隨興致的閒談。莫白駒說完後，大家沉默了好一會兒，都很嚴肅。林樸一直認真地聽著，莫白駒講的也是他最近常常苦苦思考的問題。他不斷回憶米老闆對他說過的話，也想著憲章運動的種種道理。為什麼米老闆鼎力支持神聖工廠同時又覺得神聖工廠有所欠缺呢？莫白駒談的這些正是那些對中國充滿熾烈情感的思想勇士們的呼聲啊。

林樸說，白駒你說得非常好。這是我的真心話，但我不知道該不該支持你們實際去做。你們應該看得出來，紫黨實際上是禁止一切民間政治活動的，除非是紫黨主導的官方的。如果紫黨認同你們的活動，它就不是紫黨了，就不是專制統治者了。這些你們要認真考慮清楚。研究議論是一回事兒，實際去做就是另一回事兒了，很危險的。我只是不希望再出什麼事情。你們還年輕呀。已經死了那麼多人，不能再有事兒了。說到這裏林樸心情又沉重起來，他覺得自己的腦子像被人搖來搖去有些恍惚不清。邊步在一旁點點頭，說，不過中國的事兒早晚會有人去做的，不然這個民族就死了。邊步還想說什麼，注意到林樸臉色不好，忙改口說，好了，不談這些了，你們三個要慎重些，知道嗎？

中國的人真是什麼事兒都能習慣。到了夏天的時候，人們已經不再對列著隊拿著工具從中國革命大廈出來去幹髒活的黑類有什麼新奇感，好像千百年來一直就是這樣的。常常在大街上會聽見有人吼叫著，當然是紫類的人，看什麼看？滾。胸前有黑星的人不敢回嘴，忙低著頭匆匆離開。有戶黑類人家，很貧困的。小孩從啟蒙就在水之湄的義學裏念書。義學沒了轉到市裏的小學，被紫類的孩子逼著吃狗屎，還把孩子的眼睛踢壞了一隻。孩子瞎了一隻眼，死活不肯再去學校。父母不敢找人理論，在家抱著孩子哭了又哭。孩子的叔叔以前在粉黨軍隊裏當兵，後來投降紫黨，不知什麼原因又跑掉了，至今沒有下落。為這事兒這家人劃入黑類。因為黑類要定期分批集中在中國革命大廈勞改，孩子父親等勞改一結束就來找林樸傾訴。當時實在是怪可憐的，站在林家門前幾個小時不敢敲門。采薇開門時看見了，問什麼事兒？鄰居老太婆隔著老遠對采薇說，這人已經在門前站了幾個鐘頭。采薇呀，得問問人家有什麼難事呀？哎，這年頭，不找林老師找誰去呀？好好問問人家，活著不容易呢。你看現在怎麼成這樣啦？老天爺就是不讓我死喲，留著讓我看夠這世道，怕我不難受呢？這鄰居老太婆說著說著就變成了自言自語，一個人扶著她家的門框說個沒完。

采薇把那人讓進屋，那人一把鼻涕一把淚地把心裏的委屈倒出來。那人對林樸說，林老師，我不是來求您幫我什麼，只是心裏的苦沒地方說呀。林老師，我們是老實人家從不幹壞事兒，為什麼要把我們當成狗一樣對待？林老師，這世道還有天理良心嗎？天上到底有沒有救苦救難的菩薩呀？這家人林樸以前見過，給人幫工，日子還過得去，沒到神聖工廠來。孩子到了學齡沒上學，在家幫著做家務，是水之湄讓這孩子來義學念書的。那人走後，林樸在家裏踱來踱去，一言不發。但叔在一旁守著，林樸呀，心要寬點兒才好。這種事兒現在太多了，急也沒用。林樸說，但叔，別當心，我心裏知道的。那一夜，林樸睡不著，但叔聽見他整夜在床上翻來翻去的。

第二天上午林樸要出門，但叔，幫我找把雨傘吧，我要去找朱市長談談。但叔一聽知道壞了。大晴天要雨傘幹嗎？遲疑了一下，忙拿把傘給林樸，吩咐采薇陪著。林樸支著雨傘和采薇順著大街往市政府走。一路上不斷有人跟他打招呼，叫他，林老師。商鋪裏的人都出來看他。林樸很少上街，一上街人們就這樣。關於他頭腦受損的事兒，全市人都知道。有人過來說，林老師，天沒下雨了，別支傘，很累人的。林樸看看天，是嗎？好像沒下了。采薇忙把傘接過來收上。

林樸一走，但叔忙去邊步家。邊步不在他跟全玖兒說，林樸又病了，得想法弄點藥。全玖兒扔下手裏的活跑去找邊步，讓他派個人去娘家想辦法，越快越好。林樸到市政府沒找著朱市長，說是市長不在，已經好幾天了，不知市長幹什麼去了。真的不在嗎？真不在。省黨部也來人找他呢。市政府的人讓林樸坐了會兒。林樸頭腦有些轉不過來，腦子裏老是一句話繞來繞去，真不在，真不在，真不在。采薇說，林老師，我們回家吧。倆人起身往回走，結果去了報社。邊步二話沒說陪林樸回家。到家後邊步說，林樸，林樸，你得休息，和采薇一起扶林樸上床。林樸躺在床上嘴裏咕嚕了好一陣，真不在，真不在。昏昏沉沉地睡著了。吃了幾天藥又是針灸，林樸好多了。邊步這才對林樸講，朱陟跑了。這是內部消息，可靠。朱陟和他的女人外逃了，卷走了市裏一大筆公款。紫黨內部在查，懷疑他與粉黨殘餘有關係。誰知道朱陟怎麼想的？也許是為那女人才跑的。政府裏的人都說他喜歡那女人喜歡得發狂。天下什麼人都有，看來是真事兒。

後來呢，市裏傳開了，邊步抓住時機在報紙說了這事兒。不過他留了個心眼兒，登的是外地報刊上關於此事各種版本的摘錄，不作評論。他知道這是紫黨的一個不大不小的公開醜事兒，說多了有抹黑之嫌，不說又不可以。本市的事情外地報紙都說了，本地報紙總得提一下吧。他不知道這個謹慎以後演變成中國的一個規矩，本地的醜事尤其是涉及官方的，本地報紙不談而由外地報紙來報導評論。外國的新聞人怎麼也想不通，不合邏輯。這是因為外國人在接觸中國的事兒時，往往沒有充分考慮中國專制傳統及其延伸的影響力等因素所致。

人們猜測著石頭市下一任紫黨市長是誰，什麼時候派來，是不是在市政府的官員裏挑一個任命，可是很久都沒有任命新市長，人們談膩了，不再關心。沒有朱市長的石頭市一切照樣轉動，稅收以及黑類的輪流勞改照常進行，一絲不差。那班隨軍隊一起開到石頭市的北面來的人，他們在石頭市的政府機構裏擔任職務。一個個腆著大肚子，一臉專橫貪婪而又油滑的神情。有人說他們來的時候帶的扁肚子本是個氣球呢，只是沒吹氣罷了，在石頭市一吹一下子就大了。大了就對了，如果革命者老是扁肚子只能說明革命尚未成功，同志們仍須努力。

這段時間，林樸收到了姐夫的信，說是有個國際的學術會議李荒同意讓他應邀參加。如果能去，他想帶孩子順道去外國治病。貽椒可能要回石頭市來，信中說這也是李荒同意的。當然目前還只是可能，成了就成了，不成就當沒這事兒。這封信給大家帶來莫大的驚喜，但叔高興得一連幾天蹲在大門口，林樸知道但叔的老習慣不去叫他由他去。全玖兒跟邊步還嘮叨了好一陣子。這下好了，貽椒姐回來但叔可要活得長壽些，林樸也有人好好照顧了。邊步說，貽椒姐回來我得勸她叫姐夫別再回國。中國這樣，真是荒廢人才呢。全玖兒說，要是貽椒姐不能出國呢？這不是拆散一家人嗎？虧你想得出來。再苦再難一家人死也要死在一起的。你是不是從來就沒這樣想過呀？邊步揮手，算了，算了，女人說話就是愛發揮聯想能力。跟女人說話就是一個字。什麼字？你不認識的字。是個古字吧？甲骨文很嚇人的。倒不是。那是什麼字呀？累。懂嗎？不懂。就是呢。什麼就是，我說你呢。

來信後的第三天吧，晚上邊步和全玖兒拎著些米，雞蛋到林家來。林家快斷炊了。邊步給了但叔一些錢，說拿著吧，買菜總得要錢的。林樸一家人現在沒有經濟來源，也沒有積蓄，這個只有邊步最清楚。有時有陌生人送錢來，林樸怎麼也不肯收。水家遠親只要有事兒到石頭市來，總要給林家捎帶些吃的，米呀，麵粉呀，還有臘肉什麼的，常常會在米裏面塞上些錢。

林樸在給姐夫的信裏總是說日子過得可以，不困難，因此，貽椒他們好長一段日子沒寄錢過來。林樸幾次想出去找點兒事做，但叔不讓。說，餓不死的，還是待在家裏養身體吧。但叔別的不會幹，只會打草鞋。什麼年月了，誰還穿草鞋呢？但叔還是打了一些草鞋掛在門外。沒多久，有外地人來了，不問價把草鞋全拿走了，塞給但叔好多錢。但叔說，多了。外地人說，不多。您又沒數怎知道多了？說完走了。這事兒林樸知道後說什麼也不再讓但叔打草鞋賣。人家哪是要草鞋呀，但叔，人家是給我們送錢。這樣不好，千萬別再有這事兒了。林家的日子過得很清貧。有時，林樸覺得不好意思，對采薇說，采薇呀，要是水老師在，不會讓你過這苦日子的。采薇非常知事理，說，林老師，這日子呢，雖不是富貴，但過得很好的。過日子不在乎肉魚，在乎人呢。吃得再好壞人變不成好人。跟壞人在一起就是天天吃肉，過的也是苦日子呀。邊步和全玖兒走後不多一會兒，叢心結，莫白駒還有匹偕行三個來了，說有事兒要聽聽林老師的意見。什麼事兒呢？叢心結說，現在中國各地私下裏討論中國走向何方的青年人很多，有人稱之為青年中國思想運動。據瞭解現在全國年青人中各種思潮都有。有主張資本主義的，有主張共產主義的，有主張仁政的，甚至還有研究討論君主立憲制以及無政府主義的。推翻朝廷這麼多年後，中國年輕人才猛醒，這都是紫黨的所作所為迫使人們去思考革命的意義。

匹偕行接過話來。推翻朝廷的專制，這是革命。如果只是建立另一種專制，那就不是革命。革命的目的就是要讓古老的中華民族煥然一新，成為擁有現代文明意識的民族。革命的目的概括起來講，就是要把中華民族變成一個民主文明的民族，就是要建立民主制度。青年中國思想運動大多擁有這樣的共同認識，大家的區別在於實現這個目標的途徑。不能輕易地說誰對誰錯，因為各種思潮依據的思想背影不同。依據中國人根深蒂固的傳統觀念提出立憲思想，依據經濟發展經濟現代化提出資本主義，不能說一點兒道理都沒有。共產主義的途徑依據的是現代文明的人道主義，依據的是讓所有社會底層的人參與到正常的社會政治生活中去的理論。

林樸插話，對的，所有人都有平等的人權，人權的核心就是人的政治權。匹偕行繼續說，目前共產主義思潮很有特點。只有這種思潮是著眼中國勞苦大眾的。這種思潮又分為革命共產主義和民主共產主義。至於革命共產主義，我們三個人仔細分析過，這種思潮傾向於暴力，這是錯誤的。暴力只會導致專制，只會像劉鑒殷李荒他們的革命一樣。我們三人認為民主共產主義值得很好研究。我們依據的是神聖工廠的社會實踐。這裏有二點，第一它是民主的，不是打著共產主義的旗幟實行寡頭專制的。第二它是共產主義的。每個人，尤其是貧困的人擁有不可剝奪的平等的政治權和財產權。

聽到這些林樸又插話了，他興致很高，說，你說的讓我想起當初米老闆的憂慮。米老闆大家應該知道的。米老闆跟我談過在神聖工廠建立完善民主制度的事兒。他強調單有共產同勞同酬是不夠的。沒有健全的民主制度，沒有工人們頭腦裏的民主意識，神聖工廠不可能長久。神聖工廠雖然不在了，但米老闆的話是對的。如果你們研究民主共產主義，我認為應該好好分析神聖工廠的不足之處。只有做過了才知道得失所在。你們說呢？

匹偕行嚴肅地點點頭，說，林老師說得對。如果神聖工廠及早地完善民主制度，至少可以防止見有盧這類人走得那麼遠。請林老師原諒我說直白的話，神聖工廠是崇高的社會實踐，但它帶有原始性。可惜的是歷史或者說社會現實沒有給神聖工廠充分時間讓它成長讓它自我完善。從另一方面來講，神聖工廠本質是民主的，只是它沒有來得及把民主制度化。另一方面，從歷史的角度看，專制是容易的，民主是困難的。專制者只需三樣，軍隊，官僚系統和控制經濟，而民主制度首要的任務是教育民眾，這是一個艱難的過程。沒有民主的民眾就沒有民主制度。現在外地私下裏成立了一個叫做民主共產主義教育聯盟的組織。已經來人和我們連繫過，希望我們加入聯盟。今天我們三個人就是來徵求您的意見的。

林樸沉思了一會兒，說，中國的事兒只有依靠中國人自己來做，誰也幫不了忙。總得有人站出來改變現在的苦難。你們是對的，但要謹慎。

林樸正要再說點兒什麼，突然天上傳來隆隆的巨響。屋頂上直落灰塵。一片很亮的紅光照得屋裏的人渾身紅彤彤的。接著是又沉又悶的爆炸聲，人坐在椅子上都搖晃起來。他們趕忙開門到街上看看是怎麼回事兒。戰爭嗎？不可能。怎麼平日裏就扔炸彈呢？滿街都是從屋裏跑出來的人，往西邊張望。那邊燃起大火，對，是茶館那邊。街上驚恐萬狀的人們，嘴抖著，指著天說，火，火球，天上掉下來的，火球。林樸他們抬頭看見夜空中泛著紅光的一道雲霞，一直從石頭市上空伸向天宇深處，美麗且可怕。好一會兒，街上才有人邊跑邊敲鑼，喊著，著火啦，著火啦，聽見鑼聲人們才猛醒過來。叢心結三個人趕忙在林家拎上水桶面盆往著火的地方跑去。街上到處是跑來跑去的人，喊啦叫啦，林樸和但叔還有采薇，站在街上看著遠處騰空而起的大火。是茶館那邊嗎？邊步家離大火遠嗎？采薇要去打聽，但叔不讓。沒多久，叢心結三個又拎著水桶回來了。怎麼回事兒？警察不讓過去，說政府有救火隊，別多事兒。

這天夜裏正刮東南風。大火往西燒，一直燒到一條小巷才停住。政府救火隊雖然有救火車，可根本擋不住火勢。這是千百年來石頭市的民眾第一次旁觀大火災，也是千百年來第一次親眼目睹天降大火。人們遠望著熊熊大火，議論紛紛。

大火過後，那原本靠近碼頭的繁榮之地現在成了一大片空地。政府的人不讓人們在那裏重建房子。什麼你家的地他家的地，天下的地都是黨的。你們想反黨嗎？不想。不想就滾開些。後來呢，黑類勞改營的人把這片空地清理乾淨，找來各種各樣的石板，磚塊把空地鋪平，成了一個大廣場。市民們叫它便河廣場，因為從廣場走過去很方便就到了河邊。

詩經有云，燁燁震電，不寧不令。百川沸騰，山冢崒崩。高岸為谷，深谷為陵。哀今之人，胡憯莫懲。

三十四　先兆

先兆，事發之前的跡象。兆為極古之字，原為占卜時灼龜之裂紋，以斷凶吉。所謂凶吉是未來之事的好壞，引伸為事物之跡象。跡象不是事之本身，而是事之預徵，所以謂之先兆。先兆有凶吉，自古有案可循等等。這是石頭報的一則名詞解釋，算是對天降大火球一事兒的回應。既然石頭市人心惶惶，報紙總不能袖手旁觀吧。天降大火球的先兆倒底預示什麼事情要發生呢？對石頭市的民眾來說是吉是凶呢？沒說。為什麼沒說呢？因為不知道，真的不知道，當然就是知道也是不能說的。專制時代權勢者最關心的是社會穩定民眾聽話，因此謠言惑眾是大罪。比如，牆上突然爬滿了螞蟻，你知道要地震了，自己別待在房子裏就行，別對人說，不然就是製造混亂破壞穩定的大罪。

火災第三天，石頭市來了新的市長，叫周道。新市長不是一個人來的，他帶了一個專家組。這個專家組下車後直接去了火災現場，很敬業的樣子。原來是茶館的地方炸了一個大坑。專家組叫人挖。很多市民遠遠地看著，不知他們要幹什麼？那些專家們拿著各種儀器在大坑四周尋找了一遍又一遍，看來什麼也沒找到。幾天後他們在離大坑很遠的地方挖到了一塊石頭，是塊大石頭，一人來高，一頭大一頭小。石頭上盡是大大小小的洞。對了，就是它了，天上掉下來的，這叫隕石，是從太空中飛落的。石頭上的洞是在進入大氣時摩擦燃燒給燒壞的。專家們給石頭拍了好多照片，還和石頭合影留念。這些相片有些登在石頭報上，是石頭報專家訪談專題的一部分。新市長周道上任的第一件事就是令人找石塊砌個台，把那個石頭立在上面作個景觀。當廣場建成後，很多市民都去觀摩這個大石頭。圍著左看右看，覺得不像天上掉下來的，好像在別的地方見過這樣的石頭，還不少呢。

邊步非常仔細地研究了那塊大石頭。他對林樸說，什麼天上掉下來的，分明是塊太湖石。肯定是古代石頭市的一家富豪私家花園裏的景觀石，盡是胡說八道。不過他沒在報紙上這樣講，他還不瞭解新市長是個什麼人呢？想想，又憋不住，於是呢，在報紙上登了篇介紹太湖石的文章。說太湖很古的時候是個瀉湖，與大海相通。湖邊的石灰岩被海水長年侵蝕，搞得渾身是洞。古人，當然是古人中的貴人，喜歡這種石頭的病態之美，搬在自家花園裏堆成假山或者單獨立著好看。雖然文章並沒有把太湖石與那塊天降大石頭連繫起來，可石頭市的人卻恍然大悟。對呀，什麼就是它了，難怪那石頭離大坑那麼遠呢，以前就見過這種石頭。

新市長周道也看了報紙，對文章沒說什麼，主要是說不出什麼吧。問辦公室的秘書，石頭報裏面有沒有黨的人。沒有。從來就沒派黨的人去嗎？沒有，一直就這樣。嗯，知道了。

周道右腿有些殘疾，那是兒時得病落下的，走路一瘸一瘸，只是有點兒，不太嚴重。參加紫黨，沒打仗，從事政治工作。周道這個人特別愛拋頭露面，常常在石頭市裏這裏看看那裏轉轉。一上街就是前呼後擁的，架式大。他是石頭市歷任市長中人們見過最多的一位。遠遠看見一大幫人緩緩在街上走著就知道周市長出巡了，只差舉個肅靜回避的木牌，加上鳴鑼開道就和戲裏的縣官一樣呢。石頭市有人私下叫他咚咚鏘市長，這可不太好，拿人家身體缺陷說事兒，不好。咚咚鏘是劃龍舟時的打擊樂聲。咚咚聲是舟正中坐的人敲鼓，鏘聲是舟頭坐的人敲鈸。咚咚鏘，咚咚鏘，指揮劃手們動作一致，也有增添賽龍舟氣氛的意味。石頭市頑皮的孩子愛在大街上跟著瘸腿的路人，隨著瘸腿人身體的扭動，在後面叫著咚咚鏘，咚咚鏘，非常令人腦火。這下用在周市長頭上了，所幸的是他在任期間一直不知道，手下人沒一個敢把這話說給他聽，儘管他們背地裏也這樣叫過他。

搞政治的人很注意政治影響，周道從不到館子去吃喝。這跟廉潔沒關係。他在市政府大院後面的空地上尋思了很久，那是以前燒掉房子的地基。秘書問他有什麼打算？周道說，馬上在這兒蓋座飯堂。後來飯堂建好了，三天兩頭把聚珍園的大廚叫來做菜。想吃麵條了，就叫好公道的廚師過來。有時還叫做小吃的人也到飯堂來做。怎麼糯米包油條啦，炸油香啦，豌豆湯泡糯米啦，酸辣米粉啦，輪著來個遍，連丁丁糕和打糖也沒放過，誰叫石頭市想出那麼多好吃的，活該。在蓋飯堂的期間，周市長帶著一行人考察了中國革命大廈，說，名字是個好名字，但老這樣半截子難看，得把樓蓋好蓋完。政府的人解釋說，這樓蓋到三層時，地基出了問題，歪了，上面三層是勉強蓋上去的，如果再往上蓋樓會垮掉的。嗯，是這樣的。市長，是不是把這樓拆了？嗯，這個暫時不用，留著。還有，以後黑類勞改營不要再設在這裏，把這裏清理出來，會有用的。作什麼用，周道沒說，政府的人也沒問。不過可以肯定不會改成中國革命大酒店，太危險呢。

街上突然掛起了橫幅標語，是在大街的電線桿對過拉起的。紫色的布橫拉在大街上，高高的，很多。站在大街盡頭一望，整個勝利大街像用紫布蓋了頂。這些橫幅上寫著一些字。除了必不可少的各種萬歲萬萬歲之外，讓石頭市的民眾好奇地是熱烈慶祝第一屆政治協作會議召開的字樣。人們不知道為什麼突然如此隆重的宣傳這個誰也不當回事兒的會議，是不是要加稅了？或者黨的領袖過生日，換老婆，生孩子了？人們看了石頭報上政府的文章才知道這是全國統一的活動。先在各地召開，然後在京城召開全國性的協作會。

與政府文章一起刊登的還有或者說竟然是關於吃麵包的好處的文章。這也是政府指定要登的，緊接在召開政治協作會議的官方文章後面。文章說，麵包與米飯麵條饅頭比有很多好處。麵包是烤出來的，可以放好多天，慢慢吃。

鄰居的老太婆聽說人民要改吃麵包，特別不放心，在大門口找但叔談她心裏的憂慮。老但啦，這麵包我可吃不了，吃在胃裏翻酸水，難受。打我祖宗起就是吃米飯的，祖宗傳下來的肚子就是吃米飯的肚子。這下好了，改吃麵包。這怎麼得了呀？是不是洋人的麵包賣不出去，要中國人幫著吃呢？老但啦，你說，麵包是烤出來的，燒餅是不是烤出來的？有燒餅放上幾天再吃的嗎？再說呢，好多人家吃了上頓沒下頓的，不能說要餓著肚子等上幾天才吃吧？政府是怎麼想的，怎麼管到我們吃什麼呢？得派人來問問哪家有吃的，哪家沒有吃的才對呢，真是的。是不是政府的人吃飯吃煩了，要我們跟著一起吃麵包？吃麵包也行，那政府發麵包呀。吃不習慣至少也能讓人活命吧，比光喝水強呢。如果政府發麵包，我也吃，用麵包蘸豆辨醬吃，包鹽菜吃。但叔蹲在大門口聽了直好笑。太婆，你就把麵包當饅頭吃好了，蘸著醬吃都一樣。

對於石頭市的民眾來說，將要召開的協作會議沒有改吃麵包的事兒更讓人關心。街上總聽見人們講這個話題，聽都聽膩了。沒有人敢當面說這個紫黨發了瘋，背地卻肯定不發瘋怎麼規定中國人一定要吃麵包呢？邊步好長一段時間也是百思不得其解。晚上在家裏仔細翻閱史料，看看歷史上有沒有相關事件。有。有是有，但多是服裝髮式上的，而且一定是外族入主中原才有。是，不能說是，得改成嗨，或者喳。蠻族文明簡樸，語言發聲粗獷單調，聽起來類似豬嚎。為什麼非得要改變呢？說白了這是一種文明弱勢，自卑的反彈，心理弱勢的自然反映。我比你粗野，我贏了，您必須多少跟我一樣粗野。比如外地有個地方的人，愛蹲著吃飯。到飯館裏吃飯有凳子不坐蹲在上面，令人噁心。進去一看，像公共廁所。如果這地方的人贏了，一定會規定中國所有人必須蹲在凳子上吃飯的。對了，這次改吃麵包，實質不在麵包。誰有功夫管人家吃不吃麵包呢？核心是改變二字。為什麼要通過麵包強調改變的意圖呢？想一想，也許是為與以往不同的政治協作會作輿論吧，或者在為不為人知的重大政治舉措作鋪墊吧。

邊步把他的想法講給林樸聽。林樸說，或許只是李荒心血來潮，想弄點兒新鮮事兒來證明紫黨的國是新中國吧。像新人入洞房，既是新人就得在臉上抹點兒什麼，不然跟平日裏沒區別，怎麼叫新人呢？邊步搖搖頭，說，我總覺得事情沒這麼簡單。李荒不是一個一眼看得透的人。

後來呢，邊步把這些歷史上的相關事情寫成文章登在報紙上，有簡短評論，當然沒有提到麵包的事情。你不能說吃麵包的人群比吃米飯的要粗陋吧？邊步這文章在石頭市民眾眼中只是歷史知識而已。林樸就這文章跟邊步說，邊步，研究這麼多古籍，為什麼不寫本書呢？不是有三立嗎？立功立德立言，你該立個言才對呢。邊步聽了點點頭，說，林樸你怎麼不早說？林樸正要說什麼的，突然覺得頭痛得厲害，眼前的東西直晃。邊步一看不好了，和但叔一起把林樸扶到床上，轉身跑出去給林樸找藥。林樸的腦子現在就像一部損壞的機器，機器不能用了可以換新的，人的腦子不行，只得不斷的維護保養。林樸身邊的人現在都接受了這個不得不接受的事實，沒別的辦法。如果哪一天醫學發展了，能把腦子裏損壞的部分換掉就好了。不過，真要是醫學發展到這一步也有極可怕的一面。你想想，如果統治者通過醫學手段把人民的腦子都整理一遍，中國會是什麼樣子呢？會不會造就一個既聽話又能幹活的中華機器民族呢？完全有可能的。科學的發展看來應該適可而止才好，殘缺的世界可能於人類更好些。

邊步的文章周道市長看了。看了一遍覺得不對味又仔細讀了一遍。想說什麼，又覺得沒什麼好說的。他對秘書說，去查一查外地是怎樣處理報紙的。黨現在還沒有明確的相關政策。遲早會有的，現在可參考一下外地的做法。

林樸的頭痛稍好一點兒時，政府的人上門送來會議證。一個小紫布條，下端剪成燕尾，上端有一朵布作的花，紫色的，布條上寫著會議證三個字。來人說了，參加會議時得把這會議證別在左胸前。會議明天召開，一定得去參加，這是石頭市人民政治生活的一件大事情，也是革命事業的一個新的組成部分，同時也是對革命對黨對政府的政治態度問題，一定要高度重視，所有其他的事兒都要放在一邊。黨希望和人民一起把新中國建設得更加美好，等等。

政府的人可能不像對待其他會議參與者那樣簡單，發個會議證說聲，明天一定得去，說完扭頭就走，他們對林樸囉囉嗦嗦地說了好半天，很耐心。他們把林樸當成石頭市的重要人物來對待，一看就知道來前作了充分的準備。林樸就是聽，聽他們說個夠，不覺得有趣也不覺得煩。協作去殺人，林樸是絕不會幹的。協作讓窮人活下去，林樸覺得這是義不容辭的。興許會議真有這方面的打算呢。新統治者嗎，讓人民過好一點兒應是情理中的事兒，這也是為了他們的統治呀。

明天了。采薇陪林樸一起去參加會議，結果被擋在大門外。林樸說，回去吧。自己進去了。采薇按照但叔的叮囑不走，站在大門外。邊步看見了，說，采薇，林老師進去了嗎？進去了。那好，你回去吧。我去照顧林老師，沒事兒的。邊步進去了。采薇沒走，在大門外蹓躂，一直等著林樸散會。

市政府沒有大禮堂或者說人民大會堂。政治協作會是在尚無庸以前任教的中學裏召開的。中學裏有個大禮堂，有些陳舊，現在倒是披紫掛彩的。紫旗紫幕，牆上滿是大幅標語。學校大門也是佈置得一派隆重。旗幟呀，橫幅呀，花呀什麼的，好像大戶人家娶媳婦。會議開始時還在大門口放了好一陣鞭炮。鞭炮的紙屑鋪了一地，紅紅的。不過沒什麼市民圍觀。開會呢，盡說話，沒什麼熱鬧好看。

根據市長的要求，邊步安排了報社的人採訪會議。邊步找到林樸後，兩人坐在一起。看看到會的人，理所當然除了黑類以外各行各業的人差不多都有，都是些有年紀的人，像邊步林樸這樣在裏面算是年輕的。邊步在林樸耳邊輕輕說，看看這些人，九成以上是啞巴。我敢說這些人除了會舉手外什麼都不會。林樸四周仔細瞧瞧，也就三百來人吧，不少人見過。有人過來給林樸打招呼。坐得遠的人見林樸在瞧著便伸手搖搖或者站起來衝林樸彎彎腰，算是致意。

邊步說，林樸，李荒是怎麼想的？為什麼不叫你當市長？要不要跟李荒去個信說一說，這不是瞎想。不不，這也不是你個人的問題。你當市長至少不會折騰石頭市吧？大家的日子至少要好過些吧？你要當市長，滿街的人都會拼命鼓掌的。要命的是你沒有參加紫黨，不入紫黨怎麼做官，怎麼為人民服務？邊步愛說，林樸聽了好笑，沒當真，不過這會兒他突然想起了工廠牆外的一幕。那些雨那些跪在泥裏求他出頭當市長的一幕。他的心一下子縮成一團。他們都死了，豪俠英勇的人，都死了。邊步一看林樸臉色發白，慌了，說，林樸怎麼啦？不舒服嗎？是不是我說錯話了？林樸擺擺手，沒事兒的，過一會兒就好了。

他們兩人靜靜坐著等到周市長在一遍熱烈的掌聲中走上台時，林樸臉上才慢慢現出血色來，被邊步扶著站起來鼓掌。剛坐下，就聽周市長說，中飯晚飯政府已經在聚珍園為大家準備好了。全場又鼓掌，邊步扶林樸又站起來。為免費的好飯好菜鼓掌應該說是值得的。一片好意，謝謝黨和政府。

周道市長講話了，坐著，一堆講稿。秘書把茶杯放在他手邊。他講呀，講呀，喝茶，鼓掌，又講呀講呀，一直到快吃中午飯。

有人說廢話和正經話只有一步之遙，其實這都說遠了，廢話與正經話的距離只是翻個身的事兒。正經話說多了就是廢話，廢話後面如果有心思就是正經話。為什麼總有人說做人難呢？或許難就難在廢話與正經話非常難以區別。你以為是正經話，照辦了，結果是廢話，倒了霉。你以為是廢話，沒辦，結果是正經話，又倒了霉。那好都不當個話，結果呢，更壞，不是嗎？所以呢，做人難，做個中國人更難呀。

周市長的講話在一片經久不息的鼓掌中結束，有如石頭報上報導的，括弧，長時間熱烈鼓掌，括弧完。當周市長走下講臺時，人們覺得真的很餓。這免費飯菜的安排像是促使腸胃蠕動的藥加速了饑餓感的到來。林樸要回家去，邊步說，別這樣，你不去很扎眼的。林樸只好去了。出門看見采薇還在那裏盼著，趕忙說，快回家吧，我不回家吃飯了，快去吧，別讓但叔在家老擔心。看著采薇走開，突然叫了一聲，傘呢？采薇沒聽清，跑回來說，什麼事兒？沒事兒，快回去吧。看見采薇很遲疑的樣子，邊步說，沒事兒，回去吧。

吃飯時，邊步和林樸坐在一起。邊步悄悄地說，周市長講了那麼長時間概括起來不過就是幾句話。第一，要聽黨和政府的話。第二要團結在黨和政府周圍。第三，要為黨和政府出謀劃策。這三點歸納起來又是一點，就是聽黨和政府的話。何必講那麼多話？就說順者昌逆者亡得了，大家都懂。講多了聽的人反而糊塗，以為自己是個人呢。林樸說，也許是前段時間殺人太多，現在需要緩和一下政治氣氛，讓大家聚一聚說說話。邊步說，看起來好像是這樣的。據我瞭解李荒從來不會簡單地去做一件事情的。現在呢，他太過權謀。當君王的人，權謀太盛會適得其反。手下人猜不透他的想法就會提心吊膽，民眾也是這樣。歷史上這種提心吊膽最後都釀成政變。現在李荒氣太旺，未必是件好事兒。

林樸沒有邊步歷史知識多，聽邊步說，覺得有道理。對於政治林樸從心底就不感興趣。這是一種整天弄心眼兒的活，累人。政治原本可以很簡單的，想到這裏林樸突然問邊步，那個天降的火球倒底會預示些什麼呢？是多麼壞的事兒呢？已經燒死了不少人啊。邊步看看林樸，想了想，點點頭，說，要是知道就好啦。只可惜涵伯再見不到他老人家了，他一定能說個大致方向吧。林樸問歷史上有沒有類似的事情。邊步說，有倒是有，不過那是在京城裏，把京城燒了一大片。皇上求上天寬恕，結果那個朝代還是垮了。這次落在我們頭上，民眾不是朝廷，再垮也是民眾。說遭罪吧，現在民眾已經吃盡苦，還能怎樣呢？不能說都死光吧？真不懂什麼意思。古代有古代的好處，不論朝廷還是民間都有高人專門研究徵兆，大家心裏明明白白的。現在一革命，什麼也沒有了，災難來了才知道，糊裏糊塗的。

下午，參加會議的人被分成三個組安排在不同的教室裏議論周市長的講話。這是天下最無聊的事情之一，至少邊步在回家的路上是這樣對林樸說的。林樸無所謂，在教室裏坐著靜靜地聽人們講話。大多數參加會議的人不習慣當著大家一個人長時間的講話，因此常常講了上句沒下句，要麼講著講著跑了題，連孩子尿床的事兒也提起來，讓人好笑。既然吃了免費的飯，好聽的話免不了人人都來上一遍。你要當真，就會覺得無聊之極，你要不當真，笑笑就過去了。輪到林樸講，他倒是極認真，說了些既是政治協作會就要多出些主意把石頭市民眾的疾苦當成大事之類的話。參加會議的人都很尊敬他，說，林老師說得好。最後還推舉他明天在大會上發言。林樸推辭不掉，只好答應了。在林樸的那組裏，人們不推舉他還能推舉誰呢？邊步也是名人，他在另一個組裏，推舉他明天大會上講話，他死活不肯。有人說邊社長，是不是家裏人不同意呢？邊步當然說不是，是報社裏忙，沒時間準備，大會講話不能亂講的。其實真是全玖兒不讓的。邊步參加會議全玖兒老大不高興，怕邊步招惹是非，還聯合邊步母親一起反對。最後達成協定，內部的，不准邊步在大會上講話。邊步知道她們是對的，但被人規定著心裏確實有些不爽。

林樸在大會上的講話並不長，這是但叔一再叮囑的，怕他體力上受不了。林樸的講話幾乎是全文登在報紙上，不像周市長的講話只是摘錄。這是沒辦法的事兒，周市長的話太長太多，要登全文就得出小冊子才行。三天的政治協作會，石頭市的民眾最關心的是林樸的講話。報紙一登出來，人們搶著看。這情景周道是知道的，心裏很不愉快，又不好說出口。一時想不出什麼辦法把愉快找回來，只好放在心裏。

林樸的講話並沒有精心準備，只是事先在心裏梳理了一下。既然是在大會上講就不能瞎說，但也不可太認真，畢竟只是協作呢。協作一詞在這裏的含義是幫襯的意思。所謂幫襯本質是聽話的一種外在形式，是主動聽話。林樸的講話也是分三部分。第一，戰爭結束，新政府的建立給民眾安居樂業創造了一個前題。民眾不再有戰爭之苦這是好事兒。在這裏他本來想說說，召開政治協作會表明黨和政府關注民眾之類的話。到講的時候不知是忘了還是覺得沒勁兒，沒講。後來在整理講話稿時邊步問要不要添加上去，林樸說不用。第二部分林樸列舉了目前石頭市民眾的生活現狀。困苦是明顯的。新政府和市民們都有責任改變這種狀況。要發展本地經濟讓更多貧困的人有飯吃有衣穿有房子遮風擋雨。第三部分林樸講到革命的意義。這涉及政治，在石頭市就只有林樸能在公開場合講，市民們是這樣議論的。林樸本人並沒有意識到這些，只是就事論事而已。林樸說，革命就是要為民眾爭取基本權利，這是革命最根本的目的。革命就是要把中國的民眾從朝廷專制的壓迫下拯救出來，讓民眾成為真正的人，而不是順從的奴隸。革命就是要讓每個人都享有平等的權力。革命不是要民眾去供養新的權貴，更不是讓一批人去欺壓另一批人。中國人要成為現代世界的一部分，就必須關注每個中國人的基本權利，不僅是讓人們擁有而且要保護人的基本權利。現在報刊上議論人權，這應該是革命後的新事物，這是一個好的開端。在朝廷的專制統治下，沒人知道還有一個叫人權的東西。人權可以表現為每個中國人的生存權，工作權，受教育的權利等等。請大家注意，人權的這種種表現形式都不是最本質的，人權的核心和基礎是政治權，沒有政治權就談不上人權，沒有政治權的所謂人權只是謊言與欺騙。現在召開的政治協作會應當看作是革命後走向民眾的政治權的第一步，是好事兒，等等。當然林樸講的是口頭話，邊步在刊登時把林樸的口語整理成書面文章。句子，構詞都修飾過，讀起來像大政治家的演講，讓人覺得林樸吹響了嘹亮的號角，高高舉著前進的旗幟。

林樸講完後全場長時間鼓掌，這讓人很不愉快。邊步在登林樸講話時把鼓掌的情節刪掉了，沒必要刺激別人呢。林樸講話影響了後面人的發言，趨勢偏離了軌道，政府的人是這樣認為的。如果你把政治協作會當真，那麼你就會認為這才是政治協作會該議的正經事兒呢。林樸是上午在大會上講的。整個下午，發言的人都在談民眾的疾苦和人的權利之類的話題，把歌頌黨和政府的事兒給忘了。

會議最後一天是提建議。建議要有十個人連署才有效，看起來很像回事兒。這天林樸沒去參加會議，體力不支躺在床上，吃了些藥。邊步叫記者們把所有的建議都收集起來，一一刊登在報紙上。這下叫政府不好下臺，也不好怪罪石頭報，採訪是政府要求的。沒經驗，事先沒說建議不能隨便登出來。周道市長非常生氣，想說什麼又說不出口。本來提建議只是會議的一個程序而已。建議歸建議，採納與否是政府的事兒。這下好啦，登出來了，市民會拿著報紙比照，這麼好的建議，這個沒做那個沒影兒，這不是有意讓市民怨恨政府嗎？

石頭市的第一屆政治協作會議結束了。周市長講了一堆連他自己都煩的廢話後，又是燃放鞭炮，又是請代表們吃豐盛的晚宴，又是組織學生們上街敲小鼓遊行。熱之鬧之，一派新氣象。後來呢，一切平靜下來，街上的橫幅標語撤了。市民們看似沒事兒，其實都等著市政府拿建議怎麼辦呢。怎麼辦？周市長對秘書說，都放到檔案室裏去。現在是黨的天下。市民們不知道周市長是這樣處理大會結果的，還在盼呢，真好笑。

過了段日子，石頭市很平靜，沒事兒。外地人覺得石頭市的人怎麼變了，以前的那股勁兒哪去了？倒是外地有的城市鬧了起來，堅決要求新的政權進行政治改革，要求尊重民眾意見，給民眾政治權利，還上街遊行呢。叢心結過來給林樸講了外地的情況，說，共產主義運動在外地發展很快，占主導的是革命共產主義同盟會的人。他們發動工人農民與政府抗爭，要求社會底層的人們參與到社會政治生活中去。有的城市還組織了大罷工，工人的糾察隊拿著棍棒佔領工廠。農村裏有農會，要求平分土地。叢心結說，石頭市裏就我們民主共產主義教育聯盟在活動。我們支部三個人主要是散發聯盟統一的小冊子，宣傳民主共產主義的思想，教育民眾啟蒙民眾。再就是幫助困難的家庭渡過難關。根據上級指示，下一步可能要開展更多的教育活動，聯絡更多的青年人。

林樸聽了半天沒說話。後來他問叢心結革命共產主義同盟會為什麼沒有在石頭市開展工作呢？叢心結想了想，這個不太清楚。林樸搖搖頭說，如果選擇暴力，結果未必是好事兒。共產主義的理論我不太瞭解，不好說些什麼，我只是覺得依賴暴力是不好的。用民主的思想改造中國人是一條正路。走這條路不能急。民主才是中國的希望和前途。如果中國不走民主的道路，戰亂和災難還會不斷。世界，現在的世界不可能再回到朝廷專制的時代了。我仔細想過，也許民主共產主義是中國的一條可以期待的出路。是不是全社會都共產，值得研究，但民主是一切的前提。這是中國無論如何都不能再猶豫的事兒。心結，我們都會死的，但我們要把希望留給後來的中國人。中國不能總在專制，革命，再專制，再革命裏面打轉。中國必須成為一個新的擁有現代文明的國家。心結，我始終認為靠殺人只能建立殘暴的專制。新的文明社會尤其需要包容，要能容忍異己存在，要能容忍別人的建議與反對。中國人缺的就是包容之心。為什麼總想一手遮天呢？因為自古特權總是跟富貴連繫在一起的，所以對很多人來說，專制比民主更有吸引力。這些人是不會把民眾的利益放在心上的。革命已經這麼多年了，結果呢？什麼也沒有改變。死了那麼多人。為什麼呢？就為了讓一批新貴上臺嗎？心結，你們的活動一定要把民眾的真實前途放在心上才好。教育民眾的過程不能有絲毫的不實與欺騙，要真誠。中國太大，我沒有能力去理解和操心。但你們在石頭市在這個小城市裏一定要心懷仁愛，真心為民眾的未來著想。要堅持，一代不行就把教育工作傳給下一代。我相信總有一天，中國人會成為現代人的。林樸說著說著眼睛裏便閃著淚光，聲音也有些哽咽。叢心結很感動，一個勁兒的點頭。但叔在一旁看見了，不讓林樸再說什麼。讓采薇拿水過來給林樸，說，林樸呀，意思講了就夠了，別說太多話。林樸點點頭，過了一會兒他哭起來，嗚咽地說，中國，怎麼就這麼難呢？但叔，叢心結還有采薇都不作聲，默默地擦眼淚。

叢心結他們的民主共產主義教育聯盟是個祕密組織。石頭市支部就是他們三個人。他們聯絡了一批石頭市的青年人，週邊組織，叫青年中國運動，全國統一的。他們定期在一起聚會讀書講理論，更多的時間深入到街頭巷尾做些慈善的事情。市裏的人以為他們都是林樸那些做慈善的人，對他們非常有好感。參加青年中國運動的青年人有同情心，又有禮貌，因此他們的各種宣傳活動效果很好。

叢心結雖然對林樸說革命共產主義同盟會沒有在石頭市活動，只是他們不能確定而已。石頭市出了那麼多可怕的事兒，再宣傳暴力革命有一定難度。可能主要原因還是石頭市沒有了神聖工廠這樣的有規模的工廠。如果工廠還在，想必他們一定要滲透到工人裏面去的。據他們瞭解革命共產主義同盟會確實有人來石頭市活動過。斷斷續續的，好像沒什麼結果。共產主義運動分裂成兩派是由來以久的事兒。叢心結他們並不去探究那些相互仇恨的故事，好像這些不愉快的故事與他們無關。他們有自己的思想基礎，他們選擇自己認為可行的理論和組織。理論再好，主張分裂民眾，主張一批人去殺另一批人，都是錯誤的。石頭市發生的一切讓他們把未來看得更清。有時他們也暗自慶幸革命共產主義同盟會沒有在石頭市站穩腳根，不然，必不可少的暗鬥只會帶來傷害。

當林樸接到尚無庸來信時，同時傳來另一則無法說好還是壞的消息，就是路坎兒，路將軍被暗殺了。林樸一時不知道是先把信讀給但叔聽呢，還是先把路坎兒的消息告訴但叔？畢竟那是但叔的親生兒子呀。林樸叫采薇把邊步叫過來，兩人商量了一會兒，決定先讀信。讀信那兒全玖兒剛好拿點兒吃的過來，就和邊步一起聽林樸念信。信上說，李荒已經同意讓他參加國際學術會議，並且允許帶上孩子出國就醫，當然貽椒得留在國內。出國時間晚一點兒，大概還有兩三個月吧。參加完學術會議後還要到幾所大學講學，可能得待上一段時間。尚無庸說，出國的這段時間，貽椒會回石頭市來。已經買了些進口好藥，貽椒回家時一併帶來等等。信讀完了，大家很高興。但叔說，可要看到貽椒了。可惜小好音不來，不知道他多高了？邊步舉起手正要發表議論被全玖兒一把按下來。邊步說，你怎麼知道我要說什麼？不讓我說？全玖兒說，我能不知道嗎？林樸看看他們兩個，覺得奇怪。邊步說，沒什麼，玖兒覺得我廢話多。哪是廢話呢？助興而已。說完衝玖兒笑了笑。

晚上林樸和但叔坐在一起，先聊天，說了些貽椒他們的事兒，最後林樸不得不說路坎兒的事了。他說，但叔，您現在還想得起劉中菁他們說的路坎兒的事兒嗎？但叔並不奇怪林樸這樣說，記得呢，說不記得是假話。這孩子作惡太多，如果當時不掉失，他現在跟著你也會是個好人的。林樸，這個路坎兒我怎麼也感覺不到是個親兒子，我心裏就是這樣想的。在心裏，那個孩子早死了。林樸接上話說，但叔，路將軍不久前被人暗殺了。那是好事。但叔說，不說外地，單這石頭市提起他就是恨。好多人都記得當年的事兒呢。現在才死，老天爺對不住人呢。林樸靜靜地看了但叔一會兒，感到但叔好像心裏的什麼負擔放下了，模模糊糊地有一股輕鬆的感覺。林樸放了心，不再談路坎兒。

這個路坎兒路將軍是李荒的一條惡狗。有人說愛養惡狗的人有一副豺狼心，也許是對的。在黨內爭權奪利的時候，李荒常放這條狗出來咬人。這個路將軍的暴行是紫黨內赫赫有名的。他曾經把紫黨的高官抓起來，釘在木板上叫人用大鋸連木板一起從兩腿之間往頭那邊鋸，把人齊齊地鋸成兩塊。內臟拿掉，用水沖洗，然後用鹽醃，曬乾後又把兩塊板合一起，像標本一樣掛在牆上，讓家屬看。有時候先殺家屬。地上插著粗鐵樁，一人來高，尖尖的頭，把女人的衣服扒光，抬起來下身放在鐵樁的尖頭上用力往下按。那尖頭穿過子宮，腸，胃，肺，氣管。把頭髮向後拉讓頭後仰，尖頭便從口裏伸出來，一地血，人就像穿在鐵桿上準備燒烤的雞。李荒說，革命不是請客吃飯，必須要用堅決的手段對付黨內外的反革命份子。他是這樣說的，也是這樣做的。外國的那個馬基維利說過，人們冒犯一個自己愛戴的人的顧慮比冒犯一個自己畏懼的人的顧慮要小得多。李荒很懂這個道理。愛戴只是嘴邊說的話，令人畏懼才是他真實需要的東西。

有時真想不明白，人對人為何如此狠毒？富貴也罷貧困也罷，縱使活上一百歲也還是個死。萬歲萬歲萬萬歲是沒有的，自欺欺人而已。殺那麼多人就為了幾十年的富貴，又何苦呢？詩經有云，宛其死矣，他人入室。是呵，用他人生命換來的富貴，一點兒也帶不走。據說進陰間的門很窄，只能光著身子過去呢。

三十五　報紙

報紙上登了路坎兒被暗殺的消息。石頭報敢登有兩個原因，一是消息確切不是謠傳。二是外地報刊上已經登出來了。這消息引起了石頭市民眾的熱議，滿街滿巷都是談路坎兒的，路坎兒在石頭市的舊事被一一翻出來。連小孩都知道這是個無惡不作的悍匪。這種人竟然是紫黨的高官，紫黨裏還有多少這樣的東西呢？進而人們議論起紫黨來，這對紫黨非常不利的。人們說紫黨是不是紮滿了頂級的壞人，還在黨內相互鬥，你殺我，我殺你。什麼黨，一群匪呢。以前李荒殺黨內高官都是保密的，外面對消失的人只有猜測。這次路坎兒被殺卻弄得沸沸揚揚，從中可以看出黨內反對派的仇恨是多麼熾烈。人們在私下裏悄悄說，說不準哪天紫黨內部會打起來的。也有人說不可能吧，李荒很厲害的，沒人鬥得過他。那難說，哪天一不留神就被人暗算了，不怕賊偷就怕賊惦記，不是這個道理嗎？反對的人天天惦記著，就怕一不小心呢。

周道市長翻開石頭報時一看這消息給登出來了，心裏十分惱火，但又不能說什麼。他的秘書跟他講了路坎兒在石頭市的舊事兒，周道馬上意識到紫黨在石頭市的名譽會受到嚴重損害。他考慮了幾天，或者準確地說他等待了幾天看看總部有什麼動靜。沒有，那好，派兩個人去把報紙管起來。不是簡單地過去看看嗅嗅，而是作為黨的宣傳部門的一項重要工作來作。

當紫黨的兩個人走進報社時，邊步還以為要登什麼政府告示呢。不登告示，要登我們會安排的。邊步一聽味道不對，說，你們來接管報社，是嗎？先監管，接管的事兒以後再說。從今天開始所有的稿件都要經過我們審查。這是命令，聽清楚了沒有？邊步雖然知道遲早有這麼一天，但心裏還是非常不舒服。他呢，嘴不饒人，說，紫黨總部好像還沒有這樣的規定吧？石頭市是不是在搞發明創造，開個先河？是周市長個人的意思還是你們兩個人的意思？紫黨的人說，你是不是想讓黨查封你的報社？我看你最好還是乖乖按黨的意志辦，不然後果自負。邊步說，這不是什麼後果自負的問題，石頭報本來就是民間的報紙。再說你們黨和政府的告示文章，還有讚美你們的話沒少登呀。只要是涉及黨和政府的事情我們向來是反復核實，就是確定無疑的也要等外地報紙登了我們才登的。有錯嗎？你們談談要是有錯錯在哪裏？紫黨的人說，邊社長，我告訴你，聽明白了。中國所有的報紙必須都是黨報，沒有什麼民間報紙。這是黨的統一規定。外地的報紙也一樣，逐步要改造成黨報。紫黨的兩個人說的是李荒在一次黨內會議上的講話。本來要在全國佈置下來的，因為內鬥，把這事兒擱在了一邊。邊步和紫黨的人爭論著，報社裏的人都圍過來。這是大事兒。有人管就意味著將來可能犯事兒，就意味著有危險，就意味著難受，無聊和下賤。

當天的報紙已經排好版了，要重新來不可能。雙方爭論了好一會兒，最後紫黨的人讓了步，說，那好從明天開始，說完走了。邊步一想，不服，又沒辦法。他叫人把版撤下來。刪了一篇文章，補上一則本報告示，說，從明天起將由政府的人監管，報紙上所有文章需得到黨和政府同意方可刊登，如民眾對以後的石頭報不適應敬請諒解。這就是邊步的性格，不作點兒什麼心裏不舒服，吃虧得叫出來，不能吃啞巴虧。報紙一出來，周道市長就看了。他把這告示看了幾遍，點點頭，想對秘書說點兒什麼，結果什麼也沒說。

晚上，本來報社有事兒的，沒有去，心裏煩，邊步過來找林樸說說話，對林樸說了一大堆生氣的話。林樸說，這是遲早的事兒。既然心裏明白為什麼生這麼大的氣呢？邊步說，報紙是我人生的意義。這樣蠻不講理的奪了我的報紙，叫我心裏怎麼平靜？打不贏，來個心裏不服總可以吧？林樸笑笑說，這不是打得贏打不贏的事情。你想想，不變成黨報還叫革命嗎？不這樣還稱得上專制嗎？一方面專制一方面言論自由，這也講不通呀。言論自由是專制與民主的分水嶺，這個你應當比我更明白，對吧？就是呀。既然明白還生什麼氣？放寬心，由它去吧。林樸說到這裏突然想到叢心結，說，心結和小莫還在報紙幹活嗎？對。有事兒嗎？沒有，只是擔心一旦報紙被接管了，怕是要把他們趕走的，得想法給他們兩人另找點兒活幹。不會吧，有我在呢。怕到時候你也無能為力。邊步想想，也是。如果真接管報紙，肯定要塞些政府那邊的人進來。邊步點點頭說，最近我留心一下，預先安排好，免得到時候兩孩子沒飯吃。

第二天，報紙的稿件被刪了一大堆，版面空著很多。有編輯提議用連載小說填空。沒人寫新小說，那就登老的，水滸吧。還有空地，邊步臨時動筆寫了篇有關歷史的文章。文章是照著空地大小寫的。邊步在文章裏說，歷史是一個大概念，它包括對過去事情的描述評斷，還包括用歷史的眼光看待現在發生的一切事情。也可以說把現在正在發生的事兒放在歷史裏去比較，這樣就能理解正在發生的事情的歷史意義與優劣。值得注意的是，歷史，我們接觸到的歷史往往是不真實的是虛偽的，其原因就是所有歷史都是後人寫的，而且寫歷史的人要麼受專制者的控制要麼就是專制者授意而為。為什麼所有專制者都要偽造歷史呢？因為他們害怕把現在的事情，他們正在作的一切惡事放在真實歷史裏進行比較。因此，對待歷史一定要用一雙智慧的眼睛看穿統治者的伎倆。

當報紙送到周市長桌子上時，周市長叫秘書把派到報社的兩個人叫來，另外把宣傳部門的負責人也叫來。周道指著邊步的文章和連載的水滸問這是怎麼回事兒？補空嗎？有這樣補的嗎？水滸是什麼，官逼民反。什麼用意？還有這個談歷史的，分明是借歷史罵黨罵政府。你們怎麼一點兒頭腦都沒有呢？他指著宣傳部的人說，馬上給我研究一下，怎樣把報紙接管過來。要派我們的人去辦報紙。

晚上邊步怎麼也睡不著，和全玖兒說話。報紙看來是保不住了，這個周道是個弄政治的，非得把報紙弄到手不可。你說他怎麼不自己辦一份報紙呢？黨報黨辦，非跟石頭報過不去。全玖兒說，算了，咱們不要報紙了，總是一個招惹是非的事兒。沒事你就寫書吧。又不是沒飯吃，幹嗎非幹報紙的活呢？邊步說，這個你不懂。男人總得有點兒事業吧，我又不會打仗，只能作這事兒。玖兒說，別想那麼多。這年頭呀，我哥就說過，只要能活下來就是萬幸了。對啦，你昨晚不是說心結他們嗎？今天我聽說梅台巷裏有個小鋪頭賣煙酒的，那人戶冊不在石頭市。政府的人去了幾次要趕他走，他想把鋪子轉出去。我去看過，不大，維持一二人的生活還是可以的。晚上得在鋪裏搭鋪睡覺。邊步說，行，明天你去把鋪子接過來。趁著現在報社還有點兒活錢，等接管了就什麼也沒有了。

第二天，全玖兒去了，和那人談好價錢。錢不多，鋪面小又沒什麼存貨。下午和邊步兩人過去付了錢。那人收拾一下行李就走，臨走時對邊步說，你以為中國大？為什麼連站腳的地方都沒有呢？這話讓邊步一下子想起古代立錐之地的典故來，心中十分感慨。這中國非得有林樸這樣的人才行呀。一個國家有那麼多無立錐之地的人，算個什麼國家呢？那人背上行李走到外面，站在巷子裏指著天忿忿地說，不得好死。邊步和全玖兒看著那人走遠，邊步說，民怨啦。全玖兒一把將邊步拉進鋪子裏。

鋪子不大，在巷子拐角處，位置還可以。晚上也有地方支床睡覺。就是白天得收拾起來，麻煩點兒。看看存貨，都是低檔大路貨。全玖兒說，咱們進點兒好些的貨，開始時帶他們兩人一段時間，學會了再放手。邊步把門鎖上說，可以，你看著辦吧。不過他們兩個可不是傻瓜，沒兩天包比你還會做買賣。從梅台巷出來往右拐不遠有個臭烘烘的公共廁所。兩人剛走過廁所，裏面出來個人，是報社兼職發行員。一眼見到邊步便急急地說，邊社長，人家找你呢，快去報社。什麼事兒，知道嗎？不清楚，好像有什麼重大消息。

邊步去了報社，才知道確實是大事件。昨天晚上有人襲擊了李荒乘坐的專列。專列就是特別為他出行準備的列車。李荒受了傷沒死。消息說，襲擊準備得很充分，火車一出站就挨了炸。怕不死，還打了不少火箭彈。結果呢，李荒剛好去了車尾。這是他的習慣，如果出行坐專列，他總是在車上不斷換地方。長長一列車，你就不知道這一刻他到底在哪裏。那列車上的工作人員和官員死了不少，李荒也被炸得一身是血，在醫院急救呢。派到報社監管的兩個人得到消息去了市政府向周市長報告，慌慌張張的，臉都白了。邊步召集報社的編輯記者開會商議。這是重大的事情要核實。其他新聞社的電傳過來了，會上不斷念新的消息。登不登？發不發號外？大家猶豫著拿不準，這可不能出錯呀。

當京城戒嚴的消息傳過來時，大家不再議論登不登的問題，而是討論李荒死與不死的政治後果。李荒死了殺的人多，還是不死殺的人多？有人把收音機搬過來。收音機裏已經把正常節目停了，光放音樂，沒完沒了。邊步說，這樣吧，派個人去市政府問一下，關鍵時刻監管倒跑了。派的人帶著小跑去了市政府。其他人仍聚在一起議論，或者讀最新的消息。沒多大一會兒，派去的人回來了，很興奮。說市政府裏亂成一團，個個面色土灰，驚慌失措，有意思，有趣。那問的事兒呢？沒人管。最後找到市長秘書，說，自己看著辦。現在是非常時期，忙，看不見嗎？沒功夫管你們那攤事兒，就這些。大家都看著邊步。邊步想了想，問紫黨總部通訊社發什麼東西沒有？還沒有。我估計馬上就會有的。這樣吧，準備個號外。把其他新聞社的消息整理一下作為背景材料。空個地方等等黨總部通訊社的東西。果然如邊步所料，在大家分頭準備時，他要的東西傳來了，很簡短，憤怒地遣責了這次陰謀等等，幾句話，套話。

天黑以前，號外便滿街賣著，一股油墨味，整個石頭市沸騰起來。當然說沸騰不太準確。沸騰是旺火把火燒得大開。這個，像滿鍋的水呼呼地泛著小氣泡，連鍋邊都是吱吱響的聲音。朝廷時代宮廷政變時，民間是不是也這樣呢？難說。專制政權往往容易發生這樣的事兒，而且一出這樣的事情，它的形象就會大打折扣。有如鳳鳥一下子被人拔去好多毛，非常難看。鳳鳥人們自然沒見過，你可以想像一隻公雞被人拔毛的情景。雖然雄冠依舊，可一轉身是個光屁股，一點兒形象也沒有呢。

路坎兒死時人們的種種議論，居然八九不離十，真叫人唏噓不已。革命已經無形中成了一個貶意詞，在人們街頭巷尾的議論中，如果提到某人是革命的，那麼人們心裏一定會猜想這個人幹過不少壞事兒。常有人在文章裏說形象毀於一旦之類的話，這裏所謂形象顯然跟道德有關係，原來的壞形象是無法毀於一旦的，難道可以毀成道德形象嗎？仔細想想，世上真有形象毀於一旦的事兒嗎？好像沒有呢。偽形象毀於一旦的事兒倒是滿地皆有。偽形象跟欺騙有關係。有人說天天裝，累不累？不累。好比你的腳走路，你不會留意每一步腳是怎樣踏出去的，只管去你要去的地方，不用費神你的腳自動會配合的。如果你是革命的，你就會有這樣一雙偽形象的腳，天生的，當然不累呢。

往後幾天，上面沒什麼動靜。市民們也有推測李荒要報復的，但並沒有往深處想。林樸很憂慮，他對但叔說，這下李荒沒死，一定會殺很多人的，誰也攔不住，也許李荒在襲擊中沒活過來要好些。但叔點點頭，說，這樣鬥下去，除了死人能有什麼結果呢？當初他們住在家裏，怎麼也想不到會變成這樣的。現在就剩下李荒了，看來也成了個殘廢人。當初要知道這樣，還不如不推翻皇上。林樸搖搖頭，說，但叔，這跟推翻皇上沒關係。林樸沒有往下說，因為他自己也不明白這跟什麼有關係。推翻朝廷後需要一批新人來建立新中國。這批新人應該具有新的不同於朝廷時代的政治道德觀，但現在這批人並不具備或者說他們本不是新人。究其原因呢，可能是中國沒有這種時代進步所必須的新的政治道德觀吧？也許對於中國而言，歷史太倉促，沒有時間培育這種新東西，或者說在中國培育這種新思想太難，難到幾乎不可能吧。李荒之類，說白了，只是穿著革命衣裳的新皇上而已。那些大大小小的追隨者現在只是一批與朝廷時代沒有本質區別的官僚，一樣兇狠地欺壓民眾。這真讓革命蒙羞，讓那些逝去的革命發難者的在天之靈不安。

林樸想到這裏自然想起了他的父親，尚無庸的父親。那些心中曾充滿善良願望的革命先行者們，崇高，可歌可泣。或許他們的思想讓他們站得太高，他們用生命去締造一個新中國，而中國人卻遠遠沒有準備好。林樸一直順著這思路往遠處想，呆呆的。但叔當心起來，叫了聲林樸，沒反應，便過去搖搖他。哦，但叔，這，哦，沒事兒，在想事兒呢。有人來拜訪林樸。四個人，外地的，衣著考究，彬彬有禮。一看就是些有教養的人，讓人覺得很舒服。這些人是資本主義者，這是他們自我介紹的。資本與資本主義是不同的概念。如果有錢的話，把錢投在能再生錢的行當裏，這錢就叫資本。討論這種資本運作的社會意義叫資本主義。資本主義與封建主義不同。封建一詞原意是分封建國。在中國就是一批王爺，諸侯。封建的引申義是特權，主張特權當道的叫封建主義。封建主義主張把人分成等級，有權的沒權的。有權的欺壓沒權的，這叫社會封建有序化，秩序井然。生活在其中，如果屬於沒權的，就很痛苦。資本主義則主張人人機會均等，反對特權，因為有了特權尋求好日子的機會就不均等，好處都讓特權占盡了。

這幾個人很舒緩地跟林樸講著，林樸從來沒有認真思考過這些事情，所以很有興趣，靜靜地聽著。他們說，中國革命這麼多年了，實質上是掙扎著走向資本主義。這是中國唯一的出路。如果革命的目的是扶持新的特權，那不是又回到朝廷時代了嗎？革命還有意義嗎？有人說，資本持有人也就是資本家壓榨工人。這是偏見。每個工人都可能通過努力成為資本擁有者。在一個企業，資本可以一個人擁有也可以幾個人擁有，或者像神聖工廠那樣全體工人共同擁有。批評資本主義的人總是忘了資本主義是反對特權主張平等與自由的。這不是理性的態度，很不好。另一方面，民眾中不可避免有貧困的人，原因很多，各有不同。這就需要社會發揮必要的慈善功能。而資本主義認為資本不但要有創造財富的功能，更要有救濟社會，健全社會的功能。從純經濟學的角度講，社會上貧困的民眾越少，資本的運作就越順暢。購買力最終來自民眾，貧困對資本沒有絲毫好處，因此資本主義本質上是反對貧困的。我們主張平等，自由，民主與富裕。

林老師，可能我們說這些都是多餘的，請您原諒。想必從前您和米老闆早已深入探討過。在國外，米老闆經常提到您。我們大家常常議論您的事蹟，叫人感動得流淚。我們現在來拜訪您，是特地表達我們對您的敬意。

這些過於謙遜的話，讓林樸不知所措。提到米老闆，林樸感慨萬千。聯想到米老闆對神聖工廠的支持，他覺得來人講的資本主義與貧困的話並不是虛偽的說辭，那是真真切切的。林樸問了些米老闆的情況，說真想再見見他。來人說得看時局變化，現在可能不行，太危險。我們來拜訪您也是祕密的。說到這裏他們相互笑了笑，說，其實我們到石頭市已經幾天了，一直在等待時機見您。剛好紫黨出了事兒顧不上別的，這不我們就大大方方地來了嗎？林樸說，你們現在要在國內發展組織嗎？來人忙說，不，不需要。我們以發展經濟為目標，做實事。我們在國外有基金會，專門幫助國內辦企業。在中國，只有產生了大量的資本主義企業才能再談改變中國的事兒。我們不像其他的主義，依靠嚴密的組織和大量的宣傳甚至暴力。上次憲章運動的教訓是深刻的，中國的事兒不能急，要腳踏實地，一點兒一點兒地來做。在國外，米老闆沒有與您通信也是有多方面的考慮。他常說不應該影響您，這點兒請林老師一定理解。

來人給林樸留下了些藥。有吃的也有針劑，都是國外最好的藥，還有一點兒錢。林樸不知道他們怎麼這麼清楚自己的情況，定是米老闆一直在關注他。臨別時，林樸把他們送到大門，沒說什麼喉嚨哽咽著，注視他們走遠。從感情上講，林樸喜歡這些幹實事的人。他在大門外站了很久，看他那樣子，路過的人沒敢跟他打招呼，怕對他身體不好。但叔在旁邊也一直沒吱聲。林樸感到迷惑，各種主義，誰是對的呢？改造中國為什麼一定要主義呢？如果不要主義行嗎？也許不行。是的，這種社會的大事兒總要先思量好方向的，總要先有思想的。只有願望怎麼行呢？

林樸感到頭有些痛，眼前的景物看上去不穩，忽遠忽近的。他彷彿看見一個人從他面前走過，胸前的黑星星突然讓他有股抑制不住的衝動。他說，你等等。那人站住了，問，林老師有事兒嗎？林樸伸手把那有黑星的布條扯下來。對那個驚訝不已的人說，以後別戴這黑星，去跟大家講都別戴，別怕，就說是我說的。當那人和但叔把林樸扶住大聲叫他時，林樸一點兒也聽不見。他的大腦好像亂了套，昏迷過去了。

等林樸醒過來的時候已經是夜裏了，他看見大家都守著他，但叔，采薇還有邊步和全玖兒，覺得不好意思就坐起來。不用躺了，沒事兒。他起來，真的好像沒發生過什麼一樣。邊步仔細觀察了一會兒說，這國外的藥還真是好藥，打一針就管用。最好讓人家再弄點兒來。林樸，你沒讓人家留下通訊地址嗎？這次林樸真的跟往常不一樣，精神不錯，說，人家千里而來，怎能再麻煩人家呢？邊步，這是米老闆那邊的人，搞資本主義的。米老闆是多好的人啦，真想再見到他。林樸拉著邊步在堂屋坐下，對邊步講來人的情況，很簡短，說，他們總結了憲章運動的教訓，投入精力協助國內產業發展，做實事。也許他們走的是一條有希望的路。但叔插話了，林樸呀，別說太多話，注意身體。林樸說了句，知道啦，便不再講下去。

他看著邊步，邊步知道要他講消息呢，便把當天收到的新聞講給他聽。他說，很奇怪，外地那些工廠鬧事的也安靜下來。最激進的革命共產主義怎麼也受這次陰謀的影響呢？按說與他們無關，他們也插不上手呀？據說李荒要發表重要講話，報社安排人正守著呢。出事幾天了，局勢安靜得令人擔憂。我看人們都在等著李荒出手吧。邊步還有些消息，沒說，因為不確切。傳說軍隊的將軍們有人已經被殺了，還有政府的和黨內的高官被抓被殺或者自殺的，這個外面不知道。歷史上涉及到皇上的事兒總是要死一大批人的。如果不殺人，倒是奇怪的，很反常的。

邊步轉了話題，說，街上都傳說你不讓戴黑星星，這事兒影響很大。好像整個下午人們都在說這個。有些黑類的人把那布條取下來。警察管吧，說是林老師說的，一時還不知道怎麼辦呢？邊步笑起來。林樸好像記起了跟那人說的話，他對但叔說，但叔，我想說幾句，沒事的。轉向邊步，這事兒，還有勞改營，從一開始我就覺得是極其不人道的做法。總要有人對這樣的事情提出反對的意見。政治鬥爭是一回事兒，為什麼要讓無辜的人受罪呢？現在是中世紀嗎？還這樣幹。我一直想為這些無辜的人說些話，我能做的就只有這個了。想寫點文章談談自己的看法，又寫不了。邊步呀，現在我差不多就是一個廢人了。但叔看林樸激動起來，忙說，林樸別說了，好不好？林樸點點頭。邊步想了想，這樣吧。我弄一個訪談性的東西，談談這事兒，行不行？林樸點點頭，想想，又點點頭。

邊步寫的文章不長，是問答形式的。關於黑類的無辜例子以林樸的口吻列舉了幾個典型的事例。文章裏，林樸說，勞動營是沒有任何道理的事情。黨和政府應該立即停止這種不人道的做法。革命是要讓中國走向光明而不是回到殘酷的中世紀。還有佩帶黑星的事兒，這是對人的侮辱，建議市民們一起來扯掉黑星。在中國，在革命的現在，不應該製造社會仇恨而應該培植更多的仁愛。

文章第二天就登在報紙上。這種挑戰權力的言論就跟前幾天的號外一樣引起了市民的熱議。不少紫類的人家也覺得林樸的話是對的。街上隨處可見扔在地上的黑星布條。也有黑類人家捂著布條不讓別人扯下來，不是想當黑類，是怕到了靈魂，沒辦法。警察和政府的人不管，只當沒看見。這事兒傳到周道市長那裏，也沒個回音。有人在林家大門外高聲叫，林老師做得好，感謝林老師之類的話。林樸聽見了，沒出去和人們說話，沒必要。這種與社會發展背道而馳的政策本來就不應該也不可能長久。邊步和他的編輯記者們看到這文章在市裏引起的巨大反響，很感慨，說石頭市也許乃至中國就林樸能說這樣的話了。這篇訪談在外地幾家大報上同時登了出來，是邊步叫人電傳出去的。外地的反映得等到明天才知道，估計一定不會比石頭市差。

下午，叢心結和莫白駒過來了。他們對小鋪子特別滿意，興致勃勃地對林樸講鋪子生意的事情。生意相當不錯，玖兒大姐一幫襯就上了路。兩人勤快，送貨上門。老遠人家叫聲來盒火柴，便得得地跑過去送到人家手裏。晚上呢，小匹也過來，三個人討論事兒。林樸笑著說，這小鋪是不是成了你們支部的辦公室了？大家都笑起來，很開心。林樸想了一下，說，小鋪後面或者旁邊有沒有空房子好租呢？叢心結說，有呢。小鋪有扇門可以到裏面天井。裏面有空房子。林樸說，這樣吧，把與小鋪相通的房間租下來。你們有事可以在裏面商議，鋪面當街不好。林樸要但叔拿些錢來交給叢心結。他們不收，說，等鋪子賺了錢再說吧。林樸說，以後的租金得靠你們去掙。現在必須馬上把房子租下來。以後也要注意，不要老是三個人擠在小鋪裏。

這事呢，讓全玖兒知道了，對邊步說，林樸把那點兒生活費都拿出來，就愛操心呢。邊步說，林樸就這樣，由他去吧。他這個心操的也是對的。他們三個年輕，不提醒他們謹慎點兒會出事兒的。不論是林樸邊步全玖兒他們當然不會知道，很多年很多年以後，這小鋪成了文物，一直保持著當初的模樣。小櫃檯，貨架，還做了三個蠟像，是想像中的叢心結他們三個人。小鋪門上釘了塊做工精緻的銅牌，上面寫著民主共產主義教育聯盟石頭市支部舊址。至於這個舊址當年的種種政治活動，人們給忘了，怎麼也想不起呢。

這天夜裏，廣播裏傳了來很多人提心吊膽等待的聲音。那是李荒的講話，嘶啞疲憊的聲音裏充滿憤怒與恐怖的威脅。嚴懲，消滅，決不留情的字眼說了一遍又一遍，讓整個中國在這黑夜裏顫抖著。後世歷史的研究者稱這夜的講話為恐怖宣言，其實叫恐怖令可能更確切些，因為這是大規模屠殺的號令。對的，就從當夜全國的搜捕槍殺，便立即開始了。

這一夜石頭市沒一個人睡覺，待在家裏聽外面哇啦哇啦叫的警車開來開去。這些石頭市警察所新裝備的警車第一次全體出動，滿街閃著紅光，不像以前巡捕所的人一有事兒就在街上跑得蹬蹬響。直到早上人們才知道夜裏第一批抓的是那些在石頭市養肥的北面來的官員。據說他們屬於暗中仇恨李荒的那些政治派別，黨內的。這些腆著大肚子的傢伙年齡都不大，可能做夢也沒有想到會整到他們頭上，會一下子糊裏糊塗地關進中國革命大廈。很多市民到大廈外面看看，看不見什麼，只聽見裏面陣陣慘叫，讓人覺得這世上爭個富貴真不容易呀，剛把肚子吃胖一夜間就變成遭罪的人，真讓人感歎。

到中午的時候，不斷有槍聲從中國革命大廈傳出來。圍觀的市民不知道裏面發生了什麼事兒，直到有屍體抬出來才明白殺人了。想想這些人，年少時參加紫黨，跟著人走南闖北，打仗，贏了，當官，到處吃喝，弄錢，末了，一槍，抬出去埋在北郊的荒草叢裏。多像一場情節豐富的夢呵，一場革命的夢，求富貴的夢，不會醒來的夢。可以想像他們的家人，怎樣從趾高氣揚驀地變成夾尾巴的狗的模樣。有人說政治就是這樣，不準確，應該說革命就是這樣才對呢。

這天石頭市陽光明媚，但看起來跟陰天差不多，尤其對那些被殺的官員的家屬來說，天簡直就是黑的。有受過他們家屬欺侮的人去瞧瞧，看見那些家人面色蒼白的蜷縮在屋子裏，覺得又可憐又可氣。這些平日裏穿金戴銀的男女老少馬上就要劃為黑類編入勞改營，說聲活該吧，那是心腸太硬。平日做人還是留點兒德才好，遇到災難，鄰居們也能說句安慰話，別讓人心裏說活該，對不對呢？從平民變成新貴，往往有抑制不止的驕橫，這是常理。當人們說暴發戶這個詞時，裏面就含有這個道理。人性之劣，這是極陰暗的一面。

幾天的時間過去了，對於看慣了殘忍場面的石頭市民眾來說，這次中國革命大廈關的人似乎離他們有段距離。那是紫黨內部的撕殺，而且被殺的多是當時隨軍隊來的外地人，沒什麼感情。不時有外地逃過來的人，一看肥頭大耳的模樣就知道不是普通常見的難民。市民們還協助警察圍捕，很有點兒幸災樂禍的意味。本市的紫黨不是東西，那推而廣之外地的也不是什麼好東西，活該。

半夜裏從附近巷子裏傳來人們奔跑和叫喊的聲音，令林樸睡不著覺。這種抓人殺人的事情無論是為什麼都叫他心裏難受，似乎人像鬍鬚那樣今天刮了明天又會長出來，不是一勺飯一勺湯養大的。

他躺在床上睜著眼望著黑夜，一遍又一遍想，李荒為什麼一定要這樣幹，得了中國為什麼就不能表現出一點兒仁愛之心呢？這樣於他於中國究竟有什麼好處呢？為什麼當初住在家裏的六個人後來個個都變成這樣呢？看來，中國人確實沒有準備好，還不配進行一場真正意義的革命。締造新中國，現代的中國必須要有民眾的真正覺醒，必須要有現代的中國人才行，否則任何革命只會造就一批又一批的惡棍暴徒。也許叢心結他們米老闆他們走的才是正確的道路。教育民眾培養民眾的民主意識，不是主張暴力，這是對的。發展經濟，通過現代企業的生產活動把民眾一步步引導到現代社會中去，這是對的。父輩們所做的一切不能說錯，那是有特定的政治歷史條件，不推翻朝廷幾乎是不可能的，但接下來的革命對中國而言太倉促，中國人缺乏現代意識的文化不可能造就真正的革命者。父輩們當初可能並沒有深刻意識到這些十分本質的問題。這是中國走向現代文明的迷途呵。在這迷途中逝去的千萬條生命，或許為的並不是理想而是口號，僅僅是些誰也不明白的口號而已啊。人的願望可以模糊可以憑熱情憑衝動，但理想不是願望，它是人的深刻意識的表現。中國人還不具備現代文明意識怎麼可能有真正的革命理想呢？

林樸想到這裏，很自責自己的愚鈍。當初為什麼沒有深刻地認識這些？為什麼沒有聯絡更多的人去從事民眾的啟蒙教育活動呢？這才是中國人真正要做的事情呀。必須要經過數代人的不懈努力才行啊。對自己而言已經晚了，什麼也幹不成幹不了了。如果真的肩負上天的重責，為何不給我一副鋼鐵般的身體和毅力呢？這樣脆弱，不堪一擊，可恥又可笑。是呵，自己只是一個平庸渺小的普通中國人，如此而已。

林樸好長一段時間木木地注視著眼前的黑暗，思想沉默著。巷子裏又傳來腳步聲，驚慌雜亂地跑遠了。林樸像看照片一樣在黑暗中看著叢心結莫白駒匹偕行，還有米老闆。民主共產主義，資本主義，但願他們能偕起手來，不要產生爭鬥，但願他們能堅持下去，一定要堅持下去才行呵。林樸覺得很惋惜，已經沒有時間和精力去理解他們的主義。那是些什麼理論，他們的區別又在哪里呢？他心裏只有願望，那是一種強烈的情感。他覺得他們都是好人，是值得信賴的人。他們強調的主義本質上應該都是好的，只是形式上著力點上有區別而已。或許他們要造就的中國也是有區別的，這不是重要的問題，只要能促使中國人走進現代文明就對了，就好了。

天快亮的時候，他懷念起水之湄。幾乎每天夜裏他都想她，林樸哭了。他不由自主地自語道，之湄，我真想和你談談心啦。有好多事兒，想得我頭痛，真的很痛呀。但叔聽見林樸房間有聲音，趕忙起來，輕輕敲林樸房間的門，低聲說，林樸，醒了嗎？要醒了就起來吧，別一個人說話，好嗎？聽到但叔的聲音，林樸好像從夢中驚醒過來一樣，慌忙說，但叔，沒事兒，您去睡吧，我也再睡會兒。但叔沒有再睡，輕輕地找把椅子在堂屋裏坐下，等著天一點兒一點兒地泛亮。

當天剛亮的時候，街上傳來汽車的聲響，不少。但叔開門一看是成列的軍用卡車，上面裝滿了士兵。怎麼回事兒？要打仗了嗎？等車隊開過去後，但叔到街上張望。那些早起的人也和但叔一樣感到困惑。

關上門後，但叔正要去做早餐，煮點兒米粥什麼的，聽見房子裏林樸在問，但叔，外面有什麼事兒嗎？但叔見林樸醒了便說，來了些軍隊，坐汽車來的。是路過嗎？不知道。過了一會兒，林樸起來了，精神不好，頭發暈，便在堂屋的椅子上坐下來。心裏想來軍隊幹什麼？要對付誰呢？坐了會兒便去洗臉刷牙。但叔問他身體還好嗎？還好。夜裏沒睡好，有點兒頭暈。餓不餓？不餓。采薇起來了，幫著做早餐，盛了些鹽菜放在桌子上。米粥是用昨天留下的現米飯煮的，一會兒就好了，三個人圍著桌子吃。林樸說，得打聽一下這些軍隊來幹什麼的？不知道是不是有什麼政治行動？得知道才好。采薇，你吃完飯去小鋪問問你哥哥。另外特別提醒他們注意，最近不要有什麼活動，等形勢明朗了才說。記住了嗎？那好，快去快回，我等著呢。

沒多大一會兒，采薇和叢心結過來了。叢心結說，軍隊駐在中學裏，人數並不多，三百來人，沒帶重武器。據現在瞭解的情況，有些城市實行了軍管。李荒的清理行動可能會擴大到黨外，有些城市開始亂抓人。革命共產主義同盟會和工會的人抓了不少。現在大家都不理解黨內的鬥爭怎麼會擴大到社會上，李荒是不是有些過分瘋狂了？林樸說，原來是這樣的。早上聽說軍隊來了，覺得事情不對。你們現在立刻停止活動。叫青年中國運動的同志們相互照應，以防不測。千萬記住不要做無謂的犧牲，中國的事情既要努力又要有耐心。心結你們一定要把我的話當真呵。快去跟大家說說，做好準備。叢心結匆匆地走了。

林樸在家裏來回踱著，對但叔說，不行，得去報社找邊步，怕他出事兒。但叔說，你這樣不行，看看你臉色，怕走不到報社半道就得倒下。采薇你去趟報社叫邊社長來一下。采薇很利索帶著小跑就走了。

詩經有云，隰有萇楚，猗儺其枝。夭之沃沃，樂子之無知。有時呢，人真沒有草木之樂，憂愁啊，為何這樣多呢？

三十六　采薇

采薇去了好長一段時間沒回來，林樸在家著急，越來越覺得出事兒了。知道但叔不讓他一個人出門，只好在家裏來回踱步，頭很沉，吃了點兒藥，一個人不斷自言自語。但叔也著急，出門瞧瞧又回到屋裏。怎麼回事兒呢？聽街上人說，報社那邊鬧事兒了。鬧什麼事兒？不清楚。聽說警察也出動了。這邊呢，沒聽見警車叫，但叔把街上的話沒有對林樸講。

直到太陽升得老高了，采薇才氣喘噓噓地跑回來說，報社那邊好多人，采薇邊說邊比劃著，這樣手挽著手一排排堵在報社門口。還有很多圍著看熱鬧的人。警車警察都去了，還有政府的人，衝不進去。那些人喊口號，什麼言論自由，保衛民報之類的話，聽不明白。林樸忙問，你哥在不在？不在，沒看見。倒是看見白駒哥了。邊社長呢？沒看見，我進不去。人擠得很，推來推去的，想擠到白駒哥跟前也不行。叫他聽不見，人太多了，亂得很，很吵。聽別人說好像是政府要沒收報紙什麼的，不太明白。聽采薇一說，林樸就知道肯定是青年中國運動的年輕人在報社那邊。事先沒聽叢心結提起過，想必是突發的行動，於是對采薇說，你還得跑一趟。去小鋪找你哥要他跟小莫講，勸那些人撤走，越早撤越好，快去，叫他一定要這樣做。采薇看著林樸的臉色就知道事情非常嚴重，緊張起來，出門便一路小跑。

采薇去找她哥的那會兒，報社那邊的局面已經失控了。原先那一排排手挽手的年輕人被滿街推來擠去的人流取代。報社裏面亂成一團，市民警察還有政府的人全部擠在一塊。在屋裏也聽得街上的人叫喊著往報社那邊跑。警察和政府的人在混亂中挨了打，最後都跑掉了。人們興奮起來，鼓掌，跟著喊口號，保衛言論自由，保衛民報，政府滾蛋，那場面好像石頭市又回到了以前的日子。

有人過來敲門，說，得給林老師講講，報社那邊在鬧事兒呢，怎麼辦？怕出人命呢。林樸聽了來人的講述，知道事情沒辦法了。政府不會甘休的，可能要動軍隊了。林老師，該怎麼辦呢？您得給大家拿個主意呀。林樸對但叔說，我得去一趟，會死人的，我得走一趟。但叔忙找把雨傘跟林樸一起出門。街上的人看見林老師出來了，都跟在後面一起往報社走。一路上跟著的人越來越多。

到了報社人們讓出道來，抬來一張桌子扶林樸站上去。人們看見林老師，高喊林老師林老師，一遍遍鼓掌。等人們靜下來，林樸大聲說，保衛言論自由，保衛民報，大家的願望是好的，是應該的。滿街的人又鼓掌，喊口號。林樸舉著手說，另一方面，請大家冷靜想一想，現在是什麼政治局勢。有些事兒大家應該忍一忍。有人高聲叫到，不怕他們。這下滿街的人又激動起來，嚷嚷著，不怕他們不怕他們。

林樸揮手叫大家安靜下來，說，這不是怕與不怕的事情。爭取民眾的正當權利需要大家共同努力，但是，更需要策略，簡單地與政府對抗，反而達不到目的。現在大家聚在這裏，沒有必要的組織，沒有秩序，只會使事情變得沒法收拾。請大家不要忘記以前的悲慘事情。現在不是有政治協作會嗎？我們也可以通過正常渠道與政府交涉。說簡單些，大家現在聚在這裏，我擔心會出人命。我，林樸，在這裏求求大家，回去吧。你們能聽我一聲勸嗎？求求大家回去吧，會死人的。說完撲的一下跪在桌子上，哭起來。這一下滿街的人靜得一點兒聲音也沒有。有人開始抽泣，聲響越來越大。好一會兒，有人叫道，林老師，別難過，我們聽你的。很多人跟著喊道，林老師，我們聽你的。有人伸手把林樸扶起來，林樸站在桌子上向人們作揖。大家鼓掌，開始散走。外面的人不知道，怎麼啦？林老師勸我們回去。回去吧，回去吧。

林樸昏迷了。人們背著他往家裏走，一路上跟著好多人。當林樸躺在床上時，大門外還圍著一層一層的民眾。這時報社那邊傳來了槍聲，軍隊出動了。人們拼命往報社那邊跑，報社那邊又有很多人往外逃。街上一片混亂。往外逃的人說，軍隊衝進報社了，死了人。亂開槍。別過去，千萬別過去。人們站在街上往報社那邊張望。不一會兒一股黑煙升起來。還在開槍。黑煙轉眼變成了大火，呼呼地往上直沖。救火車開過來，叮叮噹噹地敲著警鈴。遠遠望得見，軍隊把報社附近那段路封鎖起來不准人靠近，還時不時對天放槍，算是警告。

經過大事兒的石頭市人沒有過度的慌張，只是心中忿恨難平。該死的政府，該死的軍隊。林老師是對的，他救了多少人的生命呵，不然現在報社前的街面上一定佈滿屍體灑滿血。人們議論著，為什麼不去跟李荒說說讓林老師當石頭市市長呢？李荒作為對林家的回報也該這樣做呀。有人甚至建議石頭市發起一個請願活動，可現在又不是時候呀，李荒忙著報復殺他的人呢。以後再說吧，這事兒遲早得辦。有林老師當市長至少可以擋住外來的混蛋。

但叔請人給林樸打針。中午林樸醒過來，昏昏糊糊的，覺得床邊有人，喃喃地問了句，雨停了嗎？之湄怎麼還不回來呀？他覺得有人好像在空中飛來飛去的叫他，慢慢地他聽清楚了，就在床邊。他睜開眼睛仔細看，是全玖兒和邊步母親，她們兩人都在哭。邊步母親頭上好像有白東西，是繃帶。抬手指了指，口裏說，邊步，邊步回來了嗎？全玖兒哭泣著說，哪兒也找不到，我和媽媽哪兒也找不到。該怎麼辦啦？林樸想起來，沒力氣，頭暈，只好又躺著，說，我去打聽，你和媽媽回來吧。夜裏會戒嚴，一定會的。去吧，別難過。但叔在一旁說，你們先回去，家裏得有人，這邊我們來打聽，采薇過會兒回來就有消息了，我會告訴你們的，乾著急也沒用。全玖兒點點頭，擦把眼淚，又扶林樸坐起來，給他藥片，水，看著他吃了藥後，便和邊步母親一起回去了。吃了藥後，林撲靠著床頭閉了會兒眼，覺得清醒多了，說，但叔，邊步母親受傷了？是呵，讓警察打的。還好，只破了點兒皮。她們去報社了，沒找著邊步，沒擠進去，倒給警察打了。采薇去找她哥，該回來了。但叔扶林樸起床，到堂屋裏坐下。讓林樸吃了些米粥，林樸覺得精神好多了。街上傳來隆隆的聲音跟汽車不一樣，但叔去看了一下，說，裝甲車，還不少。林樸靜靜地聽著，這是增援的軍隊。

采薇叢心結還有小莫都過來了。心結說，事情是自發的，我們也勸不住。要不是您去，事情弄成大慘案也說不準。報社裏死了一位編輯，還有兩個本市的青年人。軍隊衝進去的時候他們擋著門，拼死呢，被軍隊開槍打死了。現在查了一下大約是我們的人。很亂，還沒弄清楚。我和小莫一直在疏散他們，人多，很困難。報社的人受傷的不少，軍隊衝去亂開槍。四一夫他們報社的人從後門撤走的。據說邊社長放了火，他被士兵開槍打倒了，不知是否還活著？過會兒我們和一夫匯合了才知道。林樸說，他要是活著一定抬到我們家來。兩人點著頭，匆匆地走了。

但叔正要關門，鄰居太婆拄著杖過來了。但叔說，有事兒？您老？太婆擺著手，進去說，得進去說。到屋裏，老太婆在林樸面前，比劃了幾下才說，我前門關著，後門開著，沒人來我老太婆家的。老太婆說話莊重得聲音顫巍巍的。就這樣，別怕，好啦，我走了。林樸看著老太婆好一會兒想不明白她老人家說的是什麼。但叔送太婆走後，對林樸說，太婆是好人。她老說什麼呀？但叔說，這不與她家隔堵牆嗎？搭個小梯翻過去就是她家後門。你小時侯不是常爬在牆頭看她家嗎？林樸明白了，心裏很感動，這是說有事兒可以躲在她家。但叔說，人間有大義，古話呢。

街上很亂，人們跑來跑去的。報社那邊的大火好像快滅了，看不到火焰，只是冒煙。采薇心結還有幾個不熟悉的青年推著小車來了。邊步躺在車上蒙著床單。大家把邊步抬進屋裏放在林樸的床上。邊步身上纏著紗布繃帶，睜著眼睛不說話。林樸坐在床邊拉著邊步的手，又哭起來。心結在一旁輕輕地說，傷口已經叫人縫好了。問題不大。肚子上中了一槍。還好沒傷著內臟，左腿上的子彈也取出來了。幸好是手槍打的，不然左腿保不住了。一會兒有醫生要過來，是自己人。轉身指指身後站著的青年人，這都是自己人。邊社長，林老師，我們得走了，還有受傷的人得照顧。林樸抓住心結的手使勁兒搖，想說話，說不出來。心結說，林老師，您放心，我們會注意的。心結他們走後，但叔叫采薇去邊步家。不一會兒全玖兒和邊步母親來了，哭了好一會兒。邊步睜著眼睛，就是不說話。報社沒有了，本該在火裏和報社一起燒死才好。為什麼要救我？為什麼要活下來？悲憤在邊步虛弱的身體裏像燃過的餘燼一樣冒著煙。全玖兒趴在他耳邊叫他，要他看看母親。邊步轉過頭來，然後閉上眼睛。淚水從眼角淌下來。醫生來了，一個人。給邊步輸液，教全玖兒怎樣處理，手把手教，說，萬一我不能來，就得靠你護理了。臨走時留了好些藥，紗布繃帶。但叔和采薇一直留在堂屋裏注意著大門。醫生走後，但叔把邊步母親叫過來，說，你得回去，政府會懷疑的。要問，就說玖兒去了鄉下。要搜捕的，肯定會。邊步母親覺得但叔說得有道理，便把全玖兒留下，自己回去了。

天剛黑，有人向街上巡邏的裝甲車扔燃燒瓶，然後撲撲地順著小巷溜走了。士兵開著槍去追，沒追著。在小巷裏一拐，人不見了。一輛裝甲車燃起來，一會兒裝甲車的油箱爆了，大火夾著黑黑的濃煙把半條街照得透亮。等救火車趕來時，裝甲車只剩下黑黑的鐵。滿街彌漫著燒焦的橡膠臭味，嗆人。

誰也沒想到會出這事兒，整個石頭市緊張起來。士兵們湧上街頭，不斷向天開槍。街上的人慌慌張張地往家裏跑。有人被士兵打死了，躺在街邊沒人敢過去收拾。小巷裏有士兵被襲擊。軍隊的軍官並不瞭解石頭市在粉黨時期發生的事兒，大意了。在小巷裏士兵拎著槍一二個人去追可疑的人，結果沒活著回來。事態變得很嚴重。街上巷子裏軍隊不准人走。只要看見人，喊一聲站住，接著就開槍，瞄著人打。不問是哪一類的人，也不管是不是小孩。人們在家裏聽得見遠遠近近不斷傳來的槍聲。

采薇虛著大門，從門縫往外瞧。剛好有輛裝甲車從街燈下駛過，看得很清楚。她關上門，對但叔說，裝甲車上面的洞口有個士兵耷拉著像是中了槍死了。正說著屋頂上的瓦嘩啦一聲響，抬頭看，看不見什麼。采薇機靈，忙說，肯定是子彈打的。

邊步從他母親走後，一直昏睡著。全玫兒陪在床邊，時不時的哭泣。過了午夜，但叔叫采薇去睡，自己和林樸坐在堂屋裏。林樸睡不著，也不肯去睡。外面發生的事情，沒有確切的消息。林樸覺得頭腦木木的，想仔細考慮點兒事兒，可怎麼也做不到。心裏只有一片陰沉沉的擔心所引起的一會兒清晰一會兒模糊的痛苦。一聽見槍聲他就全身一驚，嘴裏不時嘀咕著心結他們的名字。但叔知道林樸擔心他們，怕他們與軍隊幹，怕他們遭受不幸。林樸並不知道這次石頭市的報社事件在中國影響並不大，因為其他城市因別的事兒引發的騷亂比石頭市更大，影響蓋過了石頭市。他更不知道革命共產主義同盟會在全國發動的暴力活動。石頭報報社的事情似乎只是個偶發事件，有沒有人暗中利用這事件，林樸一點兒也不知道。他只是擔心青年中國運動的那些年輕人他們在憤怒中會不會做出暴力反抗的行為來。街上戒備森嚴，沒人可以走動。整夜沒有消息，沒有。

下半夜又有什麼地方著火了，救火車的警鈴叮叮噹噹的，特別響。不知火是否滅了。直到黎明時分，石頭市才安靜下來。當堂屋裏有了一點兒淡淡的曙光時，但叔看見林樸在椅子上睡著了，頭靠在椅背上。但叔拿件衣服給他搭上，並不叫他上床去睡，好讓他多睡會兒。但叔進屋叫玖兒去采薇屋裏睡會兒，玖兒不去。但叔小聲說，玖兒，邊步這段日子全靠你了，去睡吧。全玖兒這才去睡。她知道但叔的意思，這段日子不可能有別的幫手，如果病倒了，大家怎麼辦呢？

天一亮，搜捕開始了。聽得見成隊的士兵在街上跑過的聲音。但叔站在大門裏側耳傾聽著，並沒有聽到挨家挨戶的拍門聲。遠處傳來隱隱約約地吆喝聲，像是在抓人。采薇起來了，悄悄走到但叔身邊，把頭貼在門上聽。她說，但叔我得上街買點兒菜，家裏沒有了。還有雞蛋吧？早就沒有了。采薇指指屋裏，說，不能老吃鹽菜，他們會病倒的。但叔猶豫起來，不知怎麼辦才好。采薇把門打開，說聲我去問問，一閃就溜出去了。但叔伸頭張望，看見她正與不遠處的士兵說話。士兵像在吼叫什麼。

采薇回來了，說，不讓出去。關上門到後院去煮粥。後院牆那邊有根竹竿敲著牆頭。采薇覺得奇怪，一看那竹竿一下一下地，不停。便搬來兩把木凳搭起來爬上去瞧瞧。牆那邊是老太婆，看見采薇了，說，丫頭，拿根繩子來。采薇不明白，望著老太婆沒動。快去，聽見沒有？采薇沒想過來，還是找了根繩子。老太婆把小竹籃繫在繩子上，拉，丫頭，拉，拉上去。采薇一看是幾個雞蛋和一塊鹹肉。采薇正想說什麼，見老太婆擺手便下去了。但叔還站在大門那裏，采薇把小竹籃給但叔看。你謝太婆沒有？沒有，忘了。

邊步醒了，采薇給他喂蛋花米粥。完了，和林樸講話，雖然還是一副失神的樣子，但心情看起來平靜了許多。事情已經發生了，只好承受，不然又能怎樣呢？或許石頭報的命運早就註定了，只是身在其中不知不覺而已，怨誰恨誰都沒用，中國就這樣，以後還會這樣。誰叫自己是個中國人呢？你去怨誰？你去恨誰？一個一個都一樣，除了名字不同，還有什麼不一樣呢？邊步握著林樸的手，失望地說，這中國，還有誰能翻過這些可恥的歷史真正開始書寫新的一頁呢？林樸呀，我們完了。沒希望沒未來的民族，除了一堆虛偽的歷史就什麼都不是。林樸想說，希望是有的，只是離我們還太遠之類的話。沒說。自已也覺得這些話太蒼白無力。當街上來回跑著荷槍實彈的士兵時，空談這些多沒趣，多無聊。自己聽了邊步的話反而輕輕地點著頭。在這片讓人永遠憂心的大地上，過去的和未來的一切，沒有什麼稱得上美好。權力，殺戮，周而復始，像書的一頁，老是翻過來翻過去，不斷重複著同樣的故事，同樣的面目，同樣的悲哀。看上去真是永無休止，永無休止呵。

中午剛過，有拍門的聲音。從聲音上推測拍門的人還算有禮貌。一下一下的，並不急迫。但叔說可能是軍隊。怎麼辦？把邊步挪走已經不可能，又沒有有力氣的人在。和林樸相互看了眼。但叔叫驚慌的全玖兒把房門關上，別出來。與林樸一起去開門。果然是士兵，拍門的是個軍官，腰裏挎著手槍。這軍官年齡不大，看來很客氣。打量一會兒林樸和但叔，說，那你是林老師了，久仰。林樸說，有事兒嗎？很對不起，上面讓看看你家。是搜查吧？這個差不多吧。公事公辦，就看看。為什麼要搜查我家？這是命令。為什麼下這命令？我不清楚。對不起，我只是執行命令。林樸說，你認識路將軍嗎？當然認識。我以前還是他的部下呢。你也認識路將軍？林樸指指但叔，這是路將軍的親生父親。你去市裏查一查，看是不是真的。那軍官很驚愕，睜大眼睛又把但叔打量了一番。林樸說，你去查一下吧。如果我說的是假話，你再來搜查。那軍官很利索，說聲對不起，拍地一聲立正敬禮，帶著士兵走了。

林樸和但叔坐在屋裏商量，士兵還會來的。邊步一路抬過來肯定有人看見了，得把邊步藏到太婆家去。他們到後院看看。怎麼抬過去？牆雖說不高，也是堵牆呀。采薇呢，她翻上牆頭叫太婆。太婆費了好大勁兒搬來個小梯子讓采薇下來。一會兒采薇在牆頭叫玖兒姐過去幫忙。兩個人在牆那邊搭桌子，好了，又翻過來搭。邊步算是抬過去了，痛得邊步一身汗。屋裏剛收拾好，又拍門了。但叔去開門。軍官換了人，說聲，對不起要檢查，一揮手士兵便湧進屋裏。裏裏外外的到處看。什麼也沒有。林樸坐在堂屋，搬邊步時累了，問那軍官為什麼一定要搜查？那軍官有點兒不好意思，說，根據情報，昨夜有人進了你家。上面要查一查，沒事，大家都好辦。林樸說，提供情報的人是不是看走眼了？昨夜街上能走人嗎？那軍官立正敬禮，說聲請原諒，帶著士兵走了。下午叢心結過來了，拎了好些菜，還有隻雞。他敲門時，但叔以為士兵又來了。林樸坐在堂屋等著應付呢，一看是心結，你怎麼出來啦？心結說，沒事了，街上可以走人，但得查戶冊，看，戶冊帶著呢。把菜交給采薇，坐下來和林樸但叔談事情。先去了趟邊社長家，雞是他母親給的。邊社長家搜了兩次，把邊社長家裏的資料筆記什麼的都搜走了。母親到現在還哭呢。我去看了，房間翻得亂七八糟。我們擔心這邊，一定要過來看看。也搜查過？心結很吃驚。怎麼把他抬過去的？我去看看，心結翻過牆，去看邊步。林樸和但叔雖然還來不及問心結的情況，但看心結的樣子心裏放心了許多。好像沒什麼事兒，那就好。

心結看完邊步後忙了好一陣子，直到把雞煨上才坐下來和林樸說話。襲擊軍隊不是我們的人，雖然現在情況還不確切，但我可以肯定是革命共產主義同盟會幹的。是些外地人。我不是說他們這樣做有多錯，他們有他們的策略。他們利用報社的事兒擴大影響，這不太好。市裏有人學著幹，襲擊軍隊，像以前那樣。他們在巷子裏到處貼標語，署名革共同盟，結果引來軍隊到處抓人，造成無辜民眾的傷亡。一點兒辦法也沒有，沒法和他們連繫，控制不了局勢，大家很擔憂的。據傳他們還說我們是懦夫，沒有領導民眾武力抗爭，是機會主義者。林老師，他們作什麼事情總是帶有攻擊性。省總支指示我們不要把精力放在與他們的爭執上，踏踏實實幹咱們的事情，但是他們造成的結果我們卻要承擔，這不公平。林樸聽著點頭，心想省總支的指示是對的，民眾的反抗也能理解，不顧民眾的傷亡去利用民眾的情緒太不負責。想到這裏又搖搖頭，很無奈。一個組織在基本政策上傾向於暴力，怎麼想也不會是好事兒。當然，在充滿暴力的政治環境中造就這樣的政治組織也是情理中的。歷史總是變著花樣重複過去的故事，沒完沒了。

心結叫了兩聲林老師，林樸才從自己的思路中醒過來。心結問，要不要現在把邊社長抬過來。但叔接話說，過兩天吧，抬來抬去，他受不了。叢心結走後，林樸還一直盯著大門。但叔覺得有點兒不對，讓林樸去睡會兒。林樸躺在床上對但叔說，之湄在就好了，說了一遍又一遍，直到沉沉睡著。

是呵，那些困擾林樸的問題，也同樣困惑著許多渴望民族新生的有志者。暴力造就不了新中國。如果依靠槍炮依靠暴力締造所謂的新中國，到頭來還得靠槍炮來維持，最終必然導致專制，導致腐敗，導致壓迫。一切又回到過去，新中國成了一場歷史鬧劇，是的，只是一場鬧劇，一場以千百萬人的生命為代價的鬧劇，鬧劇而已。翻翻歷史吧，看看那些打著耕者有其田旗幟的造反者最終是怎樣變成新的皇上和新的王爺的。歷史真無恥。

兩天過去了，石頭市似乎平靜下來。街上的警察與士兵們臉上沒有了當初的那種緊張神情。人們可以在街上走動，雖然免不了隨時盤查。邊步又抬回來，他母親過來看他，一把鼻涕一把淚的。全玖兒瘦了，帶著黑眼圈兒，沒有睡好。那位青年醫生也來過，給邊步換了紗布繃帶。邊步很少說話，有時林樸坐在床邊兩個人就默默地呆著，與其說是想事兒倒不如說兩人都在心裏承受著悲哀的情緒。

中午，叢心結他們三個來了，講了報社的事兒。編輯記者有人受傷，都轉移到外地去了。目前看來沒什麼事兒了，當然只能說目前。外地情況也不好，到處捕人。叢心結說，中國革命大廈已經關了很多人。到底抓的是些什麼人，不太清楚。估計多半都是無辜的人。真正襲擊軍隊的人沒抓住幾個。大家在屋裏坐著沉默了好一會兒。叢心結說，等邊社長傷口拆了線，我們要把他轉移到鄉下去，待在市裏不安全。林樸認為這辦法行。還有幾天吧，你們去準備一下。最好到玖兒姐哥哥那裏去，有人好照顧。

石頭市沒有了報紙，人們不知道外面的情況，甚至連本市發生了些什麼也不清楚，到處都是私下的流言，說什麼的都有。一件事情傳來傳去，還會演變成幾件事兒。傳言市政府裏又開始了大清洗。不是上次已經洗過一次嗎？怎麼又要洗？上次沒洗乾淨嗎？說是這次涉及到市長。為什麼呢？不清楚，說是市政府的人傳出來的，上面追查周道是因為有人告密。為什麼他事先要把中國革命大廈騰出來？他怎麼知道將要發生的事兒？這不就是知情者甚至是同謀嗎？石頭市的人並不瞭解紫黨內部的鬥爭，也不明白廣播裏提到的與黨內外的反革命作堅決鬥爭的話到底指的是什麼，就是一味瞎猜。對於石頭市而言，周道就是政權就是紫黨。人們對紫黨的不滿都形象地集中在周道這位市長身上，巴望他有事兒，所以涉及到周道，人們興致很高。傳言似乎像道詛咒，傳著傳著事情就真了。

過了幾天，市裏到處講周道的故事，一直講到林樸這裏來。幾個講法，一個比一個生動。說是夜裏天很黑，要過河吧，大渡船停了，只有打魚的小舟還可以商量一下，給點兒錢渡過去。打魚的小舟在石頭市叫魚划子，很小。

往往是兩口子，女人在後面划槳男人在前面布網收網。不熟魚划子的人坐上去，雙手都是死死抓住船幫，擔心小舟隨時會翻。有人在岸上叫魚划子，說有急事要過河，給了大把的錢。水面上黑，男的划船，划到河心，回頭一看岸上到處是手電筒的光在晃。一想，船上這人怎麼很熟悉呢？在哪兒見過？不對，再想想，像是周市長。不可能吧，得核實一下，便在船尾叫了一聲，周市長。沒想到周市長應了，問什麼事兒？那男人說船漏水，怕划不到對岸去。周市長伸手在船底摸，果然是一船水。他當然不知道魚划子裏從來就沒乾過，一直是有些水的，害怕起來，求那男人快點兒划，也許可以到對岸的。那男人說，這不行，我還得養家，不能死。錢我退給你，你另找魚划子吧。於是呢，不顧周市長怎樣說，還是划了回來。

一靠岸，手電筒就圍過來，照得周市長渾身亮堂堂。周市長褲子濕了。這裏有二種講法。一說是船裏的水打濕的。周市長害怕，不肯上岸，一屁股坐在船底，褲子濕了。另一說是周市長上岸後，腿哆嗦，追捕的人架著他，他撒了一褲子尿。尿很多從褲腳滴下來，一路滴到大街上，一踩一個腳印，一股尿騷味。平時吃得好，再來點兒酒，拉的尿氣味特別大。當然囉，這說法有點兒誇張，聽起來好笑。又過了兩天，就是醫生給邊步拆傷口縫線時，比較確切的消息傳過來。周市長，周道被關起來了，關在曾按他的指示騰出來的中國革命大廈裏。像似天命註定的，以為自己聰明，結果是個大傻瓜呢。

轉移邊步，確實費了一番腦筋。夜裏不能走，有巡邏的士兵，街上人少，太扎眼，只能在白天。怎樣把邊步抬出去穿過大街呢？最後還是採用了全玖兒的辦法。她趕回娘家，叫她哥用牛車裝了一車稻草拉到市裏來，自己則在郊外等著。那年月好多人家仍然用稻草鋪床當褥子。常有鄉下人拉成車的稻草到市裏來賣，堆得高高的。她哥走了幾十里路，又牽著牛車在市裏轉悠，被搜查了幾次，直到後來巡邏的士兵膩了，看見她哥的牛車不再盤查。有士兵是鄉下人，還問她哥，你就不能便宜點賣，轉來轉去，還要再拉回去嗎？她哥說，這次便宜了，下次怎麼賣？帶隊的軍官說，鄉下人，好小利，傻子一個，土佬。告訴你，天黑前得走，這堆東西惹火。知道了，再轉轉就走。

她哥把牛車趕到林家門前，歇下來。有人來問價，太貴，走了。瞅見四下沒人，她哥把稻草卸下來。這當口，叢心結他們把邊步抬到車上，用稻草蓋起來，紮上，多的稻草留在林家。牛車走了，一路上心結他們離得遠遠地跟著，一直送到郊外看見全玖兒坐上車才回來。

把邊步送走後，林樸由采薇陪著去邊步家看望邊步母親。天剛黑，街燈還沒亮，沒人注意到林樸。邊步母親知道邊步安全送去了，鬆了口氣，擦了擦眼淚說，這以後該怎麼辦呀？報紙不說了，就那些他多年整理的資料筆記沒了，這不要了他的命。林樸呀，這可怎麼辦？林樸去邊步房間看了看。房間已經收拾過，書少了許多。有些書因為上邊有邊步的眉批，拿走了。成疊的資料，筆記全沒了。

林樸很傷心，坐在邊步房間裏半天不說話。采薇怕出事兒，輕輕搖搖林樸說，林老師和邊媽媽說說話吧。林樸這才說，伯母，以後的事兒以後再說吧，只要人在比什麼都好。停了會兒又說，有些事兒您擔心也沒什麼用，以後的事兒以後再說吧。林樸把邊步的孩子抱在懷裏。這孩子和邊步性格完全不同，不愛亂跑，特別喜歡靜靜地坐著聽大人講故事。搜查那會兒，他站在店鋪角落裏一直張望著，沒像其他孩子那樣嚇得直哭。他奶奶著急吃不下飯，這孩子抱著奶奶胳膊說，奶奶吃飯，不吃會餓的。說得邊步母親淚流連連。林樸摸摸孩子的臉說，你們這一代會不會好些呢？沒想到這孩子使勁兒點頭說，會的。林樸睜大眼睛把孩子的臉仔細看了一遍，會好些嗎？會的。林樸眼淚出來了，想說什麼，沒說出來。采薇忙把孩子抱過來，說，林老師我們該回去了，天黑了。

回家的路上，有人跟林樸打招呼，擺擺手，輕輕叫聲，林老師。快到家時林樸突然問采薇傘呢？采薇剛想說，在家呢，有兩個人走過來，外地口音，林老師，您好，能和您談談嗎？林樸看了看這兩人，年輕，個不高，像南邊不遠那個好吃辣椒的地方的人。我們不是政府的，也不是紫黨的，您放心。一直想拜訪您，能不能到您家談談？林樸沒理會采薇拉他的衣服示意不同意，說，家就在前面，進去坐坐吧。

在堂屋裏采薇但叔在一旁站著，很緊張。那兩人坐下後，望望采薇但叔又看看林樸。林樸說，沒關係，都是家人。那兩人中年齡看起來稍大一點兒的說，這樣的，我們是革命共產主義同盟會的。您一定知道我們的革命組織。林樸點點頭。那人思路很清晰，講話舒緩而有力，看來像個負責人。他一直講，像個佈道的人。在中國，真正的革命已經轟轟烈烈地展開了，這就是共產主義運動。這是中國人民經過血的洗禮才找到的一條正確道路。殘酷的現實告訴每一個關注中國未來的有識之士，唯有共產主義才能救中國。人民需要共產主義，共產主義社會是人民最本質的渴望。只有共產主義才能喚醒億萬人民。接著他列舉了很多國內外的事蹟，包括攻打巴士底獄的那個國家後來發生的事情。談到人類的希望，談到中國建立共產主義社會的種種有利條件，談到人民的疾苦和共產主義社會的美好。那是一個沒有壓迫沒有特權沒有腐敗人人平等的社會。談到神聖工廠，神聖工廠是共產主義的萌芽，它的存在說明兩個十分重要的問題。第一，說明共產主義社會的建立在中國完全有可能。神聖工廠的事實就是共產主義通向實踐的橋樑。第二，人民由於在這樣的共產主義試驗中能過上幸福平等的生活，一定會真心實意地擁護共產主義。

林樸插話了，神聖工廠是有缺陷的，我們沒有建立真正的民主制度，這是個嚴重錯誤。你講的這些我並不陌生，但我最關心的是民主與專制的問題。不論是共產主義還是資本主義在我看來只是形式上的區別。我覺得不管中國以後流行什麼主義，只要是民主的，就是好的。我們為什麼要推翻皇上？不就是要改變專制建立民主嗎？如果說某種主義能救中國，那麼這種主義一定是民主的。不然中國不可能從災難中走出來。

那人接過話來，很興奮，說，林老師說得有道理。共產主義一定是人類有史以來最追求民主的主義，這是由於共產這一大前題決定的。個人不佔有財產就沒有了壓迫人剝削人的條件，您的神聖工廠正好說明了這點，不是嗎？我們同盟會以及國外的同志們經常深入研究神聖工廠這一重大的實踐活動。只有實行共產主義才能拯救人民，實現完全意義的民主與平等。林樸搖搖頭說，你們也研究過見有廬的事兒嗎？那人猶豫了一下，說，聽說過，好像這個人不怎麼好。林樸說，這不是個人好不好的問題，是制度。神聖工廠沒有建立真正的民主制度，管理者有特權，又缺失必要的民主監督。特權必然導致腐敗，這是個極其嚴重的問題。林樸看看那人接著說，長期以來我一直反省，是不是我沒有經常關注檢查工廠的管理人員才造成這種後果的？我有責任。但問題的關鍵並不在這裏。民主不能只是願望，更不能只是嘴上說說而已。民主必須是真實的制度。只有民主制度才能最大限度地抵制特權。專制是與特權連繫在一起的，沒有特權就沒有專制，特權必然走向專制。在中國，我再重複一下，什麼主義並不重要，重要的是專制與民主的選擇。推翻朝廷的目的只有一個，就是建立民主的新中國。這是中國人走向現代文明的唯一途徑。任何主義都不能成為反民主的藉口。任何形式的專制都是對推翻朝廷的革命運動的嘲笑。你說是不是這樣的。

那人深思了一會兒，說，林老師，您說的有道理。恕我直言，還不夠完整。革命勝利後，社會還存在各種反革命的勢力和潛伏的復辟的趨勢。民主的願望往往不足以對付這些政治勢力，所以必須實行人民民主專制制度。那人很有禮貌，瞧見林樸的臉色不好，便不再說下去。

林樸覺得與這種理論談話很累，有一種被人攪混水的感覺。他對政治的種種理論思考得並不多，但是民主和專制竟然能被人揉在一起，這是他從沒有想過的。他對那人說，民主和專制，我理解是完全相反的。你說的這個制度，本質應該是專制吧。再說人民怎樣專制？專人民的制嗎？專自己的制嗎？專制是少數人對付多數人，專制是少數人擁有特權。人民進行專制就是說人民擁有特權，社會絕大多數人擁有的權力還叫特權嗎？拿現在的情況比，人民民主專制是不是另一種形式的分類令呢？

林樸還想談一下革命共產主義同盟會的暴力傾向問題，這時有人拍門，一聽就是政府的人或者軍隊。那兩人騰地一下站起來掏出手槍。林樸看了心裏很不舒服，跟但叔說，但叔，帶他們從後面走吧。林樸說的自然是翻牆從太婆家出去。自己去開門，是政府的人。說，後天要開協作會。新市長上任，要見面講話。新市長怎麼稱呼？姓劉，劉靈台，劉市長。政府的人走後，林樸感到心裏一陣難受。沒吃晚飯，便去房間躺下了。

三十七　李荒

李荒自從那個恐怖宣言後，再也沒有聽到有關他的消息，廣播裏也沒提到他的有關活動。外地傳來的各種謠言很多，起了相互抵消的作用。市面上往往是這樣的，如果一件事兒一個人只有一種傳言，人們就會相信，無風不起浪呢，但是傳言的樣式一多，人們反而迷惑不相信了。李荒到底在幹什麼呢？沒人知道。李荒就是紫黨，紫黨就是中國，新中國。一個人的政治地位過於重要，那麼後果一定是嚴重的。專制者的生與死，甚至健康狀況都會給整個社會帶來巨大的影響，直觀地說，一定會死很多人的。

但叔一早起來，去林樸房間，見林樸坐在床上，眼睛睜著，眼神不對勁兒。但叔叫了兩聲林樸，林樸頭動了一下，沒應。但叔讓林樸躺下蓋好被子，過去把采薇叫起來，讓她去找醫生。醫生來後給林樸打了針。只能這樣了，這是治不好的病，醫生這樣對但叔說的。幾乎每次都要這樣說一遍，表示心裏的遺憾與無奈。讓他睡會兒吧，應該會好一點兒。

醫生走後，郵電所的人送來了信。采薇看信封是尚無庸的信，交給但叔。但叔把信放在林樸枕邊，讓他好過來再讀給自己聽。但叔估摸尚無庸可能要出國了，信上一定是談這些的。貽椒會馬上回來，這就好了。想到這裏，但叔有點兒興奮，在家裏來回走。采薇說，但叔，您心裏真高興呀。是不是估計貽椒姐要回來了？是呀，肯定要回來了。但叔，您老還是坐著喝點茶吧，別摔著。采薇給但叔泡了杯茶，硬要但叔坐下來。自己呢，去市場買點兒青菜。臨走時問但叔要不要買點兒肉，就一點兒，高興呢，慶祝一下。但叔想想，說，還是算了，錢不多，得省著用。等貽椒回來時，咱們吃一次肉，好嗎？家裏還有雞蛋嗎？還有呢。等會兒給林老師蒸碗蛋花。行。采薇呀，你在這裏就沒吃什麼好飯菜，很對不住你的。采薇笑起來。看您說的，大家都一樣，挺好的。有的人家吃了上頓沒下頓，怎麼說我們也強多了。說完帶上門得得地去了市場。

沒多大一會兒，采薇回來了，放下菜藍子就跟但叔講，看見軍車裝著被抓的人開到中國革命大廈去了。那些人身上有血。但叔您猜不到的，昨天那兩個人中很少說話的那個也被抓了。身上用布紮著，好像被子彈打了。你看清了嗎？看清楚了，沒錯。那人還看了我一眼。軍車是從市外過來的，在市場那邊堵了一下，我剛好在跟前，看得很清楚呢。市場上的鄉下人說，肯定是游擊隊打敗了。但叔，怎麼還有什麼游擊隊呀？以前沒聽說過。但叔說，可能是昨天來的那幫人在鄉下搞的。但叔坐著想事兒，不對，這事兒可不好。采薇，你得跑一趟。去哪兒？去邊媽媽家，要她給鄉下捎個信，把邊社長藏好。行。采薇走了幾步又回來，問是不是出事兒啦？但叔說，你想想，游擊隊在鄉下一鬧，軍隊肯定要搜查，對不對？采薇哦了一聲，趕快去邊媽媽家。這事兒不能耽擱。真是的，怎麼會這樣呢？害人呢。

中午吃飯時林樸醒過來，覺得世界清晰多了，也很安靜，可能是打針的原因吧。但叔進房子看見林樸正在看信。林樸見了但叔，說，姐要回來了。姐夫帶著孩子過幾天就走，出國的手續都辦好了。但叔一時說不出話來，坐在林樸床邊，流淚。林樸靜靜地看著但叔，說，這下可好了，這下可好了。但叔您高興嗎？但叔一邊擦淚一邊點頭。采薇進來說，但叔接到信就猜是姐要回來，可高興呢。說完扶林樸起來，到堂屋裏坐下。這時叢心結來了，看來是想說什麼，看看林樸神色有點兒遲頓，站了會兒，說還有事兒，下午晚點兒再來，走了。吃過飯，林樸一直在堂屋坐著，幾乎沒說什麼話。不知是藥的原因還是信，看看他的神態好像也沒想什麼事情，就這樣。是不是昨天那兩人的談話讓林樸用腦過度呢？總是這事兒那事兒的不斷，這樣怎麼讓他去靜養腦裏的病呢？但叔陪著林樸坐，也不和他談那人被抓和游擊隊傳聞的事兒。這年頭，活著真難呀。

叢心結下午再過來時，林樸精神好多了，有了說話的興致。腦子裏不知怎麼的想起采薇教育的事兒，正和采薇談這個呢。說自己身體不好拖累了你學習文化，整天讓你做事兒，沒有關心你學習。不要以為女孩子長大了嫁人就不用學習了，一定不要有這樣的想法。學習對人一生都是重要的。生命只有一次，只有通過學習擁有知識才能對得起自己這唯一的生命。有了知識人的心靈就獲得自由，就能看清世界，理解世界，不被謊言欺騙。我說的謊言是指社會的國家的大謊言。如果我們，如果絕大多數中國人都是有文化有頭腦的人，那麼就不會再有人來欺騙我們，那時中國的事情就好辦了。中國人需要教育，只有受教育的中國人才不會被推翻朝廷後的各種假革命所欺騙。要是水老師在，她一定會要你繼續學習的。你看我們盡讓你幹活，把這正事兒忘了。采薇坐在一旁嗯嗯地點頭。末了，她說，林老師，家務事兒呢，走到哪兒都得幹，水老師也常說家務事不是理由。這家裏呢，但叔年紀大，您呢身體又不好，還這事兒那事兒的，我不幹活也說不過去呀。我哥也說過，等這社會稍平靜一點兒，一定逼我讀點兒書。幹嘛逼我讀書呀，讀書本來就是件愉快的事兒呢。

叢心結進來看林樸狀況正常，便坐下來和他講些事情。據內部消息，李荒病危。說是上次受傷後在治療過程中有人做了手腳。這說法不一定可靠，不過後來全換成外國醫生倒是真的。現在紫黨內部表面平靜，實際上很亂。雖然紫黨對外鎮壓得很厲害，但各種勢力得知李荒病危的消息後，都動起來。總部判斷中國的政局將再次動盪。叢心結簡要地說著，他覺得這些情況必須讓林老師知道。如果李荒病故，紫黨政權可能會更殘酷地對付非紫黨勢力，大屠殺不可避免。至於紫黨的內部鬥爭會不會造成分裂？如果分裂會到什麼程度？現在還不好說。我們聯盟為了保衛組織，應付局勢，已經斷開了直接聯絡。總部考慮得更長遠。林樸說，這樣做是對的，要特別注意才行。我看，你們青年中國運動也要採取相應措施，建立組織不容易，不能白白犧牲。叢心結點點頭，說，正在仔細研究下一步怎麼辦，首先要讓組織生存下來。林樸補充說，你們那個小鋪以後得留神，不要有太多表面活動，不要讓其他人去小鋪。有事兒時，特別是外面的人要約在別的地方談事兒，不要去小鋪。林樸之所以說這些，是他想到革命共產主義同盟會的那兩個人，心裏老覺得不舒服。他還不知道昨天來的人被抓的事兒，采薇和但叔都沒對他講。叢心結聽林樸這樣說，認真地想了會兒。您說得對，這個要注意，回去後跟他們兩個商量一下。停了會兒又說，革命共產主義同盟會在鄉下拉了些人搞武裝，還占了個村，徵糧什麼的，搞得不愉快。昨夜被軍隊打散了，抓了些人關在中國革命大廈裏，多半活不了。他們來找過您嗎？對，昨天來過，兩個人。采薇插話說，昨天來的兩個人，有一個被抓了，我早上親眼看見的，受了傷。雙手反捆著，在軍車上。林樸聽了長長地歎了口氣，沒說什麼。但叔在一旁有點兒不放心，說，他們不會以為我們告的密吧？叢心結搖搖頭，應該不會。軍隊已經追過他們幾次了。昨夜才圍住他們。看來他們好像沒什麼經驗，再說這平原地帶藏不住人，真是白送死呢。他們在市裏活動開展得不好，想拉我們，找我們談過。就那一套，開口閉口槍桿子。聽說他們內部有分歧也用槍對付的。我們估計他們會找您的，果然來了。

話說到這裏，大家沉默了好一陣子。後世有位業餘的學人，不是學者，學者是官方的稱謂，有品級的。這個人寫了一本書，準確地說是一本筆記，複印後在朋友間傳閱。講的就是槍桿子出政權與民主之間的區別。他說槍桿子是暴力的別名，具有強烈的排他性，是靠奪取他人生命來爭取權力。而民主，其本質是包容，妥協。兩者是截然不同的東西。槍桿子裏出不了民主政權。依靠槍桿子的人最容易成功，因為這是中國傳統文化的一個核心部分。當然這種成功是他們的成功，不是中國的成功，是歷史的重複，而不是新中國。這位業餘學人，後來成了學者，條件是收回所有複印本，上交政府統一消毀。據說，這個人後來日子過得很不錯，受人尊敬。所謂順者昌，這個昌當然是指好日子呢。

叢心結提到市長的事兒。周道押到省城裏去了，可能已經被殺。他是李荒不喜歡的那群人裏面的。謀殺的事兒牽出一大串來，參與沒參與的都得死。新來的劉靈台，過去一直在紫黨內務特勤處幹，是底層的小頭目。關於他，我們知道得不多。不過內務特勤處在紫黨內部是個招人恨的機構。他和軍方的關係好像不怎麼好。說到這裏叢心結顯得很憂慮。不是因為換個什麼市長，都一樣的，而是局勢，永遠沒完沒了，讓人看不見光明。他說，這些日子大家心情都很沉重，越是深入瞭解中國越感到路途漫長，目標遙遠。要讓中國成為一個現代文明的國家，一百年是不夠的。人生太短，用一生的時間也看不到中國人掙扎的盡頭。對一個人來說，一百年真是太長了。林老師，沒有數代人的奮鬥，中國的苦難不會結束。這是個十分令人痛苦的現實。林樸說，我相信我們和我們以後的人，在中國，總會有人，一定會有人不放棄，中國的希望在於永不放棄。不論希望多麼渺茫，絕不能放棄。我相信不管是一百年還是二百年，推翻朝廷，推翻專制的先輩們的願望，一定會實現的。這是信念。林樸說話時，斷斷續續。但叔看著他，搖搖頭輕聲說，林樸，少說點兒話。林樸嗯了一聲。大家靜靜地坐著。過了會兒，林樸問叢心結，心結，邊社長的情況怎麼樣？叢心結說已經派人過去安排了。邊媽媽找過我們，我們早就去了人。這事情省總支也知道，要求我們把邊社長轉到更遠的地方去，但邊社長不同意，只好就地不斷轉來轉去。鄉下武裝引來軍隊到處搜，弄得雞犬不寧。林老師，我們現在心情很矛盾，既不希望革共同盟會遭受不幸，也不想看到他們搞武裝招惹軍隊屠殺無辜的人。叢心結停了會兒又說，我希望中國的共產主義運動聯合起來，為中國的未來辦點兒實事，但他們很固執，一味強調暴力。這樣下去會有什麼結果呢？崇尚暴力絕不可能建立一個真正的新中國，只會造就新的專制。可怎麼解釋他們就是一點兒也聽不進去。他們甚至還想消滅我們，說我們是共產主義運動的敗類。這樣很不好，沒有包容性，沒有餘地。我們說，你們內部應該允許不同意見不同想法存在，不能動不動就把所謂異已處死像粉黨紫黨一樣。他們不聽，有什麼辦法。現在資本主義運動，無政府主義運動，科技救國運動，等等，各行其是。我希望有個大聯盟，在建立新中國這面旗幟下各種主義聯合起來。民主的新中國應該允許各種思潮存在，應該共生共榮，只有專制才會消滅異已。我想建立新中國的道路只能有一條，撇開分歧團結起來，這樣才有希望。林老師，您說對嗎？林樸說，你說得非常好，把我心裏的願望說出來了。心結，再難，我們也要努力才行。我只希望有一天不再看到民眾受欺壓被屠殺，不再看到特權橫行，貪官污吏作威作福。是呵，急也沒用，一百年不成，再奮鬥一百年吧。

叢心結走後，林樸一直坐著想事兒。晚上睡不著。明天要去開會，不去不好。但叔問要不要請醫生來打針？林樸同意了。打針後，林樸覺得思想遲頓起來，慢慢閉上眼睛睡著了。大腦造成的損傷是最難治的，可以說根本就治不好，這讓但叔十分憂心。林樸看起來很正常說不準哪一刻頭腦就亂了。某些念頭老是固執地一遍又一遍重複在頭腦裏。在家裏坐著常會突然問但叔問采薇，天下雨沒有？之湄帶傘沒有？只過一小會兒，再問他，他也不知道自己說了這些話，反而會說，天這麼晴怎麼會下雨呢？

第二天早上，但叔看看該起床了，去他房間，看見他坐在床上睜著眼。今天去開會嗎？哦，開會？去。說著就連忙起來洗漱。吃過早飯便和采薇一塊走了。半路上突然站住，看看自己的手又看看采薇。采薇明白，拍拍腋下夾著的雨傘，林樸這才走。會場還是在那所中學禮堂裏。街上沒佈置任何橫幅標語。還沒到巷口街上的人就跑起來。街上的人都叫著，林老師快回去，林老師快回去，打起來了，游擊隊。這時巷子那邊傳來了槍聲，幾個街上的行人過來扶著林樸往回走，邊走邊對林樸說，鄉下的游擊隊，鄉下的，一看就是鄉下人，衝到中學裏去了。軍隊肯定要趕過來的。怎麼打到市裏來了？是不是報復上次抓了他們的人呢？

林樸還沒往回走多遠，巷子那邊就升起好大的濃煙。肯定是放火了，林樸站住看著。火苗竄上來，燒得這樣快這樣猛，澆了油才會這樣。學校燒了學生怎麼上學？為什麼不想想學生呢？為什麼要燒學校？林樸回到家時，那邊槍聲大作，打得兇狠。中學所在的那巷子很寬，裝甲車能開進去。學校的大門炸垮了，裝甲車載著士兵往裏衝。快吃午飯時，槍聲停了下來，救火車噹噹地開過去滅火。大半個學校燒成灰燼。沒著火的幾間房子被士兵們用火箭打得只剩下房架。人們看見軍車開出來，上面堆著屍體，盡是血。

這件事兒，整個石頭市好像旁望者。人們不明白，這游擊隊是些什麼人？為什麼要襲擊會場？這不是白送死嗎？人們不知道還有一駁人準備襲擊中國革命大廈，這才是目標。可惜被軍隊圍住了，幾乎沒人逃掉。這是晚上叢心結過來講的。革命共產主義同盟會幹的，把他們在這地方的人全搭上了。外地調來了增援的軍隊正在鄉下大搜捕。派去看看邊社長的人過不去。說老遠就聽得見開槍，肯定又殺人了。現在沒辦法，只好等等，希望邊社長那邊沒事兒。林樸聽了一直沒作聲。叢心結走時，他也沒有說句話。他心裏有個不祥的強烈的預感壓得他喘不過氣來。他一會兒叫聲但叔，一會兒叫聲采薇。但叔問他是不是不舒服，打針還是吃藥？林樸搖搖手，一個勁兒地說，不好了，不好了。但叔堅持讓他吃藥，當藥性發揮作用時，扶他上床，一會兒林樸昏沉沉地睡著了。

就在他睡著時，邊步已經被軍車拉到中國革命大廈。當時他藏在稻草垛裏被軍犬嗅到，拖出來就是一頓打。打完了，才核實身分。是社長，找了好久，帶走。從草垛把邊步拖出來時，全玖兒衝過來。士兵對她肚子就是一槍托，叭地一下臉朝下倒在地上，吐著血，昏過去了。

第二天，全玖兒哥用牛車把她拉到邊媽媽家。一家人嚎天嚎地地哭。但叔采薇都過去了，他們把林樸留在家裏沒對他講這事兒。晚上叢心結來了，林樸見到他第一句話就問，邊社長有消息嗎？叢心結不說話，低著頭，采薇但叔在一旁不敢看林樸。林樸又問，邊社長是不是被抓了？叢心結猶豫了好一會兒，才抬頭看著林樸，點點頭。林樸呆坐在椅子上，過了會兒他突然大笑起來，笑著笑著，又嚎啕大哭，哭了又笑，手舞足蹈的。大家沒一點兒辦法。采薇跑去找醫生，直到打了針林樸才安靜下來。不說話，就流淚。一屋子人都哭起來。當大家把林樸抬到床上，看著林樸閉上眼時，街上突然喧鬧起來。是不是又打起來了？叢心結跑到街上一問，才知道，廣播剛播了李荒的訃告，李荒死了。他在大門外站了一會兒才進屋。聽到這意料中的事兒，他腦子還是不由自主地亂了一陣。變化就要開始了。會是什麼呢？他想像不到。回到屋裏，他簡單地說了一下，轉身就跑回去。支部要商討對應之策呢。

李荒死了。按廣播裏的說法是死於心肺病，心肺病不知道是一種什麼病，但一定是十分可怕的疾病，不然李荒是不會死的。偉大的領袖李荒不幸逝世，舉國上下一片哀悼。廣播裏老是重複這樣的話，讓人聽了心煩。死了那麼多人為何不舉國哀悼呢？為何他一死就得舉國哀悼？街上的人好像鬆了口氣似的，站在街邊亂說一氣。

這天好多黑類家的人買了酒菜，一家人關著門含著淚笑著乾杯。上天有眼，這上天的眼到底是睜開了，乾杯。這廣播裏的話怎麼聽都像唱歌似的，好聽。可惜，歷史，後世寫的歷史，不論正野，竟然沒有一滴墨水記錄這些真真切切的歷史存在。邊步對歷史的懷疑確實是有道理的。可惜呀，那些不經事的後人，怎麼會知道歷史曾有過這一刻呢？如果單憑遺存的全國強制舉行的追悼會影像資料來判斷，只會得出這樣的結論，那時的人民都是傻瓜，一群沒頭腦的狗呢。

石頭市戒嚴了，非常嚴厲的戒嚴。白天只準少數人上街，要戶冊，隨時盤查。晚飯後誰也不準上街，私自上街的人可能被就地擊斃。戒嚴是七天。第七天舉行全市哀悼大會。每戶得去一個人，黑袖章加白紙花自己準備。

這七天中，林樸去過一次市政府，想見見新市長劉靈台。市長辦公室的人，一位秘書接待了林樸。說市長忙，沒時間，有什麼話跟我說一樣。林樸要求放了邊步。那秘書說，不可能。邊步罪很大，是個反革命份子。這性質上面已經定了，改不了。林樸說是不是反革命份子暫且不說，希望能見見邊步，探監總可以吧。那秘書想了想，說，你坐會兒。自己去了別的辦公室，回來時對林樸說，不能探監，邊步屬於重犯。那秘書看林樸還想說什麼，伸手示意，別說了，說什麼也沒用。

林樸去了邊步家，拉著全玖兒邊步母親的手半天不說話。全玖兒身體虛弱得像另外一個人似的。采薇在一旁說，市政府不讓林老師見邊社長。林樸說，邊媽媽，玖兒姐，別傷心，路還長。說著自己倒先哭起來。采薇著急了，搖著林樸的肩膀說，林老師，您千萬別難過。急得自己也哭起來。

有人敲門，郵電所的，送信。林樸一看是姐寫的。信上說尚無庸帶著孩子已經出國了。是在李荒病故前幾天走的。在醫院裏李荒還召見了尚無庸。現在全國戒嚴，走不了，要等追悼會結束後才能到家裏。本來這信應該給大家帶來喜悅，但現在邊步被抓生死不明，心情好不起來。林樸手裏拿著信坐在屋裏，默默的，心裏蘊結的痛苦讓他無法感受身邊的一切。

這是戒嚴第四天的中午。剛準備吃午飯，叢心結來了。坐在林樸對面，想說點兒什麼，看林樸的神色，猶豫了會兒，說，貽椒姐來信了？接過林樸遞過來的信仔細看了一遍。這下可好了，姐回來可好了。但叔說，心結一塊兒吃午飯吧。不了，我有急事兒，很重要，特地來對林老師講的。林樸說，什麼事兒？快說吧。叢心結把椅子挪近一些，神色凝重地說，林老師，現在形勢變得很嚴峻。紫黨的一批元老級的將軍們把持領導權，全國各地被抓被殺的人非常多，很多組織的中央機構都撤到國外去了。革命共產主義同盟會損失很大，中央機構撤到山區，帶了好些人。據說要在那裏建立游擊區，紫黨的軍隊正開往那裏圍剿。我們聯盟也有些損失。省總支通知我們帶著重要的骨幹人員撤到外地去。具體去哪兒到了才知道。我們三個今天就得走。

采薇但叔聽心結這樣說，立刻過來坐在一起。叢心結繼續說，有些事兒來不及處理了。青年中國運動的負責人和骨幹已經在早上撤走了。估計省總支有詳細情報，我們必須趕在抓捕前走。林老師，這可能要牽連采薇，我不能帶她走。您和但叔得想想辦法。林樸說，那就快走吧，采薇我們想辦法。我不明白，你們是怎樣暴露的？內部出了問題嗎？叢心結搖搖頭，不是的，據省總支的情報，可能是這裏被抓的革命共產主義同盟會的人招供的。采薇不是說看見來這裏的人被抓住了嗎？那兩個人是本地區的負責人。一個已經去了山區。被抓的那個人沒有扛過酷刑都招了，還把我們牽扯進去。事情來得急，應該是不久才招供的。鄉下與他們有關的人昨天抓了不少，有的就地殺了，沒帶幾個回來。叢心結握住林樸和但叔的手，林老師，但叔，您們保重。貽椒姐回來請代問好。別擔心，我走了。站起來，雙手扶著采薇的肩仔細看了看，說，哥走了，你得放機靈點兒。林樸要送，叢心結搖搖手，很快出了大門。采薇見她哥走遠了，關上大門。她並不緊張，相信哥他們和他們的組織總有辦法渡過難關的。她回到屋裏和林樸但叔坐在一起，事情很突然，得商量一下理個頭緒出來才好。小鋪子關了吧，采薇不能去那裏。采薇說，他們抓我幹嗎？但叔看看采薇，采薇呀，現在不是講理的時候，亂抓亂殺，還是注意些好。林樸心裏有些亂，得把采薇安排到別的地方去。現在能上哪兒呢？一時想不出頭緒來。問但叔怎麼辦？但叔說，鄉下現在去不了，我去打聽一下，看能不能暫時在別人家裏待幾天。

但叔一個人到街上去了。林樸問采薇，你怕不怕？這有什麼好怕的，不怕，就是有點兒擔心哥他們，希望他們都能活下來為中國做點兒有益的事情。聽采薇這樣說，林樸很感動，眼淚掉下來。采薇一看林樸臉色不對，忙把林樸扶到床上躺下。沒多久但叔回來了，對采薇說，去了幾處可靠人家，不行。你一個大姑娘去了扎眼。天又晚了，只好明天再找。你呢，最近不出門別在大門張望。如果有事兒，你就翻牆到太婆家躲一躲，沒事兒了再過來。說完和采薇到牆下堆了些破舊東西，讓采薇試試能不能踩著翻過去。不能用小梯，外人一看就知道可以翻牆的。采薇說，要不要先給太婆說一下？但叔說，行，我去。走到大門又回來了，還是別打招呼的好，免得老人家擔心。

邊步母親過來了，坐在林樸床前，哭起來。這可怎麼辦呀？林樸，送錢送禮都不行啦，連個面也不讓見，叫我們婆媳怎麼活呀？林樸伸手握著邊步母親的手，一句話也沒說，說不出話來，直流淚。但叔進來，扶邊步母親起來。你得快回去，天快黑了，不然走不了。邊步母親剛走出房門，聽見林樸說，孩子，好好哺養孩子。邊步母親又大哭起來。但叔送她回家，一路上安慰她。但叔向來話不多，就一兩句。會好的，別傷心。反復說。往回走時天已經黑了，趕緊走，還是被士兵攔住了。老東西還在街上跑，信不信一槍斃了你？但叔說，耽擱了，正往家趕呢。那士兵踢了但叔一腳，快滾。采薇見但叔進門腿有點兒不對勁，忙掀起褲腳看。小腿上腫了一大塊，破了皮流著血。

偶然這個詞也許是指天下什麼事兒都會有料想不到吧。歷史就是由偶然組成的。那個革命共產主義同盟會，公允地說都是些英勇的人，既然他們選擇了暴力的道路他們就不怕死，敢於死，但他們之中偶然也有這樣的人，不怕死，卻受不了酷刑。關在中國革命大廈的那個革命共產主義同盟會的地區負責人正是這樣的人。真是不幸，因為這個偶然讓很多人失去了生命。因那無法承受的酷刑，他把他們組織的人和事兒一一說了出來。在石頭市有沒有組織？沒有。那不可能。審訊的人不相信，又動刑。他便把石頭市的有關人事詳細地說了又說。叢心結他們祕密的支部與活動還有林樸等等，只要知道的聽說的什麼都說。酷刑的痛苦壓過了所有的信念與道德。這也是為什麼很多很多年後，當人類已經在其他星球建立了生存基地時，中國仍然保留著十分有用的酷刑的原因。那人最後在中國革命大廈裏被行刑的人勒死了，這也是他本人渴望的結果。死，結束了痛苦和他無力承擔的責任。

後世有份中國革命大廈的研究報告，裏面提到一個叫周道的人，就是石頭市的周市長。這個人因為牽涉到紫黨內部的一些錯綜複雜的派系關係，關在大廈裏一段時間沒人問他什麼話。一天夜裏，軍隊裏來了人，是從外地坐車趕過來的。一聲不吭，進去就把他按在床上，撬開嘴，用根帶鉤的鐵桿捅進去，把他的聲帶鉤破了，破得無法再發聲。他嗆著血，又被按在地上把十根手指一一敲碎。很顯然軍隊的某些人不希望他說話和寫字什麼的。為什麼不殺了他呢？不知道，沒有相關佐證資料，也許是殺了有麻煩吧。周道押到省城去時，已經是一個殘廢。他被嚇傻了，整天把纏著繃帶的雙手藏在懷裏蹲在牆角，屎尿都拉在褲子裏。紫黨省部的人查過，說，周道怎麼這樣子呢？中國革命大廈是軍方控制的，說抓來時就這樣，不知是誰幹的？石頭市與別的地方不同，發生什麼事兒都難說。

後來呢，監管的人說太臭了，得趕快處理。那好吧，殺了，埋掉。動手的人找個大麻袋一裝，用車拉到郊外，挖個坑扔進去，直到填土時，周道也沒有動一下。是呵，人說富貴險中求，有時風險確實很大呢。

這兩天市裏面不斷有人被抓。沒有報紙，加上戒嚴人們走動得少，石頭市到底發生了些什麼事兒，除了近鄰沒人知道。有人家親戚有事兒來找，發現是間空屋，問鄰居才知道人被抓了。白天有熟人路過林家，看見但叔，說，老但啦，聽說協作會的人也被抓了，不知為什麼呢？您知道嗎？不知道。那人邊走邊搖搖手說，怎麼什麼人都抓呢？到底為了什麼？

林樸現在在家對外面發生的事情一點兒不清楚。他不聽收音機。收音機裏的進行曲讓他受不了，強烈的節奏，一下一下的，讓他頭疼的厲害，想吐。整天一個人靜靜地坐著，時不時擦眼淚，頭腦亂的次數越來越多。但叔只在他病得很重的時候才叫醫生來打針。醫生說過藥和針劑已經是極限了，不能再增加。這讓但叔愁得沒法，只巴望林貽椒早點兒回來，好拿個主意。有時林樸在家裏也要撐把傘。就一小會兒，馬上他還問，為什麼在家裏要撐把傘呢？但叔連繫了一戶人家非常可靠，兩老，住在一條小巷深處。那裏的老房子相互通著，鄰居也可靠。采薇看見林樸這樣子，對但叔說，等貽椒姐回來後我再去吧。您老應付不過來的。但叔一想，也是，沒兩天貽椒就要到家了。因為明天開追悼大會，通知說是在便河廣場上按街區集合。采薇作了黑袖章和白紙花。誰去呢？林樸說他去，這可不行，只有但叔去了。

追悼大會那天，一大早街上就有人吆喝。林樸在家裏也聽得見街面上嗡嗡的聲音。有人拍門，叫著快出來集合。但叔帶上袖章紙花，又叮囑采薇小心注意什麼的，才出門。好一會兒街上靜下來，非常靜，像夜裏一樣。采薇很想在門縫裏看看街上怎麼樣。走到大門邊被林樸叫回來。兩個人坐在屋裏。采薇說，追悼大會是個什麼樣呀？這麼多人都去了，但叔不會被人擠壞吧？林樸早上頭腦很清醒，說，不會的，一定去了很多士兵。這不是一般的集會，很嚴肅的。停了會兒，林樸說，姐馬上就要回來了，我們得準備些好吃的菜。采薇，你會做蘿蔔圓子嗎？采薇笑了，林老師，您放心，別說蘿蔔圓子就是藕圓子我也作得特好。我們做藕圓子吧。姐一定很久沒吃過了。做的時候稍微擠點兒漿給您作碗藕粉糊糊。家裏沒糖了，買藕時順便買點兒糖。林老師愛吃藕粉糊糊嗎？林樸像孩子一樣眯眯笑著說，從小就盼著吃呢。可惜一生就只吃過幾次，都是生病時姐給做的。林樸好像在記憶裏品著藕粉糊糊的味道。又說，小時候有時真不想病好呢。姐發脾氣，病都好了，還想吃藕粉糊糊，留著下次生病吧。記得姐說這話時李荒正好在旁邊，對姐說，貽椒，不給做就算了，怎麼能說下次生病的話，不吉利。采薇和林樸都笑起來。

采薇突然靜下來，說有聲音。張著耳朵四周聽聽，好像是後面，是太婆家吧，我去看看。采薇到後院爬到牆頭，張望了一陣沒看見什麼。輕輕地叫著太婆太婆，您老在家嗎？又靜靜地聽，沒動靜。回到堂屋坐下，對林樸說，應該是太婆家的聲音，叫了沒人。太婆不會去參加追悼大會吧？是不是小偷呢？要不我過去看看？林樸說，別去，哪會是小偷呢，又說，也說不準。等但叔回來讓但叔過去問問，你別去。

兩人坐了一個多小時。采薇給林樸倒了杯水，問要不要躺會兒？林樸說，不用了，精神還好。采薇呀，不知你哥他們現在怎樣，也沒人送個音訊，總是讓人擔著心。幾天了，如果順利，應該走得很遠了。正說著，有人拍門，很響。兩人都驚住了。聽得見用腳踢門的聲音。開門，開門，大聲吼著。林樸推一把采薇，快，去太婆家，快。采薇轉身就跑。林樸估計采薇翻過了牆，這才去開門。一隊士兵衝進來，把林樸推到一邊，滿屋搜。衣櫃，床下，連水缸也看看。林樸站在堂屋裏不說話看著士兵們把家裏翻得亂七八糟。末了，士兵們都擠在堂屋等帶隊的軍官發話。林樸這才說，你們在這裏搜什麼，能說一下嗎？那軍官不回答，好像定了會兒神，才說，你是林樸林老師嗎？是的。對不起，跟我們走一趟。林樸也不問為什麼，轉身就跟士兵們一塊走了。去哪兒呢？還能是哪兒，中國革命大廈。

那邊，采薇，一翻過牆頭，走到太婆家後門。她很機警，沒有直接推門進去。貼著耳朵聽聽，有動靜。四處找，窗旁木板有道小縫，一瞅，是士兵，帶著槍。轉身爬上牆頭，順著牆爬上別人家的屋頂，顧不得瓦片踩得撲撲響。老屋，房頂好多都是連著的。采薇跑過好幾家找堵矮牆跳下來。下面有人，一見是采薇，忙問出事兒啦？快。便領著她一棟屋穿一棟屋一直到河邊。問她帶錢沒有？沒錢不行，趕快湊。叫了魚划子，叫采薇上去。因為開追悼大會，河邊的士兵都撤了。魚划子上面兩口子，中年人，曬得黑黑的，兩話沒說就把小船划得遠遠的。那女人問，你就是采薇嗎？早聽說過。不是跟林老師一起的采薇嗎？別怕。沒人知道你去哪兒。到了對岸，那女人又問，采薇，你要上哪兒？不知道。這可不行，一個大姑娘不能到處亂跑。你先別走，我們商量一下。兩口子想了些親戚，挑哪家安全呢？這樣吧，采薇，下游我們有家遠親，現在就兩老在家，在河邊呢，很少外人來。我們送你去藏段時間好嗎？行。

采薇呢，從此再沒有回過石頭市。當林貽椒後來收到她的信時，才知道她在那家躲藏時，一個偶然的機會，連繫上了民主共產主義聯盟。她隨組織去了外地，生死不知。是的，和許許多多為信念為新中國奮鬥的中國人一樣，默默的，生死沒人知道，也沒人追懷。

但叔在追悼大會上，一直心神不定，老擔心家裏。那些帶有恐怖味道的儀式他不記得，只知道這追悼會拖得太久，快到中午才結束。他盡快往家趕，顧不得和人說話。一進家門，他嚇傻了。一屁股坐在地上，半響才嚎哭起來。追悼大會後戒嚴解除了，人們在街上聽見但叔哭，都圍過來。一會兒街上擠滿了人，把街都堵死了。年紀大的人進去勸但叔，勸不住就只好由著他一邊拍地一邊哭叫著，這可怎麼好喲，天啦，這可怎麼辦啦，天啦。鄰居老太婆被人踢死了，倒在自家大門旁。人們把門板卸下來，搭上凳子把老太婆放在門板上，蓋上床單。

警察和軍隊來了，趕走了一些人。看見那麼多人坐在地上圍著林家，可能是怕引起暴亂，沒驅趕，只是在一旁監視著。裝甲車沿著大街停了一溜，人們好像突然一點兒也不怕。夜裏圍坐在林家外面的人點起了蠟燭，一大片。人們就是坐著不說話，燭光照亮著人們沉默的臉。

正所謂，心之憂矣，如或結之。今茲之正，胡然厲矣。

三十八　滴嘎

滴嘎是石頭市的人口頭上使用最頻繁的一個詞。滴嘎就是一點兒的意思。石頭市的人也說一點兒，但更多的是說滴嘎。點，滴，細，都是表示小和少的意思。一點一滴這個詞說的正是這個。不說一點兒而說一滴的地方很多，例如，快一點兒行不行？多說成，快一滴，行不行？一滴這詞並不土，說不準在初周時代就是雅言官腔呢。石頭市的人在滴的後面加上個聲助詞嘎。滴嘎，雙音節，順口。後來又演進為滴嘎嘎，表示很小很小的一點兒，這時聲助詞嘎就有了小和少的實詞意義。那麼反過來，滴嘎就變成了雙音節的聯綿詞。滴嘎是石頭市方言裏最美的一個詞，繪聲繪色，十分符合漢文字的特點，詞意裏面含有色彩與情感。你只要走在石頭市大街小巷裏就會不斷聽到人們說這個詞，快滴嘎，慢滴嘎，多滴嘎，少滴嘎，高滴嘎，矮滴嘎。市場裏到處都是什麼，貴了滴嘎，便宜滴嘎，再添滴嘎。如果在遙遠的外地，甚至國外，只要聽見滴嘎二字就一定是石頭市的人在滿世界亂跑呢。

很多很多年以後，出了本小說，據作者說是根據十分真實的歷史事實改編的。沒人知道他是怎麼搞這些十分真實的歷史事實的。因為動亂，那時幾乎沒有什麼資料尤其是官方的資料留下來。當然不能排出這樣一種極不可能的可能，就是當時有知情者甚或參與者事後寫了筆記什麼的，然後一代一代傳下來，最後呢，傳到作者手中。可能筆記記載的事兒沒什麼戲劇性的情節，於是作者選擇了小說這樣一種可以瞎編又不用負責的形式來講述筆記裏記述的事情。小說提到了石頭市的三個人，作者說這三個人的真實姓名是叢心結，匹偕行和莫白駒。真是讓人驚訝，這可是真的。小說裏有一段關於三個人的情節，是這樣描述的，叢心結他們三個安排青年中國運動的重要成員轉移後，去了外地。因為革命共產主義同盟會那邊有人把他們供出來，紫黨作為大案派專人追查他們。

他們在靠南邊山區的一個小鎮上安頓下來，本沒什麼事兒，很安全的。三個人中只有叢心結是石頭市的口音，在小鎮上難免和他人接觸，但他隨口而出的滴嘎讓鎮上的人聽了好笑。鎮小，一會兒全鎮人都知道有人說滴嘎，有意思。鎮上有跑鹽生意的人，趕著驢到外地去，沒事時與人講起了鎮上有外地人說滴嘎的笑話，結果被紫黨的特工知道了。這特工在石頭市呆過，知道滴嘎，覺得有問題，彙報上去，上面立刻派人趕到鎮上把叢心結他們抓起來。把他們押回石頭市是追悼大會過後五六天的事情。如果不是後來的公開處決，沒人知道他們三個被抓了，很祕密的。

林貽椒在追悼大會後的第二天趕回了石頭市。當她拎著大包小包從碼頭上岸時，被年紀大的碼頭工認出來，當即就給她講了林樸被抓的事兒，求她快想辦法救林樸。林貽椒扔下包裹，就朝家裏跑去。街上一下傳開了，貽椒回來了。好多人跟在她後面朝林家跑呢。大片坐在林家門外的人群看見林貽椒回來了，在一陣驚訝聲中站起來，讓開道讓她進屋。屋裏有很多人，已經幫著把房子收拾好了。但叔一見林貽椒，腿一軟便跪在地上大哭。林貽椒扶他起來，但叔站不住，哭得一點兒聲音也沒有，乾嚎著。林貽椒剛說了句，但叔別哭，求你別哭，但叔便昏了過去。人們七手八腳地把但叔抬到床上，給他喂水掐人中。

這會兒有人把林貽椒拉在堂屋裏，詳細講了發生的事情。這時林貽椒才注意到來的路上看見了許多裝甲車和士兵。這可怎麼辦？急得她六神無主。看看敞開的大門外盡是翹首張望的人。不能這樣，軍隊會開槍的。對屋裏的人說，現在大家得散開，不然要出人命的。人們說，政府不放林老師我們就不走，讓他們殺吧。林貽椒著急得沒辦法，說，這可不行，這可不行。於是走到外面要說話。屋裏的人搬把凳子讓她站上去。林貽椒一站上去，滿街的人鼓起掌來。她大聲說，我是林貽椒，林樸的姐姐。感謝大家對我們的關心和幫助，謝謝大家。林貽椒向人們鞠躬，又是鼓掌和叫喊聲，人們很激動。這些年我離開了石頭市，多謝石頭市的父老鄉親對林樸的愛護。又鞠躬。這些年石頭市受苦受難了。我們沒有為大家做什麼事情幫助大家，請大家原諒。又鞠躬。街上的人都高聲說話，一點兒也聽不清說什麼。直到林貽椒又說話了，才安靜下來。她說，苦難總會有個頭，請大家一定要相信，一定要有信心。感謝大家守候在這裏，感謝大家啦。又鞠躬。人們鼓掌，等掌聲靜下來時，聽得見有人哭起來。林貽椒還想說什麼，一時找不出話來，她沒有當眾演講過，不知怎樣說才合適。停了一會兒，她說，我請大家現在回家吧，不能再出事兒了。求你們啦，求各位父老鄉親，回家吧，我給大家跪下。說著從凳子上下來跪在大門口。人們把她拉起來。有人喊道，林姐，別這樣。我們聽你的，但我們心裏不服呀。好多人附和著叫道，是呀，不服。

正在這時街那邊有人開槍，人們一驚，安靜下來，然後突然憤怒的大聲叫喊著，整個勝利大街像翻過來了一樣。林貽椒推開人群衝到士兵那裏，把攔著她的一名士兵一把推在裝甲車上，大聲叫道，誰是軍官？我要和軍官說話。士兵們被她突然的這一下驚住了。一位軍官走過來，沒等他開口，林貽椒大聲說，我是尚無庸的妻子。你要是一直在軍隊裏就應該知道尚無庸是誰。現在把裝甲車把軍隊撤走，馬上撤。那軍官呆呆地看著林貽椒，居然沒說話，轉身跑開了，估計是請示更大的軍官。那軍官沒再回來。一會兒裝甲車發動了，士兵們吆喝著列隊隨著裝甲車就這樣走了。

軍隊就這樣走了，滿街的人真是萬萬沒想到，反而不知所措。林貽椒走到人群中勸大家回去。人們都擠過來和林貽椒拉手。好大會兒，才散去。一時間整個石頭市到處都在講林姐這樣林姐那樣。林家真是了不起呢。

邊步母親和全玖兒過來了，大家坐在但叔床邊，哭起來。林貽椒抱著全玖兒，玖兒變得這樣瘦小讓林貽椒心裏難過得說不出話來。碼頭上有人把林貽椒扔下的大包小包送過來。謝過來人後，林貽椒把給邊步母親，玖兒和孩子禮物拿出來。還有一本書尚無庸特意為邊步謀來的一本古書，像是善本。玖兒接過書，又哭得死去活來。見也不讓見啦，生死不知啦。一邊哭一邊訴說著。唉，中國人啦，哪年哪月能省卻這些情節呢？聽見林家傳出來的哭聲，街上的人心都碎了。

林貽椒去鄰居太婆家安排後事。老太婆的親屬過來了，林貽椒給太婆的親屬跪下，說，太婆是受林家牽連才遭此毒手的，賠罪。那些親屬扶林貽椒起來。林姐千萬別這樣，具體事兒，我們不知道，但我們太婆一定做的是善事，她老人家不會怪罪你也不會怪罪我們的。生在這壞時代沒辦法。

第二天，太婆下葬，林貽椒披麻帶孝和但叔一起隨著棺木去北郊，心裏很難過。在太婆的新墳前叩了又叩，說，太婆呀，貽椒對不起您。從小您就把我當女兒看待。沒少給吃的穿的，現在反倒害了您。貽椒回來晚了，沒來得及當面謝一聲您。不孝女兒給您叩頭謝罪啦。老太婆的葬禮，去了很多人，大家並不認識。太婆的親屬說，太婆這一生也值得呢。

這活不假，人生前做了善事，去世時因懷念而活在人們心裏，確實不枉此生。那種強迫人們的追悼，只會引起長長的憎恨。如果你硬認為那也是一種懷念的形式，就沒辦法說了。

林貽椒去了市政府。說市長忙，沒時間。那不行，沒時間，擠時間，一定得見。不走。後來呢，見了劉市長。劉市長，看起來還算客氣，總是一副陰腔陽板的樣子。石頭市的人是在追悼大會上首次見到他的。你說林樸的事兒吧？現在放人不可能。他涉及很多案子，還有些事兒得弄清楚。不過，可以告訴你，黨和政府不會把他怎樣的。見面嗎？應該可以，但最近不行，得過些日子。盡快？當然盡快。會通知你的。遞個信？口信可以的。就說你回來了。我看行。林樸的案子是省裏在管，市裏插不上手，沒辦法。你的意思我會向上級彙報。邊步？報社那個邊步嗎？他是重罪犯，你不要管。劉市長轉了話題，說，尚無庸為黨作出了傑出貢獻，這點我們在處理林樸的問題時會充分考慮的。

林貽椒憑直覺非常不信任這個劉靈台，但也沒什麼更好的辦法。她嘗試找軍隊的頭，沒摸到門路。她並不認識軍隊的任何人，單靠打著尚無庸的旗號，辦不了事兒。林樸現在到底怎樣啦？他的病發了會怎樣呢？會給他治嗎？會不會打他呢？望著那半截子中國革命大廈，林貽椒只好歎氣。她覺得這座露著紅磚，水泥和生銹鋼筋的中國革命大廈十分醜陋，令人噁心，令人憎恨。

實際上林樸抓進中國革命大廈的當晚就是劉靈台親自審問的。問了一大堆問題。林樸只是呆呆望著他。林樸坐在一把木凳上，一動不動。劉靈台以為林樸在裝傻，他不知道林樸頭腦正在犯病。你不說話，對吧？那好，我先出去一下。他一出去，邊上的人操起根鐵棒對著林樸斷過的那條腿狠狠地抽了幾下，把林樸打在地上。劉靈台進來，叫人扶他坐好。林樸不記住自己是不是叫喊過，他不覺得痛。瞅著對面坐著的劉靈台把那條敲碎的小腿抬起來左右晃，哈哈大笑。劉靈台看著他笑，過了好一會兒，覺得不對，派人叫來軍醫。那軍醫一看有問題。戰場上常有士兵出現這種情形。逢到這種情況，士兵會突然從戰壕裏走出了，大笑，不顧飛來的子彈，還有意往地雷上踩呢。對，是瘋了。軍醫對劉靈台說，是瘋了，真瘋，打也沒用。劉靈台很失望，叫那軍醫找個什麼針劑，治一治，還有話要問呢，不能這麼便宜他。來人把林樸抬進一個小房間，軍醫給他打了鎮靜劑，小腿也包紮起來。

林樸不知過了多久才醒過來。望著高低不平的地面，上面有乾涸的血跡。還有沒粉過的磚牆，窗子透著光。床在牆角，磚上搭的木板，草墊，破被子。他想翻過身來，翻不動，只好把頭扭向牆。無意間看見眼前的磚塊上有字，像似用什麼硬東西刻上去的，也許是塊有尖頭的小石子吧。字很小，林樸想看清，可字總在跳，想吐。林樸把頭扭回來，靜靜地躺著，他不知是什麼時候了，有人送飯進來，是關進來的犯人。那人認識林樸，很周到的侍候他，幫他大小便，喂他飯吃。林樸一直沒說話，像小孩子一樣聽任擺佈。

那人要走時，林樸說，幫我認認字。那人奇怪，哪有字？頭邊的磚上。那人趴過來一看，是有，便念到，歷史是不真實的。什麼？歷史是不真實的。邊步，邊步也住在這房間嗎？對。他怎麼樣啦？受了好多刑，最後就沒再見到他。林樸哭起來，用手摸那塊有字的磚。好一會兒，那人又說，林老師，別難過。這裏面什麼事情都發生過，看多了就不再難過了。突然又說，還有字，在這兒，念嗎？林樸點點頭，字很模糊。那人慢慢辨認著，一字一字地念道，林，樸，後面的字看不清，劃得很輕，還有血痕，看來是臨死前寫的。那人心裏這樣想，沒說。林樸哈哈笑了一聲，瞪著眼，臉色蒼白。那人一看不好，跑出去找軍醫。軍醫來了，把林樸的身體檢查了一遍，打了一針。後來對劉靈台說，他活不了多久了，審問也沒用，腦子壞了。劉靈台有點兒喪氣，去房間看過林樸後確信軍醫的話是真的。怎麼辦？又不能放出去，怕引起騷亂。又不能殺了，上面說過的，就這樣待段日子再說吧。

李荒的全國性追悼活動結束後，紫黨總部開了個會，都是些有實權的人物。歷史上稱這次會議叫後事會議，非常著名的一次會議，帶有標誌性。會議的議題很簡單，李荒的遺體怎樣處理。剛開會不久，便形成兩派意見。一派說埋，一派說不埋，爭論得很激烈。李荒死前沒有遺囑，就是有，人死了也由不得他。其實一具屍體，埋不埋爭起來沒什麼意思。不埋難道用鹽醃起來蓋間房子供著？不會吧？當然，表面沒意思的事兒背後肯定有政治意思，不然兩派不會寸步不讓的。最後雙方都掏出槍來，拿著槍晃來晃去。還好，誰也沒開槍。不開槍拿槍出來幹什麼呢？那是表示自己有政治實力，不怕誰。

會議不歡而散，把處理李荒遺體的事兒扔在一邊。還能怎麼辦？只好把李荒繼續冷藏起來，以後再說。從此紫黨的那些大人物，再沒有在一起開過會。紫黨的分裂一觸即發。黨內的這次政治風暴並沒有刮到地方上來，或者說沒有立刻影響到石頭市這樣的基層。兩派大人物暗中聯絡和整合政治力量，歷史又回到誰吃掉誰的老路上了。

林貽椒獲准到中國革命大廈裏見林樸，條件是不得對外講裏面的情況，一點兒也不行，否則沒了下次。那天林貽椒和但叔帶了被子乾淨衣服還有藥去中國革命大廈。檢查後一進大門，就聽見受刑的人痛苦的叫喚，聲音顯得特別大。過道裏很暗，大白天也開著電燈。一股霉味夾著血腥，讓人的心縮成一團。

林樸睜著眼望著窗子，一動不動。林貽椒和但叔忍了又忍，不讓自己哭出聲來。趴在林樸耳邊輕輕嗚咽地叫著，林樸，林樸。林樸依舊望著窗子，也許他覺得聽到的姐的呼喚只是幻影，喃喃地說，姐，叔，外面下大雨啦，帶傘沒有？傘呢？說了一遍又一遍。林貽椒搖他的頭，他才仔細看著他姐，看了好一會兒，突然淚水湧出來。林貽椒忙給他擦淚。他輕輕地說，姐，是你嗎？你可回來了。又淌眼淚。他伸手摸林貽椒的臉，似乎再次確證不是幻影。姐，你可回來了。但叔，說著又去抓但叔的手。但叔，姐回來了，我就放心了。但叔老淚橫流，問林樸挨打沒有？還好嗎？林樸這時變得很清醒。眼睛閃著光芒，清晰地說，沒有挨打，沒事兒。但叔，姐，不用擔心。林貽椒但叔給林樸換衣服。林樸又說，之湄想姐呢。林貽椒輕輕地說，我和但叔去過了，給之湄水媽媽燒過紙，說過話。林樸說，姐，之湄水媽媽是好人，大家都喜歡她們，尊敬她們。林貽椒正在給林樸脫上衣，聽林樸這一說，實在忍不住了，跑到牆角，捂著嘴哭起來。像林樸這種狀況，有時有一種特別的敏感，他清楚地知道姐在哭，儘管他看不見。姐，別哭了，姐，我想到之湄那裏去，好嗎？林貽椒和但叔一聽都驚呆了，不知該說什麼。

後來呢，給林樸擦完上身換上上衣，把林樸褲子脫下來時，兩人都嚇傻了。腿斷了，給打的。綳帶裏有臭味，小腿腫得發黑。林樸說，姐，就打了一次。這大廈裏的人天天被打呢。林貽椒坐在床邊哭泣。但叔說，貽椒，得找醫生，腿壞了。林貽椒像猛醒過來似的，去過道裏找士兵。一會兒軍醫來了，解開綳帶後說，得截肢，越快越好。林貽椒很氣憤，問軍醫，你為什麼先不處理？我們不來，這不要了他的命？那軍醫高個子，帶眼鏡，人很好，說，我也不能在大廈裏隨意走動，有事兒叫了才行。這樣吧，我去彙報一下，得馬上手術，不然來不及了。醫生回來時帶了器械，還有一名衛生兵。打了麻藥，就在床上從膝蓋處把林樸壞腿切下來，然後縫好，輸液。那醫生對林貽椒說，我得給他打點鎮靜藥，他一興奮就很危險。林貽椒把帶來的藥給軍醫。這是好藥，早有這藥就好多了。那醫生邊說邊給林樸打針，還交待衛生兵，什麼時候什麼狀況時再用這藥。臨走時，林貽椒把軍醫拉到一邊，問，知道有個邊步嗎？是不是報社的社長？哦，知道，吃了不少苦。現在人呢？這個，這個早死了。死了？對，我核查過，是死了。人呢？埋在哪兒？為什麼不通知家屬？這個我不知道。估計沒埋，扔到河裏了。很多人都是扔到河裏的。

從中國革命大廈出來，林貽椒讓但叔先回家，自己到市政府找劉市長。一位秘書出來見她，問有什麼事情要找劉市長？林貽椒大聲咆哮，為什麼把林樸打成殘廢？為什麼？我要當面問劉靈台，為什麼要打林樸？市政府的人從沒見過有人敢這樣在市政府裏怒吼，都圍過來。你們那個劉靈台是不是想找死，狼心狗肺的東西。圍觀的工作人員聽她竟然敢如此破口大罵市長，嚇得大氣不敢出。那秘書說，這樣吧這樣吧，大姐，你別罵了，我去找市長。只一小會兒，秘書回來了，說，市長不在，去省裏開會了。這個事兒已沒法挽回了，這樣吧，你以後隨時可以去看望林樸。等上面處理完了，就把林樸接回去。林貽椒知道劉靈台就在市政府，不然那秘書哪敢作這樣的決定。還想罵，那秘書陪著笑臉很客氣地硬把林貽椒送出去。林貽椒往回走，心裏越想越氣。街上的人都站著看她，見她臉色難看，不敢叫她。林貽椒一轉身又走回來，站在市政府大門外，破口大罵。劉靈台，你等著，你這個不得好死的東西，我看你是活到頭了。街上的人跟過來好多，拼命在後面叫好，罵得好。

林貽椒回家後，哭了又哭，就這一個弟弟，含莘茹苦拉扯大，如今變成這樣，怎麼向父母在天之靈交待呀？當初別鼓著他去做事兒，老老實實教點兒書，也不至於今天這樣啊。但叔勸她說，貽椒，這是命，人抗不過的。上天要他做事兒，這是命裏安排好的。貽椒，難過也沒法呀，認命吧。晚上林貽椒和但叔去了邊步家。這一段路對他們兩人來說實在是舉步艱難。兩人在家裏反復琢磨的話，一到邊步家門便一點兒也想不起來了。全玖兒一看他們的臉色，叭地一下癱在地上。扶她坐在椅子上，邊步母親出來一看，便不說話。林貽椒把孩子摟在懷裏，四個人哭了好一會兒。最後，林貽椒說，可能扔在河裏了，明早我們去河邊祭祭吧。

第二天一大早，林貽椒全玖兒還有孩子頭上紮著白布條，身後吊得很長。邊步母親和但叔腰裏系著白布條。五個人拎著黃表紙蠟燭香還有祭奠的飯菜，去了河邊。這情景一下在市裏傳開了。好多人都往河邊趕去。林貽椒他們找到一處極有可能是政府扔屍體的河岸，擺上祭奠的飯菜，燒起紙，點上香和蠟燭。河岸上盡是人，順河岸一長溜，沒有喧嘩。

靜靜的河面上升騰著霧氣，太陽還沒有升起來，還沒有用它不變的光芒照亮哭泣的中國。這片古老的大地，黎明的大地，哪一粒砂子裏不帶有冤魂呢？

河水呵，流吧，永遠地流淌吧，無論你平靜還是咆哮，你就這樣永世沒完沒了地流淌著。流吧，除了遺忘，河水呵，你就什麼都不是啊。看看這片土地上的心裏充滿痛苦，瘦弱殘缺矮小的中國人，河水呵，你曾有過一絲一毫的慈悲嗎？你就這樣流淌，無情冷漠地流淌著，聽不見人們世世代代的哭訴，從不理會人間的哀嚎，從不，從不，從不啊。

下午，林貽椒和但叔安頓好林樸後，從中國革命大廈出來，一路上看見人們很驚慌。出了什麼事呢？有人過來說，林姐，河水顯靈了。旁邊的人插話，不是顯靈是徵兆。到底怎麼回事兒呢？好好的，中午河水突然翻泥漿，一陣一陣的，有時很厲害，都沖起來了。市裏老人說從沒見過這樣的，怕不好呀。林姐，這可怎麼辦呢？貽椒說，大家用不著驚慌，就算是不好的兆頭，老天爺又能把石頭市怎樣呢？大家什麼苦都吃過了，還能怎樣？不要怕。

林貽椒和但叔沒有去河邊看看，沒這個必要。儘管但叔心裏忐忑不安，還是沒去。去看了又能怎樣？如果真有不好的事兒，也無力回天啊。市裏很多人擠到河邊去看。傍晚時分河水才靜下來。滿街都是站著的人，一堆一堆的，議論著，擔憂著。直到一批軍隊開進市裏，人們才悟到果然有事兒要發生了。

這次來的士兵很多，一隊一隊在街上走著。裝甲車停在大街上，但並不戒嚴。這很怪。在吃晚飯過後不久，政府的人挨家通知每戶去一個人，明天在便河廣場開大會。不是剛開過嗎？那是追悼大會，這次不是。那是什麼會呢？去了就知道了。從廣場過來的人說，那裏在搭台，很高的台。是開大會用的吧？是不是有新領袖了？誰知道呢？沒人到林家來要他們明天參加大會，邊家也一樣。晚上有人來問林貽椒，是黑類的人。林姐，這黑星星還戴不戴？好像現在市政府也沒盯這事兒，一些人都不戴了。林貽椒很奇怪，問但叔怎麼回事兒？但叔說了林樸的話。哦，是這樣的，那就別戴吧。跟大家都講一下，別戴了。李荒弄的，人都死了，還搞這一套，害人。那人走後，林貽椒說，林樸呀，管這事兒多危險。但叔說，林樸看不過去，心裏很難受，非要出面說這事兒。總有黑類人家來找他訴苦，心裏難受啊，聽了讓人氣不過。這石頭市能站出來說的就只有他了，說了也對。

早上，街上人聲嘈雜。政府的人和士兵讓各街坊的人集合，帶著他們去便河廣場。拖拖拉拉的吵了好久才安靜下來。天陰著沒有風。人們到廣場才看到靠河那頭搭著高高的木台。木臺上方拉起一幅巨大的橫幅，白布，上面寫著大大的黑字，反革命份子處決大會。看見這字後，廣場上的氣氛大不一樣了。殺人了，殺誰呢？看看四周，裝甲車圍著，架著機槍，士兵們一排排端著槍，帶著鋼盔。這是什麼意思？逼我們來看殺人？你們政府殺人還少嗎？廣場上盡是嗡嗡的聲音，人們在議論著。

直到中午來了輛車，軍車。成隊的士兵跳下來，從車上拖下三個人來。廣場上的人看不清是什麼人，只看得見用粗繩子綁著，背上插著一個巨大的死標，跟朝廷時代處決人犯一模一樣。時代不同了，殺人的形式卻依舊，不同的是刀砍換成了槍打。士兵們把三個人順著木台旁的斜道架上去。三個人使勁兒扭著，從晃動的死標上看得很清楚。三個人被士兵抓著在臺上排開。脖子上的繩子勒得很緊，卡著喉頭。三個人想叫，但叫不出來。臉通紅發紫，遠處看不清是誰，臉變樣了。人們都踮著腳來回晃著想看明白。犯人或者說反革命份子，從他們三個不斷掙扎扭動的樣子看得出很倔強，不服也不怕。老人說朝廷那時殺人，也沒這樣的，人犯並不勒喉嚨，可以說話。沒想到革命比朝廷更毒更狠。廣場上的人看了心裏十分難受。要殺就殺，槍在你們手上呢，這樣折磨人就高興了？人心真比過蛇蠍啊。

有人走上台來，拿著張紙，那是市長。人們議論起來，聲音越來越大。一個軍官走到臺上，對天開了一槍，人們才安靜下來。市長念的是所謂的判決書，列舉起罪狀來。叢心結，男，石頭市人。因為有廣播擴音，廣場上每個人都聽得很明白。叢心結因為常為慈善的事情跑東家跑西家的，很多人都認識。人們一下呆住了，怎麼要殺心結呀，這樣一個好人。什麼現行反革命組織民主共產主義聯盟，許多人第一次聽說還有這樣的組織。真有，一定不是什麼壞組織。接下來什麼罪，聽不懂，好像沒殺人放火，就這組織也要殺嗎？說陰謀反黨，總得講個事實吧。沒有。是個反革命份子，就是罪。劉市長又念了匹偕行，莫白駒的名字。罪是一樣的，拒不認罪也是一樣的，反革命立場頑固也是一樣的。

當劉市長高聲叫道，判處死刑，立即執行時，整個廣場一點兒聲音也沒有。三個人被士兵架著背過身去，過來人一人猛的一腳，踢跪下，把死標抽出來拿走，解開繩子，雙臂被拉開平伸著。整個廣場這時非常清晰地聽見他們聲嘶力竭的呼喊著，民主萬歲。這呼喊聲一直鑽進人們心裏，讓人全身顫抖起來。他們不停地呼喊著，民主萬歲的口號。這生命最後的呼喚聲在廣場上空振盪著，搖撼著人們顫慄的心。這聲音多麼淒涼，像似對上蒼的祈求，悲壯而又無望。這時從木台下跑上來三個士兵，拎著槍，上臺後用槍頂著叢心結他們後背，對著心臟。軍官一揮手，叭叭三聲槍響，架他們的士兵一放手，三個人撲通一下趴在臺上。士兵都撤下去。沒想到讓石頭市數代人怎麼也忘不了的情景發生了。三個人的手腳在臺上噗騰噗騰地打著臺面，一直拍打著。廣場上的人們臉都白了，太慘了。士兵們又跑上臺，用腳踩，用腳踢，使勁踢，踢頭，踢肚子。然後又兩人一組拖著腿在臺上來回轉。那手撲打著，漸漸停下來。士兵們又是一陣踢。

後來軍醫上臺了，就是中國革命大廈裏的那個軍醫，檢查了一遍。聽不見他跟劉市長說了什麼，然後士兵們抬著屍體扔在軍車上走了。當劉市長宣佈散會時，人們聚在廣場上不走。又是那個軍官對天開了一槍，嚷嚷什麼呢？聽不清楚。人們這才慢慢散去，心裏恨恨的。天殺的紫黨，天殺的革命。

但叔和林貽椒到了晚上才聽說這處決的事兒。但叔一聲不吭蹲在大門口，人們路過叫他，他不應。過來一看，他蹲在那裏哭。不少人勸他，他就一直哭。林貽椒把他扶進屋裏，人們也進來坐，大家七嘴八舌地講心結有多好，跟著水老師林老師做了好些善事。就為一個組織就殺人，一群畜生。他們不打不殺的，為什麼要這樣對待他們呢？為什麼要殺他們呢？有人很氣憤說，林姐，您領個頭，我們起來跟他們對著幹，反正是死。林貽椒說，就這樣空著手跟他們對著幹，這不是白送死嗎？大家千萬不要輕舉妄動。大家知道林姐說得對，但心裏憤恨難平，又說了好一會兒才走。林貽椒獨自坐了一會兒，對但叔說，叔呀，我真想和他們這班豺狼鬥一下。但叔說，貽椒，你可不能再出事兒了。林貽椒拉著但叔的手輕輕地握著，但叔，我知道的。

第二天，做了飯菜去中國革命大廈，照顧林樸，沒敢對林樸講叢心結他們被處決的事情。看著林樸還清醒，林貽椒坐在床邊和林樸說話。林樸突然說，姐，別叫姐夫和孩子回國。林貽椒並不覺得驚訝，她和尚無庸暗中就是這樣商量的。聽林樸這樣說，便順口問，為什麼？林樸望著天花板停了好一會兒才說，科技救不了中國，姐，這個我想過了。經濟也救不了中國，姐，只有民主才能救中國。心結他們的路是對的，希望他們努力奮鬥。這一說，但叔和林貽椒都呆住了，半天不知說什麼好。林樸又說，姐，我真想幫幫他們，怕是做不到了。姐，你一定要好好幫幫他們。但叔聽不下去，走到牆角蹲下擦眼淚。林樸又說，以後，你也出國去，把但叔帶上。讓姐夫好好搞研究。說到這裏，好像想起什麼。姐，我想李荒讓姐夫出國一定還有什麼別的事兒吧？林貽椒說，李荒想造原子彈。這種炸彈，你姐夫說一顆能炸平一座城市，炸死幾十萬人。林樸馬上說，得告訴姐夫，千萬別幫著造這種炸彈，千萬。你姐夫不會的。他已經說過，死也不會做這種事兒。不過，他說總會有人幫紫黨做的，他很傷心。

處決大會後，幾天了，河裏總是不時翻泥漿，人們等著大事來臨。夜裏北郊那邊有時有鬼火，綠綠的，一叢叢突地從地裏冒出來，與往日不同，直接衝到夜空裏不見了。不少膽大的人夜裏去北郊看看，是真的。徵兆的事兒在市裏傳來傳去，人們的心動盪著。林貽椒對但叔說，總這樣怕真會有事情的。她的意思是說怕人們按捺不住，做出什麼事兒來。處決大會第四天，人們一早起來，街上沒有士兵了。開始還沒注意，後來中國革命大廈裏關的人，就這樣走出來了。那些身上帶傷的人呆頭呆腦地在街上遊蕩，引起人們的好奇。問怎麼啦？中國革命大廈沒人管了？

不知道，隨便走沒人說。整個石頭市喧騰起來。有好多年輕人興沖沖地跑來，敲林家大門。林姐，林姐，快開門呀。林貽椒一出來就圍上來說這說那。軍隊走了，紫黨內部打起來了。我們去市政府趁劉市長沒跑把他抓起來吧？林貽椒對但叔說一句，沒事的，轉身就跟這群人一起走了。這一路上消息得到了證實，軍隊走了，去打他們曾經的同志。夜裏兩派都在廣播裏宣佈獨立，接下來的事兒就是打。林貽椒直接朝市政府走，後面跟著成群情緒激動的市民。進了市政府，沒人敢攔她。找劉市長，不敢說。那好，大家搜吧。

這時有人擠過來，說，林姐，中國革命大廈沒人管了，幾個警察被人打跑了，林姐是不是過去看看？林老師怎樣安排好呢？林貽椒高聲叫道，大家把那個姓劉的畜生搜出來，不要打，我們要審判他。我去中國革命大廈了。人們嚷著，林姐去吧，放心，他鑽到地下我們也要把他挖出來。

林貽椒快到中國革命大廈時，看見人們把好些受過重刑的人抬出來。林姐來了，快，林老師不肯走呢，怎麼說也不行，快去看看。林貽椒趕到林樸的房間裏，房裏擠滿了人，有人在哭。林貽椒擠到林樸床邊，說，林樸，可以回家了，好嗎？林樸抓住他姐的手慢慢拉到枕邊的磚上。姐，你看得見，念念。姐，我不走，我要陪邊步，一天也好，半天也好。大家去吧。說完閉上眼，淚珠從眼角滾下來。房間裏的人都哭起來。林貽椒擦把眼淚站起來說，大家走吧，讓他留下，我會照顧的，走吧，謝謝大家了。等人散去後，林貽椒坐在林樸床邊，好久好久，心裏一陣一陣痛。她知道林樸身體已經衰竭，活不久了。她想像邊步也躺在這裏，把最後的痛苦刻在磚上。悲傷在她心裏化成了不可遏制的憤怒，她跑到院子裏大聲怒吼著，一群畜生，天殺的畜生，千刀萬剮的畜生。

大門外有好些人，看著她知道她心裏難過，讓她發洩吧，這樣好受些。有人看見林貽椒這樣，飛快地跑到市政府，對人們講林貽椒的情況，這就像點燃了導火索，人們的情緒爆炸了。人們把蹲在牆角的劉靈台拎起來。劉靈台知道大事不好，哆哆嗦嗦地說，我要見林貽椒，我要見林貽椒。沒人理他。出了市政府大門，劉靈台跪在地上不走，說，我謝罪，我謝罪，求大家饒我一命。饒你一命？你饒過別人一命嗎？我錯了，我謝罪。有人高喊，被他扔到河裏的人聽不見，讓他到河裏去說吧。人們拎著劉靈台從便河廣場走到河邊。有人說了，看在林姐的慈悲心腸上，不把你剁成肉醬了。你得到河裏去給被害的人謝罪。大家找來一個石磨用繩子綁在他懷裏，抬到魚划子上划到河心把他扔下去。

這邊市政府大院著火了。熊熊的火焰已經衝上房頂了，裏面還有人拿著火把到處點。救火車半道給攔下了，人們拿著盆擔著桶盛著水守在四周，不讓火燒到鄰近的民房。街上站滿了人，抬頭望著滾滾的黑黑的濃煙和高高的紅紅的烈焰一陣陣歡呼著。大街上的紫旗被人們扯下來三下兩下撕成碎片，撒得滿街都是。市政府大院，石頭市幾百年的權力中心，被燒得乾乾淨淨，連個黑屋架也沒有留下來。

下午，對的，是下午，西邊天上的太陽發黃。地震了，房子搖來搖去。人們擠在街上站著，望著天，就這樣望著，望著那什麼也沒有的天，石頭市的天，中國人的天。

唉。

二〇一〇年十月十三日　初稿　　深圳桃源居

釀小說53　PG1191

那年
──革命年代的人性浮沉記

作　　者　趙武陵
責任編輯　陳思佑
圖文排版　周妤靜
封面設計　陳佩蓉

出版策劃　釀出版
製作發行　秀威資訊科技股份有限公司
114 台北市內湖區瑞光路76巷65號1樓
電話：+886-2-2796-3638　傳真：+886-2-2796-1377
服務信箱：service@showwe.com.tw
http://www.showwe.com.tw
郵政劃撥　19563868　戶名：秀威資訊科技股份有限公司
展售門市　國家書店【松江門市】
104 台北市中山區松江路209號1樓
電話：+886-2-2518-0207　傳真：+886-2-2518-0778
網路訂購　秀威網路書店：http://www.bodbooks.com.tw
國家網路書店：http://www.govbooks.com.tw
法律顧問　毛國樑　律師
總 經 銷　聯合發行股份有限公司
231新北市新店區寶橋路235巷6弄6號4F
電話：+886-2-2917-8022　傳真：+886-2-2915-6275

出版日期　2014年8月　BOD一版
定　　價　600元

國家圖書館出版品預行編目

那年：革命年代的人性浮沉記 / 趙武陵著. -- 一版. -- 臺北市：釀出版, 2014.08
面； 公分. -- (釀小說 ; PG1191)
BOD版
ISBN 978-986-5696-32-0 (平裝)

857.7 103013389

讀者回函卡

感謝您購買本書，為提升服務品質，請填妥以下資料，將讀者回函卡直接寄回或傳真本公司，收到您的寶貴意見後，我們會收藏記錄及檢討，謝謝！

如您需要了解本公司最新出版書目、購書優惠或企劃活動，歡迎您上網查詢或下載相關資料：http:// www.showwe.com.tw

您購買的書名：________________________________

出生日期：________年________月________日

學歷：□高中（含）以下　□大專　□研究所（含）以上

職業：□製造業　□金融業　□資訊業　□軍警　□傳播業　□自由業

□服務業　□公務員　□教職　□學生　□家管　□其它_____

購書地點：□網路書店　□實體書店　□書展　□郵購　□贈閱　□其他

您從何得知本書的消息？

□網路書店　□實體書店　□網路搜尋　□電子報　□書訊　□雜誌

□傳播媒體　□親友推薦　□網站推薦　□部落格　□其他__________

您對本書的評價：（請填代號　1.非常滿意　2.滿意　3.尚可　4.再改進）

封面設計____　版面編排____　內容____　文／譯筆____　價格____

讀完書後您覺得：

□很有收穫　□有收穫　□收穫不多　□沒收穫

對我們的建議：________________________________

____

____

____

請貼
郵票

11466
台北市內湖區瑞光路 76 巷 65 號 1 樓
秀威資訊科技股份有限公司 收
BOD 數位出版事業部

(請沿線對折寄回，謝謝！)

姓　　名：____________ 年齡：________ 性別：□女　□男

郵遞區號：□□□□□

地　　址：________________________

聯絡電話：(日) ____________ (夜) ____________

E-mail：________________________